Emmanuel Viollet-le-Duc

Dictionnaire Raisonné de l'Architecture Française XIe au XVIe siècle

Tome 8

Anatiposi

Emmanuel Viollet-le-Duc

Dictionnaire Raisonné de l'Architecture Française XIe au XVIe siècle

Tome 8

Réimpression inchangée de l'édition originale de 1868.

1ère édition 2023 | ISBN: 978-3-38220-509-6

Anatiposi Verlag est une marque de Outlook Verlagsgesellschaft mbH.

Verlag (Éditeur): Outlook Verlag GmbH, Zeilweg 44, 60439 Frankfurt, Deutschland
Vertretungsberechtigt (Représentant autorisé): E. Roepke, Zeilweg 44, 60439 Frankfurt, Deutschland
Druck (Imprimerie): Books on Demand GmbH, In de Tarpen 42, 22848 Norderstedt, Deutschland

DICTIONNAIRE RAISONNÉ

DE

L'ARCHITECTURE

FRANÇAISE

DU XIe AU XVIe SIÈCLE

VIII

PARIS. — IMPRIMERIE E. MARTINET, RUE MIGNON, 2

DICTIONNAIRE RAISONNÉ

DE

L'ARCHITECTURE

FRANÇAISE

DU XIe AU XVIe SIECLE

PAR

E. VIOLLET-LE-DUC

ARCHITECTE

TOME HUITIÈME

PARIS

Ve A. MOREL & Cie, ÉDITEURS

RUE BONAPARTE, 13

M DCCC LXXV

DICTIONNAIRE RAISONNÉ

DE

L'ARCHITECTURE

FRANÇAISE

DU XIe AU XVIe SIÈCLE

QUAI, s. m. (*quay*). Mur de soutenement élevé pour maintenir les berges d'une rivière ou d'un port, pour encaisser les cours d'eau, éviter les inondations ou les empiétements.

Les ports antiques étaient munis de beaux quais, et, dans toutes les villes romaines élevées sur le bord des fleuves, des quais réglaient leur cours. Nos villes du moyen âge laissent voir souvent encore des traces de quais, bien bâtis, en gros quartiers de pierre.

Les anciennes murailles romaines de la Cité de Paris servirent longtemps de quais, et l'on en retrouve la trace sur beaucoup de points; mais on n'éleva qu'assez tard des quais sur les rives de droite et de gauche de la Seine et lorsque la ville s'était déjà fort étendue au nord et au sud.

« Anciennement », dit le P. Dubreul [1], « le long du petit bras de la « Seine, qui passe par dessous le pont Saint-Michel, et s'estend jusques « à la porte de Nesle [2], il n'y avoit point de muraille du costé des Au- « gustins : ains seulement une saulsaye, à l'ombre de laquelle les habi- « tans de Paris souloient promener et rafraischir en esté. Mais pource « qu'en hyver le débordement des eaux venoit jusques dans les maisons « de la dicte rüe, le roy Philippe quatrième, dit le Bel, commanda aux « prevost et eschevins de Paris de faire (ou plustot continuer le quay ja « commencé) de grosses murailles en toute diligence avant l'hyver, par « ses lettres patentes données *in regali abbatia beatæ Mariæ, juxta Ponti- « saram* (qui est Maubuisson), le 9 de juin 1312..... »

[1] *Le Théâtre des antiquités de Paris*, édit. de 1612, p. 772.

[2] Le quai Conti.

Les murs de ce quai existaient encore en partie avant les travaux de canalisation du petit bras de la Seine. Ils étaient faits en belles assises réglées de roche de la plaine.

Sous François Ier et Henri II, on construisit à Paris des quais sur les deux rives de la Seine, depuis la *vallée de Misère* jusqu'à la porte Neuve en aval du Louvre [1], et depuis la porte Saint-Bernard jusqu'au bas de Saint-Victor [2].

La construction de ces quais ne différait pas de celle adoptée de nos jours; elle consistait en un mur très-épais de blocage revêtu extérieurement d'un parement de pierre de taille; quelquefois, si ces murs de sou-

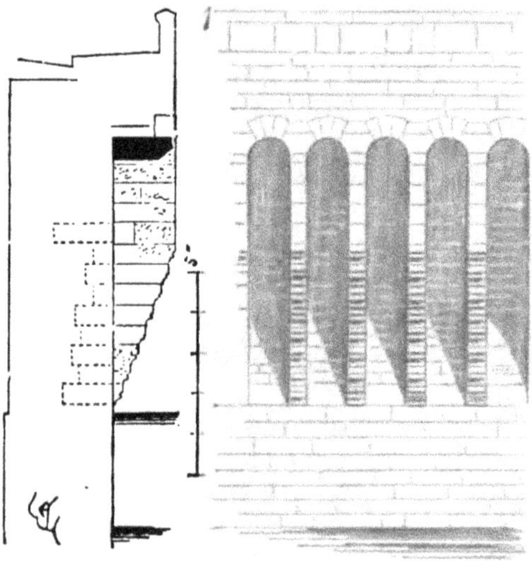

tenement avaient beaucoup de relief, on leur donnait de la résistance et de l'assiette par des contre-forts intérieurs noyés dans les remblais. La place étant rare, dans la plupart des villes du moyen âge, on cherchait à gagner sur la rivière au moyen d'encorbellements, sans rétrécir le chenal. Mais ce mode de construction, dont nous donnons un exemple (fig. 1), avait l'inconvénient de présenter une suite d'obstacles au cours de l'eau dans les fortes crues, et on ne l'employa guère que si les murs de quais avaient un très-grand relief au-dessus de l'étiage. On préféra, dans certaines circonstances, laisser un chenal voûté sous le quai, en posant le mur extérieur sur des piles isolées réunies par des arcs. Quelques portions de quais avaient ainsi été construites à Paris, notamment le long de la Cité, côté nord. La ville de Lyon possédait d'assez belles parties de quais sur la rive droite de la Saône dès le XVe siècle, qui avaient été éle-

[1] Corrozet, *Antiquités de Paris*, p. 160.
[2] Dubreul, p. 771.

vées pour garantir cette rive basse, le long des coteaux de Fourvières, contre les inondations de la rivière. Toutefois ces travaux, dans les grandes villes du moyen âge, manquaient d'ensemble; ils étaient fractionnés, laissaient des lacunes, des berges abandonnées. Il fallait, ou la puissance romaine, ou notre centralisation administrative moderne, avec ses moyens d'expropriation, pour pouvoir ordonner et mener à fin tout un système de quais le long des rives d'un fleuve traversant une ville populeuse. Ce n'est que de nos jours, en effet, qu'on a pu établir des lignes de quais continues dans des villes comme Paris, Lyon, Bordeaux, Nantes, Rouen, etc., et notre génération a vu encore, dans la plupart de ces grandes cités, les maisons, sur bien des points, baignées par les cours d'eau.

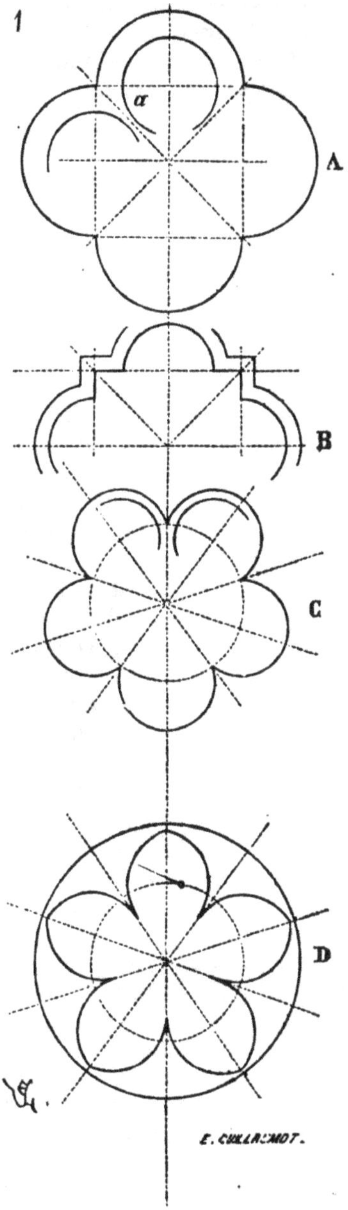

QUATREFEUILLE, s. m. Dans le langage des archéologues, c'est le nom qu'on donne à un membre d'architecture composé de quatre lobes circulaires. La figure 1 donne en A un *quatrefeuille* parfait, c'est-à-dire composé de quatre demi-cercles, dont les diamètres sont les quatre côtés d'un carré. Les quatrefeuilles sont parfois tracés de telle façon que les cercles ne se rencontrent pas, comme on le voit en *a*. Nous signalons aussi des ouvertures en quatrefeuille disposées comme le tracé B : sur les flancs des tours de la cathédrale de Paris, par exemple, et principalement dans des constructions du commencement du XIIIe siècle. On dit aussi *quintefeuille* pour désigner un membre composé de cinq lobes (voy. en C). Pendant le XIVe siècle, le quintefeuille est quelquefois tracé suivant la figure D, c'est-à-dire au moyen d'arcs brisés; toutefois cette forme est rarement adoptée. Ces figures géométriques remplissent habituellement (sauf celle B) les œils supérieurs des fenêtres à meneaux ; c'est un moyen de diminuer l'espace à vitrer et de maintenir les panneaux de verre. Les quatrefeuilles et quintefeuilles forment aussi des ornements sur des nus, et alors sont aveugles ; les extrémités de redents sont fréquemment ornées de bouquets feuillus (voy. FENÊTRE, MENEAU, REDENT).

R

RECLUSOIR, s. m. Il était d'usage de pratiquer, auprès de certaines églises du moyen âge, de petites cellules dans lesquelles s'enfermaient des femmes renonçant pour jamais au monde. Ces reclusoirs avaient le plus souvent une petite ouverture grillée s'ouvrant sur l'intérieur de l'église. Le P. Dubreul [1] raconte qu'une certaine Alix la Bourgotte s'était fait enfermer ainsi dans un petit logis proche du grand portail de l'église des Innocents : « Et pour remarque, ajoute-t-il, se voit encore « un treillis en une petite fenêtre qui a veuë dans l'église, par où elle « entendoit la messe. » Un tombeau de bronze avait été élevé à cette recluse en la chapelle Notre-Dame, en 1466. Toutes les recluses n'étaient pas volontaires. « Renée de Vendomois ayant fait tuer son mari », dit l'abbé Lebeuf en parlant du reclusoir des saints Innocents, « le roi, en « considération du duc d'Orléans, lui fit grâce en 1485 ; et le parlement, « entre autres punitions, la condamna à demeurer perpétuellement re- « cluse et *murée* au cimetière des Innocents, en une petite maison qui « lui devoit être faite... J'avois pensé, ajoute Lebeuf, que la *turricule* « octogone et isolée que l'on voit dans ce cimetière auroit pu être la pri- « son qu'on lui donna. » Mais l'édicule dont parle Lebeuf était bien plutôt une lanterne des morts, comme il était d'usage d'en élever dans presque tous les cimetières du moyen âge.

Le même auteur rapporte qu'en l'église Saint-Médard « avoit été fait « comme en plusieurs autres de Paris, au XIVe et XVe siècle un reclu- « soir, c'est-à-dire une cellule où vivoit une femme recluse pour le reste « de ses jours. »

Il n'y avait jamais, dans chaque église, qu'une seule recluse à la fois, celles qui prétendaient lui succéder attendaient qu'elle fût morte. Cet usage était fort ancien, puisque dans l'ancienne abbaye de Saint-Victor, et avant sa reconstruction par Louis le Gros, une certaine Basilla, recluse, avait été ensevelie dans le reclusoir où elle avait passé sa vie [2].

On voit encore dans l'église du Mas-d'Azil (Ariége), proche du chœur et dans l'épaisseur du mur, une petite cellule dans laquelle il était d'usage

[1] *Théâtre des antiq. de Paris*, édit. de 1612, p. 837. — L'abbé Lebeuf, *Hist. du dioc. de Paris*, t. I, p. 80.

[2] L'abbé Lebeuf, *Hist. du dioc. de Paris*, t. II, p. 542.

d'enfermer un fou. Cette cellule très-exiguë ne prenait de jour et d'air que de l'intérieur de l'église. Il y avait bien là tout ce qu'il fallait pour rendre fou un homme sensé; nous n'avons pu savoir si c'était dans l'espoir de guérir ces malheureux qu'on les chartrait ainsi. Charles V fit élever un bel oratoire de boiseries à Saint-Merry, sa paroisse, pour une certaine Guillemette, qui passait pour sainte et se tenait constamment dans ce lieu, où on la pouvait voir en extase. Toute la cour avait grande foi en sa sainteté et se recommandait à ses prières.

REDENT, s. m. C'est ainsi qu'on nomme les découpures de pierre en forme de dents qui garnissent l'intérieur des compartiments des meneaux de fenêtres ou des intrados d'arcs, ou des gâbles de pignons (voy. FENÊTRE, MENEAU). La figure 1 donne un redent. Quelquefois ces redents sont terminés par un ornement feuillu, comme aux fenêtres de la sainte Chapelle du Palais à Paris.

Les redents sont simples ou redentés. La figure 1 présente un redent

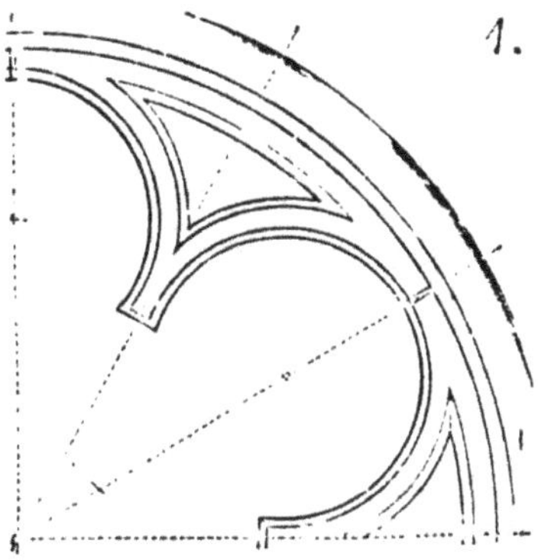

1.

simple; la figure 2, des redents redentés de deux sortes. Le premier, A, est le plus ancien et apparaît déjà au commencement du XIIIe siècle; le second, B, ne se rencontre guère qu'à dater de 1240. Dans le premier de ces exemples, le double redent ne se compose que du même membre de profil. Dans le second, il y a deux membres de profils, l'un pour le redent principal, l'autre pour le redent secondaire. Quelques fenêtres hautes du transsept de la cathédrale d'Amiens montrent, dans les grands œils de leurs meneaux, des redents composés comme celui A. L'architecture de Normandie de la fin du XIIIe siècle et du XIVe possède souvent des redents composés comme celui qui est figuré en B. Il est facile de reconnaître que ces portions des châssis de pierre sont combinées pour diminuer les dimensions des panneaux des vitraux. Les redents d'œils les plus anciens sont enchâssés dans la moulure circulaire (voy. la section *a*). Plus tard ils font partie de l'appareil même des meneaux (voy. la section *b*). Les petits arcs brisés qui couronnent les meneaux verticaux des fenêtres, à dater de 1230, sont souvent armés de redents (voy. le tracé D, en *d*). C'est aux fenêtres de la sainte Chapelle du Palais à Paris qu'on

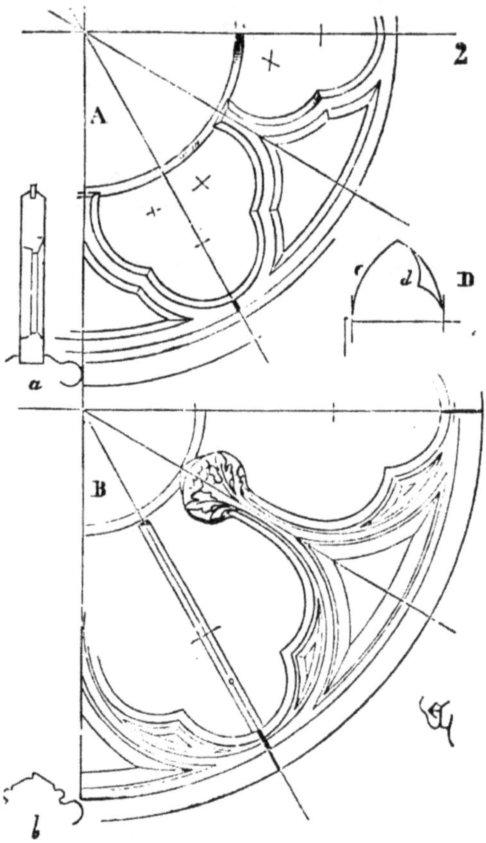

2

rencontre, peut-être pour la première fois, ces derniers redents, qui ont pour résultat de donner de la solidité et du nerf aux branches d'arcs *e* (voy. MENEAU).

Des redents sont posés aussi comme simple décoration, à dater du commencement du XIIIe siècle, soit à l'intrados d'arcs de porches ou de portes, soit sur des rampants de pignons ou sur des gâbles. C'est ainsi qu'on voit de très-beaux et grands redents border intérieurement l'archivolte d'entrée des trois avancées du portail de la cathédrale d'Amiens. Ces redents sont terminés par des bouquets de feuillage d'un bon style et bien composés, dont nous donnons (fig. 3) un échantillon. En A, est tracé l'ensemble de cette découpure de pierre, maintenue à l'in-

3

trados de l'archivolte, d'abord par les coupes *f* et par des T de cuivre

4.

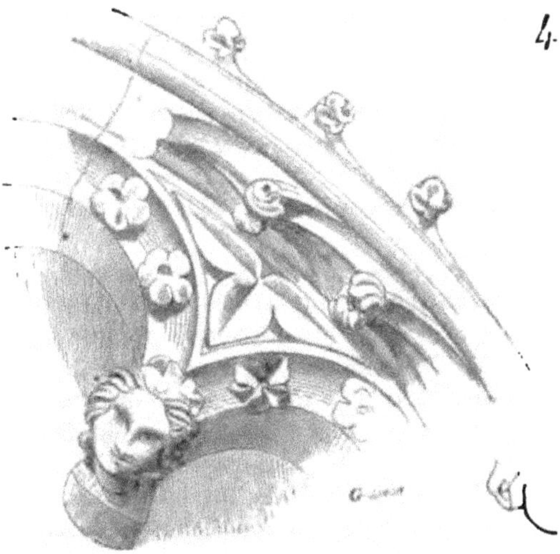

coulés en plomb. En B, est donnée la section des redents sur les branches courbes en *ab* et sur les intervalles en *ac*. Ces redents datent de 1240 environ.

Au lieu d'être fermée par des linteaux, la porte centrale du portail de la cathédrale de Bourges est terminée par deux arcs plein cintre ornés de redents richement sculptés qui se découpent sur le vide de la baie. La figure 4 est un de ces redents tenant au claveau de l'arc de structure et le renforçant. Cette décoration appartient aux constructions de la cathédrale de Bourges élevées entre 1240 et 1250.

Les articles GABLE, PIGNON, montrent l'application des redents aux rampants qui se détachent, soit sur des nus, soit sur le ciel. Il est utile d'observer, à ce sujet, combien ces détails sont généralement bien mis à l'échelle de l'architecture qu'ils couronnent, et comme, lorsqu'ils sont destinés à se découper sur le ciel, ils prennent juste la valeur relative qu'ils doivent avoir. Nous citerons, parmi les redents les plus heureusement mis en proportion, ceux qui couronnent le pignon du transsept nord de la cathédrale de Paris, redents dont des morceaux entiers ont été retrouvés sous les combles, et qui ont été replacés depuis peu. (Voy. SCULPTURE.)

RÉDUIT, s. m. Dernier refuge d'une forteresse. Les villes fortifiées du moyen âge avaient leur réduit, qui était le château; le château avait son réduit, qui était le donjon. Le donjon avait même parfois son réduit, dernière défense permettant d'obtenir une capitulation, ou de prendre le temps d'évacuer la place par des souterrains ou des poternes masquées. La défense des places et des postes était si bien divisée pendant le moyen âge, qu'elle pouvait se prolonger pour chaque poste, pour chaque tour. Elle était à outrance au besoin; de telle sorte qu'une poignée d'hommes déterminés tenait en échec, à l'occasion, un corps d'armée. C'est ainsi que nous voyons de puissants seigneurs, à la tête de troupes nombreuses, obligés d'assiéger pendant des mois une petite garnison d'une centaine d'hommes. On prenait un ouvrage, il fallait recommencer. On prenait une partie d'un donjon, il fallait prendre l'autre. On s'emparait d'une porte; la tour voisine, réduit de cette défense, tenait encore.

La ténacité est certainement, dans l'art de la guerre et surtout dans la guerre de siéges, une qualité supérieure. La féodalité nous a été une dure école pour acquérir cette qualité. Nous la possédions, et nous avons montré que nous la possédons encore, à la guerre du moins. Soyons donc plus équitables lorsqu'il s'agit de porter un jugement sur cette vieille institution contre laquelle il n'est pas besoin de tant invectiver, puisqu'elle est bien morte et que nous avons recueilli le meilleur et le plus pur de son héritage. Qui oserait dire que dans les veines de ces petits fantassins abandonnés dans un blockhaus ou dans quelque village, pivot d'une grande manœuvre, et qui brûlent jusqu'à leur dernière cartouche, sans espoir d'être secourus, il n'y a pas un peu de ce sang traditionnel des vieilles garnisons féodales, défendant pied à pied chaque tour, chaque étage d'une tour, s'ingéniant à accumuler les obstacles et à retarder la chute d'un poste, ne fût-ce que d'une heure ! Nous avons décrit ailleurs les défenses générales ou particulières des places et châteaux, il n'y a pas lieu d'y revenir ici à propos des réduits, qui ne sont qu'un point relatif de ces défenses ; aussi nos lecteurs voudront-ils recourir aux articles : ARCHITECTURE MILITAIRE, CHATEAU, DONJON, SIÉGE, TOUR.

RÉFECTOIRE, s. m. (*refretouer*). Salle destinée à la réfection des membres d'une communauté. Les maisons conventuelles possédaient leur réfectoire ; les religieux réguliers prenaient leurs repas en commun dans une salle spacieuse, bien aérée et donnant sur le cloître (voy. ARCHITECTURE MONASTIQUE). Habituellement l'église longeait l'un des portiques du cloître, le réfectoire était accolé au portique opposé.

1

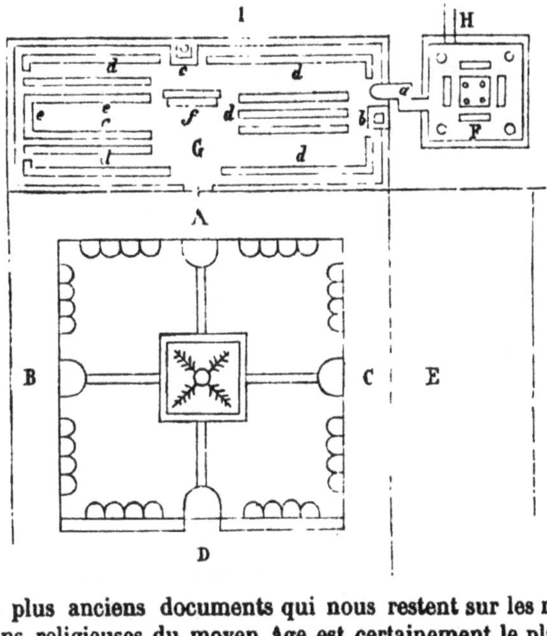

Un des plus anciens documents qui nous restent sur les réfectoires des maisons religieuses du moyen âge est certainement le plan manuscrit de l'abbaye de Saint-Gall, adressé à un abbé. Ce plan, que Mabillon attribue à l'abbé Eginhard, est certainement de l'époque carlovingienne (820 environ) [1]. Il indique le long du cloître, à l'opposite de l'église, le réfectoire. Nous donnons (fig. 1) le *fac-simile* de cette portion du plan manuscrit. En A, est le portique qui longe le réfectoire G ; en B, le por-

[1] Archives de l'abbaye de Saint-Gall. — Voyez l'ensemble de ce plan, ARCHITECTURE MONASTIQUE (fig. 1), et l'*Architecture monastique* par M. Albert Lenoir.

tique qui longe le chauffoir des moines; en C, celui qui s'ouvre sur les cellules, et en D, celui qui est planté latéralement à l'église. Ce plan est intéressant en ce qu'il indique la place réservée à chaque portion des membres de la communauté. En *a*, est marquée la communication détournée du réfectoire avec la cuisine F; en *d*, les tables des moines, avec leurs bancs adossés aux murs; en *c*, la chaire du lecteur; en *b*, le buffet contenant la vaisselle; en *e*, la table de l'abbé et des dignitaires; en *f*, la table des hôtes. Le couloir H communique avec le bâtiment réservé aux provisions.

Ces dispositions générales se retrouvent dans toutes les grandes abbayes. Le réfectoire est toujours en communication directe avec la cuisine. Il affecte la forme barlongue, est habituellement voûté, à dater de la fin du XIIe siècle, soit d'une seule volée, par travées, soit sur une épine de colonnes. Une chaire est réservée au lecteur sur l'un des grands côtés du parallélogramme. A proximité du réfectoire, et même parfois sur l'un de ses côtés, se trouve placé le lavabo [1] pour les ablutions des moines. Lorsque le lavabo n'est point disposé dans un édicule séparé, il consiste en une cuve barlongue placée le long des murs du cloître ou dans le réfectoire même. Un enfoncement ménagé dans la maçonnerie la reçoit. On voit encore des niches de lavabo à l'abbaye de la Luzerne, près d'Avranches, et à l'abbaye de Beaufort (Normandie). Un des plus beaux réfectoires d'abbayes est celui qui fut construit au commencement du XIIIe siècle, dans le prieuré clunisien de Saint-Martin des Champs, à Paris. Cette salle, dont la composition est attribuée à tort à Pierre de Montereau, puisque, lorsqu'elle fut élevée, ce maître des œuvres devait être encore enfant, se compose de deux rangs de voûtes posant sur des colonnes très-délicates de pierre de liais. De belles fenêtres à rosaces l'éclairent latéralement et par les bouts. Celles-ci sont percées dans des pignons. La porte de ce réfectoire, d'un style admirable, donnait sur le cloître, en face du lavabo, placé dans un des angles de ce cloître. Une chaire de lecteur s'ouvre sur l'un des côtés (voy. CHAIRE, fig. 3) [2]. L'abbaye de Sainte-Geneviève (aujourd'hui lycée Napoléon) conserve encore son ancien réfectoire du XIIIe siècle : c'est une grande salle voûtée en arcs ogives sans épine de colonnes.

Le réfectoire de l'abbaye Saint-Germain des Prés, à Paris, était une des œuvres remarquables de Pierre de Montereau. Bâti vers 1240, par l'abbé Simon, ce réfectoire avait cent quinze pieds de long sur trente-deux de largeur (40 mètres sur 10). Il n'avait pas d'épine de colonnes au milieu, et la clef des voûtes s'élevait à près de 16 mètres au-dessus du sol. Seize fenêtres décorées de vitraux l'éclairaient, huit de chaque côté.

[1] Voy. LAVABO. — Voyez l'article LAVOIR, *Dictionnaire du mobilier français*.

[2] La monographie complète du réfectoire de Saint-Martin des Champs est gravée dans la *Statistique monumentale de Paris*, sur les dessins de feu Lassus. Ce réfectoire sert aujourd'hui de bibliothèque au Conservatoire des arts et métiers.

Sa construction, au dire de D. Bouillard, était d'une apparence très-déliée. La chaire du lecteur, très-ouvragée et soutenue sur un cul-de-lampe de pierre dure, se composait de deux assises décorées d'un cep de vigne ajouré [1]. Le réfectoire de l'abbaye royale de Poissy, bâti par Philippe le Bel, était plus vaste encore; il avait dans œuvre 47 mètres de longueur sur 12 de largeur, et les clefs de voûtes étaient posées à 20 mètres au-dessus du sol. C'était une admirable construction du XIVe siècle, qui subsista jusque sous le premier empire. Ce réfectoire n'avait pas d'épines de colonnes.

Contrairement à l'usage, le réfectoire de l'abbaye royale de Poissy était planté perpendiculairement à l'église, à l'extrémité sud du transsept, donnant d'ailleurs sur un des côtés du cloître.

Sauf quelques détails, tels que les lavabo et les chaires de lecteurs, les réfectoires rentrent dans les programmes ordinaires des *salles*. Nous ne croyons pas devoir en donner ici des figures, qui trouvent leur place dans l'article spécialement destiné aux salles. C'est donc à cet article que nous renvoyons nos lecteurs.

Les réfectoires des communautés du moyen âge n'ont plus d'analogues dans nos édifices, tels que lycées, séminaires. Il faut passer la Manche, et aller en Angleterre, pour trouver encore dans les vieilles universités de Cambridge et d'Oxford les dispositions vastes, saines, bien entendues, qui rappellent celles de nos anciens réfectoires d'établissements français. Encore les réfectoires des communautés d'Angleterre sont-ils couverts par des charpentes lambrissées et bien rarement voûtés en maçonnerie. Les réfectoires de nos grands établissements français sont aujourd'hui des salles mal aérées, basses sous plafond, surmontées d'étages, tristes, s'imprégnant d'une odeur nauséabonde, et font regretter les dispositions si larges et bien étendues du moyen âge. En cela, nous aurions quelque chose à leur prendre.

Les châteaux n'avaient pas, à proprement parler, de réfectoires. Si l'on réunissait un grand nombre de convives, la grand'salle était transformée en réfectoire, mais cela n'avait lieu qu'à l'occasion de certaines solennités. Les garnisons, divisées par postes, prenaient leurs repas séparément dans chacun de ces postes, et le seigneur se faisait servir avec sa famille dans le donjon ou dans ses appartements. (Voy. SALLE.)

REMPART, s. m. — Voy. ARCHITECTURE MILITAIRE, CHATEAU, COURTINE, CRÉNEAU, HOURD, MACHICOULIS, SIÉGE.

REPOSOIR, s. m. Il ne s'agit point ici de ces ouvrages provisoires de tentures, que l'on élève pour permettre aux processions de la Fête-Dieu de stationner pendant quelques instants, mais de petits édifices qu'on élevait sur le bord des grandes routes pour offrir un abri aux voyageurs,

[1] Voyez l'*Hist. de Saint-Germain des Prés*, par D. Bouillard, p. 123.

un asile et un lieu de prière. On rencontre encore beaucoup de ces édicules le long des voies publiques en Italie, mais ils sont devenus très-rares en France. On a pensé qu'ils étaient avantageusement remplacés par les brigadiers de gendarmerie, ce qui est certain. Mais il n'était pas nécessaire pour cela de les détruire.

Quelques-uns de ces monuments ont été convertis en chapelles, et les contrées du centre de la France en conservent encore sous ce titre. Ce ne sont plus toutefois des refuges ouverts pendant la tempête, mais des sacraires où, à certaines occasions, le prêtre le plus voisin vient dire une messe. Nous ne connaissons qu'un seul de ces édicules ayant la double destination de refuge et de lieu de prière, conservé dans le nord de la France. Il est situé près de Fismes, sur le bord de l'ancienne voie romaine allant de Reims à Soissons. Encore le couronnement de ce petit monument a-t-il été refait à la fin du XVIe siècle. Il fut bâti par Enguerrand de Courcelles, en 1265. Nous en donnons le plan (fig. 1). Un autel rem-

1

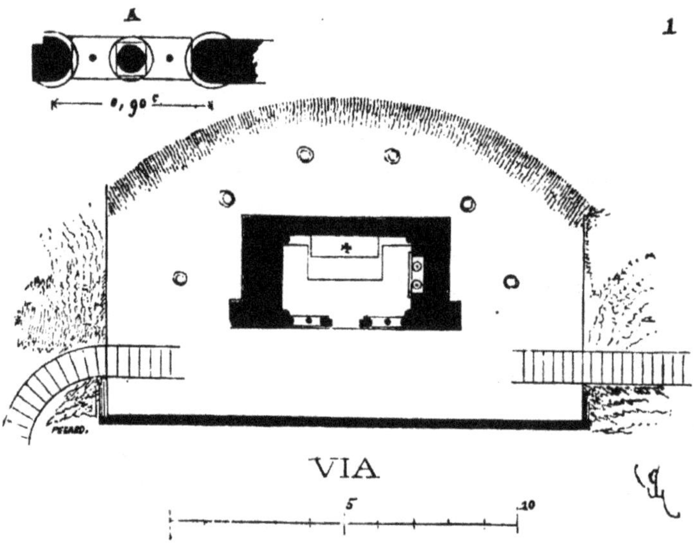

plit le fond de la cellule. Une piscine est ménagée dans le mur de droite. Une voûte en arcs d'ogive ferme cette cellule, et le mur du devant est percé d'une porte et de deux claires-voies. Nous traçons en A le détail du jambage de la porte avec une des claires-voies. La porte n'était fermée qu'au loquet, afin d'empêcher les bestiaux d'entrer dans la cellule. Les claires-voies n'étaient pas vitrées, mais munies de barres de fer verticales, comme l'indique le détail A. La figure 2 donne la coupe de ce reposoir, et la figure 3, son élévation perspective, avec le couronnement restauré [1]. Six grands arbres séculaires, et probablement replantés à la

2

même place, forment un ombrage sur le monument, lequel était couvert,

3

semblerait-il, par des dalles, afin d'offrir un abri plus sûr et d'éviter des réparations.

[1] M. Leblan, architecte, a bien voulu relever pour nous ce curieux reposoir.

Les deux niches latérales, refaites au XVIe siècle, sont veuves de leurs statues, et le crucifix que nous avons replacé sous le pignon n'existe plus. Mais au-dessus du linteau de cette porte on voit encore la petite niche carrée qui était destinée à contenir un falot. Un mur de soutenement, avec deux degrés, borde la voie publique, et laisse une terrasse en avant de l'édicule.

RESTAURATION, s. f. Le mot et la chose sont modernes. Restaurer un édifice, ce n'est pas l'entretenir, le réparer ou le refaire, c'est le rétablir dans un état complet qui peut n'avoir jamais existé à un moment donné.

Ce n'est qu'à dater du second quart de notre siècle qu'on a prétendu restaurer des édifices d'un autre âge, et nous ne sachions pas qu'on ait défini nettement la restauration architectonique. Peut-être est-il opportun de se rendre un compte exact de ce qu'on entend ou de ce qu'on doit entendre par *une restauration*, car il semble que des équivoques nombreuses se sont glissées sur le sens qu'on attache ou qu'on doit attacher à cette opération.

Nous avons dit que le mot et la chose sont modernes, et en effet aucune civilisation, aucun peuple, dans les temps écoulés, n'a entendu faire des restaurations comme nous les comprenons aujourd'hui.

En Asie, autrefois comme aujourd'hui, lorsqu'un temple ou un palais subissait les dégradations du temps, on en élevait ou l'on en élève un autre à côté. On ne détruit pas pour cela l'ancien édifice; on l'abandonne à l'action des siècles, qui s'en emparent comme d'une chose qui leur appartient, pour la ronger peu à peu. Les Romains restituaient mais ne restauraient pas, et la preuve, c'est que le latin n'a pas de mot qui corresponde à notre mot restauration, suivant la signification qu'on lui donne aujourd'hui. *Instaurare*, *reficere*, *renovare*, ne veulent pas dire restaurer, mais rétablir, refaire à neuf. Lorsque l'empereur Adrien prétendit remettre en bon état quantité de monuments de l'ancienne Grèce ou de l'Asie Mineure, il procéda de telle façon qu'il soulèverait contre lui aujourd'hui toutes les sociétés archéologiques de l'Europe, bien qu'il eût des prétentions aux connaissances de l'antiquaire. On ne peut considérer le rétablissement du temple du Soleil, à Baalbek, comme une restauration, mais comme une reconstruction, suivant le mode admis au moment où cette reconstruction avait lieu. Les Ptolémées eux-mêmes, qui se piquaient d'archaïsme, ne respectaient pas absolument les formes des monuments des vieilles dynasties de l'Égypte, mais les restituaient suivant la mode de leur temps. Quant aux Grecs, loin de restaurer, c'est-à-dire de reproduire exactement les formes des édifices qui avaient subi des dégradations, ils croyaient évidemment bien faire en donnant le cachet du moment à ces travaux devenus nécessaires. Élever un arc de triomphe comme celui de Constantin, à Rome, avec les fragments arrachés à l'arc de Trajan, ce n'est ni une restauration, ni une reconstruction; c'est un acte de vandalisme, une pillerie de barbares. Couvrir de stucs l'architecture du temple de la Fortune virile, à Rome, ce n'est pas non plus ce qu'on peut considérer comme une restauration; c'est une mutilation. Il faut reconnaître que le goût pour les restaurations sinon archaïques, au moins considérées comme renouvellement des édifices, s'est manifesté de tout temps à la fin des périodes de civilisation chez les sociétés. On restaurait, ou plutôt on réparait les monuments antiques de la Grèce, lorsque s'éteignait le génie grec sous la lourde main de Rome. L'empire lui-même se prit à restaurer les temples au moment où l'église allait leur être substituée, et chez nous c'était avec une sorte de hâte qu'on reprit, qu'on répara et qu'on acheva quantité d'églises catholiques à la veille de la réformation.

Mais d'ailleurs le moyen âge n'eut pas plus que l'antiquité le sentiment des restaurations comme nous les comprenons aujourd'hui; loin de là. Fallait-il dans un édifice du XIIe siècle remplacer un chapiteau brisé, c'était un chapiteau du XIIIe, du XIVe ou du XVe siècle qu'on posait à sa place. Sur une longue frise de *crochets* du XIIIe siècle, un morceau, un seul, venait-il à manquer, c'était un ornement dans le goût du moment qu'on incrustait. Aussi est-il arrivé bien des fois, avant que l'étude attentive des styles fût poussée à ses dernières limites, qu'on était entraîné à considérer ces modifications comme des étrangetés, et qu'on donnait une date fausse à des fragments qu'on eût dû considérer comme des interpolations dans un texte.

On pourrait dire qu'il y a autant de danger à restaurer en reproduisant en *fac-simile* tout ce qu'on trouve dans un édifice, qu'en ayant la prétention de substituer à des formes postérieures celles qui devaient exister primitivement. Dans le premier cas, la bonne foi, la sincérité de l'artiste peuvent produire les plus graves erreurs, en consacrant, pour ainsi dire, une interpolation; dans le second, la substitution d'une forme première à une forme existante, reconnue postérieure, fait également disparaître les traces d'une réparation dont la cause connue aurait peut-être permis de constater la présence d'une disposition exceptionnelle. Nous expliquerons ceci tout à l'heure.

Notre temps, et notre temps seulement depuis le commencement des siècles historiques, a pris en face du passé une attitude inusitée. Il a voulu l'analyser, le comparer, le classer et former sa véritable histoire, en suivant pas à pas la marche, les progrès, les transformations de l'humanité. Un fait aussi étrange ne peut être, comme le supposent quelques esprits superficiels, une mode, un caprice, une infirmité, car le phénomène est complexe. Cuvier, par ses travaux sur l'anatomie comparée, par ses recherches géologiques, dévoile tout à coup aux yeux des contemporains l'histoire du monde avant le règne de l'homme. Les imaginations le suivent avec ardeur dans cette nouvelle voie. Des philologues, après lui, découvrent les origines des langues européennes, toutes sorties d'une même source. Les ethnologues poussent leurs travaux vers l'étude des races et de leurs aptitudes. Puis enfin viennent les archéologues, qui, depuis l'Inde jusqu'à l'Égypte et l'Europe, comparent, discutent, séparent les productions d'art, démasquent leurs origines, leurs filiations, et arrivent peu à peu, par la méthode analytique, à les coordonner suivant certaines lois. Voir là une fantaisie, une mode, un état de malaise moral, c'est juger un fait d'une portée considérable un peu légèrement. Autant vaudrait prétendre que les faits dévoilés par la science, depuis Newton, sont le résultat d'un caprice de l'esprit humain. Si le fait est considérable dans son ensemble, comment pourrait-il être sans importance dans ses détails ? Tous ces travaux s'enchaînent et se prêtent un concours mutuel. Si l'Européen en est arrivé à cette phase de l'esprit humain, que tout en marchant à pas redoublés vers les destinées à venir, et peut-être parce qu'il marche vite, il sente le besoin de recueillir tout son passé, comme on recueille une nombreuse bibliothèque pour préparer des labeurs futurs, est-il raisonnable de l'accuser de se laisser entraîner par un caprice, une fantaisie éphémère ? Et alors les retardataires, les aveugles, ne sont-ils pas ceux-là même qui dédaignent ces études, en prétendant les considérer comme un fatras inutile ? Dissiper des préjugés, exhumer des vérités oubliées, n'est-ce pas, au contraire, un des moyens les plus actifs de développer le progrès ?

Notre temps n'aurait-il à transmettre aux siècles futurs que cette méthode nouvelle d'étudier les choses du passé, soit dans l'ordre matériel, soit dans l'ordre moral, qu'il aurait bien mérité de la postérité. Mais nous le savons de reste; notre temps ne se contente pas de jeter un regard scrutateur derrière lui : ce travail rétrospectif ne fait que développer les problèmes posés dans l'avenir et faciliter leur solution. C'est la synthèse qui suit l'analyse.

Toutefois ces scrutateurs du passé, ces archéologues, exhumant patiemment les moindres débris des arts qu'on supposait perdus, ont à vaincre des préjugés entretenus avec soin par la classe nombreuse des gens pour lesquels toute découverte ou tout horizon nouveau est la perte de la tradition, c'est-à-dire d'un état de quiétude de l'esprit assez commode. L'histoire de Galilée est de tous les temps. Elle s'élève d'un ou plusieurs échelons, mais on la retrouve toujours sur les degrés que gravit l'humanité. Remarquons, en passant, que les époques signalées par un grand mouvement en avant, se sont distinguées entre toutes par une étude au moins partielle du passé. Le XIIe siècle, en Occident, fut une véritable renaissance politique, sociale, philosophique, d'art et de littérature ; en même temps quelques hommes aidaient à ce mouvement par des recherches dans le passé. Le XVIe siècle présenta le même phénomène. Les archéologues n'ont donc pas à s'inquiéter beaucoup de ce temps d'arrêt qu'on prétend leur imposer, car non-seulement en France, mais dans toute l'Europe, leurs labeurs sont appréciés par un public avide de pénétrer avec eux au sein des âges antérieurs. Que parfois ces archéologues laissent la poussière du passé pour se jeter dans la polémique, ce n'est pas du temps perdu, car la polémique engendre les idées et pousse à l'examen plus attentif des problèmes douteux; la contradiction aide à les résoudre. N'accusons donc pas ces esprits immobilisés dans la contemplation du présent ou attachés à des préjugés parés du nom de tradition, fermant les yeux devant les richesses exhumées du passé, et prétendant dater l'humanité du jour de leur naissance, car nous sommes ainsi forcés de suppléer à leur myopie et de leur montrer de plus près le résultat de nos recherches.

Mais que dire de ces fanatiques, chercheurs de certains trésors, ne permettant pas qu'on fouille dans un sol qu'ils ont négligé, considérant le passé comme une matière à exploiter à l'aide d'un monopole, et déclarant hautement que l'humanité n'a produit des œuvres bonnes à recueillir que pendant certaines périodes historiques par eux limitées; qui prétendent arracher des chapitres entiers de l'histoire des travaux humains; qui s'érigent en censeurs de la classe des archéologues, en leur disant : « Telle veine est malsaine, ne la fouillez pas; si vous la mettez en lumière, nous vous dénonçons à vos contemporains comme des corrupteurs ! » On traitait ainsi, il y a peu d'années, les hommes passant leurs veilles à dévoiler les arts, les coutumes, la littérature du moyen âge. Si ces fanatiques ont diminué en nombre, ceux qui persistent n'en sont que plus passionnés dans leurs attaques, et ont adopté une tactique assez habile pour en imposer aux gens peu disposés à voir le fond des choses. Ils raisonnent ainsi : « Vous étudiez et vous prétendez nous faire connaître les arts du moyen âge, donc vous voulez nous faire revenir au moyen âge, et vous excluez l'étude de l'antiquité; si l'on vous laisse faire, il y aura des oubliettes dans chaque *violon* et une salle de torture à côté de la sixième chambre. Vous nous parlez des travaux des moines, donc vous voulez nous ramener au régime des moines, à la dîme; nous faire retomber dans un ascétisme énervant. Vous nous parlez des châteaux féodaux, donc vous en voulez aux principes de 89, et si l'on vous écoute, les corvées seront rétablies. » Ce qu'il y a de plaisant, c'est que ces fanatiques (nous maintenons le mot) nous prodiguent l'épithète d'*exclusif*, parce que, probablement, nous n'excluons pas l'étude des arts du moyen âge et que nous nous permettons de la recommander.

On nous demandera peut-être quels rapports ces querelles peuvent avoir avec le titre de cet article, nous allons le dire. Les architectes, en France, ne se pressent pas. Déjà, vers la fin du premier quart de ce siècle, les études littéraires sur le moyen âge avaient pris un développement sérieux, que les architectes ne voyaient encore dans les voûtes gothiques que l'*imitation des forêts de la Germanie* (c'était une phrase consacrée) et dans l'ogive qu'un art *malade*. L'arc en tiers-point est brisé, donc il est malade, cela est concluant. Les églises du moyen âge, dévastées pendant la révolution, abandonnées, noircies par le temps, pourries par l'humidité, ne présentaient que l'apparence de grands cercueils vides. De là les phrases funèbres de Kotzebue, répétées après lui [1]. Les intérieurs

[1] Voyez dans les *Souvenirs de Paris en 1804*, par Aug. Kotzebue (trad. de l'allemand,

des édifices gothiques n'inspiraient que la tristesse (cela est aisé à croire dans l'état où on les avait mis). Les flèches percées à jour se détachant dans la brume provoquaient des périodes romantiques; on décrivait les *dentelles* de pierre, les *clochetons* dressés sur les contre-forts, les *élégantes* colonnettes groupées pour soutenir des voûtes à d'*effrayantes* hauteurs. Ces témoins de la *piété* (d'autres disaient le fanatisme) *de nos pères* ne reflétaient qu'une sorte d'état moitié mystique, moitié barbare, dans lequel le caprice régnait en maître. Inutile de nous étendre ici sur ce galimatias banal qui faisait rage en 1825, et qu'on ne retrouve plus que dans les feuilletons de journaux attardés. Quoi qu'il en soit, ces phrases creuses, le Musée des monuments français aidant, quelques collections, comme celle de du Sommerard, firent que plusieurs artistes se prirent à examiner curieusement ces débris des siècles *d'ignorance et de barbarie*. Cet examen, quelque peu superficiel et timide d'abord, ne provoquait pas moins d'assez vertes remontrances. On se cachait pour dessiner ces monuments élevés par les Goths, comme disaient quelques graves personnages. Ce fut alors que des hommes qui, n'étant point artistes, se trouvaient ainsi hors de portée de la férule académique, ouvrirent la campagne par des travaux fort remarquables pour le temps où ils furent faits.

En 1830, M. Vitet fut nommé inspecteur général des monuments historiques. Cet écrivain délicat sut apporter dans ces nouvelles fonctions, non de grandes connaissances archéologiques que personne alors ne pouvait posséder, mais un esprit de critique et d'analyse qui fit pénétrer tout d'abord la lumière dans l'histoire de nos anciens monuments. En 1831, M. Vitet adressa au ministre de l'intérieur un rapport lucide, méthodique, sur l'inspection à laquelle il s'était livré dans les départements du Nord, qui dévoila tout à coup aux esprits éclairés des trésors jusqu'alors ignorés, rapport considéré aujourd'hui comme un chef-d'œuvre en ce genre d'études. Nous demanderons la permission d'en citer quelques extraits : « Je sais, dit l'auteur, qu'aux yeux de bien « des gens qui font autorité, c'est un singulier paradoxe que de parler « sérieusement de la sculpture du moyen âge. A les en croire, depuis « les Antonins jusqu'à François Ier, il n'a pas été question de sculpture « en Europe, et les statuaires n'ont été que des maçons incultes et « grossiers. Il suffit pourtant d'avoir des yeux et un peu de bonne foi, « pour faire justice de ce préjugé, pour reconnaître qu'au sortir des « siècles de pure barbarie, il s'est élevé dans le moyen âge une grande

1805), sa visite à l'abbaye de Saint-Denis. On voit poindre dans ce chapitre l'admiration romantique ou romanesque pour les vieux édifices. « En partant de ce lieu souterrain, « dit l'auteur, nous remontâmes dans l'enceinte solitaire, où le temps commence main- « tenant à promener sa faux. Le vieillard (car il y a toujours un vieillard dans les « ruines) se flatte de voir un jour restaurer cette abbaye; il fonde cet espoir sur quel- « ques mots échappés à Bonaparte. Mais comme ces réparations seraient extrêmement « coûteuses, il ne faut pas y penser pour le moment..... »

« et belle école de sculpture, héritière des procédés et même du style « de l'art antique, quoique toute moderne dans son esprit et dans ses « effets, et qui, comme toutes les écoles, a eu ses phases et ses révolu- « tions, c'est-à-dire son enfance, sa maturité et sa décadence.....

« ..... Aussi faut-il s'estimer heureux quand le hasard nous fait dé- « couvrir dans un coin bien abrité, et où les coups de marteau n'ont « pu atteindre, quelques fragments de cette belle et noble sculpture. »

Et comme pour combattre l'influence de cette phraséologie sépulcrale employée alors qu'il s'agissait de décrire des monuments du moyen âge, plus loin M. Vitet s'exprime ainsi à propos de la coloration appliquée à l'architecture : « En effet, de récents voyages, des expériences « incontestables, ne permettent plus de douter aujourd'hui que la Grèce « antique poussa si loin le goût de la couleur, qu'elle couvrit de pein- « tures jusqu'à l'extérieur de ses édifices, et pourtant, sur la foi de « quelques morceaux de marbre déteints, nos savants, depuis trois « siècles, nous faisaient rêver cette architecture froide et décolorée. On « en a fait autant à l'égard du moyen âge. Il s'est trouvé qu'à la fin « du XVIe siècle, grâce au protestantisme, au pédantisme, et à bien « d'autres causes, notre imagination devenant chaque jour moins vive, « moins naturelle, plus terne pour ainsi dire, on se mit à blanchir ces « belles églises peintes, on prit goût aux murailles et aux boiseries « toutes nues, et si l'on peignit encore quelques décorations intérieures, « ce ne fut plus, pour ainsi dire, qu'en miniature. De ce que la chose « est ainsi depuis deux ou trois cents ans, on s'est habitué à conclure « qu'il en avait toujours été de même, et que ces pauvres monuments « s'étaient vus de tout temps pâles et dépouillés comme ils le sont « aujourd'hui. Mais si vous les observez avec attention, vous découvrez « bien vite quelques lambeaux de leur vieille robe : partout où le badi- « geon s'écaille, vous retrouvez la peinture primitive..... »

Pour clore son rapport sur les monuments des provinces du Nord visitées par lui, M. Vitet, ayant été singulièrement frappé de l'aspect imposant des ruines du château de Coucy, adresse au ministre cette demande, qui aujourd'hui acquiert un à-propos des plus piquants :

« En terminant ici ce qui concerne les monuments et leur conserva- « tion, laissez-moi, monsieur le ministre, dire encore quelques mots à « propos d'un monument plus étonnant et plus précieux peut-être que « tous ceux dont je viens de parler, et dont je me propose de tenter « la restauration. A la vérité, c'est une restauration pour laquelle il ne « faudra ni pierres, ni ciment, mais seulement quelques feuilles de « papier. Reconstruire ou plutôt restituer dans son ensemble et dans « ses moindres détails une forteresse du moyen âge, reproduire sa dé- « coration intérieure et jusqu'à son ameublement ; en un mot, lui rendre « sa forme, sa couleur, et, si j'ose le dire, sa vie primitive, tel est le « projet qui m'est venu tout d'abord à la pensée en entrant dans l'en- « ceinte du château de Coucy. Ces tours immenses, ce donjon colossal,

« semblent, sous certains aspects, bâtis d'hier. Et dans leurs parties « dégradées, que de vestiges de peinture, de sculpture, de distributions « intérieures ! que de documents pour l'imagination ! que de jalons « pour la guider avec certitude à la découverte du passé, sans compter « les anciens plans de du Cerceau, qui, quoique incorrects, peuvent « être aussi d'un grand secours !

« Jusqu'ici ce genre de travail n'a été appliqué qu'aux monuments « de l'antiquité. Je crois que, dans le domaine du moyen âge, il pourrait « conduire à des résultats plus utiles encore; car les indications ayant « pour base des faits plus récents et des monuments plus entiers, ce « qui n'est souvent que conjectures à l'égard de l'antiquité, deviendrait « presque certitude quand il s'agirait du moyen âge : et par exemple, « la restauration dont je parle, placée en regard du château tel qu'il est « aujourd'hui, ne rencontrerait, j'ose le croire, que bien peu d'incré-« dules. »

Ce programme si vivement tracé par l'illustre critique il y a trente-quatre ans, nous le voyons réalisé aujourd'hui, non sur le papier, non par des dessins fugitifs, mais en pierre, en bois et en fer pour un château non moins intéressant, celui de Pierrefonds. Bien des événements se sont écoulés depuis le rapport de l'inspecteur général des monuments historiques en 1831, bien des discussions d'art ont été soulevées; cependant les premières semences jetées par M. Vitet ont porté leurs fruits. Le premier, M. Vitet s'est préoccupé de la restauration sérieuse de nos anciens monuments; le premier il a émis à ce sujet des idées pratiques; le premier il a fait intervenir la critique dans ces sortes de travaux : la voie a été ouverte, d'autres critiques, d'autres savants s'y sont jetés, et des artistes après eux.

Quatorze ans plus tard, le même écrivain, toujours attaché à l'œuvre qu'il avait si bien commencée, faisait l'histoire de la cathédrale de Noyon, et c'est ainsi que dans ce remarquable travail [1] il constatait les étapes parcourues par les savants et les artistes attachés aux mêmes études. « En effet [2], pour connaître l'histoire d'un art, ce n'est pas assez « de déterminer les diverses périodes qu'il a parcourues dans un lieu « donné, il faut suivre sa marche dans tous les lieux où il s'est produit, « indiquer les variétés de forme qu'il a successivement revêtues, et « dresser le tableau comparatif de toutes ces variétés en mettant en « regard, non-seulement chaque nation, mais chaque province d'un « même pays... C'est vers ce double but, c'est dans cet esprit qu'ont été « dirigées presque toutes les recherches entreprises depuis vingt ans « parmi nous au sujet des monuments du moyen âge. Déjà, vers le « commencement du siècle, quelques savants d'Angleterre et d'Allemagne

[1] Voyez la *Monographie de l'église Notre-Dame de Noyon*, par M. L. Vitet et par Daniel Ramée, 1845.

[2] Page 38.

« nous avaient donné l'exemple par des essais spécialement appliqués « aux édifices de ces deux pays. Leurs travaux n'eurent pas plutôt « pénétré en France, et particulièrement en Normandie, qu'ils excitèrent « une vive émulation. En Alsace, en Lorraine, en Languedoc, en Poitou, « dans toutes nos provinces, l'amour de ces sortes d'études se propagea « rapidement, et maintenant partout on travaille, partout on cherche, « on prépare, on amasse des matériaux. La mode, qui se glisse et se « mêle aux choses nouvelles, pour les gâter bien souvent, n'a malheu-« reusement pas respecté cette science naissante et en a peut-être un « peu compromis les progrès. Les gens du monde sont pressés de jouir; « ils ont demandé des méthodes expéditives pour apprendre à donner « sa date à chaque monument qu'ils voyaient. D'un autre côté, quel-« ques hommes d'étude, emportés par trop de zèle, sont tombés dans « un dogmatisme dépourvu de preuves et hérissé d'assertions tran-« chantes, moyen de rendre incrédules ceux qu'on prétend convertir. « Mais, malgré ces obstacles, inhérents à toute tentative nouvelle, les « vrais travailleurs continuent leur œuvre avec patience et modération. « Les vérités fondamentales sont acquises; la science existe, il ne s'agit « plus que de la consolider et de l'étendre, en dégageant quelques « notions encore embarrassées, en achevant quelques démonstrations « incomplètes. Il reste beaucoup à faire; mais les résultats obtenus sont « tels qu'à coup sûr le but doit être un jour définitivement atteint. »

Il nous faudrait citer la plus grande partie de ce texte pour montrer combien son auteur s'était avancé dans l'étude et l'appréciation de ces arts du moyen âge, et comme la lumière se faisait au sein des ténèbres répandues autour d'eux. « C'est », dit M. Vitet après avoir montré clairement que l'architecture de ces temps est un art complet, ayant ses lois nouvelles et sa raison, « faute d'avoir ouvert les yeux, qu'on « traite toutes ces vérités de chimères et qu'on se renferme dans une « incrédulité dédaigneuse [1] ».

Alors M. Vitet avait abandonné l'inspection générale des monuments historiques; ces fonctions, depuis 1835, avaient été confiées à l'un des esprits les plus distingués de notre époque, à M. Mérimée.

C'est sous ces deux parrains que se forma un premier noyau d'artistes, jeunes, désireux de pénétrer dans la connaissance intime de ces arts oubliés; c'est sous leur inspiration sage, toujours soumise à une critique sévère, que des restaurations furent entreprises, d'abord avec une grande réserve, puis bientôt avec plus de hardiesse et d'une manière plus étendue. De 1835 à 1848, M. Vitet présida la Commission des monuments historiques, et pendant cette période un grand nombre d'édifices de l'antiquité romaine et du moyen âge, en France, furent étudiés, mais aussi préservés de la ruine. Il faut dire que le programme d'une restauration était alors chose toute nouvelle. En effet, sans parler des

[1] Page 45.

restaurations faites dans les siècles précédents, et qui n'étaient que des substitutions, on avait déjà, dès le commencement du siècle, essayé de donner une idée des arts antérieurs par des compositions passablement fantastiques, mais qui avaient la prétention de reproduire des formes anciennes. M. Lenoir, dans le Musée des monuments français, composé par lui, avait tenté de réunir tous les fragments sauvés de la destruction, dans un ordre chronologique. Mais il faut dire que l'imagination du célèbre conservateur était intervenue dans ce travail plutôt que le savoir et la critique. C'est ainsi, par exemple, que le tombeau d'Héloïse et d'Abélard, aujourd'hui transféré au cimetière de l'Est, était composé avec des arcatures et colonnettes provenant du bas côté de l'église abbatiale de Saint-Denis, avec des bas-reliefs provenant des tombeaux de Philippe et de Louis, frère et fils de saint Louis, avec des mascarons provenant de la chapelle de la Vierge de Saint-Germain des Prés, et deux statues du commencement du XIVe siècle. C'est ainsi que les statues de Charles V et de Jeanne de Bourbon, provenant du tombeau de Saint-Denis, étaient posées sur des boiseries du XVIe siècle arrachées à la chapelle du château de Gaillon, et surmontées d'un édicule de la fin du XIIIe siècle; que la salle dite du XIVe siècle était décorée avec une arcature provenant du jubé de la sainte Chapelle et les statues du XIIIe siècle adossées aux piliers du même édifice; que faute d'un Louis IX et d'une Marguerite de Provence, les statues de Charles V et de Jeanne de Bourbon, qui autrefois décoraient le portail des Célestins, à Paris, avaient été baptisées du nom du saint roi et de sa femme [1]. Le Musée des monuments français ayant été détruit en 1816, la confusion ne fit que s'accroître parmi tant de monuments, transférés la plupart à Saint-Denis.

Par la volonté de l'empereur Napoléon Ier, qui en toute chose devançait son temps, et qui comprenait l'importance des restaurations, cette église de Saint-Denis était destinée, non-seulement à servir de sépulture à la nouvelle dynastie, mais à offrir une sorte de spécimen des progrès de l'art du XIIIe au XVIe siècle en France. Des fonds furent affectés par l'empereur à cette restauration; mais l'effet répondit si peu à son attente dès les premiers travaux, que l'architecte alors chargé de la direction de l'œuvre dut essuyer des reproches assez vifs de la part du souverain, et en fut affecté au point, dit-on, d'en mourir de regret.

Cette malheureuse église de Saint-Denis fut comme le cadavre sur lequel s'exercèrent les premiers artistes entrant dans la voie des restaurations. Pendant trente ans elle subit toutes les mutilations possibles, si bien que sa solidité étant compromise, après des dépenses considérables et après que ses dispositions anciennes avaient été modifiées, tous les beaux monuments qu'elle contient bouleversés, il fallut cesser cette

[1] Cette substitution fut cause que, depuis lors, presque tous les peintres ou sculpteurs chargés de représenter ces personnages donnèrent à saint Louis le masque de Charles V.

coûteuse expérience et en revenir au programme posé par la Commission des monuments historiques en fait de restauration.

Il est temps d'expliquer ce programme, suivi aujourd'hui en Angleterre et en Allemagne, qui nous avaient devancés dans la voie des études théoriques des arts anciens, accepté en Italie et en Espagne, qui prétendent à leur tour introduire la critique dans la conservation de leurs vieux monuments.

Ce programme admet tout d'abord en principe que chaque édifice ou chaque partie d'un édifice doivent être restaurés dans le style qui leur appartient, non-seulement comme apparence, mais comme structure. Il est peu d'édifices qui, pendant le moyen âge surtout, aient été bâtis d'un seul jet, ou, s'ils l'ont été, qui n'aient subi des modifications notables, soit par des adjonctions, des transformations ou des changements partiels. Il est donc essentiel, avant tout travail de réparation, de constater exactement l'âge et le caractère de chaque partie, d'en composer une sorte de procès-verbal appuyé sur des documents certains, soit par des notes écrites, soit par des relevés graphiques. De plus, en France, chaque province possède un style qui lui appartient, une école dont il faut connaître les principes et les moyens pratiques. Des renseignements pris sur un monument de l'Ile-de-France ne peuvent donc servir à restaurer un édifice de Champagne ou de Bourgogne. Ces différences d'écoles subsistent assez tard; elles sont marquées suivant une loi qui n'est pas régulièrement suivie. Ainsi, par exemple, si l'art du XIVe siècle de la Normandie séquanaise se rapproche beaucoup de celui de l'Ile-de-France à la même époque, la renaissance normande diffère essentiellement de la renaissance de Paris et de ses environs. Dans quelques provinces méridionales, l'architecture dite gothique ne fut jamais qu'une importation; donc un édifice gothique de Clermont, par exemple, peut être sorti d'une école, et, à la même époque, un édifice de Carcassonne d'une autre. L'architecte chargé d'une restauration doit donc connaître exactement, non-seulement les types afférents à chaque période de l'art, mais aussi les styles appartenant à chaque école. Ce n'est pas seulement pendant le moyen âge que ces différences s'observent; le même phénomène apparaît dans les monuments de l'antiquité grecque et romaine. Les monuments romains de l'époque antonine qui couvrent le midi de la France diffèrent sur bien des points des monuments de Rome de la même époque. Le romain des côtes orientales de l'Adriatique ne peut être confondu avec le romain de l'Italie centrale, de la Province ou de la Syrie.

Mais pour nous en tenir ici au moyen âge, les difficultés s'accumulent en présence de la restauration. Souvent des monuments ou des parties de monuments d'une certaine époque et d'une certaine école ont été réparés à diverses reprises, et cela par des artistes qui n'appartenaient pas à la province où se trouve bâti cet édifice. De là des embarras considérables. S'il s'agit de restaurer et les parties primitives et les parties modifiées, faut-il ne pas tenir compte des dernières et rétablir l'unité de style dérangée, ou reproduire exactement le tout avec les modifications postérieures? C'est alors que l'adoption absolue d'un des deux partis peut offrir des dangers, et qu'il est nécessaire, au contraire, en n'admettant aucun des deux principes d'une manière absolue, d'agir en raison des circonstances particulières. Quelles sont ces circonstances particulières? Nous ne pourrions les indiquer toutes; il nous suffira d'en signaler quelques-unes parmi les plus importantes, afin de faire ressortir le côté critique du travail. Avant tout, avant d'être archéologue, l'architecte chargé d'une restauration doit être constructeur habile et expérimenté, non pas seulement à un point de vue général, mais au point de vue particulier; c'est-à-dire qu'il doit connaître les procédés de construction admis aux différentes époques de notre art et dans les diverses écoles. Ces procédés de construction ont une valeur relative et ne sont pas tous également bons. Quelques-uns même ont dû être abandonnés parce qu'ils étaient défectueux. Ainsi, par exemple, tel édifice bâti au XIIe siècle, et qui n'avait pas de chéneaux sous les égouts des combles, a dû être restauré au XIIIe siècle et muni de chéneaux avec écoulements combinés. Tout le couronnement est en mauvais état, il s'agit de le refaire en entier. Supprimera-t-on les chéneaux du XIIIe siècle pour rétablir l'ancienne corniche du XIIe, dont on retrouverait d'ailleurs les éléments? Certes non; il faudra rétablir la corniche à chéneaux du XIIIe siècle, en lui conservant la forme de cette époque, puisqu'on ne saurait trouver une corniche à chéneaux du XIIe, et qu'en établir une imaginaire, avec la prétention de lui donner le caractère de l'architecture de cette époque, ce serait faire un anachronisme en pierre. Autre exemple : Les voûtes d'une nef du XIIe siècle, par suite d'un accident quelconque, ont été détruites en partie et refaites plus tard, non dans leur forme première, mais d'après le mode alors admis. Ces dernières voûtes, à leur tour, menacent ruine; il faut les reconstruire. Les rétablira-t-on dans leur forme postérieure, ou rétablira-t-on les voûtes primitives? Oui, parce qu'il n'y a nul avantage à faire autrement, et qu'il y en a un considérable à rendre à l'édifice son unité. Il ne s'agit pas ici, comme dans le cas précédent, de conserver une amélioration apportée à un système défectueux, mais de considérer que la restauration postérieure a été faite sans critique, suivant la méthode appliquée jusqu'à notre siècle, et qui consistait, dans toute réfection ou restauration d'un édifice, à adopter les formes admises dans le temps présent; que nous procédons d'après un principe opposé, consistant à restaurer chaque édifice dans le style qui lui est propre. Mais ces voûtes d'un caractère étranger aux premières et que l'on doit reconstruire, sont remarquablement belles. Elles ont été l'occasion d'ouvrir des verrières garnies de beaux vitraux, elles ont été combinées de façon à s'arranger avec tout un système de construction extérieure d'une grande valeur. Détruira-t-on tout cela pour se donner la satisfaction de rétablir la nef primitive dans sa pureté?

Mettra-t-on ces verrières en magasin ? Laissera-t-on, sans motif, des contre-forts et arcs-boutants extérieurs qui n'auraient plus rien à supporter ? Non, certes. On le voit donc, les principes absolus en ces matières peuvent conduire à l'absurde.

Il s'agit de reprendre en sous-œuvre les piliers isolés d'une salle, lesquels s'écrasent sous la charge, parce que les matériaux employés sont trop fragiles et trop bas d'assises. A plusieurs époques, quelques-uns de ces piliers ont été repris, et on leur a donné des sections qui ne sont point celles tracées primitivement. Devrons-nous, en refaisant ces piliers à neuf, copier ces sections variées, et nous en tenir aux hauteurs d'assises anciennes, lesquelles sont trop faibles? Non; nous reproduirons pour tous les piliers la section primitive, et nous les élèverons en gros blocs pour prévenir le retour des accidents qui sont la cause de notre opération. Mais quelques-uns de ces piliers ont eu leur section modifiée par suite d'un projet de changement qu'on voulait faire subir au monument; changement qui, au point de vue des progrès de l'art, est d'une grande importance, ainsi que cela eut lieu, par exemple, à Notre-Dame de Paris au XIVe siècle. Les reprenant en sous-œuvre, détruirons-nous cette trace si intéressante d'un projet qui n'a pas été entièrement exécuté, mais qui dénote les tendances d'une école ? Non; nous les reproduirons dans leur forme modifiée, puisque ces modifications peuvent éclaircir un point de l'histoire de l'art. Dans un édifice du XIIIe siècle, dont l'écoulement des eaux se faisait par les larmiers, comme à la cathédrale de Chartres, par exemple, on a cru devoir, pour mieux régler cet écoulement, ajouter des gargouilles aux chéneaux pendant le XVe siècle. Ces gargouilles sont mauvaises, il faut les remplacer. Substituerons-nous à leur place, sous prétexte d'unité, des gargouilles du XIIIe siècle ? Non ; car nous détruirions ainsi les traces d'une disposition primitive intéressante. Nous insisterons au contraire sur la restauration postérieure, en maintenant son style.

Entre les contre-forts d'une nef, des chapelles ont été ajoutées après coup. Les murs sous les fenêtres de ces chapelles et les pieds-droits des baies ne se relient en aucune façon avec ces contre-forts plus anciens, et font bien voir que ces constructions sont ajoutées après coup. Il est nécessaire de reconstruire, et les parements extérieurs de ces contre-forts qui sont rongés par le temps, et les fermetures des chapelles. Devrons-nous relier ces deux constructions d'époques différentes et que nous restaurons en même temps? Non; nous conserverons soigneusement l'appareil distinct des deux parties, les déliaisons, afin qu'on puisse toujours reconnaître que les chapelles ont été ajoutées après coup entre les contre-forts.

De même, dans les parties cachées des édifices, devrons-nous respecter scrupuleusement toutes les traces qui peuvent servir à constater des adjonctions, des modifications aux dispositions primitives.

Il existe certaines cathédrales en France, parmi celles refaites à la fin du XIIe siècle, qui n'avaient point de transsept. Telles sont, par exemple, les cathédrales de Sens, de Meaux, de Senlis. Aux XIVe et XVe siècles, des transsepts ont été ajoutés aux nefs, en prenant deux de leurs travées. Ces modifications ont été plus ou moins adroitement faites; mais, pour les yeux exercés, elles laissent subsister des traces des dispositions primitives. C'est dans des cas semblables que le restaurateur doit être scrupuleux jusqu'à l'excès, et qu'il doit plutôt faire ressortir les traces de ces modifications que les dissimuler.

Mais s'il s'agit de faire à neuf des portions de monument dont il ne reste nulle trace, soit par des nécessités de construction, soit pour compléter une œuvre mutilée, c'est alors que l'architecte chargé d'une restauration doit se bien pénétrer du style propre au monument dont la restauration lui est confiée. Tel pinacle du XIIIe siècle, copié sur un édifice du même temps, fera une tache si vous le transportez sur un autre. Tel profil pris sur un petit édifice jurera appliqué à un grand. C'est d'ailleurs une erreur grossière de croire qu'un membre d'architecture du moyen âge peut être grandi ou diminué impunément. Dans cette architecture, chaque membre est à l'échelle du monument pour lequel il est composé. Changer cette échelle, c'est rendre ce membre difforme. Et à ce sujet nous ferons remarquer que la plupart des monuments *gothiques* que l'on élève à neuf aujourd'hui reproduisent souvent à une autre échelle des édifices connus. Telle église sera un diminutif de la cathédrale de Chartres, telle autre de l'église Saint-Ouen de Rouen. C'est partir d'un principe opposé à celui qu'admettaient, avec tant de raison, les maîtres du moyen âge. Mais si ces défauts sont choquants dans des édifices neufs et leur enlèvent toute valeur, ils sont monstrueux lorsqu'il s'agit de restaurations. Chaque monument du moyen âge a son échelle relative à l'ensemble, bien que cette échelle soit toujours soumise à la dimension de l'homme. Il faut donc y regarder à deux fois lorsqu'il s'agit de compléter des parties manquantes sur un édifice du moyen âge, et s'être bien pénétré de l'échelle admise par le constructeur primitif.

Dans les restaurations, il est une condition dominante qu'il faut toujours avoir présente à l'esprit. C'est de ne substituer à toute partie enlevée que des matériaux meilleurs et des moyens plus énergiques ou plus parfaits. Il faut que l'édifice restauré ait passé pour l'avenir, par suite de l'opération à laquelle on l'a soumis, un bail plus long que celui déjà écoulé. On ne peut nier que tout travail de restauration est pour une construction une épreuve assez dure. Les échafauds, les étais, les arrachements nécessaires, les enlèvements partiels de maçonnerie, causent dans l'œuvre un ébranlement qui parfois a déterminé des accidents très-graves. Il est donc prudent de compter que toute construction laissée a perdu une certaine partie de sa force, par suite de ces ébranlements, et que vous devez suppléer à cet amoindrissement de force par la puissan cedes parties neuves, par des perfectionnements dans le système de la structure, par des chaînages bien entendus, par des résistances plus grandes. Inutile de dire que le choix des matériaux entre pour une grande part dans les travaux de restauration. Beaucoup d'édifices ne menacent ruine que par la faiblesse ou la qualité médiocre des matériaux employés. Toute pierre à enlever doit donc être remplacée par une pierre d'une qualité supérieure. Tout système de cramponnage supprimé doit être remplacé par un chaînage continu posé à la place occupée par ces crampons; car on ne saurait modifier les conditions d'équilibre d'un monument qui a six ou sept siècles d'existence, sans courir des risques. Les constructions, comme les individus, prennent certaines habitudes d'être avec lesquelles il faut compter. Ils ont (si l'on ose ainsi s'exprimer) leur tempérament, qu'il faut étudier et bien connaître avant d'entreprendre un traitement régulier. La nature des matériaux, la qualité des mortiers, le sol, le système général de la structure par points d'appui verticaux ou par liaisons horizontales, le poids et le plus ou moins de concrétion des voûtes, le plus ou moins d'élasticité de la bâtisse, constituent des tempéraments différents. Dans tel édifice où les points d'appui verticaux sont fortement roidis par des colonnes en délit, comme en Bourgogne, par exemple, les constructions se comporteront tout autrement que dans un édifice de Normandie ou de Picardie, où toute la structure est faite en petites assises basses. Les moyens de reprises, d'étayement qui réussiront ici, causeront ailleurs des accidents. Si l'on peut reprendre impunément par parties une pile composée entièrement d'assises basses, ce même travail, exécuté derrière des colonnes en délit, causera des brisures. C'est alors qu'il faut bourrer les joints de mortier à l'aide de palettes de fer et à coups de marteau, pour éviter toute dépression, si minime qu'elle soit; qu'il faut même, en certains cas, enlever les monostyles pendant les reprises des assises, pour les replacer après que tout le travail en sous-œuvre est achevé et a pris le temps de s'asseoir.

Si l'architecte chargé de la restauration d'un édifice doit connaître les formes, les styles appartenant à cet édifice et à l'école dont il est sorti, il doit mieux encore, s'il est possible, connaître sa structure, son anatomie, son tempérament, car avant tout il faut qu'il le fasse vivre. Il faut qu'il ait pénétré dans toutes les parties de cette structure, comme si lui-même l'avait dirigée, et cette connaissance acquise, il doit avoir à sa disposition plusieurs moyens pour entreprendre un travail de reprise. Si l'un de ces moyens vient à faillir, un second, un troisième, doivent être tout prêts.

N'oublions pas que les monuments du moyen âge ne sont pas construits comme les monuments de l'antiquité romaine, dont la structure procède par résistances passives, opposées à des forces actives. Dans les constructions du moyen âge, tout membre agit. Si la voûte pousse, l'arc-boutant ou le contre-fort contre-butent. Si un sommier s'écrase, il ne suffit pas de l'étayer verticalement, il faut prévenir les poussées diverses qui agissent sur lui en sens inverse. Si un arc se déforme, il ne suffit point de le cintrer, car il sert de butée à d'autres arcs qui ont une action oblique. Si vous enlevez un poids quelconque sur une pile, ce poids a une action de pression à laquelle il faut suppléer. En un mot, vous n'avez pas à maintenir des forces inertes agissant seulement dans le sens vertical, mais des forces qui toutes agissent en sens opposé, pour établir un équilibre; tout enlèvement d'une partie tend donc à déranger cet équilibre. Si ces problèmes posés au restaurateur déroutent et embarrassent à chaque instant le constructeur qui n'a pas fait une appréciation exacte de ces conditions d'équilibre, ils deviennent un stimulant pour celui qui connaît bien l'édifice à réparer. C'est une guerre, une suite de manœuvres qu'il faut modifier chaque jour par une observation constante des effets qui peuvent se produire. Nous avons vu, par exemple, des tours, des clochers établis sur quatre points d'appui, porter les charges, par suite de reprises en sous-œuvre, tantôt sur un point, tantôt sur un autre, et dont l'axe changeait son point de projection horizontale de quelques centimètres en vingt-quatre heures.

Ce sont là de ces effets dont l'architecte expérimenté se joue, mais à la condition d'avoir toujours dix moyens pour un de prévenir un accident; à la condition d'inspirer assez de confiance aux ouvriers pour que des paniques ne puissent vous enlever les moyens de parer à chaque événement, sans délais, sans tâtonnements, sans manifester des craintes. L'architecte, dans ces cas difficiles qui se présentent souvent pendant les restaurations, doit avoir tout prévu, jusqu'aux effets les plus inattendus, et doit avoir en réserve, sans hâte et sans trouble, les moyens d'en prévenir les conséquences désastreuses. Disons que dans ces sortes de travaux les ouvriers, qui chez nous comprennent fort bien les manœuvres qu'on leur ordonne, montrent autant de confiance et de dévouement lorsqu'ils ont éprouvé la prévoyance et le sang-froid du chef, qu'ils montrent de défiance lorsqu'ils aperçoivent l'apparence d'un trouble dans les ordres donnés.

Les travaux de restauration qui, au point de vue sérieux, pratique, appartiennent à notre temps, lui feront honneur. Ils ont forcé les architectes à étendre leurs connaissances, à s'enquérir des moyens énergiques, expéditifs, sûrs; à se mettre en rapports plus directs avec les ouvriers de bâtiments, à les instruire aussi, et à former des noyaux, soit en province, soit à Paris, qui fournissent, à tout prendre, les meilleurs sujets, dans les grands chantiers.

C'est grâce à ces travaux de restauration, que des industries importantes se sont relevées [1], que l'exécution des maçonneries est devenue plus soignée, que l'emploi des matériaux s'est répandu; car les archi-

[1] C'est dans les chantiers de restauration que les industries de la serrurerie fine forgée, de la plomberie ouvragée, de la menuiserie, comprise comme une structure propre; de la vitrerie d'art, de la peinture murale, se sont relevées de l'état d'abaissement où elles étaient tombées au commencement du siècle. Il serait intéressant de donner un état de

tectes chargés de travaux de restauration, souvent dans des villes ou villages ignorés, dépourvus de tout, ont dû s'enquérir de carrières, au besoin en faire rouvrir d'anciennes, former des ateliers. Loin de trouver toutes les ressources que fournissent les grands centres, ils ont dû en créer, façonner des ouvriers, établir des méthodes régulières, soit comme comptabilité, soit comme conduite de chantiers. C'est ainsi que des matériaux qui étaient inexploités ont été mis dans la circulation; que des méthodes régulières se sont répandues dans des départements qui n'en possédaient pas; que des centres d'ouvriers devenus capables ont fourni des sujets dans un rayon étendu; que l'habitude de résoudre des difficultés de construction s'est introduite au milieu de populations sachant à peine élever les maisons les plus simples. La centralisation administrative française a des mérites et des avantages que nous ne lui contestons pas, elle a cimenté l'unité politique; mais il ne faut pas se dissimuler ses inconvénients. Pour ne parler ici que de l'architecture, la centralisation a non-seulement enlevé aux provinces leurs écoles, et avec elles les procédés particuliers, les industries locales, mais les sujets capables qui tous venaient s'absorber à Paris ou dans deux ou trois grands centres; si bien que dans les chefs-lieux de département, il y a trente ans, on ne trouvait ni un architecte, ni un entrepreneur, ni un chef d'atelier, ni un ouvrier en état de diriger et d'exécuter des travaux quelque peu importants. Il suffit, pour avoir la preuve de ce que nous disons ici, de regarder en passant les églises, mairies, les marchés, hôpitaux, etc., bâtis de 1815 à 1835, et qui sont restés debout dans les villes de province (car beaucoup n'ont eu qu'une durée éphémère). Les neuf dixièmes de ces édifices (nous ne parlons pas de leur style) accusent une ignorance douloureuse des principes les plus élémentaires de la construction. La centralisation conduisait, en fait d'architecture, à la barbarie. Le savoir, les traditions, les méthodes, l'exécution matérielle, se retiraient peu à peu des extrémités. Si encore, à Paris, une école dirigée vers un but utile et pratique avait pu rendre aux membres éloignés des artistes capables d'ordonner des constructions, les écoles provinciales n'auraient pas moins été perdues, mais on aurait ainsi renvoyé sur la surface du territoire des hommes qui, comme cela se voit dans le service des ponts et chaussées, maintiennent à un niveau égal toutes les constructions entreprises dans les départements. L'école d'architecture établie à Paris, et établie à Paris seulement, songeait à toute autre chose; elle formait des lauréats pour l'Académie de France à Rome, bons dessinateurs, nourris de chimères, mais fort peu propres à diriger un chantier en France au XIXe siècle. Ces élus, rentrés sur le sol natal après un exil de cinq années, pendant lequel ils avaient relevé quelques monuments antiques, n'ayant jamais été mis

tous les ateliers formés par les travaux de restauration, et dans lesquels les plus ardents détracteurs de ces sortes d'entreprises sont venus chercher des ouvriers et des méthodes. On comprendra le motif qui nous interdit de fournir une pièce de cette nature.

aux prises avec les difficultés pratiques du métier, préféraient rester à Paris, en attendant qu'on leur confiât quelque œuvre digne de leur talent, au labeur journalier que leur offrait la province. Si quelques-uns d'entre eux retournaient dans les départements, ce n'était que pour occuper des positions supérieures dans nos plus grandes villes. Les localités secondaires restaient ainsi en dehors de tout progrès d'art, de tout savoir, et se voyaient contraintes de confier la direction des travaux municipaux à des conducteurs des ponts et chaussées, à des arpenteurs, voire à des maîtres d'école un peu géomètres. Certes, les premiers qui pensèrent à sauver de la ruine les plus beaux édifices sur notre sol, légués par le passé, et qui organisèrent le service des monuments historiques, n'agirent que sous une inspiration d'artistes. Ils furent effrayés de la destruction qui menaçait tous ces débris si remarquables, et des actes de vandalisme accomplis chaque jour avec la plus aveugle indifférence; mais ils ne purent prévoir tout d'abord les résultats considérables de leur œuvre, au point de vue purement utile. Cependant ils ne tardèrent point à reconnaître que plus les travaux qu'ils faisaient exécuter se trouvaient placés dans des localités isolées, plus l'influence bienfaisante de ces travaux se faisait sentir et rayonnait, pour ainsi dire. Après quelques années, des localités où l'on n'exploitait plus de belles carrières, où l'on ne trouvait ni un tailleur de pierre, ni un charpentier, ni un forgeron capable de façonner autre chose que des fers de chevaux, fournissaient à tous les arrondissements voisins d'excellents ouvriers, des méthodes économiques et sûres, avaient vu s'élever de bons entrepreneurs, des appareilleurs subtils, et inaugurer des principes d'ordre et de régularité dans la marche administrative des travaux. Quelques-uns de ces chantiers virent la plupart de leurs tailleurs de pierre fournir des appareilleurs pour un grand nombre d'ateliers. Heureusement, si dans notre pays la routine règne parfois en maîtresse dans les sommités, il est aisé de la vaincre en bas, avec de la persistance et du soin. Nos ouvriers, parce qu'ils sont intelligents, ne reconnaissent guère que la puissance de l'intelligence. Autant ils sont négligents et indifférents dans un chantier où le salaire est la seule récompense et la discipline le seul moyen d'action, autant ils sont actifs, soigneux, là où ils sentent une direction méthodique sûre dans ses allures, où l'on prend la peine de leur expliquer l'avantage ou l'inconvénient de telle méthode. L'amour-propre est le stimulant le plus énergique chez ces hommes attachés à un travail manuel, et, en s'adressant à leur intelligence, à leur raison, on peut tout en obtenir.

Aussi avec quel intérêt les architectes qui s'étaient attachés à cette œuvre de la restauration de nos anciens monuments, ne suivaient-ils pas de semaine en semaine les progrès de ces ouvriers arrivant peu à peu à se prendre d'amour pour l'œuvre à laquelle ils concouraient ? il y aurait de notre part de l'ingratitude à ne pas consigner dans ces pages les sentiments de désintéressement, le dévouement qu'ont bien souvent manifestés ces ouvriers de nos chantiers de restauration ; l'empressement avec lequel ils nous aidaient à vaincre des difficultés qui semblaient insurmontables, les périls même qu'ils affrontaient gaiement quand ils avaient une fois entrevu le but à atteindre. Ces qualités, nous les trouvons dans nos soldats, est-il surprenant qu'elles existent chez nos ouvriers ?

Les travaux de restauration entrepris en France, d'abord sous la direction de la Commission des monuments historiques, et plus tard par le service des édifices dits *diocésains*, ont donc non-seulement sauvé de la ruine des œuvres d'une valeur incontestable, mais ils ont rendu un service immédiat. Le travail de la commission a ainsi combattu, jusqu'à un certain point, les dangers de la centralisation administrative en fait de travaux publics ; il a rendu à la province ce que l'École des beaux-arts ne savait pas lui donner. En présence de ces résultats, dont nous sommes loin d'exagérer l'importance, si quelques-uns de ces docteurs qui prétendent régenter l'art de l'architecture sans avoir jamais fait poser une brique, décrètent du fond de leur cabinet que ces artistes ayant passé une partie de leur existence à ce labeur périlleux, pénible, dont la plupart du temps on ne retire ni grand honneur, ni profit, ne sont pas des architectes ; s'ils cherchent à les faire condamner à une sorte d'ostracisme et à les éloigner des travaux à la fois plus honorables et plus fructueux, et surtout moins difficiles, leurs manifestes et leurs dédains seront oubliés depuis longtemps, que ces édifices, une des gloires de notre pays, préservés de la ruine, resteront encore debout pendant des siècles, pour témoigner du dévouement de quelques hommes plus attachés à perpétuer cette gloire qu'à leurs intérêts particuliers.

Nous n'avons fait qu'entrevoir d'une manière générale les difficultés que doit surmonter l'architecte chargé d'une restauration, qu'indiquer, comme nous l'avons dit d'abord, un programme d'ensemble posé par des esprits critiques. Ces difficultés cependant ne se bornent pas à des faits purement matériels. Puisque tous les édifices dont on entreprend la restauration ont une destination, sont affectés à un service, on ne peut négliger ce côté d'utilité pour se renfermer entièrement dans le rôle de restaurateur d'anciennes dispositions hors d'usage. Sorti des mains de l'architecte, l'édifice ne doit pas être moins commode qu'il l'était avant la restauration. Bien souvent les archéologues spéculatifs ne tiennent pas compte de ces nécessités, et blâment vertement l'architecte d'avoir cédé aux nécessités présentes, comme si le monument qui lui est confié était sa chose, et comme s'il n'avait pas à remplir les programmes qui lui sont donnés.

Mais c'est dans ces circonstances, qui se présentent habituellement, que la sagacité de l'architecte doit s'exercer. Il a toujours les facilités de concilier son rôle de restaurateur avec celui d'artiste chargé de satisfaire à des nécessités imprévues. D'ailleurs le meilleur moyen pour conserver un édifice, c'est de lui trouver une destination, et de satisfaire si bien à tous les besoins que commande cette destination, qu'il n'y ait pas lieu d'y faire des changements. Il est clair, par exemple, que l'architecte chargé de faire du beau réfectoire de Saint-Martin des Champs une bibliothèque pour l'École des arts et métiers, devait s'efforcer, tout en respectant l'édifice et en le restaurant même, d'organiser les casiers de telle sorte qu'il ne fût pas nécessaire d'y revenir jamais et d'altérer les dispositions de cette salle.

Dans des circonstances pareilles, le mieux est de se mettre à la place de l'architecte primitif, et de supposer ce qu'il ferait, si, revenant au monde, on lui posait les programmes qui nous sont posés à nous-mêmes. Mais on comprend qu'alors il faut posséder toutes les ressources que possédaient ces maîtres anciens, qu'il faut procéder comme ils procédaient eux-mêmes. Heureusement, cet art du moyen âge, borné par ceux qui ne le connaissent pas, à quelques formules étroites, est au contraire, quand on le pénètre, si souple, si subtil, si étendu et libéral dans ses moyens d'exécution, qu'il n'est pas de programme qu'il ne puisse remplir. Il s'appuie sur des principes, et non sur un formulaire; il peut être de tous les temps et satisfaire à tous les besoins, comme une langue bien faite peut exprimer toutes les idées sans faillir à sa grammaire. C'est donc cette grammaire qu'il faut posséder et bien posséder.

Nous conviendrons que la pente est glissante du moment qu'on ne s'en tient pas à la reproduction littérale, que ces partis ne doivent être adoptés qu'à la dernière extrémité; mais il faut convenir aussi qu'ils sont parfois commandés pas des nécessités impérieuses auxquelles on ne serait pas admis à opposer un *non possumus*. Qu'un architecte se refuse à faire passer des tuyaux de gaz dans une église, afin d'éviter des mutilations et des accidents, on le comprend, parce qu'on peut éclairer l'édifice par d'autres moyens; mais qu'il ne se prête pas à l'établissement d'un calorifère, par exemple, sous le prétexte que le moyen âge n'avait pas adopté ce système de chauffage dans les édifices religieux, qu'il oblige ainsi les fidèles à s'enrhumer de par l'archéologie, cela tombe dans le ridicule. Ces moyens de chauffage exigeant des tuyaux de cheminée, il doit procéder, comme l'aurait fait un maître du moyen âge s'il eût été dans l'obligation d'en établir, et surtout ne pas chercher à dissimuler ce nouveau membre, puisque les maîtres anciens, loin de dissimuler un besoin, cherchaient au contraire à le revêtir de la forme qui lui convenait, en faisant même de cette nécessité matérielle un motif de décoration, Qu'ayant à refaire à neuf le comble d'un édifice, l'architecte repousse la construction en fer, parce que les maîtres du moyen âge n'ont pas fait de charpente de fer, c'est un tort, à notre avis, puisqu'il éviterait ainsi les terribles chances d'incendie qui ont tant de fois été fatales à nos monuments anciens. Mais alors ne doit-il pas tenir compte de la disposition des points d'appui? Doit-il changer les conditions de pondération? Si la charpente de bois à remplacer chargeait également les murs, ne doit-il pas chercher un système de structure en fer qui présente les mêmes avantages? Certainement il le doit, et surtout il s'arrangera pour que ce comble de fer ne pèse pas plus que ne pesait le comble de bois. C'est là un point capital. On a eu trop souvent à regretter d'avoir surchargé d'anciennes constructions; d'avoir restauré des parties supérieures d'édifices avec des matériaux plus lourds que ceux qui furent primitivement employés. Ces oublis, ces négligences, ont causé plus d'un sinistre. Nous ne saurions trop le répéter, les monuments du moyen âge sont savamment calculés, leur *organisme* est délicat. Rien de trop dans leurs œuvres, rien d'inutile; si vous changez l'une des conditions de cet organisme, vous modifiez toutes les autres. Plusieurs signalent cela comme un défaut; pour nous, c'est une qualité que nous négligeons un peu trop dans nos constructions modernes, dont on pourrait enlever plus d'un membre sans compromettre leur existence. A quoi, en effet, doivent servir la science, le calcul, si ce n'est, en fait de construction, à ne mettre en œuvre que juste les forces nécessaires? Pourquoi ces colonnes, si nous les pouvons enlever sans compromettre la solidité de l'ouvrage? Pourquoi des murs coûteux de 2 mètres d'épaisseur, si des murs de 50 centimètres, renforcés de distance en distance par des contre-forts d'un mètre carré de section, présentent une stabilité suffisante? Dans la structure du moyen âge, toute portion de l'œuvre remplit une fonction et possède une action. C'est à connaître exactement la valeur de l'une et de l'autre que l'architecte doit s'attacher, avant de rien entreprendre. Il doit agir comme l'opérateur adroit et expérimenté, qui ne touche à un organe qu'après avoir acquis une entière connaissance de sa fonction, et qu'après avoir prévu les conséquences immédiates ou futures de son opération. S'il agit au hasard, mieux vaut qu'il s'abstienne. Mieux vaut laisser mourir le malade que le tuer.

La photographie, qui chaque jour prend un rôle plus sérieux dans les études scientifiques, semble être venue à point pour aider à ce grand travail de restauration des anciens édifices, dont l'Europe entière se préoccupe aujourd'hui.

En effet, lorsque les architectes n'avaient à leur disposition que les moyens ordinaires du dessin, même les plus exacts, comme la chambre claire, par exemple, il leur était bien difficile de ne pas faire quelques oublis, de ne pas négliger certaines traces à peine apparentes. De plus, le travail de restauration achevé, on pouvait toujours leur contester l'exactitude des procès-verbaux graphiques, de ce qu'on appelle des *états actuels*. Mais la photographie présente cet avantage de dresser des procès-verbaux irrécusables et des documents qu'on peut sans cesse consulter, même lorsque les restaurations masquent des traces laissées par la ruine. La photographie a conduit naturellement les architectes à être plus scrupuleux encore dans leur respect pour les moindres débris d'une disposition ancienne, à se rendre mieux compte de la structure, et leur fournit un moyen permanent de justifier de leurs opérations. Dans les restaurations, on ne saurait donc trop user de la photographie, car bien souvent on découvre sur une épreuve ce qu'on n'avait pas aperçu sur le monument lui-même.

Il est, en fait de restauration, un principe dominant dont il ne faut jamais et sous aucun prétexte s'écarter, c'est de tenir compte de toute trace indiquant une disposition. L'architecte ne doit être complétement satisfait et ne mettre les ouvriers à l'œuvre que lorsqu'il a trouvé la combinaison qui s'arrange le mieux et le plus simplement avec la trace restée apparente; décider d'une disposition à priori sans s'être entouré de tous les renseignements qui doivent la commander, c'est tomber dans l'hypothèse, et rien n'est périlleux comme l'hypothèse dans les travaux de restauration. Si vous avez le malheur d'adopter sur un point une disposition qui s'écarte de la véritable, de celle suivie primitivement, vous êtes entraîné par une suite de déductions logiques dans une voie fausse dont il ne vous sera plus possible de sortir, et mieux vous raisonnez dans ce cas, plus vous vous éloignez de la vérité. Aussi, lorsqu'il s'agit, par exemple, de compléter un édifice en partie ruiné; avant de commencer, faut-il tout fouiller, tout examiner, réunir les moindres fragments en ayant le soin de constater le point où ils ont été découverts, et ne se mettre à l'œuvre que quand tous ces débris ont trouvé logiquement leur destination et leur place, comme les morceaux d'un jeu de patience. Faute de ces soins, on se prépare les plus fâcheuses déceptions, et tel fragment que vous découvrez après une restauration achevée, démontre clairement que vous vous êtes trompé. Sur ces fragments que l'on ramasse dans des fouilles, il faut examiner les lits de pose, les joints, la taille; car il est telle ciselure qui n'a pu être faite que pour produire un certain effet à une certaine hauteur. Il n'est pas jusqu'à la manière dont ces fragments se sont comportés en tombant, qui ne soit souvent une indication de la place qu'ils occupaient. L'architecte, dans ces cas périlleux de reconstruction de parties d'édifices démolis, doit donc être présent lors des fouilles et les confier à des terrassiers intelligents. En remontant les constructions nouvelles, il doit, autant que faire se peut, replacer ces débris anciens, fussent-ils altérés : c'est une garantie qu'il donne et de la sincérité et de l'exactitude de ses recherches.

Nous en avons assez dit pour faire comprendre les difficultés que rencontre l'architecte chargé d'une restauration, s'il prend ses fonctions au sérieux, et s'il veut non-seulement paraître sincère, mais achever son œuvre avec la conscience de n'avoir rien abandonné au hasard et de n'avoir jamais cherché à se tromper lui-même.

RETABLE, s. m. Nous expliquons, à l'article Autel, comment les retables n'existaient pas sur les autels de la primitive Église. Thiers [1], auquel il est toujours utile de recourir lorsqu'il s'agit de l'ancienne liturgie,

[1] J. B. Thiers, *Dissertation ecclésiastique sur les principaux autels des églises*, 1688, p. 181.

s'exprime ainsi à propos des retables : « Les anciens autels qui avoient « pour caractère particulier la simplicité, étoient disposés de telle sorte « que les évêques ou les prestres qui y célébroient les mystères divins, « et les personnes qui étoient derrière, se pouvoient voir les uns les « autres. En voici deux raisons qui me paroissent dignes de considé- « ration.

« La première est prise des siéges ou throsnes épiscopaux... Ces siéges « étoient placés derrière les autels et afin que les prélats s'y pussent « asseoir, et afin qu'y étant assis, ils eussent en vuë leur clergé et leur « peuple... et qu'ils fussent eux-mêmes en vuë à leur clergé et à leur « peuple. Ainsi, où il y avoit des siéges épiscopaux, il n'y avoit point de « retables; il y avoit des siéges épiscopaux au moins dans toutes les « églises cathédrales...

« La seconde raison est tirée de l'ancienne cérémonie pour laquelle, « aux messes solennelles, le sous-diacre, après l'oblation, se retiroit « derrière l'autel avec la patène, qu'il y tenoit cachée en regardant « néanmoins le célébrant... »

Or, le retable étant un dossier posé sur une table d'autel et formant ainsi, devant le célébrant, une sorte d'écran, les retables ne furent donc placés sur les autels principaux qu'à dater de l'époque où les chœurs et les siéges épiscopaux s'établirent en avant, et non plus autour de l'abside. Et même alors, dans les cathédrales du moins, le retable ne fut guère admis pour les maîtres autels (voy. AUTEL). Dans son *Dictionnaire*, Quatremère de Quincy définit ainsi le retable : « Ouvrage d'architecture « fait de marbre, de pierre ou de bois, qui forme la décoration d'un « *autel adossé.* » Il y a là une erreur manifeste. D'abord les autels n'étaient pas et ne devaient pas être adossés, puisque certaines cérémonies exigeaient qu'on tournât autour; puis les retables n'étaient pas et ne pouvaient pas être ce qu'on appelle un ouvrage d'architecture, mais bien un simple dossier décoré de bas-reliefs et de peintures.

Les autels primitifs n'étaient qu'une table posée horizontalement sur des piliers isolés, table sur laquelle, dans l'Église grecque comme dans l'Église d'Occident, jusqu'au XIVe siècle, on ne posait que l'Évangile et le ciboire au moment de l'office. Dans les chœurs, le célébrant pouvait ainsi être vu de tous les points de l'abside. Mais vers la fin du XIe siècle, en Occident, sans adosser jamais les autels aux parois d'un mur, puisque certaines cérémonies exigeaient qu'on en fît le tour, on plaça parfois des retables sur les tables de l'autel, pour former derrière celui-ci un réduit propre à renfermer des reliques. Ces retables étaient même le plus souvent mobiles [1], en orfévrerie ou en bois, quelquefois recouverts d'étoffes [2]. Nous n'avons à nous occuper ici que des retables fixes, et

[1] Voyez le *Dictionnaire du mobilier français*, art. RETABLE.

[2] Voyez à l'article AUTEL, l'autel matutinal de Saint-Denis (fig. 7), les autels des cathédrales d'Arras et de Paris (fig. 8 et 9).

nous n'en connaissons pas en France qui soient antérieurs au commencement du XIIe siècle. Celui que nous donnons ici (fig. 1) est un des plus intéressants. Il appartient à la petite église de Carrière-Saint-Denis près Paris, et date de cette époque. Il est taillé dans trois morceaux de

1

pierre de liais, et représente, au centre, la Vierge tenant l'enfant Jésus sur ses genoux; à gauche l'Annonciation, et à droite le Baptême du Sauveur. Un riche rinceau encadre les bas-reliefs latéralement et par le bas.

Ce retable n'a qu'une faible épaisseur : c'est une dalle sculptée qui masquait une *capsa*, un coffre, un reliquaire [1]. On ne pouvait placer au-dessus ni un crucifix, ni des flambeaux. En effet, ce ne fut que beaucoup plus tard qu'on plaça le crucifix sur le retable; jusqu'au XVIe siècle, on le posait sur l'autel. Les flambeaux étaient placés sur les marches à côté de l'autel, sur une table voisine, ou parfois sur la table même de l'autel. Quant aux autels majeurs des cathédrales, ils n'avaient, comme nous l'avons dit, jamais de retables fixes; beaucoup même n'en possédaient point de mobiles : ils consistaient en une simple table sur des colonnes. Les retables paraissent avoir été plus particulièrement adoptés d'abord dans les églises conventuelles qui possédaient des reliques nombreuses et qui les suspendaient au-dessus et derrière l'autel. Nous avons indiqué,

[1] Ce retable, enlevé à l'église de Carrière-Saint-Denis, fut replacé en 1847 dans cet édifice par les soins de la Commission des monuments historiques. Il est bien conservé; une partie de l'ornement inférieur a seule été brisée.

à l'article AUTEL (fig. 13, 13 *bis*, 14, 15 et 16), comment étaient disposés ces reliquaires, et comment les fidèles pouvaient se placer, en certaines circonstances, au-dessous d'eux [1]. Cet arrangement nécessitait un retable qui servait ainsi de support à la tablette sur laquelle était posé le reliquaire, et qui formait une sorte de grotte (voy. AUTEL, fig. 14, 15 et 16).

Voici (fig. 2) une des dispositions fréquemment adoptées pour les autels secondaires des églises. Le retable masquait et supportait le reliquaire, sous lequel on pouvait se placer, suivant un ancien usage, pour obtenir la guérison de certaines infirmités. Cet exemple, tiré d'une représentation de l'autel des reliques de l'église d'Erstein, indique l'utilité du retable. Plus tard, on plaça les reliquaires sur le retable lui-même, et cet usage est encore conservé dans quelques églises.

On comprend comment les retables devinrent pour les sculpteurs, à dater du XIIIe siècle, en France, un motif précieux de décoration. Et en effet, ces artistes en composèrent un nombre considérable. Habituellement, c'était sur un retable qu'on représentait la légende du saint sous le vocable duquel était placé l'autel. Ces bas-reliefs, dont les figures sont d'une petite dimension, sont exécutés avec une grande délicatesse et empreints parfois d'un beau style. Il est peu d'ouvrages de statuaire d'un meilleur caractère que le retable de la chapelle de Saint-Germer, déposé aujourd'hui au musée de Cluny. L'église de Saint-Denis possède de charmants retables en liais, avec fonds de verre damasquinés, ou

[1] Voyez la disposition des autels des chapelles de la sainte Vierge et de saint Eustache à Saint-Denis, fig. 13 et 17.

enrichis de peintures et de gaufrures dorées. Ces bas-reliefs sont encadrés d'une moulure et ont la forme d'un quadrilatère; jamais une porte de tabernacle ne s'ouvre dans leur milieu. L'usage des tabernacles ainsi disposés ne date que de deux siècles [1]. Le clergé du moyen âge, en France, ne pensait pas que ces amas d'ornements, de flambeaux, de vases, de boîtes à ciboire, dont on surcharge aujourd'hui les autels de nos églises valussent une disposition simple, calme, facile à saisir d'un coup d'œil et d'un aspect monumental.

ROSACE, s. f. En sculpture d'ornement, s'entend comme groupe de feuillages formant une composition symétrique inscrite dans un cercle, un *trèfle*, un *quatrefeuille*. Les architectes du moyen âge ont fait emploi des rosaces pour décorer des soffites de corniches, pendant la période romane; des gâbles, des nus de fausses arcatures ou fausses baies, pendant la période gothique; des tympans. Ces sortes d'ornements sont souvent d'un beau caractère et d'une excellente exécution, particulièrement

1

pendant la première période gothique. Un exemple suffira ici pour faire saisir l'ornement qu'on nomme rosace. Celle-ci (fig. 1), inscrite dans un trilobe, provient de l'arcature de la chapelle de la Vierge, bâtie au chevet de la cathédrale de Sées, et date de 1230 environ. L'architecture normande est, entre toutes les écoles de France, la plus prodigue de rosaces. On en voit de fort belles sur les tympans du triforium du chœur de la cathédrale du Mans. Nous aurons l'occasion de présenter des exemples de ce genre d'ornementation sculptée à l'article SCULPTURE D'ORNEMENT.

[1] Voyez le *Dictionnaire du mobilier français*, art. TABERNACLE.

ROSE, s. f. C'est le nom qu'on donne aux baies circulaires qui s'ouvrent sur les parois des églises du moyen âge. L'*oculus* de la primitive basilique chrétienne, percé dans le pignon élevé au-dessus de l'entrée, paraît être l'origine de la rose du moyen âge. Mais jusque vers la fin du XIIe siècle, la rose n'est qu'une ouverture d'un faible diamètre, dépourvue de châssis de pierre : c'est une baie circulaire. L'architecture romane française du Nord et du Midi n'emploie que rarement ce genre de fenêtre, qui n'a guère alors plus de 50 centimètres à 1 mètre de diamètre. Mais à dater de la seconde moitié du XIIe siècle, lorsque l'école laïque se développe, les roses apparaissent, et prennent des dimensions de plus en plus considérables, jusque vers le milieu du XIIIe siècle. Alors, surtout dans l'Ile-de-France et les provinces voisines, telles que la Champagne et la Picardie, les roses s'ouvrent sous les voûtes, dans toute la largeur des nefs. En Normandie et en Bourgogne, au contraire, les roses n'apparaissent que tard, c'est-à-dire vers la fin du XIIIe siècle.

La baie circulaire appartient à toutes les époques de l'architecture, depuis le Bas-Empire. Mais de l'*oculus* roman, non vitré souvent [1], à la rose occidentale de la cathédrale de Paris, il y a un progrès. Comment ce progrès s'est-il accompli ? Pourquoi la figure circulaire a-t-elle été adoptée ? Telles sont les questions posées tout d'abord et auxquelles il faut répondre. Nous devons distinguer, entre les roses, celles qui s'ouvrent dans les murs pignons de celles qui n'ont qu'une importance secondaire.

On comprend, par exemple, que dans une grande nef comme celle de la cathédrale de Paris (voy. CATHÉDRALE, fig. 2 et 4), si l'on voulait ouvrir des baies au-dessus de la galerie du triforium pour alléger la construction et fournir de la lumière sous les combles de cette galerie, il eût été fort disgracieux de donner à ces ouvertures la forme d'une fenêtre. Une rose, au contraire, allégissait la construction en étrésillonnant les piles, et donnait à ces baies une apparence particulière qui les distinguait entre les claires-voies vitrées.

Pour ces roses secondaires, la pensée d'étrésillonner les maçonneries tout en les allégissant, avait dû, en maintes circonstances, imposer la figure circulaire. C'est ainsi, par exemple, qu'à la base des tours de la cathédrale de Laon, l'architecte a pratiqué des ouvertures circulaires de préférence à des baies avec pieds-droits, pour donner plus de solidité à l'ouvrage.

Mais ces vides circulaires, du moment qu'ils atteignirent un diamètre de 3 à 4 mètres, étaient bien tristes, surtout s'ils n'étaient point vitrés, comme à Notre-Dame de Paris, au-dessus du triforium. Les architectes pensèrent donc à les garnir de découpures de pierre plus ou moins riches. Si ces roses étaient destinées à être vitrées, ces découpures de pierre maintenaient les vitraux comme le ferait un châssis de bois ou de fer, et pouvaient résister à la pression du vent.

[1] Voyez FENÊTRE, fig. 1, 2, 3 et 6.

Nous ne pourrions dire aujourd'hui si les pignons du transsept de la cathédrale de Paris, bâtis sous Maurice de Sully, étaient ou devaient être percés de roses. Cela est probable toutefois; nous pensons même que l'une de ces roses a existé du côté sud, car dans les maçonneries refaites au XIIIe siècle de ce côté, nous avons trouvé des fragments employés dans les blocages, et qui ne pouvaient avoir appartenu qu'à une rose d'un grand diamètre. En supposant que cette rose eût existé, elle daterait de 1180 environ, et serait une des plus anciennes connues, dans des dimensions jusqu'alors inusitées. En effet, les roses qui datent de cette époque ne dépassent guère 5 ou 6 mètres de diamètre.

A défaut de grandes roses munies de châssis de pierre, antérieures à 1190, nous en trouvons de petites, percées dans le chœur de Notre-Dame de Paris, pour éclairer le triforium, et qui datent de 1165 à 1170, puisque, en cette année 1170, l'abbé du Mont-Saint-Michel en mer raconte qu'il vit ce chœur voûté. Ces roses avaient été supprimées déjà, vers 1230, lorsqu'on voulut agrandir les fenêtres hautes du chœur et qui s'ouvraient, comme nous venons de le dire, sous les combles de la galerie du premier étage.

Il existe trois modèles différents de châssis de pierre qui garnissent ces roses dans le chœur. Nous donnons l'un d'eux (fig. 1); le vide circulaire a 2[m],85 de diamètre, et le châssis de pierre, d'une composition très-singulière, ne se compose que de huit morceaux qui sont posés comme les rayons d'une roue embrevés d'un centimètre ou deux dans l'intrados des claveaux formant le cercle. Si ces roses étaient vitrées, comme le sont celles éclairant le triforium, les panneaux de verre étaient simplement maintenus par des pitons scellés sur la face intérieure des pierres composant le châssis. Mais nous reviendrons tout à l'heure sur cette disposition. La rose que nous traçons ici, étant une de celles qui s'ouvraient sous le comble de la galerie, n'était point munie de vitraux, et sa face ornée se présentait vers l'intérieur. Cette ornementation consiste en des pointes de diamant en creux et en saillie, ces dernières recoupées en petites feuilles, et en des boutons, ainsi que l'indiquent le détail B et la section C. On remarquera que les jambettes A sont diminuées latéralement et terminées, vers l'œil intérieur, par deux corbelets latéraux formant chapiteau, pour présenter un étrésillonnement plus solide. En effet, ce qui mérite particulièrement d'être observé dans cette composition d'un châssis de pierre, c'est le système d'étrésillonnement bien entendu pour éviter toute brisure et pour maintenir les claveaux du cercle comme les raies d'une roue maintiennent les jantes.

Ce principe a évidemment commandé la composition des châssis de pierre des premières grandes roses dans l'architecture de l'Ile-de-France, et il faut reconnaître qu'il est excellent. Une des plus anciennes parmi les grandes roses, est certainement celle qui s'ouvre sur la façade occidentale de l'église Notre-Dame de Mantes, église qui fut bâtie en même temps que la cathédrale de Paris, peut-être par le même architecte, et qui reproduit ses dispositions générales, son mode de structure et quelques-uns de ses détails.

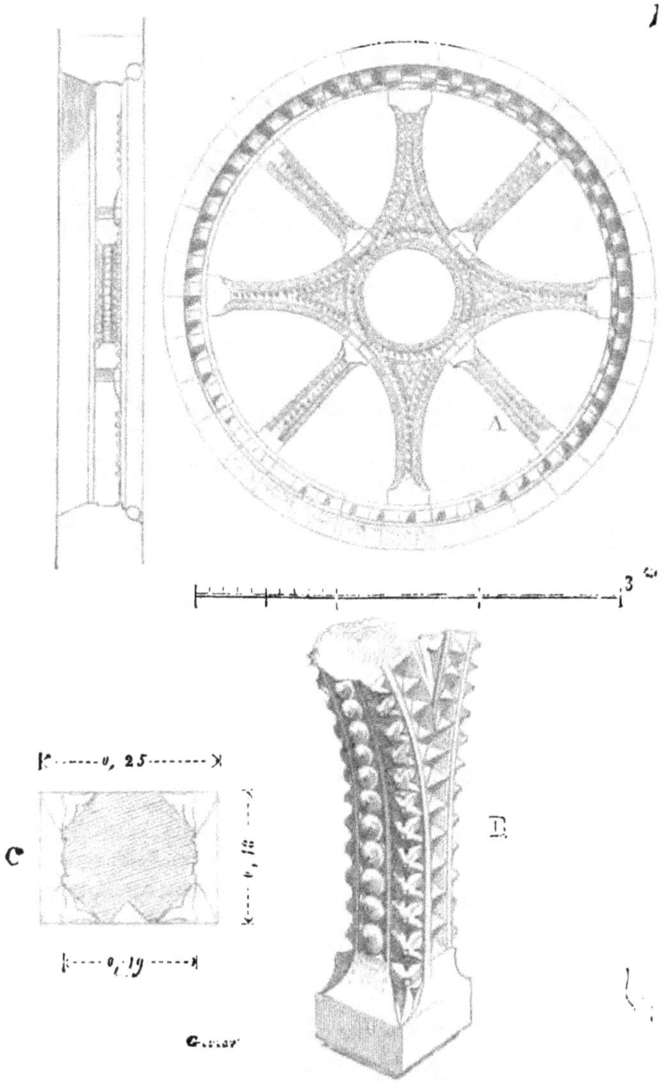

Mais nous devons d'abord dire quel était le motif qui avait fait adopter ces grandes baies circulaires. Lorsque l'école laïque inaugura son système d'architecture pendant la seconde moitié du XIIe siècle, elle s'était principalement préoccupée de la structure des voûtes. Elle avait admis que la voûte en arcs d'ogive reportant toutes ses charges sur les sommiers, et par conséquent sur les piles, les murs devenaient inutiles. Si, à la cathédrale de Paris, les fenêtres hautes primitives ne remplissent pas exactement tout l'espace laissé sous les formerets des voûtes, s'il y a quelque peu d'hésitation dans la structure de ces baies, et si l'on voit encore des restes de tympans, ces restes sont tellement réduits, que l'on comprend comment ils devaient bientôt disparaître et comment les formerets eux-mêmes allaient devenir les archivoltes des fenêtres. Si l'on vidait ainsi, par suite d'un raisonnement très-juste, tous les tympans sous les formerets, si l'on supprimait les murs latéralement, il était logique de les supprimer sous les grands formerets des façades donnant la projection des arcs-doubleaux. Mais ces arcs-doubleaux étaient en tiers-point, étaient des arcs brisés. Les architectes prirent alors le parti de ne point faire du formeret de face la projection des arcs-doubleaux. Pour ces formerets, ils adoptèrent le plein cintre : ainsi ils obtenaient un demi-cercle au lieu d'un arc brisé, ce qui d'ailleurs ne pouvait les gêner pour la structure des voûtes; et, complétant ce demi-cercle, ils ouvrirent un grand jour circulaire prenant toute la largeur de la voûte, donnant à l'extérieur sa projection. Il ne s'agissait plus alors que de remplir ce grand vide circulaire par un châssis de pierre permettant de poser des vitraux. C'est ce jour circulaire que Villard de Honnecourt appelle une *reonde verrière.*

Bien que les arcs-doubleaux des grandes voûtes des cathédrales de Paris et de Laon, de l'église de Mantes, de celle abbatiale de Braisne, soient en tiers-point, les formerets de ces voûtes joignant les murs pignons sont plein cintre, afin de pouvoir inscrire une rose circulaire sous ces formerets, qui deviennent de grands arcs de décharge.

Voici l'histoire des transformations des grandes roses tracée en quelques lignes (fig. 2).

D'abord, ainsi que nous venons de le dire (exemple A), la projection de la voûte intérieure se traduit par un plein cintre, quoique les arcs-doubleaux de cette voûte soient des tiers-points. Vers le milieu du XIIIe siècle cependant, il semble que dans la Champagne, province où l'on poussait les conséquences de l'architecture laïque à outrance, on voulut éviter ce mélange du plein cintre et de l'arc brisé, ou plutôt ce qu'il y avait d'illogique à donner extérieurement un plein cintre comme projection d'une voûte en tiers-point. L'architecte de la cathédrale de Reims inscrit les grandes roses sous un arc en tiers-point, ainsi que le montre l'exemple B; et comme pour mieux faire sentir la projection des arcs-doubleaux de la voûte, l'espace *a* est ajouré. La *reonde* verrière n'est plus alors qu'une immense fenêtre ouverte sous le grand formeret. Ce n'est plus la rose de l'Ile-de-France. Dans cette dernière province, berceau de l'école laïque du XIIIe siècle, la rose, jusqu'à la fin du XIIIe siècle, reste la *reonde* verrière, c'est-à-dire qu'elle demeure circonscrite par un formeret plein cintre. Telles sont les roses des pignons du transsept de la cathédrale de Paris, qui datent de 1257. Mais, à cette époque, ce cercle

2

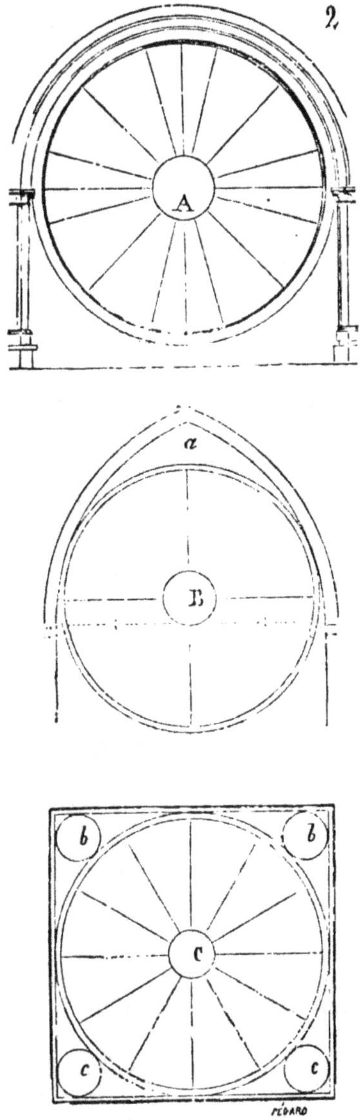

de la rose s'inscrit dans un carré, comme le montre l'exemple C. Les écoinçons *b* sont aveugles et les écoinçons inférieurs *c* ajourés au-dessus d'une claire-voie dont nous parlerons tout à l'heure. A la même époque on va plus loin : on isole le formeret de la voûte, et ce formeret devient un dernier arc-doubleau. On laisse entre ce dernier arc et la rose un espace, et l'on met à jour non-seulement la *reonde* verrière, mais les écoinçons *b* supérieurs. Telle est construite la rose de la sainte Chapelle du château de Saint-Germain en Laye que nous décrirons en détail. Telle est la rose nord du transsept de la cathédrale de Sées. Là le maître de l'œuvre a terminé le voûtage du bras de croix par une demi-voûte dont la clef vient s'appuyer sur le milieu de la rose, de sorte que celle-ci coupe cette demi-voûte sur son axe longitudinal, qui est une ligne horizontale. Ainsi tout le carré inscrivant la *reonde* verrière peut être ajouré. Même procédé a été tenté pour les roses du transsept de la cathédrale de Clermont, mais avec une indécision dans la structure, qui produit un assez mauvais effet.

Reprenons l'ordre chronologique, et examinons les premières grandes roses qui nous sont restées.

Nous l'avons dit tout à l'heure, une des plus anciennes est celle qui s'ouvre sur la face occidentale de l'église de Mantes. La structure de cette rose remonte aux dernières années du XIIe siècle, c'est dire qu'elle est contemporaine, ou peu s'en faut, de la petite rose du triforium de Notre-Dame de Paris que nous avons donnée figure 1.

Encore une observation avant de nous occuper de la rose occidentale de Mantes. La division principale des châssis de pierre qui garnissent ces roses procède, sauf de rares exceptions, du dodécagone, c'est-à-dire que les compartiments principaux de l'armature de pierre forment douze coins et douze rayons, ainsi que l'indiquent les exemples A et C (fig. 2). Dans les roses primitives, les vides se trouvent sur les axes, comme dans l'exemple A, tandis que dans les roses composées depuis le milieu du XIIIe siècle, ce sont les rayons qui, le plus habituellement, sont posés sur les axes, comme dans l'exemple C.

Voici donc (fig. 3) le tracé de la rose occidentale de Notre-Dame de Mantes. C'est encore le système de rayons étrésillonnants qui domine ici. Les colonnettes de l'ordre extérieur sont tournées la base vers la circonférence. Ces colonnettes reçoivent des arcs qui à leur sommet portent l'ordre intérieur des colonnettes, dont les chapiteaux sont de même tournés vers l'œil central. Cet œil, qui subit une grande pression, est plus épais que les rayons, ce qui est bien raisonné. L'armature de fer du vitrail n'est point engagée en feuillure à mi-épaisseur de pierre, mais est scellée intérieurement, comme l'indique la section A, et des pitons scellés aussi dans la pierre maintiennent les panneaux contre celle-ci. C'est encore suivant ce système que la rose de la façade occidentale de Notre-Dame de Paris est combinée. Cette rose est postérieure à celle de Notre-Dame de Mantes : elle date de 1220 environ; sa composition est déjà plus savante en présentant des compartiments mieux entendus et d'un aspect plus gracieux. Le problème consistait à disposer les compartiments de pierre de manière à laisser, pour les panneaux des vitraux, des espaces à peu près égaux. On voit que dans la rose de Mantes les vides joignant la circonférence sont, relativement aux vides intérieurs, démesurément larges. On avait suppléé à l'étendue des vides extérieurs par l'armature de fer; mais les panneaux maintenus par les grands cercles de fer B avaient une surface trop considérable, relativement aux panneaux C, et nécessitaient l'adjonction de nombreuses

3

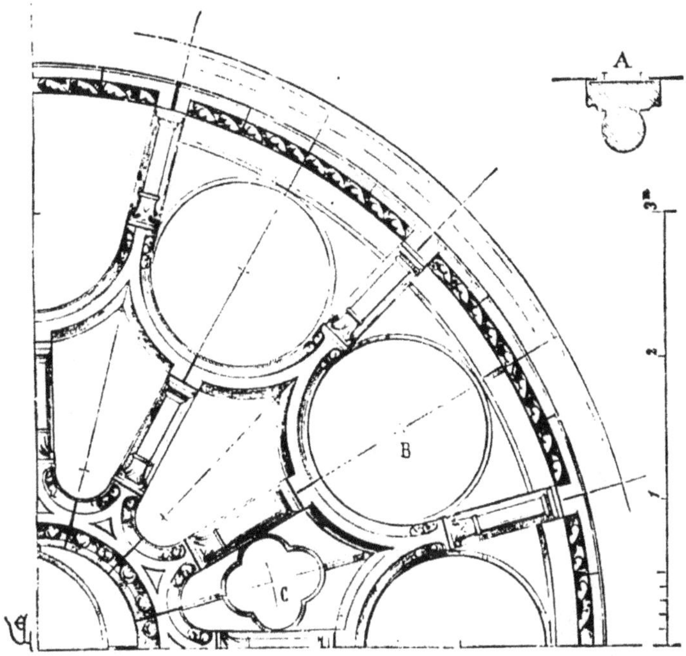

tringlettes ou barres secondaires, qui ne présentaient pas une résistance suffisante à l'effort des vents. De plus, le poids des châssis de pierre se reportait tout entier sur les deux colonnettes inférieures, ce qui présentait un danger, car, dans ce cas, la solidité de la rose était fort compromise. La composition de la rose de Mantes, très-hardie déjà pour un vide de 8 mètres de diamètre, devenait d'une exécution impossible si ce diamètre était augmenté. Or, le diamètre du vide de la rose occidentale de Notre-Dame de Paris est de 9m,60. L'architecte prétendit donner à son réseau de pierre à la fois plus de solidité et plus de légèreté. En conséquence (fig. 4), il divisa le cercle en vingt-quatre parties pour la zone extérieure, en douze parties pour la zone intérieure. Il retourna les colonnettes, c'est-à-dire qu'il plaça leurs bases vers le centre et leurs chapiteaux vers la circonférence. Il posa sur les chapiteaux des colonnettes de la zone extérieure une arcature robuste, plus épaisse que les

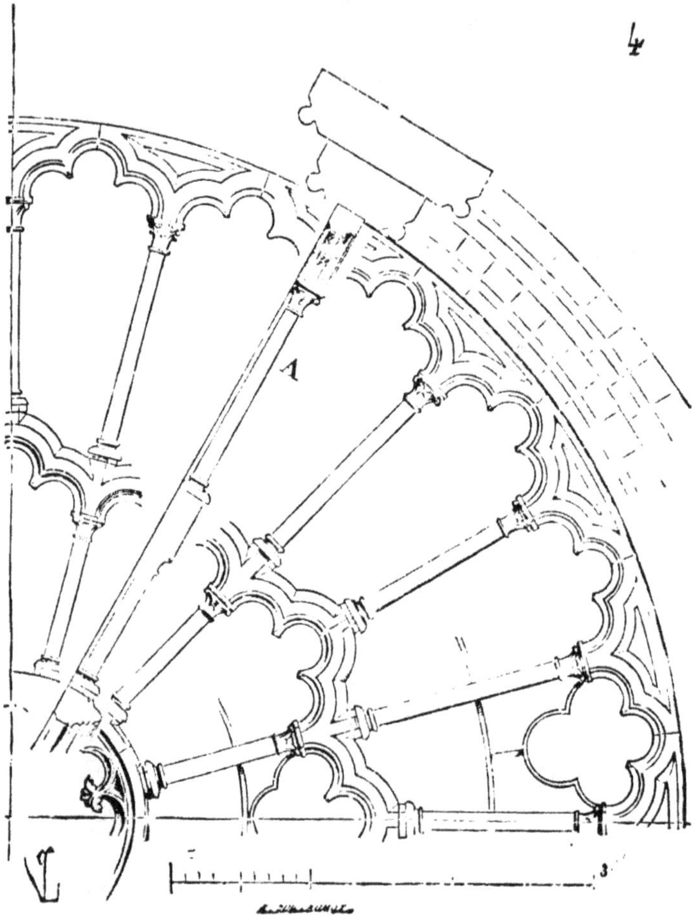

colonnettes, et qui à elle seule formait déjà un clavage complet, pouvant se maintenir comme les claveaux d'un arc par leur coupe. Dès lors il diminuait le diamètre du réseau de plus d'un mètre. Entre les deux zones de colonnettes, il posa une seconde arcature robuste qui formait un second cercle clavé; puis l'œil renforcé également clavé. Les colonnettes n'étaient plus que des étrésillons rendant ces trois cercles solidaires. Elles n'avaient à subir qu'une assez faible pression, aussi les fit-il très-légères. Il est difficile, le problème d'un grand châssis circulaire de pierre étant posé, de le résoudre d'une manière plus heureuse et plus savante.

Dans cette composition, l'armature de fer nécessaire pour maintenir les panneaux des vitraux n'avait plus qu'une importance nulle au point de vue de la solidité du système. Cette armature était scellée avec grand soin au plomb, ainsi que les pitons; car dans cette rose, comme dans celle de Mantes, le vitrail était accolé à la face intérieure et non en feuillure; de telle sorte que le réseau portait toute son épaisseur à l'extérieur [1].

La meilleure preuve que la composition de la rose occidentale de Notre-Dame de Paris est parfaitement entendue, c'est que ce réseau n'avait subi que des dégradations très-peu importantes. Trois colonnettes avaient été fêlées par le gonflement des scellements de l'armature, et deux morceaux d'arcature étaient altérés par des brides de fer posées pour maintenir le buffet d'orgues. Cependant le grand châssis était resté dans son plan vertical, malgré le poids des vitraux, l'effort du vent et ces attaches de fer qu'on avait scellées pendant le dernier siècle, contre des parties d'arcatures, lorsqu'on monta les grandes orgues. En A, est tracée la coupe de cette rose. Des détails sont nécessaires pour faire apprécier la valeur de cette structure. Nous donnons en A (fig. 5) la coupe sur l'œil, renforcé par le profil *a*, comme on renforce le moyeu d'une roue de carrosse. En B, la section d'une des colonnettes intérieures, dont le diamètre a 0^{m},14 avec le profil *b* de la base. En C, un des chapiteaux des colonnettes extérieures, avec la base *c* et son renfort. En D, la section de l'arcature extérieure et la section du segment de cercle externe qui les réunit. L'épaisseur de cette arcature externe et interne n'a pas plus de 0^{m},23, et celle des colonnettes, y compris le renfort, dans lequel sont scellés les pitons, 0^{m},18. Il n'est pas de rose du moyen âge dont le réseau présente de plus faibles sections relativement au diamètre du vide, et il n'en est pas qui ait mieux résisté à l'action du temps. Si nous revenons à la figure 4, nous observerons qu'en effet l'appareil est à la fois très-simple et très-habile; les pressions s'exercent sur les morceaux de pierre, de façon à éviter toute chance de brisure. Les colonnettes-étrésillons, renforcées à leurs extrémités par la saillie des bases et des chapiteaux, donnent beaucoup de roide à tout le système et s'appuient bien sur les sommiers et les têtes d'arcatures. L'œil, plus épais que tout le reste du réseau, offre un point central résistant. Ce réseau est entièrement taillé dans du cliquart d'une qualité supérieure; les profils, les moindres détails ont conservé toute leur pureté. La sculpture des fleurons, ainsi que celle des chapiteaux, est admirable-

[1] Lors de la restauration, afin d'éviter les effets de l'oxydation du fer sur la pierre et de ne pas charger ce réseau de pierre, les panneaux des vitraux ont été posés sur une armature intérieure de fer indépendante. Ainsi n'existe-t-il plus aucune chance de destruction pour cette belle composition.

ment traitée. Autrefois ce réseau était peint et doré. On voit encore, sur les fûts des colonnettes, la trace d'étoiles d'or qui les couvraient sur un fond d'azur. Quand on examine dans ses détails cette charmante composition, qu'on se rend compte du savoir et de la finesse d'observation qui ont présidé à son exécution, deux choses surprennent : c'est le développement si rapide de cet art qui, à peine sorti du roman, était si sûr de ses moyens et de l'effet qu'il voulait produire; c'est encore de prétendre nous donner à croire que ce sont là les expressions pénibles d'un art maladif, étrange, soumis aux capricieux dévergondages d'imaginations encore barbares, sans liens avec les hardiesses de l'esprit moderne. En vérité, à une époque comme la nôtre, où des architectes ne parviennent pas toujours à maintenir des murs en pleine pierre dans leur plan vertical, on pourrait se montrer plus modeste et plus soucieux de s'enquérir des méthodes de ces maîtres, qui savaient combiner un énorme châssis de pierre de façon à le soustraire aux chances de destruction pendant six ou sept cents ans. Mais comment prouver la clarté du soleil à ceux qui, non contents d'avoir un bandeau sur les yeux, ne souffrent pas volontiers que chacun puisse chercher la lumière ?

La rose occidentale de la cathédrale de Paris, comme nous le disions tout à l'heure, ne le cède à aucune autre, même d'une époque plus récente, comme volume de matière mise en œuvre, comparativement à la surface vitrée, d'autant que les évidements sont peu considérables.

Il est d'un certain intérêt de connaître le cube de pierre employé dans ce réseau, en comptant chaque morceau inscrit dans le plus petit parallélipipède, suivant la méthode adoptée de tout temps.

L'arcature extérieure cube....	4^{m},1184
Les grandes colonnettes de la zone externe cubent...	1^{m},188
Les petites......	1^{m},08
L'arcature interne cube....	2^{m},2176
Les colonnettes de la zone intérieure cubent....	0^{m},828
L'œil....	1^{m},05
Total.....	10^{m},4820

La surface de la rose étant de 71^{m},56, le cube de pierre par mètre de surface n'est que de 0^{m},146.

Nous verrons que cette légèreté réelle ne fut pas atteinte, même à l'époque où l'architecture cherchait à paraître singulièrement délicate.

Peu avant la construction de la façade occidentale de la cathédrale de Paris, on élevait l'église abbatiale de Braisne, une des plus belles églises du Soissonnais [1]. Cette église, détruite en partie aujourd'hui, conserve son transsept et son chœur. Dans les pignons de ce transsept s'ouvrent des roses d'un style excellent, d'une structure remarquable, parfaitement

[1] La construction de cet édifice dut être commencée par Agnès de Braisne, femme de Robert de Dreux, en 1180. (Voyez la *Monographie de Saint-Yved de Braisne*, par M. Stanislas Prioux, 1859.)

conservées. Nous traçons (fig. 6) une de ces roses. Ici, conformément à la donnée admise à la fin du XIIe siècle, les colonnettes-rayons sont posées les bases vers la circonférence; mais déjà une arcature externe

6

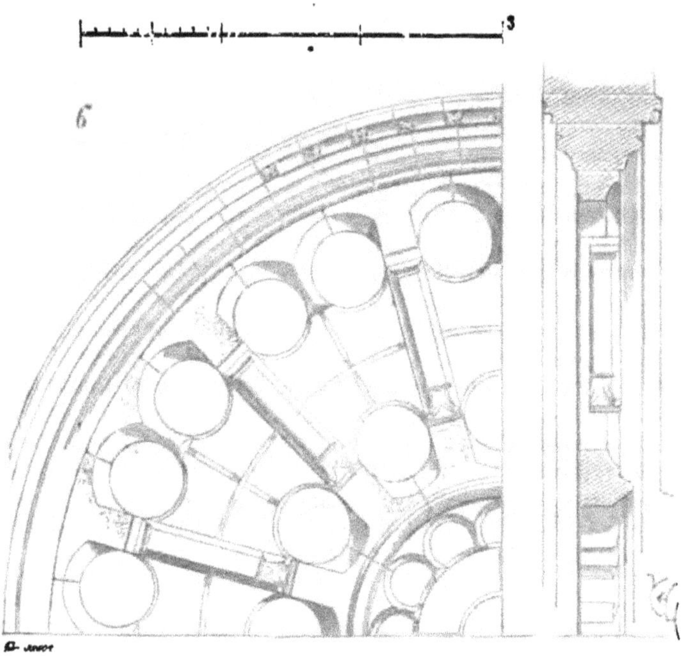

réunit tout le système, comme à Notre-Dame de Paris. L'appareil, d'une grande simplicité, présente toutes les garanties de durée, mais cette rose est loin d'avoir la légèreté de celle de la cathédrale de Paris. D'ailleurs le système de vitrage est le même.

La rose de la façade de Notre-Dame de Paris fut taillée vers 1220, comme nous le disions plus haut. Quarante ans plus tard environ (en 1257), on élevait les deux pignons sud et nord du transsept de cette église, pour allonger ce transsept de quelques mètres [1]. Or, ces deux pignons sont percés de roses énormes qui n'ont pas moins de 12^{m},90 de diamètre, et qui s'ouvrent sur des galeries ajourées. Ces roses sont construites d'après le système indiqué dans notre figure 2, en C; c'est-à-dire que les écoinçons inférieurs compris dans le carré inscrivant le cercle sont ajourés comme le cercle lui-même, tandis que les écoinçons supérieurs sont aveugles, étant masqués par la voûte. Voici (fig. 7) le tracé extérieur de l'une de ces deux roses, celle du sud. Les écoinçons

[1] Voyez CATHÉDRALE.

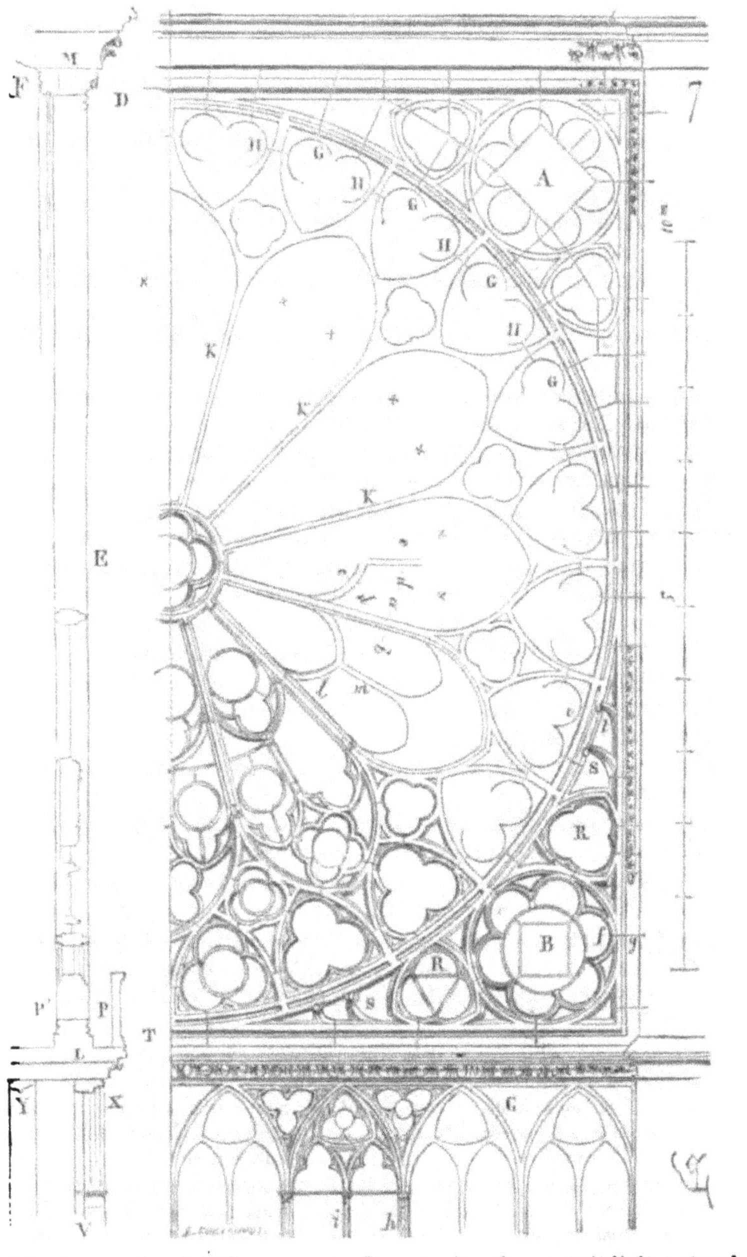

A sont aveugles, tandis que ceux B sont ajourés; ce qui était naturel, puisque ce treillis de pierre repose sur l'arcature ajourée C, et qu'ainsi la surface comprise entre le bas de cette arcature et le niveau D ne forme qu'une immense fenêtre d'une hauteur de 18^m,50 sur 13 mètres de largeur. Sous la rose, la galerie double (voy. la coupe E), vitrée en V, est placée comme un chevalement sous le grand réseau de pierre, de façon à laisser deux passages P, P', l'un extérieur, l'autre intérieur. L'épaisseur de cette claire-voie n'est que de 0^m,47. Le formeret de la voûte enveloppe exactement le demi-cercle supérieur de la rose, et forme conséquemment un arc plein cintre.

Notre dessin fait voir les modifications profondes qui, en quelques années, s'étaient introduites dans la composition de ces parties de la grande architecture laïque du XIIe siècle. On ne saurait reprocher à cet art l'immobilité, car il est difficile de se transformer d'une manière plus complète, tout en demeurant fidèle aux premiers principes admis. Le réseau se complique, se subdivise, et le système que nous trouvons déjà entier dans la rose occidentale de Notre-Dame de Paris s'est étendu.

L'arcature externe, qui, dans la rose de 1220, forme un clavage trapu, s'est dégagée, mais elle existe; les colonnettes-rayons subsistent et sont étrésillonnées avec plus d'adresse; l'œil s'est amoindri; enfin les écoinçons inférieurs ont été percés, pour ajouter une surface de plu à cette page colossale de vitraux. Si la composition de ce réseau est d'un agréable aspect, le savoir du constructeur est fait pour nous donner à réfléchir. Car, dans ce grand châssis de pierre, les effets des pressions sont calculés avec une adresse rare. D'abord, en jetant les yeux sur l'appareil indiqué dans notre figure, on verra que toute la partie supérieure du grand cintre, compris le clavage de l'arcature externe G, ne charge pas le réseau, qui ne pèse sur lui-même qu'à partir des coupes H. Que ces charges sont reportées sur les rayons principaux K, lesquels sont étrésillonnés dans tous les sens; que l'appareil est tracé de manière à éviter les brisures en cas d'un mouvement. Que les coupes étant toujours normales aux courbes, les pressions s'exercent dans le sens des résistances. Que les écoinçons ajourés B, qui supportent une pression considérable, sont combinés en vue de résister de la façon la plus efficace à cette pression. Que les armatures de fer destinées à maintenir les panneaux de verre, pris en feuillure dans l'épaisseur du réseau, ajoutent encore au système général d'étrésillonnement [1].

[1] Cette rose sud du transsept de Notre-Dame de Paris, par suite d'un mouvement prononcé d'écartement qui s'était produit dès les fondations, dans les deux contre-forts du pignon (le sol sur ce point étant compressible), avait subi de telles déformations, sans que toutefois ces déformations eussent causé une catastrophe, que le cardinal de Noailles, au commencement du dernier siècle, entreprit de faire reconstruire à neuf ce réseau de pierre. Mais les coupes furent si mal combinées et les matériaux d'une si médiocre qualité, que l'ouvrage menaçait ruine en ces derniers temps; on avait d'ailleurs refait les écoinçons inférieurs pleins, croyant probablement que cette modification donnerait plus de solidité à l'ouvrage, ce qui était une grande erreur, puisque ces écoinçons reposent

Quand l'ingénieur Polonceau imagina le système de cercles de fer pour résister à des pressions entre le tablier et les arcs d'un pont, il ne faisait, à tout prendre, qu'appliquer un principe qui avait été employé six siècles avant lui. On vanta, et avec raison, le système nouveau ou plutôt renouvelé, mais personne ne songea à tourner les yeux vers la cathédrale de Paris et bien d'autres édifices du XIIIe siècle, dans lesquels on avait si souvent et si heureusement employé les cercles comme moyen de résistance opposé à des pressions. Dans les deux roses du transsept de Notre-Dame de Paris, il n'était pas possible de trouver un moyen plus efficace pour résister à la pression qui s'exerce sur le côté curviligne de ces triangles que le cercle de pierre B, étrésillonné lui-même puissamment par les petits triangles curvilignes R. Les crochets-étrésillons S complètent le système des résistances. N'oublions pas que cette énorme claire-voie circulaire ne pose pas sur un mur plein, mais sur une galerie ajourée elle-même, d'une extrême délicatesse ; que pour ne pas écraser les colonnettes et prismes de cette galerie, il fallait que la rose exerçât sur ces frêles points d'appui une pression également répartie; car si les points d'appui verticaux de cette galerie ont une résistance considérable ensemble, ils n'en ont qu'une assez faible pris isolément. Le problème consistait donc à faire de la rose une armature homogène, n'appuyant pas plus sur un point que sur un autre. Les écoinçons ajourés, avec leur grand cercle B, leurs triangles curvilignes R et leurs crochets S, répartissent les pesanteurs sur l'assise inférieure T, de telle sorte que tous les points de cette assise se trouvent également chargés. D'ailleurs les deux parois ajourées X, Y, de la galerie, formant chevalement, décomposent les pressions au moyen de l'arcature C, qui forme une suite d'étrésillons remplaçant des croix de Saint-André en charpente. La preuve que le moyen adopté est bon, c'est que, malgré les restaurations maladroites du dernier siècle, malgré l'écartement des contre-forts, aucune des pilettes de cette galerie n'était brisée. L'arcature C elle-même avait très-peu souffert [1]. Pour diviser les pressions, pour arriver à faire

eux-mêmes sur une claire-voie qu'on chargeait ainsi d'un poids inutile. Il fallut donc, il y a quelques années, refaire cette rose. Heureusement, des fragments anciens existaient encore, les panneaux des vitraux primitifs avaient été replacés ainsi que les armatures de fer. Il fut donc facile de reconstituer la rose dans sa forme première (cette forme avait été quelque peu modifiée, notamment dans la coupe des profils). Un puissant chainage fut posé en L et en M, pour éviter tout écartement; les contre-forts furent consolidés. La rose du nord n'avait pas été refaite, bien qu'elle se fût déformée par suite d'un écartement des contre-forts; il a suffi, pour la restaurer, de la déposer, et de refaire les morceaux brisés sous la charge par suite de cet écartement. Mais ce qui fait ressortir la résistance de ces grands châssis de pierre, lorsqu'ils sont bien combinés, c'est qu'ils demeurent entiers pendant des siècles, malgré les accidents tels que ceux que nous signalons.

[1] Les pilettes principales *h* n'ont que 0m,20 sur 0m,36 de section en moyenne ; les pilettes intermédiaires *i* n'ont que 0m,10 sur 0m,15. Elles sont taillées dans du cliquart de la butte Saint-Jacques. Lorsqu'on les frappe, ces pilettes résonnent comme du métal.

de ce châssis de pierre une surface homogène, le maître de l'œuvre, Jean de Chelles, avait d'abord ses douze rayons rectilignes principaux étrésillonnés à moitié de leur longueur par les arcs *l*, contre-étrésillonnés eux-mêmes par les douze rayons secondaires *m*. A ce point, le réseau s'épanouit, se divise, répartit ses charges par une suite de courbes et de contre-courbes sur vingt-quatre rayons aboutissant au cercle principal, qui est doublé. Un de ces rayons porte sur l'axe de la galerie; les dix autres, à droite et à gauche de l'axe, ont leurs pressions décomposées par les écoinçons armés de leurs cercles et de leurs triangles curvilignes. Ces charges sont si bien divisées, décomposées, que des membres entiers de cette rose pourraient être enlevés sans que l'ensemble en souffrît. C'était donc un raisonnement juste qui avait conduit à adopter ces réseaux avec courbes et contre-courbes. Dans les roses primitives, comme celles de Braisne ou de la façade occidentale de la cathédrale de Paris, si un rayon, un membre venait à manquer, toute l'économie du système était compromise; tandis qu'ici les chances de conservation étaient multiples, et, en effet, beaucoup de ces roses, qui ont six siècles d'existence, qui ont subi des déformations notables ou des mutilations, sont cependant restées entières, comme un large treillis de bois pouvant impunément être déchiré partiellement sans tomber en morceaux.

Il y a autre chose, dans ces compositions, que le capricieux dévergondage d'une imagination non réglée; il y a une profonde expérience, un calcul judicieux, un savoir étendu et une bien rare intelligence de l'application des nécessités de la structure à l'effet décoratif.

Nous donnons ici le cube de pierre employé dans ce réseau, à partir du niveau de la galerie à jour.

L'œil cube	$0^m,94$
Les colonnettes intérieures cubent	$2^m,12$
Les découpures au-dessus cubent	$2^m,26$
Les colonnettes extérieures cubent	$1^m,84$
Les petites colonnettes intermédiaires cubent	$0^m,44$
Les grandes découpures au-dessus cubent	$5^m,42$
Les petits redents cubent	$2^m,86$
Les morceaux d'arcatures sommiers cubent	$4^m,41$
Les redents intermédiaires cubent	$1^m,47$
Les grands morceaux d'arcatures cubent	$11^m,28$
Les morceaux d'entourage cubent	$18^m,00$
Les écoinçons cubent	$3^m,40$
Total	$54^m,44$

La surface de cette rose ayant 143 mètres, le cube de pierre par mètre superficiel est de $0^m,38$; cube très-supérieur à celui de la rose occidentale.

Il nous faut maintenant examiner les sections des différents membres de cette rose (fig. 8). Le profil dont l'axe est en A est la section sur *ab* (voy. la fig. 7), sur les membres principaux de la rose. Le profil dont l'axe est en B est la section sur les membres secondaires *c*, *d*. Le profil dont l'axe est en C est la section sur les membres tertiaires, qui sont

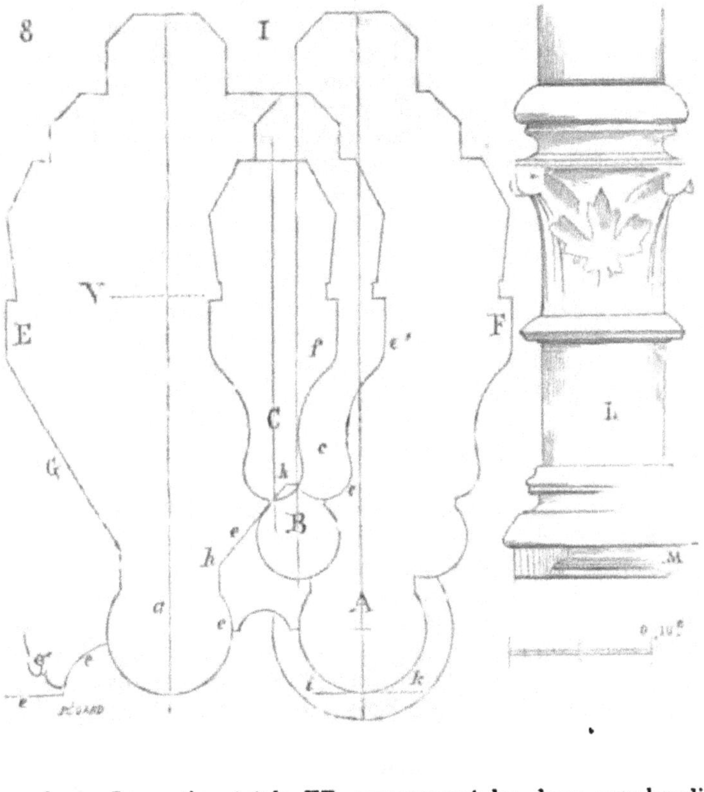

les redents. La section totale EF, comprenant les deux gros boudins principaux *a*, A, est faite sur *ot*, le profil se simplifiant à l'extrados, comme il est marqué en G. Enfin le profil *ee ee'* est la section sur *fg* (de l'ensemble), c'est-à-dire la section sur le grand cercle de l'écoinçon. La circonférence de la rose est donc formée des deux gros boudins principaux *a*, A, et en dedans du grand cercle de l'écoinçon qui subit une forte pression, il y a un supplément de force *fe'*; le boudin C du membre composant le redent étant reculé en *c* et relié au gros boudin par le biseau *hh*. A l'intérieur, le profil est simplifié comme le marque notre tracé en I. Ici les armatures de fer et vitraux ne sont plus posés contre le parement intérieur du réseau de pierre, mais pris en feuillure en V, de façon à mieux calfeutrer les panneaux et à empêcher les eaux pluviales de pénétrer à l'intérieur. En L, sont tracés les chapiteaux et bases des rayons principaux dont les gros boudins forment colonnettes; la saillie des bases étant portée par un congé M sur la face, afin que le lit inférieur de cette base puisse tomber au nu du boudin *ik*.

Dans les deux roses nord et sud du transsept de Notre-Dame de Paris, les deux écoinçons supérieurs sont aveugles et le formeret de la voûte joint la partie supérieure de la circonférence de la rose. Si le cercle est compris dans un carré, dans une sorte de cadre enclavé entre les contreforts latéraux, la partie ajourée, le châssis vitré, se termine par le cintre de la rose elle-même. Cependant, comme nous l'avons dit, dès 1240, des maîtres avaient jugé à propos d'ajourer non-seulement les écoinçons inférieurs, mais aussi les écoinçons supérieurs des roses. Ce fut à cette époque que l'on construisit la chapelle du château de Saint-Germain en Laye [1]. Cet édifice, dont la structure est des plus remarquables, tient autant aux écoles champenoise et bourguignonne qu'à celle de l'Ile-de-France. L'architecte ne pouvait manquer d'appliquer ce système de fenestrage à la rose. Cette chapelle, depuis les travaux entrepris dans le château sous Louis XIV, était complétement engagée sous un enduit de plâtre. La restauration de cet édifice ayant été confiée à l'un de nos plus habiles architectes, M. Millet, celui-ci reconnut bien vite l'importance de la sainte Chapelle de Saint-Germain en Laye; il s'empressa de la débarrasser des malencontreux *embellissements* qu'on lui avait fait subir, il retrouva l'arcature inférieure en rétablissant l'ancien sol, et fit tomber le plâtrage qui masquait la rose. Or, cette rose, une des plus belles que nous connaissions, est inscrite dans un carré complétement ajouré. Son ensemble, tracé en A (fig. 9), se compose de douze rayons principaux, les quatre écoinçons étant à jour et vitrés. L'architecte a voulu prendre le plus de lumière possible, car les piles d'angles qui portent les voûtes (voyez le plan partiel B) font saillie sur le diamètre de la rose; le formeret portant sur les colonnettes *a* laisse entre lui et la rose l'espace *b*, et le linteau qui réunit la pile à l'angle de la chapelle est biaisé, ainsi que l'indique la ligne ponctuée *c*, afin de dégager cette rose.

Pour indiquer plus clairement le tracé de la rose de la sainte Chapelle de Saint-Germain en Laye, nous n'en donnons qu'un des quatre angles, avec un de ses écoinçons ajourés, à l'échelle de $0^m,02$ pour mètre. On remarquera qu'ici encore, conformément aux dispositions des premières roses, les colonnettes sont dirigées les chapiteaux vers le centre. Les douze rayons principaux, étrésillonnés par les cercles intermédiaires D, offrent une résistance considérable. A leur tour, ces cercles intermédiaires sont étrésillonnés par les arcatures F et par des colonnettes intermédiaires. Quatre de ces colonnettes secondaires sont parfaitement butées par les grands cercles G des écoinçons, les huit autres butent contre le châssis. Quant aux rayons principaux E, quatre butent suivant

[1] Voyez CHAPELLE, fig. 4, 5 et 6.

les deux axes, et les huit autres sont maintenus par les trèfles H, qui, à leur tour, étrésillonnent les grands cercles d'écoinçons G. L'appareil de ce réseau de pierre est excellent, simple et résistant. En L, nous donnons la section du réseau principal; en M, celle des redents. L'extérieur de la rose étant en V, on remarquera que le profil intérieur est plus plat que le profil extérieur, afin de masquer aussi peu que possible les panneaux de vitraux par la saillie des moulures à l'intérieur, et de produire à l'extérieur des effets d'ombres et de lumières plus vifs. Ici les vitraux et les armatures de fer sont en feuillure et non plus attachés contre le parement intérieur. Nous avons encore dans cette rose un exemple de la solidité de ces délicats treillis de pierre lorsqu'ils sont bien combinés; car, malgré des plâtrages, des trous percés après coup, des mutilations nombreuses, la rose de Saint-Germain en Laye tient; et lorsqu'il s'agira de la démasquer, beaucoup de ces morceaux pourront être utilisés.

L'école de l'Ile-de-France ne fit que rendre plus légères les sections des compartiments des roses, sans modifier d'une manière notable le système de leur composition. Mais il faut signaler les roses appartenant à une autre école, et qui diffèrent sensiblement de celles appartenant à l'école de l'Ile-de-France. Les exemples que nous venons de présenter font voir que, dans la construction de ces claires-voies, les architectes employaient autant que possible de grands morceaux de pierre, d'épaisses dalles découpées et des rayons étrésillonnants. Ces ensembles formaient ainsi une armature rigide, n'offrant aucune élasticité. Ce système s'accordait parfaitement avec la nature des matériaux donnés à cette province. Mais, en Champagne, on ne possédait pas ce beau cliquart du bassin de Paris; les matériaux calcaires dont on disposait, étaient d'une résistance relativement moindre, et ne pouvaient s'extraire en larges et longs morceaux. Il fallait bâtir par assises ou par claveaux. Ces pierres ne pouvaient s'employer en délit comme le lias ou le cliquart. Aussi les architectes de la cathédrale de Reims adoptèrent-ils d'autres méthodes. Ils construisirent les réseaux des roses comme les meneaux des fenêtres, par superposition de claveaux et embrèvement des compartiments dans des cercles épais, clavés comme des arcs de voûte. Telles sont faites les deux roses nord et sud du transsept de cette cathédrale, qui datent de 1230 environ. La rose n'est plus fermée par un formeret plein cintre, comme à Paris, mais s'inscrit dans un arc brisé, projection des arcs-doubleaux de la grande voûte; si bien qu'au-dessus du cercle propre de la rose, il reste un écoinçon vide (voy. fig. 2, le tracé B). La rose de la façade occidentale de cette cathédrale, élevée plus tard, c'est-à-dire vers 1250, est construite d'après la même donnée. Le cercle principal est un épais cintre composé de claveaux, dans lequel s'embrèvent les compartiments. Ces roses étant parfaitement gravées, avec tous leurs détails, dans l'ouvrage publié par M. Gailhabaud [1], il nous paraît inutile

[1] *L'Architecture du* v*e au* xvi*e siècle, et les arts qui en dépendent.* Gide édit., t. I.

de les reproduire ici. Les cercles principaux des roses du transsept n'ont pas moins de 1m,60 d'épaisseur, et constituent de véritables arcs construits par claveaux. Quant aux compartiments intérieurs, formant les châssis vitrés, ils n'ont que 0m,24 d'épaisseur, non compris la saillie des bases et chapiteaux des colonnettes. Les panneaux des vitraux sont attachés au parement intérieur du réseau, comme à la rose de la façade occidentale de Notre-Dame de Paris.

La rose occidentale de la cathédrale de Reims se rapproche davantage du système de l'Ile-de-France, mais le grand cercle clavé n'en existe pas moins, et a 2m,18 d'épaisseur, ce qui en fait un membre d'architecture d'une grande force. Pour le réseau, son épaisseur est de 0m,82. Ses panneaux de vitraux sont pris en feuillure. Mais nous avons fait ressortir ailleurs (voyez CATHÉDRALE) la puissance extraordinaire des moyens employés par les architectes de Notre-Dame de Reims. Aussi bien ces grandes claires-voies, déjà si légères à Paris, au commencement du XIIIe siècle, sont à Notre-Dame de Reims des constructions inébranlables, épaisses et reposant non plus sur des sections de 0m,06 à 0m,10 superficiels, mais de 0m,20 à 0m,25. Cependant, dès les dernières années du XIIIe siècle, ces architectes champenois avaient atteint et même dépassé la limite de la légèreté donnée aux réseaux des claires-voies dans l'Ile-de-France. C'est qu'alors ces architectes avaient su trouver des matériaux très-fins et résistants, tels, par exemple, que le lias de Tonnerre, et que, profitant des qualités particulières à ces pierres calcaires, ils donnaient aux compartiments de leurs fenêtres, aux meneaux et aux réseaux des sections, une ténuité qui ne fut jamais dépassée. Dans l'article CONSTRUCTION, on peut se rendre compte de la légèreté extraordinaire des membres des claires-voies champenoises, en examinant les figures relatives à l'église Saint-Urbain de Troyes, bâtie à la fin du XIIIe siècle. Mais à Reims même, il existait une église dont nous parlons fréquemment, Saint-Nicaise, bâtie par l'architecte Libergier, et dont l'ordonnance, la structure et les détails étaient d'une valeur tout à fait exceptionnelle. De cette église, démolie au commencement de ce siècle, il ne nous reste que la dalle tumulaire de son architecte, aujourd'hui déposée dans la cathédrale; quelques fragments de pavages et d'ornements, des plans, un petit nombre de dessins et une admirable gravure. Au-dessus d'un porche très-remarquablement dessiné [1], au centre de la façade occidentale, s'ouvrait une rose d'une composition toute champenoise, en ce qu'elle formait plutôt un immense fenestrage qu'une rose proprement dite, inscrit sous le formeret de la voûte de la nef.

Nous présentons (fig. 10) cette composition. L'arc A est le formeret ou plutôt un premier arc-doubleau de la grande voûte. Le cercle qui inscrit le réseau est indépendant de cet arc et ne s'y rattache que par les

[1] Voyez PORCHE.

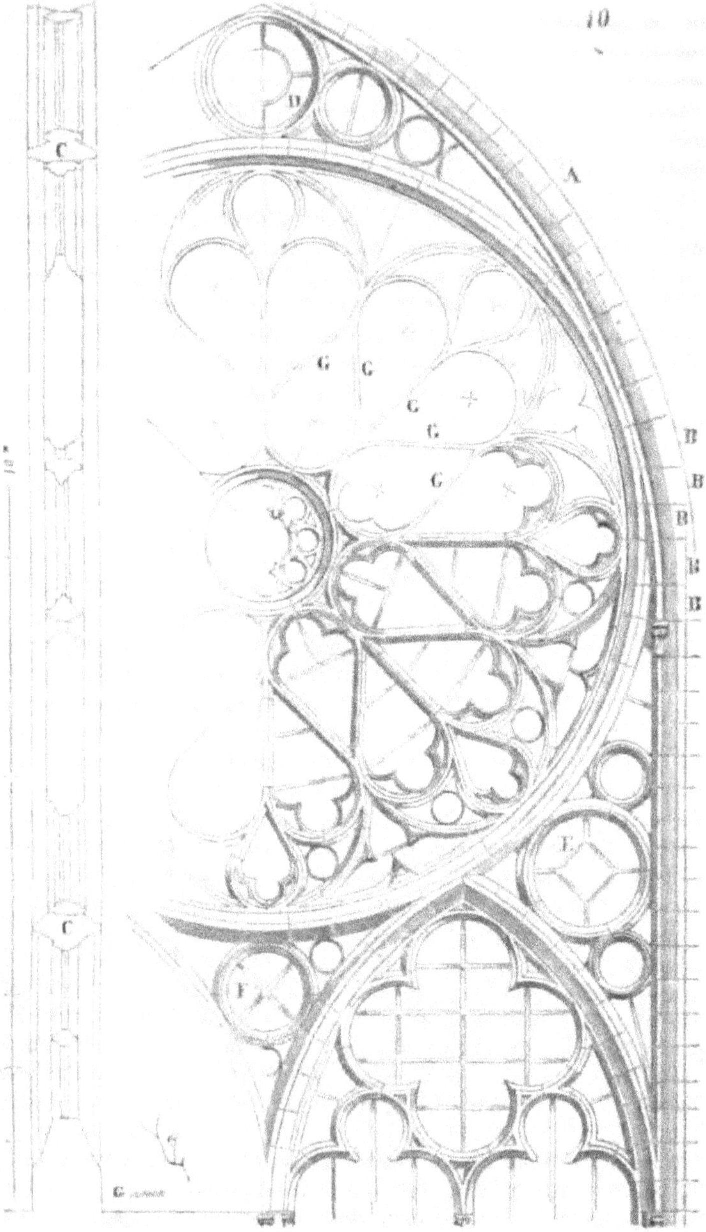

cinq sommiers B. Le réseau est, conformément à la donnée rémoise, indépendant du cercle, ainsi que le fait voir la coupe en C. Pour maintenir ce cercle, ont été posés les cercles-étrésillons D, E, F. On observera que dans le tracé du réseau, l'arcature externe est étrésillonnée par une suite de jambettes G, qui ne tendent plus toutes au centre, comme les rayons des roses de la première moitié du XIIIe siècle, mais qui ont une résistance oblique, et par cela même empêchent une déformation qui s'est produite parfois. En effet, il arrivait, pour des roses d'un grand diamètre et dont les membres avaient une faible section, que la déformation se produisait, ainsi que l'indique la figure 11. Si une partie de la circonférence de ces roses subissait une pression trop forte, par suite d'un tassement ou d'un écartement, l'œil pivotait sur son centre, et les rayons, au lieu de tendre à ce centre, faisaient tous un mouvement de rotation à leur pied [1].

11

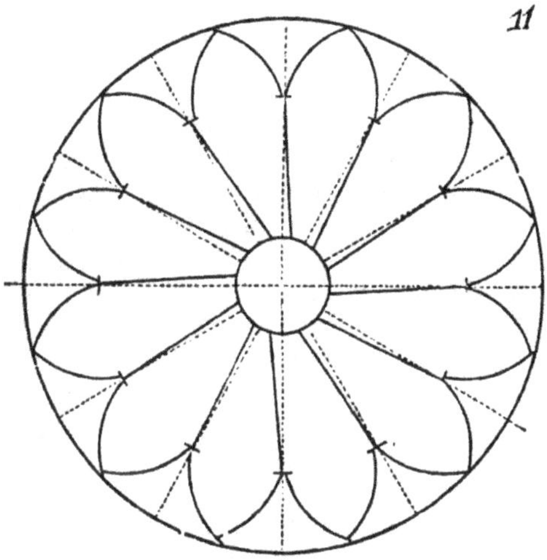

Les accidents qui résultaient de ce mouvement n'ont pas besoin d'être signalés; ils compromettaient la solidité de tout l'ouvrage, en déterminant des épaufrures et en enlevant au réseau tout son roide. Ce n'était pas, certes, dans les roses robustes de la cathédrale de Reims que de pareils effets pouvaient se produire. Mais Libergier avait probablement observé ce mouvement de déformation par rotation dans des roses de l'Ile-de-France plus délicates que celles de Notre-Dame de Reims; voulant atteindre et même dépasser cette délicatesse dans la structure de

[1] La section des réseaux ayant beaucoup de champ (voyez celle du réseau de la rose sud de Notre-Dame de Paris), et peu de largeur, pour laisser plus de place aux vitraux, il est évident que si une pression s'exerçait sur un point du grand cercle, les rayons, ne pouvant rentrer en eux-mêmes, trouvant une résistance sur leur champ, poussaient l'œil dans le sens le plus faible de leur section et le faisaient pivoter.

la rose occidentale de Saint-Nicaise, il adopta un système qui devait éviter ces dangers. A l'aide des étrésillons en décharge de cette rose (fig. 10), il prévint le mouvement de rotation de l'œil. Ce fut là un progrès qu'on ne cessa de poursuivre dans la composition des roses des XIVe et XVe siècles. Celles-ci, combinées dès lors d'après ce principe, furent beaucoup moins sujettes à se déformer.

Le système de la rose champenoise, composée d'un cercle puissant, clavé, embrevant les compartiments intérieurs formés de pierre en délit, avait cet avantage de présenter une certaine élasticité et de permettre d'éviter les charges partielles sur ces compartiments. Mais aussi ces architectes champenois de la fin du XIIIe siècle étaient des constructeurs très-expérimentés et très-habiles; et si, malheureusement, l'église Saint-Nicaise de Reims n'est plus là pour le démontrer, nous possédons encore celle de Saint-Urbain de Troyes, qui est certainement la plus merveilleuse application du système de structure gothique.

Le XIVe siècle ne se montra pas aussi ingénieux dans toutes les provinces, mais cependant quelques maîtres tentaient de prévenir la rotation des rayons des roses.

A Amiens, par exemple, le pignon nord du transsept de la cathédrale était, vers 1325, percé d'une grande rose dont les compartiments, engendrés par un pentagone, ne tendent plus au centre du cercle, mais aux angles de ce pentagone formant œil : c'était un moyen d'éviter le pivotement des rayons; mais cette rose n'est pas d'une heureuse composition. La fin du XIVe siècle et le commencement du XVe n'élevèrent qu'un très-petit nombre d'édifices religieux en France; les guerres, les malheurs de cette époque, donnaient d'autres soucis. Ce ne fut qu'à dater de la fin du règne de Charles VII que les architectes se remirent à l'œuvre. En ce qui concerne les roses, le système de Libergier paraît alors avoir définitivement prévalu, et la rose occidentale de la sainte Chapelle du Palais, à Paris, reconstruite au XVe siècle, est évidemment une arrière-petite-fille de celle de Saint-Nicaise de Reims. Nous donnons (fig. 12) le douzième de cette rose, à l'échelle de 0^m,03 pour mètre.

Lorsqu'on jette les yeux sur ces réseaux de pierre, composés presque exclusivement de lignes courbes, il semble, au premier abord, que ces mailles qui présentent un enchevêtrement des plus gracieux aux uns, une conception maladive aux autres, suivant les goûts ou les opinions, ne sont déterminées que par le caprice. Il n'en est rien cependant. Que l'on ait pour l'architecture de cette époque, ou une admiration, ou un blâme de parti pris, il faut avoir affaire à la géométrie, pour se rendre compte de ces compositions; or, la géométrie ne peut passer pour une science de *fantaisistes*.

Dans la rose de Saint-Nicaise, non-seulement les rayons sont rectilignes, mais aussi les jambettes, qui font l'office d'étrésillons obliques; mais en supposant un effort, une pression sur un point de la circonférence, ces étrésillons auraient eu besoin eux-mêmes d'être étrésillonnés pour résister à cette pression. En observant, par exemple, la contexture

12

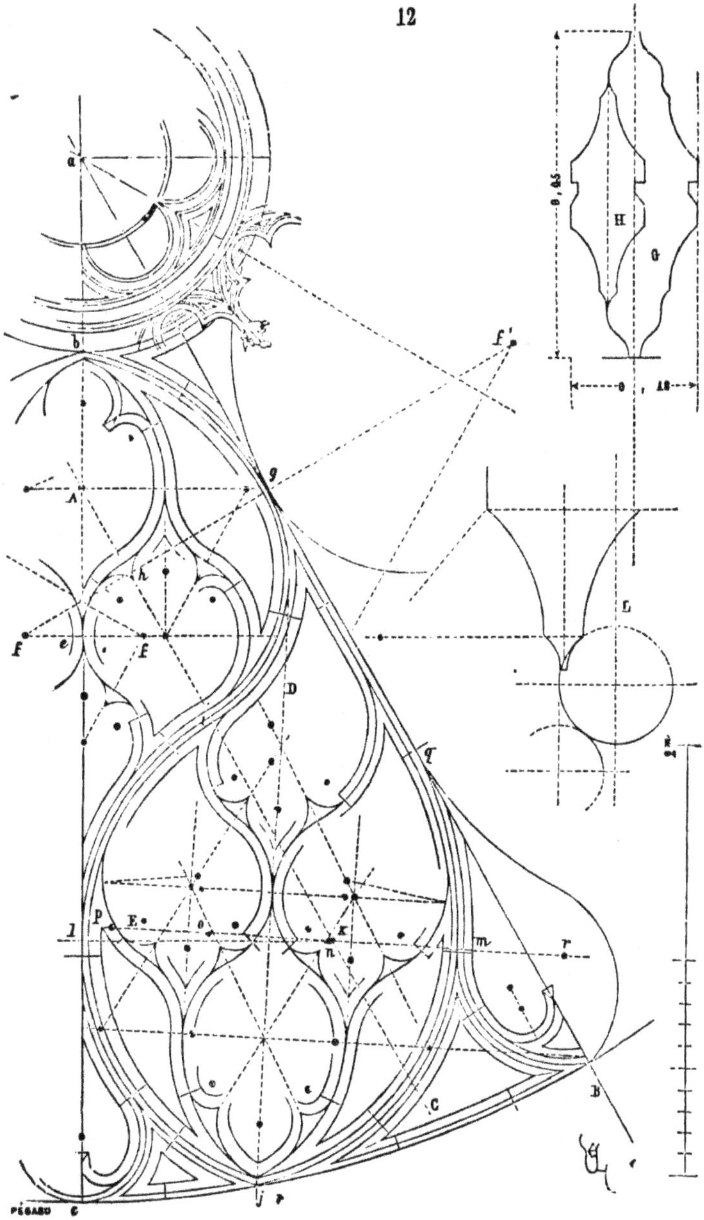

des plantes, on remarque que les réseaux qui forment les feuilles, la pulpe de certains fruits, présentent un système cellulaire très-résistant, si l'on tient compte de la ténuité des filaments et de la mollesse de ces organes. C'est un principe analogue qui dirige les maîtres dans le tracé des roses du XVe siècle. Ils conservent quelques rayons, et remplissent les coins laissés entre eux par une véritable ossature cellulaire, assez semblable à celle des organes des végétaux.

Ainsi est tracée la rose occidentale de la sainte Chapelle du Palais. Six rayons rectilignes la divisent en six grands segments, qui sont remplis par deux courbes principales étrésillonnées par un réseau de courbes secondaires. Les charges ou pressions se répartissent dès lors sur l'ensemble de l'arcature. Mais il ne faut pas croire, comme plusieurs affectent de le dire, que ces courbes sont *capricieusement* agencées, elles dérivent d'un tracé géométrique très-rigoureux. Le rayon de l'œil *ab* ayant été tracé, la portion du grand rayon *bc* restant a été divisée en trois parties égales. La ligne *ae* est le diamètre d'un hexagone, sur les côtés duquel ont été posés les centres *f* des portions de cercle *bg*. Sur le côté *ff'* de l'hexagone a été posé le centre *h* de la portion de cercle *gi*; du point *h* il a été tirée une ligne parallèle au grand rayon *a*B; prenant le tiers de la portion de circonférence *c*B, on a obtenu le point *j*. De ce point *j* on a tiré une ligne tangente à la courbe *gi*, qui donne l'axe sur lequel doivent se rencontrer les courbes du réseau secondaire du grand lobe. Sur la ligne AC parallèle au grand rayon *a*B, on a cherché le centre K de l'arc de cercle *lj*, la ligne *l*K étant parallèle au côté de l'hexagone. Du point K on a tiré une ligne perpendiculaire à l'axe *j*D; sur cette ligne a été cherché en *n* le centre de l'arc de cercle *il*. Sur cette même ligne E*m*, à une égale distance de l'axe D*j*, en *o*, a été posé le centre de l'arc *mj*; sur cette même ligne, en *p*, a été cherché le centre de l'arc *mq*; sur le prolongement de cette même ligne, en *r*, a été cherché le centre de l'arc *m*B. Ainsi ont été tracées les principales courbes du compartiment. Un triangle équilatéral divisé par l'axe D*j* a donné les centres des lobes secondaires, comme d'autres triangles équilatéraux, dans le grand lobe supérieur, ont donné les centres des lobes secondaires de cette partie. Les côtés de ces triangles équilatéraux ont donné les positions des pointes des redents destinés à consolider le réseau. Notre figure fait assez comprendre la position de ces centres sur les côtés des triangles équilatéraux, pour qu'il ne soit pas nécessaire de fournir des explications plus détaillées. Le profil G donne la section des membres principaux et celle H des membres secondaires. Le tracé L, à une plus grande échelle, fait voir comment ces membres secondaires pénètrent dans les membres principaux. On observera que l'œil est renforcé extérieurement par un cercle et un redenté saillants qui lui donnent plus d'épaisseur, et par conséquent plus de résistance, toutes les charges aboutissant à ce cercle central. L'appareil indiqué sur notre figure fait voir comment les morceaux de pierre sont coupés en raison des pressions qu'ils ont à subir. Tous ces joints sont d'ailleurs coulés en plomb, comme dans toutes les roses de quelque importance, à dater du XIIIe siècle; le plomb formant lui-même goujon : tandis que dans les roses à rayons des XIIIe et XIVe siècles, les constructeurs ont placé des goujons de fer dans les lits, goujons qui, en s'oxydant, ont fait parfois éclater les pierres. La rose de la sainte Chapelle du Palais a été taillée dans de la pierre dure de Vernon, et n'avait subi que des altérations partielles, par suite d'un écartement des deux tourelles formant contre-forts [1].

Il n'était pas possible de pousser plus loin la légèreté en combinant ces réseaux de pierre destinés à maintenir des vitraux. La science du tracé, la précision de l'exécution, le calcul des pressions et des résistances, avaient atteint leurs dernières limites, et les roses qu'on fit encore au commencement du XVIe siècle sont loin de remplir au même degré ces conditions.

C'est dans les provinces de l'Ile-de-France et de la Champagne que les roses ont le plus d'étendue et sont composées avec le plus de savoir et de goût. Cependant on ne saurait passer sous silence les belles roses de la cathédrale de Chartres, qui datent de la première moitié du XIIIe siècle, et qui sont si remarquables par leur style et leur exécution [2]. Celle de la façade occidentale, notamment, est un véritable chef-d'œuvre, qui avait attiré l'attention de Villard de Honnecourt, puisqu'il le donne dans son album; mais cette rose a été gravée dans plusieurs recueils avec assez de soin et d'exactitude pour que nous ne croyions pas nécessaire de la reproduire ici. Elle se recommande par une structure singulièrement robuste et des combinaisons d'appareil d'une énergie rare. Mais la pierre employée (calcaire de Berchère) ne permettait pas ces délicatesses de tracés, ces fines découpures des roses de l'Ile-de-France et de Champagne.

Une école du moyen âge fort remarquable, celle de Bourgogne, semble n'avoir admis le principe des roses qu'avec défiance. Dans cette province, les roses sont petites et n'apparaissent que tardivement. Cependant la Bourgogne possède des matériaux qui se prêtent parfaitement à ce genre de claires-voies. On voit apparaître les premières roses dans la petite église de Montréal (Yonne), qui date des dernières années du XIIe siècle. Celle qui s'ouvre à l'abside est remarquable par la naïveté de sa structure. Nous en donnons le quart (fig. 13). Elle se compose de trois zones de petites dalles découpées, de 0m,13 d'épaisseur, formant trois rangées de demi-cercles ajourés et chanfreinés entre les coupes. Pour faire saisir la taille de ces morceaux de pierre, nous présentons en A l'un de ceux de la zone intermédiaire, et en B l'un de ceux de la zone intérieure. Ces dalles sont simplement posées sur mortier et forment trois rangées de claveaux évidés. A l'intérieur, les chanfreins sont continus,

[1] Voyez la *Monographie de la sainte Chapelle du Palais*, par V. Caillat, 1857.

[2] Voyez la *Monographie de la cathédrale de Chartres*, publiée par Lassus, sous les auspices du Ministère de l'instruction publique.

comme il est indiqué en *a*, pour mieux dégager les panneaux de vitraux pris en feuillure. La rose occidentale de la même église se compose d'une suite de rayons formés par de très-jolies colonnettes et terminés par une arcature ajourée. Signalons aussi les roses de la cathédrale de Langres, qui, comme style, appartiennent à la Bourgogne et qui datent de

la même époque (fin du XIIe siècle). Ces roses consistent simplement en de grands redents ajourés, clavés entre eux, et réunis au centre par un cercle de fer (fig. 14). Ces roses sont d'une très-petite dimension, et ne peuvent être mises en parallèle avec nos grandes roses de l'Ile-de-France datant de la même époque, comme celles de Braisne, des cathédrales de Paris, de Laon, de Soissons, etc.

On peut classer parmi les roses des œils de 1 à 2 mètres de vide, qui s'ouvrent dans des gâbles de pignons et sous les murs-tympans de quelques édifices de la France méridionale.

Le mur de l'abside carrée de la curieuse église de Royat (Puy-de-Dôme) est percé d'une jolie rose du XIIIe siècle, à six lobes, sans réseau intérieur. Cette rose, dont nous donnons (fig. 15) la face extérieure en A et la coupe en B, se compose de cinq rangs de claveaux assez gauchement appareillés. Mais l'art dû à l'école laïque du Nord ne put jamais être admis dans les provinces méridionales autrement que comme une importation. On subissait l'influence de cet art, on en acceptait parfois les formes, sans en comprendre la valeur au point de vue de la structure.

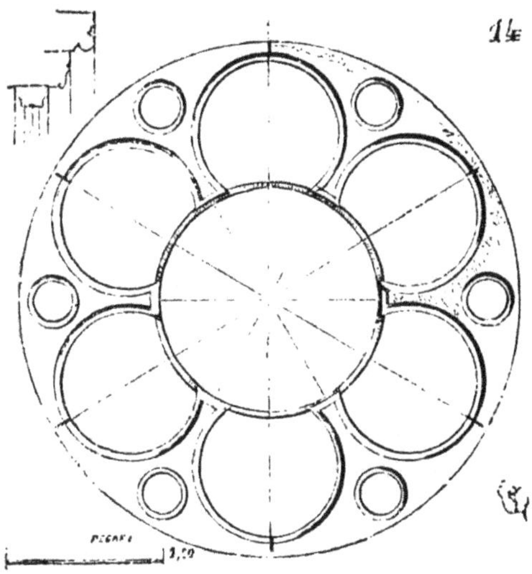

Deux de ces œils provenant de la cathédrale de Paris, tracés en C et en D, font ressortir au contraire l'importance de la structure dans la composition de ces ajours d'une petite surface. La rose C est percée dans le gâble du pignon occidental, et est destinée à éclairer la charpente. Celles D sont ouvertes dans l'étage inférieur du beffroi des tours. Ici le dessin coïncide avec l'appareil, et donne une suite d'encorbellements très-judicieusement combinés pour ouvrir un jour dans un parement, sans avoir recours à des arcs.

En terminant cet article, il faut citer les belles roses du milieu du XIIIe siècle, de l'église abbatiale de Saint-Denis; celle de la chapelle de Saint-Germer, qui reproduisait très-probablement la rose primitive de la sainte Chapelle du Palais à Paris; celle du croisillon sud de la cathédrale de Sées, habilement restaurée par M. Ruprick Robert. Parmi les roses de la fin du XIIIe siècle et du commencement du XIVe, celles du bras de croix nord de la cathédrale de Sées, de Clermont, qui sont ajourées, compris les écoinçons hauts et bas, comme la rose de la sainte Chapelle de Saint-Germain en Laye [1]; celles du transsept de la cathédrale de Rouen, charmantes de style et d'exécution.

L'école normande toutefois, comme l'école anglaise, fut très-avare de roses. Dans l'architecture de ces contrées, les grandes fenêtres rem-

placent habituellement les roses ouvertes dans les murs-pignons des transsepts. On ne voit pas que l'architecture gothique rhénane ait adopté les grandes roses. A la cathédrale de Metz, par exemple, ce sont d'immenses fenestrages qui éclairent le transsept. Les roses appartiennent

[1] A la cathédrale de Clermont, les roses ajourées en carré sont ouvertes sous un formeret donnant une courbe très-plate, ce qui produit un assez mauvais effet. Mais ce n'est pas à Clermont qu'il faut aller étudier l'art du XIIIe siècle.

donc aux écoles laïques de l'Ile-de-France et de la Champagne, et encore voyons-nous que, dans cette dernière province, les roses sont inscrites sous les formerets des grandes voûtes, et peuvent ainsi être considérées comme de véritables fenêtres.

S

SACRAIRE, s. m. Petite pièce voûtée, située près du chœur des églises, où l'on renfermait les vases sacrés. Dans un grand nombre d'églises, la sacristie servait de sacraire; c'était dans la sacristie qu'on déposait les vases sacrés. Cependant on signale de véritables sacraires annexés à des chœurs d'églises et de saintes Chapelles du moyen âge. L'ancienne cathédrale de Carcassonne possède deux sacraires à droite et à gauche du sanctuaire (voy. CATHÉDRALE, fig. 49), qui sont voûtés très-bas et munis d'armoires à doubles vantaux. Ces sacraires datent du XIVe siècle. Nous en trouvons également dans la cathédrale de Châlons-sur-Marne, qui datent du XIIe siècle. Ces réduits n'ont pas d'issues à l'extérieur, et s'ouvrent sur l'église par des portes étroites et bien ferrées. Deux sacraires sont disposés aux deux côtés des chœurs des saintes Chapelles de Vincennes et de Pierrefonds. Ces derniers ne sont pas fermés sur le chœur par des portes, mais forment deux niches profondes munies de petites armoires et éclairées par des fenestrelles. Dans certaines églises conventuelles, le sacraire, c'est-à-dire le dépôt des vases sacrés, consistait en un édicule de pierre ou de bois placé près de l'autel. Cette disposition était observée autrefois dans l'église abbatiale de Cluny, dans celle de Saint-Denis, en France (voy. CHŒUR, fig. 2).

SACRISTIE, s. f. Salle située près du chœur des églises, servant à la préparation des cérémonies du culte, permettant au clergé de revêtir les habits de chœur, de renfermer les ornements, les vases sacrés dans des armoires disposées à cet effet. Pendant le moyen âge, les églises étaient toujours entourées de dépendances importantes. Autour des églises conventuelles s'élevaient les bâtiments de la communauté; sur l'un des flancs des églises cathédrales, les bâtiments épiscopaux; dans le voisinage des paroisses, la cure et quelquefois des hospices. Ces annexes aux églises permettaient d'établir à rez-de-chaussée, et de plain-pied avec le chœur, des salles plus ou moins nombreuses et vastes, qui étaient affectées au service religieux. Cela explique comment beaucoup de nos églises, dont les bâtiments annexes ont été démolis, sont dépourvues de sacristies anciennes.

Cependant quelques cathédrales ont conservé leurs sacristies, parce qu'elles dépendaient du monument lui-même. C'est ainsi que la cathédrale de Rouen possède encore sa sacristie de la fin du XIIe siècle, accolée au flanc sud du chœur; que des deux côtés du transsept de la cathédrale de Laon on voit deux belles sacristies du commencement du XIIIe siècle; que la cathédrale de Tours possède une vaste sacristie du XIIIe siècle, ainsi que celle du Mans; que celle de Chartres, au côté nord du chœur, conserve une belle sacristie du XIVe siècle (voy. CATHÉDRALE). Toutefois ces dépendances sont aujourd'hui rarement suffisantes pour les besoins du clergé, les évêchés ou bâtiments monastiques ayant été démolis ou affectés à d'autres usages. Ces sacristies donnaient souvent sur un cloître, comme à la cathédrale d'Amiens.

Une des plus anciennes sacristies dont nous ayons conservé les dispositions, est celle de la cathédrale de Paris, qui réunissait l'église au palais

épiscopal. Il nous reste de ces salles de très-curieux dessins déposés aux archives de l'empire [1], dessins que nous reproduisons ici (fig. 1). Cette sacristie de Notre-Dame de Paris se composait d'un bâtiment à deux

[1] Des calques de ces dessins nous ont été donnés par M. A. Berty (voy. PALAIS, fig. 7 et 8).

étages, l'un au-dessous du sol de l'église, l'autre à 5 mètres environ au-dessus.

Les constructions indiquées sur le plan A en noir dataient du temps de Maurice de Sully, c'est-à-dire de la fin du XIIe siècle; celles teintées en gris étaient postérieures. En B, est le bas côté sud du chœur de la cathédrale; en C, le degré de six marches descendant à la sacristie basse, et en D, l'escalier montant à la sacristie haute, qui servait aussi de trésor. Il est vraisemblable que du temps de Maurice de Sully, la sacristie basse comme la salle haute comprenaient tout le bâtiment. Mais lorsqu'au commencement du XVIe siècle, l'évêque Étienne de Poncher fit doubler la grande salle G par une galerie E, le passage F entre la sacristie et l'évêché se trouvant masqué, on établit un passage H aux dépens de la salle basse. L'officialité de l'évêque étant établie au rez-de-chaussée de la grande salle G, la tour I servait de geôle. La coupe P, faite sur l'axe longitudinal de la sacristie, indique la disposition des salles affectées au service religieux. En démolissant la sacristie bâtie par Soufflot dans le dernier siècle, nous avons retrouvé les fenêtres en tiers-point K, percées à travers les contre-forts de l'église. Du palier C, on descendait encore à deux petits vestiaires voûtés sous les chapelles qui, au XIIIe siècle, furent bâties entre ces contre-forts.

Ces annexes contemporaines de l'évêque Maurice de Sully, constructeur du chœur de l'église Notre-Dame de Paris, font connaître que les services des sacristies, autrefois, n'avaient pas l'importance qu'ils ont acquis de nos jours. Ces services se composaient d'une ou de deux salles de médiocre étendue. Il est vrai qu'autour de ces églises cathédrales, il existait des bâtiments occupés par les chanoines, qui arrivaient tout habillés au chœur par les cloîtres. Les sacristies des cathédrales de Troyes, de Langres, d'Amiens, de Tours, de Chartres, de Noyon, du Mans, de Bayeux, de Coutances, de Clermont, de Narbonne, de Limoges, qui existent encore, n'ont pas même l'étendue de celles anciennes de la cathédrale de Paris. Ce sont des salles voûtées qui prennent une ou deux travées, et qui se confondent pour ainsi dire dans l'ordonnance du grand monument. A l'extérieur, elles affectent cependant des dispositions plus fermées que les chapelles; leurs fenêtres grillées sont plus étroites et se rapprochent du style adopté pour les édifices civils. Souvent, comme à Notre-Dame de Paris, elles possèdent un premier étage qui servait de trésor, d'archives, de bibliothèque, c'est-à-dire de dépôt pour les livres du chœur.

Nous ne devons pas omettre ici la jolie sacristie qui flanquait la sainte Chapelle du Palais, à Paris, et qui avait été construite en même temps. Cette sacristie avait trois étages : le rez-de-chaussée, au niveau du sol de la chapelle basse; le premier, au niveau du sol de la chapelle haute ou Royale; le troisième, lambrissé, qui contenait de précieuses chartes (voy. PALAIS, fig. 2 et 3). Ce bâtiment n'était réuni à la sainte Chapelle que par une petite galerie, et paraissait ainsi isolé. Il était orienté comme la sainte Chapelle et terminé à l'est par une abside à cinq pans (voy. CHAPELLE, fig. 1 et 2). Ce charmant édifice, dont nous ne possédons que des dessins et des gravures, fut démoli vers la fin du dernier siècle, pour bâtir cette galerie qui, du côté du nord, masque si désagréablement la sainte Chapelle. Au château de Vincennes, on voit encore une disposition analogue bien conservée. La sainte Chapelle de ce château est flanquée de deux sacraires et d'une sacristie, avec trésor au-dessus. Mais habituellement les sacristies des chapelles de châteaux sont comprises dans les bâtiments joignant ces chapelles. C'est la disposition qui fut adoptée à Chantilly, à Creil, à Pierrefonds, etc. (Voy. CHAPELLE, fig. 8 et 9, et CHATEAU).

SALLE, s. f. A proprement parler, *salle* s'entend comme espace relativement vaste et couvert. Ainsi, pour une maison, la salle est l'espace le plus spacieux où la famille se réunit, où l'on reçoit les étrangers.

Pendant le moyen âge, on ne faisait pas cette distinction, toute moderne, entre le salon et la salle à manger. Il y avait la *salle*, qui était le centre, le local commun où l'on recevait, où l'on mangeait, puis des chambres, garderobes et réduits. Il y avait la salle basse (rez-de-chaussée), pour les gens, les familiers; la salle haute (au premier étage), pour le maître et les siens.

Nous avons peut-être pris certaines habitudes aux Romains, nos conquérants, et il est à croire qu'au deuxième siècle de notre ère, l'habitation d'un riche Gaulois ou Gallo-Romain, si l'on veut, ressemblait fort à celle d'un Romain de Rome. Mais en pénétrant dans les premiers temps du moyen âge, on ne trouve que peu de traces de ces habitudes purement romaines, tandis qu'on en découvre beaucoup d'autres qui n'ont point d'analogie avec celles-ci. Or, on nous permettra de poser ce dilemme aux nombreux historiens passés et présents qui font prévaloir l'influence des mœurs romaines sur les populations gauloises. Ou cette influence n'était pas aussi considérable qu'on veut le croire, n'avait pas pénétré dans les classes moyenne et inférieure de la nation, ou elle a bien vite cédé aux mœurs des envahisseurs du nord-est vers le IVe siècle, puisque, plus nous nous enfonçons dans les profondeurs du moyen âge, plus nous trouvons des usages qui ne sont nullement romains. Dans l'une ou l'autre de ces hypothèses, il faudrait reconnaître, ou que la nation gauloise était restée fidèle à ces mœurs antiromaines, malgré la possession romaine, ou qu'elle s'est empressée de saisir la première occasion qui lui permettait de reprendre des habitudes qui lui étaient chères et qu'elle n'avait pas abandonnées volontiers. Il y a peu de temps, il est vrai, qu'on s'est mis à étudier et à écrire l'histoire en regardant au delà des événements politiques, lesquels n'ont pas sur les nations l'influence qu'on leur a prêtée si longtemps. Conquérir un peuple ou changer ses mœurs, ce sont deux opérations bien différentes, et nous voyons que, même de nos jours, des populations nominativement englobées dans une circonscription politique, dévoilent tout à coup des tendances, des goûts, des aptitudes antipathiques à cette classification politique.

Que les études archéologiques et ethnologiques aient été pour quelque chose dans ces manifestations modernes, cela est possible, et expliquerait même la répulsion instinctive de quelques personnages pour ces études; mais le symptôme ne se manifesterait pas si la cause n'existait pas. Or, dans les recherches historiques, les symptômes ou les effets, si l'on veut, doivent être signalés avec soin, sous quelque forme qu'ils se présentent. Donc, pour en revenir à l'objet qui nous occupe, nous voyons que dès l'époque mérovingienne, la salle prend un rôle très-important. Ces barbares, ces Francs venus du nord-est, qui envahissent le sol gaulois, bâtissent des salles, ou transforment des édifices gallo-romains de manière à posséder avant tout une salle propre à réunir leurs leudes, et à organiser ces banquets homériques qui duraient tant qu'il restait des vivres à consommer. Rien de semblable dans les habitudes des Romains. La basilique romaine était un édifice public, sorte de bourse où se traitaient toutes sortes d'affaires; lieu de rendez-vous, tribunal où l'on rendait la justice. Mais la basilique romaine n'avait pas le caractère individuel de la salle des Mérovingiens. Le Romain, chez lui, recevait peu de monde; sa vie se passait sur la place publique, dans les thermes ou sous les portiques. Ses clients, ses affranchis, l'attendaient à la porte de sa maison, sur la voie publique. Entre la famille du Romain et ses clients, si nombreux ou si gros personnages qu'ils fussent, il y avait toujours une barrière infranchissable. Or, les auteurs anciens qui ont décrit les mœurs des Gaulois nous les représentent comme aimant les réunions nombreuses, les banquets, les assemblées, comme introduisant facilement dans leurs maisons, non-seulement leurs proches, les hommes du clan, mais les étrangers; comme se plaisant à l'hospitalité plantureuse. Les conquérants barbares manifestent les mêmes goûts, et la nation gauloise tout entière, loin d'être romanisée sous ce rapport, et de réagir contre ces mœurs des nouveaux venus, les adopte, ou, ce qui paraît plus probable, n'avait jamais cessé de les pratiquer. Si, pour un chef franc, la salle était l'habitation tout entière, si les *villæ* mérovingiennes consistaient surtout en un grand bâtiment propre à recevoir une nombreuse assemblée, entouré de quelques dépendances pour l'habitation des serfs, des colons, pour abriter les bestiaux et contenir des provisions, l'habitation du citadin, d'aussi loin que nous pouvons l'entrevoir, se compose également de la salle où l'on reçoit les allants et venants, où l'on réunit la famille, les amis, les étrangers, où l'on mange en commun, où se traitent les affaires.

La *salle* appartient donc bien aux races du Nord; on la retrouve partout où elles s'établissent, en Bretagne, en Germanie, dans les Gaules. C'est donc un des programmes les plus importants dans l'art de l'architecture du moyen âge, un de ceux qui se modifient le moins depuis les premiers siècles jusqu'au XVIIe; et, chose singulière, c'est un des programmes les moins définis, probablement parce que tout le monde, du petit au grand, savait ce qu'était la salle.

Dans son *Dictionnaire historique d'architecture*, M. Quatremère de Quincy s'exprime ainsi à propos des *salles :* « Il ne serait point possible « aujourd'hui d'assigner dans l'architecture moderne (c'est-à-dire depuis « l'antiquité), aux *salles* les plus remarquables, ni forme particulière, ni « caractère général susceptible de devenir l'objet, soit d'une théorie, « soit d'une pratique fondée sur quelque usage constant... »

Si nous nous en tenions à cette phrase un peu ambiguë du célèbre académicien, les grandes salles des palais, des châteaux, n'auraient pas été « l'objet d'une pratique fondée sur un usage constant ». Probablement ces vastes espaces couverts auraient été dus au hasard. C'est pourtant à des conclusions de cette force que conduit l'esprit exclusif, fût-il appuyé sur le savoir et une haute intelligence.

Le moyen âge nous a laissé des programmes d'églises, de châteaux, de palais, de monastères, de manoirs et de maisons, il ne nous en a pas légué sur les salles ; mais, à défaut des programmes, les monuments existent, et nous permettent de combler cette lacune, car ils sont tous élevés d'après une donnée générale, qui frappe les moins clairvoyants, et à côté des monuments se dressent de nombreux documents écrits, dans lesquels les usages auxquels la salle était destinée sont maintes fois définis. Nous ne parlerons des salles mérovingiennes et carlovingiennes que pour mémoire ; il ne reste debout aucun de ces monuments, construits presque entièrement en charpente. Nous ne pouvons commencer à étudier les salles que sur les monuments du XIIe siècle. La grand'salle du palais épiscopal bâti par Maurice de Sully entre la cathédrale de Paris et le petit bras de la Seine, au sud, affecte déjà les caractères particuliers aux grandes salles des palais et châteaux du moyen âge. Ce bâtiment se composait de deux étages, l'un au rez-de-chaussée, l'autre au premier (voy. PALAIS, fig. 7), tous deux voûtés, celui du rez-de-chaussée sur une épine de colonnes, celui du premier d'une seule volée. Le rez-de-chaussée était l'officialité ; le premier, la salle de réunion, à laquelle on montait par un escalier disposé dans la tour barlongue (voy. SACRISTIE, fig. 1). Le chéneau était crénelé du côté de la rivière, et formait une défense (voy. PALAIS, fig. 8).

De l'examen de cette disposition adoptée au XIIe siècle, on peut déjà conclure que toute grande salle de palais ou château devait se composer d'un rez-de-chaussée et d'un premier étage, et en effet nous allons voir que les programmes adoptés jusqu'au XVIe siècle ne s'éloignent guère de cette donnée première. Si la salle synodale de l'évêché de Paris n'existe plus que sur des plans anciens et des gravures, celle de l'archevêché de Sens est entière dans son ensemble et ses détails. Elle date du règne de saint Louis, de 1240 environ. Le rez-de-chaussée, bâti sur caves, est voûté sur une épine de colonnes et contient les salles de l'officialité et les prisons (voy. PRISON, fig. 1). Une entrée carrossable passe sous l'extrémité septentrionale de cette salle, et un large escalier partant de ce passage conduit à la salle du premier étage ou salle synodale, ainsi qu'on le voit sur le plan (fig. 1, en A). Un tambour de pierre ferme l'arrivée de ce degré dans la salle. Celle-ci était en communication directe avec les anciens bâtiments du palais par la petite porte B. La première cour de l'archevêché est en C, et c'est sur cette cour que s'ouvrent les rares fenêtres des prisons, ainsi que la porte qui permet d'entrer dans l'officialité. Sur la place, à l'ouest, la façade de la grande salle du premier étage est éclairée par de grandes fenêtres à meneaux du plus beau style (voy. FENÊTRE, fig. 38 et 39), et sur la rue, D, par une claire-voie. Du côté de la cour, au contraire, les fenêtres sont étroites, simples et très-rele-

1.

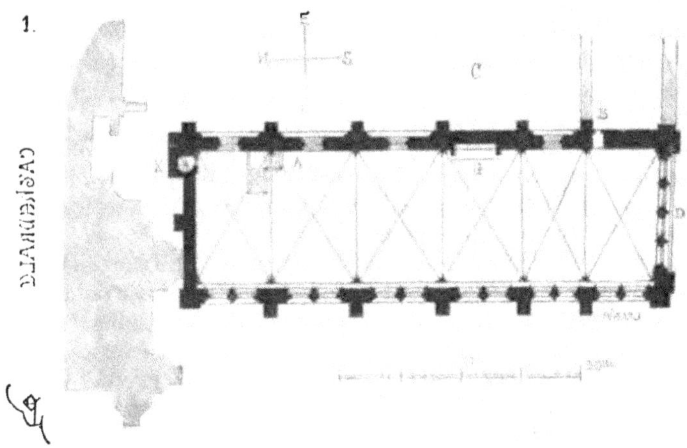

vées au-dessus du pavé de la salle. En G, est une cheminée, et en K un petit escalier à vis qui monte aux crénelages supérieurs. L'assemblée réunie était disposée faisant face à la grande claire-voie méridionale, l'orateur tournant le dos à cette immense fenêtre. Ainsi était-on bien préservé du vent du nord et du nord-est par le mur sur la cour, percé de fenêtres étroites et relevées, et recevait-on du midi et de l'ouest la lumière, tamisée d'ailleurs à travers des vitraux. L'archevêque, arrivant de ses appartements, entrait dans la portion de la salle servant de tribunal ou de parquet; l'assistance arrivait par le fond, et se plaçait successivement selon les rangs de chacun. On pouvait ouvrir les parties basses des grandes verrières, soit pour donner de l'air, soit pour regarder au dehors sur la place et dans la rue. Cette grande salle était voûtée. En 1263, la tour méridionale de la cathédrale tomba sur ces voûtes et les effondra; on se contenta de réparer le dommage à la hâte et de couvrir la salle par une charpente. Mais lorsque la restauration de ce monument fut ordonnée sur l'avis de la Commission des monuments historiques, on retrouva, dans les reprises faites à la fin du XIIIe siècle, tous les membres des voûtes, arcs-doubleaux, arcs ogives, clefs, etc. Ces voûtes ont été refaites depuis peu, et l'archevêque de Sens, ainsi que la municipalité de cette ville, sont fort heureux de trouver ainsi un magnifique vaisseau où l'on peut réunir facilement huit à neuf cents personnes, soit lors des assemblées du clergé, soit pour les distributions de prix, les congrès, banquets, etc. « L'usage constant » de cette salle s'est donc conservé pendant plusieurs siècles, et aujourd'hui chacun, à Sens, s'accorde à reconnaître qu'on ne peut trouver un vaisseau mieux disposé pour de grandes réunions. La figure 2 présente en A la façade méridionale de la salle synodale de Sens, sur la rue, et en B sa coupe transversale, sur le côté occidental. Les quatre angles du bâtiment sont couronnés par des échauguettes, et tout le chéneau est crénelé sur la cour de l'archevêché, comme sur la place et la rue. Notre figure 2 trace l'admirable claire-voie qui, au sud, termine la salle. Du côté de la place, des contre-forts sont couronnés par des pinacles très-riches, variés, surmontant des statues, parmi lesquelles on distingue celle du roi saint Louis, la seule peut-être qu'il y ait encore en France, de son temps [1].

La sculpture de la salle synodale de Sens peut être comptée parmi les meilleures de cette époque. Les profils, les détails, sont traités évidemment par un maître, et aucun édifice ne présente un fenestrage mieux conçu et d'un aspect plus grandiose.

Le château de Blois conserve encore la grand'salle dans laquelle furent tenus les États sous Henri III. Elle date du commencement du XIIIe siècle, et se compose de deux vaisseaux séparés par une épine de colonnes. Cette salle fait exception ; elle est située à rez-de-chaussée et n'a pas d'étage inférieur conformément à l'usage général ; elle est couverte par deux berceaux de bois lambrissés. C'est d'ailleurs une assez pauvre construction [2]. Il est vrai de dire qu'au XIIIe siècle, le château de Blois n'était qu'une résidence sans grande valeur. Autrement importante était la grand'salle du château de Montargis, dont du Cerceau, dans *Les plus excellens bastimens de France*, nous a conservé des plans et détails très-précieux. La grand'salle du château de Montargis remplissait exacte-

[1] Cette salle est aujourd'hui complétement restaurée, sous la direction de la Commission des monuments historiques. Le bâtiment avait été divisé en plusieurs étages par des planchers, les voûtes hautes détruites en totalité, celles du rez-de-chaussée en partie. Sur les six fenêtres de l'ouest, deux seulement étaient conservées. Des échoppes adossées aux contre-forts avaient miné leur base. Les combles étaient à refaire à neuf, ainsi que les chéneaux et les couvertures. Les crénelages avaient été supprimés, il n'en restait plus que deux ou trois merlons. Par suite de la chute de la tour de la cathédrale, un écartement s'était manifesté dans les deux murs latéraux. Cette restauration a coûté 445 000 fr. D'ailleurs, rien d'incertain ou d'hypothétique dans ce travail ; car, pour les piliers, les voûtes hautes, il existe une grande quantité de fragments qui ont été conservés comme preuves à l'appui de cette restauration.

[2] Voyez les *Archives des monuments historiques*, publiées sous les auspices du Ministère de la Maison de l'empereur.

ment le programme admis dès le XIIe siècle : salle basse, salle du premier étage avec grand perron; communication avec l'habitation seigneuriale, le donjon (voy. CHATEAU, fig. 15).

Voici (fig. 3) le plan de ce bâtiment au premier étage. Le rez-de-chaussée était voûté sur une épine de colonnes. Un escalier monumental à trois rampes A [1], partait de la cour du château, et s'élevait, en passant sur des arches, jusqu'au niveau de la salle du premier étage. Ce vaisseau, l'un des plus grands qui fussent en France, avait 50 mètres de longueur

3

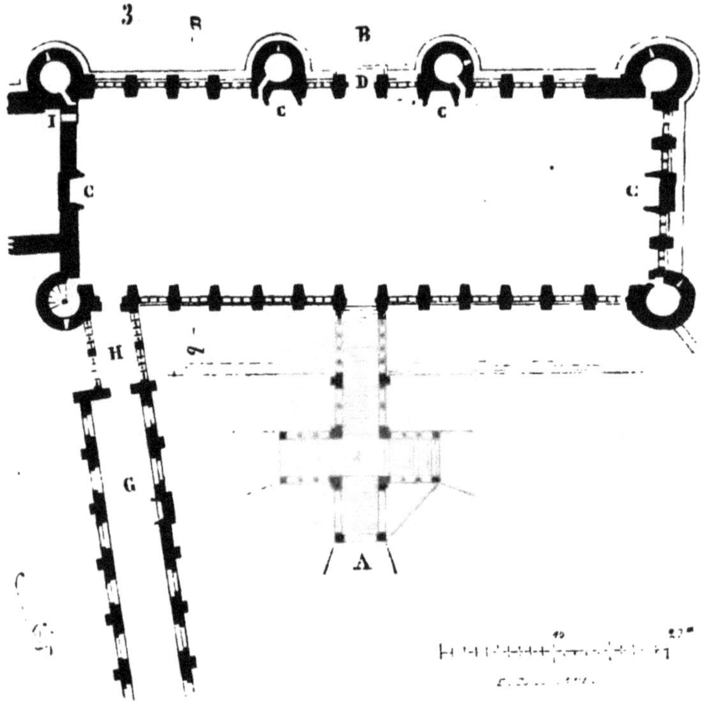

sur 16 mètres dans œuvre. La grand'salle était couverte par une charpente lambrissée en berceau, avec entraits et poinçons apparents, le tout richement décoré de peintures. Quatre cheminées C chauffaient l'intérieur à chaque étage, et six tourelles flanquaient le bâtiment, qui datait de la seconde moitié du XIIIe siècle. Le seigneur se rendait à la grand'salle de plain-pied par la galerie G passant sur une arche, en H. De plus, des appartements on pouvait entrer dans la salle par la petite porte I. Du côté B, le bâtiment dominait un escarpement planté en jardins, qu'on

[1] Voyez, à l'article ESCALIER, la figure 2, qui donne le détail de ce perron bâti ou réparé par Charles VIII. Voyez, à ce sujet, le texte de du Cerceau.

pouvait voir en se plaçant sur une sorte de balcon[1] placé en D. Une coupe transversale faite sur *ab* (fig. 4) explique la disposition de ces deux salles superposées. En A, était un crénelage couvert sur les deux murs goutterots du bâtiment, découvert devant les pignons. Entre les

contre-forts des murs goutterots s'ouvraient de belles fenêtres à meneaux, plus larges que celles qui étaient percées dans les pignons. Cinq contre-forts extérieurs maintenaient ceux-ci dans leur aplomb (voy. le plan).

[1] Ce balcon, qui n'est point marqué dans l'œuvre de du Cerceau, existait cependant, ainsi que l'indique un dessin du XVIIe siècle, en notre possession.

Dans les palais épiscopaux, les deux salles superposées avaient une destination bien connue. La salle basse était l'officialité; la salle haute, le lieu propre aux grandes réunions diocésaines, synodes, assemblées du clergé, au besoin salle de banquets. D'ailleurs les évêques étaient seigneurs féodaux, et, comme tels, ils devaient, dans maintes circonstances, réunir leurs vassaux. On a peut-être moins éclairci la destination des deux salles superposées dans les châteaux des seigneurs laïques. Cependant cette disposition est trop générale pour qu'elle n'ait pas été imposée par des usages uniformes sur tout le territoire féodal de la France. C'est en examinant soigneusement les voisinages de ces grandes salles, la manière dont leurs ouvertures sont placées, leurs issues, que nous pouvons nous rendre compte des usages auxquels étaient destinées les œuvres basses, car, pour l'étage supérieur, sa destination est parfaitement définie.

Quand on voit les ensembles des plans de nos grands châteaux féodaux, on remarque qu'il n'y avait pour la garnison que des locaux peu étendus. Ceci s'explique par la composition même de ces garnisons. Bien peu de seigneurs féodaux pouvaient, comme le châtelain de Coucy, au XIIIe siècle, entretenir toute l'année cinquante chevaliers, c'est-à-dire cinq cents hommes d'armes. La plupart de ces seigneurs, vivant des redevances de leurs colons, ne pouvaient, en temps ordinaire, conserver près d'eux qu'un nombre d'hommes d'armes très-limité. Étaient-ils en guerre, leurs vassaux devaient l'*estage*, la garde du château seigneurial, pendant quarante jours par an (temps moyen). Mais il y avait deux sortes de vassaux, les hommes *liges*, qui devaient personnellement le service militaire, et les vassaux simples, qui pouvaient se faire remplacer. De cette coutume féodale il résultait que le seigneur était souvent dans l'obligation d'accepter le service militaire de gens qu'il ne connaissait pas, et qui, faisant métier de se battre pour qui les payait, étaient accessibles à la corruption. Dans bien des cas d'ailleurs, les hommes liges, les vassaux simples ou leurs remplaçants, ne pouvaient suffire à défendre un château seigneurial; on avait recours à des troupes de mercenaires, gens se battant bien pour qui les payait largement, mais au total peu sûrs. C'était donc dans des cas exceptionnels que les garnisons des châteaux étaient nombreuses, mais il faut reconnaître que du XIIe au XVe siècle, la défense était tellement supérieure à l'attaque, qu'une garnison de cinquante hommes, par exemple, suffisait pour défendre un château d'une étendue médiocre, contre un nombreux corps d'armée. Quand un seigneur faisait appel à ses vassaux et que ceux-ci s'enfermaient dans le château, on logeait les hommes les plus sûrs dans les tours, parce que chacune d'elles formait un poste séparé, commandé par un capitaine. Pour les mercenaires ou les remplaçants, on les logeait dans la salle basse, qui fournissait à la fois un dortoir, une salle à manger, même une cuisine au besoin, et un lieu propre aux exercices. Ce qui indiquerait cette destination, ce sont les dispositions intérieures de ces salles, leur isolement des autres services, leur peu de communications directes avec les défenses, le voisinage de vastes caves ou magasins propres à contenir des vivres, des armes, etc.

Ces salles basses sont en effet ouvertes sur la cour du château, mais ne communiquent aux défenses que par les dehors ou par des postes, c'est-à-dire par des escaliers passant dans des tours. Ainsi le seigneur avait-il moins à craindre la trahison de ces soldats d'aventure, puisqu'ils ne pouvaient arriver aux défenses que commandés et sous la surveillance de capitaines dévoués. A plus forte raison, les occupants de ces salles basses ne pouvaient-ils pénétrer dans le donjon que s'ils y étaient appelés. Dès la fin du XIIIe siècle, ces dispositions sont déjà apparentes, quoique moins bien tracées que pendant les XIVe et XVe siècles. Cela s'explique. Jusqu'à la fin du XIIIe siècle, le régime féodal, tout en s'affaiblissant, avait encore conservé la puissance de son organisation. Les seigneurs pouvaient s'entourer d'un nombre d'hommes sûrs, assez considérable pour pouvoir se défendre dans leurs châteaux; mais à dater du XIVe siècle, les liens féodaux tendent à se relâcher, et les seigneurs possédant de grands fiefs sont obligés, en cas de guerre, d'avoir recours aux soldats mercenaires. Les vassaux, les hommes liges mêmes, les vavasseurs, les villages ou bourgades, rachètent à prix d'argent le service personnel qu'ils doivent au seigneur féodal; et celui-ci, qui, en temps de paix, trouvait un avantage à ces marchés, en cas de guerre se voyait obligé d'enrôler des troupes d'aventuriers qui, à dater de cette époque, n'ont d'autre métier que de louer leurs services, et qui deviennent un fléau pour le pays, si les querelles entre seigneurs s'éteignent. Pendant le temps de calme qui permit à la France de respirer, sous Charles V, après les désastres du milieu du XIVe siècle, ces troupes devinrent un si gros embarras, que le sage roi ne trouva rien de mieux que de les placer sous le commandement de du Guesclin, pour les emmener en Espagne, contre don Pedro.

A l'époque où l'on éleva la grand'salle du château de Montargis, l'état féodal n'en était pas arrivé à cette extrémité fâcheuse de recruter ses défenseurs parmi ce ramassis de routiers, et déjà, cependant, on voit que la salle basse est isolée, n'ayant d'issues que sur la cour, sans communications directes avec les défenses. Nous verrons comment, dans des châteaux plus récents, cette disposition fut plus nettement accusée, et quelles sont les précautions prises par les seigneurs féodaux pour tenir ces troupes de mercenaires sous une surveillance constante.

Avant d'en venir à donner des exemples de ces dispositions toutes particulières, nous devons, en suivant l'ordre chronologique, parler ici de la grand'salle du Palais de Paris, bâtie sous Philippe le Bel, par Enguerrand de Marigny, comte de Longueville. De cette salle, la plus grande du royaume de France, il reste aujourd'hui l'étage inférieur, des plans, et une précieuse gravure de du Cerceau, non terminée, dont on ne possède qu'un très-petit nombre d'épreuves. Cet étage inférieur est

5

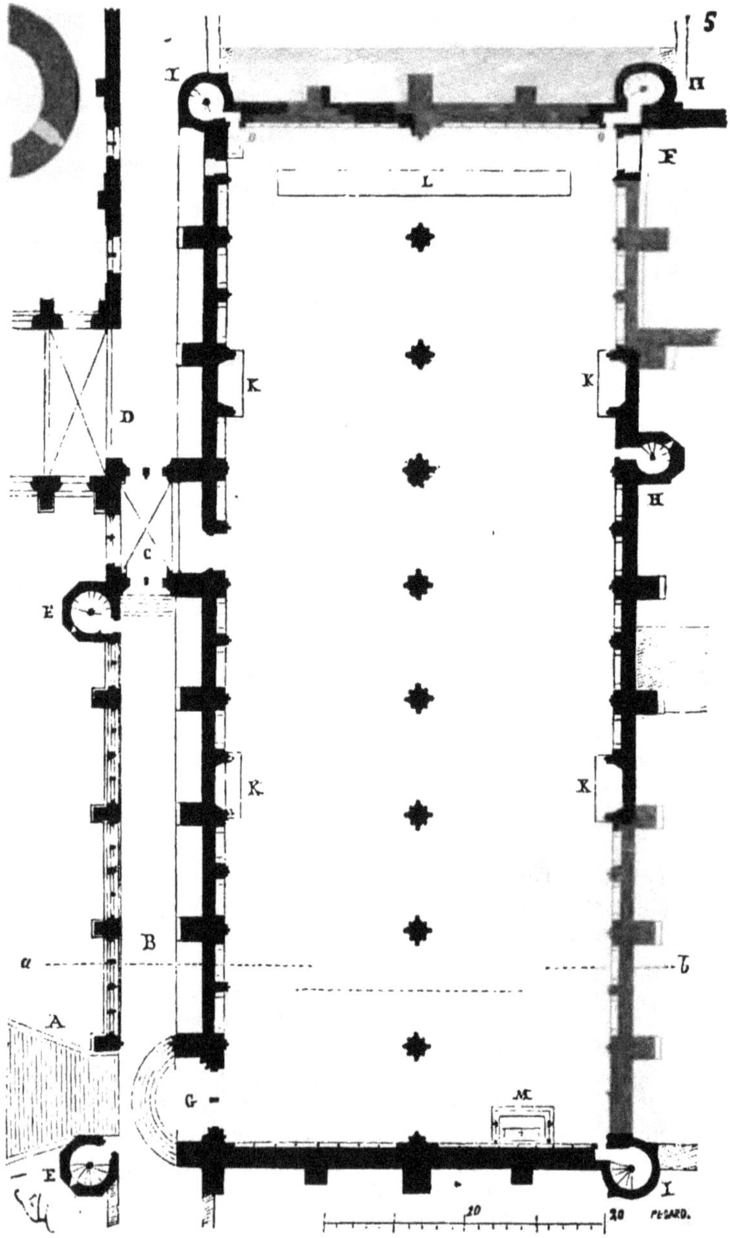

voûte sur trois rangs de piliers, ceux du milieu plus robustes, pour supporter l'épine de l'étage supérieur. Nous donnons (fig. 5) le plan du premier étage au-dessus du rez-de-chaussée voûté. En A, était le grand perron qui, de la cour du May, donnait entrée dans cette salle. En B, s'élevait une galerie accolée à la salle du côté du midi, laquelle communiquait à une sorte de vestibule C, d'où l'on entrait, soit dans la grand'-salle, soit dans les galeries D, bâties de même par Enguerrand de Marigny. Deux escaliers à vis E mettaient en outre la galerie basse voûtée en communication avec la galerie haute. Bien que la grand'salle haute eût été rebâtie après l'incendie de 1618, par l'architecte de Brosse, ces dispositions de galeries existaient encore presque entières en 1777, ainsi que le constatent deux dessins provenant de la collection de M. de Monmerqué, et qui ont été reproduits en *fac-simile* par Lassus. En effet, ces dessins, exécutés pendant les démolitions, laissent voir la porte G, tout l'ouvrage C, les deux tourelles E, la galerie D d'Enguerrand, et le perron A. Par la galerie D on arrivait de plain-pied au porche supérieur de la sainte Chapelle [1].

La grand'salle proprement dite a 70^{m},50 de long sur 27^{m},50 de large dans œuvre. Par la porte F, on entrait dans la salle dorée, bâtie sous Louis XII; la grand'chambre du parlement, où le roi tenait son lit de justice [2]. Les escaliers à vis H montaient de fond; ceux I ne commençaient qu'au premier étage, pour monter aux combles. Quatre cheminées, K, chauffaient cet immense vaisseau. En L, était la fameuse table de marbre [3],

[1] Les bâtiments modernes existant aujourd'hui sont d'ailleurs élevés sur les anciennes fondations.

[2] Ce fut en 1550 que fut percée la porte F, ainsi que le rapporte Corrozet (*Antiq. de Paris*, p. 172.)

[3] « A l'autre bout de la salle (opposé à celui où était la chapelle), dit Sauval, étoit « dressée une table qui en occupoit presque toute la largeur, et qui de plus portoit tant « de longueur, de largeur et d'épaisseur, qu'on tient que jamais il n'y a eu de tran- « ches de marbre plus épaisses, plus larges ni plus longues. Elle servoit à deux usages « bien contraires : pendant deux ou trois cents ans, les clercs de la basoche n'ont point « eu d'autre théâtre pour leurs farces et leurs momeries; et cependant c'étoit le lieu où « se faisoient les festins royaux, et où l'on n'admettoit que les empereurs, les rois, les « princes du sang, les pairs de France et leurs femmes, tandis que les autres grands sei- « gneurs mangeoient à d'autres tables. »

Maître Henri Baude, poëte du xve siècle, décrit ainsi les environs de la table de marbre de la grand'salle du Palais :

« Entre un vieil cerf et une grand lizarde,
« Entre trois cuurs, et dessoubs deux grands roys ;
« Au coin d'un gourt (hourd) que le quint roy regarde,
« Dessoubs marbré et tout enclos de bois,
« Où les jours maigres on oyt diverses voix,
« Hante un Barbeau et s'y tient par coutume,
« Gros, bien nourry, du lez de Gastinois,
« Qui vit de cry et se nourrist de plume. »

(*Le Testament de la mule Barbeau.*)

Ce « vieil cerf » était un modèle de bois d'un cerf qui devait être fait en or fin pour

et en M une chapelle bâtie par Louis XI. Adossée à chacun des piliers était une statue des rois de France, depuis Pharamond. Nous donnons (fig. 6) la coupe de la grand'salle du Palais, faite sur *ab*. De grandes

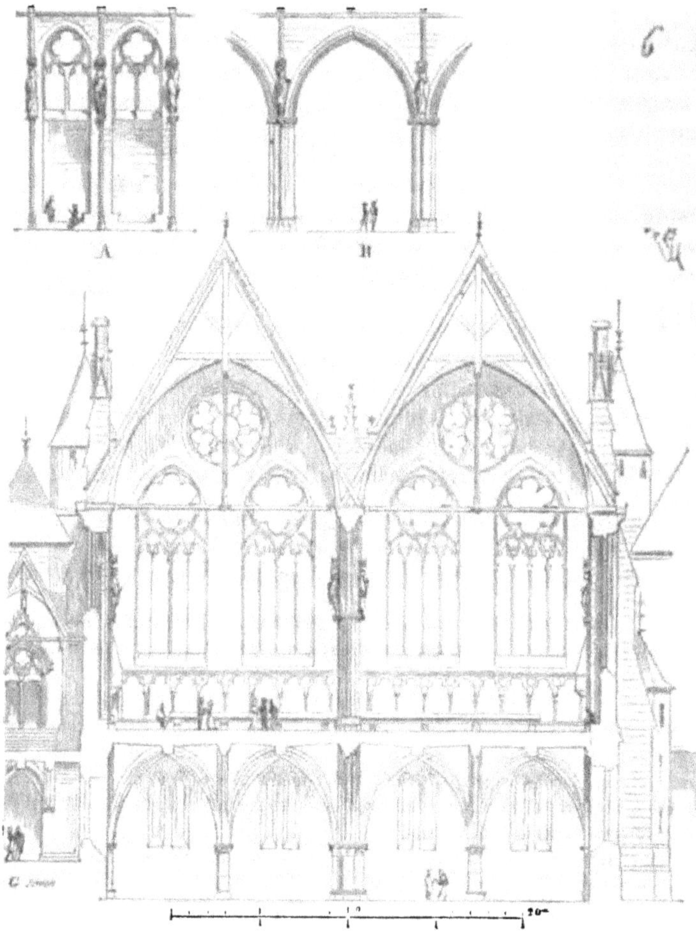

fenêtres s'ouvraient dans les quatre pignons, et latéralement d'autres fenêtres pourvues de meneaux, mais dont les alléges se relevaient plus ou moins, suivant la hauteur des bâtiments accolés, éclairaient large-

le trésor du roi, lequel modèle avait été déposé dans la grand'salle. Quant à la « grand lizarde », c'était probablement un crocodile empaillé déposé dans le même lieu, comme objet de curiosité. La table de marbre était, semble-t-il, revêtue d'une estrade de bois, destinée aux « momeries » des clercs de la basoche.

ment les deux nefs lambrissées en berceau, avec entraits et poinçons apparents.

Ces lambris, ainsi que les piliers et statues des rois, étaient peints et dorés[1]. Corrozet[2] nous a conservé le catalogue des rois dont les effigies décoraient les piliers isolés ou adossés.

Des supports avaient été réservés pour les successeurs de Philippe le Bel, puisque ce même Corrozet nous donne quarante-deux noms jusqu'à ce prince, et depuis, onze rois dont les statues ont été posées après la reconstruction de la salle. Il annonce en outre que les statues des rois François Ier, Henri II, François II et Charles IX doivent être prochainement montées sur leurs supports vides. Il y avait donc place pour cinquante-sept statues. En effet, nous trouvons cinquante-cinq supports. Louis XI ayant fait enlever deux de ces statues pour les loger aux deux côtés de la chapelle élevée par lui, Charlemagne et saint Louis, le nombre donné par Corrozet est conforme aux indications du plan, car on observera qu'il n'existait pas de statues aux deux angles O, non plus que sur le trumeau de la porte G. Des bancs de pierre étaient disposés latéralement dans les renfoncements formés par les alléges des fenêtres. Notre figure 6 donne en A une travée double le long des murs de la salle, et en B une travée des piliers de l'épine.

La salle du Palais de Paris était élevée d'après un programme qui ne touchait en rien à la défense de la place. Lorsqu'elle fut bâtie, en effet, il n'était plus question de considérer le Palais comme un château fortifié propre à la défense. Le Palais n'était plus au XIVe siècle qu'une demeure souveraine et le siége du parlement. Cependant les dispositions féodales sont encore apparentes ici; la salle basse conserve sa disposition secondaire, n'ayant de communication qu'avec les cours, tandis que de la salle haute on pouvait se rendre aux galeries, à la sainte Chapelle et aux appartements.

Mais si nous jetons les yeux sur le plan de la grand'salle du château de Coucy, salle qui fut reconstruite par Louis d'Orléans pendant les premières années du XVe siècle, nous voyons que le programme du château féodal est ici rigoureusement rempli. La salle basse n'est nullement en communication avec les défenses, tandis que la salle haute donne à la fois accès à tous les grands appartements, à la chapelle, aux tours et fronts de la défense (voy. CHATEAU, fig. 16 et 17).

Ce même programme est rempli encore d'une manière plus complète dans le château de Pierrefonds, construit d'un seul jet par ce prince et suivant des dispositions très-arrêtées. A Coucy, Louis d'Orléans avait dû conserver des tours et courtines anciennes et tout un système de défense du commencement du XIIIe siècle, fort bien entendu et complet. A Pierrefonds, il avait carte blanche, et ce château s'éleva

[1] Voyez Sauval, t. II, p. 3.

[2] *Antiquités de Paris*, p. 99.

sur les données admises à cette époque pour un château qui était à la fois une demeure princière, une habitation commode et une place importante au point de vue de la défense. Aussi la grand'salle du château de Pierrefonds nous paraît-elle résumer le programme complet de ces vastes vaisseaux.

Le bâtiment qui renferme la grand'salle du château de Pierrefonds occupe le côté occidental du parallélogramme formant le périmètre de cette résidence seigneuriale. Ce bâtiment est à quatre étages; deux de ces étages sont voûtés et forment caves du côté de la cour, bien qu'ils soient élevés au-dessus du chemin de ronde extérieur; les deux derniers donnent un rez-de-chaussée sur la cour et la grand'salle au niveau des appartements du premier étage. En A (fig. 7), est tracé le plan du rez-de-chaussée sur la cour. C est l'entrée charretière du château, avec son pont-levis en E. D est l'entrée de la poterne, avec son pont-levis en F. En entrant dans la cour G, on trouve à rez-de-chaussée une première salle H qui est le corps de garde, séparé de la porte et de la poterne par la herse tombant en *a*. De ce corps de garde on communique directement au portique *b*, lequel est séparé de la cour par un bahut et une grille. De la cour G on peut entrer sous le portique par les portes *c* et *d*. En face de la porte *c*, la plus rapprochée de l'entrée, est un banc *e* destiné à la sentinelle (car alors des bancs étaient toujours réservés là où une sentinelle devait être postée). Il faut donc que chaque personne qui veut pénétrer dans les salles basses soit reconnue. En *g*, est une porte qui donne entrée dans un premier vestibule I; de ce premier vestibule on pénètre dans une salle K, puis dans la grand'salle L, qui n'a d'issue sur le portique que par le tambour *h*. L'escalier *l* permet de pénétrer dans la tour M, de descendre dans les caves, et de monter au portique entresolé en passant par-dessus l'arcade *n*. L'escalier O, à double vis, monte au portique entresolé, à la grand'salle du premier et aux défenses. En *p*, sont des cheminées; en R, des latrines auxquelles on arrive, soit par le corps de garde H, soit par le vestibule I. Le tracé B donne le plan de la grand'salle au premier étage. On ne peut y monter que par les escaliers du corps de garde ou par l'escalier à double vis O, situé à l'extrémité du portique. Le seigneur pénétrait dans cette salle par la porte *s* communiquant au donjon par une suite de galeries. Entrant par cette porte *s*, le seigneur était sur l'estrade, élevée de trois marches au-dessus du pavé de la grand'salle. C'était le parquet, le tribunal du haut justicier; c'était aussi la place d'honneur dans les cérémonies, telles qu'hommages, investitures; pendant les banquets, les assemblées, bals, etc. C'est sur cette estrade que s'élève la cheminée, comme dans la grand'salle du palais de Poitiers (voy. CHEMINÉE, fig. 9 et 10).

On pouvait aussi, du donjon, pénétrer dans la grand'salle en passant sur la porte du château, dans la pièce située au-dessus du corps de garde et le vestibule V. La grand'salle du premier étage était en communication directe avec les défenses par les issues X, très-nombreuses.

En cas d'attaque, la garnison pouvait être convoquée dans cette salle seigneuriale, recevoir des instructions, et se répandre instantanément sur les chemins de ronde des mâchicoulis et dans les tours.

La coupe (fig. 8) sur *tu*, en regardant vers l'entrée, explique plus complétement ces dispositions. Au-dessous de l'étage A est un étage de caves dont le sol est au niveau du chemin de ronde extérieur, B étant le niveau du sol de la cour. On voit, dans cette coupe, comment est construit le portique de plain-pied avec la salle basse et entresolé de façon à donner une vue et, au besoin, une surveillance sur cette salle basse, occupée par la garnison de mercenaires, car le portique inférieur est vitré en *a*, tandis que le portique d'entresol est vitré en *b*. Au niveau du plancher de la grand'salle du premier étage, ce portique forme une terrasse ou promenoir extérieur sur la cour. On voit en *d* le chemin de ronde des mâchicoulis, qui est également de plain-pied avec la grand'salle.

Sur le vestibule V (voyez le plan) de cette grand'salle, est une tribune qui servait à placer des musiciens lors des banquets ou fêtes que donnait le seigneur. De ces dispositions il résulte clairement, que les salles basses étaient isolées des défenses, tandis que la grand'salle haute, située au premier étage, était au contraire en communication directe et fréquente avec elles; que la salle haute, ou grand'salle, était de plain-pied avec les appartements du seigneur, et qu'on séparait au besoin les hommes se tenant habituellement dans la salle basse, des fonctions auxquelles était réservée la plus haute. Ce programme, si bien écrit à Pierrefonds, jette un jour nouveau sur les habitudes des seigneurs féodaux, obligés de recevoir dans leurs châteaux des garnisons d'aventuriers.

On nous objectera peut-être que ces dispositions à Pierrefonds étaient tellement ruinées, que la restauration peut être hypothétique. A cette objection nous répondrons : 1° Que le mur extérieur était complétement conservé, par conséquent les hauteurs des étages; 2° que le portique était écrit par l'épaisseur du mur intérieur et par les fragments de cette structure trouvés dans les fouilles; 3° que l'escalier *l* du plan, conservé, ne montant qu'à une hauteur d'entresol, indiquait clairement le niveau de cet entresol; 4° que la position de l'escalier à double degré était donnée par le plan conservé; 5° que les cheminées étaient encore en place, ainsi que les murs de refend; 6° que les dispositions du corps de garde et de ses issues sont anciennes, ainsi que celles de la salle des latrines; 7° que le tambour *h* (voy. les plans) était indiqué par des arrachements; 8° que les pieds-droits des fenêtres hautes ont été retrouvés dans les déblais et *replacés*; 9° que les pentes des combles sont données par les filets existant le long des tours. Si donc quelque chose est hypothétique dans cette restauration, ce ne pourrait être que des détails qui n'ont aucune importance et dont nous faisons bon marché, car ce n'est pas de cela qu'il s'agit.

Les grand'salles avaient des destinations distinctes, suivant le temps où elles furent construites. Jusqu'au milieu du XIIIe siècle, il ne semble pas que le bâtiment contenant la grand'salle fût nécessairement divisé

8

en salle haute et salle basse. Le seigneur féodal vivait alors avec son monde. Quelques-unes de ces grand'salles étaient à rez-de-chaussée. Ainsi, par exemple, dans le roman de la *Vengeance de Raguidel* par le trouvère Raoul, nous voyons qu'un chevalier entre à cheval dans la salle où mangent le roi et ses hommes :

« Quant del mangier furent levé,
« Atant es vos tuit abrievé
« Parmi la sale, .I. chevalier,
« Qui tu armés sor .I. destrier
« L'écu au col, la lance au puing.
« . . . .
« Le roi salue et salua
« Tos les haus hommes qui là sont;
« Et li roi Artus li respont :
« Amis, Dius vos saut, bien vigniés,
« Descendès, lavès, si mangiès [1]. »

Dans le *Roman de la violette*, Gérard monte à cheval devant la salle :

« Atant demande son cheval
« Gérars, car il voloit monter;
« S'espée si court à porter
« Uns dansiaus cui il l'ot baillie,
« Par devant la salle entaillie (sculptée)
« Monte Gérars, congié a pris,
« Comme sages et bien apris [2]. »

Bien que déjà au commencement du XIVe siècle, les grand'salles soient situées au premier étage, de vastes perrons permettent d'y monter directement [3]. Elles sont en communication directe avec la cour, comme à Paris, à Troyes, à Poitiers. Mais vers la fin du XIVe siècle, la grand'salle du château prend un caractère plus privé, et, tout en conservant son caractère de tribunal, de lieu d'assemblée, de salle de banquets, elle s'isole, ne communique plus guère avec le dehors que par des escaliers détournés ou des galeries. Il y a enfin la salle basse et la salle haute.

Cependant en France, dès l'époque carlovingienne, on trouve la trace de la salle haute, appelée alors *solarium*, mais elle n'a pas le caractère de la grand'salle des châteaux. C'est la salle du seigneur, comme nous dirions aujourd'hui le *salon* de son appartement.

Ces salles, pendant le moyen âge, étaient richement décorées :

« Li rois fu en la sale bien peinturée à liste [4]. »

[1] *Messire Gauvain, ou la Vengeance de Raguidel*, par le trouvère Raoul, publié par C. Hippeau, vers 4199 et suiv.

[2] *Le Roman de la violette ou de Gérard de Nevers*, XIIIe siècle, publié par Fr. Michel, vers 2252 et suiv.

[3] Voyez PERRON.

[4] *Li romans de Berte aus grans piés*, chap. XCII (XIIIe siècle).

Non-seulement des peintures, des boiseries, voire des tapisseries, couvraient leurs parements, mais on y suspendait des armes, des trophées recueillis dans des campagnes. Sauval[1] rapporte que le roi d'Angleterre traita magnifiquement saint Louis, au Temple, lors de la cession si funeste que fit ce dernier prince, du Périgord, du Limousin, de la Guyenne et de la Saintonge.

Ce fut dans la grand'salle du Temple que se donna le banquet. « A la « mode des Orientaux, dit Sauval, les murs de la salle étoient couverts « de boucliers; entre autres s'y remarquoit celui de Richard, premier roi « d'Angleterre, surnommé Cœur de Lion. Un seigneur anglois, l'ayant « aperçu pendant que les deux rois dînoient ensemble, aussitôt dit à « son maître en riant : Sire, comment avez-vous convié les François de « venir en ce lieu se réjouir avec vous; voilà le bouclier du magnanime « Richard qui sera cause qu'ils ne mangeront qu'en crainte et en trem- « blant. »

Nous avons vu que la grand'salle du Palais, à Paris, était décorée de nombreuses statues et de peintures. La grand'salle du château de Coucy était de même fort riche : outre la grande cheminée qui était sculptée, sur les parois de cette salle on voyait les statues colossales des neuf preux[2]; des verrières coloriées garnissaient les fenêtres. A Pierrefonds, la grand'salle haute était de même décorée par des peintures. La porte qui donnait dans le vestibule était toute brillante de sculptures et surmontée d'une claire-voie. La voûte était lambrissée en berceau et percée de grandes lucarnes du côté de la cour. La cheminée qui terminait l'extrémité opposée à l'entrée supportait, sur son manteau, les statues des neuf preuses. La salle basse était elle-même décorée avec un certain luxe, ainsi que le constatent la cheminée qui existe encore en partie, les corbeaux qui portent les poutres et les fragments du portique.

Mais tous les seigneurs n'étaient pas en état d'élever des bâtiments aussi somptueux. Nous voyons dans le palais archiépiscopal de Narbonne, véritable résidence féodale, une grand'salle au premier étage, construite par l'archevêque Pierre de la Jugée, vers le milieu du XIVe siècle[3]. Cet édifice se compose d'un rez-de-chaussée avec épine de piliers supportant un plancher, et d'une grand'salle dont le plafond est soutenu par des arcs de maçonnerie. La figure 9 donne en A le plan de cette grande salle, en B son élévation extérieure sur le dehors du palais, et en C sa coupe transversale. Cette salle était crénelée dans ses œuvres hautes sur le dehors et sur la cour. Des murs d'une forte épaisseur l'épaulaient entre les baies, mais l'étage supérieur au-dessus de la grand'salle n'était plus maintenu que par des murs peu épais, avec petits contre-forts destinés à contre-buter les murs de refend qui supportaient les pannes

[1] Tome II, p. 246.

[2] Les niches de ces statues existent encore.

[3] Voyez PALAIS, fig. 11, 12 et 13.

9

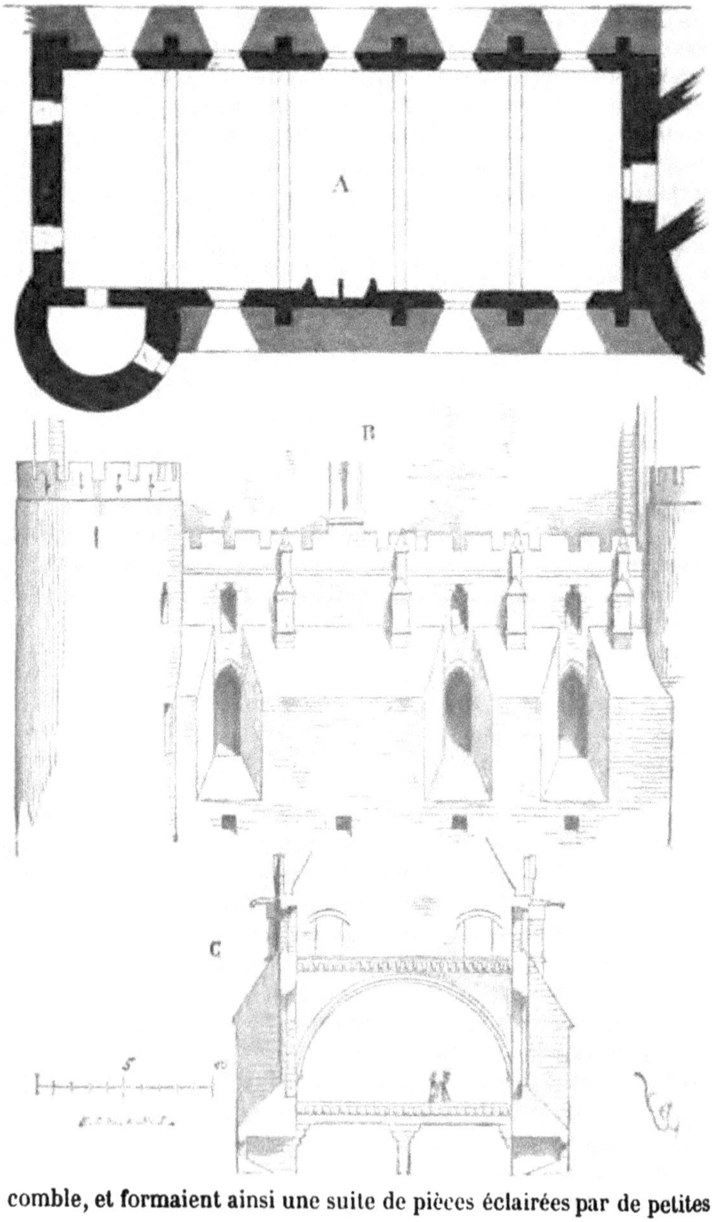

du comble, et formaient ainsi une suite de pièces éclairées par de petites fenêtres. C'est un des rares exemples d'une grand'salle surmontée de logements.

La grand'salle est donc la partie la plus importante des châteaux et palais; c'est, chez le seigneur féodal, le signe de sa juridiction, le lieu où se rend l'hommage, où se réunissent les vassaux, où l'on rassemble les défenseurs en cas de siége, où se tiennent les plaids, où se donnent les banquets, les ballets, les mascarades, les fêtes de toute sorte. Il n'y a pas de château féodal, ni même de manoir, qui n'ait sa salle. Le bourgeois de la ville, dans sa maison, possède aussi sa salle où il réunit sa famille, ses amis, où il prend ses repas et reçoit les gens qui traitent d'affaires. Quand les cités purent élever des hôtels de ville, il va sans dire que ces bâtiments contenaient la salle de la commune. Le programme est le même du petit au grand.

Cette tradition se conserva très-tard dans les châteaux, quand même ces résidences n'avaient plus le caractère de places fortes. Ainsi, à Fontainebleau, la galerie dite de Henri II est une tradition de la grand'salle du château féodal. Cette belle galerie, comme beaucoup de salles de châteaux féodaux, donne entrée sur la tribune de la chapelle. A Saint-Germain en Laye, on voit encore la grand'salle voûtée qui occupe tout un côté des bâtiments. A Versailles même, la galerie de marbre n'est que la tradition de la grand'salle des résidences seigneuriales.

Les monastères possédaient aussi des logis qui prenaient le nom de salles. Il ne s'agit point ici des réfectoires, dortoirs et bibliothèques, qui étaient de véritables salles par leur structure, sinon par leur destination, mais des salles propres à réunir les religieux pour traiter des affaires du couvent. Ce sont les salles capitulaires. Ces locaux, plus ou moins vastes, suivant l'étendue du monastère, ont un caractère particulier. Les salles capitulaires sont rarement oblongues, cette forme ne se prêtant pas aux délibérations, mais plutôt carrées, sur le sol français du moins, car en Angleterre il existe des salles capitulaires sur plan circulaire ou polygonal, avec pilier au centre pour recevoir les retombées d'arcs des voûtes. Les salles capitulaires des monastères français s'ouvrent sur le cloître, et proche de l'église habituellement. Il nous suffira, pour ne pas donner à cet article plus d'étendue qu'il ne convient, de présenter un exemple très-complet de l'une de ces salles capitulaires, dépendant de l'abbaye de Fontfroide, près de Narbonne. Ce monastère est presque entièrement conservé. Sur le côté oriental du cloître s'ouvre une jolie salle capitulaire dont les voûtes reposent sur quatre colonnes de marbre blanc (voy. le plan fig. 10). Sur trois côtés, des bancs de pierre élevés sur un marchepied également de pierre garnissent les parois de la salle, qui reçoit du jour par la galerie du cloître et par trois fenêtres plein cintre. Cette construction date de la fin du XIIe siècle et est d'un charmant style, malgré son extrême simplicité. La figure 11 en donne la coupe longitudinale. Des peintures décoraient autrefois les voûtes. De la galerie du cloître aucune clôture n'empêchait de voir ce qui se passait dans la salle capitulaire. Ainsi pouvait-on appeler, au besoin, les frères convers ou

10

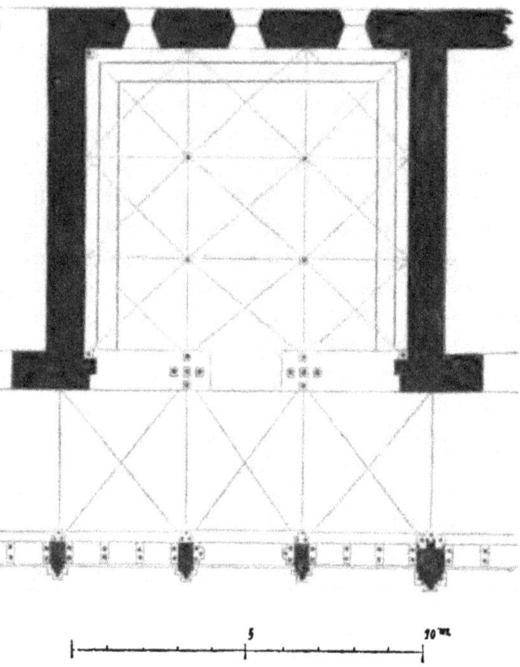

les moines, qui, n'ayant pas voix délibérative, n'en étaient pas moins,

11

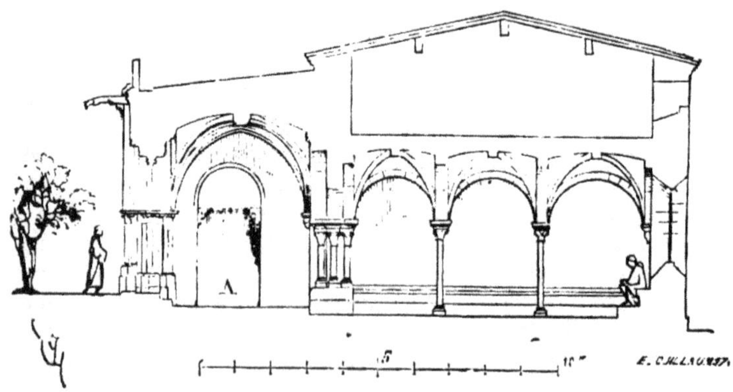

en certaines circonstances, admis au milieu de l'assemblée pour avoir à répondre sur des faits d'ordre intérieur et de discipline. De la salle capitulaire, les frères pouvaient se rendre directement à l'église par une porte percée à l'extrémité de la galerie (voy. la coupe).

Villard de Honnecourt, dans son *Album*[1], donne un plan qui paraît bien être celui d'une salle capitulaire. Ce plan n'est tracé par lui que pour indiquer comment on peut voûter une salle carrée d'une grande portée, à l'aide d'une seule colonne centrale. « Pa chu », écrit-il au-dessous de son croquis, « met om on capitel duit colonbes a one sole. « Sen nest mies si en conbres. Sest li machonerie bone[2]. » Voici (fig. 12)

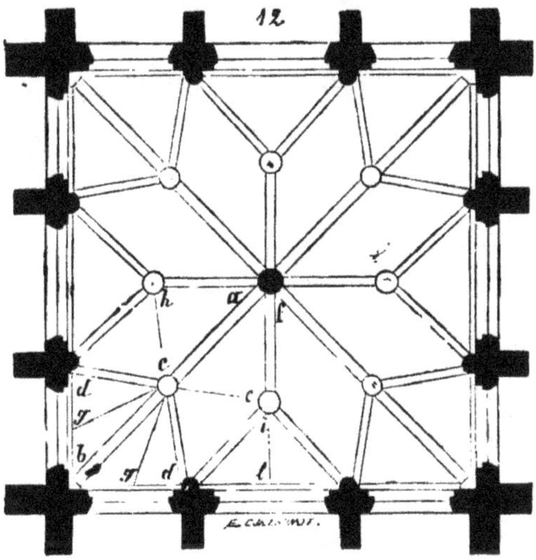

le plan de Villard. Au sommet *c* des quatre arcs diagonaux *a b* viennent aboutir les arcs secondaires *dc*; les branches *de* sont égales aux branches *fe*. Des formerets sont posés au-dessus des cintres des fenêtres. Ainsi, les clefs de remplissages sont placées suivant les lignes *ch*, *ce*, *li*, *gc*. Cette structure de voûte est très-simple, aussi a-t-elle été fréquemment employée[3], notamment dans les collatéraux de Notre-Dame de Paris, à Noyon, à Braisne. Toutes les clefs sont posées au même niveau, les poussées bien maintenues. Une salle faite d'après ce plan, ajourée sur

[1] Voyez l'*Album de Villard de Honnecourt, archit. du* XIIIe *siècle*, manuscrit publié en *fac-simile* et annoté par Lassus et A. Darcel (Impr. impér., 1858, pl. XL).

[2] « Par ce tracé combine-t-on les chapiteaux de huit colonnes correspondant à une seule, sans qu'il y ait encombrement : c'est de la bonne maçonnerie. »

[3] Dans les notes de Lassus, mises en ordre par M. Darcel, ce tracé de voûtes a été compliqué par l'adjonction d'arcs inutiles, et qui d'ailleurs ne sont point indiqués sur le croquis de Villard.

les quatre faces, n'ayant qu'un point d'appui au centre, se prêtait parfaitement au service capitulaire d'un monastère. C'est la donnée des salles capitulaires anglaises réduite à la forme carrée.

SANCTUAIRE, s. m. (*carole*). Partie de l'église où se trouve placé l'autel majeur. Les sanctuaires des églises du moyen âge sont orientés de telle façon que le prêtre, à l'autel, regarde le lever du soleil d'équinoxe ; du moins cet usage paraît-il avoir été établi depuis le VIIIe siècle, en Occident.

Cependant il est quelques exceptions à cette règle. Le sanctuaire de l'église abbatiale de Saint-Victor, à Paris, était tourné vers l'orient d'été [1].

La plupart des églises rhénanes possèdent deux sanctuaires, l'un à l'orient, l'autre à l'occident, et le plan de l'église de l'abbaye de Saint-Gall, attribué à l'abbé Eginhard, vivant du temps de Charlemagne [2], présente la même disposition. Toutefois, dans ce plan d'église, le sanctuaire oriental est seul pourvu de stalles, d'ambons, qui manquent au sanctuaire de l'ouest.

L'adoption des doubles sanctuaires se retrouve dans quelques églises françaises, dans les cathédrales de Besançon, de Verdun, de Nevers même (voy. CATHÉDRALE).

Dans les églises abbatiales, le sanctuaire est au-dessus du chœur, lequel est le plus souvent installé, soit dans le transsept, soit dans les dernières travées de la nef. Tel était disposé le sanctuaire de l'abbaye de Saint-Denis (voy. CHŒUR)[3]. Le sanctuaire des églises abbatiales se trouvait habituellement élevé au-dessus d'une crypte dans laquelle étaient enfermées les châsses des corps-saints (voy. ARCHITECTURE MONASTIQUE). Ces cryptes ou *confessions*, avec les sanctuaires qui les surmontent, sont conservées encore dans les églises abbatiales de Saint-Germain d'Auxerre, de Vézelay, de Sainte-Radegonde à Poitiers, de Saint-Denis en France, de Saint-Benoît-sur-Loire, de Montmajour près d'Arles, de Saint-Sernin de Toulouse, etc. Alors le sanctuaire proprement dit est relevé de quelques marches au-dessus du pavé de la nef, et formait un lieu réservé possédant un autel particulier, dit autel des reliques, tandis que le maître autel est placé au-dessous de ce sanctuaire, devant le chœur des religieux, et s'appelait autel matutinal, c'est-à-dire devant lequel on chantait les matines.

Nos cathédrales françaises, rebâties pendant la seconde moitié du XIIe siècle ou au commencement du XIIIe, ne possédaient pas, à propre-

[1] L'abbé Lebeuf, *Diocèse de Paris*, t. II, p. 543.

[2] Voyez Mabillon et l'*Architecture monastique* de M. Albert Lenoir, p. 24.

[3] Voyez, pour la disposition ancienne du sanctuaire de l'église abbatiale de Saint-Denis, la *Cosmographie universelle*, François de Belleforest, 1575, 2e vol. du tome Ier, et D. Doublet.

ment parler, de sanctuaire, mais seulement un chœur au milieu duquel s'élevait l'autel. La *cathedra*, le siége épiscopal, était posée au fond du chœur, derrière l'autel. Il faut se reporter au temps où furent élevés ces grands monuments, pour apprécier les motifs qui avaient fait adopter cette disposition qui appartient aux provinces dépendant du domaine royal. Nous avons indiqué ces motifs dans notre article CATHÉDRALE, et nous ne croyons pas nécessaire d'insister. Il nous suffira de dire que ces grandes églises étaient si peu pourvues de ce qu'on appelle sanctuaire dans les églises abbatiales, que le chœur était généralement établi de plain-pied avec le collatéral.

Cette disposition existait primitivement à Notre-Dame de Paris, dans les cathédrales de Senlis, de Meaux, de Chartres, de Sens. Le chœur n'était pas même séparé des bas côtés par des clôtures, celles-ci ayant été établies plus tard, vers le milieu du XIIIe siècle, au moment où ces grands monuments perdirent leur double destination civile et religieuse pour ne conserver que la dernière. Même alors le chœur était clos, mais il n'était pas établi une séparation distincte entre celui-ci et le sanctuaire, ou plutôt l'autel était placé à l'extrémité orientale du chœur, au centre du rond-point. Tout sanctuaire inplique la présence d'une confession, d'une crypte contenant un ou plusieurs corps-saints; or, les grandes cathédrales, rebâties aux XIIe et XIIIe siècles, sauf de rares exceptions [1], ne possédaient pas de cryptes, partant pas de sanctuaires.

SCULPTURE, s. f. Nous comprendrons dans cet article la *statuaire* et la *sculpture d'ornement*. Il serait difficile, en effet, de séparer, dans l'architecture du moyen âge aussi bien que dans celle de l'antiquité, ces deux branches du même tronc; et si, dans les temps modernes, les sculpteurs statuaires se sont isolés, ont le plus souvent pratiqué leur art dans l'atelier, en ne tenant plus compte, ni de l'ornementation, ni de l'architecture, c'est une habitude qui ne date guère que du XVIIe siècle, née au sein des Académies. Jadis les sculpteurs statuaires n'étaient que des *imagiers*. Ce titre ayant paru maigre, on l'a changé. Ces imagiers travaillaient pour un monument, dans les chantiers de ce monument, concouraient directement à l'œuvre, sous la direction du maître; mais aussi leurs ouvrages (qu'on veuille bien nous passer l'expression) étaient *immeubles par destination*. L'institution des Académies ne pouvait tolérer une pareille servitude : les imagiers, devenus statuaires, ont prétendu travailler chez eux et n'écouter que leur inspiration; ils ont ainsi pu faire des chefs-d'œuvre à leur aise, mais des chefs-d'œuvre *meubles meublants*, qu'on achète, qu'on place un peu au hasard, comme on achète et l'on place dans un appartement un objet précieux. Depuis quelques années cependant, on a cherché à rendre à la statuaire une destination fixe, on a tenté de revenir aux anciens errements; quelques statuaires

[1] Bourges, Chartres.

ont été appelés à travailler sur le *tas*, c'est-à-dire à exécuter sur le monument même des parties de sculpture, suivant une donnée générale définie, arrêtée. Mais, malgré ces tentatives dont nous apprécions la valeur, l'habitude du travail de l'atelier était si bien enracinée, que ces sculptures semblent, le plus souvent, des hors-d'œuvre, des accessoires décoratifs apportés après coup, et n'ayant avec l'architecture aucuns rapports d'échelle, de style et de caractère. Nous n'avons pas à apprécier ici le plus ou moins de valeur de la sculpture moderne. Nous avons tenu seulement tout d'abord à établir cette distinction entre les œuvres de l'antiquité, du moyen âge et des temps modernes, savoir : que, dans l'art du moyen âge, la sculpture ne se sépare pas de l'architecture; que la sculpture statuaire et la sculpture d'ornement sont si intimement liées, qu'on ne saurait faire l'histoire de l'une sans faire l'histoire de l'autre.

Cette histoire de la sculpture du moyen âge exige, pour être comprise, que nous jetions un regard rapide sur les œuvres de l'antiquité, lesquelles ont influé sur l'art occidental à dater du XIe siècle, tantôt directement, tantôt par des voies détournées, très-étranges et généralement peu connues.

La sculpture, dans l'antiquité, procède de deux principes différents, qui forment deux divisions principales. Il y a la sculpture hiératique et la sculpture qui, prenant pour point de départ l'imitation de la nature, tend à se perfectionner dans cette voie, et sans s'arrêter un jour, après être montée à l'apogée, descend peu à peu vers le réalisme pour arriver à la décadence. Les peuples orientaux, l'Inde, l'Asie Mineure, l'Égypte même, n'ont pratiqué la sculpture qu'au point de vue de la conservation de certains types consacrés. La Grèce seule s'est soustraite à ce principe énervant, est partie des types admis chez des civilisations antérieures, pour les amener, par l'observation plus sûre et plus exacte de la nature, par une suite de progrès, soit dans le choix, soit dans l'exécution, au beau absolu. Mais, par cela même qu'ils marchaient toujours en avant, les Grecs n'ont pu établir ni l'hiératisme du beau selon la nature, ni l'hiératisme du convenu, d'où ils étaient partis. Après être montés, ils sont descendus. Toutefois, en descendant, ils ont semé sur la route des germes qui devaient devenir féconds. C'est là, en effet ce qui établit la supériorité du progrès sur le respect absolu à la tradition, sur l'hiératisme. S'il n'en était pas ainsi, on pourrait soutenir que l'hiératisme, en le supposant arrivé dès l'abord à un point très-élevé, comme en Égypte, est supérieur au progrès, puisqu'il maintient l'art le plus longtemps possible sur ce sommet, tandis que la voie progressive atteint la perfection un jour, pour descendre aussitôt une pente opposée à celle de l'ascension. L'art hiératique est stérile. Ses produits pâlissent chaque jour, à partir du point de départ, pour se perdre peu à peu dans le métier vulgaire, d'où les civilisations postérieures ne peuvent rien tirer. Il est impossible de ne pas être frappé d'étonnement et d'admiration devant les sculptures des premières dynasties égyptiennes. Il semble que cet art si complet, si élevé, dont l'exécution est si merveilleuse, doive fournir aux artistes de tous les temps un point d'appui solide. Il n'en est rien cependant; cette admiration peut conduire à des pastiches, non à de nouvelles créations. Cet art, si beau qu'il soit, est immédiatement formulé comme un dogme; on ne peut rien en retrancher, rien y ajouter: c'est un bloc de porphyre. L'art grec, *progressiste* (qu'on nous passe le mot), est au contraire un métal ductile, dont on peut sans cesse tirer des formes nouvelles. Pourquoi certaines civilisations ont-elles produit des arts fixés, pour ainsi dire, dans un hiératisme étroit? Pourquoi d'autres ont-elles fait intervenir dans les productions d'art la raison humaine, les passions mobiles, les sentiments, la philosophie, le besoin de la recherche du mieux?

Cela serait difficile à expliquer en quelques lignes, et nous reconnaissons que le sujet est délicat à traiter. Cependant il est une observation que nous croyons devoir faire ici, d'une manière sommaire, parce qu'elle nous aidera plus tard à expliquer les singulières évolutions de l'art de la sculpture pendant le moyen âge. D'ailleurs, comme nous ne saurions admettre en ces matières, non plus que dans toute autre, l'intervention du hasard; puisque nous voyons l'effet, la cause doit exister. Quelle est-elle? Nous croyons l'entrevoir dans les aptitudes propres à certaines races. Remarquons d'abord que toute explosion d'art — et la sculpture est ici en première ligne — ne se produit dans l'histoire qu'au contact de deux races différentes. Il semble que l'art ne soit jamais que le résultat d'une sorte de fermentation intellectuelle de natures pourvues d'aptitudes diverses. Examinons donc d'abord sous quelles influences se développent les arts.

Tous les hommes, ou plutôt toutes les races humaines ne sont pas également portées vers le besoin d'examiner et de comprendre. Aux unes, il suffit de croire et d'ériger les croyances en système; pour les autres, les croyances ne dépassent jamais une sorte de règle de conduite et ne sont pas aux prises avec les aspirations vers l'inconnu. La philosophie appartient à ces races privilégiées qui examinent, analysent et veulent comprendre pour croire; à celles-là aussi appartient l'art, tel que les Grecs l'ont développé, tel que nous l'entendons en Occident. Mais, phénomène singulier! chacune des trois grandes races humaines qui se partagent le globe terrestre n'est pas apte, isolément, à produire ce qu'on appelle des arts. Celle-ci, la race âryane, la race blanche par excellence, est pouvue d'instincts guerriers; elle enfante les héros; elle domine, elle gouverne; elle établit les premières religions, elle règle leur culte; elle méprise le travail manuel et forme des sociétés de pasteurs et de guerriers, avec le patriarcat comme principe de tout gouvernement. Cette autre, la race jaune, la plus nombreuse peut-être sur notre planète, est industrieuse, se livre au commerce, au calcul, à l'agriculture, aux travaux manuels; elle est habile à façonner les métaux;

elle se prête facilement à tout labeur, pourvu qu'elle entrevoie au bout un bien-être purement matériel; dépourvue d'aspirations élevées, de base philosophique, ne se souciant guère de l'inconnu, elle demeure stationnaire du jour où elle a, grâce à son travail et à son industrie, élevé un ordre social passable. La troisième, la race noire, est ardente, violente, ne reconnaissant d'autre puissance que la force matérielle, superstitieuse, guidée par ses besoins physiques ou son imagination mobile et déréglée. Aucune de ces trois races principales, bien distinctes, n'a pu faire éclore un art. Les races blanches pures ne savent se prêter à ce qu'ils exigent de soins matériels, d'études et de travaux; les races jaunes ne peuvent les élever qu'à la hauteur d'un métier. Quant au noir, dépouvu de ce régulateur qui n'abandonne jamais l'esprit du blanc, incapable de fixité dans ses idées, il laisse son imagination s'égarer jusqu'à concevoir et à enfanter des monstres en toute chose. Il est adroit, subtil, ingénieux, mais trop fantasque pour être artiste, comme nous l'entendons depuis l'antiquité; car il n'est pas d'art sans lois, sans principes. Le noir n'admet l'intervention de la loi que dans l'ordre physique; pour lui, la loi, c'est la force matérielle, mais son intelligence n'en admet pas dans le domaine des choses de l'esprit. Or, si le blanc et le noir (ce dernier en proportion minime) se trouvent réunis, l'art se développe rapidement et dans le sens du progrès incessant. Dans le mélange de l'élément blanc et jaune, l'art éclôt aussi, mais penche vers l'hiératisme.

Nous ne prétendons montrer ici que certaines grandes divisions faciles à apprécier; car, dans l'organisme de ce monde, les choses ne sont pas aussi simples et tranchées : ainsi, par exemple, la philologie a démontré de la manière la plus évidente que les races dites sémitiques ne sont pas des Aryans, qu'elles appartiennent à un autre groupe; elles se rapprochent encore moins des jaunes ou des races mélaniennes, mais cependant elles tiennent par un point à ces dernières par la vivacité et la mobilité de leur imagination. Pas plus que le blanc ou le noir, le Sémite seul n'est artiste, ou, s'il le devient par le contact d'un apport relativement faible du blanc, c'est dans le sens hiératique absolu.

Au contraire, si un noyau âryan considérable se trouve en contact avec un peuple sémitique, le ferment intellectuel qui en résulte produit un développement d'art splendide, et dans le sens de la recherche, du progrès. La civilisation grecque en est la démonstration la plus évidente.

On ne manquera pas ici de nous accuser de matérialisme. Mais qu'y pourrions-nous faire? Il y a si longtemps qu'on nous repaît de phrases vides lorsqu'il est question de discuter sur les arts ou de définir leurs qualités, que l'envie nous a pris de traiter cette faculté de l'âme humaine à l'aide de l'analyse et du raisonnement.

On l'a bien fait pour la philosophie, nous ne voyons pas pourquoi on ne le ferait pas à propos des arts. Quand vous nous aurez dit que des statuaires sont *dociles au souffle de l'inspiration*, ne pouvant croire sérieusement que Minerve les protége, si vous ne nous dites pas de quoi l'inspiration procède, nous ne serons guère avancés. En ajoutant que telle statue est *remplie d'un sentiment religieux*, si vous ne nous expliquez pas comment un sentiment religieux se traduit sur la pierre ou le marbre, votre observation ne nous importe guère, d'autant que beaucoup de gens très-religieux font des statues qui prêtent à rire, et que des artistes passablement sceptiques en sculptent qui vous font tomber à genoux. Pérugin, ce peintre par excellence de sujets religieux, et qui parfois est si touchant, « avait peu de religion et ne voulait pas croire à l'immortalité de l'âme ». C'est du moins ce qu'en dit Vasari. On voudra donc ne pas chercher dans cet article sur la sculpture l'attirail de phrases stéréotypées à l'usage de la plupart des critiques en matière d'art, dont nous nous garderons de médire, mais qui, en ne nous faisant part que de leurs impressions, peuvent nous intéresser, mais ne sauraient nous faire avancer d'un pas dans la connaissance des phénomènes psychologiques plus ou moins favorables au développement de l'art.

Il s'agit de chercher comment l'art le plus élevé peut-être, celui de la statuaire, naît ou renaît au sein d'un milieu social, où il va puiser ses éléments, s'il n'est qu'un ressouvenir, comme dit Socrate, ou s'il est un développement spontané, comment il se développe et progresse, et comment il décline.

Nous avons parlé de l'hiératisme et du progrès, de la recherche de l'idéal. Plus nous remontons le courant des arts de l'antique Égypte, plus nous trouvons les arts, et la statuaire notamment, voisins de la perfection. Les dernières découvertes faites par l'infatigable M. Mariette ont mis en lumière des statues de l'époque des pasteurs qui, non-seulement dépassent comme exécution les figures anciennes de Thèbes, mais possèdent un caractère individuel très-prononcé. L'art, dès ces temps reculés, était arrivé à une grande élévation. Ce ne pouvait être par l'hiératisme, mais au contraire par un effort humain, une suite d'études et de progrès. L'hiératisme ne s'était donc établi qu'au moment où l'art avait atteint déjà une grande perfection. Nous voyons le même phénomène se produire chez les populations de l'Asie. L'art s'élève (nous ne savons par quelle suite d'efforts) jusqu'à un point supérieur, et, arrivé là, on prétend désormais le fixer. Ce sont ces arts fixés que rencontrent les Grecs lorsqu'ils occupent l'Hellade; ils les prennent à cette époque de fixité, mais les font, pour ainsi dire, sortir de leur chrysalide pour les pousser avec une ardeur et une rapidité inouïes vers un idéal qui prend pour point d'appui l'étude attentive et passionnée de la nature. Supposons un instant que ces quelques tribus d'Aryans ne fussent point venues s'établir sur le sol de la Macédoine, de l'Attique et du Péloponèse; les arts des peuplades de l'Asie Mineure et de l'Égypte, enfermés dans leur hiératisme, s'affaissant chaque jour sous le poids de cet hiératisme même, s'abîmaient dans une négation. Le sphinx et le chérubin restaient pour les générations futures le véritable symbole de ces arts, c'est-à-dire une énigme. Les Grecs, en secouant cette immobilité, nous en font deviner les secrets, nous permettent de supposer les efforts qui l'avaient précédée. En effet, les premières infusions âryanes en Asie, en Égypte, au contact des races aborigènes, s'étaient trouvées dans ces conditions favorables au développement des arts, et ceux-ci avaient atteint rapidement une supériorité extraordinaire; mais l'élément sémitique dominant de plus en plus, ces arts s'étaient arrêtés dans leur marche, comme se fixent certains liquides par l'apport d'un agent chimique à une certaine dose.

Ceci peut passer pour une hypothèse; mais ce qui n'en est pas une, c'est le mouvement que les Grecs savent imprimer aux arts chez eux. Ils prennent les formes hiératiques de l'Asie Mineure; peu à peu nous voyons qu'ils les *naturalisent :* ils procèdent pour les arts comme pour la mythologie. Des grands mythes asiatiques, ils font des héros, des personnalités; l'homme, l'individu se substitue à la caste; l'*esprit moderne*, en un mot, se fait jour. La divinité ou ses émanations se personnifient, non plus par une sorte de superposition d'attributs, comme chez les Asiatiques, mais par des qualités ou des passions humaines. En même temps, la philosophie se dégage du cerveau humain, jusqu'alors enserré dans le dogmatisme. Car, observons bien ceci, l'art, mais l'art affranchi de l'hiératisme, l'art à la recherche de l'idéal, du principe vrai, marche toujours côte à côte de la philosophie. Lorsque celle-ci s'élance hardiment à la recherche des problèmes humains, l'art se développe avec énergie et ses produits sont merveilleux; lorsque la philosophie, haletante, ballottée au milieu de systèmes opposés, se jette, comme pour se fixer sur quelques points, dans la scolastique, l'art, à son tour, se formule, et arrive par une autre pente à cet hiératisme dont il avait si bien su s'affranchir. L'art grec, libre, progressif, le regard fixé sur un idéal sublime qu'il recherche sans repos, sous Périclès vit à côté de Platon.

L'art grec, parallèle à l'école d'Alexandrie, retombe dans une sorte de formulaire hébétant, sans issues. Avec le christianisme, nous le voyons abandonner entièrement la statuaire, comme s'il s'avouait qu'il en avait abusé et que ses recherches ne l'avaient conduit qu'au réalisme le plus vulgaire.

On peut donc constater l'influence de ces lois générales. Avec la théocratie, l'hiératisme dans l'art, et dans l'art de la statuaire surtout. Avec les développements des idées métaphysiques, l'étude de la philosophie, la recherche d'un idéal dans l'art, en prenant pour base l'examen attentif de la nature, le progrès par conséquent, mais aussi les erreurs et les chutes.

Devra-t-on conclure des observations précédentes relatives au contact des races diverses que, pour obtenir un Phidias, il convient de mettre en rapports intellectuels quelques Aryans et un Sémite, sous une certaine latitude? que les arts se forment comme les compositions chimiques, d'après une formule et un peu de chaleur ou un courant électrique? Non. Mais dans l'étude historique des arts, comme dans celle de la philosophie, des mouvements de l'esprit humain, — et les arts ne sont autre chose qu'une éclosion intellectuelle, — il est nécessaire de bien connaître et de constater les conditions favorables ou défavorables à cette éclosion, par conséquent de signaler les courants, leurs mélanges et les produits successifs de ces mélanges.

On s'est un peu trop habitué, peut-être, à traiter les questions d'art d'après ce qu'on appelle le *sentiment;* influence mobile comme la mode, fugitive, et qui a le grand inconvénient d'éloigner l'artiste de la recherche des causes, des origines, de l'idée philosophique sans laquelle l'art n'est qu'est qu'un métier ou l'emploi d'une recette.

Le sentiment, admettant qu'il faille compter avec lui, a besoin d'un point d'appui; où le trouvera-t-il, si ce n'est dans l'analyse, le raisonnement, l'observation et le savoir? Jugeons les choses d'art avec notre sentiment, si l'on veut, mais élevons notre sentiment, ou plutôt notre faculté de sentir, à la hauteur d'une science, si nous prétendons faire accepter nos jugements par le public impartial. D'ailleurs, n'en est-il pas un peu du sentiment comme de la foi, qui accepte, mais ne crée pas. A la raison humaine seule est réservée la faculté de créer; c'est la raison qui conduit à l'art par la recherche et le triage d'où ressort la définition et la conscience du beau et du bon; c'est la raison qui conduit à la philosophie par les mêmes procédés. On n'a jamais fait de philosophie passable avec ce que nous appelons le sentiment. Les Grecs, qui s'y connaissaient un peu, n'ont jamais cru que le sentiment seul pût guider, soit dans la pratique des arts, soit dans les jugements qu'on peut porter sur leurs productions. « Toutes choses étaient ensemble; l'intelligence « les divisa et les arrangea », dit Anaxagore [1]. Si la foi et le sentiment font des miracles, ce n'est pas de cette façon. La foi fait mouvoir les montagnes peut-être, mais elle ne sait ni ne s'enquiert de quoi les montagnes sont faites, ni pourquoi elles sont montagnes. Si elle le savait, elle se garderait de les déranger de leur place.

Qu'est-ce, dans les arts, que le sentiment des choses, sans la connaissance des choses?

Ce serait trop sortir de notre sujet que de nous étendre plus longtemps sur ces influences qui ont dirigé les arts de l'antiquité, soit dans la voie hiératique, soit dans la recherche du mieux. Il nous suffit d'indiquer quelques-uns de ces courants, avant de présenter le tableau de l'art de la statuaire pendant le moyen âge, tableau à peine entrevu, bien qu'il se développe chaque jour devant nos yeux.

Ce qu'était devenue la sculpture sous l'empire, dans les Gaules, chacun le sait. Des types antiques perfectionnés par les Grecs, répandus sur tout le continent occidental de l'Europe par les Romains, reproduits par une population d'artistes qui ne s'élevaient pas au-dessus de l'ouvrier

[1] Commencement d'un ouvrage (Diog. Laerce, II, 6; Walken, *Diatrib. in Euripid. frogm.*).

vulgaire, il nous reste des fragments nombreux. Laissant de côté l'intérêt archéologique qui s'attache à ces débris, considérés comme œuvres d'art, ils ne causent qu'un ennui et un dégoût profonds. Nulle apparence d'individualité, d'originalité; les auteurs de ces œuvres monotones travaillent à la tâche pour gagner leur salaire. Reproduisant des modèles déjà copiés, ne recourant jamais à la source vivifiante de la nature, traînant partout, de Marseille à Coutances, de Lyon à Bordeaux, leurs *poncifs*, ils couvrent la Gaule romanisée de monuments tous revêtus de la même ornementation banale, des mêmes bas-reliefs mous et grossiers d'exécution, comme ces joueurs d'orgues de nos jours qui vont porter les airs d'opéras jusque dans nos plus petits villages.

La sculpture dans les Gaules, au moment des grandes invasions, c'est-à-dire au IVe siècle, n'était plus un art, c'était un métier, s'abâtardissant chaque jour. Au point de vue de l'exécution seule, rien n'est plus plat, plus vulgaire, plus négligé. Mais comme composition, comme invention, on trouve encore dans ces fragments une sorte de liberté, d'originalité qui n'existe plus dans les tristes monuments élevés en Italie depuis Constantin jusqu'à la chute de l'empire d'Occident. L'esprit gaulois laisse percer quelque chose qui lui est particulier dans cette sculpture chargée, banale, sans caractère, et s'affranchit parfois du classicisme romain en pleine décadence. Ainsi, pour exemple, il ne s'astreint pas à des reproductions identiques d'un même modèle pour les chapiteaux d'un ordre dépendant d'un édifice. Les fûts des colonnes se couvrent d'ornements variés. Les types admis par les ordres se modifient; il y a comme une tentative d'affranchissement. Ce n'est pas ici l'occasion de nous étendre sur la valeur de ces symptômes qui, au total, n'est pas considérable, mais cependant nous devons les signaler, parce qu'ils font connaître que la Gaule ne restait pas absolument sous l'influence étroite de la tradition des arts romains. Des fragments existant à Autun, au Mont-Dore, à Auxerre, à Lyon, à Reims, à Dijon, dans le Soissonnais, et qui datent des IIIe, IVe et Ve siècles, indiquent ces tendances originales. Voici un de ces fragments, entre autres, un chapiteau (fig. 1) provenant du portique de clôture du temple de Champlieu, près de Compiègne, qui présente une disposition particulière et qu'on ne retrouverait pas dans les édifices italiens de la même époque (IIIe siècle). Or, les autres chapiteaux appartenant au même portique ne sont pas taillés sur le même modèle. Cette variété, dans un temps où la sculpture n'était qu'un travail d'ouvriers assez grossiers, est remarquable. Elle permettrait de supposer que ces Gaulois romanisés des derniers temps étaient fatigués de ces reproductions abâtardies des mêmes types, et qu'ils cherchaient à les abandonner.

Cette tendance, — en admettant qu'elle fût générale sur le sol des Gaules, — se perdit dans le flot des invasions. L'art de la sculpture s'éteint sous les conquérants du Nord, et si, dans les rares édifices qui nous restent de l'époque mérovingienne, on rencontre çà et là quelques fragments de sculpture, ils sont arrachés à des monuments gallo-romains. Sous les Carlovingiens, des tentatives sont faites pour renouer la chaîne brisée des arts, mais ces tentatives n'aboutissent guère qu'à de pâles copies des types de l'antiquité romaine, sous une influence byzantine plus ou moins prononcée. Charlemagne ne pouvait songer à autre chose, en

fait d'art, qu'à remuer les cendres de l'empire romain pour y retrouver quelques étincelles; il essayait une renaissance des formes et des moyens pratiques oubliés. De semblables tentatives n'aboutissent qu'à des pastiches grossiers. On ne refait pas des arts avec des lois, des institutions ou des règlements; il faut d'autres éléments pour les rendre viables et les faire pénétrer chez une nation. Or, sous les Carlovingiens, l'heure d'une véritable renaissance des arts n'était pas sonnée. Les ferments apportés par les peuplades conquérantes étaient depuis trop peu de temps mêlés à la vieille civilisation gallo-romaine pour qu'un art, comme la sculpture, pût éclore.

Ce n'est en effet qu'à la fin du XIe siècle qu'on voit apparaître les premiers embryons de cet art de la sculpture française, qui, cent ans plus tard, devait s'élever à une si grande hauteur. Alors, à la fin du XIe siècle, les seules provinces de la Gaule qui eussent conservé des traditions d'art de l'antiquité étaient celles dont l'organisation municipale romaine s'était maintenue. Quelques villes du Midi, à cette époque, se gouvernaient encore *intra muros*, comme sous l'empire; par suite, elles possédaient leurs corps d'artisans et les traditions des arts antiques, très-affaiblies, il est vrai, mais encore vivantes. Toulouse, entre toutes ces anciennes villes gallo-romaines, était peut-être celle qui avait le mieux conservé son organisation municipale. La pratique des arts, chez elle, n'avait pas subi une lacune complète, elle s'était perpétuée. Aussi cette cité devint-elle, dès le commencement du XIIIe siècle, le centre d'une école puissante et dont l'influence s'étendit sur un vaste territoire.

Dans une autre région de la France, l'ordre de Cluny, institué au commencement du Xe siècle, avait pris, au milieu du XIe, un développement prodigieux[1].

A cette époque, les clunisiens étaient en rapport avec l'Espagne, l'Italie, l'Allemagne, l'Angleterre, la Hongrie; non-seulement ils possédaient des maisons dans ces contrées, mais encore ils entretenaient des relations avec l'Orient. C'est au sein de ces établissements clunisiens que nous pouvons constater un véritable mouvement d'art vers la seconde moitié du XIe siècle. Jusqu'alors, sur le sol des Gaules, et depuis la chute de l'empire, la sculpture n'est plus; mais tout à coup elle se montre comme un art déjà complet, possédant ses principes, ses moyens d'exécution, son style. Un art ne pousse pas cependant comme des champignons; il est toujours le résultat d'un travail plus ou moins long, et possède une généalogie. C'est cette généalogie qu'il convient d'abord de rechercher.

En 1098, une armée de chrétiens commandée par Godefroi, le comte Baudouin, Bohémond, Tancrède, Raymond de Saint-Gilles et beaucoup d'autres chefs, s'empara d'Antioche, et depuis cette époque jusqu'en 1268, cette ville resta au pouvoir des Occidentaux. Antioche fut comme le cœur des croisades; prélude de cette période de conquêtes et de revers, elle en fut aussi le dernier boulevard. C'était dans ces villes de Syrie, bien plus que dans la cité impériale de Constantinople, que les arts grecs s'étaient réfugiés. Au moment de l'arrivée des croisés, Antioche était encore une ville opulente, industrieuse, et possédant des restes nombreux de l'époque de sa splendeur. Toute entourée de ces villes grecques abandonnées depuis les invasions de l'islam, mais restées debout, villes dans lesquelles on trouve encore aujourd'hui tous les éléments de notre architecture romane, Antioche devint une base d'opérations pour les Occidentaux, mais aussi un centre commercial, le point principal de réunion des religieux envoyés par les établissements monastiques de la France, lorsque les chrétiens se furent emparés de la Syrie. D'ailleurs, avec les premiers croisés, étaient partis de l'Occident, à la voix de Pierre l'Ermite, non-seulement des hommes de guerre, mais des gens de toutes sortes, ouvriers, marchands, aventuriers, qui bientôt, avec cette facilité qu'ont les Français principalement d'imiter les choses nouvelles qui attirent leur attention, se façonnèrent aux arts et métiers pratiqués dans ces riches cités de l'Orient. C'est en effet à dater des premières années du XIIe siècle que nous voyons l'art de la sculpture se transformer sur le sol de la France, mais avec des variétés qu'il faut signaler. Les monuments grecs des VIe et VIIe siècles qui remplissent les villes de Syrie, et notamment l'ancienne Cilicie, possèdent une ornemen-

[1] Voyez ARCHITECTURE MONASTIQUE.

tation sculptée d'un beau style, et qui rappelle celui des meilleurs temps de la Grèce antique[1], mais sont absolument dépourvus de statuaire. Cependant il avait existé à Constantinople, avant et après les fureurs des iconoclastes, des écoles de sculpteurs statuaires, qui fabriquaient quantité de meubles en bois, en ivoire,en orfèvrerie, que les Vénitiens et les Génois répandaient en Occident. Nous possédons, dans nos musées et nos bibliothèques, bon nombre de ces objets antérieurs au XIIe siècle. Il ne paraît pas toutefois que les artistes byzantins se livrassent à la grande statuaire, et les exemples dont nous parlons ici sont, à tout prendre, de petite dimension et d'une exécution souvent barbare. Il n'en était pas de même pour la peinture : les Byzantins avaient produit dans cet art des œuvres tout à fait remarquables, et dont nous pouvons nous faire une idée par les peintures des églises de la Grèce[2] et par les vignettes des manuscrits de la Bibliothèque impériale.

Or, parmi ces croisés partis des différents points de l'extrême Occident, les uns rapportent, dès le commencement du XIIe siècle, de nombreux motifs de sculpture d'ornement d'un beau caractère, d'autres de l'ornementation et de la statuaire.

Nous voyons, par exemple, à cette époque, le Poitou, la Saintonge, la Normandie, l'Ile-de-France, la Picardie, l'Auvergne, répandre sur leurs édifices, des rinceaux, des chapiteaux, des frises d'ornements d'un très-beau style, d'une bonne exécution, qui semblent copiés, ou du moins immédiatement inspirés par l'ornementation byzantine de la Syrie, tandis qu'à côté de ces ornements, la statuaire demeure à l'état barbare et ne semble pas faire un progrès sensible. Mais si nous nous transportons en Bourgogne, sur les bords de la Saône, dans le voisinage des principaux monastères clunisiens, c'est tout autre chose. La statuaire a fait, au commencement du XIIe siècle, un progrès aussi rapide que l'ornementation sculptée, et rappelle moins encore par son style les diptyques byzantins, que les peintures qui ornent les monuments et les manuscrits grecs. Ceci s'explique. Si des moines grossiers, si des ouvriers ignorants pouvaient reproduire les ornements grecs qui abondent sur les édifices de la Syrie septentrionale, ils ne pouvaient copier des statues ou bas-reliefs à sujets, qui n'existaient pas. Ils *s'orientalisaient* quant à la décoration sculptée, et restaient gaulois quant à la statuaire. Pour transposer dans les arts, il faut un certain degré d'instruction, de savoir, que les clunisiens seuls alors possédaient. Les clunisiens firent donc chez eux une renaissance de la statuaire, à l'aide de la peinture grecque. Cela est sensible pour quiconque est familier avec cet art. Si nous nous transportons, par exemple, devant le tympan de la grande porte de l'église abba-

[1] Voyez l'ouvrage de M. le comte Melchior de Vogüé et de M. Duthoit, sur les villes entre Alep et Antioche (*Syrie centrale*).

[2] M. Paul Durand a calqué un grand nombre de ces peintures qui datent des VIIIe, IXe, X^e et XIe siècles, et qui sont du plus beau style. Il serait fort à désirer que ces calques fussent publiés.

tiale de Vézelay, ou même devant celui de la grande porte de la cathédrale d'Autun, qui lui est quelque peu postérieur, nous reconnaîtrons dans ces deux pages, et particulièrement dans la première, une influence byzantine prononcée, incontestable, et cependant cette statuaire ne rappelle pas les diptyques byzantins, ni par la composition, ni par le faire, mais bien les peintures.

Autant la statuaire byzantine ancienne prend un caractère hiératique, autant elle est bornée dans les moyens, conventionnelle, autant la peinture se fait remarquer par une tendance dramatique, par la composition, par l'exactitude et la vivacité du geste[1]. Ces mêmes qualités se retrouvent à un haut degré dans les bas-reliefs que nous venons de signaler. De plus, dans ces bas-reliefs, les draperies sont traitées comme dans les peintures grecques, et non comme elles le sont sur les monuments byzantins sculptés. La composition des bas-reliefs de Vézelay, par la manière dont les personnages sont groupés, rappelle également les compositions des peintures grecques; on y remarque plusieurs plans, des agencements de lignes, un mouvement dramatique très-prononcé. Mais par cela même que les clunisiens transposaient d'un art dans l'autre, tout en laissant voir la source d'où sortait la statuaire, ils étaient obligés de recourir, pour une foule de détails, à l'imitation des objets qui les entouraient. Aussi l'architecture, les meubles, les instruments, sont français; les habits mêmes, sauf ceux de certains personnages sacrés, qui sont évidemment copiés sur les peintures grecques, sont les habits portés en Occident, mais ils sont *byzantinisés* (qu'on nous pardonne le barbarisme) par la manière dont ils sont rendus dans les détails. Quant aux têtes, et cela est digne de fixer l'attention des archéologues et des artistes, elles ne rappellent nullement les types admis par les peintres grecs. Les sculpteurs occidentaux ont copié, aussi bien qu'ils ont pu le faire, les types qu'ils voyaient, et cela souvent avec une délicatesse d'observation et une ampleur très-remarquables.

Nous avons souvent entendu discuter ce point, de savoir si ces bas-reliefs de Vézelay, d'Autun, de Moissac, de Charlieu, etc., étaient sculptés par des artistes envoyés d'Orient, ou s'ils étaient dus à des sculpteurs occidentaux travaillant sous une influence byzantine. Longtemps nous avons hésité devant ce problème; mais, après avoir examiné beaucoup de ces sculptures françaises, des sculptures et des peintures grecques, surtout des vignettes de manuscrits; après avoir réuni des dessins et des photographies en grand nombre pour établir des comparaisons immédiates, notre hésitation a dû cesser. D'ailleurs, si des artistes grecs avaient été appelés en France pour exécuter ces sculptures, ils auraient trahi

[1] Il ne faut pas prendre ici la peinture grecque telle, par exemple, que les moines du mont Athos l'ont faite depuis le XIIIe siècle et la font encore aujourd'hui. C'est là un art tout de recettes, figé; les peintures des manuscrits des VIIIe, IXe et Xe siècles ont un caractère plus libre et une tout autre valeur. Nous en dirons autant des peintures grecques recueillies par M. Paul Durand.

leur origine sur quelques points, une inscription, un meuble, un ustensile. Rien de pareil ne se rencontre sur aucun de ces bas-reliefs. Tout est occidental, et encore une fois la sculpture des Byzantins à cette époque n'est pas traitée comme celle de ces bas-reliefs français. Il est, pour tout praticien, une preuve de la transposition de l'art de la peinture byzantine dans la statuaire chez les clunisiens. On sait que les draperies des personnages figurés sur ces peintures sont faites au moyen d'un ton local sombre, sur lequel les clairs sont indiqués non par un modelé adouci, mais par des traits qui rendent l'effet de la lumière accrochant les bords de plis fins et répétés. En sculpture, pour obtenir une apparence analogue, il est nécessaire de procéder par plans plus ou moins inclinés, et de produire ainsi des demi-teintes ayant l'intensité du ton local, mais en ménageant des arêtes nettement coupées, entre ces plans, qui donnent des traits lumineux très-vifs. C'est ainsi que sont traitées les draperies des bas-reliefs de Vézelay (voy. fig. 3); or les sculpteurs byzantins ne procédaient pas ainsi, mais au contraire par une succession de plans adoucis, mous, séparés par des traits creux formant comme un dessin noir destiné à rehausser un modelé faible.

Dans cette statuaire française que nous regardons comme dérivée de la peinture byzantine très-ancienne, — car certainement les vignettes de manuscrits servaient de types aux clunisiens, et ces manuscrits pouvaient être très-antérieurs au XIIe siècle, — une des qualités qui frappent le plus les personnes qui savent voir, c'est l'exactitude et la vérité saisissantes du geste. Or, quand on sait à quel degré de barbarie était tombée la statuaire au Xe siècle, et combien cette qualité était oubliée alors, les artistes sortis des écoles de Cluny avaient dû recourir à des modèles d'une grande valeur, comme art, pour se former.

Mais il en est de ce fait historique comme de bien d'autres, il faut se garder d'établir un système sur un seul groupe d'observations. Ce qui est vrai ici peut être erroné là. Si les clunisiens sont parvenus, au commencement du XIIe siècle, à former une école de sculpteurs avec les éléments que nous venons d'indiquer, il est évident que sur les bords du Rhin, qu'en Provence et à Toulouse, l'influence byzantine s'était fait sentir dès avant les premières croisades, et avait permis de constituer des écoles de sculpture relativement florissantes. Sur les bords du Rhin, les tentatives de Charlemagne pour faire renaître les arts avaient porté quelques fruits. Ce prince s'était entouré d'artistes byzantins, avait reçu de Byzance et de Syrie des présents considérables en objets d'art. Depuis son règne, les traditions introduites par les artistes orientaux, les objets réunis dans les monastères, dans les palais, avaient permis de former une école pseudo-byzantine, qui ne laissait pas d'avoir une certaine valeur relative. En Provence, dans une partie du Languedoc, et à Toulouse notamment, une autre école s'était constituée dès le XIe siècle, en s'appuyant sur les exemples si nombreux d'objets d'art rapportés d'Orient par le commerce de la Méditerranée.

Au xe siècle, les Vénitiens avaient des comptoirs dans un certain nombre de villes du Midi et jusqu'à Limoges. Ces négociants fournissaient les provinces du Midi et du Centre d'étoffes de soie orientales, de bijoux, de coffrets et ustensiles d'ivoire et de métal fabriqués à Constantinople, à Damas, à Antioche, à Tyr. Il suffit de voir les sculptures

2

du xie siècle qui existent encore autour du chœur de Saint-Sernin de Toulouse, et dans le cloître de Moissac, pour reconnaître dans cette statuaire des copies grossières des ivoires byzantins. Voici (fig. 2) un de ces exemples provenant du cloître de Moissac. Cette image de saint Pierre, de marbre, est très bas-relief. On retrouve là, non-seulement le caractère des sculptures de Byzance, mais le faire, le style hiératique maniéré, et jusqu'aux procédés pour indiquer les draperies. Il est certain que les artistes qui taillaient ces images ne regardaient ni la nature, ni même les nombreux fragments de l'antiquité romaine qui abondaient dans cette contrée, mais qu'ils n'avaient d'yeux que pour ces ouvrages byzantins d'ivoire, de cuivre ou d'argent repoussé qu'on exportait sans cesse de Constantinople. Tout dans cette sculpture est de convention; on n'y retrouve que les traces effacées d'un art qui ne procède plus que par recettes. Mais de cette sculpture qui sent si fort la décadence, à celle qu'on fit un siècle plus tard à peine, dans les mêmes provinces, il y a toute une révolution; car cette dernière a repris l'air de jeunesse qui appartient à un art naissant. Ce n'est plus la barbarie sénile, c'est le commencement d'un art qui va se développer. Des causes politiques empêchèrent cette école languedocienne de s'élever, ainsi que nous l'exposerons tout à l'heure; mais ce que nous venons de dire explique les diverses natures des influences byzantines en France pendant le XIe siècle et les premières années du XIIe. Ces artistes de Provence, du Languedoc, du Rhin, par cela même qu'ils avaient entre les mains un grand nombre d'objets sculptés provenant de Byzance, n'avaient pas eu, comme les clunisiens, à transposer l'art de la peinture dans la statuaire; aussi leurs produits n'ont pas cette originalité des œuvres de l'école clunisienne, qui, procédant de la peinture à la sculpture, devait mettre beaucoup du sien dans les imitations byzantines.

Voici donc, à la fin du XIe siècle, quel était l'état des écoles de sculpture dans les différentes provinces de la France actuelle. Les traditions romaines s'étaient éteintes à peu près partout, et ne laissaient plus voir que de faibles lueurs dans les villes du Midi. En Provence, les restes des monuments romains étaient assez nombreux pour que l'école de sculpture renaissante à cette époque s'inspirât principalement de la statuaire antique, tandis qu'elle allait chercher les ornements et les formes de l'architecture en Orient[1]. L'école de Toulouse avait abandonné toute tradition romaine, et s'inspirait, quant à la statuaire, des nombreux exemples sculptés rapportés de Byzance : l'ornementation était alors un compromis entre les traditions gallo-romaines et les exemples venus de Byzance. Dans les provinces rhénanes l'élément byzantin, mais altéré, dominait dans la statuaire et l'ornementation. Dans les provinces occidentales, le Périgord, la Saintonge, la statuaire était à peu près nulle, et l'ornementation gallo-romaine, bien que Saint-Front eût été bâti sur un plan byzantin. A Limoges et les villes voisines, vers l'ouest et le sud, la proximité des comptoirs vénitiens avait donné naissance à une école assez florissante, appuyée sur les types byzantins. En Auvergne, le Nivernais et une partie du Berry, les traditions byzantines inspiraient la statuaire, tandis que l'ornementation conservait un caratère gallo-romain. Mais

[1] Voyez PORTE, fig. 66, et le texte qui accompagne cette figure.

ces provinces étaient en rapport par Limoges avec les Vénitiens, et recevaient dès lors un grand nombre d'objets venus d'Orient. En Bourgogne, dans le Lyonnais, l'école clunisienne produisait seule des œuvres d'une valeur originale, et comme statuaire, et comme ornementation, par les motifs déduits plus haut. Dans l'Ile-de-France la statuaire n'avait nulle valeur, et l'ornementation, comme celle de la Normandie, s'inspirait des compositions byzantines, à cause de la grande quantité d'étoffes d'Orient qui pénétraient dans ces provinces par le commerce des Vénitiens et des Génois. En Poitou, la statuaire était également tombée dans la plus grossière barbarie, et l'ornementation, lourde, était un mélange de traditions gallo-romaines et d'influences byzantines fournies par les étoffes et les ustensiles d'Orient.

Si l'on consulte la carte que nous avons dressée pour accompagner l'article Clocher (fig. 6), on se rendra compte d'une partie de ces divisions d'écoles, bien que les arts de la sculpture n'aient pas exactement les mêmes foyers que ceux de l'architecture. Ainsi, il y a une école d'architecture normande au commencement du XIe siècle, et il n'y a pas, à proprement parler, d'école de sculpture normande. L'école de sculpture de l'Ile-de-France ne commence à rayonner que vers la fin de la première moitié du XIIe siècle. Si l'influence de l'architecture rhénane se fait sentir au commencement du XIIe siècle jusqu'à Châlons-sur-Marne, la sculpture des bords du Rhin ne pénètre pas si loin vers l'ouest. Toulouse, qui n'a pas, à la fin du XIe siècle, une école d'architecture locale, possède déjà une puissante école de sculpture. L'architecture, développée au XIe siècle dans les provinces occidentales, ne montre des écoles de sculpture dignes de ce nom qu'au XIIe siècle. On peut donc compter vers 1100, en France, cinq écoles de statuaire : la plus ancienne, l'école rhénane; l'école de Toulouse, l'école de Limoges, l'école provençale, et la dernière née, l'école clunisienne. Or, cette dernière allait promptement en former de nouvelles sur la surface du territoire, et renouveler entièrement la plupart de celles qui lui étaient antérieures, en les poussant en dehors de la voie hiératique, à la recherche du vrai, vers l'étude de la nature. Constatons d'abord que partout où résident les clunisiens au commencement du XIIe siècle, la sculpture acquiert une supériorité marquée, soit comme ornementation, soit comme statuaire. Le témoignage d'un contemporain, celui de saint Bernard, qui s'éleva si vivement contre ces écoles de sculptures clunisiennes et qui essaya de combattre leur influence, serait une preuve de l'importance qu'elles avaient acquise au XIIe siècle, si les monuments n'étaient pas là.

L'école clunisienne était la seule en effet qui pouvait se développer, parce qu'en prenant pour point de départ, pour enseignement, dirons-nous, l'art byzantin, elle observait la nature, tendait à s'éloigner ainsi des types consacrés, à se soustraire peu à peu à l'hiératisme des arts grecs des bas temps, et qu'elle avait su prendre, dans ces arts, comme modèle, celui qui avait conservé les allures les plus libres, la peinture.

La peinture byzantine, en effet, n'excluait pas encore à cette époque l'individualisme, tandis que la sculpture semblait ne reproduire que des types uniformes, consacrés. Les vignettes de manuscrits grecs du VIe au Xe siècle présentent, non-seulement des compositions empreintes d'une liberté que ne conservent pas les sculptures des ivoires et objets d'orfévrerie, mais qui reproduisent évidemment des portraits. Ces vignettes tiennent compte de la perspective, de l'effet produit par des plans différents, par la lumière; quelques-unes même sont profondément empreintes d'une intention dramatique [1].

Nous allons montrer comment les clunisiens avaient introduit dans la sculpture, imitée comme *faire* et comme style de l'école byzantine, ces éléments de liberté et l'observation de la nature, soit par la reproduction vraie du geste, soit par l'étude des types qu'ils avaient sous les yeux. C'est la porte principale de l'église abbatiale de Vézelay, ouvrage d'une grande valeur pour l'époque, qui va nous fournir les exemples les plus remarquables de cette statuaire pseudo-byzantine des clunisiens, à la fin du XIe siècle ou pendant les premières années du XIIe.

L'ensemble de cette œuvre est présentée dans l'article PORTE (fig. 11). On remarquera, tout d'abord, qu'il y a dans cette composition un mouvement, une *mise en scène*, qui n'existent pas dans les compositions byzantines de la même époque ou antérieures. L'idée dramatique subsiste au milieu de ces groupes de personnages auxquels l'artiste a voulu donner la vie et le mouvement. Voyons les détails. Voici, figure 3, deux des figures trois quarts nature, sculptées sur le pied-droit de droite; c'est un saint Pierre qui discute avec un autre apôtre attentif et paraissant se disposer à donner la réplique. Le geste du saint Pierre est net, bien accusé, et sa tête prend une expression d'insistance grave qui est tout à fait remarquable. A côté de ce *réalisme*, le *faire* des draperies, la manière dont elles sont disposées, ces plis relevés par le vent, sentent l'école byzantine. Examinant attentivement les types des têtes de ces statues, on reconnaît qu'ils n'ont rien de commun avec la statuaire byzantine. Les sculpteurs clunisiens se sont inspirés de ce qu'ils voyaient autour d'eux. Ces têtes présentent des caractères individuels, ce ne sont plus des types de convention. Sur des chapiteaux de la même porte, des personnages fournissent des types variés. L'un, celui A, figure 4, a le nez

[1] Voyez dans les œuvres de Dioscoride de la Bibliothèque impériale de Vienne, manuscrit du VIe siècle, la miniature représentant Juliana Anicia; les manuscrits grecs, n°s 139, 64, 70 de la Bibliothèque impériale de Paris, Xe siècle; les manuscrits de la bibliothèque de Saint-Marc de Venise; celui conservé au Louvre. Beaucoup de vignettes de ces manuscrits se font remarquer par la grandeur et l'énergie des compositions, par la netteté du geste et par la physionomie tout individuelle de certains personnages. Dans son *Histoire des arts au moyen âge*, M. Labarte a reproduit fidèlement quelques-unes de ces vignettes. Dans le même ouvrage on peut voir des copies d'ivoires byzantins du Ve au XIe siècle, obtenues par la photographie, qui forment, par leur caractère hiératique, un contraste frappant avec ces peintures.

long, fin, le front découvert, les yeux grands, à fleur de tête, l'angle externe légèrement relevé ; la bouche petite, la lèvre inférieure saillante, le menton rond et la barbe soyeuse. L'autre, celui B, a le nez court, les yeux couverts, la bouche large et la mâchoire développée. La tête du premier est longue, celle du second ronde. La tête de femme C présente

A B C

un autre type. Cette femme, vêtue seulement d'un court jupon de poils, tient une fronde de la main droite; à son bras gauche est attaché une sorte de bouclier orné d'une croix, et derrière lequel elle semble se cacher. C'est une sainte Madeleine chassant au désert, pour pourvoir à sa nourriture. Un gros oiseau est devant elle. Le sculpteur a-t-il voulu donner à cette tête un caractère qu'il supposait oriental ? Ce qui est certain, c'est que les traits de cette femme diffèrent des types admis dans les sculptures du monument. Les yeux sont longs, les pommettes saillantes, le menton et la bouche vivement accentués, le nez très-fin et recourbé. Il y a donc dans cette école déjà une recherche des physionomies, des traits, sur la nature. Si nous regardons les pieds, les mains des personnages de ces bas-reliefs, nous pouvons constater également une étude déjà fine de la nature, on a recours à elle; et l'influence byzantine se fait sentir seulement dans la façon d'exprimer les plis des draperies, dans certains procédés adoptés pour faire les cheveux, les accessoires : la même observation pourra être faite sur le bas-relief de la cathédrale d'Autun, bas-relief postérieur à celui de Vézelay de vingt ou trente ans au plus, et d'un moins bon style. Mais dans cette œuvre de sculpture, les types des têtes ont un caractère bien prononcé et qui n'est nullement byzantin.

L'une de ces têtes que nous donnons figure 5, et que nous avons pu avoir entre les mains parce qu'elle avait été brisée et jetée dans des plâtras, lorsque ce bas-relief fut muré à la fin du dernier siècle, reproduit un des types généralement admis dans cette sculpture. Ce type, tout à fait particulier, n'a rien de romain ou de byzantin, mais possède un caractère asiatique prononcé; il semble appartenir aux belles races caucasiques. Les lignes du front et du nez, la délicatesse de la bouche, l'enchâssement de l'œil couvert et légèrement relevé à l'angle externe, la longueur des joues, le peu d'accentuation des pommettes, la petitesse

5

extrême de l'oreille, la barbe soyeuse et frisée, accusent une belle race qui n'est ni romaine, ni germaine. L'œil est rempli par une boule de verre bleu, et le sourcil est accusé par un trait peint en noir. Ce type de tête ne se rencontre nulle part dans les figures de Vézelay, où généralement les fronts sont hauts et développés, la distance entre la bouche et le nez grande, l'œil très-ouvert, les pommettes prononcées. Mais ce qui est à remarquer, c'est que si l'on se promène dans les campagnes du Morvan, sur les points les plus éloignés de la circulation, on rencontre assez fréquemment ce beau type chez les jeunes paysans. Voici donc dans deux monuments très-voisins, — puisque Autun n'est qu'à 90 kilomètres de Vézelay, — la même école de sculpteurs ayant pris pour point de départ l'étude des arts byzantins, qui s'inspire des types variés que fournissent ces localités. Mais si nous pénétrons dans d'autres régions, soumises à d'autres écoles, nous trouverons également à cette époque, c'est-à-dire de 1100 à 1150, ces mêmes tendances vers l'étude de la nature et l'observation des types locaux.

On comprendra qu'il ne nous serait pas possible de fournir la quantité d'exemples que comporterait un pareil sujet et qui demanderait, à lui seul, un ouvrage étendu. Nous devons nous borner à signaler quelques points saillants afin d'attirer l'attention des artistes, des archéologues, des anthropologistes, sur ces questions dont la valeur est trop dédaignée.

Nous avons parlé de l'école de Toulouse, toute byzantine au XIe siècle. Comme ses sœurs, au XIIe siècle cette école abandonne en partie l'hiératisme grec des bas temps pour chercher l'étude de la nature.

Le petit hôtel de ville de Saint-Antonin (Tarn-et-Garonne)[1] est un des plus jolis édifices du milieu du XIIe siècle, c'est-à-dire de 1140 environ. Il appartient à l'école de Toulouse. Sa sculpture est traitée avec un soin et une perfection rares.

Entre autres figures, sur un des chapiteaux de la galerie du premier

6

étage de ce monument est sculpté un roi dont nous donnons ici le masque (fig. 6). S'il est un type de tête bien caractérisé, évidemment

[1] Voyez HÔTEL DE VILLE, fig. 1, 2 et 3.

pris sur la nature, c'est celui-là. Ce front large; ces yeux bien fendus, grands, ces arcades sourcilières éloignées du globe de l'œil; ce nez fin, cambré, serré à la racine et près des narines, celles-ci étant minces, relevées; ces lèvres fermes et nettement bordées; cette barbe en longues mèches, ces oreilles écartées du crâne, ces cheveux longs et soyeux, ne présentent-ils pas un de ces types slaves comme on en trouve en Hongrie et sur les bords du bas Danube[1]. A côté de cette tête il en est d'autres qui présentent un caractère absolument différent et qui se rapprochent des types les plus fréquemment adoptés dans la statuaire de Toulouse.

Poursuivons cette revue avant de reprendre l'ordre que nous devons suivre dans cet article.

Transportons-nous à Chartres. Le portail occidental de la cathédrale présente une suite de statues d'une exécution très-soignée. Ce sont de grandes figures longues qui semblent emmaillottées dans leurs vêtements comme des momies dans leurs bandelettes, et qui sont profondément pénétrées de la tradition byzantine comme *faire*, bien que les vêtements soient occidentaux. Les têtes de ces personnages ont l'aspect de portraits, et de portraits exécutés par des maîtres. Nous prenons l'une d'elles, que connaissent toutes les personnes qui ont visité cette cathédrale[2] (fig. 7). Ces statues de Chartres datent aussi de 1140 environ. A coup sûr l'artiste qui a sculpté cette tête, tout soumis qu'il fût à la donnée byzantine sous certains rapports, s'en écartait encore plus que ceux dont nous venons de présenter les œuvres, au point de vue de l'étude de la nature. Des types que nous venons de présenter, celui-là seul a un caractère vraiment français ou gaulois, ou celte si l'on veut. Ce front plat; ces arcades sourcilières relevées, ces yeux à fleur de tête; ces longues joues; ce nez largement accusé à la base et un peu tombant, droit sur son profil; cette bouche large, ferme, éloignée du nez; ce bas du visage carré, ces oreilles plates et développées, ces longs cheveux ondés, n'ont rien du Germain, rien du Romain, rien du Franc. C'est là, ce nous semble, un vrai type du vieux Gaulois. La face est grande relativement au crâne, l'œil peut facilement devenir moqueur, cette bouche dédaigne et raille. Il y a dans cet ensemble un mélange de fermeté, de grandeur et de finesse, voire d'un peu de légèreté et de vanité dans ces sourcils relevés, mais aussi l'intelligence et le sang-froid au moment du péril. Les masques des autres statues de ce portail ont tous un caractère individuel; l'artiste ou les artistes qui les ont sculptés ont copié autour d'eux et ne se sont pas astreints à reproduire un type uniforme. Ce fait mérite d'autant mieux d'être observé, que vers la fin du XIIe siècle, ainsi que nous le démontrerons tout à l'heure, la statuaire admet un type absolu qu'elle

[1] Cette tête, comme toutes les sculptures de cet édifice, était peinte. On voit encore la trace des prunelles d'un ton gris bleu.

[2] Autant que possible ces dessins sont faits sur des moulages que nous possédons, ou sur des photographies.

considère comme la perfection, et ne se préoccupe plus de l'individualisme des personnages.

Il existe encore dans l'église abbatiale de Saint-Denis deux statues transportées par Alexandre Lenoir au Musée des monuments français et provenant de l'église Notre-Dame de Corbeil : ces deux figures, baptisées des noms de Clovis et de Clotilde, sans autorité, sont de la même époque que celles du portail occidental de Chartres. Longues comme celles-ci, exécutées avec un soin extrême, remarquables d'ailleurs comme style, très-intéressantes au point de vue des vêtements, rendues avec une grande finesse, elles nous fournissent des types de têtes qui ne rappellent en rien ceux de Chartres. Voici (fig. 8) celle du roi. Ce masque n'est pas la reproduction d'un type admis, d'un canon; c'est, pour qui sait voir, un portrait ou plutôt un type de race, un individu par excellence. Les grands yeux, fendus comme ceux des plus belles races venues du nord-est; les joues plates, le nez bien fait, droit; la bouche petite et bien coupée, la lèvre supérieure étant saillante; le front très-large et plat, les arcades sourcilières charnues et suivant le contour du globe de l'œil; la barbe souple et les moustaches prononcées, les cheveux abondants et

8

longs, tous ces traits appartiennent au caractère de physionomie donné à la race mérovingienne. Que l'on compare ce masque à celui que donne la figure 7, et l'on trouvera entre ces deux types la différence qui sépare le mérovingien ou les dernières peuplades venues du nord-est, du vieux sang gaulois. Le dernier type, celui figure 8, est évidemment plus beau, plus noble que l'autre. Il y a dans ces grands yeux si bien ouverts une hardiesse tenace, dans cette bouche fine quelque chose d'ingénieux, qui n'existent pas dans le masque de Chartres. Ces deux têtes mises en parallèle, on comprend que le type n° 8 domine par la hardiesse et la conscience de sa dignité le type n° 7; mais on comprend aussi que ce dernier, dans la physionomie duquel perce un certain scepticisme, finira par redevenir le maître. Il y a dans les traits du roi, et dans la bouche notamment, une naïveté qui est bien éloignée de l'expression du masque de Chartres. La tête de la reine provenant du portail de Notre-Dame de Corbeil, et qui faisait pendant à la statue du roi, n'est pas moins remarquable. Mais pour mieux faire saisir avec quelle finesse ces écoles du XIIe siècle en France reproduisaient les caractères des types humains qu'ils avaient sous les yeux, nous mettons en parallèle le masque d'une statue de femme du portail de la cathédrale de Chartres et celui de la statue provenant de Corbeil (fig. 9).

Si l'on demandait laquelle de ces deux femmes est la maîtresse, laquelle la servante, personne ne s'y tromperait; il y a dans la tête de la reine A, de Corbeil, une distinction, un sentiment de dignité, une gravité intelligente qui ne se trouvent pas dans la tête B, de Chartres. Mais si nous mettons en parallèle la tête de femme de Chartres avec celle de l'homme (fig. 7), ces deux types appartiennent bien à la même race; si nous voyons ensemble les têtes du roi et de la reine de Notre-Dame de Corbeil, il est évident que ces personnages appartiennent tous deux aussi à une même race. Ce qu'il y a de railleur et d'amer dans la bouche de l'homme de Chartres se traduit dans le masque de la femme par une expression de bonhomie malicieuse. Les yeux de ces deux masques sont fendus de même, les paupières couvrent en partie le globe ; le nez est large à la base et la mâchoire développée. Les personnages de Corbeil ont tous deux les yeux bien ouverts, les arcades sourcilières semblables, la bouche identique, la mâchoire fine, le nez délicat [1].

Entrons dans une autre province ; en Poitou, vers la même époque, c'est-à-dire de 1120 à 1140, la statuaire abonde sur les monuments. Cette statuaire est fortement empreinte du style byzantin, mais cependant l'individualisme, l'étude de la nature se fait sentir.

Voici (fig. 10) la tête d'une femme faisant partie d'un relief représentant la naissance du Sauveur, sur la façade de Notre-Dame la Grande,

10

à Poitiers. Qui ne reconnaîtrait là un de ces types si fréquents dans le Poitou ? L'angle externe de l'œil est abaissé ; le nez est fort, droit, formant avec le front une ligne continue ; le front est bien fait, mais bas ; la partie supérieure du crâne plate, la bouche près du nez et les lèvres charnues, la mâchoire ronde et développée, les joues grandes, les cheveux lisses. Mais nous devons limiter cet examen de l'observation des types humains à quelques exemples et reprendre l'historique des diverses écoles de sculpture du sol français.

Les influences byzantines n'ont pas été les seules qui aient permis à l'art de la sculpture de se relever de l'état de barbarie absolue où il était tombé.

Il est certain que des éléments d'art, très-peu développés il est vrai, avaient été introduits par les envahisseurs des ve et vi[e] siècles. Les Burgondes, entre tous ces barbares venus du nord-est, semblent avoir apporté avec eux quelques-uns de ces éléments tout à fait étrangers aux arts de la Rome antique et même de Byzance.

Il existe dans les cryptes de l'ancienne rotonde de Saint-Bénigne, à

[1] Les deux statues de Notre-Dame de Corbeil étaient peintes. On voit encore sur la tête de la femme la coloration des sourcils et des prunelles. Mais nous devons revenir sur cette question de la peinture de la statuaire.

Dijon, rebâtie en 1001 par l'abbé Guillaume, des fragments de l'édifice du VIe siècle. Ces fragments consistent en débris de moulures et de sculptures, lesquels ont à nos yeux un intérêt particulier. L'un des chapiteaux retrouvés dans les massifs du commencement du XIe siècle, et qui par conséquent ne peuvent avoir appartenu qu'à un monument plus ancien, n'a rien qui rappelle le style gallo-romain. Cette étrange sculpture, dont nous donnons (fig. 11) un dessin, se rapprocherait plutôt de certains types d'ornementation de l'Inde.

11

C'est un entrelacement d'êtres monstrueux parmi lesquels on distingue des serpents. Certaines sculptures anciennes de Scandinavie et d'Islande ont avec ce chapiteau des rapports de parenté non contestables. On y retrouve cette abondance de monstres, ce travail par intailles, ces ornements en forme de palmettes, ces entrelacs.

« La conquête des provinces méridionales et orientales de la Gaule « par les Wisigoths et les Burgondes fut loin d'être aussi violente que « celle du Nord par les Francs. Étrangers à la religion que les Scandi- « naves propageaient autour d'eux, ces peuples avaient émigré par né- « cessité, avec femmes et enfants, sur le territoire romain.

« C'était par des négociations réitérées plutôt que par la force des « armes qu'ils avaient obtenu leurs nouvelles demeures. A leur entrée « en Gaule, ils étaient chrétiens comme les Gaulois, quoique de la secte « arienne, et se montraient en général tolérants, surtout les Burgondes. « Il paraît que cette bonhomie, qui est un des caractères actuels de la

« race germanique, se montra de bonne heure chez ce peuple. Avant « leur établissement à l'ouest du Jura, presque tous les Burgondes « étaient gens de métiers, ouvriers en charpente ou en menuiserie. Ils « gagnaient leur vie à ce travail dans les intervalles de la paix, et étaient « ainsi étrangers à ce double orgueil du guerrier et du propriétaire civil, « qui nourrissait l'insolence des autres conquérants barbares [1]. »

C'est en effet dans les provinces de la Gaule romaine où s'établirent les Burgondes et les Wisigoths que nous pouvons signaler un sentiment d'art étranger aux traditions gallo-romaines. C'est dans ces provinces de l'Est conquises par les Burgondes, et dans l'Aquitaine, occupée par les Wisigoths, que les écoles de sculpture se développent plus particulièrement avant le XIIe siècle, tandis que les provinces envahies par les Francs demeurent attachées aux traditions gallo-romaines jusqu'au moment des premières croisades. Les Normands ne laissèrent pas d'apporter avec eux quelques ferments d'art, mais cela se bornait à ces ornements qu'on retrouve chez les peuples scandinaves, et ne concernait point la statuaire, qui semble leur avoir été tout à fait étrangère. Si les monuments normands les plus anciens, c'est-à-dire du XIe siècle, conservent quelques traces de sculptures, celles-ci se bornent à des entrelacs grossiers, à des imbrications et des intailles; mais la figure n'y apparaît qu'à l'état monstrueux; encore est-elle rare.

Les invasions scandinaves qui eurent lieu dès le VIe siècle sur les côtes de l'Ouest avaient-elles aussi déposé quelques germes de cette ornementation d'entrelacs et de monstres tordus qu'on rencontre encore au XIe siècle sur les monuments du bas Poitou et de la Saintonge? C'est ce que nous ne saurions décider. Quoi qu'il en soit, cette ornementation ne conserve plus le caractère gallo-romain abâtardi qu'on trouve encore entier dans le Périgord, le Limousin et une bonne partie de l'Auvergne pendant le XIe siècle, et qui ne cessa de se reproduire en Provence jusqu'au XIIIe.

Nous avons montré par un exemple (fig. 2) ce qu'était devenue la statuaire au XIe siècle dans les villes d'Aquitaine ayant conservé des écoles d'art. Elle n'était plus qu'un pastiche grossier des ivoires byzantins répandus par les négociants en Occident. Cependant cette province, comme celles du Nord et de l'Est, fait au commencement du XIIe siècle un effort pour abandonner les types hiératiques; elle aussi cherche le dramatique, l'expression vraie du geste, et elle ne dédaigne pas l'étude de la nature. Le musée de Toulouse et l'église Saint-Sernin nous offrent de très-beaux spécimens de ce passage de l'imitation plate des types rapportés de Byzance à un art très-développé, bien qu'empreint encore des données grecques byzantines.

[1] Voyez Aug. Thierry, *Lettres sur l'histoire de France*, VIe. « Quippe omnes fere sunt fabri lignarii, et ex hac arte mercedem capientes, semetipsos alunt. » (*Socratis Hist. Eccl.*, lib. VII, cap. XXX, apud *Script. rer. Gallic. et Franc.*, t. I, p. 604.)

Le fragment (fig. 12) qui représente un signe du zodiaque, et qui fait partie du musée de Toulouse, date de la première moitié du XIIe siècle. La figure est trois quarts de nature. Il y a dans cette sculpture un mouvement, une recherche de l'effet, une *manière* qu'on rencontre dans les peintures grecques, mais point dans les sculptures. Il semblerait donc

12

que la méthode adoptée par les clunisiens, consistant à s'inspirer des peintures plutôt que des sculptures byzantines, était désormais admise par les principales écoles de la France. Mais on peut distinguer dans le centre d'art qui se développait à Toulouse, au XIIe siècle, d'une façon si remarquable, deux écoles, l'une qui tendait vers l'exagération des types admis chez les peintres grecs, l'autre qui inclinait vers l'imitation de la nature. Un certain nombre de chapiteaux déposés au musée de Toulouse et provenant des cloîtres de Saint-Sernin bâtis vers 1140, sont d'une finesse d'exécution, d'une recherche de style exceptionnelles. Les scènes représentées sur ces chapiteaux sont, au point de vue de l'étude de la nature et notamment du geste, en avance sur les écoles des provinces voisines et même sur celles du Nord.

Voici (fig. 13) un fragment d'un de ces chapiteaux représentant Sa-

lomé, la fille d'Hérodiade, au moment où elle obtient d'Hérode, pendant un festin et en dansant devant lui, la tête de saint Jean-Baptiste. Les gestes de ces deux personnages sont exprimés avec délicatesse, indiquent le sujet non sans une certaine grâce maniérée. Les draperies, les détails des vêtements, d'une extrême richesse, sont rendus avec une précision, une vivacité et un style qu'on ne rencontre plus à cette époque dans la sculpture engourdie des Byzantins.

Ces belles écoles toulousaines du XIIe siècle, dont il nous reste de si remarquables fragments, s'éteignent pendant les cruelles guerres contre les Albigeois. Cependant, si l'on considère leurs œuvres à Toulouse, à Moissac, à Saint-Antonin, à Saint-Hilaire [1], à Saint-Bertrand de Comminges [2], on peut admettre qu'elles eussent pu rivaliser avec les meilleures écoles du Nord pendant le XIIe siècle. Faire sortir un art libre, poursuivant le progrès par l'étude de la nature, en prenant un art hiératique comme point de départ, c'est ce que firent avec un incomparable succès les Athéniens de l'antiquité. Des sculptures dites éginétiques, c'est-à-dire empreintes encore profondément d'un caractère hiératique, aux sculptures de Phidias, il y a vingt-cinq ou trente ans. Or, nous voyons en France le même phénomène se produire. Des statues de Chartres, de Corbeil, de Châlons-sur-Marne, de Notre-Dame de Paris [3], de Saint-Loup (Seine-et-Marne), à la statuaire du portail occidental de la cathédrale de Paris, il y a un intervalle de cinquante ans environ, et le pas franchi est immense. Dans cette statuaire des premières années du XIIIe siècle il n'y a plus rien qui rappelle les données byzantines, pas plus qu'on ne retrouve de traces de la statuaire éginétique, toute empreinte de l'hiératisme de l'Asie, dans les sculptures du temple de Thésée ou du Parthénon.

Cela, si nous envisageons l'art à un point de vue philosophique, mérite une sérieuse attention, et tendrait à détruire une opinion généralement répandue, savoir : que l'art ne saurait se développer dans le sens du progrès s'il prend pour point de départ un art à son déclin, enfermé dans des formules hiératiques. Les Hellènes cependant se saisirent des arts déjà engourdis de l'Asie et de l'Égypte comme on se saisit d'un langage. En peu de temps, avec ces éléments, desquels jusqu'à eux on ne savait tirer qu'un certain nombre d'idées formulées de la même manière, ils surent tout exprimer.

Comment ce phénomène put-il se produire? C'est qu'ils n'avaient considéré l'art hiératique que comme un moyen quasi élémentaire d'enseignement, un moyen d'obtenir d'abord une certaine perfection d'exécution, un degré déjà franchi, au-dessous duquel il était inutile de redescendre. Quand leurs artistes eurent appris le *métier* à l'aide de ces arts, très-développés au point de vue de l'exécution matérielle; quand ils furent assurés de l'habileté de leur main; quand (pour nous servir encore de la comparaison de tout à l'heure) ils eurent une parfaite connaissance de la grammaire, alors seulement ils cherchèrent à manifester

[1] Un magnifique sarcophage de marbre du XIIe siècle.

[2] Le cloître.

[3] Nous parlons ici du tympan de la porte Sainte-Anne (porte de droite de la façade occidentale), lequel date de 1140 environ.

leurs propres idées à l'aide de ce langage qu'ils savaient bien. Une fois certains de ne pas tomber dans une exécution matérielle inférieure à celle des arts asiatiques, ils n'essayèrent plus d'en reproduire les types; mais, se tournant du côté de la nature, étudiant ses ressorts physiologiques et psychologiques avec une finesse incomparable, ils s'élancèrent à la recherche de l'idéal ou plutôt de la nature idéalisée. Comment cela? D'abord, de la reproduction plus ou moins fidèle des types hiératiques qui leur servent de modèles, ils en viennent à chercher l'imitation des types vivants qui les entourent. Cet effort est visible dans les sculptures doriennes de la Sicile, de la grande Grèce et dans celles de l'Hellade les plus anciennes. Comme chez les Égyptiens et les Assyriens, le portrait sinon de l'individu, de la race au moins, apparaît dans la statuaire dorienne immédiatement après des essais informes.

Mais au lieu de faire comme l'artiste assyrien et égyptien qui, perpétuant ces reproductions de types, arrivait à les exprimer d'une manière absolument conventionnelle; qui possédait des formules, des poncifs pour faire un Libyen, un Nubien, un Ionien, un Mède ou un Carien, le Grec réunit peu à peu ces types divers d'individus et même de races; il leur fait subir une sorte de gestation dans son cerveau, pour produire un être idéal, l'humain par excellence. Ce n'est pas le Mède ou le Macédonien, le Sémite pur ou l'Égyptien, le Syrien ou le Scythe, c'est l'homme. Cherchant une abstraction parfaite, il ne saurait s'arrêter; il retouche sans cesse ce modèle abstrait qui est une création éternellement remise dans le moule, et par cela même qu'il cherche toujours, qu'il va devant lui, étant monté aussi haut que l'artiste peut atteindre, il doit redescendre. C'est ainsi que le Grec tourne le dos à l'hiératisme oriental.

Ce phénomène dans l'histoire de l'art se reproduit identiquement à la fin du XIIe siècle sur une grande partie du territoire français. Si les éléments sont moins purs, les résultats moins considérables, la marche est la même.

Les statuaires du XIIe siècle en France commencent par *aller à l'école* des Byzantins; il faut avant tout apprendre le *métier* : c'est à l'aide des modèles byzantins que se fait ce premier enseignement. Cependant l'artiste occidental, ne pouvant s'astreindre à la reproduction hiératique dès qu'il sait son métier, regarde autour de lui. Les physionomies le frappent; il commence par copier des types de têtes, tout en conservant le faire byzantin dans les draperies, dans les nus, dans les accessoires. Bientôt de tous ces types divers il prétend faire sortir un idéal, le beau; il y parvient. Que ce beau, que cet idéal ne soient pas le beau et l'idéal trouvés par le Grec, cela doit être, puisque jamais, dans ce monde, des causes semblables ne produisent deux fois des effets identiques. Que cet idéal soit inférieur à celui rêvé et trouvé par le Grec, en considérant le beau absolu, nous le reconnaissons; mais ce mouvement d'art n'en est pas moins un des faits les plus remarquables des temps modernes.

Les conditions faites à l'art du statuaire par le christianisme étaient-elles d'ailleurs aussi favorables au développement de cet art que l'avait été l'état social de la Grèce ? Non. Chez les Grecs, la religion, les habitudes, les mœurs, tout semblait concourir au développement de l'art du statuaire. Si les Athéniens ne se promenaient pas tout nus dans les rues, le gymnase, les jeux, mettaient sans cesse en relief, aux yeux du peuple, les avantages corporels de l'homme, et les habitants des villes grecques pouvaient distinguer la beauté physique du corps humain, comme de nos jours le peuple de nos villes distingue à première vue un homme *bien mis* et portant son vêtement avec aisance, d'un malotru. L'art, ne pouvant plus se développer en observant et reproduisant avec distinction le côté plastique du corps humain, devait se faire jour d'une autre manière. Il s'attacha donc à étudier les reflets de l'âme sur les traits du visage, dans les gestes, dans la façon de porter les vêtements, de les draper. Et ainsi limité, il atteignit encore une grande élévation.

Si donc nous voulons considérer l'art de la statuaire dans les temps antiques et dans le moyen âge, du côté historique et en oubliant les redites de l'école moderne, nous serons amenés à cette conclusion, savoir : que les habitudes introduites par le christianisme étant admises, les statuaires du moyen âge en ont tiré le meilleur parti et ont su développer leur art dans le sens possible et vrai. Au lieu de chercher, comme nous le voyons faire aujourd'hui, à reproduire des modèles de l'antiquité grecque, ils ont pris leur temps tel qu'il était, et ont trouvé pour lui un art intelligible, vivant, propre à instruire et à élever l'esprit du peuple. Un pareil résultat mérite bien qu'on s'y arrête, surtout si dans des données aussi étroites, ces artistes ont atteint le beau, l'idéal. S'en prendre à eux s'ils ne sculptaient point le Christ et la sainte Vierge nus comme Apollon et Vénus, c'est leur faire une singulière querelle, d'autant que les Grecs eux-mêmes ne se sont pris d'amour qu'assez tard pour la beauté plastique dépouillée de tout voile. Mais la nécessité de vêtir la statuaire étant une affaire de mœurs, savoir donner au visage de beaux traits, une expression très-élevée, aux gestes un sentiment vrai et toujours simple, aux draperies un style plein de grandeur, c'était là un véritable mouvement d'art, neuf, original et certes plus sérieux que ne saurait l'être l'imitation éternelle des types de l'antiquité. Ces imitations de *chic*, le plus souvent, et dont on a tant abusé, n'ont pu faire, il est vrai, descendre d'un degré les chefs-d'œuvre des beaux temps de la Grèce dans l'esprit des amants de l'art, et c'est ce qui fait ressortir l'inappréciable valeur de ces ouvrages ; mais cela ne saurait les faire estimer davantage de la foule : aussi la statuaire de nos jours est-elle devenue affaire de luxe, entretenue par les gouvernements, ne répondant à aucun besoin, à aucun penchant de l'intelligence du public. Or nous ne pensons pas qu'un art soit, s'il n'est compris et aimé de tous.

A Athènes, toute la ville se passionnait pour une statue. A Rome, au contraire, les objets d'art étaient la jouissance de quelques-uns ; aussi la

Rome impériale n'a pas un art qui lui soit propre, au moins quant à la statuaire. Pendant les beaux temps du moyen âge l'art de la statuaire était compris, c'était un livre ouvert où chacun lisait. La prodigieuse quantité d'œuvres de statuaire qu'on fit à cette époque prouve combien cet art était entré dans les mœurs. Il faut considérer d'ailleurs que si toutes ces sculptures ne sont pas des chefs-d'œuvre, il n'en est pas une qui soit vulgaire; l'exécution est plus ou moins parfaite, mais le style, la pensée, ne font jamais défaut. La statuaire remplit un objet, signifie quelque chose, sait ce qu'elle veut dire et le dit toujours. Et l'on pourrait mettre au défi de trouver dans un monument du moyen âge une figure, une seule, occupant une place sans autre raison, comme cela se fait tous les jours au XIXᵉ siècle, que de loger quelque part une statue achetée par l'État à M. X....

Un statuaire dans son atelier fait une statue pour une exposition publique : cette statue était, il y a trente ans, un Cincinnatus, ou un Solon, ou une nymphe; aujourd'hui c'est un jeune pâtre, ou une idée métaphysique, l'Espérance, l'Attente, le Désespoir. Deux ou trois particuliers en France, ou l'État, peuvent seuls acheter cette œuvre... Acquise, où la place-t-on ? Dans un jardin !... Dans un musée de province ; dans la niche vide de tel ou tel édifice ; dans une chapelle ou dans le vestibule d'un palais.

Or, comment une statue conçue dans un atelier, sans savoir quelle sera sa destination, si elle sera éclairée par les rayons du soleil ou par un jour intérieur; comment cette statue, achetée par des personnes qui ne l'ont point demandée pour un objet spécial et qui ne savent où la placer, comment cette statue, disons-nous, produirait-elle une impression sur le public ? Excepté quelques amateurs qui pourront apprécier certaines qualités d'exécution, qui s'en occupera ? qui la regardera ?

Si des Athéniens voyaient ces niches vides dans nos édifices, attendant des statues inconnues, et ces statues dans des ateliers demandant des places qui n'existent pas, nous croyons qu'ils nous trouveraient de singulières idées sur les arts, et qu'en allant regarder les portails de Chartres, de Paris, d'Amiens ou de Reims, ils nous demanderaient quel était le peuple, dispersé aujourd'hui, auteur de ces œuvres. Mais si nous leur répondions, ainsi que de raison, que ces maîtres passés étaient nos ancêtres, nos ancêtres... barbares, et que nous, gens civilisés, nous pratiquons l'art de la statuaire pour cinq ou six cents amateurs en France ou prétendus tels; que d'ailleurs la multitude n'est pas faite pour comprendre ces produits académiques développés à grand'peine en serre chaude, les Athéniens nous riraient au nez.

Le grand malentendu, c'est de supposer que le beau, parce qu'il est un, est attaché à une seule forme; or, la forme que revêt le beau et l'essence du beau ce sont deux choses aussi distinctes que peuvent l'être une pensée et la façon de l'exprimer, le principe créateur et la créature. L'erreur moderne des statuaires est de croire qu'en reproduisant l'enveloppe, ils reproduisent l'être; qu'en copiant l'instrument, ils donnent l'idée de la mélodie.

L'idéal plastique du Grec possède l'agent, l'âme, le souffle qui l'a fait composer, parce que l'artiste grec a cherché logiquement une forme qui rendît sa pensée et l'a trouvée; mais faire l'opération inverse, prendre l'imitation plastique seulement, puisque nous ne pouvons avoir ni les idées, ni les aspirations intellectuelles qui guidaient l'artiste, et croire que dans ce cadavre va venir se loger un souffle, c'est une illusion aussi étrange que serait celle du fabricant de fleurs artificielles attendant l'épanouissement d'un bouton de rose façonné par lui avec une rare perfection. Le merveilleux, c'est de nous entendre accuser de matérialisme en fait d'art par ceux qui ne voient dans l'art de la statuaire que la reproduction indéfinie d'un type reconnu beau, mais auquel nous sommes impuissants à rendre l'âme qui l'a fait naître! Nous avons la prétention de nous croire spiritualistes au contraire lorsque nous disons : « Ou ayez sur les forces de la nature, sur les émanations de la Divinité les idées des Grecs, vivez dans leur milieu, si vous voulez essayer de faire de la statuaire comme celle qu'ils nous ont laissée, ou si vous ne pouvez retrouver ces conditions, cherchez autre chose. » Certes il n'est pas nécessaire d'être croyant pour exprimer, par les arts plastiques, des sentiments qui impressionnent des croyants; il est fort possible que Phidias ne fut nullement dévot : mais il faut vivre dans un milieu d'idées ayant cours pour pouvoir leur donner une valeur compréhensible et pour pouvoir animer le bloc de marbre ou de pierre. Un athée païen pouvait être saisi de respect devant la statue de Jupiter d'Olympie, de Phidias, parce que cet homme, tout athée qu'il fût, se rendait compte de l'idée élevée que le Grec attachait au Zeus et vivait au milieu de gens qui l'adoraient. L'intelligence se séparait en lui de l'incrédulité. Comprendre et admettre la foi ou la posséder, cela est fort différent. Mais aussi est-ce bien plutôt, le dirons-nous encore, l'intelligence que le sentiment qui permet à l'artiste de produire une impression, de donner le souffle à sa création. — Il est entendu que nous prenons içi l'intelligence comme *intellect*, faculté de s'approprier et de rendre des idées même ne vous appartenant pas. — Il en est de cela comme de l'acteur qui généralement produit d'autant plus d'effet sur le public, qu'il comprend les sentiments qu'il exprime, non parce qu'il en est ému et qu'ils émanent de lui, mais parce qu'il a observé comment se comportent ceux qui les éprouvent. Or, nous est-il possible aujourd'hui de croire que nous faisons des statues pour des Grecs du temps de Périclès? Peut-il y avoir entre le public et nous cette communauté d'idées — admettant que nous soyons, nous, mythologues savants — qui existait entre Phidias et son public? Cette communauté d'idées n'existant pas, ces figures que nous faisons en imitant la statuaire grecque peuvent-elles avoir une âme, émaner d'une pensée compréhensible pour la foule? Certes non; dès lors ces œuvres sont purement matérielles. Ne portons donc pas l'accusation de matérialistes à ceux qui cherchent autre chose dans la statuaire qu'une reproduction de types qui n'ont plus de vie au milieu de notre société, et qui croient que la première condition d'une œuvre d'art c'est l'idée qui la crée.

Nous allons voir comment l'idée se dégage, pendant le moyen âge, des tentatives faites par les écoles de statuaires du XIIe siècle. Nous avons essayé de faire sentir comment ces statuaires, instruits par les méthodes byzantines, avaient peu à peu laissé de côté l'hiératisme byzantin et avaient cherché l'individualisme, c'est-à-dire s'étaient mis à copier fidèlement des types qu'ils avaient sous les yeux. Toutes les écoles cependant ne procédaient pas de la même manière; pendant que celles du Nord passaient de l'hiératisme au réalisme, ou plutôt mêlaient les traditions, les méthodes et le *faire* du byzantin à une imitation scrupuleuse dans les nus, les têtes, les pieds, les mains, d'autres écoles manifestaient d'autres tendances. La belle école de Toulouse penchait vers une exécution de plus en plus délicate, étudiait avec scrupule le geste, les draperies, l'expression dramatique. L'école provençale, sous l'influence de la sculpture gallo-romaine, se dégageait bien difficilement de ces modèles si nombreux sur le sol. Une autre école faisait des efforts pour épurer les méthodes byzantines sans chercher la préciosité de l'école toulousaine, ni pencher vers le réalisme des écoles du Nord.

Cette école a laissé des traces d'Angoulême à Cahors, et occupe un demi-cercle dont une branche naît dans la Charente, se développant vers Angoulême, Limoges, Uzerche, Tulle, Brives, Souillac et Cahors. Sur ce point, elle joint à Moissac l'école de Toulouse. On sait que dès une époque fort reculée du moyen âge, il y avait à Limoges des comptoirs vénitiens. Il ne serait donc pas surprenant que les villes que nous venons de signaler eussent eu des rapports très-étendus et fréquents avec l'Orient. Aussi la statuaire dans ces contrées prend un caractère de grandeur et de noblesse qu'elle n'a point à Toulouse. Il semblerait que l'influence byzantine fût plus pure, ou du moins qu'ayant commencé plus tôt, elle eût donné le temps aux artistes locaux de se développer avant la réaction de la fin du XIIe siècle. En effet, à Cahors, sur le tympan de la porte septentrionale de la cathédrale qui paraît appartenir au commencement du XIIe siècle, il existe un grand bas-relief d'une beauté de style laissant assez loin les sculptures de la même époque qu'on voit à Toulouse et dans les provinces de l'Ouest. De ce bas-relief nous donnons le Christ (fig. 14) qui en occupe le centre dans une auréole allongée. Cette belle sculpture contemporaine, ou peu s'en faut, de celle de la porte de Vézelay, n'en a pas la sécheresse ni l'âpreté. Mieux modelée, plus savante, sans accuser les tendances au réalisme des écoles du Nord, ni l'afféterie de celle de Toulouse, elle indique un état relativement avancé sur une voie très-large, une recherche du beau dans la forme, qui n'existe nulle part ailleurs sur le sol français à la même époque.

En effet, la sculpture ne peut être considérée comme un art que du

jour où elle se met à la recherche de l'idéal. Le XIIe siècle est une époque de préparation ; les artistes sont occupés à apprendre leur état, mais, — grâce à cette liberté d'allure qui, tôt ou tard en France, finit par prendre le dessus, — tentent de se soustraire à l'hiératisme byzantin, d'abord en cherchant dans la peinture grecque les éléments dramatiques qui manquent dans la statuaire, puis en recourant à la nature.

Cette évolution de l'art français coïncide avec un fait historique important : le développement de l'esprit communal, l'affaissement de l'état monastique et l'aurore de l'unité politique se manifestant sous une influence prépondérante prise par le pouvoir royal. L'art de la statuaire appartient aux laïques ; il s'émancipe avec ces nouvelles écoles affranchies, vers la fin du XIIe siècle, de la tutelle monastique.

Il y a ici des questions complexes qui ne semblent pas avoir été suffisamment appréciées. Les historiens sont peu familiers avec l'étude et la pratique des arts plastiques, et les artistes ne vont guère chercher les causes d'un développement ou d'un affaissement des arts dans un état particulier de la société. Ainsi vivons-nous sous l'empire d'un certain nombre d'opinions reçues dont personne ne songe à contrôler la valeur. Pour que les arts arrivent à une sorte de floraison rapide, comme chez les Athéniens, comme au commencement du XIIIe siècle chez nous, comme dans certaines villes italiennes pendant le XIVe et le XVe siècle, il faut qu'il s'établisse un milieu social particulier, milieu social que nous nommerons, faute d'un autre nom, *état municipal.* Lorsque, par suite de circonstances politiques, des cités sont entraînées à faire leurs affaires elles-mêmes ; qu'elles ont, comme Athènes, mis de côté des tyrans ; qu'elles ont, comme nos villes du nord de la France, pu obtenir une indépendance relative entre des pouvoirs également forts et rivaux, en donnant leur appui tantôt aux uns, tantôt aux autres ; comme les républiques italiennes en s'enrichissant par l'industrie et le commerce, ces cités forment très-rapidement un noyau compacte, vivant dans une communion intime d'idées, d'intérêts se développant dans un sens favorable aux expressions de l'art. Alors la nécessité politique d'existence forme des associations solidaires, des corporations que les pouvoirs ne peuvent dissoudre et qu'ils cherchent au contraire à s'attacher. Ces corporations, si elles sont, comme en France, en présence d'une organisation féodale luttant contre une puissance monarchique qui cherche à se constituer, obtiennent bientôt les priviléges qui assurent leur existence. L'émulation, le désir de prendre un rang important dans la cité, de marcher en avant, de dépasser les villes voisines, non-seulement en influence, mais en richesse, de manifester extérieurement ce progrès, deviennent un stimulant très-propre à ouvrir aux artistes une large carrière. Il ne s'agit plus alors de copier dans des cellules de moines des œuvres traditionnelles, sans s'enquérir de ce qui se passe au dehors, mais au contraire de rivaliser d'efforts et d'intelligence pour faire de cette société urbaine un centre assez puissant, riche et composé d'éléments habiles, pour que, quoi qu'il advienne, il faille compter avec lui.

Au commencement du XIIIe siècle, les moines ne sont plus maîtres ès arts; ils sont débordés par une société d'artistes laïques que peut-être ils ont élevés, mais qui ont laissé de côté leurs méthodes surannées. La cour n'existe pas encore, et ne peut imposer ou avoir la prétention d'imposer un goût, comme cela s'est fait depuis le XVIe siècle. La féodalité, tout occupée de ses luttes intestines, de combattre les empiétements du haut clergé, des établissements monastiques, et du pouvoir royal, ne songe guère à gêner le travail qui se fait dans les grandes cités, qu'elle n'aime guère et où elle réside le moins possible. On conçoit donc que dans un semblable État une classe comme celle des artistes jouisse d'une liberté intellectuelle très-étendue; elle n'est pas sous la tutelle d'une Académie; elle n'a pas affaire à de prétendus connaisseurs, ou à plaire à une cour; ce qu'elle considère comme le progrès sérieux de l'art l'inquiète seul et dirige sa marche.

L'attitude que les évêques avaient prise à cette époque vis-à-vis de la féodalité laïque et des établissements religieux, en s'appuyant sur l'esprit communal prêt à s'organiser, était favorable à ce progrès des arts définitivement tombés dans les mains des laïques. Ces prélats pensèrent un moment établir une sorte de théocratie municipale, analogue à celle qui avait existé à la chute de l'empire romain, et, une fois devenus magistrats suprêmes des grandes cités, n'avoir plus à compter avec toute la hiérarchie féodale. Dans cette pensée, ils avaient puissamment aidé à ce développement des arts par l'érection de ces vastes cathédrales que nous voyons encore aujourd'hui.

Ces monuments, qui rivalisaient de splendeur, furent, de 1160 à 1240, l'école active des architectes, imagiers, peintres, sculpteurs, qui trouvaient là un chantier ouvert dans chaque cité et sur lequel ils conservaient toute leur indépendance; car les prélats, désireux avant tout d'élever des édifices qui fussent la marque perpétuelle de leur protection sur le peuple des villes, qui pussent consacrer le pouvoir auquel ils aspiraient, se gardaient de gêner les tendances de ces artistes. Loin de là, la cathédrale devait être, avant tout, le monument de la cité, sa chose, son bien, sa garantie, sorte d'arche d'alliance entre le pouvoir épiscopal et la commune; c'était donc à la population laïque à l'élever, et moins la cathédrale ressemblait à une église conventuelle, plus l'évêque devait se flatter de voir s'établir entre la commune et lui cette alliance qu'il considérait comme le seul moyen d'assurer sa suprématie au centre de féodalité. Le rôle que joue la statuaire dans ces cathédrales est considérable. Si l'on visite celles de Paris, de Reims, de Bourges, d'Amiens, de Chartres, on est émerveillé, ne fût-ce que du nombre prodigieux de statues et de bas-reliefs qui complètent leur décoration.

A dater des dernières années du XIIe siècle, l'école laïque, non-seulement a rompu avec les traditions byzantines conservées dans les monastères, mais elle manifeste une tendance nouvelle dans le choix des sujets et la manière de les exprimer.

Au lieu de s'en tenir presque exclusivement aux reproductions de sujets légendaires dans la statuaire, comme cela se faisait dans les églises conventuelles, elle ouvre l'Ancien et le Nouveau Testament, se passionne pour les encyclopédies, et cherche à rendre saisissables pour la foule certaines idées métaphysiques. Il ne semble pas qu'on ait pris garde à ce mouvement d'art du commencement du XIIIe siècle, l'un des faits intellectuels les plus intéressants de notre histoire. Qu'il ait été aidé par l'épiscopat, ce n'est guère douteux; mais qu'il émane de l'esprit laïque, ce l'est encore moins. Aussi qu'arrive-t-il? Les chroniqueurs d'abbayes, empressés, avant cette époque, de vanter les moindres travaux dus aux moines; qui relatent avec un soin minutieux et une exagération naïve les embellissements de leurs églises; qui voient du marbre et de l'or là où l'on emploie de la pierre ou du plomb doré, se taisent tout à coup et n'écrivent plus un mot touchant les constructions dorénavant confiées aux laïques, même dans les monastères. Ils subissent le talent de ces nouveaux venus dans la pratique des arts; ils acceptent l'œuvre, mais quant à la vanter ou à mettre en lumière son auteur, ils n'ont garde[1]. Pour les cathédrales, si la chronique parle de leur construction, elle montre des populations entières mues par un souffle religieux amenant les pierres et les élevant comme par l'effet d'une grâce toute spéciale. Or imagine-t-on des populations urbaines concevant, traçant, taillant et dressant des édifices comme la cathédrale de Chartres, comme celles de Paris ou de Reims, et ces mêmes citadins prenant le ciseau pour sculpter ces myriades de figures? Voit-on ces bourgeois, ouvriers de tous états, laissant là commerce, industrie, affaires, pendant dix ou quinze ans, et vivant d'eau claire, probablement, eux, leurs femmes et leurs enfants, soutenus par la passion de la bâtisse? Évidemment l'histoire d'Orphée a plus de vraisemblance. C'est cependant sur ces graves niaiseries que beaucoup jugent ces arts; comme s'il était du ressort de la foi, si pure qu'elle fût, d'enseigner la géométrie, le trait, la pratique de la construc-

[1] En cela, les moines procédaient, à l'égard des maîtres laïques, comme procèdent invariablement les congrégations. Ils organisaient la conspiration du silence contre ceux qui étaient en dehors de la congrégation. Cela réussit passablement, puisque peu de noms de ces maîtres des XIIe et XIIIe siècles sont parvenus jusqu'à nous. Le piquant, c'est qu'une autre congrégation, aujourd'hui, nous dit que ces monuments prodigieux ne sauraient être dus à la conception savante et réfléchie de maîtres, puisque leurs noms n'existent pas, mais ne sont que la conséquence d'une sorte d'effort commun, instinctif, assez semblable à celui qui produit les madrépores..... De telle sorte que le silence des congrégations, qui seules, aux XIIe et XIIIe siècles, tenaient la plume du chroniqueur, a laissé oublier le nom des artistes en dehors des ordres religieux, et que ces noms étant ainsi soigneusement omis, une autre congrégation nie la valeur d'œuvres d'art dues nécessairement à une sorte d'enfantement commun, puisqu'elles n'ont pu conserver les noms de leurs créateurs. Et ainsi n'est-il pas merveilleux de voir comment, avec quel esprit de suite et sans s'être donné le mot, les congrégations, de tout temps, arrivent fatalement à ce résultat, savoir : de supprimer ce qui est en dehors de la congrégation.

tion, l'art de modeler la terre ou de sculpter la pierre, et de donner du pain à des milliers d'ouvriers pendant des années.

Dans les églises clunisiennes du XIe et du XIIe siècle, la statuaire ne reproduit guère que des sujets empruntés aux légendes de saint Antoine, de saint Benoît, de sainte Madeleine, ou même de personnages moins considérables, et il faut reconnaître que dans ces légendes les imagiers, qui certes alors travaillaient dans les couvents s'ils n'étaient moines eux-mêmes, choisissaient les sujets les plus étranges. Pour des portails, on reproduisait les grandes scènes du Jugement. On faisait les honneurs du lieu saint aux personnages divins et aux apôtres, mais partout ailleurs les scènes de l'Ancien ou du Nouveau Testament ne prenaient qu'une petite place. Saint Bernard, en s'élevant contre cette abondance de représentations sculptées qu'il considère comme des fables grossières mises sous les yeux du peuple, sut interdire l'art de la statuaire à l'ordre institué par lui. Les cisterciens du XIIe siècle sont de véritables iconoclastes. Soit que le blâme amer de saint Bernard ait porté coup sur les esprits, soit que l'épiscopat partageât en partie ses idées à ce sujet, soit qu'un esprit philosophique eût déjà pénétré les populations des grands centres, toujours est-il que lorsqu'on élève les cathédrales, de 1180 à 1230, l'iconographie de ces édifices prend un caractère différent de celle admise jusqu'alors dans les églises monastiques. Les sujets empruntés aux légendes disparaissent presque entièrement. La sculpture va chercher ses inspirations dans l'Ancien et le Nouveau Testament, puis elle adopte tout un système iconographique sans précédents. Elle devient une encyclopédie représentée. Si les scènes principales indiquées dans le Nouveau Testament prennent la place importante, si le Christ assiste au jugement, si le royaume du ciel est figuré, si l'histoire de la sainte Vierge se développe largement, si la hiérarchie céleste entoure le Sauveur ressuscité, à côté de ces scènes purement religieuses apparaissent l'histoire de la Création, le combat des Vertus et des Vices, des figures symboliques, la Synagogue, l'Église personnifiées, les Vierges sages et folles, la Terre, la Mer, les productions terrestres, les Arts libéraux. Puis les prophéties qui annoncent la venue du Messie, les ancêtres du Christ, le cycle davidique commençant à Jessé.

Il y a donc dans cette statuaire de nos grandes cathédrales un ordre, et un ordre très-vraisemblablement établi par les évêques, suivant un système étranger à celui qui avait été admis dans les églises conventuelles. Mais à côté de cet ordre, il y a l'exécution, qui, elle, appartient à l'école laïque. Or, c'est dans cette exécution qu'apparaît un esprit d'indépendance tout nouveau alors, mais qui pour cela n'en est pas moins vif. Dans les représentations des Vices condamnés à la géhenne éternelle, les rois, les seigneurs, ni les prélats ne font défaut. Les Vertus ne sont plus représentées par des moines, comme sur les chapiteaux de quelques portails d'abbayes, mais par des femmes couronnées : l'idée symbolique s'est élevée. Parmi ces Vertus ou ces *béatitudes*, pour emprunter le langage théologique, apparaît, comme à Chartres, la Liberté (*Libertas*). L'Avarice, figurée sur les portails des églises abbatiales de Saint-Sernin de Toulouse et de Sainte-Madeleine de Vézelay, par un homme portant au cou une énorme sacoche et tourmenté par deux démons hideux, est représentée au portail de la cathédrale de Sens par une femme, les cheveux en désordre, assise sur un coffre qu'elle ferme avec un mouvement plein d'énergie. L'artiste remplace la représentation matérielle par une pensée philosophique. Plus de ces scènes repoussantes, si fréquentes dans les églises abbatiales du commencement du XIIe siècle. Le statuaire du XIIIe siècle, ainsi que l'artiste grec, a sa pudeur, et s'il figure l'enfer comme à la grande porte occidentale de Notre-Dame de Paris, c'est par la combinaison tourmentée des lignes, par les expressions de terreur données aux personnages, par leurs mouvements étranges, qu'il prétend décrire la scène, et non par des détails de supplices repoussants ou ridicules. Le côté des damnés sur les voussures de la porte principale de Notre-Dame de Paris est empreint d'un caractère farouche et désordonné qui contraste singulièrement avec le style calme de la partie réservée aux élus. Toutes ces figures des élus expriment une placidité, une douceur quelque peu mélancolique qui fait songer et qu'on ne trouve pas dans la statuaire du XIIe siècle, ni même dans celle de l'antiquité.

C'est maintenant que nous devons parler de l'expression des sentiments moraux, si vivement sentie par ces artistes du XIIIe siècle et qui les classe au premier rang. Nos lecteurs voudront bien croire que nous n'allons pas répéter ici ce que des admirateurs plutôt passionnés qu'observateurs de l'art gothique ont dit sur cette belle statuaire, en prétendant la mettre en parallèle et même au-dessus de la statuaire de la bonne époque grecque, en refusant à cette dernière l'expression des sentiments de l'âme ou plutôt d'un état moral. Non; nous nous garderons de tomber dans ces exagérations, qui ne prouvent qu'une chose, c'est qu'on n'a ni vu, ni étudié les œuvres dont on parle. Les artistes qui, au XVIIe siècle, prétendaient faire de la statuaire expressive, étaient aussi éloignés de l'art du moyen âge que de l'art antique, et le Puget, malgré tout son mérite, n'est qu'un artiste maniéré à l'excès, prenant la fureur pour l'expression de la force, les grimaces pour l'expression de la passion, le théâtral pour le dramatique. De toutes les figures de Michel-Ange, à nos yeux la plus belle est celle de Laurent de Médicis dans la chapelle de San-Lorenzo, à Florence. Mais cette statue est bien loin encore des plus belles œuvres grecques et ne dépasse pas certaines productions du moyen âge. Expliquons-nous. La statuaire n'est pas un art se bornant à reproduire en terre ou en marbre une *académie*, c'est-à-dire un modèle plus ou moins heureusement choisi, car ce ne serait alors qu'un métier, une sorte de mise au point. Tout le monde est, pensons-nous, d'accord sur ce chapitre ; tout le monde (sauf peut-être quelques réalistes fanatiques) admet qu'il est nécessaire d'idéaliser la nature. Comment les Grecs ont-ils idéalisé la nature? C'est en formant un type d'une réunion d'individus.

De même que, dans un poëme, un auteur peut réunir toutes les vertus qui se trouvent éparses chez un grand nombre d'hommes, mais dont chacun, en particulier, a la conscience sans les pratiquer à la fois ; de même sur un bloc de marbre ou avec un peu de terre, le statuaire grec a su réunir toutes les beautés empruntées à un certain nombre d'individus choisis. La conséquence morale et physique de cette opération de l'artiste, c'est d'obtenir une pondération parfaite, pondération dans l'expression intellectuelle. Par conséquent, si violente que soit l'action à laquelle se livre ce type, si vifs que soient ses sentiments, du moment que l'idéal est admis (c'est-à-dire le beau par excellence, c'est-à-dire la pondération), la grimace, soit par le geste, soit par l'expression des traits, est exclue. Les Lapithes, qui combattent si bien les Centaures sur les métopes du Parthénon, expriment parfaitement leur action, mais ce n'est ni par des grimaces, ni par l'exagération du geste, ni par un jeu outré des muscles. Le geste est largement vrai dans son ensemble, finement observé dans les détails; mais ces hommes ne font point de contorsions à la manière des personnages de Michel-Ange. Si les traits de leurs visages paraissent conserver une sorte d'impassibilité, le mouvement des têtes, un léger froncement de sourcil, expriment la lutte bien mieux que ne l'aurait fait une décomposition des lignes de la face. On ne saurait prétendre que les têtes, malheureusement trop rares, des statues de la belle époque grecque, soient dépourvues d'expression : elles ne sont jamais grimaçantes, d'accord ; il ne faut pas plus les regarder après avoir vu celles du Puget qu'il ne faut goûter un mets délicat après s'être brûlé le palais avec une venaison pimentée. Mais pour retrouver cette expression si fine des types de têtes grecques, il ne s'agit pas de les copier niaisement et de nous encombrer d'un amas de pastiches plats; mieux vaut alors tomber dans le réalisme brutal, et copier le premier modèle venu, voire le mouler, ce qui est plus simple. Est-ce à dire que ces types du beau, trouvés par les Grecs, fussent d'ailleurs identiques, qu'ils aient exclu l'individualité ? Sur les quatre ou cinq têtes de Vénus réparties dans les musées de l'Europe, et qui datent de la belle époque, bien qu'on ne puisse se méprendre sur leur qualité divine, y en a-t-il deux qui se ressemblent ? Parmi ces têtes qui semblent appartenir à une race d'une perfection physique et intellectuelle supérieure, l'une possède une expression de bonté insoucieuse, l'autre laisse deviner, à travers ses traits si purs, une sorte d'inflexibilité jalouse, une troisième sera dédaigneuse, etc. ; mais toutes, comme pour conserver un cachet appartenant à l'antiquité, font songer à la fatalité inexorable, qui jette sur leur front comme un voile de sérénité pensive et grave. Retrouvons-nous ce milieu qui nous permette de reproduire ces expressions si délicates ? Voyons-nous autour de nous des gens subissant ces influences de la société antique? Les cerveaux d'aujourd'hui songent-ils aux mêmes choses ? Non, certes. Mais nos physionomies ne disent-elles rien ? N'est-il pas possible aux statuaires de procéder au milieu de notre société comme les Athéniens ont procédé chez eux? Ne peut-on extraire, et de ces formes physiques, et de ces sentiments moraux dominants, des types beaux qui, dans deux mille cinq cents ans, produiraient sur les générations futures l'effet profond qu'exercent sur nous les œuvres grecques? Cela doit être possible, puisque cela s'est fait déjà au milieu d'une société qui n'avait nuls rapports avec la société grecque.

Cette école du XIIIe siècle, qui n'avait certes pas étudié l'art grec en Occident et qui en soupçonnait à peine la valeur, se développe comme l'école grecque. Après avoir appris la pratique du métier, ainsi que nous l'avons démontré plus haut, elle ne s'arrête pas à la perfection purement matérielle de l'exécution et cherche un type de beauté. Va-t-elle le saisir de seconde main, d'après un enseignement académique? Non; elle le compose en regardant autour d'elle. Nous verrons que pour la sculpture d'ornement cette école procède de la même manière, c'est-à-dire qu'elle abandonne entièrement les errements admis, pour recourir à la nature comme à une forme toujours vivifiante. Apprendre le *métier*, le conduire jusqu'à une grande perfection en se faisant le disciple soumis d'une tradition, quitter peu à peu ce guide pour étudier matériellement la nature, puis un jour se lancer à la recherche de l'idéal quand on se sent des ailes assez fortes, c'est ce qu'ont fait les Grecs, c'est ce qu'ont fait les écoles du XIIIe siècle. Et de ces écoles, la plus pure, la plus élevée est, sans contredit, l'école de l'Ile-de-France. Celle de Champagne la suit de près, puis l'école picarde. Quant à l'école rhénane, nous en parlerons en dernier lieu, parce qu'en effet elle se développa plus tardivement.

Dès les premières années du XIIIe siècle, la façade occidentale de Notre-Dame de Paris s'élevait. A la mort de Philippe-Auguste, c'est-à-dire en 1223, elle était construite jusqu'au-dessus de la rose. Donc — toutes les sculptures et tailles étant terminées avant la pose — les trois portes de cette façade étaient montées en 1220. Celle de droite, dite de Sainte-Anne, est en grande partie refaite avec des sculptures du XIIe siècle, mais celle de gauche, dite porte de la Vierge, est une composition complète et l'une des meilleures de cette époque [1]. Il est évident, pour tout observateur attentif et non prévenu — car beaucoup d'artistes, bien convaincus que cette sculpture est sans valeur, n'ont jamais pris la peine de la regarder [2] — que les statuaires auteurs de ces nombreuses figures ont abandonné entièrement les traditions byzantines, dans la conception comme dans les détails et le *faire*, qu'ils ont soigneusement étudié la

[1] Voyez PORTE, fig. 68.

[2] Nous n'exagérons pas. Possédant des moulages de quelques-unes des têtes provenant de cette porte, il nous est arrivé de les montrer à des sculpteurs, dans notre cabinet. Frappés de la beauté des types et de l'exécution, ceux-ci nous demandaient d'où provenaient ces *chefs-d'œuvre*. Si nous avions l'imprudence de leur avouer que cela était moulé sur une porte de Notre-Dame de Paris, immédiatement l'admiration tombait dans la glace. Mais si, mieux avisé, nous disions que ces moulages venaient de quelque mo-

nature, et qu'ils atteignent un idéal leur appartenant en propre. Voici (fig. 15) une tête d'un des rois, petite nature, qui garnissent l'une des

voussures de cette porte. Certes, cela ne ressemble pas aux types grecs, ce n'est pas la beauté grecque; mais ne pas reconnaître qu'il y a dans

nument d'Italie — or au commencement du XIIIe siècle la sculpture italienne était assez barbare — c'était une recrudescence d'enthousiasme. La congrégation académique, non-seulement ne permet pas d'admirer ces œuvres françaises, mais elle considère comme une assez méchante action de les regarder. Tout au moins ce serait une bien mauvaise note.

cette tête toutes les conditions de la beauté et d'une beauté singulière, c'est, nous semble-t-il, nier la lumière en plein jour. Le sens moral imprimé sur ce visage n'est pas non plus celui que dénotent habituellement les traits des statues grecques. Ce front large et haut, ces yeux très-ouverts, à peine abrités par les arcades sourcilières, ce nez mince, cette bouche fine et un peu dédaigneuse, ces longues joues plates, indiquent l'audace réfléchie, une intelligence hardie, emportée à l'occasion. Mais ce n'est plus là, comme dans les figures du XIIe siècle de Chartres, le portrait d'un individu ; c'est un type, et un type qui ne manque ni de noblesse ni de beauté. Nous donnerions trop d'étendue à cet article, s'il nous fallait présenter un grand nombre de ces figures, toutes soumises évidemment à un type de beauté admis, mais qui ne se ressemblent pas plus que ne se ressemblent entre eux les visages des personnages sculptés sur les métopes du Parthénon.

Si nous nous attachons à l'exécution de cette statuaire, nous trouvons ce *faire* large, simple, presque insaisissable des belles œuvres grecques ; c'est la même sobriété de moyens, le même sacrifice des détails, la même souplesse et la même fermeté à la fois dans la façon de modeler les nus. D'ailleurs ces figures sont taillées dans une pierre dont la dureté égale presque celle du marbre de Paros. C'est du liais cliquart, le plus serré et le mieux choisi.

Nous avons décrit à l'article PORTE cette statuaire, la plus remarquable du portail de Notre-Dame de Paris. Ce n'est pas seulement par l'expression noble des têtes qu'elle se recommande ; au point de vue de la composition elle accuse un art très-profondément étudié et senti. Le bas-relief de la mort de la Vierge est une scène admirablement entendue comme effet dramatique, comme agencement de lignes. Celle du couronnement de la mère du Christ, dont nous présentons figure 16 un tracé bien insuffisant, fait assez connaître que ces artistes savaient composer, agencer les lignes d'un groupe et rendre une action par les mouvements et par l'expression du geste ; les têtes des deux personnages sont admirablement belles par la simplicité des attitudes et la pureté de l'expression. C'est ici le cas de faire une observation. On parle beaucoup, lorsqu'il est question de cette statuaire du XIIIe siècle, de ce qu'on appelle le sentiment religieux, et l'on est assez disposé à croire que ces artistes étaient des personnages vivant dans les cloîtres et tout attachés aux plus étroites pratiques religieuses. Mais sans prétendre que ces artistes fussent des croyants tièdes, il serait assez étrange cependant que ce sentiment religieux se fût manifesté d'une manière tout à fait remarquable dans l'art de la statuaire, précisément au moment où les arts ne furent plus guère pratiqués que par des laïques et sur ces cathédrales pour la construction desquelles les évêques se gardaient bien de s'adresser aux établissements religieux. Il ne serait pas moins étrange que l'art de la statuaire, pendant tout le temps qu'il resta confiné dans les cloîtres, n'ait produit que des œuvres possédant certaines qualités entre lesquelles ce qu'on peut appeler le sentiment religieux n'apparaît guère que sous une forme purement traditionnelle, ainsi que des exemples précédents ont pu le faire voir.

16

Voici le vrai. Tant que les arts ne furent pratiqués que par des moines, la tradition dominait, et la tradition n'était qu'une inspiration plus ou moins rapprochée de l'art byzantin. Si les moines apportaient quelques progrès à cet état de choses, ce n'était que par une imitation plus exacte de la nature. La pensée était pour ainsi dire dogmatisée sous certaines formes ; c'était un art hiératique tendant à s'émanciper par le côté purement matériel. Mais lorsque l'art franchit les limites du cloître pour entrer dans l'atelier du laïque, celui-ci s'en saisit comme d'un moyen d'exprimer ses aspirations longtemps contenues, ses désirs et ses espérances. L'art, dans la société des villes, devint, au milieu d'un état politique très-imparfait, — qu'on nous passe l'expression, — une sorte de *liberté de la presse*, un exutoire pour les intelligences toujours prêtes à réagir contre les abus de l'état féodal. La société civile vit dans l'art un registre ouvert où elle pouvait jeter hardiment ses pensées sous le manteau de la religion ; que cela fut réfléchi, nous ne le prétendons pas, mais c'était un instinct : l'instinct qui pousse une foule manquant d'air vers une porte ouverte. Les évêques, au sein des villes du Nord qui avaient dès longtemps manifesté le besoin de s'affranchir des pouvoirs féodaux, dans ce qu'ils crurent être l'intérêt de leur domination, poussèrent activement à ce développement des arts, sans s'apercevoir que les arts, une fois entre les mains laïques, allaient devenir un moyen d'affranchissement, de critique intellectuelle dont ils ne seraient bientôt plus les maîtres. Si l'on examine avec une attention profonde cette sculpture laïque du XIIIe siècle, si on l'étudie dans ses moindres détails, on y découvre bien autre chose que ce qu'on appelle le sentiment religieux : ce qu'on y voit, c'est avant tout un sentiment démocratique prononcé dans la manière de traiter les programmes donnés, une haine de l'oppression qui se fait jour partout, et ce qui est plus noble et ce qui en fait un art digne de ce nom, le dégagement de l'intelligence des langes théocratiques et féodaux. Considérez ces têtes des personnages qui garnissent les portails de Notre-Dame, qu'y trouvez-vous ? L'empreinte de l'intelligence, de la puissance morale, sous toutes les formes. Celle-ci est pensive et sévère ; cette autre laisse percer une pointe d'ironie entre ses lèvres serrées. Là sont ces prophètes du linteau de la Vierge, dont la physionomie méditative et intelligente finit, si on les considère de près et pendant un certain temps, par vous embarrasser comme un problème. Plusieurs, animés d'une foi sans mélange, ont les traits d'illuminés ; mais combien plus expriment un doute, posent une question et la méditent ? Aussi nous expliquons-nous aujourd'hui les dédains et les colères même qu'excite, dans certains esprits, l'admiration que nous professons pour ces œuvres, surtout si nous les déclarons françaises. Au fond, cette protestation est raisonnée. Longtemps nous avons pensé — car tout artiste possède une dose de naïveté — qu'il y avait, dans cette opposition à notre admiration, ignorance des œuvres, présomptions ou préjugés qu'un examen sincère pourrait vaincre à la longue. Nous nous abusions complétement. La question, c'est qu'il ne *faut pas* que cet art puisse passer pour beau ; et il ne *faut pas* que cet art soit admis comme beau, parce qu'il est une marque profonde de ce que peut obtenir l'affranchissement des intelligences et des développements que cet affranchissement peut prendre. Une école qui, élevée sous des cloîtres, dans des traditions respectées, s'en éloigne brusquement, pour aller demander la lumière à sa propre intelligence, à sa raison et à son examen, pour réagir contre un dogmatisme séculaire et courir dans la voie de l'émancipation en toute chose ! Quel dangereux exemple qu'on ne saurait trop repousser ! Toutes les débauches nous seront permises en fait d'art et de goût, plutôt que l'admiration pour la seule époque de notre histoire où les artistes affranchis ont su trouver, en architecture, des méthodes et des formes toutes nouvelles, ont su élever une école de sculpteurs qui ne sont ni grecs, ni byzantins, ni romans, ni italiens, ni quoi que ce soit qui ait paru dans le champ des arts depuis le siècle de Périclès, qui puisent dans leur propre fonds en détournant les yeux du dogmatisme en fait d'art. Pour qui prétend maintenir en tutelle l'intelligence humaine comme une mineure trop prompte à s'émanciper, il est clair qu'un tel précédent intellectuel dans l'histoire d'un peuple doit être considéré comme un écart funeste; cela est logique. Mais il est plus difficile d'expliquer comment il arrive que nombre de personnes en France, dévouées, prétendent-elles, aux idées d'émancipation, et qui croient en protéger l'expression, ne voient dans nos arts du XIIIe siècle que des produits maladifs, étouffés sous un ordre social oppressif, qu'un signe d'asservissement moral. Asservissement à quoi ? On ne le dit pas clairement. Est-ce à la théocratie ? Jamais noyau d'artistes n'a su, mieux que nos imagiers du XIIIe siècle, manifester l'indépendance de l'idée; car, derrière le sujet religieux ou historique, se cachent toujours la pensée et l'expression philosophique. Est-ce à la féodalité ? Certes les grands, les forts, les puissants, n'ont jamais été montrés plus hardiment vaincus par l'éternelle justice. Foulez les cendres refroidies de la féodalité et de la théocratie, si bon vous semble, il n'y a pas grand péril, car vous savez qu'elles ne sauraient se réchauffer; mais pourquoi écraser du même talon le système oppressif et ceux qui ont su les premiers s'en affranchir en réagissant contre l'énervement intellectuel au moyen âge ? Cela est-il équitable, courageux et habile?

Le monument religieux était à peu près le seul où l'artiste pouvait exprimer ses idées, ses sentiments; il le fait d'une façon indépendante, hardie même. Il repousse l'hiératisme, qui s'attache toujours à une société gouvernée par un despotisme quelconque, théocratique ou monarchique. Pourquoi lui refuseriez-vous ce rôle de précurseur dans la voie de l'émancipation de l'intelligence ?

On peut reconnaître les qualités d'un art en considérant quels sont ses détracteurs. Les admirations n'apprennent pas grand'chose, mais la critique de parti pris et le côté d'où elle vient sont un enseignement précieux. Si vous voyez un siècle tout entier s'élever contre un art d'un temps antérieur, vous pouvez être assuré que les idées qui ont dominé dans cet art vilipendé sont en contradiction manifeste avec les idées de la société qui le repousse. Si vous voyez un corps, une association, une coterie d'artistes rejeter un art, vous pouvez être assuré que les qualités de cet art sont en opposition directe avec les méthodes et les façons d'être de ce corps. Si une école se signale par la médiocrité ou la platitude de ses productions, vous pouvez être assuré que l'école rejetée amèrement par elle se distinguait par l'originalité, la recherche du progrès et l'examen. Dans la république des arts, ce qu'on redoute le plus, ce n'est pas la critique contemporaine, pouvant toujours être soupçonnée de partialité, c'est la protestation silencieuse, mais cruelle, persistante, d'un art qui se recommande par les qualités qu'on ne possède plus. Dans un temps comme le siècle de Louis XIV, où l'artiste n'était plus guère qu'un commensal de quelque grand seigneur, pensionné par le roi, subissant tous les caprices d'une cour, disposé à toutes les concessions pour plaire, à toutes les flatteries pour vivre (car on flatte avec le ciseau comme avec la plume), il n'est pas surprenant que la statuaire du XIIIe siècle, avec son caractère individuel, indépendant, dût paraître barbare. Placez un de ces beaux bronzes étrusques comme le Musée Britannique en possède tant, sur la cheminée d'une dame à la mode, au milieu de chinoiseries, de biscuits, de vieux Sèvres, de ces mièvreries tant recherchées de la fin du dernier siècle, et voyez quelle figure fera le bronze antique? Il était naturel que les critiques du dernier siècle, qui mettaient, par exemple, le tombeau du maréchal de Saxe au niveau des plus belles productions de l'antiquité, trouvassent importunes les sculptures hardies des beaux temps du moyen âge. Le clergé lui-même mit un acharnement particulier à détruire ces dénonciateurs permanents de l'état d'avilissement où tombait l'art. Ceux dont le devoir serait de lutter contre l'affaiblissement d'une société, et qui, loin d'en avoir le courage et la force, profitent de ce relâchement moral, s'attaquent habituellement à tout ce qui fait un contraste avec l'état de décadence où tombe cette société. Quand les chapitres, quand les abbés du dernier siècle jetaient bas les œuvres d'art des beaux moments du moyen âge, ils rendaient à ces œuvres le seul hommage qu'ils fussent désormais en état de leur rendre ; ils ne pouvaient souffrir qu'elles fussent les témoins des platitudes dont on remplissait alors les édifices religieux. C'était la pudeur instinctive de l'homme qui, livré à la débauche, raille et cherche à disperser la société des honnêtes gens. Les statues pensives et graves de nos portails n'étaient bonnes qu'à envoyer de mauvais rêves aux petits abbés de salon ou à ces chanoines qui, afin d'augmenter leurs revenus, vendaient les enceintes de leurs cathédrales pour bâtir des échoppes. Aujourd'hui encore une partie du clergé français ne voit qu'avec défiance se manifester l'admiration pour la bonne sculpture du moyen âge. Il y a là dedans des hardiesses, des tendances indépendantes fâcheuses ; ces figures de pierre ont l'air trop méditatives. On aime mieux les saints à l'air évaporé, aux gestes théâtrals, ou les vierges ressemblant à des bonnes décentes, ces anges affadis et toutes ces pauvretés auxquelles l'art est à peu près étranger, mais qui, ne disant rien, ne compromettent rien. Beaucoup de personnages respectables — et nous plaçant à leur point de vue, nous comprenons parfaitement l'esprit qui les guide — n'ont pas vu sans une certaine appréhension ce mouvement archéologique qui poussait les intelligences vers l'étude des arts du moyen âge si soigneusement tenus sous le boisseau; ils ont senti que la critique, entrant sur ce terrain du passé, allait remettre en lumière toute une série d'idées qui ébranleraient plusieurs temples : celui de la *religion facile*, élevé avec tant de soin depuis le XVIIe siècle; celui de l'art officiel, effacé, qui, n'admettant qu'une forme, rejette bien loin toute pensée, tout travail intellectuel, comme une hérésie.

Tout s'enchaîne dans une société, et, quand on y regarde de près, aucun fait n'est isolé. La société qui au milieu d'elle admettait qu'une compagnie puissante condamnât l'esprit humain à un abandon absolu de toute personnalité, à une soumission aveugle, à une direction morale dont on ne devait même pas chercher le sens et la raison, cette société devait bientôt voir s'élever comme corollaire, dans le domaine de l'art, un principe semblable, ennemi acharné de tout ce qui pouvait signaler l'individualisme, l'examen, l'indépendance de l'artiste, le respect de l'art avant le respect pour le dogme qui prétend le diriger.

Ce qui frappe toujours dans les œuvres grecques, c'est que l'artiste d'abord respecte son art. On subit la même impression lorsqu'on examine les bonnes productions du XIIIe siècle : que l'artiste soit religieux ou non, cela nous importe peu; mais il est évidemment croyant à son art, et il manifeste toute la liberté d'un croyant, dont le plus grand soin est de ne pas mentir à sa conscience.

Nous avouons que, pour notre part, dans toute production d'art, ce qui nous saisit et nous attache, c'est presque autant l'empreinte de l'homme qui l'a créée que la valeur intrinsèque de l'objet. La sculpture grecque nous charme tant que nous entrevoyons l'artiste à travers son œuvre, que nous pouvons, sur le marbre qu'il a laissé, suivre ses penchants, ses désirs, l'expression de son vouloir; mais quand ces productions n'ont plus d'autre mérite que celui d'une exécution d'atelier, quand le praticien s'est substitué à l'artiste, l'ennui nous saisit. Ce que nous aimons par-dessus tout dans la statuaire du moyen âge, même la plus ordinaire, c'est l'empreinte individuelle de l'artiste toujours ou presque toujours profondément gravée sur la pierre. Dans ces figures innombrables du XIIIe siècle, on retrouve les joies, les espérances, les amertumes et les déceptions de la vie. L'artiste a sculpté comme il pensait, c'est son esprit qui a dirigé son ciseau; et comme pour l'homme il n'est qu'un sujet toujours neuf, celui qui traduit les sentiments et les passions de l'homme, on ne sera pas surpris si, en devinant l'artiste derrière son œuvre, nous sommes plus touché que si l'œuvre n'est qu'un *solide* revêtant une belle forme.

C'est là la question pour nous, au XIXe siècle. Devons-nous considérer le beau suivant un *canon* admis? ou le beau est-il une essence se développant de différentes manières, suivant des lois aussi variables que sont celles de l'esprit humain? Au point de vue philosophique, la réponse ne saurait être douteuse : le beau ne peut être que l'émanation d'un principe, et non l'apparence d'une forme. Le beau naît et réside dans l'âme de l'artiste et doit se traduire d'après les mouvements de cette âme qui s'est habituée à concevoir le beau, la vérité. Ce n'est pas nous qui disons cela, mais un Grec. Et à ce propos qu'il nous soit permis de faire ressortir une de ces contradictions entre tant d'autres, quand il est question de l'esthétique. Nos philosophes modernes, nos écrivains, ne sont point artistes; nos artistes ne sont rien moins que philosophes; de sorte que ces deux expressions de l'esprit humain, chez nous, l'art et la philosophie, s'en vont chacune de leur côté et se trompent réciproquement, ou trompent le public sur l'influence qu'elles ont pu exercer l'une sur l'autre. Il est évident que Socrate était fort sensible à la beauté plastique; il avait quelque peu pratiqué la sculpture. Il vivait dans un milieu — que jamais il ne voulut quitter, même pour échapper à la mort, — où la beauté de la forme semblait subjuguer tous les esprits, et cependant c'est ainsi qu'il s'exprime quelque part[1] : « La philosophie, « recevant l'âme liée véritablement et, pour ainsi dire, collée au corps, « est forcée de considérer les choses non par elle-même, mais par l'in- « termédiaire des organes comme à travers les murs d'un cachot et « dans une obscurité absolue, reconnaissant que toute la force du « cachot vient des passions qui font que le prisonnier aide lui-même « à serrer sa chaîne; la philosophie, dis-je, recevant l'âme en cet état, « l'exhorte doucement et travaille à la délivrer. Et pour cela elle lui « montre que le témoignage des yeux du corps est plein d'illusions « comme celui des oreilles, comme celui des autres sens; elle l'engage « à se séparer d'eux, autant qu'il est en elle; elle lui conseille de se « recueillir et de se concentrer en elle-même, de ne croire qu'à elle- « même, après avoir examiné au dedans d'elle et avec l'essence même « de sa pensée ce que chaque chose est en son essence, et de tenir pour « faux tout ce qu'elle apprend par un autre qu'elle-même, tout ce qui « varie selon la différence des intermédiaires : elle lui enseigne que ce « qu'elle voit ainsi, c'est le sensible et le visible; ce qu'elle voit par elle- « même, c'est l'intelligible et l'immatériel... » Et avant Socrate le poëte Épicharme n'avait-il pas dit :

« C'est l'esprit qui voit, c'est l'esprit qui entend ;
« L'œil est aveugle, l'oreille est sourde. »

Donc ces Grecs qu'on nous représente (lorsqu'il est question des arts) comme absolument dévoués au culte de la beauté extérieure, de la forme, possédaient au milieu d'eux, dès avant Phidias, des poëtes, des philosophes qui chantaient et professaient quoi? L'illusion des sens, le détachement de l'âme du corps, de ses appétits et de ses passions, l'asservissement de l'enveloppe matérielle à l'esprit. On avouera que sous ce rapport le christianisme n'a rien inventé. Mais si les Athéniens, tout

[1] *Phédon*, trad. de V. Cousin, édit. de 1822. Bossange, tome I, page 243.

en écoutant Socrate, taillaient les marbres du Parthénon et du temple de Thésée, ils alliaient difficilement les théories du philosophe avec cette importance merveilleuse donnée à la beauté extérieure... Socrate fut condamné à mort; Phidias fut exilé : ce qui tendrait à prouver qu'à ce moment de la civilisation athénienne une lutte sourde commençait entre ces deux principes, de la prépondérance de la matière sur l'âme, de l'âme sur la matière. Et en effet Phidias n'est pas plutôt à Olympie, qu'il façonne cette statue de Zeus, d'une si étrange beauté, si l'on en croit ceux qui l'ont vue, en ce qu'elle reflétait, sur une admirable forme, la pensée la plus profonde. Déjà donc, à l'apogée de la splendeur plastique de l'art grec, s'élève la réaction, non contre la beauté plastique, mais contre la suprématie de cette beauté sur l'intelligence, sur ce que Socrate lui-même appelle la vérité née de la raison humaine. Qu'ont donc fait ces statuaires de notre belle école laïque primitive, si ce n'est de suivre cette voie ouverte par les Grecs eux-mêmes, et de chercher, non point par une imitation plastique, mais dans leur pensée, tous les éléments de l'art dont ils nous ont laissé de si beaux exemples ?

Les statuaires du XIIIe siècle ne pouvaient avoir les idées, les sentiments des statuaires du temps de Périclès; ayant d'autres idées, d'autres sentiments, il était naturel qu'ils cherchassent, pour les rendre, des moyens différents de ceux employés par les artistes grecs, et en cela ils étaient d'accord avec les principes émis par les Grecs, si nous en croyons Platon. Mais, objectera-t-on : « Nous ne contestons pas cela; nous n'accusons pas les artistes du moyen âge de n'avoir pas produit des œuvres aussi bonnes que le permettait le milieu social où ils vivaient. Nous tenons à constater seulement que leurs œuvres ne sont pas et ne pouvaient être aussi belles que celles de l'époque grecque, et que par conséquent il est bon d'étudier celles-ci, funeste d'étudier celles-là. » Nous sommes d'accord, sauf sur la conclusion en ce qu'elle a au moins d'absolu. Nous répondrons : « Il est utile d'étudier la statuaire grecque et de s'enquérir en même temps de l'état social au milieu duquel elle s'est développée, parce que cet art est en harmonie avec cet état social et que sa forme sensible est parfaitement belle; mais notre état social moderne étant différent de celui des Grecs, il est utile de savoir comment à d'autres époques, dans des conditions nouvelles étrangères à celles de la société grecque, des artistes ont su aussi développer un art sans imiter les Grecs et en conservant leur caractère propre; parce qu'il est utile toujours de connaître les moyens sincères qu'emploie l'intelligence humaine pour se manifester. » Nier que l'état social et religieux de la Grèce n'ait pas été le milieu le plus favorable au développement des arts plastiques qui ait jamais existé, ce serait nier la lumière en plein midi; mais prétendre que ce milieu puisse être le seul, ou plutôt que ce qu'il a produit doive sans cesse être reproduit, même dans d'autres milieux, c'est nier le développement de l'esprit humain, si bien préconisé par les Grecs eux-mêmes, et considérer les aspirations vers des horizons nouveaux comme les bouffées d'une sotte vanité. Nous accordons qu'on ne saurait dépasser la beauté plastique de la statuaire grecque, alors la conclusion devrait être de chercher une autre face non développée de la beauté. C'est dans ce sens que les efforts des statuaires du XIIIe siècle se sont dirigés. Dans leurs ouvrages, la beauté purement plastique est certainement fort au-dessous de ce que nous a laissé la Grèce; mais un nouvel élément intervient, c'est l'élément intellectuel, que les Grecs les premiers ont fait surgir. La statuaire n'est plus seulement une admirable forme extérieure, une sublime apparence matérielle, elle devient un être révélant toute une suite d'idées, de sentiments. Toutes les statues grecques regardent dans *leur* présent — et c'est pour cela qu'il est si ridicule de les copier aujourd'hui que ce passé est bien loin, — tandis que les statues du moyen âge des bons temps manifestent une pensée qui est de l'humanité tout entière et semblent vouloir deviner l'inconnu. C'est ce qui nous faisait dire tout à l'heure que beaucoup d'entre elles expriment le doute, non le doute mélancolique et découragé, mais le doute audacieux, investigateur; ce doute qui, à tout prendre, conduit au grand développement des sociétés modernes, ce doute qui a formé les Bacon, les Galilée, les Pascal, les Newton, les Descartes. La statuaire des Grecs est sœur de la poésie; celle du moyen âge pénètre dans le domaine de la psychologie et de la philosophie. Est-ce un malheur? Qu'y faire? si ce n'est en prendre résolûment son parti et profiter du fait, au lieu d'essayer de le cacher. La plupart de nos statuaires ne sont-ils pas un peu comme des scribes s'amusant à recopier sans cesse des manuscrits enluminés et refusant de reconnaître l'invention de l'imprimerie ?

Il ne faudrait pas croire cependant que ces statuaires du XIIIe siècle n'ont pas pu, quand ils l'ont voulu, exprimer cette sérénité brillante et glorieuse qui est le propre de la foi. A Paris, à Reims, bon nombre de figures sont empreintes de ces sentiments de noble béatitude que l'imagination prête aux êtres supérieurs à l'humanité. Les anges ont été pour eux un motif de compositions remarquables, soit comme ensemble, soit dans l'expression des têtes.

On peut voir dans les voussures de la porte principale de Notre-Dame de Paris deux zones d'anges à mi-corps dont les gestes et les expressions sont d'une grâce ravissante. La cathédrale de Reims a conservé une grande quantité de ces représentations d'êtres supérieurs, traitées avec un rare mérite. Les anges posés sur les grands contre-forts, et qui sont de dimensions colossales, sont presque tous des œuvres magistrales. D'autres, d'une époque un peu plus ancienne, c'est-à-dire qui ont dû être sculptés vers l'année 1225 et qui sont adossés aux angles des chapelles absidales, sous la corniche, ont des qualités qui les mettent presque en parallèle, comme faire, avec la statuaire grecque du bon temps. Nous donnons (fig. 17) la tête d'un de ces anges. L'antiquité n'exprime pas mieux la jeunesse, l'ingénuité, le bonheur calme et sûr, et cependant dans ces traits intelligents rien de niais ou de mignard. C'est jeune et gracieux, mais en même temps puissant et sain. Nous inviterions les personnes qui, sans avoir jamais regardé la statuaire du moyen âge que sur des bahuts flamands couverts de magots difformes

17

ou sur quelques diptyques, ne voient dans cet art qu'un développement du *laid*, d'aller faire un voyage à Reims, à Chartres ou à Amiens, et d'examiner avec quelque attention les bonnes statues colossales de ces églises et les deux ou trois mille figures des voussures et bas-reliefs; peut-être leur jugement serait-il quelque peu modifié [1].

[1] Les planches jointes à cet article ont toutes été dessinées, soit sur des estampages, à la chambre claire, soit d'après des photographies, soit sur les originaux, de même à l'aide de la chambre claire. Nous faisons cette observation, parce que, de bonne foi d'ailleurs, quelques personnes ont prétendu que nous donnions à la statuaire du moyen

Si cette tête d'ange est belle, intelligente, cette beauté ressemble-t-elle à celle des beautés grecques ? Nullement. Le front est haut et large, les yeux longs, à peine enfoncés sous les arcades sourcilières ; le nez est petit, le crâne large aux tempes, le menton fin. C'est un type de jeune Champenois idéalisé, qui n'a rien de commun avec le type grec. Ce n'est pas là un tort, à nos yeux, mais une qualité. Idéaliser les éléments que l'on possède autour de soi, c'est là le véritable rôle du statuaire, plutôt que de reproduire cent fois la tête de la Vénus de Milo, en lui enlevant, à chaque reproduction, quelque chose de sa fleur de beauté originale [1]. Nous n'avons pas suffisamment insisté sur les conditions dans lesquelles le beau se développait chez les Athéniens entre tous les Grecs. Si élevée que soit la doctrine de Platon, si merveilleux que soit le *Phédon*, comme grandeur et sérénité de la pensée, il ressort évidemment de l'argumentation de Socrate que la fin de l'homme c'est lui, c'est le perfectionnement de *son* esprit, le détachement de *son* âme des choses matérielles. Il y a dans le *Phédon*, et dans le *Criton* particulièrement, une des plus belles définitions du devoir qu'on ait jamais faite. Mais il n'est question que du devoir envers la patrie ; l'humanité n'entre pour rien dans les pensées exprimées par Socrate. C'est à l'homme à s'élever par la recherche de la sagesse, et par cette recherche il se détache autant du prochain que de son propre corps. La recherche de la beauté dans les arts, suivant les Athéniens, procédait de la même manière ; l'homme est sublime, l'humanité n'existe pas. C'est pourquoi tant de personnes, jugeant des choses d'art avec leur instinct seulement, tout en admirant une statue grecque, lui reprochent le défaut d'expression, ce qui n'est pas exact, mais plutôt le défaut de sensibilité humaine, ce qui serait plus près de la vérité. Tout *individu-statue*, plus il est parfait chez l'Athénien et plus il se rapproche d'un *mythe-homme*, complet, mais indépendant du reste de l'humanité, détaché, absolu dans sa perfection. Aussi voyez la pente : de l'homme supérieur, le Grec fait un héros ; du héros, un dieu. Certes il y a là un véhicule puissant pour arriver à la beauté, mais est-ce à dire que ce véhicule soit le seul et surtout qu'il soit applicable aux sociétés modernes ? Et cela est particulièrement propre aux Athéniens, non point à toute la civilisation grecque. Les découvertes faites en dehors de l'Attique nous démontrent qu'on s'est fait chez nous, sur l'art grec, des idées trop absolues. Les Grecs pris en bloc ont été des artistes bien

âge un caractère de beauté qu'elle ne possède pas. Nous ne saurions accepter cette critique flatteuse. Mais serait-elle vraie, qu'elle prouverait que l'étude de cette sculpture peut conduire ceux qui s'y livrent à faire mieux, tout en conservant son style et son caractère ; donc cette étude ne serait pas une mauvaise chose.

[1] Sur un édifice récent, qu'il est inutile de citer, nous avons compté vingt-deux têtes de la Vénus de Milo, autant que de statues. Sur l'observation que nous faisions à un sculpteur de cet abus d'un chef-d'œuvre, il nous fut répondu : « Ces statues étaient si mal payées ! » Soit ; mais alors qu'on ne vienne pas mettre en avant les intérêts de l'art.

plus *romantiques* qu'on ne le veut croire. Il suffit, pour s'en convaincre, d'aller visiter le Musée Britannique, mieux fourni de productions de la statuaire grecque que le Musée du Louvre. Ce qui ressort de cet examen, c'est l'extrême liberté des artistes. Les fragments du tombeau de Mausole, par exemple, qui certes datent d'un bon temps et qui sont très-beaux, ressemblent plus à de la statuaire de Reims qu'à celle du Parthénon. Nous en sommes désolé pour les classiques qui se sont fait un petit art grec commode pour leur usage particulier et celui de leurs prosélytes : c'est d'un déplorable exemple, mais c'est grec et bien grec ; et ce monument était fort prisé par les Grecs, puisqu'il fut considéré comme la septième merveille des arts. Pouvons-nous admettre que les Grecs ne s'y connaissaient pas ?

La statue du roi de Carie est presque entièrement conservée, compris la tête ; et tout le personnage rappelle singulièrement une des statues du portail de Reims que nous donnons ici (fig. 18), en engageant les sculpteurs à aller la voir. C'est la première sur l'ébrasement de gauche de la porte centrale. Or, quand on songe que cette statue du roi Mausole est postérieure de soixante ans à la statuaire de Phidias, on peut assurer que les statuaires grecs ne se recopiaient pas et qu'ils cherchaient le neuf sur toutes les voies, sans craindre d'aller sans cesse recourir à la nature comme à la source vivifiante. Au Musée Britannique on peut voir d'assez nombreux exemples de cette statuaire grecque des côtes de l'Asie Mineure, qui, bien qu'empreinte d'un style excellent, diffère autant que la statuaire du moyen âge elle-même de la statuaire de l'Attique. Si les musées en France étaient des établissements sérieusement affectés à l'étude et placés en dehors des systèmes exclusifs, n'aurait-on pas déjà dû réunir, dans des salles spéciales, des moulages de la statuaire antique et du moyen âge comparées. Rien ne serait plus propre à ouvrir l'intelligence des artistes et à leur montrer comment l'art, à toutes les époques, procède toujours d'après certains principes identiques. Cela ne vaudrait-il pas mieux et ne serait-il pas plus libéral que de repaître notre jeunesse de banalités, et d'entretenir au milieu d'elle une ignorance qui, si les choses continuent ainsi, nous fera honte en Europe [1] ? Si dans des salles on plaçait parallèlement des figures grecques de l'époque éginétique et des figures du XIIe siècle de la statuaire française, on serait frappé des analogies de ces deux arts, non-seulement quant à la forme, mais quant au *faire*. Si plus loin on mettait en regard des figures de l'époque du développement grec et du XIIIe siècle français, on verrait par quels points de contact nombreux se réunissent ces deux arts, si

[1] Il y a déjà plus de dix ans, notre belle statuaire des XIIe et XIIIe siècles a été moulée pour être envoyée en Angleterre, et former des musées comparatifs du plus grand intérêt, à tous les points de vue. A la même époque, nous avons offert d'envoyer, *sans frais de moulage*, des épreuves de ces modèles pour en former à Paris un musée de statuaire comparée. Il n'a pas été répondu à cette offre.

18

différents dans leurs expressions. Mais cela tendrait à émanciper l'esprit des artistes et à faire reconnaître qu'il y a un art français avant le

XVIe siècle, deux choses qu'il faut empêcher à tout prix, parce que ce serait la mort du protectorat académique en matière d'art, et que le protectorat est commode pour ceux qui l'exercent comme pour ceux qui s'y soumettent, et en profitent par conséquent.

Ce qu'il est important de maintenir, c'est qu'avant le XVIe siècle, toute production d'art en France n'était qu'un essai grossier, barbare; que l'Italie a eu l'heureuse destinée de nous éclairer; que certains artistes assez adroits, au XVIe siècle, en France, sous l'influence de la cour de François Ier, se sont dégrossis au contact des Italiens et ont produit des œuvres qui ne manquent pas de charme. Mais qu'au XVIIe siècle seul, c'est-à-dire à l'Académie qui en est une incarnation, il était réservé de coordonner tous ces éléments et d'en faire un corps de doctrine d'où la lumière, à tout jamais, doit jaillir. Si on laisse entrevoir que la France a possédé un art avant cette inoculation italienne du XVIe siècle, si bien réglée par l'Académie, tout cet échafaudage scellé, dressé avec tant de soins et à l'aide de mensonges historiques, s'écroule, et nous nous retrouvons en face de nous-mêmes, c'est-à-dire de nos œuvres à nous. Nous reconnaissons qu'on a pu faire des chefs-d'œuvre sans école des Beaux-Arts et sans *villa Medici*. Nous n'avons plus, en fait de *protecteurs* des arts, que notre talent, notre étude, notre génie propre et notre courage. Il n'y a plus de gouvernement possible dans l'art avec ces éléments seuls, tout est perdu pour les gouvernants comme pour une bonne partie des gouvernés, et surtout pour la classe des censeurs n'ayant jamais tenu ni l'ébauchoir, ni le compas, ni le pinceau, mais vivant de l'art comme le lierre vit du chêne en l'étouffant sous son plantureux feuillage.

Le vrai peut quelquefois n'être pas vraisemblable !

Si l'on eût dit à ces artistes, pardon, à ces imagiers du XIIIe siècle : « Bonnes gens, qui faites de la sculpture comme nulle part on n'en fait de votre temps, qui formez l'école mère où l'on vient étudier, qui envoyez des artistes partout, qui pratiquez votre art avec la foi en vos œuvres et une parfaite connaissance des moyens matériels, qui couvrez notre pays d'un monde de statues égal, au moins, au monde de statues des villes grecques; il arrivera un moment, en France, à Paris, là où vous placez le centre de vos écoles, où des hommes, Français comme vous, nieront votre mérite, — cela vous importe peu, — mais essayeront de faire croire que vous n'avez pas existé, que vos œuvres ne sont pas de vous, qu'elles sont dues au hasard protecteur, et donneront, comme preuve, que vous n'avez pas *signé* vos statues... » Les bonnes gens n'auraient pas ajouté foi à la prédiction. Cependant le prophète eût bien prophétisé.

Nous ne demanderions pas mieux ici que de nous occuper seulement de nos arts anciens; mais il est bien difficile d'éviter les parallèles, les comparaisons, si l'on prétend être intelligible. La statuaire est un art qui possède plus qu'aucun autre le privilége de l'unité. Elle n'est point, comme l'architecture, forcée de se soumettre aux besoins du moment, comme la peinture, dont les ressources sont tellement variées, infinies, qu'entre une fresque des catacombes et un tableau de l'école hollandaise il y a mille routes, mille sentiers, mille expressions diverses et mille manières différentes de les employer. Faire l'histoire de la statuaire d'une époque, c'est entrer forcément dans toutes les écoles qui ont marqué. Qu'on veuille donc bien nous pardonner ces excursions répétées, soit dans l'antiquité, soit chez nos statuaires modernes. Pourrions-nous faire saisir la qualité que nous appelons *dramatique*, dans la statuaire du moyen âge, sans chercher jusqu'à quel point les anciens l'ont admise et ce que nous en avons fait aujourd'hui ?

Il est nécessaire d'abord d'expliquer ce que nous considérons comme l'élément dramatique dans la statuaire. C'est le moyen d'imprimer dans l'esprit du spectateur, non pas seulement la représentation matérielle d'un personnage, d'un mythe, d'un acte, d'une scène, mais tout un ordre d'idées qui se rattachent à cette représentation. Ainsi une statue parfaitement calme dans son geste, dans l'expression même de ses traits, peut posséder des qualitées dramatiques, et une scène violente n'en posséder aucune. Telle statue antique, comme l'Agrippine du Musée de Naples, par exemple (admettant même qu'on ne sût pas quel personnage elle représente), est éminemment dramatique, en ce sens que dans sa pose affaissée, dans l'ensemble profondément triste et pensif de la figure, on devine toute une histoire funeste, tandis que le groupe de Laocoon est bien loin d'émouvoir l'esprit et de développer un drame. Ce sont des modèles, et les serpents ne sont là qu'un prétexte pour obtenir des effets de pose et de muscles. Nous choisissons exprès ces deux exemples dans une période de la statuaire où l'on cherchait précisément cette qualité dramatique, et où on ne l'obtenait que quand on ne la cherchait pas, c'est-à-dire dans quelques portraits. Bien que dans la statuaire la beauté de l'exécution soit plus nécessaire que dans tout autre art, cependant l'élément dramatique n'est pas essentiellement dépendant de cette exécution. Tel bas-relief des métopes de Sélinonte, quoique d'une exécution primitive, roide, telle sculpture du XIIe siècle qui présente les mêmes imperfections, sont profondément empreints de l'idée dramatique, en ce que ces sculptures transportent l'esprit du spectateur bien au delà du champ restreint rempli par l'artiste. Il est à remarquer d'ailleurs que la qualité dramatique dans la statuaire semble s'affaiblir à mesure que la perfection d'exécution matérielle se développe. Dans les monuments égyptiens de la haute antiquité, l'impression dramatique est souvent d'autant plus profonde que l'exécution est plus rude[1].

Dans les arts du dessin et dans la sculpture particulièrement, l'im-

[1] Nous ne nous servons pas du mot naïf, qui nous semble appliqué fort mal à propos lorsqu'il s'agit des arts dits primitifs. Sculpter un lion comme les Égyptiens, en suppri-

pression dramatique ne se communique au spectateur que si elle émane d'une idée simple, et que si cette idée se traduit, non par l'apparence matérielle du fait, mais par une sorte de traduction idéale ou poétique, ou par l'expression d'un sentiment parallèle, dirons-nous. Ainsi, donner à un héros des dimensions supérieures à celles des personnages qu'il combat, c'est rentrer dans la première condition. Donner à ce héros une physionomie impassible pendant une action violente, c'est rentrer dans la seconde. Représenter un personnage colossal lançant du haut de son char, entraîné par des chevaux au galop, des traits sur une foule de petits ennemis renversés et suppliants, c'est une traduction idéale ou poétique d'un fait; donner aux traits de ce personnage une expression impassible, de telle sorte qu'il semble ne jeter sur ces vaincus qu'un regard vague, exempt de passion ou de colère, c'est graver dans l'esprit du spectateur une impression de grandeur morale qui produit instinctivement l'effet voulu.

Nous ne possédons malheureusement qu'un très-petit nombre de grandes compositions de la statuaire grecque, et il serait difficile de suivre la filiation du dramatique dans cet art. La composition des frontons du temple d'Égine obtenue au moyen de statues représentant, dans diverses poses, un fait matériel, n'a rien de dramatique. Mais cependant le sentiment du dramatique est profondément gravé dans l'art grec dès une assez haute antiquité, si l'on en juge par certains fragments du temple de Sélinonte déjà indiqués, et par les peintures des vases. Le sentiment dramatique (la vérité du geste mise à part) est très-développé dans la statuaire du Parthénon et du temple de Thésée, mais développé dans le sens purement matériel. C'est beaucoup d'émouvoir par la beauté extérieure, et c'est peut-être ce qu'avant tout doit chercher le statuaire, mais ce n'est pas tout, croyons-nous. Il est d'autres cordes que l'art peut faire vibrer, et la difficulté est de réunir dans un même objet, et la beauté plastique qui saisit l'esprit par les yeux, et ce reflet d'une pensée qui transporte l'esprit au delà de la représentation matérielle. Rarement ces deux résultats sont atteints dans l'antiquité; plus rarement encore dans l'art du moyen âge. Le sens dramatique, si profond souvent dans la statuaire du moyen âge, semble gêner le développement du beau plastique, et le statuaire, tout pénétré de son idée, l'exprime sans songer à la beauté de la forme. Il n'en faut pas moins distinguer ces qualités et en tenir compte.

Quelques bas-reliefs de la fin du XIIe siècle de l'école de l'Ile-de-France sont très-fortement empreints du sentiment dramatique. Nous citerons entre autres celui qui, sur le tympan de la porte centrale de la cathédrale de Senlis, représente la mort de la Vierge, et là l'exécution est

mant quantité de détails, mais en rendant d'autant mieux l'allure imposante de cet animal, cela n'est point de la naïveté; tout au contraire, c'est le résultat d'un art très-réfléchi et très-sûr de ce qu'il fait.

belle. Dans cette scène, à laquelle assistent des anges, il y a une pensée rendue avec une grandeur magistrale. L'événement émeut les esprits célestes plus peut-être que les apôtres, et dans cette émotion des anges il y a comme un air de triomphe qui remue le cœur, en enlevant à cette scène toute apparence d'une mort vulgaire. Ce n'est plus la mère du Christ s'éteignant au milieu des apôtres qui expriment leur douleur, c'est une âme dégagée des liens terrestres et dont la venue prochaine réjouit le ciel. L'idée, dans des sujets semblables, de placer le Christ parmi les apôtres, recevant dans ses bras, sous la figure d'un enfant, l'âme de sa mère, est déjà l'expression très-dramatique d'un sentiment élevé, touchant, et cette idée a souvent été rendue avec bonheur par les artistes du commencement du XIIIe siècle. L'école rhénane manifeste aussi des tendances dramatiques dès le XIIe siècle, mais avec une certaine recherche qui fait pressentir les défauts de cette école inclinant vers le maniéré.

19

La clôture du chœur oriental de la cathédrale de Bamberg représente, sous une arcature, des apôtres groupés deux par deux, qui accusent bien les tendances de cette école rhénane si intéressante à étudier. La figure 19 donne un de ces groupes. Il y a dans les gestes, dans les expressions de ces personnages qui discutent, un sentiment dramatique prononcé, penchant vers le réalisme, qu'on ne trouve à cette époque dans aucune autre école. Mais ce sentiment dramatique manque de l'élévation que possède la statuaire de l'Ile-de-France. Cette province est l'Attique du moyen âge. C'est à son école qu'il est bon de recourir quand on veut se rendre compte du développement de la statuaire, soit comme pensée, soit comme exécution.

Nous avons parlé déjà des scènes qui garnissent les voussures de la porte centrale de Notre-Dame de Paris (côté des damnés), et de l'expression terrible de ces scènes mises en regard de la béatitude et du calme des élus. L'une de ces scènes représente une femme nue, les yeux bandés, tenant un large coutelas dans chaque main; elle est à cheval, et derrière elle tombe, à la renverse, un homme dont les intestins s'échappent par une large blessure (voyez figure 20). « Et en même temps je vis paraître « un cheval pâle; et *celui* qui était monté dessus s'appelait *la Mort*, et « l'enfer le suivait; et le pouvoir lui fut donné sur la quatrième partie « de la terre, pour y faire mourir les hommes par l'épée, par la famine, « par la mortalité et par les bêtes sauvages[1]. » L'apparition des quatre chevaux de l'Apocalypse est rendue dans un grand nombre d'édifices religieux de cette époque, à la cathédrale de Reims notamment; mais quelle différence dans la manière dont est exprimée cette scène! Ici, à Notre-Dame, l'artiste a donné à *celui* qui monte le quatrième cheval la figure d'une femme, *la Mort*. Elle a les yeux bandés. Il semble qu'elle se soit élancée sur ce cheval monté par l'homme orgueilleux, et que du même coup elle ait éventré cet homme, dont la tête traîne dans la poussière. Cette façon d'interpréter ce verset de l'Apocalypse, de le traduire en sculpture, le geste de *la Mort*, dont les jambes étreignent fortement le cheval, le mouvement abandonné de l'homme, l'expression effarée de la tête de l'animal, la composition des lignes de ce groupe, présentent un ensemble terrible. Il est difficile d'aller plus loin dans l'expression dramatique. L'exécution même a quelque chose de heurté, de rude, qui s'harmonise avec le sujet. La tête de l'animal, celle de l'homme renversé, sont des œuvres de sculpture remarquables et dont notre figure ne peut donner qu'une idée fort incomplète. On retrouve ce sentiment dramatique dans un grand nombre de bas-reliefs de la même époque, c'est-à-dire de la première moitié du XIIIe siècle. Les Prophéties, les Vices du portail de la cathédrale d'Amiens, les bas-reliefs des porches de Notre-Dame de Chartres, possèdent ces qualités indépendantes de l'exécution matérielle, qui parfois est défectueuse. Ces artistes avaient des idées et prenaient le plus court chemin pour les exprimer. Aussi, comme les Grecs, atteignaient-ils souvent la véritable grandeur; car il faut bien reconnaître que la sculpture ne possède pas les ressources étendues de la peinture, surtout de la peinture telle qu'elle a été comprise depuis le XVIe siècle; elle n'a ni le prestige des effets obtenus par la perspective,

[1] *Apocalypse* de saint Jean, chap. VI, v. 8.

la coloration, la différence des plans. Elle n'a, pour exprimer un sentiment dramatique, que le geste et la composition des lignes. La pénurie

20

de ces moyens exige une grande netteté dans la conception. Or, on doit reconnaître que les artistes du XIIIe siècle ont possédé ces qualités à un degré très-élevé.

Il ne faudrait pas croire cependant que dans leurs œuvres l'exécution matérielle ne tînt pas une grande place. Il ne s'agit pas ici de cette perfection mécanique qui consiste à tailler et ciseler adroitement la pierre, le marbre ou le bois : ils ont prouvé que, sous ce rapport, ils ne le cédaient à aucune école, y compris celles de l'antiquité; mais il s'agit de cette exécution si rarement comprise de nos jours, et qui tient à l'objet, à sa place, à sa destination. Les sculpteurs du moyen âge ont composé de très-petits bas-reliefs et des colosses. Si nous nous reportons à la belle antiquité grecque, nous observerons que les infiniment petits en sculpture sont traités comme les œuvres d'une dimension extra-naturelle. Les procédés admis pour le modelé d'une figure de 1 centimètre ou 2 de hauteur sur une pierre intaillée grecque sont les mêmes que ceux appliqués à un colosse. En effet, pour qu'un colosse paraisse grand, il ne suffit pas de lui donner une dimension extra-naturelle; il faut sacrifier quantité de détails, exagérer les masses, faire ressortir certaines parties. Il en est de même si l'on cherche l'infiniment petit. L'échelle alors vous oblige à sacrifier les détails, à faire valoir les masses principales. Aussi les pierres gravées grecques donnent-elles l'idée d'une grande chose; et si l'on voulait faire un colosse avec une de ces figures de 2 centimètres de hauteur, il n'y aurait qu'à la grandir en observant exactement les procédés de l'artiste. Les Égyptiens, dans la haute antiquité, avant les Ptolémées, ont mieux qu'aucun peuple compris cette loi : leurs colosses, dont ils ne sont point avares, sont traités en raison de la dimension; c'est-à-dire que plus ils sont grands et plus les détails sont sacrifiés, plus les points saillants de la forme générale sont sentis, prononcés. Aussi les colosses égyptiens paraissent-ils plus grands encore qu'ils ne le sont réellement, tandis que les grandes statues que nous faisons aujourd'hui ne donnent guère l'idée que de la dimension naturelle.

Les artistes de la première moitié du XIIIe siècle ont sculpté quantité de colosses, et en les sculptant, ils ont observé cette loi si bien pratiquée dans l'antiquité, d'obtenir une exécution d'autant plus simple que l'objet est plus grand et d'insister sur certaines parties qu'il s'agit de faire valoir.

Voyons, par exemple, comme sont traitées les statues colossales de la galerie des rois de la cathédrale d'Amiens. La plupart de ces statues sont assez médiocres, mais toutes produisent leur effet de grandeur par la manière dont elles sont traitées; quelques-unes sont très-bonnes. Les draperies sont d'une simplicité extrême, les détails sacrifiés, mais les mouvements nettement accusés, accusés même souvent à l'aide d'outrages faits à la forme réelle. D'ailleurs tout, dans l'exécution, est traité en vue de la place occupée par ces statues, qui sont posées à 30 mètres du sol. Prenons une tête de l'un de ces colosses (fig. 21). On observera comme les traits sont coupés en raison de la hauteur à laquelle sont placées ces statues. L'œil se détache profondément de la racine du nez comme dans certains colosses de la haute Égypte. Il est incliné vers le sol. Le nez est taillé hardiment, avec exagération des saillies à la racine. La liaison du front avec le sourcil est vive ; la bouche est coupée nettement ; les cheveux traités par grandes masses bien détachées ; les joues aplaties sous les pommettes, afin de laisser la lumière accuser vivement les points saillants du visage. Les mêmes procédés sont employés pour les

21

draperies, pour les nus ; sacrifice des détails, simplicité de moyens, exagération des parties qui peuvent faire ressortir l'ossature de la figure. Très-fréquemment voit-on dans les monuments de la première moitié du XIIIe siècle des statues qui produisent un effet excellent à leur place, et qui, moulées, posées dans un musée, sont défectueuses. Le contraire a trop souvent lieu aujourd'hui ; des statues satisfaisantes dans l'atelier de l'artiste sont défectueuses une fois mises en place. La question se borne à savoir s'il convient de faire de la statuaire pour la satisfaction de l'artiste et de quelques amis qui la voient dans l'atelier, ou s'il est préférable, dans l'exécution, de songer à cette place définitive. Les sculpteurs du moyen âge n'avaient point d'expositions annuelles où ils envoyaient leurs œuvres pour les faire voir isolées, sous un aspect qui n'est pas l'aspect définitif. Ils pensaient avant tout à la destination des figures qu'ils sculptaient, à l'effet qu'elles devaient produire en raison de cette destination. Ils se permettaient ainsi des irrégularités ou des exagérations que l'effet en place justifie pleinement, mais qui les feraient condamner dans une salle d'exposition aujourd'hui.

A notre avis, l'exposition d'une statue, en dehors de la place à laquelle on la destine, est un piége pour l'artiste. Ou il travaille en vue de cette exhibition isolée, partielle, et alors il ne tient pas compte de l'emplacement, du milieu définitif; ou il satisfait à ces dernières conditions, et il ne saurait contenter les amateurs qui vont voir sa statue comme on regarde un meuble ou un ustensile dont la place n'est point marquée. On peut produire une œuvre de statuaire charmante, possédant en elle-même sa valeur, et plusieurs de nos statuaires modernes ont prouvé que cela était possible encore aujourd'hui. Mais s'il s'agit de la statuaire appliquée à l'architecture, il est des conditions particulières auxquelles on doit satisfaire, conditions d'effet, d'emplacement, souvent opposées à celles qui peuvent pleinement satisfaire dans l'atelier. Or, les sculpteurs du moyen âge avaient acquis une grande expérience de ces effets, en raison de la place et de l'entourage, de la hauteur, de la dimension vraie ou relative. On pourrait même soutenir que, sous ce rapport, les statuaires du moyen âge sont allés bien au delà des Grecs, soit parce qu'ils plaçaient dans les édifices un nombre beaucoup plus considérable de figures, soit parce que ces édifices étant de dimensions incomparablement plus grandes, ils devaient tenir compte de ces dimensions lorsqu'il s'agissait de produire certains effets que l'éloignement, la perspective, tendaient à détruire.

Il est évident, par exemple, que les Parques du fronton du Parthénon, ces incomparables statues, ont été faites bien plutôt pour être vues dans un atelier que sur le larmier du temple de Minerve. A cette place, la plupart des détails n'étaient vus que des hirondelles, et les figures assises devaient presque entièrement être masquées par la saillie de la corniche. Dans le même monument, les bas-reliefs de la frise sous le portique, éclairés de reflet, pouvaient difficilement être appréciés, bien que le sculpteur, par la manière dont sont traitées les figures, ait évidemment pensé à leur éclairage. Mais comme dimension, qu'est-ce que le Parthénon comparé à la cathédrale de Reims ? C'est dans ce dernier édifice où l'on peut constater plus particulièrement la science expérimentale des statuaires du moyen âge. Les statues qui garnissent les grands pinacles des contre-forts, et qui ont plus de 4 mètres de hauteur, produisent un effet complétement satisfaisant, vues d'en bas; si nous les examinons de près, toutes ont les bras trop courts, le cou trop long, les épaules basses, les jambes courtes, le sommet de la tête développé en largeur et en hauteur. Cependant la pratique la plus ordinaire de la perspective fait reconnaître que ces défauts sont calculés pour obtenir un effet satisfaisant du point où l'on peut voir ces statues. On ne saurait donner géométriquement les règles que dans des cas pareils les statuaires doivent observer, c'est là une affaire d'expérience et de tact; car les règles se modifient suivant, par exemple, que les statues sont encadrées, qu'elles se détachent sur des fonds clairs ou obscurs, sur un nu ou sur le ciel, qu'elles sont isolées ou accompagnées d'autres figures. Ce n'est donc pas à nous à dédaigner les œuvres de ces maîtres qui avaient su acquérir une si parfaite connaissance des effets de la statuaire monumentale et qui ont tant produit dans des genres si divers.

Il est admis que les statuaires du moyen âge n'ont su faire que des figures allongées, sortes de gaînes drapées en tuyaux d'orgues, corps grêles, sans vie et sans mouvement, terminés par des têtes à l'expression ascétique et maladive.

Un critique, un jour, après avoir vu les longues figures du XIIe siècle de Notre-Dame de Chartres, a fait sur ce thème quelques phrases, et la foule de les répéter; car, observons qu'en fait d'appréciation des œuvres d'art, rien n'est plus commode que ces opinions toutes faites, qui dispensent de s'enquérir par soi-même, cette enquête ne dût-elle demander qu'une heure. Nous avons donné déjà, dans cet article, un assez grand nombre d'exemples de statues qui ne ressemblent nullement à des gaînes, et de têtes qui n'ont rien moins qu'une expression ascétique ou maladive. Que les artistes du moyen âge aient cherché à faire prédominer l'expression, le sentiment moral sur la forme plastique, ce n'est pas douteux, et c'est en grande partie ce qui constitue leur originalité; mais ce sentiment moral, empreint sur les physionomies, dans les gestes, est plutôt énergique que maladif, plutôt indépendant et ferme qu'humble ou contrit. On ne saurait nier, par exemple, que les statues qui décorent la façade de la maison des Musiciens, à Reims [1], statues forte nature, n'aient toute la vie que comporte un pareil sujet. Le joueur de harpe (fig. 22), par sa pose, l'expression fine de ses traits, la simplicité charmante du vêtement, est bien loin de ce type banal qu'on prête à la statuaire du XIIIe siècle. Et à propos de cette statue, posée à 6 ou 7 mètres au-dessus du pavé d'une rue étroite, nous observerons comment le sculpteur a tenu compte de la place. Vue à son niveau, cette figure a le corps trop développé pour les jambes; mais de la rue, à cause du peu de reculée, les jambes prennent de l'importance et le corps diminue, si bien que l'ensemble est parfaitement en proportion. Et ce n'est pas là l'effet d'une maladresse ou de l'ignorance de l'artiste; toutes les figures assises de cette façade sont dans le même cas. De même, on pourra remarquer que les statues posées à quelques mètres au-dessus du sol, dans les monuments du moyen âge, ont les bras relativement courts et très-rarement abandonnés le long du corps. C'était un moyen de donner de la grandeur aux figures et de la grâce aux mouvements. Vestris, le célèbre danseur, disait qu'il avait passé dix ans de sa vie à raccourcir ses bras. Et en effet les bras sont parfois aussi gênants dans la statuaire que dans un salon.

[1] Voyez MAISON, figure 11.

22

La plupart des statues antiques nous sont parvenues sans ces membres supérieurs : elles ont ainsi un avantage, en échappant par ce côté à la critique; mais celles qui en sont pourvues font très-bien voir que les statuaires grecs ne se faisaient pas faute de dissimuler la longueur des bras de l'homme, soit par des artifices, des raccourcis, ou une diminution de la dimension réelle.

Mais il est une qualité, dans la bonne statuaire du moyen âge, dont on ne saurait trop tenir compte. C'est celle qui consiste à bien répartir la lumière sur les compositions ou les figures isolées, afin d'obtenir un effet, une pondération des masses. Les sculpteurs grecs des bons temps possédaient cette qualité : ils savaient faire des sacrifices pour donner de la valeur à certaines surfaces lumineuses; ils agençaient les mouvements de leurs figures en laissant toujours de larges parties éclairées. En effet, il faut, dans la sculpture monumentale, reposer l'œil du spectateur sur des masses simples, lumineuses, pour faire saisir un sujet ou le mouvement d'une figure, à une grande distance. Examinons les bas-reliefs ou les statues de notre école du XIIIe siècle, nous observerons qu'au milieu de la plus riche façade, fût-on éloigné du monument, ces bas-reliefs ou statues s'écrivent clairement. On a prétendu que les sculpteurs du moyen âge ne savaient pas faire de bas-reliefs et qu'ils procédaient toujours par la ronde bosse. Cela n'est point exact. Comme les Grecs, lorsqu'on ne pouvait voir la statuaire qu'à une assez grande distance, ils procédaient en effet par juxaposition de statues, ainsi que Phidias l'a fait pour les tympans des frontons du Parthénon; mais lorsque les sujets étaient placés près de l'œil, ils ne se faisaient pas faute d'adopter le mode bas-relief avec tous ses artifices. A Notre-Dame de Paris, on voit sur les soubassements des portes de la façade occidentale des bas-reliefs très-caractérisés et très-habilement composés. Ceux qui sont placés dans les tympans de l'arcature de la porte de la Vierge sont, entre autres, d'une charmante facture et du meilleur style. Un de ces bas-reliefs que nous donnons ici (fig. 23), et qui représente l'archange Michel terrassant le dragon, possède toutes les qualités de la meilleure statuaire : excellente composition de lignes, pondération des masses, mouvement bien senti et exprimé, sobriété de moyens, noblesse de style. Cette composition peut rivaliser avec les belles œuvres de l'antiquité. Cette figure n'a rien de la roideur archaïque qu'on prête si volontiers à la statuaire du moyen âge; elle n'est ni grêle, ni enveloppée de ces plis en tuyaux d'orgues. Mais, pas plus que dans la statuaire grecque, on ne saurait trouver là ces gestes théâtrals, ces mouvements outrés, ces poses académiques, auxquels nous nous sommes habitués et que nous prenons trop souvent pour de l'action et de l'énergie. Or, tous les bas-reliefs de cette arcature se valent et datent des premières années du XIIIe siècle. Plus tard, nous retrouvons, avec un style moins large, mais avec une observation plus fine de la nature, ces mêmes qualités dans les bas-reliefs. Témoin ceux de la porte sud du transsept de la même église qui représentent des épisodes de la vie des étudiants de l'Université de Paris et qui sont de véritables chefs-d'œuvre; ceux des portes de la cathédrale d'Auxerre (église Saint-Étienne), qui, malgré les mutilations qu'ils ont subies, nous laissent encore voir des compositions charmantes, bien comprises comme bas-reliefs et d'un style tout à fait remarquable, ainsi qu'on pourra tout à l'heure en juger.

23

Cependant, comme il arrive toujours au sein d'une école de statuaire déjà développée, on inclinait à admettre un *canon* du beau. Ce canon, qui était loin d'avoir la valeur de ceux admis par les artistes de la belle antiquité grecque, avait un mérite : il nous appartenait; il était établi sur l'observation des types français, il possédait son originalité native. Aussi est-il aisé de reconnaître, à première vue, une statue appartenant à l'école de l'Ile-de-France du milieu du XIIIe siècle entre mille autres. Ces types ont un charme; leur exacte observation, après tout, donne des résultats supérieurs à ceux que peut produire l'imitation de seconde main d'une nature physique qui nous est devenue étrangère. Nous l'avons dit déjà, le beau n'est pas heureusement limité dans une certaine forme. La nature a su répartir le beau partout; c'est à l'artiste à le distinguer du vulgaire, à l'extraire, par une sorte d'opération intellectuelle d'affinage, du milieu d'éléments grossiers, abâtardis, où il existe à l'état parcellaire. Les statuaires grecs n'ont pas fait autre chose. Mais de ce que la Vénus de Milo est belle, on ne saurait admettre que toutes les femmes qui ne ressemblent pas à la Vénus de Milo sont laides. Le beau, loin d'être rivé à une certaine forme, se traduit dans toute créature par une harmonie, une pondération, qui ne dépendent pas essentiellement de la forme. Il nous est arrivé à tous, devant un geste vrai, une certaine liaison parfaite entre le sentiment de la personne et son apparence extérieure, d'être vivement touchés. C'est à rendre cette harmonie entre l'intelligence et son enveloppe que la belle école du moyen âge s'est particulièrement attachée. Dans les traits du visage, comme dans les formes et les mouvements du corps, on retrouve l'individu moral. Chaque statue possède son caractère personnel, qui reste gravé dans la mémoire comme le souvenir d'un être vivant qu'on a connu. Il est entendu que nous ne parlons ici que des œuvres ayant une valeur au point de vue de l'art, œuvres qui d'ailleurs sont nombreuses. Une grande partie des statues des porches de Notre-Dame de Chartres, des portails des cathédrales d'Amiens et de Reims, possèdent ces qualités individuelles, et c'est ce qui explique pourquoi ces statues produisent sur la foule une si vive impression, si bien qu'elle les nomme, les connaît et attache à chacune d'elles une idée, souvent même une légende. Telle est, entre autres, la belle statue de la Vierge de la porte nord du transsept de Notre-Dame de Paris. Comme attitude, comme composition, agencement de draperies, cette figure est un modèle de noblesse vraie; comme expression, la tête dévoile une intelligence ferme et sûre, une fierté délicate, des qualités de grandeur morale qui rejettent dans les bas-fonds de l'art cette statuaire prétendue religieuse dont on remplit aujourd'hui nos églises; pauvres figures aux gestes de convention, à l'expression d'une doucereuse fadeur, cherchant le *joli* pour plaire à une petite église de boudoir.

La statuaire qui mérite le nom d'art s'est retirée de nos temples, par suite des tendances du clergé français depuis le XVIIe siècle. Il ne s'agissait plus dès lors de tremper l'esprit des fidèles dans ces hardiesses, quelquefois sauvages de l'art, dans cette verdeur juvénile d'œuvres empreintes de passions ou de sentiments robustes, mais de l'assouplir au contraire par un régime doux et facile à suivre.

Cette Vierge du portail nord de Notre-Dame de Paris, dont nous donnons la tête (fig. 24), est une femme de bonne maison, une noble dame. L'intelligence, l'énergie tempérée par la finesse des traits, ressortent sur cette figure délicatement modelée. A coup sûr, rien dans cette tête ne rappelle la statuaire grecque comme type. C'est une physionomie toute française, qui respire la franchise, la grâce audacieuse et la netteté de jugement. L'auteur inconnu de cette statue voyait juste et bien, savait tirer parti de ce qu'il voyait et cherchait son idéal dans ce qui l'entourait. D'ailleurs, habile praticien, — car rien ne surpasse l'exécution des bonnes figures de cette époque, — son ciseau docile savait atteindre les délicatesses du modelé le plus savant.

Si impuissante que soit une gravure sur bois à rendre ces délicatesses, nous espérons néanmoins que cette copie très-imparfaite engagera les statuaires à jeter en passant les yeux sur l'original.

Nous trouvons toutes ces qualités dans les bas-reliefs du portail sud de Notre-Dame de Paris qui représentent la légende de saint Étienne et qui datent de la même époque (1257). La composition et l'exécution de ces bas-reliefs les placent parmi les meilleures œuvres du milieu du XIIIe siècle.

Il faut citer encore parmi les bons ouvrages de statuaire du milieu du XIIIe siècle, quelques figures tombales des églises abbatiales de Saint-Denis[1], de Royaumont; les apôtres de la sainte Chapelle du Palais à Paris; certaines statues du portail occidental de Notre-Dame de Reims et des porches de Notre-Dame de Chartres[2]. Il résulte toutefois de cet examen qu'alors, sous le règne de saint Louis, la meilleure école de statuaire était celle de l'Ile-de-France. On ne trouve pas une figure médiocre dans la statuaire de Notre-Dame de Paris, tandis qu'à Amiens, à Chartres, à Reims, au milieu d'œuvres hors ligne, on en rencontre qui sont très-inférieures, soit comme style, soit comme exécution. A Reims particulièrement, les ébrasements des portes du nord sont décorés de statues du plus mauvais travail, sauf deux ou trois qui sont bonnes. L'école de l'Ile-de-France tenait la tête alors, et la ville de Paris était la capitale des travaux intellectuels et d'art, comme elle était déjà la capitale politique. Ce n'est pas à dire que les autres écoles n'eussent pas leur valeur; l'école champenoise, l'école picarde et l'école bourguignonne fournissaient alors une belle carrière, possédaient leur caractère particulier. L'école rhénane, qui avait déjà, au XIIe siècle, jeté un vif éclat, se distinguait entre les précédentes par une tendance prononcée vers la manière, l'exagération, la recherche. Moins pénétré du beau idéal, elle inclinait vers un réalisme souvent près de la laideur. Cette disposition de l'école rhénane a eu sur les opinions qu'on se fait de la statuaire du moyen âge une fâcheuse influence. Comme nous sommes naturellement portés en France à considérer les œuvres d'art en raison directe de la distance où elles se trouvent de notre centre, beaucoup de personnes qui n'avaient jamais jeté les yeux sur la statuaire des cathédrales de Paris, d'Amiens ou de Chartres, ne voulant pas que leurs frais de déplacement fussent perdus, ont regardé avec quelque attention la statuaire de Strasbourg ou de Fribourg. N'ayant donc regardé que celle-là, elles en ont conclu que la statuaire du moyen âge inclinait vers la recherche du laid, ou tout au moins était maniérée, maigre, dépourvue de grandeur. Ce jugement est cependant téméraire, même sur les bords du Rhin. Il est quelques statues de la cathédrale de Strasbourg qui sont des œuvres capitales: les deux statues de l'Église et de la Synagogue placées à la porte sud, et qui sont du commencement du XIIIe siècle, sont remarquablement belles.

[1] Voyez le *Recueil de photographies d'après les monuments de l'église abbatiale de Saint-Denis*, publié par M. Fichot.

[2] Voyez la *Monographie de la cathédrale de Chartres*, publiée par Lassus, sous les auspices du Ministre de l'instruction publique.

25

Plusieurs des statues des vierges sages et folles des portes de la façade occidentale, datant de la fin du XIIIe siècle, sont des chefs-d'œuvre. On en pourra juger par l'exemple que nous donnons ici (fig. 25). Ces statues grande nature, taillées dans du grès rouge, sont d'une exécution excellente, et la plupart ont une très-belle tournure. Ces artistes rhénans, comme leurs confrères de l'Ile-de-France, de la Champagne, de la Bourgogne, de la Picardie, s'inspiraient d'ailleurs des types qu'ils avaient sous les yeux. Ce ne sont plus là les physionomies que nous retrouvons à Paris, à Reims ou à Amiens, mais bien le type alsacien. Malheureusement beaucoup de ces statues ou bas-reliefs de la cathédrale de Strasbourg ont été refaits à diverses époques, car jamais on n'a cessé de travailler à cet édifice. Une statue, un bas-relief, étaient-ils détériorés par le temps ou la main des hommes, on les remplaçait. Il ne faut donc pas s'en rapporter, pour porter un jugement sur l'école de sculpteurs des XIIIe et XIVe siècles de Strasbourg, à l'ensemble des exemples que nous montre la cathédrale, mais discerner, au milieu de ces restaurations successives, les ouvrages qui réellement appartiennent au beau moment de cette école.

Que de fois des critiques, peu familiers avec la pratique de l'art, ont établi des jugements, voire des théories ou des systèmes, sur des œuvres de sculpture qui ne sont que de faibles copies ou des pastiches maladroits. Il en est de la statuaire du moyen âge comme de la statuaire grecque; il est bien des ouvrages mal restaurés ou refaits, bien des copies qu'il ne faut pas confondre avec les épreuves originales. Que d'amateurs s'extasient devant de faux antiques, les supposant de bon aloi! Combien d'autres mettent sur le compte de l'art du moyen âge les défauts grossiers de mauvais pastiches, et jugent ainsi toute une école, d'après un exemple dû à quelque ciseau maladroit, à quelque pauvre praticien ignorant. Il est une qualité de cette statuaire du moyen âge du bon temps qui la fait toujours reconnaître, même dans les œuvres de second ordre, c'est la fermeté du modelé, la simplicité des moyens, l'observation fine du geste, de la physionomie, du jet des draperies. Cette qualité ne s'acquiert qu'après de longues études; aussi ne la trouve-t-on pas dans les pastiches, surtout lorsque ceux-ci ont été faits par des artistes qui, prétendant ne trouver dans cet art qu'une naïveté grossière, se faisaient plus maladroits qu'ils ne l'étaient réellement, afin, supposaient-ils, de se rapprocher de la simplicité de cet art. Simplicité d'aspect seulement, car lorsqu'on étudie les œuvres de la statuaire du moyen âge, on reconnaît bientôt que ces imagiers ne sont rien moins que naïfs. On n'atteint la simplicité dans tous les arts, et particulièrement dans la sculpture, qu'après une longue pratique, une longue expérience et une observation scrupuleuse de principes définis. N'oublions pas que dans les choses de la vie, la simplicité est la marque d'un goût sûr, d'un esprit droit et cultivé; il en est de même dans la pratique des arts, et l'on ne nous persuadera jamais que les artistes qui ont conçu et exécuté les bonnes statues de notre XIIIe siècle, remarquables par la distinction et la simplicité de leur port, de leur physionomie, de leur ajustement, fussent de pauvres diables, ignorants, superstitieux, grossiers. Tant vaut l'homme, tant vaut l'œuvre d'art qu'il met au jour; et jamais d'un esprit borné, d'un caractère vulgaire, il ne sortira qu'une œuvre plate. Pour faire des artistes, faites des hommes d'abord. Que les artistes français du moyen âge aient très-rarement signé leurs œuvres, cela ne prouve pas qu'ils fussent de pauvres machines obéissantes; cela prouve seulement qu'ils pensaient, non sans quelque fondement, qu'un nom au bas d'une statue n'ajouterait rien à sa valeur réelle aux yeux des gens de goût; ceux-ci n'ayant pas besoin d'un certificat ou d'un titre pour juger une œuvre. En cela ils étaient simples, comme les gens qui comptent plus sur leur bonne mine et leur façon de se présenter pour être bien reçus partout, que sur les décorations dont ils pourraient orner leur boutonnière. Nous avons changé tout cela, et aujourd'hui, à l'imitation des Italiens, de tout temps grands tambourineurs de réputation, c'est l'attache du nom de l'artiste auquel, à tort ou à raison, on a fait une célébrité, qui donne de la valeur à l'œuvre. Mais qu'est-ce que l'art a gagné à cela[1]?

Quelques-uns veulent voir dans cette rareté de noms d'artistes sur notre statuaire une marque d'humilité chrétienne; mais les œuvres d'art sur lesquelles on trouve le plus de noms sont des sculptures romanes, dues à des artistes moines, ou d'assez médiocres ouvrages. Comment donc les meilleurs artistes et les artistes laïques eussent-ils pu montrer plus d'humilité chrétienne que des moines et de pauvres imagiers de petites villes? Non, ces consciencieux artistes du XIIIe siècle voyaient, dans l'œuvre d'art, l'art, et non point leur personne, ou plutôt leur personnalité passait dans leurs ouvrages. Ils s'animaient peut-être en songeant que la postérité, pendant des siècles, admirerait leurs statues, et n'avaient point la vanité de croire qu'elle se soucierait de savoir si ceux qui les avaient sculptées s'appelaient Jacques ou Guillaume.

D'ailleurs que voulaient-ils? Concourir à un ensemble; ni le sculpteur, ni le peintre, ni le verrier, ne se séparaient de l'édifice. Ils n'étaient pas gens à aller regarder *leur* statue, ou *leur* vitrail, ou *leur* peinture, indépendamment du monument auquel s'attachaient ces ouvrages. Ils se considéraient comme les parties d'un tout, sorte de chœur dans lequel chacun s'évertuait non pas à crier plus fort ou sur un autre ton que son voisin, mais à produire un ensemble harmonieux et complet. Mais nous expliquerons plus loin les motifs de cette absence de noms sur les œuvres d'art du XIIIe siècle.

Nous n'avons guère donné jusqu'à présent que des exemples isolés

[1] On sait qu'aujourd'hui l'*amateur* paye une statue, un tableau beaucoup plus cher s'ils sont signés que s'ils ne le sont pas. Du mérite intrinsèque de l'œuvre on ne s'en soucie qu'autant que ce mérite est *certifié*. L'*amateur* d'art est devenu le *bibelotier*, brocanteur de *bric-à-brac*, achetant pour vendre avec bénéfice, et ne voulant acheter par conséquent que des objets dûment baptisés.

tirés de ces grands ensembles, afin de faire apprécier leur valeur absolue. Il est temps de montrer comme la statuaire sait se réunir à sa sœur, l'architecture, dans ces édifices du moyen âge. C'est au XIIIe siècle que cette réunion est la plus intime, et ce n'est pas un des moindres mérites de l'art de cette époque.

Dans les monuments de l'antiquité grecque qui conservent les traces de la statuaire qui les décorait, celle-ci ne se lie pas absolument avec l'architecture. L'architecture l'encadre, lui laisse certaines places, mais ne se mêle point avec elle. Ce sont des métopes, des frises d'entablements, des tympans de frontons, des couronnements ou amortissements, pris entre des moulures formant autour d'eux comme une sorte de sertissure. L'architecture romaine, plus somptueuse, laisse en outre, dans ses édifices, des niches pour des statues, de larges espaces pour des bas-reliefs, comme dans les arcs de triomphe par exemple. Mais, à la rigueur, ces sculptures peuvent disparaître sans que l'aspect général du monument perde ses lignes.

L'alliance entre ces deux arts est bien plus intime pendant le moyen âge. Il ne serait pas possible, par exemple, d'enlever des porches de la cathédrale de Chartres la statuaire, sans supprimer du même coup l'architecture. Dans des portails comme ceux de Paris, d'Amiens, de Reims, il serait bien difficile de savoir où finit l'œuvre de l'architecte et où commence celle du statuaire et du sculpteur d'ornements. Ce principe se retrouve même dans les détails. Ainsi, compose-t-on un riche soubassement sous des rangées de statues d'un portail (lesquelles sont elles-mêmes adhérentes aux colonnes, et forment, pour ainsi dire, corps avec elles); ce soubassement sera comme une brillante tapisserie où les compartiments géométriques de l'architecture, où la sculpture d'ornement et la statuaire seront liés ensemble comme un tissu sorti de la même main. C'est ainsi que sont composés les soubassements du grand portail de Notre-Dame d'Amiens; tels sont ceux des ébrasements des portes de l'ancienne cathédrale d'Auxerre, qui datent de la fin du XIIIe siècle, et beaucoup d'autres encore qu'il serait trop long d'énumérer. Entre ces soubassements, ceux d'Auxerre sont des plus remarquables. Les sujets sculptés sont pris dans l'Ancien et le Nouveau Testament. On y voit la Création, l'histoire de Joseph, la parabole de l'enfant prodigue. Ce sont des bas-reliefs ayant peu de saillie, très-habilement agencés dans un réseau géométrique de moulures et d'ornements. L'aspect général, par le peu de relief, est solide, brillant, vivement senti; les sujets sont traités avec une verve sans égale.

La figure 26 est un fragment de soubassement tapisserie, représentant l'histoire de l'enfant prodigue. Dans les compartiments en quatre lobes A, on voit l'enfant prodigue au milieu de femmes, se baignant et banquetant. Le médaillon 26 est la moralité de ces passe-temps profanes. Une femme allaite deux dragons. Cette figure, qui n'a guère que 40 centimètres de hauteur, est d'un style charmant, d'une exécution excellente. Elle a été passablement mutilée, comme tous ces bas-reliefs de soubassements, par les enfants, que jusqu'à ce jour on laisse faire avec une parfaite indifférence, bien qu'il y ait des lois punissant la mutilation des édifices publics[1].

Mais, tout à l'heure, nous parlions des porches de la cathédrale de Chartres comme réunissant d'une manière plus intime l'architecture et la sculpture. En effet, les piles qui portent les voussures de ces porches appartiennent plutôt à la statuaire qu'aux formes architectoniques. Le porche du nord présente un des exemples les plus complets de cette

[1] Ce fait de vandalisme toléré par la police des villes n'empêche pas ces mêmes villes de posséder des sociétés archéologiques qui lisent force mémoires, qui prêchent volontiers contre les restaurations qu'elles ne dirigent point à leur gré. Ne feraient-elles pas bien aussi d'obtenir de leurs édiles une police un peu plus attentive à l'endroit de ces mutilations perpétuelles de monuments uniques et de grande valeur? Des deux siècles, au point de vue de l'art, quel est le barbare? Est-ce celui qui a su inspirer ces sculptures et qui possédait, dans de petites capitales de province, des artistes capables de les exécuter, ou celui qui laisse détruire ces ouvrages par quelques polissons désœuvrés?

alliance intime des deux arts. Il suffit, pour le reconnaître, de feuilleter la monographie de cette cathédrale publiée par Lassus, et les planches de l'ouvrage de M. Gailhabaud[1]. Les supports des statues, celles-ci et les colonnes qui leur servent de dossier, forment un tout dont la silhouette est des plus heureuses, et dont les détails sont du meilleur style. L'originalité de ces compositions, qui datent de 1230 à 1240, est d'autant plus remarquable, qu'à cette époque déjà les maîtres des œuvres, séduits par les combinaisons géométriques, tendaient à restreindre le champ du statuaire.

Dès les premières années du XIIIe siècle, il s'était fait dans l'art de la sculpture d'ornement une révolution qui tendait d'ailleurs à faciliter l'alliance de la statuaire avec l'architecture. La sculpture d'ornement servait alors de lien, de transition naturelle entre les formes géométriques et celles de la figure humaine, en ce que déjà elle recourait à la flore des bois et des champs pour trouver ses motifs, au lieu de s'en tenir aux traditions des arts romains et byzantins. Il nous faut ici revenir un peu en arrière afin de faire connaître par quelles phases les différentes écoles françaises avaient fait passer la sculpture d'ornement, tout en s'occupant de développer la statuaire. Jusqu'au XIe siècle, sauf de rares exceptions, telles que celle présentée figure 11, la sculpture d'ornement reproduisait d'une manière barbare et maladroite les restes de la sculpture gallo-romaine. Nous n'avons fait qu'indiquer les influences dues aux Wisigoths, aux Burgondes, aux Scandinaves (Normands), parce qu'il est difficile d'apprécier l'étendue et l'importance de ces influences, faute de monuments assez nombreux. Mais, au moment des premières croisades, la sculpture d'ornement se développe, nous l'avons dit déjà, avec une abondance telle, que bientôt les modèles orientaux qui avaient servi de point de départ sont dépassés quant à la variété et à l'exécution. Ces modèles, les croisés occidentaux les avaient trouvés dans les villes de la Syrie centrale et à Constantinople. Mais cette sculpture gréco-romaine est plate, un peu maigre, découpée, et sa composition pèche par la monotonie. C'est un art de convention qui n'empruntait que bien peu à la nature. Le bel ouvrage sur les églises de Constantinople, par M. Salzenberg[2]; le *Recueil d'architecture civile et religieuse de la Syrie centrale*, publié par M. le comte Melchior de Vogüé avec les dessins de M. Duthoit[3], nous font assez connaître que déjà, au Ve siècle, il existait dans toute cette partie de l'Orient, visitée plus tard par les croisés, une quantité de monuments dans lesquels la sculpture d'ornement prend un caractère particulier, évidemment issu de l'antique art grec, mais profondément modifié par les influences romaines et asiatiques. Aussi, dans son *Avant-*

[1] *L'Architecture du Ve au XVIIe siècle, et les arts qui en dépendent*, t. I : Porche septentrional de l'église cathédrale de Chartres et les détails.

[2] *Alt-Christliche Baudenkmale von Constantinopel*. Berlin, 1854.

[3] Baudry, Paris, 1865.

propos, M. le comte Melchior de Vogüé, reconnaissant combien notre art du XIIe siècle se rapproche de cet art gréco-romain de Syrie, termine-t-il par ce passage : « Tandis qu'en Occident le sentiment de l'art s'étei-« gnait peu à peu, sous la rude étreinte des barbares, en Orient, en « Syrie du moins, il existait une école intelligente qui maintenait les « bonnes traditions et les rajeunissait par d'heureuses innovations. Dans « quelles limites s'exerça l'influence de cette école ? Dans quelle mesure « ses enseignements ou ses exemples contribuèrent-ils à la renaissance « occidentale du XIe siècle ? Quelle part enfin l'Orient byzantin eut-il « dans la formation de notre art français du moyen âge ?... »

M. le comte Melchior de Vogüé nous fournit une partie des pièces nécessaires à la solution de ces questions, en ce qui touche à l'architecture et à la sculpture. Celle-ci ne se compose que d'une ornementation toujours adroitement composée, mais sèche et plate; la figure humaine et les animaux font absolument défaut, sauf deux ou trois exemples, un agneau, des paons, très-naïvement traités. Ce sont presque toujours des feuilles dentelées, découpées vivement, cannelées dans les pleins, de manière à obtenir une suite d'ombres et de clairs sans modelé. Du IVe au VIe siècle, ce genre d'ornementation varie à peine. A cette ornementation empruntée à une flore toute de convention se mêlent parfois — surtout dans les édifices les plus éloignés de la chute du paganisme — des combinaisons géométriques, des entrelacs obtenus par des pénétrations de cercles ou de lignes droites suivant certains angles. En examinant ces jolis monuments, si habilement entendus comme structure, conçus si sagement en vue du besoin et de l'emploi des matériaux, toujours d'une heureuse proportion, qui présentent un si grand nombre de dispositions originales, on est surpris de trouver dans l'ornementation cette sécheresse, ce défaut d'imagination, cette pauvreté de ressources. Les églises, couvents, villas, bains, maisons, qui témoignent d'un état de civilisation très-parfait, présentent à peu près la même ornementation pendant l'espace de trois siècles, et cette ornementation ne s'élève pas au-dessus du métier. Elle n'est qu'un poncif tracé sur la pierre, *enfoncé* de quelques millimètres dans les intervalles des feuilles ou brindilles, des fruits ou rosettes, et uniformément modelés à l'aide de ce coup de ciseau en creux vif. D'ailleurs, les anciennes sculptures de l'église Sainte-Sophie présentent le même *faire*, avec un peu plus de recherche dans les détails. Les artistes occidentaux, à dater des premières croisades, s'inspirent évidemment de cet art. Nous avons fait ressortir, à l'article PROFIL, comment ils copient les moulures, mais ils ne se bornent pas à cet emprunt : ils prennent aussi des procédés de structure, des dispositions de détails et cette ornementation sèche et découpée. Ces Occidentaux cependant ne sont pas tous pourvus des mêmes goûts, des mêmes aptitudes. Ce sont des Provençaux, des Languedociens, des Poitevins, des Bourguignons, des Normands, des Auvergnats, des Berrichons. En allant à l'école d'art de la Syrie, ils voient ces monuments à travers des traditions fort appauvries, mais assez vivaces encore pour que, revenus chez eux, les traductions auxquelles ils se livrent prennent des caractères différents. Les uns, comme les Provençaux, copient presque littéralement cette ornementation des édifices syriaques et la placent à côté d'ornements gallo-romains; d'autres, comme les Normands, inclinent à choisir dans ces décorations les combinaisons géométriques : d'autres encore, comme les Berrichons, font un mélange de ces ornements syriaques et de ceux que les Gallo-Romains ont laissés sur le sol. Les Poitevins, en les imitant, leur donnent une ampleur particulière. Mais toutes ces écoles, sans exception, mêlent bientôt la figure à ces imitations d'ornements byzantins. Cela tient au génie occidental de cette époque; et si grossiers que soient ses premiers essais, ils ne tardent guère à se développer d'une manière tout à fait remarquable. L'Italie, beaucoup plus *byzantinisée*, n'arrive que plus tard à ces compositions d'ornement, dans lesquelles la figure joue un rôle important.

Voyons donc comment procèdent les principales écoles françaises lorsqu'elles prennent pour point de départ les arts de l'Orient, après les grossiers tâtonnements des xe et xie siècles.

C'est en Provence que l'imitation de l'ornementation byzantine, bien que partielle, est d'abord sensible. Il est tel édifice de cette contrée dont les bandeaux, les frises, les chapiteaux mêmes, pourraient figurer sur

27

l'un de ces bâtiments de la Syrie centrale. Pour s'en assurer, il n'y a qu'à consulter l'ouvrage que M. Revoil publie sur l'architecture du midi de la France [1]. Nous en donnons ici même un exemple frappant (fig. 27), tiré d'une corniche de la petite église Sainte-Croix, à Montmajour, près d'Arles. Dans un grand nombre de monuments du xiie siècle, de la Provence, à côté d'un ornement évidemment copié sur la sculpture

[1] *Architecture romane du midi de la France*, par H. Revoil, architecte. Paris, Morel, 1864.

romano-grecque de Syrie, se développe une frise, se pose un chapiteau, qu'on pourrait croire empruntés à quelques ruines gallo-romaines. Ce mélange des deux arts, ou plutôt des deux branches de l'art romain, dont l'une s'est développée dans les Gaules, et l'autre en Syrie, sous l'influence grecque, ne donne au total qu'un art médiocre, sans caractère propre, sans originalité. Ce n'est pas là le côté brillant de l'architecture provençale du XIIe siècle. La sculpture d'ornement ne prend pas une allure libre entre deux influences également puissantes. Les cloîtres de Saint-Trophime d'Arles, de Montmajour; les églises de Saint-Gabriel près de Tarascon; de Saint-Gilles, du Thor près d'Avignon, présentent dans leur sculpture d'ornement ce caractère mixte, hésitant, des réminiscences de deux arts sortis d'un même tronc, il est vrai, mais qui, s'étant développés séparément, ne peuvent plus s'allier et préoccupent l'œil par la diversité des styles. On peut fondre deux arts d'origines différentes ou un art ancien dans des principes nouveaux; mais deux branches d'un même art, lorsqu'on prétend les réunir, se soudent mal et laissent dans l'esprit le sentiment d'une chose inachevée, ou tout au moins produite par des artistes isolés, fort surpris de trouver leurs œuvres mêlées.

Tout autre est l'école de Toulouse : celle-là abandonne franchement, au XIIe siècle, l'imitation de la sculpture d'ornement gallo-romaine; mais en s'inspirant de l'art byzantin, en lui empruntant ses hardiesses, ses combinaisons géométriques, ses compositions, elle conserve un caractère local, dû très-vraisemblablement aux émigrations qui se répandirent dans le Languedoc à la chute de l'empire romain. Cette école s'émancipe et produit des ouvrages très-supérieurs à ceux de l'école provençale. Il faut reconnaître qu'indépendamment de son caractère propre, l'école de Toulouse n'est pas en contact direct avec l'Orient; ce qui l'inspire, ce sont moins les monuments de Syrie ou de Constantinople que la vue d'objets provenant du Levant : ivoires, bois sculptés, objets d'orfévrerie, étoffes, tout lui est bon, tout devient pour elle un motif d'ornement sculpté. Les Byzantins ne représentent, dans leur sculpture monumentale, ni des animaux, ni des figures humaines; en revanche leurs étoffes en sont amplement remplies : beaucoup d'ornements de l'école de Toulouse reproduisent, au milieu d'entrelacs de branches, des animaux affrontés, ou se répétant sur une frise comme ils se répètent sur un galon fait au métier. Le musée de Toulouse est rempli de ces bandeaux ressemblant fort à de la passementerie byzantine, d'une finesse d'exécution toute particulière, et de ces entrelacs rectilignes ou curvilignes, de ces rinceaux perlés empruntés à des menus objets rapportés d'Orient et aussi au génie local qui, par les émigrations des Wisigoths, a bien quelques rapports avec celui des peuplades indo-européennes du Nord. Les figures 28, 28 *bis* et 28 *ter* donnent des exemples de ces ornements où le byzantin se mêle à cet art que nos voisins d'Angleterre appellent saxon, et dont nous aurons tout à l'heure l'occasion de parler.

Mais où l'école d'ornement de Toulouse déploie un génie particulier, c'est dans la composition de ces chapiteaux dont la forme générale,

28

28 bis

l'épannelage, est empruntée au chapiteau corinthien gallo-romain, et dont les détails rappellent, avec une délicatesse de modelé mieux sentie, certains ornements si fréquents dans la sculpture byzantine [1]; c'est plus encore dans ces compositions toutes pleines d'une séve originale, où des feuillages tordus, des rinceaux, des animaux, s'enchevêtrent avec une sorte de rage, se découpent puissamment, formant ainsi des reliefs

28 ter

brillants, des ombres vives d'un grand effet. L'orfévrerie byzantine présente un grand nombre de ces sortes de compositions; mais l'exécution en est lourde, molle, uniforme, tandis que l'école de Toulouse sait la rendre précise, heurtée même parfois jusqu'à la violence. Témoin ce chapiteau du portail occidental de Saint-Sernin (fig. 29), dans lequel s'entrelacent des animaux d'une physionomie si farouche et si étrange. Tout imparfait que soit cet art, après les molles sculptures de la Provence, son énergie charme et attire l'attention; il est l'expression d'un peuple cherchant des voies nouvelles, aspirant à se délivrer de traditions abâtardies. Cette ornementation de l'école toulousaine du XIIe siècle préoccupe, se fait regarder, provoque l'étude, tandis que celle de Provence, séduisante au premier abord, ne présente, lorsqu'on veut l'analyser, qu'une réunion de poncifs communs, altérés par une longue suite d'imitations ou l'indifférence de l'ouvrier. Un peuple se peint dans sa sculpture lorsque celle-ci ne lui a pas été imposée par l'habitude ou par un faux goût prétendu classique. Or, rien ne pourrait mieux exprimer le caractère de cette population toulousaine qui sut résister avec tant d'énergie aux armées de Simon de Montfort que ces nombreux objets d'art qu'on voit encore dans la capitale languedocienne ou dans quelques villes environnantes, telles que Moissac, Saint-Antonin, Carcassonne.

Cette dernière ville possède des sculptures d'ornement dans l'ancienne cathédrale de Saint-Nazaire, antérieures à celles de Saint-Sernin, c'est-à-dire qui datent des dernières années du XIe siècle. Ce sont principalement

[1] Voyez CHAPITEAUX, fig. 18.

des chapiteaux. Là on peut retrouver les traces mieux marquées d'une imitation de l'art romano-grec de Syrie. L'importation est récente, mais

elle se traduit avec une puissance supérieure à l'art original. Voici l'un de ces chapiteaux (fig. 30), dont les feuillages retournés, les caulicoles, semblent copiés sur quelques fragments syriaques du ve siècle, mais avec un appoint énergique tout local. Il y a là les éléments d'un art qui va se développer, non les symptômes d'une décadence. Les lignes principales sont simples, tracées d'après ces principes primitifs qu'on retrouve dans les arts qui commencent en recourant à l'observation de la nature. Bien que ces sculpteurs occidentaux aient été chercher la forme typique dont ils s'inspirent au milieu d'arts en décadence — car il faut toujours, dans les arts, trouver un point de départ — ils renouvel-

lent ces motifs flétris, par un apport juvénile, une verdeur qui apparaissent dans le tracé des lignes principales. Ce que nous leur avons vu faire dans la statuaire, ce compromis entre la tradition de l'école byzantine qui leur sert d'enseignement, et l'observation de la nature qui leur est propre, ils le font pour la sculpture d'ornement. Ce qu'ils mêlent à l'art oriental, c'est un élément vivace, jeune, et le produit qui résulte de ce mélange est plus fertile en déductions, plus logique que ne l'était l'original lui-même. Les conséquences rigoureuses de cette disposition intellectuelle des artistes français au XIIe siècle ont été déjà expliquées à propos de la statuaire; elles sont plus sensibles encore dans la sculpture d'ornement, celle-ci n'étant pas rivée à la reproduction d'une certaine forme, la figure humaine, et laissant un champ plus vaste à l'imagination ou à la fantaisie, si l'on veut.

Mais il est nécessaire, avant d'arriver à la grande transformation due aux artistes de la fin du XIIe siècle, de suivre notre revue des diverses écoles au moment où l'influence byzantine se fait sentir à la suite des premières expéditions en Orient. Cette influence est très-puissante en Languedoc, partielle en Provence; elle prend un caractère particulier au centre des établissements de Cluny. La sculpture d'ornement de l'église de Vézelay n'a plus rien de romain comme celle de la Provence; elle n'est pas *byzantinisée*, soit par l'influence des monuments de Syrie, soit par l'imitation d'objets et d'étoffes apportés d'Orient, comme celle du Languedoc; elle s'inspire évidemment de l'art romano-grec, mais elle éclôt sur un sol si bien préparé, que, dès ses premiers essais, elle atteint l'originalité. Nous avons cru voir, à la naissance de la statuaire clunisienne, une transposition de l'art de la peinture grecque; il nous serait plus difficile d'expliquer comment la sculpture d'ornement byzantine atteint, du premier jet, presque à la hauteur d'un art original dans les grandes abbayes de Cluny. La peinture grecque n'a plus là d'influence, car la sculpture clunisienne du commencement du XIIe siècle ne la rappelle pas. L'ornementation romane du XIe siècle des provinces du Centre et de l'Est n'a rien préparé pour cette école clunisienne. L'influence byzantine, reconnaissable, semble être comme une graine semée dans une terre vierge, et produisant, par cela même, un végétal d'un aspect nouveau, plus grandiose, mieux développé et surtout d'une beauté de formes inconnue. Malheureusement les premiers essais de cette transformation nous manquent, puisque les parties les plus anciennes de l'église mère de Cluny ont été démolies. Nous ne pouvons la saisir que dans son entier développement, c'est-à-dire de 1095 à 1110, époque de la construction de la nef de l'église de Vézelay. Est-il une composition d'ornements mieux entendue, par exemple, que celle de ce triple chapiteau du trumeau de la porte centrale de cette église [1]; chapiteau destiné à soutenir deux pieds-droits et un pilastre décorés de statues (fig. 31) (voy. TRUMEAU). Si l'on retrouve dans le faire de cette sculpture, dans ces feuilles découpées, aiguës, vivement retournées, l'emprunt de

[1] Voyez PORTE, fig. 51.

l'art romano-grec de la Syrie; si les profils et le parti d'encorbellement bien franc rappellent plus encore l'architecture que la sculpture de ces contrées; la souplesse des folioles, leur modelé délicat, s'éloignent de la sécheresse de l'ornementation byzantine. Le passage du pilastre rectangulaire au tailloir curviligne du chapiteau central est tracé avec adresse.

31

On reconnaît déjà un art contenu, qui se possède, et qui a su trouver sa voie en dehors de l'imitation. Cet autre chapiteau de la nef de Vézelay, avec ses larges feuilles terminées par des sortes de grappes et de grosses gouttes pendantes (fig. 32), bien qu'il ait des analogues dans les édifices dessinés par M. le comte de Vogüé et par M. Duthoit, n'a-t-il pas une largeur et une fermeté de modelé, un galbe d'ensemble très-supérieurs à ces sculptures gréco-romaines? Mais, dans la plupart de ces chapiteaux, la statuaire se mêle à l'ornementation avec un rare bonheur, fait qu'on ne signale pas dans l'architecture byzantine, et qui semble, à cette époque, appartenir aux écoles occidentales, né de leur initiative.

Il y avait donc au centre des établissements de Cluny une forte école de statuaire et d'ornementation dès le commencement du XIIe siècle, école qui ne fit que croître jusqu'au XIIIe siècle, ainsi que nous le verrons; école qui se recommandait par l'ampleur de ses œuvres, la variété incroyable de ses compositions, la beauté relative de l'exécution. Le peu d'exemples qu'il nous est possible de donner fait assez voir cependant que cette école clunisienne du XIIe siècle, sur les confins de la Bourgogne, n'avait aucun rapport avec celle de Provence et celle du Languedoc à la même époque, bien que toutes trois se fussent inspirées des arts romano-grecs de l'Orient.

Si nous pénétrons dans les provinces de l'Ouest, nous reconnaîtrons encore la présence d'une quatrième école d'ornementation dont le caractère est tout local. Là aussi, évidemment, l'influence byzantine due aux premières croisades se fait jour sur quelques points, mais cette influence est sans grande importance, au moins jusqu'au milieu du XIIe siècle. Quelques localités de cette partie du territoire français possédaient des monuments gallo-romains en grand nombre, comme Périgueux, entre autres. Là l'ornementation se traîne dans une imitation grossière de l'art antique, et le renouvellement par l'apport byzantin n'est guère sensible. Mais, en Saintonge, en Poitou, des influences qui ne sont dues ni aux traditions romaines, ni aux voyages d'outre-mer, apparaissent. Ces influences, nous les croyons, en partie, dues aux rapports forcés que ces contrées auraient eus, dès le xe siècle, avec ces hordes qu'on désigne sous le nom de Normands, et qui ne cessèrent, pendant plus de deux siècles, d'infester les côtes occidentales de la France. Ces Normands étaient certes de terribles gens, grands pillards, brûleurs de villes et de villas, mais il est difficile d'admettre qu'une peuplade qui procède dans son système d'invasion avec cette suite, cette méthode, qui s'établit temporairement dans les îles des fleuves, sur des promontoires, qui sait s'y maintenir, qui possède une marine relativement supérieure, qui déploie une sagacité remarquable dans ses rapports politiques, n'ait pas atteint un certain degré de civilisation, n'ait pas des arts, ou tout au moins des industries. Ces peuplades ont laissé en Islande quelques débris d'art fort curieux; elles venaient du Danemark, des bords de la mer du Nord, de la Scandinavie, où l'on retrouve encore aujourd'hui des ustensiles d'un grand intérêt, en ce qu'ils ont avec l'ornementation hindoue des rapports frappants d'origine. Or, les manuscrits dits saxons qui existent à Londres et qui datent des xe, xie et xiie siècles, manuscrits fort beaux pour la plupart, présentent un grand nombre de vignettes dont l'ornementation ressemble fort, comme style et composition, à ces fragments de sculpture dont nous parlons. Ces hommes du Nord, ces Saxons, hommes aux longs couteaux, paraissent appartenir à la dernière émigration partie des plateaux situés au nord de l'Inde. Qu'on les nomme Saxons, Normands, Indo-Germains, à tout prendre, ils sortent d'une même souche, de la grande souche âryenne. Les objets qu'ils ont laissés dans le nord de l'Europe, dans les Gaules, en Danemark, et qu'on retrouve en si grand nombre dans leurs sépultures, attestent tous la même forme, la même ornementation, et cette ornementation, est, on n'en peut guère douter, d'origine nord-orientale. Or, les derniers manuscrits dits saxons, exécutés avec une rare perfection, nous présentent encore cette ornementation étrange, entrelacement d'animaux qui se mordent, de filets, le tout peint des plus vives et des plus harmonieuses couleurs. Comme exemple, nous donnons ici (fig. 33) une copie de deux fragments de ces vignettes [1]. Pour qui a visité les monuments du Poitou et de la Saintonge, il est impossible de méconnaître les rapports qui existent entre la sculpture d'ornement des monuments de ces provinces et certaines peintures de manuscrits saxons, ou encore les objets ciselés que les peuplades émigrantes du Nord ont laissés dans leurs sépultures. Ce fragment de corniche A de la façade de Notre-Dame la Grande, à Poitiers, et ce petit tympan B des arcatures ornées de statues, sur la même façade (fig. 34), ne rappellent pas la sculpture pseudo-byzantine de la Provence, du Languedoc ou de Cluny. Ces artistes du Poitou ont subi d'autres influences orientales, évidemment, mais venues par le Nord et par la voie de mer.

[1] IV *Evang. lat. Sax.* Bibl. Cotton., Nero D, IV, p. 57. Brit. Museum, xiie siècle.

Dans cette province, comme dans les autres qui composent la France actuelle, l'art de la sculpture ne se réveille qu'à la fin du XIe siècle. Le Poitou, la Saintonge, les provinces de l'Ouest sont entraînées dans le mouvement général provoqué par les premières croisades, seulement leurs artistes ont chez eux un art à l'état d'embryon et ils le dévelop-

pent. Comme la Provence mêle à ses imitations de l'art gréco-romain de Syrie les traditions gallo-romaines locales, les Poitevins, en apprenant leur métier de sculpteurs à l'école gréco-romaine, utilisent les éléments indo-européens qu'ils ont reçus du Nord, et même les éléments gallo-romains. De tout cela ils composent des mélanges dans lesquels parfois un de ces éléments domine. D'ailleurs, entre les traditions qu'ils avaient pu recevoir du nord de l'Europe et les arts qu'ils recueillaient en Orient, il existe des points de contact, certaines relations d'origine évidentes. L'alliage entre l'art romano-grec ou le byzantin et ces rudiments d'art introduits au nord et à l'ouest de la France pendant les premiers siècles du moyen âge, par les derniers venus entre les grandes émigrations âryennes, était plus facile à opérer qu'entre cet art byzantin et l'art gallo-romain. Aussi, dans les monuments du Poitou et même de la Normandie, le byzantin s'empreint souvent de cet art que nos voisins appellent saxon, tandis qu'il ne conserve que de bien faibles traces de l'art romain local. La fusion entre ces deux premiers éléments se fait de manière à composer presque un art original.

A

34

B

Ce chapiteau (fig. 35), provenant de la nef de l'église Saint-Hilaire de Melle (Deux-Sèvres), est un de ces exemples où les trois éléments se retrouvent. La composition des rinceaux rappelle ces entrelacs, ces nattes, des ornements nord-européens. Il y a une influence byzantine dans la forme générale du chapiteau, dans l'agencement des sculptures du tailloir; il y a du gallo-romain dans le modelé et les dentelures des feuillages, d'un travail un peu lourd et mou.

En commençant cet article, nous avons dit combien il est périlleux, en archéologie, de prétendre classer d'une manière absolue les divers styles d'une même époque. Les enfantements du travail humain procèdent par transitions, et, s'il est possible de saisir quelques types bien caractérisés

35

qui indiquent nettement des centres, des écoles, il existe une quantité de points intermédiaires où se rencontrent et se mêlent, à diverses doses, plusieurs influences. Dans l'article Clocher, nous avons eu l'occasion de signaler ces points de contact où plusieurs écoles se réunissent et forment des composés qu'il est difficile de classer d'une manière absolue. Il n'en est pas moins très-important de constater les noyaux, les types, quitte à reconnaître quelques-uns des points de jonction ou les mélanges se produisant et qui déroutent souvent l'analyse. Ainsi, à Toulouse, nous avons une école; à Poitiers, nous en voyons une autre; or, sur le parcours entre ces deux centres, quantité de monuments possèdent des sculptures qui inclinent tantôt vers l'une de ces écoles, tantôt vers l'autre, ou qui mélangent leurs produits de telle façon qu'il est difficile de faire la part de chacune des deux influences. Cela s'explique. Telle abbaye d'une province établissait une fille dans une province voisine. Elle y envoyait ses architectes, peut-être quelques artistes, mais elle prenait aussi les ouvriers ou artisans de la localité, élevés à une autre école que celle de l'abbaye mère. De là des mélanges de styles. Ici un chapiteau toulousain, là un chapiteau poitevin ou saintongeois; un bas-relief à figures d'une école et l'ornementation d'une autre. On comprend donc quels scrupules, quelle circonspection il faut apporter dans l'examen de ces œuvres du XIIe siècle, si l'on prétend les classer et découvrir sous quelles influences elles se sont produites. Depuis vingt-cinq ans, il a été beaucoup écrit sur l'archéologie monumentale de la France; on n'est pas encore parvenu à s'entendre sur ce qui constitue la dernière période de l'art roman, jusqu'à quel point agit l'influence byzantine, comment et pourquoi elle agit. Plusieurs archéologues, en prenant quelques exemples pour le tout, ont prétendu que cet art roman est tout inspiré du byzantin, c'est-à-dire de l'art romano-grec à son déclin. Ceux-ci, s'appuyant sur d'autres monuments, ont déclaré que le roman était aborigène, c'est-à-dire né sur le sol français, comme poussent des champignons après la pluie; quelques-uns, considérant, par exemple, certains édifices de la Provence, ont soutenu que le roman n'était que l'art gallo-romain repris et brassé par des mains nouvelles. Ces opinions différentes, en leur enlevant ce qu'elles ont d'absolu, sont justes si l'on n'examine qu'un point de la question, fausses si l'on envisage l'ensemble. Notre roman nous appartient sans nul doute, mais partout il a un père étranger. Ici romain, là byzantin, plus loin nord-hindou. Nous l'avons élevé, nous l'avons fait ce qu'il est, mais à l'aide d'éléments qui viennent tous, sauf le romain, de l'Orient. Et le romain lui-même, d'où est-il venu? Nous avons vu parfois quelques personnes s'émerveiller de ce que certains chapiteaux du XIIe siècle avaient des rapports de ressemblance frappants avec l'ornementation des chapiteaux égyptiens des dernières dynasties. Cependant il n'y a rien là qui soit contraire à la logique des faits. Ces arts partent tous d'une même source commune aux grandes races qui ont peuplé une partie de l'Asie et de l'Europe, et il n'y a rien d'extraordinaire qu'un ornement sorti de l'Inde pour aller s'implanter en Égypte ressemble à un ornement sorti de l'Inde pour aller s'implanter dans l'ouest de l'Europe. Lorsque l'histoire des grandes émigrations aryennes sera bien connue depuis les plus anciennes jusqu'aux plus récentes, si l'on peut s'émerveiller, c'est qu'il n'y ait pas encore plus de similitudes entre toutes les productions d'art de ces peuplades sorties d'un même noyau et pourvues du même génie, c'est qu'on ait fait intervenir à travers ce grand courant une *race latine*, et qu'on ait englobé Celtes, Kymris, Belges, Normands, Burgondes, Wisigoths, Francs, tous Indo-Européens, dans cette race dite latine, c'est-à-dire confinée sur quelques hectares de l'Italie centrale. On aurait beaucoup simplifié les questions historiques d'art, si l'on n'avait pas prétendu les faire marcher avec l'histoire politique des peuples. Une conquête, un traité, une délimitation de frontières, n'ont une action sur les habitudes et les mœurs d'un peuple, et par conséquent sur ses arts, qu'autant qu'il existe, en dehors de ces faits purement politiques, des affinités de races ou tout au moins des relations d'intérêt. Les Romains ont possédé la Gaule pendant trois siècles, ils ont couvert ses provinces de monuments; or, dès que le trouble des grandes invasions est passé, est-ce aux arts romains que le Gaulois recourt ? Non, il va chercher ailleurs ses inspirations, ou plutôt il les retrouve dans son propre génie ravivé par un apport puissant de peuplades sorties du même berceau que lui.

On nous dit : « La langue française est dérivée du latin, donc nous sommes Latins. » D'abord, il faut reconnaître que nous avons passablement modifié ce latin; que le génie de la langue française diffère essentiellement du génie de la langue latine; puis, après une possession non contestée pendant trois siècles, le Romain avait eu le temps d'imposer sa langue, puisqu'il avait en main le gouvernement et l'administration. Le latin étant admis comme langue usuelle sur la surface des Gaules, on ne cessait pas de parler, ne fût-ce que pour se plaindre, dans ces contrées ravagées par des invasions, mais on cessait de bâtir, et surtout de sculpter et de peindre; du ve au VIIIe siècle on eut le temps d'oublier la pratique des arts. Cependant lorsqu'un état social passablement stable succède à ce chaos, lorsqu'on peut songer à bâtir des palais, des églises, des monastères et des maisons, lorsqu'on prétend les décorer, pourquoi donc ces populations gauloises ne prennent-elles pas tout simplement l'art romain où on l'avait laissé ? Pourquoi (surtout dans les choses purement d'art comme la sculpture) vont-elles s'inspirer d'autres éléments ? C'est donc qu'il y avait un génie local, à l'état latent, renouvelé encore, comme nous le disions tout à l'heure, par des courants de même origine, et que ce génie, à la première occasion, cherchait à se développer suivant sa nature. Ce n'est pas là une question d'ignorance ou de barbarie, comme on l'a si souvent répété, mais une question de tempérament.

Par instinct, sinon par calcul, ces artistes romans n'ont pas voulu se ressouder à l'art romain, ou du moins à l'art gallo-romain. Il serait étrange, en effet, que ces architectes et sculpteurs romans du commencement du XIIe siècle, qui avaient autour d'eux, sur le sol gaulois, quantité de monuments gallo-romains, les aient négligés pour s'emparer avec avidité de l'art gréco-romain ou byzantin de l'Orient, dès qu'ils l'entrevoient, s'ils ne s'étaient pas senti comme une sorte de répulsion instinctive pour le romain bâtard de la Gaule et une affinité pour le romain grécisé de l'Orient. C'était donc cet appoint grec qui les séduisait, qui leur était sympathique? Avaient-ils tort ? Et le XVIIe siècle a-t-il eu raison en nous romanisant de nouveau par des motifs fort étrangers à l'art ? Qu'un souverain absolu comme Louis XIV ait trouvé commode d'étouffer le génie particulier à notre pays pour assurer, croyait-il, le pouvoir monarchique en France, on le conçoit sans peine; mais que le pays lui-même se rendit complice de cette prétention, voilà ce qui ne pouvait être. Louis XIV était cependant un grand roi, sinon un grand homme, et il sut si bien combiner tous les rouages de son mécanisme de *romanisation*, que nous en trouvons encore à chaque pas des pièces entières fonctionnant tant bien que mal, comme la vieille machine de

Marly. Parmi ces rouages, les arts furent un des mieux constitués : monopole académique, *protection* immédiate du gouvernement sur les artistes, art officiel, centralisation des ouvrages d'art de toute la France entre les mains d'un surintendant, rien ne faillit à ce mécanisme que l'élément vital qui développe les arts, la liberté, l'affinité avec les goûts et les sentiments d'un peuple.

Au commencement du XIIe siècle, il n'y avait ni roi, ni seigneur, ni prélats qui pussent prendre ce pouvoir exorbitant de confisquer le génie d'une nation au profit d'un organisme politique. Chaque province se développait suivant ses traditions, ses penchants, son esprit, acceptait les influences extérieures dans la mesure qui convenait à ses goûts ou à ses sentiments; et si dur qu'on veuille montrer le régime féodal, jamais il n'eut la prétention de contraindre les artistes à se soumettre à telle ou telle école d'art. La marque de cette indépendance de l'artiste se trouve sur les monuments mêmes; n'est-ce pas à cela qu'ils empruntent leur charme le plus puissant? Si, comme à l'époque gallo-romaine, nous voyons sur toute la surface du territoire français, sur mille monuments divers, le même chapiteau, la même composition décorative, le même principe de statuaire ou de sculpture d'ornement, la fatigue et l'ennui ne sont-ils pas la conséquence de cet état de choses? On luttera de richesse, nous le voulons bien; si l'on a mis sur tel édifice de Lyon pour 100 000 francs de sculpture, on en mettra pour 200 000 à Marseille. Nous aurons pour 200 000 francs d'ennui au lieu d'en avoir pour 100 000 francs. Le moindre grain d'originalité ferait mieux notre affaire. Or, n'y a-t-il pas un grand charme à retrouver la trace des goûts de ces provinces diversement pourvues de traditions et d'aptitudes? N'est-ce pas un plaisir très-vif, en parcourant les contrées habitées ou colonisées par les races grecques, de découvrir en Attique, dans le Péloponèse, en Sicile, en Carie, en Ionie, en Macédoine et en Thrace, des expressions très-diverses de l'art grec? N'est-ce pas une vraie satisfaction pour l'esprit, en quittant les édifices romans du Berry, de trouver en Poitou, en Normandie ou en Languedoc, des styles différents, des écoles variées, reflétant, pour ainsi dire, les génies divers de ces peuples. Dans chaque monument même, les masses contentées, ces chapiteaux de compositions diverses n'offrent-ils pas plus d'intérêt pour l'esprit et les yeux que ces longues files de chapiteaux romains, tous copiés sur le même moule? La symétrie, la majesté, l'unité, objectera-t-on, commandent cette répétition d'une même note. Pour l'unité, elle n'exclut nullement la variété : il n'y a pas, à proprement parler, d'unité sans variété; quant à la symétrie et à la majesté, que nous importent ces qualités, purement de convention, si elles nous fatiguent et nous ennuient. L'ennui majestueux ou l'ennui tout court, c'est tout un.

Les Grecs des bas temps pensaient ainsi; car, dans ces monuments de Syrie qu'ils nous ont laissés, à Sainte-Sophie de Constantinople, ils admettent la variété dans la composition des chapiteaux d'un même ordre, dans les ornements des linteaux, des tympans et frises d'un même monument. Bien entendu, nos artistes occidentaux suivirent en cela leur exemple, et se gardèrent de recourir à la majestueuse monotonie de l'ornementation des monuments gallo-romains, lorsqu'ils reprirent en main la pratique des arts.

Avant de passer outre, il nous paraît utile de définir, s'il est possible, cet art byzantin auquel nous faisons appel à chaque instant; comment, en effet, observer la nature de son influence, si nous n'en connaissons ni les éléments divers, ni le caractère propre? Nous serions heureux de recourir à l'ouvrage d'art ou d'archéologie qui aurait nettement défini ce qu'on entend par le style byzantin, et de partir de ce point acquis à la science. Mais c'est en vain que nous avons cherché ce résumé clair, précis. Tous les documents épars que nous pouvons consulter ne montrent qu'une face de la question, ne considèrent qu'un détail; quant au faisceau groupant ces travaux, nous ne pensons pas qu'il existe. Essayons donc de le constituer, car les arts byzantins connus, les conséquences que nous pouvons tirer de leur influence sur l'art occidental, sur le nôtre en particulier, sembleront naturelles. N'oublions pas qu'il s'agit ici de la sculpture.

Voir dans l'art de Byzance un compromis entre le style adopté par les Romains du Bas-Empire et quelques traditions de l'art grec, ce n'est certes pas se tromper, mais c'est considérer d'une manière un peu trop sommaire un phénomène complexe. Il faudrait, — l'art admis par les Romains bien connu, — savoir ce qu'étaient ces traditions de l'art grec sur le Bosphore au IVe siècle. Cet art grec était romanisé déjà avant l'établissement de la capitale de l'empire à Constantinople; mais il s'était romanisé en passant par des filières diverses. Or, comme les Romains, en fait de sculpture, n'avaient point un art qui leur fût propre, ils trouvaient à Constantinople l'art grec modifié par l'élément latin et tel, à tout prendre, qu'ils l'avaient admis partout où ils pouvaient employer des artistes grecs. Les Romains apportaient donc à Byzance leur génie organisateur en fait de grands travaux publics, leur structure, leur goût pour le faste et la grandeur; ils n'ajoutaient rien à l'élément artiste du Grec. Mais ces Grecs de l'Asie qu'étaient-ils au IVe siècle? Avaient-ils suivi rigoureusement les belles traditions de l'Attique ou même celles des colonies ioniennes, cariennes? rappelaient-ils par quelques côtés ces petites républiques de l'Attique et du Péloponèse qui considéraient comme des barbares tous les étrangers? Non certes; ces populations au milieu desquelles s'implantait la capitale de l'empire étaient un mélange confus d'éléments qui, pendant des siècles, avaient été divisés et même ennemis, mais qui avaient fini par se fondre. Le génie grec dominait encore, au sein de ce mélange, assez pour l'utiliser, pas assez pour l'épurer.

D'ailleurs pourquoi l'empire romain transportait-il son centre à Byzance? Dorénavant maître de l'Occident borné par l'Océan, tranquille du côté du Nord (le croyait-il du moins) depuis les guerres de Trajan.

et depuis qu'il avait organisé comme une sorte de ligue germanique dévouée à Rome; du côté de l'Orient, il trouvait un continent profond, inconnu en grande partie, dans lequel ses armées pénétraient en rencontrant chaque jour, et des obstacles naturels, et des populations guerrières innombrables. Byzance était (la situation de l'empire admise au commencement du IVe siècle) la base d'opérations la mieux choisie, tant pour conserver les anciennes conquêtes que pour en préparer de nouvelles. C'était aussi, et c'est là ce qui nous intéresse ici, le nœud de tout le commerce du monde connu alors. Or, il est inutile de dire que l'empire prétendait accaparer tous les produits du globe et l'industrie des nations, depuis l'ivoire jusqu'au bois de charpente, depuis les perles jusqu'aux métaux vulgaires, depuis les épices jusqu'aux étoffes précieuses. Bien avant l'établissement de Constantin à Byzance, cette ville, ou plutôt les villes du Bosphore étaient le rendez-vous des caravanes venant du nord-est par le Pont, de l'est par l'Arménie, de l'Inde et de la Perse par le Tigre et l'Euphrate. Avec ces caravanes arrivaient non-seulement des objets d'art fabriqués dans ces contrées éloignées, mais aussi des artisans, cherchant fortune et attirés par la consommation prodigieuse que l'empire faisait de tous les produits de l'Orient. Il était donc naturel que l'élément grec qui existait et avait pu dominer sur les bords du Bosphore fût influencé et modifié profondément par ces appoints perses, assyriens, indiens même, que les caravanes faisaient affluer sans cesse vers Byzance.

Constantinople devint plus encore, après l'établissement de l'empire dans ses murs, une ville orientale cosmopolite. Le luxe de la cour des empereurs, le commerce étendu qui se faisait dans cette capitale si admirablement située, donna aux arts que nous appelons byzantins un caractère qui, bien qu'empreint encore du génie grec, offre un mélange des plus curieux à étudier de l'art grec proprement dit avec les arts des Perses et même de l'Inde. Comme preuve, nous présenterions les ouvrages de M. le comte Melchior de Vogüé, que nous avons cité déjà souvent, sur les villes du Hauran, et celui de M. W. Salzemberg sur les plus anciennes églises de Constantinople, Sainte-Sophie comprise.

Les monuments du Hauran, c'est-à-dire renfermés dans ces petites villes qui, entre Alep et Antioche, n'étaient guère que des étapes pour les caravanes qui venaient du golfe Persique par l'Euphrate, monuments auxquels nous avons donné la qualification de gréco-romains, datent du IVe au VIe siècle. Leur sculpture est fortement empreinte de style grec, sans représentations humaines, sans influences persiques; les dernières en date seulement présentent quelques réminiscences des sculptures arsacides et sassanides. Mais il n'en est pas ainsi pour la sculpture de Constantinople qui date des Ve et VIe siècles [1]; celle-ci est

[1] Voyez l'ouvrage de M. W. Salzemberg, *Alt-Christliche Baudenkmale von Constantinopel...* Berlin, 1854.

bien plus persique, quant au style, que grecque ou gréco-romaine. Les arts des Perses avaient profondément pénétré la sculpture d'ornement de Byzance, à ce point que certains chapiteaux ou certaines frises de Sainte-Sophie, par exemple, semblent arrachés à des monuments de la Perse et même de l'Assyrie. On comprend parfaitement, en effet, comment des villes comme celles du Hauran, qui ne servaient que de lieux de repos, que d'étapes pour les caravanes se dirigeant sur Antioche, ne pouvaient pas recevoir de ces caravanes quantité de produits ou d'objets devant être livrés aux négociants à destination. En un mot, et pour employer une expression vulgaire, ces caravanes ne *déballaient* qu'à Antioche, et ce qu'elles laissaient en chemin ne pouvait être que des objets de peu d'importance propres à être échangés contre la nourriture et le logement qu'elles trouvaient dans ces villes. Mais Constantinople était un entrepôt où venaient s'amasser tous les objets les plus précieux qu'apportaient du golfe Persique les caravanes qui remontaient le Tigre, passaient par la petite Arménie, par la Cappadoce, la Galatie et la Bithynie. A Constantinople, ces objets étaient vus de tous; des artisans ou artistes perses s'y établissaient: l'art grec proprement dit, si vivace encore dans le Hauran, c'est-à-dire dans le voisinage de ces anciens centres grecs de Lycie, de Carie, de Cilicie, l'art grec, à Byzance, loin d'ailleurs de ses foyers primitifs, était étouffé sous l'apport constant de tous ces éléments persiques.

Ainsi donc, si nous entendons par art byzantin l'art de Constantinople au VIᵉ siècle, nous devons, — en ce qui regarde la sculpture, — considérer cet art comme un mélange dans lequel l'élément persique domine essentiellement, non-seulement l'élément persique des Sassanides, mais celui même des Arsacides, et dans lequel l'élément grec est presque entièrement étouffé. Si, au contraire, nous entendons par art byzantin l'art de la Syrie du IVᵉ au VIᵉ siècle, nous admettrons que l'élément grec domine, surtout si nous prenons la Syrie centrale.

Les croisés, à la fin du XIᵉ siècle et au commencement du XIIᵉ, s'étant répandus en Orient depuis Constantinople jusqu'en Arménie, en Syrie et en Mésopotamie, il ne faut point être surpris si dans les éléments d'art qu'ils ont pu rapporter de ces contrées, on trouve, et des influences grecques prononcées, et des influences persiques, et des influences produites par des mélanges de ces arts déjà effectués antérieurement. Si bien, par exemple, que certaines sculptures romanes de France rappellent le faire, le style même de quelques bas-reliefs de Persépolis, d'autres des villes du Hauran, d'autres encore de Palestine et même d'Égypte; non que les croisés aient été jusqu'en Perse, mais parce qu'ils avaient eu sous les yeux des objets, des monuments même, peut-être, qui étaient inspirés de l'antiquité persique.

Reprenons l'examen de nos écoles françaises. L'école de sculpture d'ornement du Poitou et de la Saintonge étend ses rameaux jusqu'à Bordeaux, mais en remontant la Garonne elle ne va pas au delà du Mas-d'Agen. Encore, dans cette dernière ville, cette école subit l'influence du centre toulousain. L'église du Mas-d'Agen nous montre de beaux chapiteaux; les uns appartiennent à l'école de Saintonge, d'autres donnent un mélange des deux écoles, et se rapprochent de celle de Toulouse. Tel est, par exemple, celui-ci (fig. 36). L'ornementation du tailloir appartient au roman empreint des arts gréco-romains. Les figures, d'un meilleur style que celles du Poitou et de la Saintonge [1], rappellent la statuaire de Toulouse.

36

Cahors présente également, au XIIe siècle, en ornementation comme en statuaire, un mélange d'influences dues aux provinces occidentales et méridionales. Mais où ce mélange est bien marqué, c'est à l'abbaye de Souillac, sur l'ancienne route de Brives à Cahors. Les bas-reliefs et sculptures qui décorent l'intérieur de la porte de cette église ont un caractère qui tient à la fois du génie nord-hindou, dont nous avons

[1] Il faut dire que l'école de statuaire du Poitou est supérieure à celle de la Saintonge; mais ces deux écoles ne diffèrent entre elles que par la qualité de l'exécution, les artistes poitevins étant très-supérieurs aux artistes saintongeois. Quant au style, il est le même dans ces deux provinces.

trouvé des traces à Poitiers, et des arts byzantins. Dans la composition bizarre du pilier de gauche tenant à la porte de l'église abbatiale de Souillac (fig. 37), on peut signaler certains rapports avec le système de composition de la figure 33, copiée sur un manuscrit saxon du British Museum, et dans la statue A qui décore l'un des pieds-droits de la même porte, on reconnaît l'influence byzantine qui agit si puissamment à Moissac, dont la sculpture dérive de l'école de Toulouse. Ces animaux du pilier de Souillac, qui se mordent et se nattent, ne se rencontrent ni dans la sculpture gallo-romaine, ni dans la sculpture ou la peinture gréco-romaine de Syrie. Pour trouver des analogues à cet art, il faut recourir aux monuments scandinaves, nord-européens, islandais, ou à ces manuscrits dits saxons de Londres, ou encore à certaines sculptures hindoues; toutefois il faut reconnaître que dans l'exemple que nous fournit l'église de Souillac, il y a une tendance marquée à imiter la nature. Quelques-uns de ces animaux ont une apparence de réalité et ne sont plus agencés régulièrement pour former ornement. Les artistes avaient donc vu très-probablement un certain nombre de ces produits nord-européens, mais ils ne faisaient que s'en inspirer, s'en rapportant, pour l'exécution, à l'observation de la nature. Il serait difficile de donner la signification de cette sculpture étrange. Le bas-relief du tympan dont ces piliers supportent l'archivolte représente un sujet légendaire dans lequel un abbé et le démon se trouvent traiter de certaines affaires qui finissent au détriment du tentateur. Deux statues assises de saint Pierre et d'un saint abbé flanquent le bas-relief. Nous ne saurions indiquer une corrélation entre ces bas-reliefs et les piliers, si toutefois les artistes y ont songé.

A Moissac, on retrouve, sur le trumeau de la grande porte de l'église, des réminiscences de cet art nord-européen on nord-hindou, dans ces lions entrelacés, superposés, compris entre deux dentelures curvilignes.

Ainsi donc l'école de sculpture de Toulouse venait se mélanger, à Moissac, à Souillac, avec l'école des côtes occidentales de la France; or, celle-ci semble avoir reçu des éléments orientaux d'une assez haute antiquité par des expéditions scandinaves ou normandes, tandis que l'école de Toulouse n'obéissait qu'à des traditions gallo-romaines profondément modifiées par un apport byzantin.

Il est loin de notre pensée de vouloir établir des systèmes ou des classifications absolues, et nous nous garderons, dans une question aussi complexe, de laisser de côté des exemples qui tendraient à modifier ces aperçus généraux sur les origines des arts français du moyen âge. Il reste peu de fragments d'architecture romane à Limoges. Cependant, par suite de l'établissement des comptoirs vénitiens dans cette ville, un mouvement d'art avait dû se produire dès le xe siècle. Au point de vue de l'architecture, Saint-Front de Périgueux en est la preuve. Mais en ne considérant que la sculpture d'ornement, dans les villes du Limousin, on retrouve quelques traces d'un art qui n'est ni le roman de l'Ouest,

ni celui de Toulouse. Cet art décoratif paraît plus qu'aucun autre inspiré par la vue et l'étude de cette quantité d'objets, d'étoffes, de bijoux, que les Vénitiens rapportaient, non-seulement de Constantinople, mais de Damas, de Tyr, d'Antioche et des côtes de l'Asie Mineure. Nous en trouvons une trace évidente dans un édifice de la fin du XIIe siècle, Saint-Martin de Brives : les chapiteaux de la porte occidentale présentent cette composition d'ornements (fig. 38) qui rappelle fort les chapiteaux, non plus byzantins, mais arabes, d'une époque reculée [1].

L'église Saint-Martin de Brives est d'ailleurs un édifice remarquable. Ses parties les plus anciennes datent des premières années du XIIe siècle, mais la nef et la porte, dont proviennent les chapiteaux figure 38, ont été construites vers 1180. Le vaisseau principal et ses deux collatéraux sont voûtés à la même hauteur. Des colonnes cylindriques très-élancées portent ces voûtes. Un passage relevé règne intérieurement au niveau des appuis des fenêtres des bas côtés. La sculpture, sobre d'ailleurs, affecte,

[1] Il est clair que nous entendons ici l'art *dit* arabe, mais qui, de fait, est en grande partie dû aux artistes de l'époque des Sassanides.

dans ces constructions de la fin du XIIe siècle, un caractère oriental très-prononcé.

Les monuments du XIIe siècle dans le Limousin, ou plutôt dans cette contrée qu'occupent aujourd'hui les départements de la Creuse, de la Haute-Vienne et de la Corrèze, sont rares. Ceux qui restent debout sont d'une telle sobriété d'ornementation, — les plus riches ayant été détruits lors des guerres de religion, — qu'il serait difficile de bien définir si là il existait un centre d'art, une école de sculpture au XIIe siècle, comme en Languedoc et en Poitou. Si, au contraire, nous nous rapprochons du Centre, si nous entrons en Auvergne et dans le Velay, nous trouvons les

39

nombreuses traces d'un art qui n'est ni celui de Toulouse, ni celui du Poitou, ni celui du Limousin. Là, jusque vers le commencement du XIIe siècle, le gallo-romain règne en maître [1]. Les chapiteaux de la partie la plus ancienne du cloître de la cathédrale du Puy, qui datent de la première moitié du XIe siècle, sont des sculptures romaines mal copiées;

[1] Les monuments gallo-romains étaient très-abondants en Auvergne, notamment au Puy en Velay.

mais, vers 1130, un nouvel art, fin, recherché, souple, se développe. On en pourra juger par ce chapiteau (fig. 39)[1], qui n'est plus gallo-romain, mais qui n'est byzantin, ni par la composition, ni surtout par le faire. A côté de ce morceau, des portions de corniches de la même époque (fig. 40) accusent au contraire l'influence orientale, soit par la présence de ces objets du Levant apportés par les Vénitiens, soit par la vue des monuments de l'époque des Sassanides, car cette ornementation de palmettes arrondies et perlées, entremêlées d'animaux, est plutôt persane

40

que byzantine. Plus tard, au contraire, vers 1180, alors que dans les provinces du Nord les écoles laïques ont complétement laissé de côté les influences gréco-romaines, les artistes d'Auvergne s'y soumettent, mais évidemment de seconde main. C'est le roman plus ou moins byzantinisé du Languedoc, du Lyonnais, qui vient se mêler aux débris des traditions gallo-romaines et à ces éléments orientaux reçus du Limousin. Ce fragment du porche méridional de la cathédrale du Puy, dont la construction n'est pas antérieure à la fin du XIIe siècle (fig. 41), accuse ces influences diverses et leur mélange, qui, malgré l'habileté d'exécution des sculpteurs, choque par le défaut d'unité, soit dans l'ensemble, soit dans les détails.

Par sa situation géographique même, l'école de sculpture de l'Auvergne reste indécise entre ses voisines puissamment établies. Elle reflète tantôt l'une, tantôt l'autre, et plus elle s'avance vers la fin du XIIe siècle, moins elle sait prendre un parti entre ces influences différentes. Elle rachète, il est vrai, cette incertitude par la finesse d'exécution, par une recherche des détails, mais elle ne parvient pas à constituer un style propre. Aussi, quand s'éteignent les belles écoles du Midi, à la fin du XIIe siècle, les sculpteurs de l'Auvergne, dépourvus de guides, ne laissent rien, ne repro-

[1] Du cloître de la cathédrale du Puy en Velay; partie du XIIe siècle.

duisent rien par eux-mêmes, et ce n'est qu'à la fin du XIIIe siècle que l'art de la sculpture se relève dans cette province, avec l'importation des arts du Nord.

Du porche sud de la cathédrale du Puy.

Il n'en fut pas ainsi dans le Berry. Cette province centrale est une de celles qui, à côté de traditions gallo-romaines assez puissantes, admirent certains éléments byzantins très-purs. Nous en avons un exemple des plus caractérisés à Bourges même. Il existe dans cette ville une porte du monastère de Saint-Ursin qui date de la fin de la première moitié du XIIe siècle, et qu'on voit encore entière rue du *Vieux-Poirier*. Cette porte est d'abord fort intéressante comme construction, en ce qu'elle présente un linteau appareillé supportant un tympan et déchargé par un arc plein cintre. Le tympan, en reliefs très-plats, représente, au sommet, des fabliaux; au-dessous, dans la seconde zone, une chasse qui paraît copiée d'après ces bas-reliefs si fréquemment sculptés sur les sarcophages des bas temps. Dans la zone inférieure, les travaux des mois de l'année. Sur le linteau appareillé se développe un enroulement quasi romain. A côté de ces sculptures, qui sont évidemment imitées des fragments antiques si nombreux à Bourges au XIIe siècle, se trouvent des pieds-droits, des chapiteaux et colonnettes engagés que l'on croirait copiés sur de la sculpture de Constantinople, si bien que plusieurs ont cru longtemps que cette porte, élevée au XIIe siècle, avait été complétée à l'aide de fragments d'une époque antérieure. Cela n'est pas admissible cependant : car, en y regardant de près, les figures sont vêtues d'habits du XIIe siècle; le faire, la taille, les inscriptions, appartiennent à cette époque. D'ailleurs, sous le tympan, un cartouche contient cette légende :

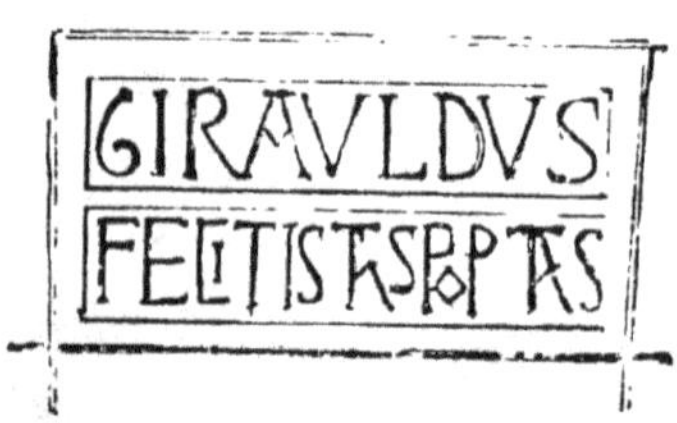

Voici (fig. 42) une partie de cette porte, qui indique clairement ces juxtapositions des styles gallo-romain et byzantin. On voit même que l'ouvrier chargé de l'exécution du pied-droit A avait déjà modelé la partie supérieure de l'ornement dans le goût de celui du linteau, et que brusquement il abandonne cette exécution lourde et molle pour adopter le style serré, plat, en façon de gravure, de l'ornement byzantin. La colonnette est entièrement sculptée dans ce style oriental. Nous en donnons un fragment en B.

On voit apparaître dans le Berry, à Châteauroux (église de Déols), à Saint-Benoît-sur-Loire, à Saint-Aignan, à Neuvy-Saint-Sépulcre, etc., dans la sculpture d'ornement de la fin du XIe siècle au milieu du XIIe, les traces non douteuses de ce rapprochement entre l'art gallo-romain corrompu et l'art gréco-romain de Syrie importé dès les premières croisades, sans que de ce mélange il résulte tout d'abord un art formé, complet, comme dans le roman du Midi, celui de Cluny ou celui de

l'Ouest. Ces artistes tâtonnent pendant presque toute la première moitié du XIIe siècle, sans parvenir à fondre entièrement ces deux éléments. A côté d'une imitation très-fine de la sculpture byzantine est un morceau lourdement inspiré des restes gallo-romains, comme dans l'exemple précédent, qui se rapproche de 1140. Cependant les fragments anciens de la cathédrale de Bourges [1] qui garnissent les deux portes nord et sud, et notamment le linteau à grands enroulements d'une de ces deux portes (1140 à 1150), présentent un caractère de sculpture assez franc, se rapprochant beaucoup de l'art roman de Chartres et de l'Ile-de-France.

Par le fait, vers cette époque, l'école romane du Nord se développe sur une surface de territoire étendue qui comprend l'Ile-de-France proprement dite, une partie de la Normandie Séquanaise, le Beauvaisis, le Berry, le pays Chartrain et la basse Champagne. Cette école, de 1130 à 1145, avait, de ces éléments, su mieux qu'aucune autre (l'école toulousaine exceptée) composer un style particulier qui n'est ni le byzantin, ni une corruption du gallo-romain, ni une réminiscence de l'art nord-européen, mais qui tient un peu de tout cela, et qui, au total, produit de beaux résultats. Arrivée plus tard que les écoles du Centre et du Midi, et surtout que la grande école de Cluny, peut-être a-t-elle profité des efforts de ses devancières, a-t-elle pu mieux qu'elles opérer un mélange plus complet de ces styles divers.

Cependant, quand on remonte aux premiers essais de l'école dont le foyer est l'Ile-de-France, après l'abandon des traditions gallo-romaines restées sur le sol, on ne peut méconnaître que cette école réagit plus qu'aucune autre contre ces traditions. On pourrait voir là dedans le réveil d'un esprit gaulois, d'autant qu'il est bien difficile autrement de comprendre l'espèce de répulsion que l'art de la sculpture, au commencement du XIIe siècle, manifeste pour tout ce qui rappelle le style romain. Dans les autres provinces, au fond de toute sculpture, on retrouve quelque chose de l'art antique admis dans les Gaules, et plus spécialement dans les pays de langue d'oc, mais autour de Paris des éléments neufs ou renouvelés apparaissent.

Cette école de l'Ile-de-France était certes, au commencement du XIIe siècle, relativement barbare. L'échantillon de sculpture d'ornement datant de cette époque que nous donnons ici (fig. 43), tiré de l'église abbatiale de Morienval (Oise) [2], est bien éloigné de la belle et large sculpture de Vézelay, de celle de Toulouse, de celle du Quercy. Mais on ne peut voir là seulement de grossières réminiscences des arts antiques. Le cheval sculpté sur l'un de ces chapiteaux se retrouve sur un grand nombre de monnaies gauloises antérieures à la domination romaine. Cette ornementation inspirée d'ouvrages de vannerie est elle-même plus

[1] Fragments romans replacés aux portes nord et sud, lors de la reconstruction de la cathédrale au XIIIe siècle.

[2] Chapiteaux de l'abside, dont la construction remonte aux premières années du XIIe siècle. Nous devons ces dessins à M. Bœswilwald, qui a bien voulu nous communiquer les études très-détaillées faites par lui sur cet intéressant monument.

gauloise que romaine. Il n'est pas jusqu'au *faire* qui ne rappelle le travail linéaire qui décore certains ustensiles de nos aïeux. Pourquoi les souvenirs des arts romains auraient-ils laissé moins de traces dans ces provinces que dans d'autres de la Gaule ? c'est ce que nous ne nous chargerions pas d'expliquer, puisque le territoire de l'Ile-de-France, et notamment

43

les environs de Soissons et de Compiègne, étaient couverts d'édifices gallo-romains très-importants et dont on trouve des débris à chaque pas. Comment, après onze cents ans, les habitants de ce territoire en seraient-ils revenus aux formes d'art pratiquées avant la domination romaine ? Comment auraient-ils conservé ces formes à l'état latent, ainsi qu'une tradition nationale ? Ce sont là des problèmes que, dans l'état des études historiques, nous ne pouvons résoudre. Les poser, c'est déjà quelque chose, c'est ouvrir des horizons nouveaux.

Sans se lancer dans le champ des hypothèses, on en sait assez aujourd'hui déjà, pour reconnaître : que les traditions d'un peuple laissent des traces presque indélébiles à travers les conquêtes, les invasions, les délimitations territoriales, comme pour donner un démenti perpétuel à l'histoire, telle qu'on l'a écrite jusqu'à ce jour; que ce *principe des nationalités* reparaît à certaines époques pour déconcerter les combinaisons de la politique qui semblent les plus solidement conçues. Dans l'histoire de ce monde, les peuples, leurs goûts, leurs affections, leurs aptitudes, jouent certainement un rôle bien autrement important qu'on ne se l'imaginait il y a encore un demi-siècle. Nous pensons donc qu'on a donné une place trop large à l'influence de la civilisation romaine sur la Gaule, et que cette influence, toute gouvernementale et administrative, malgré trois siècles de domination sans troubles, n'a jamais fait pénétrer dans le sol national que des racines peu profondes; que le régime féodal et l'introduction d'éléments identiques à ceux de la vieille Gaule celtique, au ve siècle, n'ont pu que raviver le génie national comprimé pendant la période romaine, et qu'enfin, à cette époque du moyen âge où un ordre relatif se rétablit, ce génie national considère comme un temps d'arrêt, une lacune, la période de domination et de désordre comprise entre le Ier siècle et le XIe.

Si dans les monuments qui nous restent de l'époque carlovingienne, nous voyons la sculpture, dans les Gaules, s'efforcer de se rapprocher des arts antiques, copier grossièrement des ornements romains, pourquoi à la fin du XIe siècle abandonne-t-on ces traditions sur la partie du territoire qui est destinée à former le noyau de l'unité nationale rêvée par Vercingétorix, cinquante ans avant notre ère? Pourquoi les arts de ces provinces françaises entourant Paris, après avoir produit les grossiers essais dont nous venons de donner un fragment (fig. 43), n'adoptent-ils qu'avec réserve, soit les importations de l'Orient acceptées avec empressement au delà de la Loire, soit les restes des édifices gallo-romains dont ils étaient entourés? Et comment, se trouvant dans une situation d'infériorité relative au commencement du XIIe siècle, si on les met en parallèle avec les écoles des Clunisiens et celles du Midi, atteignent-ils au contraire, dès 1150, une supériorité marquée sur ces écoles de l'Est et d'outre-Loire? Ce serait donc que le génie national, mieux conservé dans ces provinces voisines de Paris, plus ombrageux à l'endroit des importations étrangères, se trouvait, par cela même, plus propre à concevoir un art original?

Mais nous prévoyons l'objection, on nous dira : que rien n'établit que les Gaules, avant comme après la conquête romaine, composées de populations d'origines diverses, autochthones peut-être, celtique, kymrique, germanique, possédassent comme nous appelons : le génie national, une solidarité de goûts et d'instincts... Tout, au contraire, tend à établir cette solidarité. Certes, il existait sur le vaste territoire des Gaules des centres distincts; mais ces contrées, avant César, n'étaient pas aussi dépourvues de civilisation, d'entente commune, qu'on veut le croire parfois. Il existait entre les provinces un lien fédératif; elles étaient, la plupart, industrieuses et commerçantes; et si Rome résolut de les soumettre à l'empire, c'est qu'elle craignait autant leur activité guerrière qu'elle pouvait profiter de leurs nombreuses ressources.

L'art roman de l'Ile-de-France et des provinces limitrophes, au commencement du XIIe siècle, est relativement barbare, ce n'est pas contestable; mais, en peu d'années, dans ces provinces, les choses changent d'aspect. Tandis que la sculpture des provinces méridionales et du centre ne progresse plus et tend au contraire à s'affaisser vers la seconde moitié du XIIe siècle, indécise entre le respect pour des traditions diverses et

l'observation de la nature; dans le domaine royal, il se forme une grande école qui ne rappelle plus la sculpture gallo-romaine, qui refond, pour ainsi dire, l'art byzantin et se l'approprie, qui ne néglige pas absolument ces traces éparses de l'art que nous appelons nord-européen, mais qui sait tirer, de tous ces éléments étrangers des traditions locales, l'unité dans la composition, dans le style et l'exécution, fait que nous chercherions vainement ailleurs sur le sol gaulois. Cette école préludait ainsi à l'enfantement de cet art laïque de la fin du XIIe siècle, si complet, si original aussi bien dans la structure des édifices que dans la manière toute nouvelle de les décorer.

Voici (fig. 44) des chapiteaux jumelés du tour du chœur de Saint-Martin des Champs, à Paris, dont la sculpture atteint à la hauteur d'un art complet. Certes, on retrouve bien là des éléments byzantins, mais non de cet art byzantin des monuments de Syrie. Cette sculpture rappellerait plutôt celle des diptyques et des plaques d'ivoire, l'orfévrerie byzantine. Le sentiment de la composition est grand, clair, contenu. Dans des fragments déposés dans les magasins de l'église impériale de Saint-Denis, à Chartres, à l'église de Saint-Loup (Marne), dans quelques édifices du Beauvoisis, on retrouve ces mêmes qualités. Il n'est pas besoin de faire ressortir les différences qui distinguent cet art des arts romans du Midi et du Centre; ces derniers, quelle que soit la beauté de certains exemples, restent à l'état de tentatives, ne parviennent pas à se développer complétement. L'unité manque dans l'école toulousaine, dans celle de l'Auvergne et du Quercy. Elle se retrouve davantage dans l'école poitevine; mais quelle lourdeur, quelle monotonie et quelle confusion, en comparaison de ces compositions déjà claires et bien écrites du roman de l'Ile-de-France vers 1135 !

Veut-on un exemple? examinons ces fûts de colonnettes qui, au portail occidental de Notre-Dame de Chartres, séparent les statues. Ces fûts sont couverts de sculptures dans toute leur longueur, et datent de 1135 environ (fig. 45). Si la composition de ces entrelacs est charmante, bien entendue, sans confusion, à l'échelle de tout ce qui se trouve à l'entour, l'exécution en est parfaite. Les petits personnages qui grimpent dans les rinceaux sont dans le mouvement, largement traités, s'arrangent avec l'ornementation de manière à ne pas détruire l'unité de l'effet général.

Où les sculpteurs français avaient-ils pris ces exemples ? Partout et nulle part... Partout, puisque depuis l'époque romaine on avait souvent sculpté des fûts de colonnes, notamment dans les Gaules; puisque dans les provinces de l'Est, avant cette époque, des fûts de colonnes étaient décorés. Nulle part, parce que dans cette sculpture de fûts antiques ou du moyen âge on ne retrouve ce principe neuf, d'un réseau ronde bosse, enveloppant la colonne comme le ferait une branche tordue à l'entour. Des ustensiles rapportés d'Orient, des manches d'ivoire, de bois, pouvaient avoir donné au sculpteur chartrain l'idée de cette gracieuse décoration; mais le style de l'ornementation et l'exécution lui appartiennent. Remarquons que ces colonnettes placées entre des statues d'un travail simple comme masses, sinon comme détails, font admirablement ressortir la statuaire, en formant, dans les intervalles qui les séparent, comme une riche tapisserie modelée.

Mais ce qui, à cette époque déjà, distingue l'école du domaine royal de toutes les autres écoles romanes de la France, c'est l'entente parfaite de l'échelle dans l'ornementation. De Toulouse à la Provence, du Lyonnais au Poitou, sur la Loire et en Normandie, à Vézelay même, l'ornementation, souvent très-remarquable, est bien rarement à l'échelle du monument. Rarement encore y a-t-il concordance d'échelle entre les ornements d'un même édifice. Ainsi verrons-nous à Saint-Sernin de Toulouse des chapiteaux couverts de détails d'une délicatesse extrême à côté de chapiteaux dont les masses sont larges. A Vézelay, où la sculpture est si belle, nous signalerons, aux portes latérales de la nef, des archivoltes dont les ornements écrasent tout ce qui les entoure, des chapiteaux délicats couronnés par des tailloirs dont la sculpture est trop grande. En Provence, ce sont des détails infinis sur des moulures dont l'effet est détruit par le voisinage d'une lourde frise. L'exemple de la porte de Saint-Ursin à Bourges (fig. 42) donne exactement l'idée de ce manque d'observation dans les rapports d'échelle de l'ornementation. Ces défauts considérables sont évités dans le roman développé du domaine royal, et c'est ce qui en fait déjà un art supérieur, car il ne suffit pas qu'un ornement soit beau, il faut qu'il participe de l'ensemble et ne paraisse pas être un fragment posé au hasard sur un édifice.

Cependant il se faisait, vers 1160, dans l'art de la sculpture d'ornement comme dans la statuaire, une révolution. Les artistes se préparaient à abandonner entièrement ces influences, ces traditions qui jusqu'alors les avaient guidés; influences, traditions conservées dans les cloîtres, véritables écoles d'art. De l'archaïsme, la statuaire passe, par une rapide transition, à l'étude attentive de la nature; il en est de même pour la sculpture d'ornement. En prenant la tête des arts, les laïques semblent fatigués de cette longue suite d'essais plus ou moins heureux, tentés pour établir un art sur des éléments antérieurs. Dorénavant, instruits dans la pratique, ils vont puiser à la source toujours nouvelle de la nature. C'est précisément à l'époque des croisades de Louis le Jeune et de Philippe-Auguste, qu'on signale comme une renaissance des arts en Occident provoquée par l'influence orientale, que les artistes français rejettent, soit dans le système d'architecture, soit dans la sculpture, toutes les influences orientales qui avaient eu, au commencement du XIIe siècle, une si grande action sur le développement de nos diverses écoles. Mais ce mouvement n'est pas général sur la surface du territoire des Gaules; il ne se fait sentir que dans les provinces du domaine royal, en Bourgogne, en Champagne et en Picardie. La prédominance de l'art du Nord en France sur l'art du Midi est assurée à dater de ce moment. De même que la langue d'oil tend chaque jour à réduire les autres dialectes français à l'état de patois, de même les écoles d'architecture et de sculpture du domaine royal tendent à se substituer à ces écoles provinciales si brillantes encore au milieu du XIIe siècle. Nous expliquons ailleurs [1] comment les sculpteurs laïques de la fin du XIIe siècle vont chercher leurs inspirations dans la flore des champs et des forêts; comment certaines tentatives timides avaient été faites partiellement en ce sens, dès le commencement du XIIe siècle, par les meilleures écoles françaises, et notamment par les artistes de Cluny, sans toutefois que ces tentatives aient apporté un appoint important à travers les influences orientales ou les traditions gallo-romaines; mais comment, enfin, cette observation de la nature se formule en des principes invariables au sein de l'école du domaine royal, de 1190 à 1200.

Il ne semble pas toutefois que cette école ait, la première, repris la voie à peine entrevue et bientôt abandonnée par quelques artistes, près d'un siècle auparavant. C'est encore l'école de Cluny qui marche en tête vers 1170; et si elle est bien vite dépassée par l'esprit logique des artistes laïques de l'Ile-de-France, il ne faut pas moins lui rendre cet hommage.

Entre autres qualités et défauts, l'esprit de la population dont Paris est devenu le centre passe brusquement de l'idée à la pratique par une déduction logique; nos révolutions, nos modes en sont la preuve. Une idée, un principe, ne sont pas plutôt émis chez nous, qu'on prétend immédiatement les mettre en pratique.

En Allemagne, on discutera pendant des siècles sur la caducité d'un système ou la vitalité d'un principe avant de penser sérieusement à détruire le premier et à adopter le second; en France, à Paris surtout, on passera bien vite de la discussion théorique aux effets. Si dans le domaine de l'art, les Académies ont pu, depuis deux siècles, ralentir ce courant

[1] Voyez FLORE.

logique qui conduit de la théorie à la pratique, comme elles n'existaient point en 1180, et qu'il ne paraît pas que les écoles monastiques aient prétendu prendre ce rôle, il n'est pas surprenant que l'école laïque, nouvellement formée alors, se soit jetée avec passion dans cette application de principes nouveaux à l'ornementation sculptée, d'autant qu'elle avait hâte d'en finir avec cet art roman qui représentait à ses yeux la féodalité monastique, dont elle ne voulait plus, dont saint Bernard avait diffamé les arts, et que les évêques tendaient à détruire.

L'école de Cluny, malgré les reproches du fondateur de l'ordre de Cîteaux, ne tenait pas moins à conserver le rang élevé qu'elle avait su prendre dans la pratique des arts. A ce point de vue, elle prétendait marcher avec le siècle et le devancer au besoin. Vers 1130, ses relations avec l'Orient s'étaient étendues. Elle élevait alors le narthex de l'église de Vézelay, dont l'ornementation est mieux pénétrée de cet art gréco-romain de Syrie que ne l'est celle de la nef. Quelques années après, vers 1150, elle construisait la salle capitulaire de la même église, dont la sculpture est si fortement empreinte de l'art byzantin de Syrie, qu'on croirait voir, dans la plupart des chapiteaux et culs-de-lampe, des fragments arrachés à ces villes gréco-romaines du Hauran. Dans cette voie d'imitation, ou d'interprétation plutôt, on ne pouvait aller plus loin sans tomber dans les pastiches ou la monotonie, car cette ornementation gréco-romaine, de même que l'ornementation grecque, son aïeule, ne brille pas par la variété. L'école clunisienne fit donc un temps d'arrêt, et chercha les éléments nouveaux qui lui manquaient dans l'amas de traditions usées par elle. Ces éléments, elle les trouva dans les végétaux de ses champs; elle pensa qu'au lieu d'imiter ces feuillages de convention attachés sur les frises et les chapiteaux de la Syrie, au lieu d'essayer de les modifier suivant le goût de l'artiste, il serait mieux de prendre les plantes qui croissent dans la campagne, et d'essayer de les mettre à la place de la flore traditionnelle qu'elle reproduisait sans cesse avec plus ou moins d'adresse et de charme. Désormais cette école, rompue aux difficultés du métier, habile de la main, grâce à ce long apprentissage, était capable de rendre avec délicatesse ces plantes qui allaient remplacer l'ornementation romane à bout d'invention ou d'imitation. Aussi ses essais sont des coups de maître. Vers 1160, on ouvrit dans la salle capitulaire de Vézelay, bâtie depuis dix ans, trois arcades donnant sur le cloître. Ces trois arcades sont décorées de chapiteaux et d'archivoltes sculptés dont rien n'égale la souplesse et l'élégance. La forme générale de ces chapiteaux rappelle encore la forme romane, mais les détails imités de la flore des champs sont composés avec une grâce, une délicatesse de modelé que la main la plus exercée atteindrait difficilement.

Voici (fig. 46) un fragment de ces groupes de chapiteaux taillés dans de la pierre qui a la dureté et la finesse de grain du marbre. Ces sculpteurs n'avaient pas été loin pour chercher leur modèle d'ornement : ils avaient cueilli quelques tiges d'ancolie ou d'éclaire.

Ce morceau d'archivolte (fig. 47) appartenant à la même construction, d'un si beau caractère, et ces chapiteaux, indiquent assez les progrès que l'école clunisienne avait faits en recourant à la nature dans la composition des ornements. La tradition romane n'apparaît là que dans l'ensemble de la composition et dans l'aspect monumental donné à ces feuillages inspirés par la flore plutôt que copiés.

On observera cependant que les critiques de saint Bernard ont porté coup. Dans la sculpture de Vézelay *innaturelle*, comme disent les Anglais, jusqu'en 1132, année de la dédicace du narthex, sur les chapiteaux, la figure humaine, les animaux, les bestiaires, abondent. Déjà dans la sculpture de la salle capitulaire, un peu plus moderne, ces figures disparaissent presque entièrement. L'ornementation si riche des trois arcs ouverts de 1160 à 1165 dans cette salle n'en porte plus trace. Déjà la flore naturelle s'est substituée à ces éléments aimés des sculpteurs romans et, entre tous, des clunisiens. Mais l'architecture qui recevait, à Vézelay, cette sculpture déjà naturelle, était encore toute romane; elle ne devenait *gothique*, c'est-à-dire conçue d'après le système de structure gothique, que dans la construction du chœur de la même église, c'est-à-dire vers 1190.

Le mouvement d'art ne se produit pas de la même manière à Saint-Denis, en France. C'est en 1137 que l'abbé Suger commence la construction de l'église abbatiale, dont nous voyons encore la basse œuvre du tour du chœur et le narthex. L'édifice fut élevé en trois ans et trois mois, il était donc achevé en 1141. Or, si la structure de l'église abbatiale de Suger est complétement gothique [1], l'ornementation incline à peine, et comme passagèrement, à imiter la flore.

47

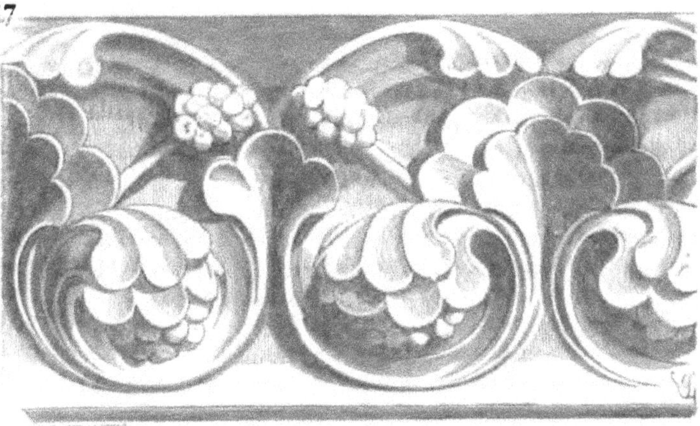

C'est en 1128, avant le règne de Zenghi, que les *Francs*, comme les appelaient les auteurs arabes, sont arrivés à l'apogée de leur puissance en Orient : « L'empire des Francs, dit l'auteur de l'histoire des Atabeks [2], « s'étendait, à cette époque, depuis Maridin et Schaiketan en Mésopo« tamie, jusqu'à El-Arisch, sur les frontières de l'Égypte ; et de toutes les « provinces de Syrie, Alep, Emesse, Hamah et Damas, avaient pu seules « se soustraire à leur joug. Leurs troupes s'avançaient dans le Diarbékir « jusqu'à Amida, sans laisser en vie ni adorateurs de Dieu, ni ennemis « de l'erreur; et dans l'Al-Djézirèh jusqu'à Rassain et Nisibis, sans laisser « aux habitants ni effets ni argent. » C'est en effet à cette époque, c'est-à-dire de 1125 à 1135, que la structure de nos monuments d'Occident rappelle le mieux les divers styles orientaux dont nous avons indiqué plus haut la provenance. Dès 1137, Zenghi avait pris un bon nombre de places aux chrétiens, s'était fortifié en Syrie; en 1144, il s'emparait d'Édesse. A dater de cette époque, les affaires des Occidentaux ne firent qu'empirer en Orient. Noureddin continua avec succès l'œuvre com-

[1] Voyez, à ce sujet, les deux excellents articles de notre ami si justement regretté, M. Félix de Verneilh, dans les *Annales archéologiques*, t. XXIII, p. 4 et 115.

[2] Voyez les *Extraits des historiens arabes relatifs aux guerres des croisades*, par M. Reinaud, 1829.

mencée par Zenghi. Cependant, en 1164 et en 1167, les armées chrétiennes de Syrie envahirent deux fois la basse Égypte, et s'y maintinrent jusqu'en 1169, dans la crainte de voir les armées musulmanes attaquer à la fois le royaume de Jérusalem par le nord, l'est et le sud. Pour les chrétiens, à dater de 1170, l'Orient n'est plus qu'un champ de bataille où chaque jour il faut se défendre. Plus de commerce, plus d'établissements sûrs, plus de relations avec les caravanes venant de la Perse. Acculés à la mer, ils ne devaient plus songer qu'à se maintenir dans le peu de villes voisines du littoral qui leur restaient, et n'offraient plus aux Occidentaux, qui affluaient en Syrie et en Palestine trente ans auparavant, que des armes pour défendre les débris de leur domination. Cette source d'arts et d'industries qui avait eu sur l'Occident une influence si considérable était tarie; d'ailleurs elle nous avait donné ce qu'elle pouvait nous donner.

Indépendamment des invasions à main armée que les Francs avaient tentées en 1164, il existait entre l'Égypte et le royaume de Jérusalem des relations fréquentes; ces invasions mêmes n'étaient qu'une conséquence des rapports, quelquefois amicaux, plus souvent hostiles, qui s'étaient établis entre les successeurs de Godefroy de Bouillon et les khalifes d'Egypte. En 1153, les chrétiens s'emparaient de la ville d'Ascalon, qui était le boulevard des Égyptiens en face des armées de Syrie. Vers le même temps, une flotte partie des côtes de la Sicile s'empara de la ville de Tanis, non loin de la ville de Damiette. Ainsi les Occidentaux, qui, de la fin du XIe siècle jusque vers 1125, occupaient principalement les villes du nord de la Syrie et de la Syrie centrale, avaient peu à peu étendu leurs possessions, malgré bien des revers, jusqu'en Égypte. Leurs établissements, répartis sur une ligne peu profonde, mais très-allongée, s'étaient trouvés tout d'abord en contact avec les débris des arts gréco-romains et byzantins, puis, plus tard, avec ceux de la Palestine, et enfin de la basse Égypte, c'est-à-dire avec les arts des Sassanides, des khalifes, et même peut-être des Ptolémées. Il ne faut pas oublier d'ailleurs que les Occidentaux furent en Orient des destructeurs de villes et de monuments bien autrement actifs que ne l'avaient été les Arabes. Ces derniers ne s'attaquaient guère aux édifices, bâtissaient peu, jusqu'au Xe siècle; ils enlevaient les richesses et les populations, mais laissaient subsister les monuments. Nous en avons la preuve dans le Hauran. Mais les chrétiens d'Occident, bâtisseurs de forteresses, de remparts, ne laissaient rien debout. Il y a tout lieu de croire qu'il existait bien des édifices en Syrie, en Palestine et dans la partie nord-orientale de l'Égypte, qui furent ainsi renversés pour élever ces châteaux et ces murs dont aujourd'hui encore on trouve des débris si nombreux et si imposants. De précieux monuments pour l'étude de l'archéologie ont dû disparaître ainsi; mais ces démolisseurs acharnés ne laissaient pas, en Orient, comme partout, de profiter des arts dont ils anéantissaient ainsi les modèles. Il y a, entre l'art de Syrie et celui de l'Égypte antique, une lacune regrettable. Notre sculpture, de 1140 à 1160, est peut-être un reflet affaibli de l'art qui s'éleva entre celui des Ptolémées et celui des Sassanides, puisqu'on retrouve dans nos monuments occidentaux des traces non douteuses de ces arts orientaux. Le mélange a pu se faire chez nous, il est vrai, mais quelques rares fragments en Syrie et dans la partie orientale de la basse Égypte feraient également supposer que cet art de transition existait des bords de la mer Morte aux bouches du Nil.

Il est certain que la sculpture romane d'ornement, vers 1140, dans l'Ile-de-France notamment, et en basse Champagne, dans le pays chartrain, n'a plus les caractères gréco-romains ou byzantins si apparents au commencement du XIIe siècle, en Languedoc, en Provence, dans le Lyonnais, une partie de la Bourgogne et de la haute Champagne.

Ce chapiteau (fig. 48), provenant de l'église abbatiale de Saint-Denis[1], n'a de rapports ni avec ceux de Sainte-Sophie de Constantinople, ni avec ceux des villes du Hauran, tandis qu'il rappelle certains chapiteaux du grand portique de l'île de Philæ, qui, comme on sait, n'est pas antérieur à l'époque des Ptolémées. Les chrétiens d'Occident avaient-ils vu dans la basse Égypte, ou sur les confins de la Syrie, des chapiteaux analogues? C'est ce que nous ne pourrions dire. Il faut encore remarquer que les chapiteaux du grand portique de l'île de Philæ sont tous variés de forme, usage assez répandu dans quelques édifices de la même époque, mais

[1] Des colonnes monostyles des collatéraux de l'abside.

contraire aux principes de la bonne antiquité égyptienne. Cette variété se retrouve plus marquée dans les chapiteaux de nos monuments datant du milieu du XIIe siècle que dans ceux d'une époque antérieure. Les chapiteaux de l'église de Suger diffèrent entre eux non-seulement par les détails, mais aussi par les formes générales, fait qui ne se retrouve ni au commencement ni à la fin du XIIe siècle. Nous ajouterons que tous les chapiteaux du collatéral de l'abside bâtie par Suger ne rappellent pas d'une façon aussi nette certains chapiteaux égyptiens des Ptolémées. La plupart ressemblent plutôt à la sculpture dentelée des gréco-romains; un seul est déjà muni de *crochets* à larges et grasses tiges. Quelques-uns entremêlent des animaux dans leurs feuillages. Il y a donc alors, dans les provinces royales, vers le milieu du XIIe siècle, tâtonnements; les sculpteurs prennent un peu partout, en Syrie, en Égypte peut-être, dans les édifices gallo-romains; ils ont aussi recours à leur inspiration et à l'étude de la flore.

Il est un autre monument qui, par sa sculpture, mérite toute notre attention, pour préciser le moment où les artistes abandonnent les traditions romanes. C'est la cathédrale de Sens. M. Challe, au congrès scientifique d'Auxerre, en 1859, sur la question posée par M. Parker, d'Oxford, a revendiqué pour la cathédrale de Sens le titre de « premier des monuments gothiques ». D'accord avec M. F. de Verneilh, nous ne saurions partager cette opinion. Par le système d'architecture adopté, mais plus encore par le style de la sculpture, la cathédrale de Sens doit être postérieure de quelques années à l'église abbatiale de Saint-Denis.

« Il me paraît très-douteux, dit M. Félix de Verneilh [1], que l'édifice « (la cathédrale de Sens) ait été commencé avant le chœur de Saint-Denis, « et, dans tous les cas, il a été bâti beaucoup plus lentement. En 1163, « on en parle comme d'une église « neuve ». Elle était même déjà livrée « au culte, car, au lieu de consacrer le chœur entier, comme à Saint-« Germain des Prés, le pape Alexandre III n'est invité, à son passage, « qu'à bénir un autel, celui de Saint-Pierre et de Saint-Paul. On sait, « d'ailleurs, que l'évêque Hugues de Toucy, qui occupait le siége de « Sens de 1143 à 1168, a « beaucoup travaillé » à la cathédrale et l'a « « presque achevée »; qu'il y a notamment fait poser les stalles de chêne, « après l'achèvement du chœur de l'église que « le bon Henri avait com-« mencé ». — Mais le chroniqueur qui s'exprime ainsi vivait en 1294. « A cette distance, il pouvait ignorer si l'archevêque Henri de France « avait commencé la cathédrale au début ou à la fin de son administra-« tion, ou même s'il restait quelque chose de ses constructions. Pour « Henri comme pour Hugues, on mentionne la part qu'ils ont prise à « l'édification de la cathédrale, immédiatement après leur élection. C'est « leur principale œuvre, celle que l'on cite la première. Un autre chro-« niqueur, cette fois à peu près contemporain, car il s'arrête à 1173, se

[1] *Annales archéologiques*, t. XXIII, p. 128.

« borne à dire : « 1122. *Obiit Daimbertus, successit Henricus. Hic incipit* « *renovare ecclesiam sancti Stephani. Eidem successit Hugo* 1143. »

« On est donc libre de croire que, loin d'avoir été commencée vers « 1122 ou 1124, la cathédrale de Sens n'a été réellement fondée que « dans les dernières années de Henri de France, ou, ce qui revient au « même, qu'elle n'est sortie de terre qu'à cette époque. »

Nous ajouterons que le système de structure, les profils (détail si essentiel pour constater une date précise), ne sauraient appartenir à 1124, ni même à 1130, date de la construction du narthex de Vézelay; que la sculpture, enfin, est plus avancée que celle de l'église de Suger dans la

49

voie tracée, c'est-à-dire qu'elle tend davantage à imiter les objets naturels et à s'affranchir des influences auxquelles les romans s'étaient soumis de 1090 à 1140. On ne saurait douter de la lenteur apportée dans la construction de la cathédrale de Sens, quand on examine les œuvres hautes. Les chapiteaux des arcs-doubleaux des grandes voûtes, ceux du triforium, sont déjà empreints, en grande partie, de l'imitation de la flore, et rappellent, par leur composition, les chapiteaux de l'Ile-de-France de 1170, tandis que ceux de l'arcature des collatéraux du chœur ne laissent apparaître l'imitation des objets naturels, feuilles ou animaux, que par exception.

Ainsi, le chapiteau de l'arcature du chœur que nous donnons ici (fig. 49) s'éloigne plus des formes romanes que ceux de l'église de Suger; il est plus adroitement évasé, plus délicat; ses feuillages, bien qu'*innaturels*, et rappelant encore le faire de la sculpture gréco-romaine, sont plus libres, plus souples. Puis les oiseaux qui surmontent les feuillages ne sont plus des volatiles fantastiques, si fréquents dans les sculptures de 1130 : ce sont des perdrix copiées avec une attention minutieuse; l'allure, le port de ces oiseaux, sont observés même avec une extrême délicatesse.

Sans monter jusqu'au triforium, la plupart des chapiteaux portant les arcs collatéraux du chœur de Saint-Étienne de Sens affectent des formes de feuillages qui appartiennent presque à l'époque de la basse œuvre du chœur de Notre-Dame de Paris, c'est-à-dire à 1160. La figure 50 donne

50

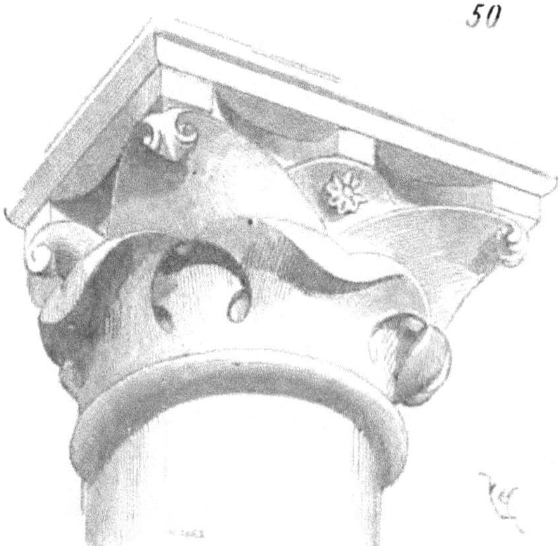

un de ces chapiteaux, qui n'a plus rien du roman. Or, aucun des chapiteaux de l'église de Suger ne se rapproche autant que celui-ci du style décoratif de la fin du XIIe siècle. Tous les chapiteaux du sanctuaire de Saint-Étienne de Sens n'ont pas ce caractère, plusieurs reproduisent encore des détails romans, des animaux fantastiques mêlés à des feuillages dentelés. Mais, à toutes les époques de transition d'un style à un autre, il y a des retardataires et des artistes avancés parmi les exécutants; le même fait peut être constaté à Notre-Dame de Paris. Il faut choisir les exemples parmi ceux qui appartiennent aux écoles nouvelles, ce sont ceux qui donnent la note juste. Suger était plus à même que personne de s'entourer des artistes les plus capables et les plus avancés; il le fit pour ce qui concerne la structure de son église. Comment alors sa sculpture, si près de la capitale du domaine royal, serait-elle plus romane que celle de Saint-Étienne de Sens, si ce dernier monument était antérieur au sien? Il nous est donc difficile de placer la sculpture de la cathédrale de Sens avant 1150. C'est la transition entre celles de l'église de Saint-Denis et de Notre-Dame de Paris.

On peut d'ailleurs prendre une idée exacte de la différence entre les deux époques et du progrès déjà accompli à Sens, en examinant dans les deux édifices deux ornements composés de même et placés d'une manière identique. Le portail nord de l'église de Suger est conservé, sauf quelques mutilations; or les deux pieds-droits de la baie sont décorés de rinceaux d'un beau style, dont nous donnons (fig. 51) un fragment [1]. Voici, en parallèle, un morceau des rinceaux qui ornent le trumeau de la porte principale de Saint-Étienne de Sens (fig. 52). Le caractère de la sculpture du premier fragment est encore tout pénétré de la manière romane; les tiges côtelées, les feuilles retournées, enroulées, dentelées, et modelées comme la sculpture gréco-romaine, par deux plans secs, le style *innaturel* de ces feuilles; tout cela rappelle encore la sculpture des chapiteaux du chœur de Saint-Martin des Champs, dont les piliers datent de 1130 [2].

Mais si nous portons toute notre attention sur le deuxième fragment (fig. 52), on y trouve déjà ce style que nous avons vu adopter dans les reprises de la salle capitulaire de Vézelay en 1160. Même imitation, quoique plus archaïque, de la feuille d'ancolie; mêmes découpures arrondies, même modelé, tantôt en saillie, pour exprimer les revers, tantôt en spatule, pour exprimer le dedans des feuilles [3]. Les tiges ne sont plus, comme celles de l'exemple précédent, côtelées régulièrement, mais sont nervées en longues spirales, ce qui indique une étude attentive de la nature; car si l'on contourne une tige nervée, ou cette tige se brise, ou ses nervures décrivent forcément des spirales pour se prêter à la courbe qu'on impose à leur faisceau. Les attaches des tigettes sont bien senties, cherchant le naturel. Ce bel ornement ne saurait être antérieur à celui de Saint-Denis; il en est le développement, l'observation de la nature aidant. La date de l'ornement de Saint-Denis n'est pas douteuse, 1137 à 1140.

[1] Il faut observer ici comment les sculptures étaient faites en chantier dès cette époque, c'est-à-dire avant la pose. Notre figure donne deux assises de l'ornement montant. On voit parfaitement que le raccord entre les deux portions d'ornement, au lit de la pierre, ne se fait pas exactement, ce qui n'est possible qu'à la condition de ravaler et de sculpter sur le tas.

[2] Voyez figure 44.

[3] Le rinceau qui fait pendant à celui-ci imite les bourgeons de la fougère au moment où ils se développent.

La date de la reprise faite à la salle capitulaire de Vézelay ne peut

varier qu'entre les années 1155 et 1165 ; puisque cette salle capitulaire était bâtie après le narthex, qui date de 1130 à 1132, et qu'entre les

52

années 1135 et 1155 les moines de l'abbaye eurent bien autre chose à faire qu'à bâtir. D'ailleurs, le caractère de l'architecture de cette salle capitulaire ne permet pas de placer sa construction, ni avant 1155, ni après 1165. Donc, admettant même que la reprise dont nous parlons ait été faite immédiatement après l'achèvement de la salle capitulaire, ce qui n'est guère vraisemblable, vu la différence marquée du style, elle ne pourrait dater que de 1160 à 1165 au plus tôt. Le rinceau de Sens (fig. 52), se rapprochant beaucoup du style des chapiteaux et archivoltes (fig. 46 et 47), quoique d'un caractère un peu plus archaïque, ne pourrait remonter plus loin que l'année 1155; mais nous sommes porté à lui donner une date plus récente (1165 à 1170), si nous le comparons à l'ornementation de la Bourgogne, de la basse Champagne et de l'Ile-de-France, dont la date est bien constatée.

Il est certain qu'une école n'arrive pas à composer des ornements avec cette adresse et cette entente de l'effet du premier coup. La beauté, un peu travaillée, des compositions byzantines, avait été un enseignement assez puissant pour donner à nos artistes une première impulsion; quand ils mêlent à cet acquis l'étude de la nature, ils arrivent, par une transition rapide, mais qu'on peut suivre année par année, à un développement de l'art décoratif qui tient du merveilleux.

Dans le rinceau de Sens, à côté de l'observation de la nature, on sent encore comme un dernier reflet de l'influence orientale. Les détails, malgré l'entente parfaite de la composition, sont trop multipliés, et cette ornementation conviendrait plutôt à du métal fondu et ciselé qu'à de la pierre. Le sentiment de l'échelle, de la grandeur, n'est pas encore développé; on sent la recherche de l'artiste tout entier à son œuvre, mais qui ne reçoit pas encore l'impulsion supérieure propre à faire concourir tous les détails d'un édifice à un effet d'ensemble.

Du moment que la sculpture d'ornement n'était plus un art tout de convention, reproduisant des types traditionnels ou enfantés par des réminiscences d'arts antérieurs, qu'elle allait puiser ses inspirations dans la flore, une harmonie plus parfaite pouvait s'établir entre les détails et l'ensemble. L'identité de nature des éléments constitutifs donnait aux artistes des facilités nouvelles pour obtenir cette harmonie cherchée vainement par les diverses écoles pendant les deux premiers tiers du XIIe siècle. L'esprit contenu et ennemi de toute exagération des artistes de l'Ile-de-France était d'ailleurs propre à profiter des ressources que fournissait le recours aux productions végétales. C'est bien dans ce centre futur de la nation française que se développe avec rapidité ce nouvel art de la sculpture décorative, dont nous avons fait ressortir l'influence à l'article FLORE, et dont on ne retrouve guère d'exemple aussi complet que dans l'art de l'antique Égypte.

Il semble que l'école laïque française de la fin du XIIe siècle veuille en finir avec les traditions accumulées pendant la période romane. En peu d'années, tout ce qui n'est point inspiré par la flore dans la sculpture d'ornement disparaît : plus de perles, plus de ces imitations de passementeries et d'entrelacs, plus de billettes, plus de rangées de ces *feuilles d'eau* imitées des monuments antiques. La flore, et la flore locale, domine désormais, est le point de départ de l'école. S'il y a des résistances à cet entraînement, elles sont si rares, si apparentes, qu'elles ne font que rendre plus évidente l'impulsion donnée. Ce sont des œuvres d'artistes attardés. Ainsi, bien que le chœur de la cathédrale de Senlis n'ait été construit que de 1150 à 1165; qu'à cette époque déjà, à Sens, à Noyon, les sculpteurs cherchassent à s'inspirer de la flore, on peut reconnaître,

53

dans la sculpture de ce chœur de Senlis, le travail d'artistes ne s'étant pas encore pénétrés des idées nouvelles alors. La sculpture des chapiteaux des chapelles et du sanctuaire est presque byzantine (fig. 53)[1], sinon par la forme générale, au moins par les détails. C'est dans le chœur de Notre-Dame de Paris, commencé en 1163 et achevé avant 1190, que la nouvelle école semble avoir admis pleinement ce nouveau principe de sculpture décorative. La flore des champs est le point de départ, mais elle prend un aspect monumental, et le sculpteur ne se borne pas à une imi-

[1] L'un des chapiteaux des piles cylindriques du chœur.

tation réelle; il compose, il recherche de préférence les bourgeons des plus petites plantes, et, à l'aide de cet élément, fort beau d'ailleurs, il arrive à produire des œuvres de sculpture d'un aspect à la fois robuste et souple, d'un galbe large et gracieux, qui les placent au niveau des meilleures conceptions antiques, sans toutefois leur ressembler.

En adoptant un principe nouveau, étranger aux traditions, quant à la composition des détails de l'ornementation, l'école laïque de l'Ile-de-France donne à la sculpture sa place. Désormais elle ne se répand plus au hasard et suivant la fantaisie de l'artiste sur les monuments, ainsi que cela n'arrivait que trop souvent dans l'architecture romane. Elle remplit un rôle défini aussi bien pour la statuaire que pour l'ornement. Si riche que soit un monument, l'artiste a le soin de laisser des repos, des surfaces tranquilles. La sculpture se combine avec la structure, aide à la faire comprendre, semble contribuer à la solidité de l'œuvre. Nous avons dit, dans l'article CHAPITEAU, comment les artistes de l'école laïque, au moment où cette école se forme, composent ce membre d'architecture de façon à lui donner non-seulement l'apparence d'un support robuste, mais à rendre sa décoration utile, nécessaire. Pour les bandeaux, pour les corniches, pour les encorbellements, ce principe est suivi avec rigueur, et ce n'est pas un des moindres mérites de cette architecture française, logique dans sa structure, mais logique aussi dans la décoration dont elle est revêtue, sobre toujours, puisqu'elle ne place jamais un ornement sans qu'il soit, pour ainsi dire, appelé par une nécessité.

On peut recourir aux articles BANDEAU, CHAPITEAU, CLEF, CORBEAU, CORNICHE, CROCHET, CUL-DE-LAMPE, FLEURON, GALERIE, GRIFFE, SOMMIER, TYMPAN, si l'on veut constater le judicieux emploi de la sculpture dans les monuments de l'école laïque de 1170 à 1230. Il n'est pas de symptôme plus évident de la stérilité d'idées de l'architecte que l'abondance irraisonnée de la sculpture. L'ornementation sculptée n'est, le plus habituellement, qu'un moyen de dissimuler des défauts d'harmonie ou de proportions, qu'un embarras de l'architecte. En occupant ou croyant occuper ainsi le regard du passant, on dissimule des pauvretés ou des défauts choquants dans la composition, voire des maladresses et des oublis dans la structure.

Sincères, les maîtres de notre belle époque d'art raisonnaient l'emploi de l'ornementation comme de toute autre partie essentielle de la bâtisse; cette ornementation n'était point pour eux un masque jeté sur des misères et des vices de la conception. Sachant bien ce qu'ils voulaient dire, et ayant toujours quelque chose à dire, ils ne cachaient pas le vide des idées sous des fleurs de rhétorique et des lieux communs. Souvent la sculpture d'ornement est si bien liée aux formes de l'architecture, qu'on ne sait où finit le travail du tailleur de pierre, où commence celui du sculpteur. Le sculpteur, comme le tailleur de pierre, concouraient à l'œuvre ensemble, sans qu'on puisse établir une ligne de démarcation entre les deux ouvrages. Ces sculptures d'ornement étaient d'ailleurs toujours faites sur le chantier *avant la pose*, et non sur le tas. Il fallait donc que le maître eût combiné tous ses effets, avant que la bâtisse fût élevée, en raison de la place, de la hauteur, de l'échelle adoptée. Cette méthode avait encore l'avantage de donner à la sculpture une variété dans le faire, attrayante; de permettre de l'achever avec plus de soin, puisque l'artisan tournait son bloc de pierre à son gré; d'éviter l'aspect monotone et ennuyeux à l'excès, de ces décorations découpées comme par une machine, sur nos façades modernes. Chaque artisan était intéressé ainsi à ce que son morceau se distinguât entre tous les autres par une exécution plus parfaite; et, en effet, sur nos monuments du moyen âge de l'école laïque, on remarque toujours, — comme cela arrive dans les beaux monuments de l'antiquité, — certains morceaux d'une frise, d'une corniche, certains chapiteaux, qui sont, entre tous les autres, d'une exécution supérieure. Soumis à la structure, jamais un joint ou un lit ne vient couper gauchement un ornement; cela était impossible, puisque le travail du sculpteur se faisait *avant la pose.* Rien n'est plus satisfaisant pour l'esprit et pour l'œil que cette concordance parfaite, absolue, entre l'appareil et la sculpture; rien ne donne mieux l'idée d'une œuvre bien mûrie et raisonnée, d'un art sûr de ses méthodes et de ses moyens d'exécution. En voyant comme sont composés, par exemple, les angles des contre-forts de la façade occidentale de Notre-Dame de Paris au niveau de la grande galerie, comme ces larges crochets, ces animaux, cette corniche et sa balustrade surmontée de figures, se combinent intimement avec les lignes de l'architecture, forment une silhouette hardie sur le ciel, on peut se demander si jamais l'art de la grande décoration monumentale a été poussé plus loin; si jamais union plus complète exista entre les deux arts de l'architecture et de la sculpture pour produire un effet voulu, et bien voulu à l'avance, puisque tous ces énormes blocs de pierre étaient taillés sur le chantier avant d'être posés à près de 40 mètres de hauteur. En présence de pareils résultats, ne paraissons-nous point de pauvres apprentis montant nos bâtisses un peu à l'aventure, et cherchant à les décorer après coup à l'aide d'un essaim de sculpteurs attachés à leurs parois; défaisant ce que nous avons fait, rajoutant des contre-forts par ici, des groupes par là, ou les supprimant pour les remplacer par des pots ou des ornements qui remplissent tous les livres *à gravures* imprimés depuis deux siècles!

Nous disions tout à l'heure que l'école de sculpture de la fin du XIIe siècle, en cherchant dans la flore les éléments d'une ornementation nouvelle, originale, savait donner à ses imitations un aspect monumental éloigné encore du réalisme. Ces essais sont déjà systématiquement suivis dans l'œuvre basse du chœur de la cathédrale de Paris pour tous les chapiteaux des colonnes isolées monostyles, tandis que ceux des colonnes engagées du deuxième bas côté sont encore pénétrés du style roman de 1140.

Le chapiteau dont nous donnons ici une moitié (fig. 54), et qui appartient à l'une des grosses colonnes du sanctuaire, indique clairement la méthode admise par ces précurseurs de la grande école laïque du XIIIᵉ siècle. La composition générale dérive du chapiteau corinthien romain et de ses diverses modifications, soit pendant le Bas-Empire, soit pendant la période romane. Mais les masses des feuilles, au lieu de se découper suivant un procédé de convention, imitant le faire des sculpteurs byzantins ou du commencement du XIIᵉ siècle, se divisent en folioles enroulées et en larges tiges qui rappellent les premiers développements des bourgeons d'herbacées.

54

La manière grasse adoptée dans l'exécution, la courbure délicatement rendue des tiges, l'abondance de séve qui semble engorger cette végétation de pierre, tout cela est évidemment le résultat d'une observation passionnée des végétaux. Et c'est bien à Notre-Dame de Paris que s'épanouit tout d'abord cette plantureuse flore monumentale. Partout ailleurs, à la même époque, c'est-à-dire de 1163 à 1170, ou nous trouvons des imitations délicates et recherchées de la flore des champs, comme sur les ornements de Sens et de la salle capitulaire de Vézelay, ou ce sont des imitations de ces ornements gréco-romains plus ou moins bien comprises.

Les sculpteurs de Notre-Dame ont été puiser leurs inspirations aux champs, et composent ainsi un style qui est généralement adopté dans tout le nord de la France jusqu'aux premières années du XIIIe siècle.

Bientôt l'école de l'Ile-de-France ne se contente plus de ces ornements empruntés à la flore printanière, elle développe les bourgeons de pierre; mais en prenant la feuille, l'allure du végétal ayant atteint son développement, elle conserve à ses traductions la physionomie monumentale.

Ainsi, ce rinceau d'archivolte provenant de la porte de la Vierge, sur la façade occidentale de Notre-Dame de Paris (fig. 55), rappelle encore la composition du rinceau de Sens (fig. 52). Mais ici l'exécution est plus large, la disposition des masses plus claire, les détails moins recherchés; de plus, la tradition romane est absolument abandonnée, la nature mieux observée et serrée de plus près. Ce n'est pas là une copie d'une plante. Ces feuilles, ces tiges et leurs attaches n'existent pas dans la flore, et cependant l'ornement a toute l'allure d'un végétal. Savoir donner à un objet composé toute l'apparence d'un individu végétal ou animal, réel, c'est de l'art, dans la véritable acception du mot. On peut faire la même observation à propos des bestiaires. Quoique les sculpteurs de la fin du XIIe siècle fussent déjà plus avares de représentations d'animaux dans leur ornementation que leurs devanciers[1], quand ils croient nécessaire d'en composer, ils savent leur donner une physionomie individuelle, à ce point qu'on est tout disposé à les croire copiés sur la nature, bien qu'ils appartiennent, le plus habituellement, au règne fantastique.

Pour nous, l'apogée de la sculpture d'ornement comme de la statuaire du moyen âge se trouve placé à ce moment où la tradition romane a disparu, et où la recherche de la réalité n'a pas encore imposé ses exigences. Cette période brillante de l'école française dure vingt-cinq ans environ, de 1190 à 1215. C'est l'époque de la construction de la nef et de la partie inférieure de la façade de Notre-Dame de Paris, de la cathédrale de Laon, de l'œuvre basse du chœur de la cathédrale de Rouen, d'une partie de celle de Lisieux, des chœurs des églises abbatiales de Saint-Remi de Reims, de Saint-Leu d'Esserent, d'Eu, de Vézelay, etc.

Il y eut en effet, à ce moment, un développement d'art merveilleux. La nouvelle école étendait son influence dans toute la partie de la France au nord de la Loire, de la Bourgogne et du Nivernais aux confins du Maine. Mais, cependant, chaque province conservait quelque chose de son originalité. La sculpture décorative, tout en suivant une impulsion générale, se développait suivant les aptitudes particulières à chaque contrée. Large, plantureuse dans l'Ile-de-France, énergique et serrée en Bourgogne, la sculpture était délicate et recherchée dans le Maine et

[1] Il n'existe pas une seule représentation d'animal dans les chapiteaux de Notre-Dame de Paris, bien qu'à cette époque (seconde moitié du XIIe siècle), on en sculptât encore dans beaucoup d'autres édifices.

55

la Normandie. Ces beaux ornements qui proviennent de la cathédrale de Lisieux (fig. 56) révèlent le goût délicat qui régnait alors au sein de ces dernières provinces [1]. La sculpture d'ornement inclinait vers l'orfévrerie, et malgré la beauté de l'exécution, manquait, dans ces contrées, de la largeur de style et de la belle entente de l'effet que nous trouvons

dans la sculpture de l'Ile-de-France. L'inspiration sur la nature est moins franche, moins hardie, et surtout beaucoup moins originale. Ces aptitudes diverses devaient persister bien plus tard, et jamais la sculpture de la Normandie, du Maine et de l'Anjou n'atteignit l'ampleur de celle des

[1] Nous devons les dessins de ces fragments à l'obligeance de M. Sauvageot.

cathédrales de Paris, de Laon et d'Amiens; elle conserva une recherche dans les détails, une maigreur qui, au XIVe siècle, dégénèrent en sécheresse. En Bourgogne, au contraire, la sculpture d'ornement, en avançant dans l'imitation plus réelle de la flore, arrive jusqu'à l'exagération; l'ornement semble déborder, ne pouvoir se maintenir dans les limites posées par l'architecture. Hors d'échelle souvent, son importance nuit à l'ensemble. Il faut donc en revenir toujours à ce centre d'écoles qui se développait dans l'Ile-de-France, pour trouver cette juste et sage mesure qui est la marque d'un goût éclairé et d'un jugement sûr. Ce n'est pas seulement le principe de la sculpture décorative qui se modifie au sein de ces populations de deux ou trois provinces de la France, c'est aussi le système d'architecture, depuis la structure jusqu'aux proportions et aux profils. Il y a là un fait si exceptionnel, si anormal dans l'histoire des arts, qu'il mérite d'être expliqué, d'autant qu'il peut servir d'exemple... Supposons qu'aujourd'hui, dans le département de la Seine et quelques départements voisins, des architectes se mettent en tête et aient le talent de produire un art inusité, soit comme structure, soit comme système de proportion et de décoration, conçu d'après des méthodes entièrement neuves, leurs projets ne sortiraient même pas du bureau d'enregistrement, et s'ils en sortaient, ils seraient accrochés par un des nombreux rouages administratifs à travers lesquels il leur faudrait passer.

Les conditions de liberté pour les artistes, en tant qu'artistes, ne sont point celles du citoyen. Un état social peut être très-oppressif pour le citoyen, mais très-favorable au développement de la liberté chez l'artiste. La réciproque a lieu. Quand les artistes, dans la société, forment une sorte de caste dont tous les membres sont égaux, ils se trouvent dans les meilleures conditions du développement libre de l'art. Comme caste, ils acquièrent au sein de l'ordre civil, — surtout s'il est divisé comme l'était l'ordre féodal, — une prépondérance marquée. Comme individu, le principe de toute caste étant l'égalité entre les membres qui en font partie, le contraire de la hiérarchie, l'artiste conserve une liberté d'action dont nous sommes aujourd'hui fort éloignés.

L'école laïque d'artistes s'était formée dès la seconde moitié du XIIe siècle, c'était une conséquence naturelle du développement de l'esprit municipal, si puissant à cette époque. Les règlements qui furent rédigés au XIIIe siècle pour donner une existence légale aux corporations sont la preuve que ces corporations fonctionnaient, car jamais la loi ne précède le fait; elle le reconnaît et le règle lorsqu'il a produit déjà des conséquences dont l'étendue peut être appréciée. Une fois sorti des monastères, l'art se fixait dans des ateliers, dans certaines familles, dont les membres, comme artistes, n'étaient et ne pouvaient être soumis à aucune hiérarchie. Ces ateliers, ces familles se réunissaient, discutaient les intérêts collectifs de la corporation, les établissaient en face de l'ordre féodal, mais n'avaient et ne pouvaient avoir la prétention d'imposer des méthodes d'art au milieu d'elles, car ces chefs d'atelier étaient sur le pied d'égalité parfaite entre eux et n'étaient point pourvus de fonctions ou de dignités de nature à leur donner une autorité prépondérante dans la corporation. On comprend comment un pareil état social devait être favorable au développement et au progrès très-rapide de l'art. L'expérience ou le génie de chaque membre éclairait la corporation, mais n'imposait ni des doctrines ni des méthodes. Aussi l'art de cette époque est-il bien le fidèle miroir de cet état social des artistes. Une expérience réussit-elle, aussitôt on la voit répandre ses résultats, et être immédiatement suivie d'un perfectionnement ou d'une tentative nouvelle. Il est bien certain, — et nous en avons la preuve au XIIIe siècle, — que l'art était pratiqué dans certaines familles, le père instruisait son fils ou son neveu. Les connaissances se transmettaient ainsi dans des corporations composées d'un nombre de membres ayant tous les caractères de la caste. Ces connaissances, considérées comme le privilége de la caste, n'étaient point divulguées dans le public; et leur transmission non interrompue dans l'atelier ou la famille, du patron à l'apprenti, du père au fils, explique comment nous ne possédons aucun traité écrit sur les matières d'art en France de la fin du XIIe siècle au XVIe. Des moines pouvaient écrire ces traités, et nous en possédons un, celui de Théophile, qui date du milieu du XIIe siècle très-vraisemblablement, s'occupant de la peinture, des vitraux, de l'orfévrerie, de la menuiserie, etc.; d'autres avaient dû être écrits dans les monastères, parce qu'il s'agissait de transmettre des méthodes, soit d'un couvent à l'autre, soit dans des écoles séparées du monastère. Mais les membres laïques des corporations d'artistes ou d'artisans, non-seulement n'avaient nul besoin de mettre sur le papier le résultat de leur expérience et de leur savoir, mais devaient éviter même de rien écrire, pour ne pas donner au vulgaire les recettes, les méthodes admises dans l'atelier. L'album de Villard de Honnecourt, qui date de 1250 environ, n'est qu'un cahier de notes prises partout et sur tout, depuis des procédés de tracés jusqu'à des recettes pour faire des onguents, mais n'a pas le caractère d'un traité destiné à perpétuer des méthodes ou des moyens pratiques. Villard discute, il pose des questions; son cahier est un *memento*, pas autre chose.

Cet état social des artistes laïques à la fin du XIIe siècle, connu, nous démontre comment ces corporations devaient nécessairement agir dans une sphère absolument libre; car, à moins de supprimer la corporation, comment lui imposer un goût, des méthodes? Force était d'accepter ce qu'elle voulait faire, de suivre le style, les procédés qu'il lui plaisait d'adopter, et dont elle discutait la valeur au sein de son organisation toute républicaine, où les voix n'avaient qu'une autorité purement morale, due à une longue expérience, au génie ou au simple mérite personnel. Une organisation pareille pouvait seule changer en quelques années la face des arts, sans qu'aucun pouvoir, ou civil, ou ecclésiastique (en eût-il eu la volonté), fût en état d'arrêter le mouvement donné. Mais ce qui imprime un caractère d'une grande valeur nationale à cet établissement des écoles laïques du XIIe siècle, c'est que leur premier soin est de rompre avec le passé : que ce passé soit le romain, dont les monuments ne manquaient pas en France, qu'il soit le roman plus ou moins imprégné des arts gréco-romains ou syriaques, les écoles laïques le repoussent comme structure, comme aspect des masses, comme proportions, comme décoration. Nous ne croyons pas utile, arrivé au huitième volume de ce *Dictionnaire*, de répondre à l'objection faite parfois : que les artistes *gothiques* n'ont pas copié l'architecture romaine parce qu'ils étaient hors d'état de l'imiter, trop ignorants pour en comprendre la valeur. Ce qu'ils tentaient et ce qu'ils obtinrent, était bien plus savant que ne l'eût été une imitation des arts romains. D'ailleurs, après l'art roman, il était plus facile de retourner franchement au romain, qui en diffère si peu, que de s'en écarter. Si l'école s'en éloignait plus que jamais, si elle rompait même avec les traditions des arts antiques fusionnés dans le roman, c'est qu'elle en avait la volonté, et que cette volonté s'appuyait sur une raison supérieure à toute autre.

Voilà ce qu'il faut bien constater, si l'on veut comprendre quelque chose à ce mouvement d'art de la fin du XIIe siècle. C'était une réaction active, violente, aussi bien contre l'antique domination romaine que contre le système théocratique et le système féodal. Cette école, une fois maîtresse dans le domaine de l'art, entendait que rien, dans les arts, ne devrait rappeler un passé dont on ne voulait plus. Aussi, avec quel empressement les grandes villes du Nord s'empressent de jeter bas leurs vieilles cathédrales pour en bâtir de nouvelles ! Rien ne leur coûte pour effacer la dernière trace de cet art roman développé au sein des établissements monastiques !

Qu'alors les évêques, les seigneurs, ne l'aient pas entendu ainsi, que les populations des villes n'aient pas précisé leur pensée avec cette rigueur, cela est certain : mais les monuments sont là ; leur caractère, les détails dont ils se couvrent, leur structure, parlent pour ces premières corporations d'artistes et d'artisans laïques, qui certes n'ont pas, par l'effet du hasard, et sans une raison bien mûrie, rompu brusquement avec tout un passé. La franc-maçonnerie, le compagnonnage des charpentiers, sont un dernier débris de ces associations laïques, sortes d'initiations dont les résultats, longtemps présentés comme l'expression de la barbarie et de l'ignorance, ne sont, à tout prendre, que le symptôme manifeste des premiers efforts d'une nation qui se reconnaît après tant d'asservissements successifs, veut se constituer, et date son affranchissement, le retour de son esprit national, sur des monuments dus à son propre génie et n'empruntant plus rien aux siècles antérieurs. Aussi ne signaient-ils que bien rarement leurs œuvres, ces premiers maîtres de l'école laïque. A quoi bon ? ils laissaient sur ces monuments l'empreinte du génie national débarrassé de tant de traditions décrépites, et cette signature a sa valeur.

Si ces artistes, après avoir établi un principe de structure neuf, après avoir soumis logiquement à ce principe tout un système de proportions, de profils, de tracés, avaient conservé quelque chose de la décoration romane, aux yeux de la foule ils étaient liés encore à l'art roman. Aussi ne font-ils nulle concession : l'ornementation romane n'existe plus, et pour en constituer une nouvelle, ils étudient curieusement les végétaux qui croissent dans les champs et dans les bois. La statuaire romane est reléguée dans le passé; ils observent la nature et la considèrent sous un aspect nouveau : ce n'est pas seulement la forme plastique qu'ils cherchent à reproduire en l'idéalisant, c'est le sentiment moral de l'individu.

Une fois sur cette voie, si rigoureuse que fût la constitution de la corporation, son organisation toute républicaine devait la pousser sans arrêts vers le progrès. Malheureusement, dans les choses d'art, le progrès, en nous élevant promptement à l'apogée, nous en fait descendre; la sculpture, comme chez les Grecs, après avoir idéalisé la nature, veut sans cesse s'en rapprocher et tombe dans la recherche de la réalité. Cependant il arrive à cette école ce qui arrive à toutes les constitutions basées sur la liberté de la pensée, même lorsque celle-ci recherche la quintessence en toute chose, et abandonne l'idéal, toujours un peu vague, pour le réel : longtemps l'art se maintient à une grande hauteur, et jamais l'exécution ne tombe dans la barbarie; car la barbarie dans la conception ou même dans l'exécution des œuvres d'art, arrivant après une période de splendeur, est toujours la conséquence de l'asservissement de la pensée. Nous en avons la triste preuve dans les monuments romains. A la fin de l'empire, sans qu'il y ait eu interruption dans les travaux, sans que l'enseignement d'art fût supprimé, sans qu'on eût cessé un seul jour de sculpter ou de bâtir, l'exécution est tombée si bas, qu'elle n'inspire plus que le dégoût, et fait presque désirer l'irruption de véritables barbares, mais jeunes, vigoureux et ayant l'avenir devant eux, pour effacer les traces de ces arts séniles qui ne sauraient plus rien produire.

Pendant que l'école de l'Ile-de-France opérait cette révolution radicale dans l'art de la sculpture, celle de la haute Champagne, celle du Poitou, flottaient entre les traditions romanes et ces innovations, dont elles ne comprenaient pas l'importance; ces provinces avaient d'ailleurs élevé l'art roman à un degré de perfection supérieur, soit comme structure, soit comme décoration, et n'abandonnaient qu'avec peine les méthodes ou le style d'ornementation qui avaient laissé de nombreux exemples dans le pays. Ainsi, à Poitiers, les parties de la cathédrale bâties pendant les dernières années du XIIe siècle font apercevoir des réminiscences non douteuses de la sculpture décorative gréco-romaine de Syrie, à côté d'ornements empruntés à la flore locale. Les chapiteaux des grandes arcatures des collatéraux de la nef, bâtis de 1190 à 1205, présentent cette juxtaposition des deux styles.

Quant à l'école de la haute Champagne, qui comprenait les départements de la Haute-Marne, de la Haute-Saône et d'une partie de la Côte-d'Or, son centre était à Langres. Cette école avait adopté de bonne heure un style de sculpture qui se rapprochait sensiblement du style bourguignon, mais avec une dose de traditions gallo-romaines plus prononcée. Possédant de beaux matériaux, cette contrée élève des édifices dont l'exécution est généralement fort bonne. Son architecture suit la chaîne de plateaux élevés qui s'étend de Langres même jusqu'à Lyon, en passant par Saulieu, Beaune, Autun, Paray-le-Monial et Charlieu. Mais, sur cette ligne, on peut distinguer deux écoles de sculpture : celle de la haute Champagne, dont le foyer est à Langres, qui continue assez tard

57

les traditions romaines, et celle de la Bourgogne, qui s'en affranchit promptement. Toutefois, en suivant le style roman, l'école de sculpture de la haute Champagne est évidemment, à la fin du XIIe siècle, stimulée par les progrès des écoles de l'Ile-de-France et de Troyes, et cherche une exécution plus large, un modelé plus savant et plus ferme, sans recourir franchement à la flore. Ces ornements (fig. 57 et 58), qui proviennent de la cathédrale de Langres (fin du XIIe siècle), indiquent l'indécision de cette école, balançant entre les traditions romanes et les nouveaux principes admis par les sculpteurs de l'Ile-de-France.

Le fragment (fig. 57), d'un chapiteau, est encore tout gréco-romain, mais avec un modelé plus délicat, plus voisin de la nature; l'ornement (fig. 58), d'une archivolte, est roman quant à la composition et se rapproche davantage de la flore quant à l'exécution. Il est vrai que cette archivolte est un peu postérieure au chapiteau (fig. 57), et date des premières années du XIIIe siècle; mais alors la flore, dans la sculpture de l'Ile-de-France, était demeurée maîtresse et inspirait toutes les compositions. Ce n'est donc que timidement que l'école de la haute Champagne suit le mouvement; ce qui pourrait s'expliquer par le voisinage des vastes établissements monastiques qui, si longtemps, avaient été la lumière de ces con-

58

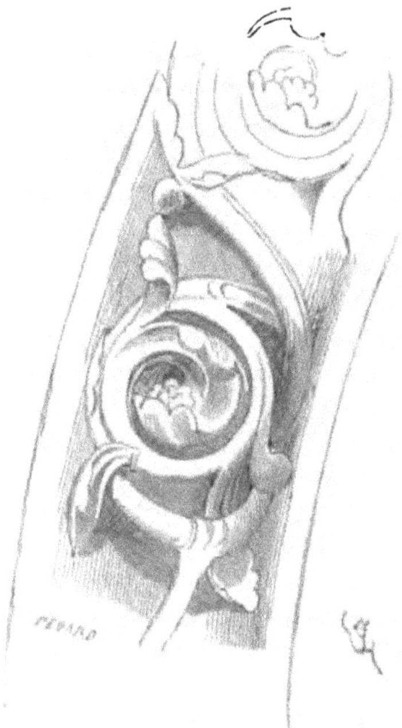

trées. Car il faut observer que près des grandes abbayes, le style nouveau dû aux artistes laïques se répand difficilement. L'abbaye de Vézelay fait exception à cette règle, et semble au contraire rivaliser avec l'abbaye de Saint-Denis, jusque vers la fin du XIIe siècle, pour sortir de la tradition romane. L'ornementation sculptée du chœur de Vézelay, dont la construction date de 1190 environ, est, relativement à la structure, très-avancée, et s'inspire de la flore avec une véritable passion. On ne remarque même pas, dans cette sculpture, le respect constant pour l'art monumental si profondément empreint dans celle de Notre-Dame de Paris. Ces artistes de Vézelay n'ont pas ce choix judicieux des plantes qui leur servent d'exemples, et ne tiennent point compte de l'échelle comme le savent faire les sculpteurs parisiens. Certains ornements sont d'une largeur et d'une simplicité exagérées, tandis que d'autres reproduisent déjà, avec une sorte de recherche, la souplesse et les détails de la plante. Mais la sculpture bourguignonne (et l'abbaye de Vézelay est l'initiatrice des arts de l'architecture dans cette province) pèche, malgré sa valeur très-considérable, par incontinence. Ses œuvres ont, jusqu'au XIIe siècle, quelque chose de spontané qui ressemble à une éclosion au sein d'une terre

59

vierge; elles poussent avec une vigueur insoumise, qui, bien souvent, produit des exemples d'une beauté incomparable. Ainsi, à Vézelay, les chapiteaux des colonnes monolithes du sanctuaire (fig. 59) ont une largeur de style, une fermeté dans l'exécution, qui leur donnent une valeur exceptionnelle au milieu des autres sculptures. Ce serait pour le mieux, si toute la décoration était ainsi traitée; mais, à côté de ces masses si simples, si grassement galbées, se trouvent des chapiteaux dont la sculpture est traitée à une autre échelle (fig. 60)[1].

En tant qu'exécution, le caractère monumental est observé dans l'un et l'autre de ces exemples; comme composition dans un même vaisseau, le caractère monumental, qui tient essentiellement à l'observation de

[1] Chapiteaux du triforium.

l'échelle, n'est pas respecté. Dans aucun édifice de l'Ile-de-France et de la même époque, à Notre-Dame de Paris, à Laon, à Saint-Quiriace de Provins, etc., on ne pourrait signaler ce mépris pour l'échelle. Mais si nous nous en tenons à l'habileté de l'artiste, aucune école ne surpasse l'école bourguignonne. C'est une grandeur dans le tracé, une ampleur

60

dans le modelé, une délicatesse dans le coup de ciseau, dont rien n'approche à cette époque. D'ailleurs, cette école ne taille jamais ses ornements que dans la pierre dure; elle abandonne les matériaux tendres vers 1180 pour ne les reprendre que vers 1230. La pierre tendre, même fine, pouvait difficilement se prêter, en effet, à la taille précise de cette sculpture qui peut être comparée, comme netteté, à la belle ornementation grecque sur marbre, et qui a sur celle-ci l'avantage d'être plus large et mieux entendue comme effet décoratif. Nous ne savons si les Grecs ont fait de la sculpture d'ornement à une grande échelle, ample, comme composition, puisque les seuls exemples qui nous restent, provenant de monuments petits généralement, paraîtraient maigres et plats, appliqués à nos édifices. Mais quant au *faire*, le ciseau des praticiens de nos meilleures écoles françaises de la fin du XIIe siècle égale la pureté du ciseau grec.

Produire un effet voulu à l'aide des moyens les plus simples et les moins dispendieux, est certainement le problème qu'ont à résoudre les architectes de tous les temps. Trouver un système d'ornementation qui prête son concours à l'architecture, qu'il s'agisse d'un humble édifice, aussi bien que d'un palais ou d'une cathédrale pour une grande ville, c'était mettre l'art à la portée de tous et n'en pas faire la jouissance de quelques privilégiés. Or, si l'on prend la peine de parcourir deux ou trois de nos provinces, on reconnaîtra bientôt que la plus pauvre église de village, le moindre hospice appartenant à cette période de rénovation, possèdent une décoration sculpturale en parfaite harmonie avec la structure, et que cette ornementation (parfois d'une grande simplicité) a toujours l'avantage de parler aux yeux un langage connu. Dans cette sculpture, le paysan et le seigneur retrouvent des formes qui leur sont familières, des détails inspirés des plantes qui couvrent leurs champs, composés toujours avec grâce et adresse.

Disposés avec sobriété sur les parties de la construction qui se prêtent seules à les recevoir, les ornements, variés, mais soumis à la loi d'unité par leur origine commune, produisent le plus grand effet possible, ne serait-ce que par le contraste entre leur richesse et la simplicité vraie de la structure au milieu de laquelle ils viennent se poser. La place donnée à un ornement est pour les neuf dixièmes dans l'effet qu'il produit, et les artistes qui, dans nos églises de la fin du XIIe siècle, sculptaient ces larges chapiteaux sur des colonnes monostyles, à une hauteur très-médiocre, savaient bien ce qu'ils faisaient. Ainsi, cette ceinture riche qui pourtournait l'édifice, en attirant l'attention, dispensait-elle de toute autre décoration? Il suffisait de quelques rappels, de quelques points dans les parties élevées, tels que les chapiteaux à la naissance des voûtes, les clefs, pour donner à l'intérieur d'un vaisseau l'aspect de la richesse.

Quand on veut se rendre compte du rôle donné à la sculpture d'ornement dans les édifices du moyen âge de cette époque, on est fort surpris de son peu d'importance relativement à l'effet qu'elle produit, surtout si l'on compare ces édifices à ceux élevés aujourd'hui, sur lesquels la sculpture est répandue sans qu'il soit possible de donner la raison de cette profusion, ni de deviner pourquoi tel ornement est placé ici ou là, au faîte ou à la base, à l'intérieur ou à l'extérieur.

D'ailleurs, dans nos monuments dus à nos belles écoles du moyen âge, l'ornementation sculptée n'est pas traitée de la même manière à l'air libre ou sous les voûtes et planchers d'une salle. Heurtée à l'extérieur, profitant de la lumière directe du soleil, elle procède par plans nettement accusés; tandis qu'à l'intérieur, en tenant compte de la lumière diffuse, elle adopte un modelé plus doux, elle évite les trop fortes saillies. De même cette ornementation se modifie-t-elle en raison de la nature des matériaux mis en œuvre. Les artistes du XIIIe siècle ne cherchent pas à obtenir, dans l'ornementation sculptée sur du grès dur ou du granit, les refouillements que permet le calcaire; ils donnent alors aux détails plus de largeur, ils accusent un modelé plus simple, se rapprochant de l'ébauche. S'ils disposent, au contraire, de pierres à grain fin et serré, l'ornementation arrive à des détails très-délicats, à des refouillements prononcés, sans cependant nuire aux dispositions des masses. Ce parti est bien franchement suivi dans les sculptures de la façade occidentale de Notre-Dame de Paris, où, sur une sculpture large et produisant un puissant effet à distance, on découvre des délicatesses de modelé extraordinaires.

Du jour où l'école laïque s'emparait de la flore pour composer ses ornements sculptés, elle devait peu à peu se rapprocher de la réalité. Interprétés d'abord, les végétaux sont bientôt imités. A quelques années de distance, le progrès vers l'imitation réelle est sensible. Cette marche d'un art qui suit un développement logique est accompagnée d'enseignements précieux. L'ornementation primitive de l'école laïque pendant les dernières années du XIIe siècle, d'une exécution si parfaite, d'un style si délicat, se maintenant entre les exigences monumentales et l'observation de la nature, se prête difficilement, à cause de la délicatesse même des principes admis, à la grande sculpture décorative. Placée près de l'œil, charmante sur des chapiteaux, sur des jambages ou des tympans de portes, elle perd une grande partie de sa valeur au sommet des édifices. Augmentant les dimensions des monuments au commencement du XIIIe siècle, les artistes prennent, pour leurs profils, pour leurs ornements, une échelle plus grande. C'est alors qu'on voit s'épanouir la flore sculpturale, et c'est encore par l'observation de la nature que les sculpteurs arrivent à satisfaire à ces exigences d'échelle. Car il est à remarquer que pour faire grand — nous disons *grand*, et non point *gros* — en ornementation sculptée, c'est à la nature seulement qu'on peut recourir. Toute ornementation de convention, comme est la plus grande partie de la sculpture romaine et de la sculpture romane, ne peut être grandie impunément. En augmentant l'échelle, on tombe alors dans la lourdeur, dans le difforme. Nos artistes modernes ont le sentiment de cette difficulté; aussi l'ornementation pseudo-romaine qu'ils adoptent habituellement n'est jamais grande d'échelle, et les sculptures placées à 40 mètres du sol reproduisent le parti, le modelé et l'échelle des ornements qui décorent des soubassements.

En recourant à la flore, les maîtres d'autrefois se laissaient la ressource, non-seulement de varier à l'infini leurs compositions sans sortir de l'unité, mais d'adopter l'échelle convenable en raison de la place.

Il faut voir comme ils savent, avec une même feuille, par exemple, composer une frise de 20 ou de 60 centimètres de hauteur, et comme ils trouvent dans la nature elle-même les éléments convenables en raison des dimensions ou des situations différentes. A ce point de vue, la sculpture d'ornement de la façade de Notre-Dame de Paris est une œuvre de génie, bien que cette façade n'ait pas été bâtie d'un seul jet. En s'élevant sur l'édifice, l'ornementation grandit d'échelle et se simplifie singulièrement quant à la façon d'interpréter la flore; car nous observons que par une loi qui ne souffre pas d'exceptions pendant la première moitié du XIIIe siècle, plus l'échelle de la sculpture d'ornement est grande, plus les détails sont sacrifiés aux masses. Nous avons fait cette observation déjà à propos de la statuaire. L'ornement petit, placé près de l'œil, est très-détaillé, très-finement modelé; l'ornement colossal est simple, large, les masses sont accentuées, les saillies vivement senties.

La façade occidentale de la cathédrale d'Amiens, dans ses parties anciennes, fournit de beaux exemples de cette entente des effets. Le bandeau placé sous la galerie des Rois à une hauteur de 28 mètres au-dessus

61

du parvis, et terminé par un rinceau feuillu dont la figure 61 donne un fragment, ce bandeau a 30 centimètres de hauteur. La frise supérieure de la même façade, sous le larmier, posée à 43 mètres au-dessus du sol, est décorée par une alternance de crochets et de larges feuilles de figuier (fig. 62), et cette frise a 60 centimètres de hauteur. On observera la différence de composition et de modelé entre ces deux ornements. Le premier, délicatement modelé, fourni de détails, est encore assez près de l'œil pour permettre d'en saisir toutes les parties; le second, placé au sommet d'une large façade, d'une dimension plus grande, est remarquable par sa simplicité, la largeur, la clarté et la hardiesse du modelé.

62

Cette sculpture date de 1230 environ. C'est alors que l'inspiration d'après la flore incline déjà vers le réel, mais cependant avec une profonde connaissance des effets. C'est alors aussi que les formes géométriques de l'architecture se mêlent avec la sculpture. Nous trouvons des exemples de ce mélange sur cette même façade de la cathédrale d'Amiens, dans l'arcature de la galerie inférieure (voy. GALERIE, fig. 12). Les sommiers de cette arcature, qui eussent paru très-maigres, réduits à leur tracé géométrique, sont renforcés par des ornements et des animaux qui leur donnent un aspect puissant, qui arrêtent les yeux sur ces points principaux, et qui forment une composition des plus larges et des plus hardies (fig. 63).

Cet exemple est remarquable à plus d'un titre. Il n'est point aisé déjà pour le dessinateur de combiner ce mélange de formes architectoniques, d'ornements et d'animaux; mais le dessin donné, il est encore moins facile de le faire interpréter par des exécutants, puisque cette composition mise en place a demandé le concours de l'appareilleur, du tailleur de pierre, du sculpteur d'ornements et de figures, du bardeur, et enfin du

63

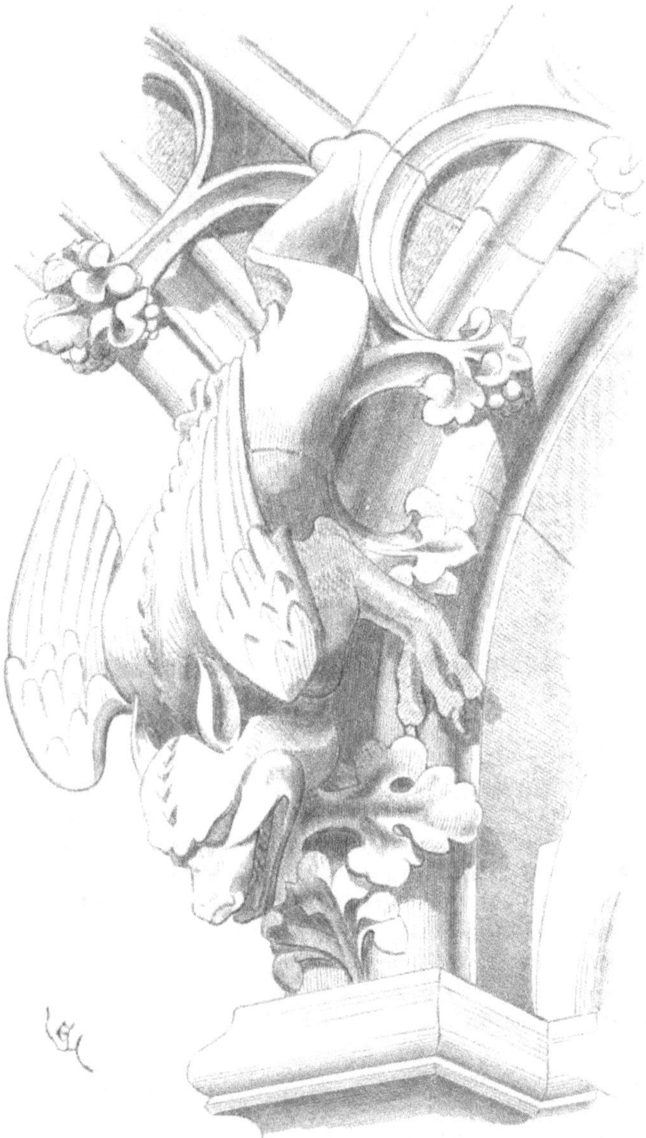

poseur. Les morceaux sculptés ou non sculptés étant tous terminés avant la pose, — ne l'oublions pas, — il n'est point nécessaire d'être versé dans la pratique du bâtiment pour comprendre les difficultés de montage et de mise en place d'un sommier de cette taille, — car il ne cube pas moins de 1m,50, — qui ne présente pas de prise, puisque toutes ses faces sont parementées et que celle de devant est couverte de sculptures très-saillantes. Avec nos engins perfectionnés, nous ne parvenons pas toujours à placer des pierres simplement épannelées, sans épaufrures. Comment donc s'y prenaient ces bâtisseurs du moyen âge pour élever et placer de pareils blocs complétement achevés, sans endommager les moulures et les reliefs? Comment les préservaient-ils pendant l'exécution des parties supérieures? Il y a là matière à méditations, surtout si l'on considère la rapidité extraordinaire avec laquelle certains édifices étaient élevés [1].

C'est à cette époque, au moment du développement de l'école laïque, de 1210 à 1230, que l'ornementation s'identifie pleinement avec l'architecture. Les façades des cathédrales de Paris, d'Amiens (œuvre ancienne), certaines parties de Notre-Dame de Chartres, de la cathédrale de Laon, les tours de la façade occidentale notamment, montrent avec quelle entente de la composition les maîtres savaient rattacher la sculpture à l'architecture, et avec quelle adresse les ouvriers interprétaient les conceptions de leurs patrons.

Il existait alors plusieurs séries d'ouvriers façonnés à ce travail qu'aujourd'hui nous obtenons avec les plus grandes difficultés. Il y avait les tailleurs de pierre ordinaires, tâcherons qui, sur le tracé de l'appareilleur, taillaient les pierres à parement simple; des ouvriers plus habiles faisaient les profils avec moulures; puis venaient les tailleurs d'images, qui taillaient et sculptaient les pièces comme celles que nous présente la figure 63. Mais tous ces ouvriers de mérite différent entendaient le trait, chose que nos sculpteurs d'aujourd'hui ne savent pas généralement. On a la preuve de cette façon de procéder : 1° par les marques de tâcherons, 2° par la nature de la taille ou du brettelage, qui diffère dans les trois cas. Les marques de tâcherons des profils, dans le même édifice, ne sont point celles des tâcherons de parement. Quant aux morceaux portant sculpture, la bretture est beaucoup plus fine, et surtout moins large; puis ils sont dépourvus de signes. L'épannelage de ces morceaux était préparé par les tailleurs de pierre ordinaires, ce que démontrent certains fragments non sculptés et posés tels quels par urgence.

[1] Ce n'est pas la première fois que nous signalons l'activité des constructeurs du moyen âge. La nef et une grande partie de la façade de Notre-Dame de Paris furent élevées en dix ans au plus; la nef de la cathédrale d'Amiens et le pignon de la façade, d'où proviennent les fragments ci-dessus, étaient achevés en six ou sept ans. Le château de Coucy, si important, fut construit en peu d'années. De ce qu'un grand nombre de ces constructions ont été interrompues pendant des demi-siècles, faute de ressources, ou par suite de malheurs publics, puis reprises, puis interrompues, puis continuées, on en conclut qu'elles s'élevaient très-lentement. C'est une erreur : toutes fois que l'on construisait, pendant le moyen âge, on construisait très-vite.

Il ne paraît pas que les tailleurs d'images se servissent de modèles; car, dans les représentations de ces sortes de travaux, qu'on retrouve sur des vitraux, dans des vignettes de manuscrits et des bas-reliefs, on ne voit jamais de modèles figurés, mais des panneaux. D'ailleurs, ces sculpteurs ne répétant jamais exactement le même motif, il est évident qu'ils ne suivaient point un modèle. Dans des ornements courants mêmes, comme des feuilles ou crochets de bandeaux et corniches, chaque ornement est traité suivant la largeur de la pierre, et sur vingt feuilles, semblables comme type, il n'en est pas deux qui soient identiques.

Pour ces ornements courants, voici comment on procédait. Un maître faisait une feuille, un crochet, un motif enfin, destiné à être répété sur chaque morceau; puis, des ouvriers copiaient librement ce type. Cette méthode est dévoilée par la présence de morceaux exécutés entre tous avec une rare perfection et par des mains habiles. Lorsqu'il s'agissait de pièces exceptionnelles, telles que grands chapiteaux, ou des gargouilles, ou des compositions un peu compliquées, prenant une certaine importance, elles étaient confiées à ces maîtres tailleurs d'images. Beaucoup de sculptures de l'époque romane étaient faites sur le tas, c'est-à-dire après un ravalement; ce qui est indiqué par des joints passant tout à travers les ornements et parfois même les figures. Mais l'école laïque repoussa cette méthode jusqu'au XVIe siècle, c'est-à-dire tant que les corporations conservèrent leur organisation intacte. Chaque ouvrier finissait l'objet qui lui était confié. Jamais un tailleur de pierre ou un tailleur d'images ne montait sur le tas. Il travaillait sur son chantier, terminait la pièce, qui était enlevée par le bardeur et posée par le maçon, qui seul se tenait sur les échafauds. On ne peut disconvenir qu'une pareille méthode dût donner aux contre-maîtres plus de facilités pour mettre de l'ordre dans le travail, dût éviter les encombrements, par conséquent les chances d'accident, et permît une grande rapidité d'exécution; du moment que l'organisation première était bonne, et que l'architecte avait tout prévu d'avance : or, il fallait bien qu'il en fût ainsi, pour que ces rouages pussent fonctionner. Sous ce rapport, il n'y a pas à tirer vanité des progrès que nous avons faits.

C'est au moment de l'épanouissement de l'école laïque, que les animaux, si fréquents dans l'ornementation romane, délaissés dans la sculpture de la fin du XIIe siècle, reparaissent dans la décoration extérieure des édifices. A côté de la flore, ils forment une faune ayant sa physionomie bien caractérisée. Les animaux figurés dans la sculpture de **1210 à 1250** sont de deux sortes : les uns sont copiés sur la faune locale, et sur quelques espèces dont, par luxe, les grands seigneurs gardaient des individus dans leurs palais, tels que lions, panthères, ours, etc.; les autres appartiennent au règne fabuleux si bien décrit dans les bestiaires. C'est le *griffon*, la *wivre*, la *caladre*, la *harpie*, la *sirène*, le *basilic*, le *phénix*, le *tiris*, le *dragon*, la *salamandre*, le *pérédexion*, animaux auxquels ces bestiaires accordaient les qualités ou les instincts les plus étranges. Pourquoi ces animaux réels ou fabuleux venaient-ils ainsi se poser sur les parements extérieurs des édifices, et particulièrement de nos grandes cathédrales ? Il ne faut pas perdre de vue ce que nous avons dit précédemment à propos des tendances de l'école laïque qui élevait ces monuments. Ceux-ci étaient comme le résumé de l'univers, un véritable *Cosmos*, une encyclopédie, comprenant toute la création, non-seulement dans sa forme sensible, mais dans son principe intellectuel. Là encore nous retrouvons la trace effacée, mais appréciable encore, du panthéisme splendide des Aryas. Le vieil esprit gaulois perçait ainsi à travers le christianisme, et revenait à ses traditions de race, en sautant d'un bond par-dessus l'antiquité gallo-romaine. Le dogme chrétien domine, il est vrai, toutes ces traditions conservées à l'état latent à travers les siècles; il les règle, il s'en empare, mais ne peut les détruire. Les bestiaires qui furent si fort en vogue à la fin du XIIe siècle et jusque vers le milieu du XIIIe, au moment même où l'école laïque se développait, ces bestiaires qui se répandent sur nos cathédrales et participent au concert universel, semblent être une dernière lueur des âges les plus antiques de notre race. Tout cela est bien corrompu, bien mélangé des fables de Pline et des opinions de la dernière antiquité païenne, mais ne laisse pas moins percer des traditions locales et beaucoup plus anciennes. Ce n'est point ici le lieu de discuter cette question, nous ne devons nous occuper que du fait : or, le fait, c'est le développement de ces bestiaires à l'extérieur de nos grandes cathédrales, sur ces monuments où tout l'ordre naturel et surnaturel, physique et immatériel, se développe comme dans un livre.

D'après les bestiaires des XIIe et XIIIe siècles, chacun des animaux qui s'y trouvent figurés est un symbole. Ainsi, par exemple le *phénix*, qui se consume en recueillant les rayons du soleil et renaît de ses cendres, représente Jésus-Christ se sacrifiant sur la croix et ressuscitant le troisième jour. Le phénix est décrit par les anciens, mais il est difficile de ne pas reconnaître dans ce mythe l'Agni des Védas. Que parmi tant d'éléments d'art laissés par l'antiquité romaine, l'école laïque du XIIIe siècle ait été recueillir particulièrement ces animaux fabuleux, leur ait donné une forme symbolique, en ait fait des mythes même, en appropriant ces mythes à l'idée chrétienne, n'est-ce point un signe que ces représentations rappelaient des traditions locales encore persistantes ? N'est-il pas naturel que les clercs, reconnaissant la puissance encore vivace de ces traditions, aient cherché au moins à leur donner un sens symbolique chrétien ? N'est-il pas vraisemblable aussi que les évêques qui présidaient à la construction des grandes cathédrales, aient permis la représentation de ces mythes transformés, à l'extérieur des édifices religieux, mais leur aient interdit l'intérieur des sanctuaires, à cause de leur origine douteuse ? Et, en effet, si ces animaux abondent sur les façades des cathédrales du commencement du XIIIe siècle, ils font absolument défaut à l'intérieur, sauf de rares exceptions. Il n'y a pas un seul animal figuré dans les sculptures intérieures de Notre-Dame de Paris, de Notre-Dame d'Amiens. On en rencontre quelques-uns sur les chapiteaux de la nef de la cathédrale de Reims. Or, ces trois églises, et particulièrement celle de Paris, présentent à l'extérieur un monde d'animaux réels ou fantastiques.

64

Cette faune innaturelle possède son anatomie bien caractérisée, qui lui donne une apparence de réalité. On croirait voir, dans ces bestiaires de pierre, une création perdue, mais procédant avec la logique imposée à toutes les productions naturelles (voy. Animaux). Les sculpteurs du XIIe siècle ont produit en ce genre des œuvres d'art d'une incontestable valeur, et sans nous étendre trop sur ces ouvrages, nous donnerons ici, comme échantillon, la tête d'une des gargouilles de la sainte Chapelle de Paris (fig. 64), que certes un artiste grec ne désavouerait pas. Il est difficile de pousser plus loin l'étude de la nature appliquée à un être qui n'existe pas.

Vers 1240, il se produit dans la sculpture d'ornement, comme dans la statuaire, un véritable épanouissement. Ainsi les frises, les chapiteaux, les bandeaux, les rosaces, au lieu d'être composés suivant un principe monumental, ne sont bientôt plus que des formes architectoniques sur lesquelles le sculpteur semble appliquer des feuillages ou des fleurs.

65

L'exemple que nous donne la figure 65, tiré du portail nord de la cathédrale de Troyes, est la dernière limite de l'alliance des compositions régulières avec application de la flore réelle aux détails. Ici ces feuilles se trouvent dans la flore des champs, mais l'agencement de l'ornement appartient à l'artiste. Un peu plus tard le feuillage sera simplement pris dans la campagne, avec sa tige, et sera appliqué sur le nu du bandeau ou du chapiteau. Dans cette même cathédrale, les chapiteaux des piles du tour du chœur présentent encore la régularité de composition architectonique, avec appoint de feuillage pris sur la nature. Les crochets eux-mêmes, simples bourgeons avant cette époque (1230), semblent s'épanouir ; leurs tiges, grasses et côtelées, sont accompagnées de feuilles (fig. 66). Un peu plus tard, comme à la sainte Chapelle de Paris (1240 à 1245), la plupart des chapiteaux ne présentent que des bouquets de feuillages, qui paraissent attachés aux corbeilles, et remplacer ainsi les membres décoratifs que nous désignons par le mot crochets.

En présence de cette marche rapide de l'art de la sculpture, et surtout de la perfection de l'exécution qui se développe de plus en plus, on ne sait ce qu'on doit préférer, ou de la décoration encore soumise à la composition monumentale, ou de cette imitation adroite, souple et ingénieuse de la nature, cherchée par les artistes du milieu du XIIIe siècle. Cependant rien, à notre avis, n'est au-dessus de la sculpture large, claire, habilement composée, et déjà tout empreinte de l'observation de la flore, qui se voit dans la nef de la cathédrale de Paris. L'échelle de cette

66

sculpture est en parfaite concordance avec celle des profils et de l'architecture tout entière. Il semble que l'art ne puisse aller au delà. Mais il était de l'essence même de la sculpture du moyen âge de ne pouvoir se fixer. Partant de l'observation de la nature, dans la flore aussi bien que dans la statuaire, il fallait aller en avant, poursuivre le mieux, et, en le poursuivant, atteindre le réel. Prenant la nature pour point de départ, de l'interprétation on arrive toujours par une pente irrésistible à l'imitation ; puis, quand l'imitation fatigue, on veut faire mieux que le modèle, on l'exagère, on tombe dans l'affectation, dans la manière et souvent dans le laid. Disons cependant que cette robuste école de l'Ile-de-France sait se maintenir dans les limites du goût, et qu'elle ne cesse d'être contenue, sobre et distinguée jusqu'aux dernières limites de l'art du moyen âge, même alors que d'autres provinces, comme la Picardie, la Bourgogne, la Champagne, tombaient dans le maniéré et le laid.

On confond avec trop peu d'attention généralement ces écoles à leur déclin. Les figures bouffonnes et maniérées à l'excès de l'art du XVe siècle dans les Flandres, en basse Bourgogne, en Picardie, empêchent de voir nos œuvres réellement françaises de la même époque, œuvres que le goût ne cesse de diriger. Aussi est-ce de cette école française que sortent, au XVIe siècle, les Jean Goujon, les Germain Pilon, et cette pléiade de sculpteurs dont les œuvres rivalisent avec celles des meilleurs temps.

A dater de 1250, l'art est formé : dans la voie qu'il a parcourue il ne peut plus monter. Il réunit alors au style élevé, à la sobriété des moyens, à l'entente de la composition, une exécution excellente et une dose de naturalisme qui laisse encore un champ large à l'idéal. Cependant, si séduisantes que soient les belles œuvres de sculpture à dater de la seconde moitié du XIIIe siècle jusqu'au XVe, il est impossible de ne pas jeter un regard de regret en arrière, de ne pas revenir vers cet art tout plein d'une séve qui déborde, qui parle tant à l'imagination, en faisant pressentir des perfections inconnues. Toute production d'art qui transporte l'esprit au delà de la limite imposée par l'exécution matérielle, qui laisse un souvenir plus voisin de la perfection que n'est cette œuvre même, est l'œuvre par excellence. Le souvenir qu'on garde de certaines statues grecques est pour l'esprit une jouissance plus pure que n'est la vue de l'objet; et qui n'a parfois éprouvé une sorte de désenchantement en retrouvant la réalité ! Est-ce à dire pour cela que ces œuvres sont au-dessous de l'estime qu'on en fait ? Non point ; mais elles avaient développé dans l'esprit toute une série de perfections dont elles étaient réellement la première cause. Pour que ce phénomène psychologique se produise, il est deux conditions essentielles : la première, c'est que l'œuvre d'art ait été enfantée sous la domination d'une idée chez l'artiste ; la seconde, c'est que celui qui voit ait l'esprit ouvert aux choses d'art. Pour former l'artiste, il est besoin d'un public appréciateur, pénétrable au langage de l'art ; pour former le public, il faut un art compréhensible, en harmonie avec les idées du moment. Depuis le XVIIe siècle, nous voulons bien qu'on ait pensé à maintenir l'art à un niveau élevé, mais on n'a guère songé à lui trouver ce public sans la sympathie compréhensive duquel l'art tombe dans la facture, et n'exprime plus un sentiment, une idée, un besoin intellectuel.

Il est évident que pendant le moyen âge il existait entre l'artiste et le public un lien étroit. Le moyen âge n'aurait pas fait un si grand nombre de sculptures pour plaire à une coterie, l'art s'était démocratisé autant qu'il peut l'être. De la capitale d'une province, il pénétrait jusque dans le dernier hameau.

Il avait sa place dans le château et sur la plus humble maison du petit bourgeois ; et ce n'est pas à dire que l'œuvre fût splendide dans la cathédrale et le château, barbare dans l'église de village ou sur la maison du citadin. Non : l'exécution était plus ou moins parfaite, mais l'œuvre était toujours une œuvre d'art, c'est-à-dire empreinte d'un sentiment vrai, d'une idée. Le langage était plus ou moins pur, mais la pensée ne faisait jamais défaut et elle était comprise de tous. On ne trouvait nulle part alors, sur le sol de la France, de ces ouvrages monstrueux, ridicules, qui abondent sur nos édifices publics ou particuliers, bâtis depuis deux cents ans, loin des grands centres. Le langage des arts est devenu une langue morte sur les quatre cinquièmes du territoire, non parce que la population l'a repoussé, mais parce que ce langage a prétendu ne plus s'adresser qu'à quelques élus. Alors il est arrivé ce qui arrive à toute expression de la pensée humaine qui rétrécit le champ de son développement au lieu de l'étendre, elle n'est même plus comprise du petit nombre de gens pour lesquels on prétend la réserver.

Une des gloires de nos écoles laïques du XIIIe siècle, ç'a été de vulgariser l'art. Ainsi que chez les Grecs, l'art était dans tout, dans le palais comme dans l'ustensile de ménage, dans la forteresse comme dans l'arme la plus ordinaire; l'art était un besoin de la vie, et l'art n'existe qu'à cette condition [1]. Du jour où l'on a appris à un peuple à s'en passer, qu'il n'existe plus que pour une caste, ce n'est pas par des décrets qu'on le vulgarise de nouveau. On ne décrète pas plus le goût qu'on ne le développe par de prétendus encouragements : car encourager le goût, c'est encourager *un* goût; encourager *un* goût, c'est tuer l'art. L'art est un arbre qu'on n'élague pas et qui n'a pas besoin de tuteurs. Il ne pousse qu'en terre libre, en prenant sa séve comme il peut et où il veut, en développant ses rameaux en raison de sa nature propre. Le régime féodal n'avait ni Académies, ni conseils des bâtiments civils, ni comités protecteurs des arts; il ne donnait ni récompenses, ni médailles; il ne s'inquiétait point de savoir si, dans ses domaines, on apprenait le dessin, si l'on modelait la terre et si l'on sculptait le bois; il n'avait ni musées ni écoles spéciales, et l'art vivait partout, florissait partout. Dès que le despotisme unique de Louis XIV se substitue à l'arbitraire féodal, dès que le gouvernement du grand roi prétend régenter l'art comme toutes choses, former un critérium du goût, l'art se range, se met au régime, et n'est bientôt plus qu'un moribond dont on entretient la vie à grand'peine avec force médicaments et réconfortants, sans pouvoir un seul jour lui rendre jeunesse et santé.

La puissance productive de l'art au XIIIe siècle, et particulièrement de la sculpture, tient du prodige. Après les guerres du XVe siècle, après les luttes religieuses, après les démolitions dues aux XVIIe et XVIIIe siècles, après les dévastations de la fin du dernier siècle, après l'abandon et l'incurie, après les bandes noires, il nous reste encore en France plus

[1] On n'avait pas inventé alors l'*art industriel*, dénomination qui démontre combien nous avons perdu le vrai sens de l'art.

d'exemples de statuaire du moyen âge qu'il ne s'en trouve dans l'Italie, l'Allemagne, l'Angleterre et l'Espagne réunies[1].

Au commencement du XIIIe siècle, la bonne statuaire est d'une valeur incomparable, mais faut-il encore la chercher. Les grandes écoles se forment, et leurs rameaux ne s'étendent pas bien loin. A dater du milieu du XIIIe siècle, les œuvres remarquables abondent; un monde d'artistes s'est constitué, les écoles tendent à se fondre dans une unité de méthode, et de pauvres églises, des maisons, des châteaux de petite apparence, contiennent parfois des ouvrages de sculpture d'une excellente exécution, d'un style irréprochable. Ces artistes étaient donc répandus partout, et la sculpture semblait être un art de *première nécessité*. A ce moment du développement de l'art sculptural, l'exécution atteint un haut degré de perfection. Que l'on examine la statuaire et la sculpture d'ornement de la sainte Chapelle du Palais, de la porte sud du transsept de l'église abbatiale de Saint-Denis, les parties inférieures du portail de droite de la cathédrale d'Auxerre, les portes nord et sud de Notre-Dame de Paris, la sculpture des portails de Reims et d'Amiens, on pourra se faire une idée du développement que prenait l'art sous le règne de Louis IX. Jamais l'observation de la nature ne fut poussée plus loin. Au milieu de tant d'œuvres, il est difficile de choisir un exemple.

Cependant nous présentons ici une des statues du portail occidental de Saint-Étienne d'Auxerre[2] (fig. 67). C'est une Bethsabée assise aux côtés de David. La tête et les mains ont été brisées. On n'a jamais mieux rendu le nu sous les draperies. Jamais on n'a mieux exprimé une attitude simple, aisée. Il n'y a là ni roideur, ni *tuyaux d'orgues*, ni pauvreté physique. Cette femme se porte à merveille. Or, toutes les statues de ce portail, et les sibylles notamment, ont la même valeur. Il est clair que ces statuaires n'allaient point chercher leurs draperies sur les statues antiques, qu'ils ne drapaient point des maquettes avec des linges mouillés. C'est de l'étoffe sur le nu vivant; non l'étoffe dont les plis se roidissent ou s'affaissent par un long séjour dans l'atelier, mais le vêtement porté, laissant voir toutes les délicatesses des mouvements d'un corps souple. Ce n'est point là le costume que portaient les dames de 1250, c'est un vêtement idéal, mais qui a toute la grâce et l'aisance de l'habit usuel.

Nous ne soutiendrons pas que les habits du XIIIe siècle ne fussent pas plus favorables à la statuaire que les nôtres, mais les artistes ne reproduisaient guère les vêtements de leur temps qu'accidentellement. Ils drapaient leurs figures suivant leur goût, leur fantaisie, et jamais on ne sut mieux, sinon dans la belle antiquité grecque, donner aux draperies le mouvement, la vie, l'aisance.

[1] Remarquons encore ici que, dans nos musées de Paris ou de province, dans nos écoles, il n'y a pas un seul moulage de cette statuaire pouvant servir à l'enseignement; et c'est nous qui sommes les gens exclusifs!

[2] Porte de droite, dont la partie inférieure date de 1250 à 1260.

Et quand même ces artistes reproduisaient les vêtements portés de leur temps, avec quel art savaient-ils les arranger, leur donner la noblesse, le style, sans s'écarter de la vérité ! et cela jusqu'à la fin du xve siècle[1]. Cette

67

statue (fig. 68), placée sur le tombeau de l'évêque Pierre de Roquefort, dans l'ancienne cathédrale de Carcassonne, et qui représente un chanoine, est petite nature[2]. Aucune école de statuaire n'a su tirer si bon parti d'un vêtement qui, après tout, lorsqu'on l'analyse, n'a rien de très-pittoresque, ni de très-noble. La façon dont l'aumusse est arrangée

[1] Il est entendu qu'en parlant du xve siècle, nous ne nous occupons que de la véritable école française, en laissant de côté les magots flamands, sur lesquels habituellement on juge notre art.

[2] Ce tombeau date de 1320 environ.

sur la tête, autour du cou et devant la poitrine, dont le manteau est relevé par le bras droit, révèle un artiste consommé. Disons que cette statue est taillée dans un grès dur, difficile à travailler. Mais aucune

matière n'était un obstacle pour ces imagiers, poussant la recherche du modelé aux dernières limites. Certaines statues de marbre des tombeaux de l'église abbatiale de Saint-Denis, datant du XIVe siècle, sont achevées avec une délicatesse de ciseau, une souplesse dans la manière dont sont traités les accessoires, supérieures à ce qu'obtiennent nos meilleurs praticiens.

Le moyen âge ne s'est pas contenté de sculpter les pierres dures, le marbre, le bois, il éleva un grand nombre de monuments de bronze coulé et de cuivre repoussé. Presque toutes ces œuvres d'art ont été jetées au creuset pendant le XVIIIe siècle et en 1793. Il ne nous en reste aujourd'hui qu'un très-petit nombre[1]. Ce peu suffit toutefois pour faire connaître que les artistes des XIIe, XIIIe, XIVe et XVe siècles avaient poussé très-loin l'art du fondeur. Les deux tombes de la cathédrale d'Amiens sont des chefs-d'œuvre de fonte; l'une d'elles est, comme art, un monument du premier ordre[2]. Toutes deux représentent des évêques grandeur naturelle, ronde bosse, couchés sur une plaque de cuivre décorée d'accessoires. Le tout est fondu d'un seul jet et admirablement fondu. Seules, les crosses étaient des pièces rapportées.

Il existait à Saint-Denis une tombe de Charles le Chauve, datant de la fin du XIIe siècle, en bronze coulé et émaillé. L'église Saint-Yved de Braisne contenait un grand nombre de ces monuments de bronze émaillés et dorés[3]. Nous ne savons comment ces artistes du moyen âge s'y prenaient pour émailler des statues de bronze grandes comme nature; cela nous paraît impossible aujourd'hui. Cet art se conserva jusqu'à l'époque de la renaissance, car la statue de Charles VIII agenouillée sur son tombeau, à Saint-Denis, était vêtue d'un manteau royal entièrement émaillé en bleu sur le bronze, avec semis de fleur de lis d'or[4]. Le XIIe siècle avait fabriqué un grand nombre d'objets de bronze servant à la décoration des édifices. Suger parle des grilles de bronze qu'il avait fait fondre pour l'autel des martyrs. On conserve encore au musée de Reims un magnifique fragment d'un grand candélabre de bronze qui était placé dans le sanctuaire de l'église de Saint-Remi, et qui date du milieu du XIIe siècle; on ne saurait voir de fonte plus pure et une ornementation mieux appropriée à la matière[5]. Enfin, il existe un assez grand nombre de bustes de cuivre ou d'argent repoussé des XIIe, XIIIe et XIVe siècles, servant de reliquaires, qui sont d'un excellent travail; nos sanctuaires possédaient des autels, des baldaquins en bronze fondu et repoussé, émaillé et doré, d'une grande richesse de travail.

Ces objets de bronze étaient habituellement fondus en grandes pièces et à cire perdue. Il fallait bien que ce travail ne sortît pas des procédés ordinaires, puisqu'on voyait en France beaucoup de statues tombales

[1] On détruisit un grand nombre de monuments de bronze vers la fin du règne de Louis XIV. Ce fut à cette époque que toutes les tombes de métal et les décorations du chœur de Notre-Dame de Paris furent fondues, afin d'aider à l'arrangement du nouveau chœur.

[2] Voyez l'article TOMBEAU, dans lequel nous présentons quelques-uns de ces monuments.

[3] Voyez la *Monographie de Saint-Yved de Braisne*, par M. Stanislas Prioux.

[4] La collection Gaignères d'Oxford, bibliothèque Bodléienne, conserve un dessin colorié de ce tombeau.

[5] Voyez, pour ces objets de bronze destinés à la décoration intérieure, le *Dictionnaire du mobilier*.

ou autres, en bronze, jusqu'à la révolution du dernier siècle. La collection Gaignères d'Oxford en reproduit beaucoup, et les inventaires des églises en signalent de tous côtés. Il est évident que la plupart de ces œuvres de métal, grandes ou petites, étaient fondues à cire perdue, car, outre que le moine Théophile mentionne l'emploi de ce procédé, les monuments existants indiquent que la fonte venait sans bavures, puisqu'on n'en retrouve point de traces, et que le grain de la fonte est égal partout. Si la ciselure intervient, ce n'est que pour donner du vif à des broderies, obtenir des gravures délicates, mais nulle part on ne voit la trace de la lime, de la râpe ou du grattoir. D'ailleurs on sait fort bien que les imagiers du moyen âge avaient pris l'habitude de modeler des figures de cire de grandeur naturelle, puisqu'il en est fait souvent mention. Or, ces figures étaient faites sur des noyaux de terre séchée, suivant le procédé indiqué par Théophile. Le procédé pour fondre est le même. Ces bronzes du moyen âge sont fondus très-minces, comme la plupart des bronzes antiques, et comme le sont aussi les belles statues françaises de la renaissance, parmi lesquelles on citera celles de Henri II et de Catherine de Médicis de l'église de Saint-Denis. Dans ces deux figures, la fonte n'a point été retouchée et est restée telle qu'elle est sortie du moule. Or, ces figures sont fondues d'un seul jet et ne présentent aucune bavure. L'emploi de la cire perdue permettait seul d'obtenir un pareil résultat.

Mais le moyen âge n'est point routinier dans l'emploi des procédés. Il cherche sans cesse, il simplifie, modifie et améliore avec une telle activité, qu'un monument, ou même un objet, est commencé d'après un système et fini suivant un autre. Non content de fondre ou de repousser au marteau des statues de bronze ou de grands objets mobiliers, tels que chaires, fonts baptismaux, croix de carrefour, lutrins, margelles de puits, tombes, candélabres, etc., il avait adopté un procédé mixte qui permettait d'obtenir des résultats singuliers. On fondait une figure, comme un mannequin vêtu d'un habit de dessous ; puis, sur ce mannequin de bronze, on posait successivement des habits de dessus, faits au marteau, des armes, des bijoux de bronze ciselé, des couronnes et tous les ornements constituant une riche parure. C'est ainsi que sont fabriquées quelques-unes des statues qui ornent le tombeau de Maximilien à Innsbrück ; et bien que ce monument ne date que du XVIe siècle, nous retrouvons là un procédé de fabrication très-anciennement adopté, non-seulement en Allemagne, mais en France.

D'autres fois le mannequin était de bois et était revêtu de lames très-minces de bronze façonnées au marteau ou simplement embouties, c'est-à-dire modelées avec l'ébauchoir sur son moule de bois. Aussi ces artistes du moyen âge pouvaient-ils satisfaire à toutes les exigences de l'art et à celles de l'économie.

Le siècle de Louis XIV, qui avait la prétention d'avoir tout inventé ou tout retrouvé, admit qu'avant les frères Keller, en France, on ne savait point couler de grandes pièces de bronze[1]. Sans vouloir en rien diminuer le mérite de ces industriels, nous ne pouvons admettre qu'ils aient *retrouvé* les procédés de fonte ; ils n'ont fait qu'adopter, pour toute fonte, un mode rarement employé : et cela s'explique par la nature même des objets d'art qu'on leur demandait. Il s'agissait de fondre des statues d'après l'antique. Il est évident que le procédé de cire perdue ne pouvait être alors employé. Il fallait *battre des pièces* sur un moulage ou sur l'original, faire un noyau, rassembler avec grand soin les pièces autour du noyau, et couler du bronze dans l'intervalle resté libre. Ce procédé, si intéressant et précieux qu'il soit, eut un inconvénient, il déshabitua les statuaires de faire des cires perdues ; ceux-ci se contentèrent dès lors de façonner un modèle en terre que l'on moule en plâtre ; sur ce plâtre les pièces sont battues, et l'on coule, en ménageant un noyau au centre de toutes ces pièces rassemblées. Mais comme il est très-difficile, sinon impossible, de battre des pièces sur une statue entière et de les rassembler exactement, on coupe les statues en plusieurs morceaux et l'on fond séparément chaque pièce ; puis on rassemble ces pièces par des tenons, des goupilles et des rivets. Or, jamais, par ce procédé, le bronze ne conserve cet ensemble, cette unité d'aspect des pièces fondues d'un seul jet. Puis, comme les coutures, les bourrelets réservés pour l'assemblage se multiplient, il faut passer sur tout cela la lime, le burin, contenter les parties faibles ; si bien que la statue fondue ne reproduit qu'assez imparfaitement le modèle du maître. Nous ne voyons pas trop ce que l'art a gagné à cela, si ce n'est de permettre au premier modeleur venu de faire faire un bronze par un fondeur.

Mais quand il faut que l'artiste qui veut couler une statue en bronze fasse lui-même le noyau de terre de sa figure, — car ce noyau est la partie essentielle, — veille à ce que ce noyau, façonné en argile et paille hachée, soit bien séché ; quand, après cela, il faut revêtir cette grande maquette d'une couche de cire dont l'épaisseur doit être exactement calculée ; modeler cette cire pour obtenir les finesses de la forme ; puis, enfin, après avoir ménagé des évents et des jets, faire recouvrir tout cela d'une épaisse couche de terre préparée exprès, la bien envelopper et cercler ; chauffer l'ensemble pour que la cire s'échappe en fondant ; et enfin, après avoir combiné le mélange de ses métaux et avoir fait faire un fourneau, couler la matière en fusion dans le vide qu'occupait la cire : certes, alors, il y a là tout un labeur pénible, chanceux, une suite de calculs et de combinaisons, une idée arrêtée dès le commencement

[1] Il en est de cette singulière prétention comme de beaucoup d'autres du même temps. On répète partout, par exemple, que la brouette a été inventée sous Louis XIV ; or, il est vingt manuscrits du XIIIe et du XIVe siècle dont les vignettes présentent des brouettes beaucoup moins grossières que celles du XVIIe siècle. Le haquet est, dit-on encore, inventé par Pascal ; l'invention ne lui ferait pas grand honneur, mais elle ne lui appartient pas. On voit des haquets figurés dès le XIVe siècle.

du travail et suivie jusqu'au bout sans hésitation. Que le génie de nos statuaires ne se prête pas à cette dure besogne, nous le voulons bien; mais au total l'art y a perdu, car les fontes du moyen âge, aussi bien que celles de l'antiquité et de la renaissance, sont supérieures comme pureté et légèreté à celles qui sortent aujourd'hui de nos ateliers. En Italie, en Allemagne, en France, pendant le moyen âge, on fit d'admirables fontes, et ces sculpteurs-fondeurs (car il fallait être l'un et l'autre) français, allemands, italiens, ne croyaient pas faire une chose extraordinaire lorsqu'ils avaient réussi à couler une grande pièce. Ils ne croyaient pas utile, pour faire valoir leurs œuvres, d'occuper toute une ville, et d'écrire cent pages de mémoire, comme le fit plus tard Benvenuto Cellini à propos de son *Persée.* Ils avaient tort, et l'exemple de ce maître *poseur*, pour nous servir d'une expression qui s'applique si bien à l'homme, prouve que le bruit, en pareil cas, s'il ne profite pas à l'art, contribue à la renommée de l'artiste.

On ne cessa jamais de fondre des objets en bronze dans les Gaules, et du temps de César déjà nos ancêtres étaient habiles à ouvrer les métaux. Les rapports fréquents avec l'Orient, à dater du XIe siècle, apportèrent des perfectionnements dans cette industrie si ancienne en France, et il ne faut point être surpris de trouver des fontes du XIIe siècle, qui surpassent en beauté tout ce qu'on a su faire depuis. Tel est l'admirable candélabre de cette époque, qui faisait partie de la collection Soltykoff, et qui fut acheté pour l'Angleterre. Cet objet, fondu d'un seul jet, sans une pièce rapportée, présente une suite d'enroulements et de figurines enchevêtrés, le tout ajouré et d'une admirable pureté de style et d'exécution. Il provenait de la cathédrale du Mans. (Voyez le *Dictionnaire du mobilier*, aux USTENSILES.)

Jusque vers le milieu du XIIIe siècle, si la statuaire échappe en France au naturalisme absolu, les diverses écoles ne s'avancent pas toutes d'un pas égal; quelques-unes maintiennent assez tard une sorte d'archaïsme, tandis que celle de l'Ile-de-France se jette hardiment dans l'étude de plus en plus exacte de la nature. Il est même certains édifices dans lesquels, probablement, on employait de vieux sculpteurs, qui possèdent une statuaire relativement arriérée ou empreinte d'un style qui n'était plus admis au moment de leur construction. Ainsi, la cathédrale de Laon, dont la façade ne peut être antérieure à 1200, même dans la construction de ses œuvres basses, montre sur ses portes des bas-reliefs ou statues qui ont conservé un caractère archaïque bien prononcée. Les artistes, auteurs de ces ouvrages, sont pénétrés des exemples de peintures grecques. Il y a dans l'agencement des figures, dans les compositions, une recherche de la symétrie qui rappelle les vignettes des manuscrits grecs. Cette influence se montre même dans le choix des sujets, dans les draperies, dans quelques accessoires, tels que siéges, dais, etc. A Notre-Dame de Reims, la porte nord du transsept, aujourd'hui masquée, est toute empreinte de ce style des peintures grecques, bien que cette porte soit postérieure de quelques années à l'an 1200. Rien de pareil à Paris ; le statuaire recherche l'étude de la nature dès 1200, ne veut plus avoir affaire aux traditions romanes ou byzantines. Un fait indique combien l'école nouvelle réagissait contre ces traditions. En faisant des fouilles devant la porte principale de Notre-Dame de Paris, on a trouvé une certaine quantité de fragments d'un bas-relief central représentant le Christ glorieux au jour du jugement, comme celui qu'on voit aujourd'hui : mais cette sculpture est empreinte du style archaïque du XIIe siècle ; d'ailleurs la pierre en est toute fraîche, sans aucune altération produite par le temps. Ce bas-relief avait été supprimé peu après avoir été achevé, pour être remplacé par le sujet actuel, dû à des artistes de la nouvelle école. Et en effet, lorsque l'on considère cette sculpture, composée de cinq figures, le Christ, deux anges, la Vierge et saint Jean, on remarque dans le faire de ces statues colossales des différences notables. Le Christ et un des anges, celui qui porte les clous, appartiennent déjà à l'école penchant vers le naturalisme, tandis que la Vierge, le saint Jean et l'ange qui porte la croix sont encore des sculptures archaïques ; cependant il était impossible matériellement d'introduire les deux premières statues au milieu des trois autres. Elles ont dû être posées ensemble.

De toutes les provinces, la Champagne marche bien vite dans la voie nouvelle, et la statuaire du portail de Notre-Dame de Reims en est la preuve. Le naturalisme a déjà fortement pénétré cette statuaire qui date de 1240 environ. Cependant, à propos de ce portail, il faut signaler des indécisions qu'on ne trouve point dans l'école de l'Ile-de-France. Quelques figures colossales, notamment celles qui, à la porte de droite, représentent la Visitation, sont inspirées comme composition et exécution des draperies, de lá statuaire romaine, dont il existait d'ailleurs à Reims de nombreux débris. On ne trouve pas dans ce portail cette unité de style qui, sauf l'exception que nous venons de signaler à Notre-Dame de Paris, frappe dans la statuaire de l'Ile-de-France. Une autre école, celle de Bourgogne, si belle déjà au commencement du XIIe siècle, conserve sa liberté d'allure pendant le XIIIe siècle, qu'il s'agisse de la statuaire ou de la sculpture d'ornement. La puissance, l'énergie, un faire hardi, vivant, sont les caractères de cette école. Il ne faut pas lui demander, au moment de l'émancipation des écoles laïques, la finesse, le contenu, la distinction, qui forment les qualités de l'école de l'Ile-de-France. Elle cherche les grands effets, et elle les obtient. La sculpture bourguignonne participe peut-être plus qu'aucune autre de l'architecture ; on peut se rendre compte de cette qualité en voyant les compositions des pignons des églises de Vézelay et de Saint-Père [1]. Cette sculpture est, dans tous les monuments de cette province, grande d'échelle, relativement à l'architecture, commande parfois les dispositions de celle-ci au lieu de s'y soumettre. Elle est d'ailleurs taillée avec une

[1] Voyez PIGNON, fig. 8 et 9.

verve et un entrain qui placent cette école au premier rang dans l'art monumental.

Nous donnons (fig. 69) une tête d'un des anges thuriféraires, de dimen-

sion colossale, qui garnissent le sommet du pignon occidental de l'église de Vézelay [1]. Le caractère de cette physionomie ne rappelle en rien la

[1] Ces statues mesurent 2^{m},15 (voy. PIGNON, fig. 9).

statuaire de l'Ile-de-France. Il y a quelque chose d'audacieux dans ces traits qui contraste avec le calme des têtes de l'école parisienne. Cette autre tête de Vierge, provenant du même portail (fig. 70)[1], présente un type particulier que nous ne retrouvons, ni dans la statuaire de Paris, ni dans celle de Reims, d'Amiens ou de Chartres. L'arrangement des cheveux, le

70

désordre de la coiffure, le réel cherché dans les traits, et jusqu'au modelé, large, par plans vivement accusés, signalent le style de cette statuaire bourguignonne vers le milieu du XIIIe siècle. En même temps nous donnons (fig. 71) un des chapiteaux de la même façade et de la même époque. Les qualités de la statuaire se retrouvent dans cette ornemen-

[1] Cette figure est placée à la droite du Christ.

tation plantureuse, largement modelée, et qui semble prendre vie sous le ciseau de l'artiste. Pour bien faire saisir les différences de ces écoles, même en plein XIIIe siècle, voyons la sculpture de la salle synodale de Sens, bâtie vers 1240, presque en même temps que le pignon occidental de Vézelay. Sens est Champagne, mais la salle synodale fut bâtie par un

71

architecte de Paris, avec des matériaux de Paris, et, ce qui paraît vraisemblable, à l'aide d'une subvention du roi saint Louis [1]. Or, voici un des groupes des chapiteaux extérieurs des grandes fenêtres (fig. 72). Certes, le naturalisme en sculpture ne peut guère être poussé plus loin : quelle différence de style entre cette sculpture et celle du chapiteau de Vézelay, et comme, en partant d'un principe commun, on peut obtenir des caractères d'art variés! La vie, le mouvement, existent aussi dans cette sculpture de Sens, avec plus d'élégance, de délicatesse, avec une recherche plus exacte de la nature, une exécution plus souple. Si nous entrons dans la sainte Chapelle du Palais, à Paris, trouverons-nous encore plus de finesse dans l'exécution, plus de grâce dans la façon d'interpréter la nature.

[1] Voyez SALLE, fig. 1 et 2.

Nous ne saurions trop le redire, ces époques brillantes de l'art, par cela même qu'elles ont atteint la splendeur en cherchant le mieux, ne sauraient s'arrêter. Du style, de la conception large, simple, de l'inspiration obtenue par la première observation raisonnée de la nature, elles arrivent à l'imitation matérielle, de l'imitation à la recherche, puis à la

manière et à ses exagérations. Quand l'artiste observe la nature, il en prend d'abord les caractères principaux. Il n'est point savant encore; il voit des formes séduisantes, il s'en inspire plutôt qu'il ne les copie servilement. C'est là le beau moment de l'art, tout plein de promesses, laissant à deviner encore plus qu'il n'explique. Mais la nature a des attraits puissants pour qui l'observe. Bientôt l'artiste reconnaît que ses inspirations, ses déductions, ses à-peu-près, sont bien loin de la réalité; il se passionne pour son modèle, il lui trouve chaque jour des aspects nouveaux, des qualités charmantes qui lui échappaient. Alors la traduction devient de plus en plus littérale. De créateur (créateur de seconde main) il devient copiste; il est subjugé par la Divinité qui l'inspirait à mesure qu'il la connaît mieux, et ne pense plus qu'à la montrer telle qu'il la voit. C'est l'heure du naturalisme, heure qui a sonné pour la Grèce et pour nos écoles du XIIIe siècle.

Mais dans ce naturalisme de la sculpture, l'art n'entre-t-il pour rien? Si fait : la composition, l'agencement de ces charmants modèles recueillis dans les champs, comptent pour quelque chose, et en cela nos artistes, le naturalisme admis, sont encore des maîtres.

Pour la statuaire, il se manifeste un besoin de formules; on n'admet plus alors, il est vrai, le mode hiératique, traditionnel, mais on sent la nécessité, quand l'art pénètre partout, exige un grand nombre de mains, d'établir des méthodes pratiques qui permettent d'éviter de grossières erreurs. Bien entendu, les chefs-d'œuvre, ou plutôt ceux qui ont assez de génie pour en produire, se préoccupent médiocrement de ces règles. Mais c'est précisément en s'appuyant sur ces œuvres des maîtres qu'on formule des règles pour le commun des artistes. Dans l'album de Villard de Honnecourt, qui date du milieu du XIIIe siècle, on voit apparaître l'emploi de ces procédés mécaniques propres à faciliter la composition et le dessin des figures, et même des ornements. Il y a toute raison de croire que ces méthodes, fort anciennes d'ailleurs, puisqu'on en trouve l'application dans les arts du dessin de l'Égypte, ne furent jamais perdues, et avaient été transmises en Occident par l'école d'Alexandrie, par les peintres grecs de Byzance. Leur apparition dans le recueil de croquis de Villard de Honnecourt n'en est pas moins un fait d'un grand intérêt, parce qu'elle semble indiquer une application libre de formules qui, jusqu'au commencement du XIIIe siècle, avaient un caractère hiératique.

Nous avons dit comme les imagiers du moyen âge avaient su observer et rendre le geste dans les compositions des figures. Si grossière parfois que soit l'œuvre, le geste n'est jamais faux. Or, les croquis de Villard nous donnent la clef des formules adoptées pour arriver à ce résultat. La géométrie, d'après ces croquis, est le générateur des mouvements du corps humain, des animaux; elle sert à établir certaines proportions relatives des figures; lui-même le dit et fournit quelques exemples pris en courant[1]. Du temps de Villard, donc, les imagiers possédaient ces méthodes pratiques qui, si elles ne peuvent inspirer l'artiste de génie,

[1] « Ci commence li force des trais de portraiture si con li ars de iométrie les en« saigne por legierement ovrer... » — Ici commence la méthode du tracé pour dessiner la figure ainsi que l'enseigne l'art de la géométrie pour facilement travailler. (Voyez l'*Album de Villard de Honnecourt, publié en fac-simile*, par J. B. Lassus et Darcel, pl. 34, 35, 36 et 37.)

empêchent le praticien de tomber dans des fautes grossières. Un de ces dessins à la plume, que nous reproduisons ici (fig. 73), indique ces procédés pratiques. En comparant ce mode de tracé avec des figures de vignettes de manuscrits, avec des dessins sur vitraux, et même avec des statues et des bas-reliefs, nous sommes amenés à reconnaître l'emploi général, pendant les XIIIe et XIVe siècles, de ces moyens géomé-

73

triques propres à donner aux figures, non-seulement leurs proportions, mais la justesse de leur mouvement et de leur geste, sans sortir de la donnée monumentale qui fait que ces figures s'accordent si bien avec la fermeté des lignes architectoniques; et, fait intéressant, les résultats obtenus par ces procédés rappellent les dessins des vases grecs les plus anciens. Une sorte de canon, reproduit grossièrement par Villard, semble admis [1]. Le rectifiant, comme proportions, à l'aide des meilleures statues, et notamment celles placées à l'intérieur de la façade occidentale de la cathédrale de Reims, nous obtenons la figure 74. La ligne AB, hauteur totale de la figure humaine, est divisée en sept parties. La partie supérieure est occupée par la tête et le cou dégagé des épaules. Soit CD l'axe de la figure, la ligne *ab* est égale aux $\frac{3}{7}$ de la hau-

[1] Voyez la planche 36 de l'*Album de Villard de Honnecourt*.

teur AB. Le point E étant le milieu de la ligne CD, on fait passer deux lignes *af*, *be*, par ce point E ; du point *g* deux autres lignes *ge*, *gf*, sont tirées. La ligne *bh* donne la longueur de l'humérus ; le haut de la rotule est sur la ligne *ik*. La longueur du pied est égale aux $\frac{5}{8}$ d'une partie. Les masses du canon ainsi établies, voici comment procèdent les imagiers pour donner des mouvements à leurs figures, lorsque ces mouvements ne se présentent pas absolument de profil.

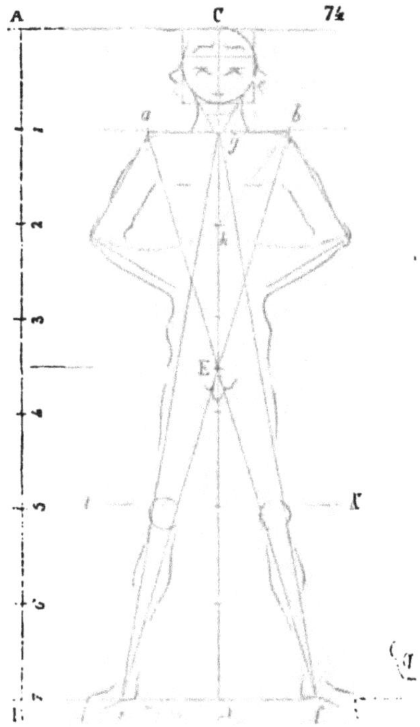

Premier exemple (75) : il s'agit de faire porter la figure sur une jambe. La ligne *ge* (du canon, fig. 74) est verticale, dès lors l'axe de la figure géométrique est incliné de *o* en *p* (fig. 75). Le mouvement des épaules, du torse, suit cette inflexion. L'axe de la tête et le talon de la jambe droite se trouvent sur la verticale. Une figure doit-elle monter (second exemple), l'axe de la figure est vertical, et le talon de la jambe droite relevée se trouve sur la ligne inclinée *st*, tandis que la ligne du cou est sur la ligne *lm* ; dans ce mouvement, le torse conserve la verticale. L'exemple troisième fait voir, toujours en conservant le même tracé géométrique, comment une figure peut être soumise à un mouvement violent. Le personnage est tombé : il se soutient sur un genou et sur un bras, de l'autre bras il pare un coup qui lui est porté ; la tête est ramenée sur la verticale. D'ailleurs la figure géométrique engendre ce mouvement, comme les deux premiers.

75

Voulons-nous précipiter davantage ce dernier mouvement, nous obtenons la figure 76. Maintenant la cuisse gauche sur la ligne *af*, force nous est, pour trouver la longueur de la jambe gauche (le sol étant horizontal), de ramener le talon en *c*, ce qui est parfaitement dans le mouvement. Dans ce dernier exemple, la ligne *ef* est horizontale. Il est clair qu'en adoptant ces méthodes pratiques, tous les membres des figures devaient se développer en géométral, sans raccourcis. Mais c'est que dans la sculpture monumentale, dans les reliefs destinés à être

76

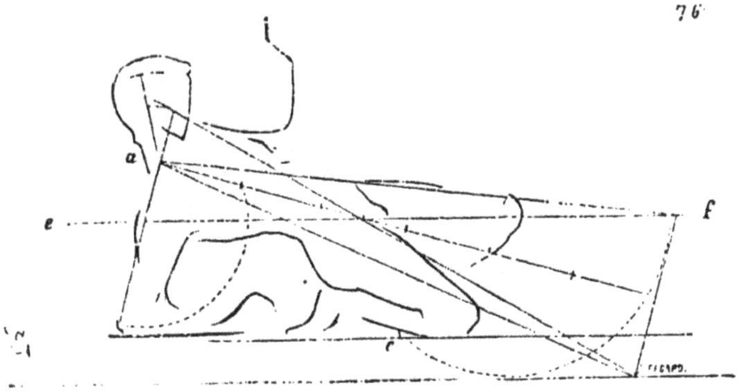

placés loin de l'œil, la vivacité du geste, sa netteté, ne peuvent être obtenues qu'à la condition d'adopter le géométral. Il en est ainsi dans la grande peinture, dans les vitraux. Les Grecs, au commencement de leur plus belle époque, procèdent de la même manière, et les personnages des métopes du Parthénon, des frises du temple de Thésée, sont tracés d'après ce principe.

Examinons les dessins qui décorent les vases grecs, et nous verrons que les artistes de l'antiquité employaient certainement des méthodes analogues à celles que nous présentons ici. Villard de Honnecourt trace des figures avec des mouvements entièrement de profil qui sont obtenus par des procédés géométriques : entre autres, un batteur en grange, dont l'attitude est d'une exactitude parfaite; un chevalier chargeant, d'un mouvement très-juste; des lutteurs, une femme ayant un genou en terre, etc. Nous le répétons, ces méthodes ne pouvaient qu'empêcher des écarts; elles n'étaient point une entrave pour le génie, qui savait bien, ou s'en affranchir, ou en trouver de nouvelles. C'était un moyen de conserver le style monumental dans la composition des sculptures, d'obtenir la clarté dans l'exécution, deux qualités passablement négligées depuis le XVIe siècle.

Les statuaires du moyen âge exécutaient-ils les figures innombrables qui garnissent leurs monuments, sur modèles? Nous ne le pensons pas. D'abord ils n'en avaient certainement pas le temps, puis l'entrain de l'exécution et certaines irrégularités qu'on observe dans cette statuaire excluent la présence du modèle en terre. Peut-être faisaient-ils des maquettes à une petite échelle? Mais nous serions porté à croire qu'ils traçaient les lignes générales de leurs statues sur des panneaux, l'un pour l'aspect de face, l'autre pour l'aspect de profil, et qu'à l'aide de ces deux sections, ils dégrossissaient la pierre en cherchant les détails sur la nature même. On voit dans beaucoup de statues du XIIIe siècle, à côté d'une partie de figure traitée avec amour, un morceau très-négligé ; cela n'arrive point quand des artistes exécutent sur des modèles : alors le travail est égal, uniforme et souvent amolli par la traduction en pierre d'un modèle fait avec de la terre ou de la cire.

Les monuments nous prouvent que les sculpteurs égyptiens, lorsqu'ils faisaient des bas-reliefs modelés en creux, commençaient par dessiner simplement leurs figures sur le parement, qu'ils en creusaient la silhouette et qu'ils cherchaient le modelé en pleine pierre; et cependant ce modelé arrive à des délicatesses merveilleuses. Bien que nous sachions que les artistes grecs, surtout après Phidias, faisaient des modèles en cire ou en matières molles, il n'est pas prouvé que les sculpteurs antérieurs à Phidias procédassent ainsi lorsqu'ils avaient à faire des statues de bois, de pierre ou de marbre; le géométral, toujours observé dans la statuaire éginétique, ferait supposer au contraire que ces artistes primitifs se contentaient du dessin pour procéder à l'exécution définitive.

Déjà, vers la fin du XIIIe siècle, on commence à sentir en France l'influence souveraine de cette divinité qu'on appelle la *Mode*, divinité aussi cruelle pour la veille qu'elle est indulgente pour le moment présent. C'est alors qu'on voit tous les artistes, au même moment, adopter dans la statuaire, non-seulement les vêtements du jour, mais certains caractères physiques qui sont regardés comme se rapprochant de la perfection. On ne saurait se dissimuler que l'empire de la mode est tel, qu'il influe jusqu'à un certain point sur le physique. Les traits, le port, jusqu'aux formes du corps, s'arrangent pour sortir d'un moule commun, admis comme étant la suprême élégance. Cela n'est pas né d'hier ; les Grecs eux-mêmes sacrifièrent à cette déesse changeante.

Les statuaires du moyen âge s'interdisaient habituellement la reproduction du nu. Leurs figures étaient drapées, sauf de rares exceptions ; or, l'allure d'une figure nue et d'une figure vêtue n'est pas la même, et nous ne voyons que trop, depuis le commencement du siècle, à quels résultats fâcheux nos sculpteurs sont arrivés en concevant une figure vêtue comme une figure nue, ou plutôt en cherchant à habiller un Apollon ou un Antinoüs antique : rien n'est plus gauche. Il y a, dans le port d'un personnage nu et habitué à se mouvoir sans vêtements, une grâce étrangère à celle qui convient au personnage vêtu. Les anciens savaient cela, aussi ont-ils donné à leurs figures habillées d'autres mouvements, d'autres gestes que ceux dont ils savaient si bien doter leurs figures nues. Faute d'observer ces lois, on nous donne souvent des statues qui ont l'air de portefaix habillés en généraux, ou tout au moins qui paraissent fort gênées dans leurs vêtements d'emprunt ; et ce n'est pas l'éternel manteau dont on drape le maréchal de France comme le savant ou le poëte, qui peut dissimuler ce défaut de convenances.

Nos sculpteurs du moyen âge prennent donc résolûment leur parti de faire des figures vêtues; ils leur donnent les mouvements, les gestes familiers aux gens habitués à porter tel ou tel habit. Aussi les vêtements de leurs statues ont-ils l'air de tenir à leurs corps et ne paraissent point empruntés au costumier. Les nombreuses statues des tombeaux déposés à Saint-Denis, des XIIIe et XIVe siècles, parmi lesquelles nous citerons celles de Louis et de Philippe, fils et frère de saint Louis, celles de Philippe le Hardi, d'un comte d'Évreux, de Charles V et de Jeanne de Bourbon, provenant du portail des Célestins; les statues du tympan intérieur de la façade occidentale de la cathédrale de Reims, celles du portail des Libraires à la cathédrale de Rouen, bien que déjà empreintes de la manière affectée qui fait regretter le grand style du XIIIe siècle, sont des œuvres supérieures comme caractère, comme beauté d'ajustement et comme exécution. Dans la statuaire du tour du chœur de la cathédrale de Paris, on trouve également quantité de très-bonnes figures, petite nature, qui datent du commencement du XIVe siècle. Les calamités qui affligèrent le royaume de France pendant tout le milieu de ce siècle ne permirent guère de s'occuper d'art, et cependant les écoles ne laissaient point perdre leur enseignement, puisque nous les voyons reprendre un nouvel éclat vers la fin du règne de Charles V. Ce prince, réellement amateur des arts, les encourageant par le choix plutôt que par la quantité, fit élever d'assez importantes constructions dont la sculpture, — autant qu'on en peut juger par ce qui nous reste, — est fort bonne. Ce fut sous le règne de ce prince qu'on éleva, au côté nord de la tour septentrionale du portail de la cathédrale d'Amiens, un gros contre-fort très-orné et très-pesant, destiné à arrêter les mouvements d'oscillation qui se produisaient dans cette tour lorsqu'on sonnait les grosses cloches. Sur les parois de ce contre-fort sont posées sept statues colossales religieuses et historiques, d'un beau travail. Ces statues représentent : la sainte Vierge, saint Jean-Baptiste, Charles V; le dauphin, depuis Charles VI; Louis d'Orléans; le cardinal de la Grange, évêque d'Amiens, surintendant des finances, et Bureau de la Rivière, chambellan du roi [1]. En examinant ces statues de la fin du XIVe siècle, comme toutes celles de cette époque, il est facile de voir que l'artiste tenait avant tout (puisqu'il habillait ses figures) à ce que le vêtement fût bien porté. Or, pour bien porter un vêtement long, par exemple, il est nécessaire de donner au corps certaines inflexions qui seraient ridicules chez un personnage se promenant tout nu. Il faut marcher des hanches, tenir les jambes ouvertes, et faire en sorte, par les mouvements du torse, que la draperie colle sur certaines parties, flotte sur d'autres. Faire, pour une statue vêtue, une bonne maquette en raison du vêtement, n'est point chose aisée. Nos statuaires du XIVe siècle avaient du moins ce mérite. Ainsi la statue du cardinal de la Grange, que nous

[1] Voyez la Notice de M. Goze, correspondant du Comité des arts et monuments, sur ces statues remarquables.

citions tout à l'heure, est parfaitement entendue comme mouvement du nu pour faire valoir le vêtement. Cependant ce mouvement serait choquant pour un personnage nu. Nous en donnons (fig. 77) le tracé. La jambe droite porte plutôt que la jambe gauche; celle-ci cependant étaye le torse, qui se porte en arrière pour faire saillir la hanche droite. L'épaule gauche s'affaisse, contrairement aux règles de la pondération, pour un personnage qui n'aurait pas à se préoccuper du port d'un vêtement. Voici (fig. 78) une copie de cette statue du cardinal de la Grange, qui fait assez voir que le mouvement indiqué ci-dessus est donné en vue d'obtenir ce beau jet de draperies du côté droit. Le personnage, suivant la mode du temps, s'étaye sur sa jambe gauche en écartant cette jambe, ramenant un peu le genou en dedans et en ne s'appuyant que sur la partie interne du talon. Le geste, l'agencement et le style des draperies, le caractère de la tête, sont d'un artiste distingué. La statue de Bureau de la Rivière est, outre l'intérêt qu'elle présente, une œuvre de statuaire non moins remarquable. Ces statues ont $2^m,50$ de hauteur.

77

Charles V laissait dans sa famille un goût éclairé pour les arts, et, à dater de ce règne, nous voyons les princes du sang royal se mettre à la tête d'un nouveau mouvement d'art dont ni les historiens ni les archéologues de notre temps ne semblent avoir tenu assez compte. En effet, le second fils de Charles V, Louis d'Orléans, assassiné dans la nuit du 23 au 24 novembre 1407, par le duc de Bourgogne, était un prince aimant les arts avec la passion d'un connaisseur émérite. Pendant la démence de son frère Charles VI, jusqu'au jour de sa mort, c'est-à-dire de 1392 à 1407, il gouvernait à peu près seul, avec la reine Isabeau de Bavière, les affaires du royaume. Ce fut pendant cette période que Louis d'Orléans acheta Coucy, et y fit faire d'immenses travaux, qu'il bâtit Pierrefonds, la Ferté-Milon, Vées; qu'il répara les châteaux de Béthisy, de Mont-Épilloy, de Crespy, toutes forteresses importantes destinées à faire du Valois un territoire inattaquable. Il est à croire que les finances du royaume entrèrent pour une large part dans ces acquisitions et ces travaux; mais ce qui nous importe seulement ici, c'est le goût particulier qui présida à toutes ces grandes constructions. Au point de vue de l'architecture, elles sont largement conçues et traitées, ne participant en aucune manière de la maigreur et de la recherche qu'on peut reprocher aux édifices de cette époque. D'ailleurs toutes empreintes du même style, elles semblent élevées sous la direction d'un seul maître des œuvres. Les profils sont d'une beauté exceptionnelle pour le temps, et la sculpture d'une largeur, d'une distinction qui ont lieu de surprendre au milieu des mièvreries de la fin du XIVe siècle. La statuaire qui reste encore à Pierrefonds, au château de la Ferté-Milon, a toute l'ampleur de notre meilleure

78

renaissance, et si les habits des personnages n'appartenaient pas à 1400, on pourrait croire que cette statuaire date du règne de François Ier. Encore en trouve-t-on fort peu, à cette époque, qui ait cette largeur de style et ce faire monumental. Des fragments de la statuaire du château de Pierrefonds, le Charlemagne, le roi Artus [1], l'archange saint Michel de la poterne de l'est, la Vierge du grand bas-relief de la façade, sont des œuvres de maîtres consommés dans la pratique de leur art, et tout remplis d'un beau sentiment. Jamais peut-être on n'a si bien vêtu la statuaire en faisant sentir le nu sans affectation, et en donnant aux vêtements leur aspect réel, aisé, sans recherche dans l'imitation des détails. Des statues tombales du commencement du XVe siècle sont d'une largeur de style dont la renaissance s'éloigne trop souvent. Il nous suffit de citer la statue d'Isabeau de Bavière, à Saint-Denis; celle d'un évêque, d'albâtre gris, du musée de Toulouse; celles des princes de la maison de Bourbon, dans l'église abbatiale de Souvigny; de nombreux fragments déposés aux musées de Dijon, de Rouen, d'Orléans, de Bourges.

Il est clair que cet art français de 1390 à 1410 était loin de la maigreur, de la pauvreté que lui reprochent ceux qui vont chercher des exemples de la dernière statuaire gothique en Belgique ou sur les bords du Rhin. L'ornementation de Pierrefonds est en rapport avec cette bonne statuaire; elle est ample, monumentale, admirablement composée et d'une exécution sobre et excellente. Les statues des preuses qui décorent les tours existantes du château de la Ferté-Milon présentent les mêmes qualités. C'est un art complet, qui n'est plus l'art du XIIIe siècle, qui n'est pas la décadence de cet art, tombant dans la recherche, mais qui possède son caractère propre. C'est une véritable renaissance, mais une renaissance française, sans influence italienne. Les Valois, ces princes d'Orléans, Louis, Charles, et enfin celui qui devint Louis XII, avaient pris évidemment la tête des arts en France, s'en étaient faits les protecteurs éclairés, et, sous leur patronage, s'élevaient des édifices qui devançaient, suivant une direction plus vraie, le mouvement du XVIe siècle. Témoin l'ancien hôtel de ville d'Orléans, aujourd'hui le musée, bâti en 1442, et auquel on assignerait une date beaucoup plus récente [2]. Cet édifice, dont la façade est due au maître Viart, présente une ornementation charmante, originale, qui n'a plus rien de l'ornementation gothique, mais qui est mieux entendue et surtout d'une composition plus large que celle admise sous François Ier, alors que les arts d'Italie avaient exercé une influence sur nos artistes. Pour en revenir au château de Pierrefonds, qui nous paraît être le point de départ d'une réforme malheureusement interrompue par les guerres et plus tard par l'introduction de l'élément italien, son ornementation prend un caractère particulier. On ne trouve plus là

[1] Deux des neuf preux qui donnaient leurs noms aux tours du château. Ces statues ont 2^m,30 de haut. Ces preux portent les habits de guerre des dernières années du XIVe siècle, rendus avec une remarquable souplesse.

[2] Voyez l'*Architecture domestique* de MM. Verdier et Cattois, t. II, p. 60.

de ces sculptures d'une échelle qui ne tient pas compte de l'architecture. Au contraire, l'échelle de cette ornementation est en rapport parfait avec la destination et la place, claire, facile à saisir, et s'inspirant de la flore sans se soumettre à une imitation absolue. Les beaux rinceaux de feuillages, par exemple, qui entourent les grandes niches des preux, posées à 25 mètres du sol, et qui sont destinées à être vues de fort loin, ont toute l'ampleur que comporte la place. Leur modelé accentué produit un effet très-riche, sans confusion, défaut si commun dans l'ornementation du XVIe siècle. Il y avait donc, dès le commencement du XVe siècle, à côté de la vieille école gothique qui se mourait, un noyau d'artistes préparant une renaissance dans toutes les branches de l'architecture. Malgré les malheurs des temps, cette école se maintenait, et la pratique de l'art, loin de s'abaisser, atteignait, au milieu du XVe siècle, un haut degré de perfection. L'ornementation des parties de la sainte Chapelle qui datent de Charles VII, ainsi que celle des édifices du temps de Louis XI, est parfois large et bien composée, préférable, sous ce rapport, à la sculpture de la fin du XIVe siècle, qui pèche par la maigreur et le défaut d'échelle; toujours cette ornementation est exécutée avec une habileté surprenante. A voir les choses sans prévention, c'est bien plutôt cette école française du XVe siècle qui forme nos artistes de la renaissance que les relations avec l'Italie, comme nous l'expliquons ailleurs [1].

Les écoles laïques qui, dès la fin du XIIe siècle, s'emparèrent de la culture des arts, étaient parties d'un bon principe : solidarité entre les œuvres concourant à un ensemble monumental, et étude réfléchie de la nature. Si ces écoles subirent à certains moments les influences de la mode, ces écarts ne les détournaient pas de cette étude constante. C'était dans leur propre fonds qu'elles puisaient, non dans l'imitation d'arts étrangers à leur essence. Elles ne se faisaient ni grecques, ni romaines, ni byzantines, ni allemandes; elles suivaient leur voie, elles vivaient dans leur temps, et leur temps les comprenait. C'était là une force, la force qui avait soutenu l'art grec. Si prévenu qu'on soit contre la sculpture du moyen âge, on ne saurait méconnaître son originalité; cette qualité suffit à lui donner un rang élevé dans l'histoire des arts. A vrai dire, tout art qui manque d'originalité, qui ne vit que d'emprunts, ces emprunts fussent-ils faits aux meilleures sources, ne peut espérer conserver une place dans le cours des siècles; il est bientôt effacé, et va remplir ces limbes où demeurent dans l'oubli toutes les œuvres qui n'ont possédé qu'une vie factice.

Le moyen âge a très-fréquemment coloré la statuaire et l'ornementation sculptée. C'est encore un point de rapport entre ces arts et ceux de l'antiquité grecque. La statuaire du XIIe siècle est peinte d'une manière conventionnelle. On retrouve, sur les figures de la porte de l'église abbatiale de Vézelay dont nous avons entretenu nos lecteurs, un ton généra-

[1] Voyez ARCHITECTURE.

lement blanc jaunâtre ; tous les détails, les traits du visage, les plis des vêtements, leurs bordures, sont redessinés de traits noirs très-fins et très-adroitement tracés, afin d'accuser la forme. Le même procédé est employé à Autun, à Moissac. Derrière les figures, les fonds sont peints en brun rouge ou en jaune d'ocre, parfois avec un semis léger d'ornements blancs. Cette méthode ne pouvait manquer de produire un grand effet. Rarement, dans la première moitié du XIIe siècle, trouve-t-on des statues colorées de divers tons. Quant aux ornements, ils étaient toujours peints de tons clairs, blancs, jaunes, rouges, vert pâle, sur des fonds sombres. C'est vers 1140 que la coloration s'empare de la statuaire, que cette statuaire soit placée à l'extérieur ou à l'intérieur. Les deux statues de Notre-Dame de Corbeil, dont nous avons parlé au commencement de cet article, étaient peintes de tons clairs, mais variés, les bijoux rehaussés d'or. Les statues du portail occidental de Chartres étaient peintes de la même manière. Quelquefois même des gaufrures de pâte de chaux étaient appliquées sur les vêtements, ainsi qu'on peut le constater encore au portail de la cathédrale d'Angers. Ces gaufrures étaient peintes et dorées, et figuraient des étoffes brochées ou des passementeries. Les nus de la statuaire, à cette époque, sont très-peu colorés, presque blancs et redessinés par des traits brun-rouge.

Il va sans dire que la statuaire des monuments funéraires était peinte avec soin, et c'est sur ces ouvrages d'art qu'on peut encore aujourd'hui examiner les moyens de coloration employés. Nous avons vu les statues des Plantagenets, à Fontevrault, entièrement couvertes de leur ancienne peinture avant le transport de ces figures au musée de Versailles.

Le XIIIe siècle ne fit que continuer cette tradition. La statuaire et l'ornementation des portails de Notre-Dame de Paris, des cathédrales de Senlis, d'Amiens, de Reims, des porches latéraux de Notre-Dame de Chartres, étaient peintes et dorées. Et de même que la sculpture, la coloration penchait vers le naturalisme. Toutefois cette peinture ne consistait pas seulement en des tons posés à plat sur les vêtements et les nus : l'art intervenait. Dans les plis enfoncés, dans les parties qui sont opposées à la lumière, ou qui pouvaient accrocher des reflets trop brillants, on reconnaît l'apposition de glacis obscurs. Des redessinés vigoureux en noir ou en brun donnent du relief au modelé, de la vie aux nus. Ainsi, dans les fonds des plis de robes bleu clair, le peintre a posé un glacis roux ; d'autres fois a-t-on fait valoir des tons jaune pur, dans la lumière, par des glacis froids obtenus par du noir. Les artistes qui ont fait les admirables vitraux des XIIe et XIIIe siècles avaient une connaissance trop parfaite de l'harmonie des couleurs pour ne pas appliquer cette connaissance à la coloration de la sculpture. Et, à vrai dire, cela n'est point aussi facile qu'on le pourrait croire tout d'abord. Les tentatives en ce genre qu'on a faites de notre temps prouvent que la difficulté en pareil cas est grande, au contraire, quand on veut conserver à la sculpture sa gravité, son modelé, et qu'on prétend obtenir autre chose que des poupées habillées. L'harmonie des tons entre pour beaucoup dans cette peinture d'objets en relief, et cette harmonie n'est pas la même que celle adoptée pour les peintures à plat. Ainsi, par exemple, dans les peintures à plat, les artistes du moyen âge mettent rarement l'un à côté de l'autre deux tons de couleurs différentes, mais de même valeur ; c'est une ressource dont ils n'usent qu'avec parcimonie. Dans la la sculpture, au contraire, à dater du XIIIe siècle, ces artistes cherchent des tons de valeurs pareilles, se fiant d'ailleurs au modelé du relief pour empêcher qu'ils ne gênent le regard. En effet, les ombres naturelles neutralisent la dissonance qui résulte de la juxtaposition de deux tons d'égale valeur, et ces égales valeurs donnent aux reliefs une unité, une grandeur d'aspect, que des tons de valeurs très-dissemblables leur enlèveraient. Cette étude peut être faite sur quelques monuments colorés qui existent encore, comme par exemple le retable de la chapelle de Saint-Germer déposé au musée de Cluny, des tombeaux de l'abbaye de Saint-Denis, des parties des bas-reliefs de Notre-Dame d'Amiens (portail occidental), de Notre-Dame de Reims (porte nord, masquée). C'est surtout dans la grande sculpture extérieure qu'on peut constater ce système de coloration pendant la première moitié du XIIIe siècle. Une statue est-elle revêtue d'une robe et d'un manteau, le peintre, adoptant le bleu pour la robe et le pourpre pour le manteau, a préparé ses deux tons de manière qu'ils présentent à l'œil une même valeur. Chaque couleur a une échelle chromatique de nuances ; en supposant pour chaque couleur une échelle de cinq nuances, l'artiste, pour une même figure, adoptera, par exemple, les tons bleu et pourpre n° 3, mais bien rarement n° 2 et n° 3. Ainsi ces colorations laissent-elles à la sculpture sa grandeur. Plus tard, au contraire, vers la fin du XIIIe siècle, les peintres de la sculpture cherchent les oppositions. Ils poseront sur une même statue un ton rose et un ton bleu foncé, vert blanchâtre et pourpre sombre. Aussi la sculpture peinte, à dater de cette époque, perd-elle la gravité monumentale qu'elle avait conservée pendant la première moitié du XIIIe siècle. On ne tarda pas cependant à reconnaître les défauts de cette coloration heurtée, vive, brillante et trop réelle, car vers la fin du XIVe siècle, tout en conservant des tons de valeurs différentes sur une même statue, on couvrit si bien ces tons de détails d'ornements d'or, bruns, noirs, que ce réseau dissimulait les oppositions de couleurs et rendait de l'unité à l'ensemble de la figure. Les colorations de la statuaire ou de la sculpture d'ornement au XVe siècle sont plus rares à l'extérieur des édifices. Ces peintures sont réservées pour les tombeaux, les retables, les meubles et bas-reliefs intérieurs. Toutefois on trouve encore à cette époque des traces de colorations extérieures : ainsi les statues dont nous parlions tout à l'heure, qui ont été découvertes dans les ruines du château de Pierrefonds, et qui décoraient les façades, les tours, étaient peintes, mais de trois tons seulement : le jaune, le brun rouge et le blanc. Presque toute la sculpture de l'hôtel de Jacques Cœur, à Bourges, était peinte ; on distingue encore quelques traces des tons employés.

Pendant la renaissance encore reste-t-il quelques traces de ces traditions, malheureusement perdues définitivement depuis le XVIIe siècle.

Il faut reconnaître que la peinture appliquée à la sculpture lui donne une valeur singulière, mais à la condition que cette application soit faite avec intelligence et par des artistes qui ont acquis l'expérience des effets de la couleur sur des objets modelés, effets, comme nous le disions plus haut, qui ne sont point ceux produits sur des surfaces plates. Des tons très-sombres, par exemple, qui seraient lourds et feraient tache sur une peinture murale, prennent de l'éclat sur des reliefs. Un ton noir posé sur le vêtement d'une statue, par l'effet de la lumière, se détacherait en clair sur un fond de niche brun rouge. Cette sorte de peinture demande donc une étude spéciale, une suite d'observations sur la nature même, si l'on veut obtenir des résultats satisfaisants. Mais déclarer que la peinture appliquée sur la sculpture détruit l'effet de celle-ci, que c'est la conséquence d'une dépravation du goût, parce que quelques badigeonneurs ont posé du rouge ou du bleu au hasard sur des statues, et que cela est ridicule, c'est juger la question un peu vite, d'autant que les Grecs ont de tout temps peint la sculpture comme ils peignaient l'architecture ; ils ne sauraient cependant être considérés comme des barbares. Malgré des abus, l'art de la période du moyen âge vers son déclin manifestait encore une grande force vitale. La sculpture à cette époque n'est point tant à dédaigner qu'on veut bien le dire : elle possède un sentiment de l'effet, une expérience longuement acquise, qui lui donnent une grande importance ; elle atteint d'ailleurs une parfaite sûreté d'exécution. De cette école sont sortis nos meilleurs artistes de la renaissance.

Pour conclure, il ne faut pas demander à l'art de la sculpture du moyen âge des modèles à imiter, pas plus qu'il n'en faudrait demander aux arts de la Grèce. Ce qu'il faut y chercher, ce sont les principes sur lesquels ces arts se sont appuyés, les vérités qu'ils ont su aborder, la manière de rendre les idées et les sentiments de leur temps. Faisons comme ils ont fait, non ce qu'ils ont fait. Il en est de cela comme de la poésie : celle-ci est toujours nouvelle et jeune, parce qu'elle réside dans le cœur de l'homme ; mais tout attirail poétique vieillit, même celui de Virgile, même celui d'Homère.

Le lever du soleil est toujours un spectacle émouvant et neuf ; et si nos premiers parents pouvaient dire que les cavaliers célestes, les Acwins, précédaient le char de Sâvitri à la main d'or ; Homère, que l'Aurore aux doigts de rose ouvrait les portes de l'Orient ; les trouvères, que le soleil sortait des flots ou de la plaine ; ne devrions-nous pas dire : « Dans leur révolution, nos plaines, nos montagnes, de nouveau se présentent aux rayons du soleil. » En faisant tomber de leur sphère surnaturelle tous les mythes poétiques des Védas, de l'antique Hellade, n'avons-nous pas aperçu, derrière ces personnifications des forces de la nature, des horizons bien autrement étendus, et l'épopée scientifique de la formation de l'univers n'offre-t-elle pas à l'esprit de l'homme une large pâture, sans qu'il soit nécessaire de faire intervenir les Titans et le règne de Saturne ? Soyons vrais : dans l'art, c'est à la vérité seule qu'il faut demander la vie, l'originalité, la source intarissable de toute beauté.

SÉPULCRE (SAINT-), s. m. Depuis Constantin le Grand, le Saint-Sépulcre de Jérusalem est peut-être le monument dont la célébrité a été la plus durable et la plus manifeste. Cependant l'édifice bâti par l'empereur de 326 à 335 ne ressemblait guère à celui qu'on voit aujourd'hui, ni même au temple que visitèrent les premiers pèlerins occidentaux. Du monument de Constantin il ne reste guère que les murs inférieurs de l'abside, au centre de laquelle la grotte où fut enseveli le Sauveur avait été réservée et dégagée de la colline rocheuse. Ce premier temple comprenait, outre un vaste hémicycle garni d'un portique intérieur, une basilique avec narthex et vestibule ou propylées. Ces constructions furent entièrement bouleversées en 614 par Chosroès II, roi des Perses ; elles renfermaient ce qu'on appelle les lieux saints. Peu après, Modeste, supérieur du couvent de Théodose, entreprit, avec l'aide du patriarche d'Alexandrie, Jean l'Aumônier, de réparer le dommage ; mais ce religieux ne put que recouvrir partiellement chacun des locaux sacrés par des édifices séparés. Alors l'abside ou l'hémicycle de Constantin fut complété, et devint une sorte de rotonde [1]. Des travaux importants furent encore entrepris pendant le XIe siècle et achevés en 1048 par des architectes grecs. Les premiers croisés ajoutèrent à ces constructions, vers 1130, une nef composée de deux travées et une abside en regard de l'ancien hémicycle de Constantin. Un narthex compléta cette restauration, et sous le parvis qui précède ce narthex, on répara en partie la chapelle bâtie au VIIe siècle, qui recouvre la citerne où fut trouvé, par sainte Hélène, le bois de la croix ; citerne autrefois comprise dans l'enceinte du monument constantinien.

M. le professeur R. Willis, de Cambridge, dans un savant ouvrage sur les constructions successives du Saint-Sépulcre, rend un compte très-clair et très-détaillé des modifications et adjonctions qui ont produit l'église actuelle [2]. Après cette œuvre du consciencieux archéologue, après la notice de M. le comte de Vogüé, il n'est plus possible de prendre les constructions du transsept bâti par les croisés pour celles qu'ordonna Marie, mère de Hakem, et qui furent achevées en 1048. Pour admettre cette hypothèse, il faudrait supprimer d'un seul coup toutes les constructions franques du XIIe siècle, les considérer comme non avenues. Or,

[1] Voyez les *Églises de la terre sainte*, par le comte Melchior de Vogüé (V. Didron, 1860). Cet ouvrage donne du Saint-Sépulcre une excellente histoire critique.

[2] *The architectural History of the church of the holy Sepulcre at Jerusalem*. London. Parker, 1849,

outre les textes [1], les inscriptions, le caractère roman occidental du transsept et de toute la partie antérieure de l'église, indiquent incontestablement que l'église du Saint-Sépulcre, depuis le transsept jusqu'à l'abside antérieure, fut élevée par les croisés.

Cette dernière construction rappelle d'une manière frappante l'architecture et jusqu'aux détails du narthex de l'église de Vézelay, bâti en même temps. Même système de piliers, de voûtes sans arcs ogives. Quant à la rotonde, partie la plus importante des constructions achevées en 1048, soit sur les soubassements de l'abside de Constantin, soit en dehors de cette abside, elle était couverte par une charpente de cèdre, qui formait un cône tronqué, laissant passer l'air et la lumière par le sommet. Cette couverture, décrite par Arculphe, par Guillaume de Tyr, gravée dans l'ouvrage du R. P. Bernardino Amico [2], restaurée par MM. Willis et de Vogüé, présentait une disposition peu ordinaire [3]. Le sire de Caumont, dans son *Voyaige d'oultre mer* [4], en 1418, s'exprime ainsi à propos de l'église du Saint-Sépulcre : « Elle est, dit-il, bien grande et belle, et « est fette d'une guize moult estrange; et il y a ung beau clouchier « et hault de pierre, mis il n'y a nulle campane, car les Sarrazins ne « le veullent..... » Ce clocher faisait partie des constructions dues aux croisés; ses étages inférieurs existent encore.

L'abside de la basilique de Constantin ayant été orientée vers l'ouest, la rotonde du Saint-Sépulcre se trouvait ainsi, par rapport à l'église des croisés, située du côté opposé à l'autel. Les croisés élevèrent donc une abside en regard, à l'est, ce qui ne les empêcha pas de conserver de ce côté une entrée et un vestibule, conformément à la tradition antique; du côté du midi, sur le transsept, ils ouvrirent en outre deux belles portes. Toutes ces constructions existent encore. Les dispositions antérieures aux adjonctions faites par les croisés eurent une influence sur un certain nombre de monuments religieux en Occident. Mais, pour faire comprendre la nature de cette influence, il est nécessaire de présenter un plan de l'église du Saint-Sépulcre tel qu'il existait au moment de l'arrivée des croisés. Nous empruntons ce plan aux ouvrages de MM. Willis et de Vogüé.

On voit, en examinant ce plan (fig. 1), de A en B, les traces de l'abside constantinienne, seuls restes de cette construction primitive. Il faut savoir que ce mur absidal est pris aux dépens du rocher, le terrain ayant été déblayé pour faire ressortir le bloc de pierre renfermant le tombeau de Jésus-Christ, en E. Après la destruction de la basilique de Constantin

[1] Entre autres, celui de Guillaume de Tyr, qui décrit au livre VIII, chapitre 3, de son *Histoire des croisades*, l'église de la Résurrection telle qu'elle était avant l'arrivée des croisés devant Jérusalem.

[2] *Trattato delle piante è imagini de sacri edifizi di terra santa*. Firenze, 1620.

[3] Cette toiture conique tronquée subsistait encore avant l'incendie de 1808.

[4] En 1418. Ce voyage a été publié par M. le marquis de la Grange (Paris, Aubry, 1858).

sous Chosroès II, Modeste s'était contenté de circonscrire l'édifice, en fermant toute la partie antérieure de G en H, de manière à composer une rotonde. Les chapelles I, K, L, M, furent ajoutées plus tard. Sur le Golgotha, en O, avait été élevée une nouvelle chapelle, puis en P une

1

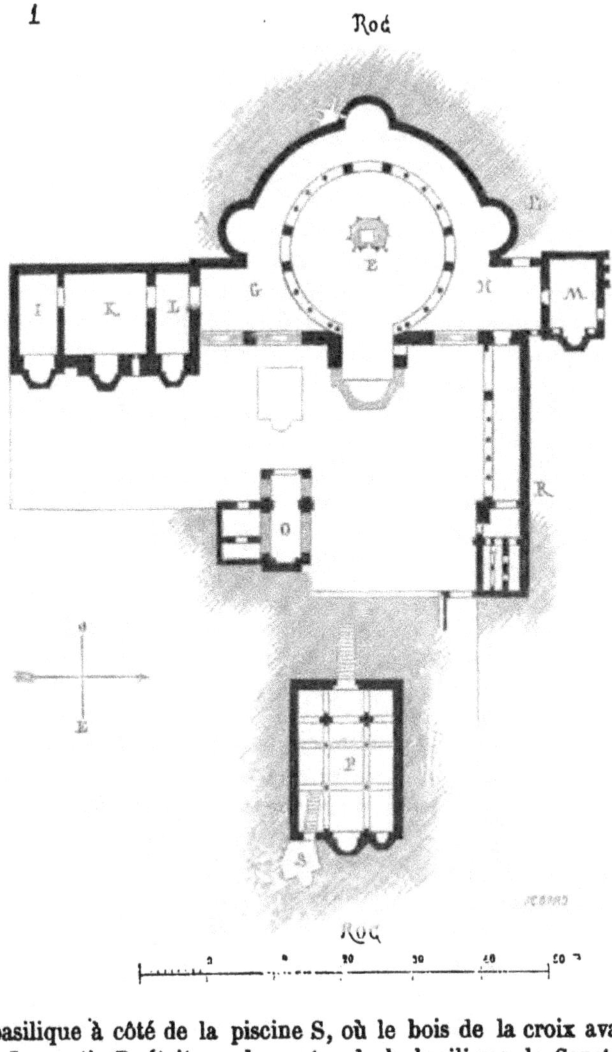

petite basilique à côté de la piscine S, où le bois de la croix avait été trouvé. La partie R était un des restes de la basilique de Constantin. Enfin, ces constructions, dévastées de nouveau par Hakem, furent restaurées en 1048. Les croisés réunirent tous ces bâtiments détachés, et les englobèrent, pour ainsi dire, dans l'église qu'ils élevèrent vers 1130.

La rotonde du Saint-Sépulcre, dont nous venons de tracer le plan, donnait, en coupe longitudinale, la figure 2. Un cône tronqué en charpente, ainsi que nous l'avons dit plus haut, avec ciel ouvert, et un collatéral voûté à deux étages, composaient cet édifice.

2

Par rapport au sol de la colline, le rez-de-chaussée forme réellement une sorte de crypte au milieu de laquelle on a réservé la portion du rocher contenant le tombeau de Jésus-Chrit, en dérasant le sol autour et en laissant ce bloc de pierre comme on laisse un *témoin* dans une fouille. Ainsi les pèlerins pouvaient-ils circuler autour de la grotte vénérée dans le collatéral de la vaste rotonde. Ce parti architectonique inspira nos artistes occidentaux; car, dès les premières années du XIe siècle, l'abbé Guillaume fit en grande partie reconstruire l'église de Saint-Bénigne de Dijon, et devant le tombeau du saint il éleva une vaste rotonde dont nous avons donné le plan à l'article CRYPTE (fig. 5). A Saint-Bénigne de Dijon, le sépulcre du saint, le *martyrium*, n'est point placé au centre de la rotonde, mais dans une crypte y attenant. La rotonde était uniquement réservée aux pèlerins; peut-être au centre y avait-il une tribune d'où l'on pouvait prêcher, ou un édicule rappelant le Saint-Sépulcre. Il n'en est pas moins évident que le plan de cet édifice ne fut qu'une imitation de celui du Saint-Sépulcre de Jérusalem. Afin de pouvoir réunir un grand nombre de pèlerins sur ce point, l'abbé Guillaume fit élever deux étages de galeries au-dessus de l'étage inférieur planté à 2 mètres environ au-dessous de l'ancien sol extérieur [1]. La rotonde, au premier étage, se joignait de plain-pied au sanctuaire de l'église abbatiale, et formait derrière elle, à l'orient, une immense chapelle absidale, terminée elle-même par une chapelle barlongue dépendant des constructions du VIe siècle, et flanquée de deux tours cylindriques massives qui contenaient les escaliers montant aux galeries supérieures.

3

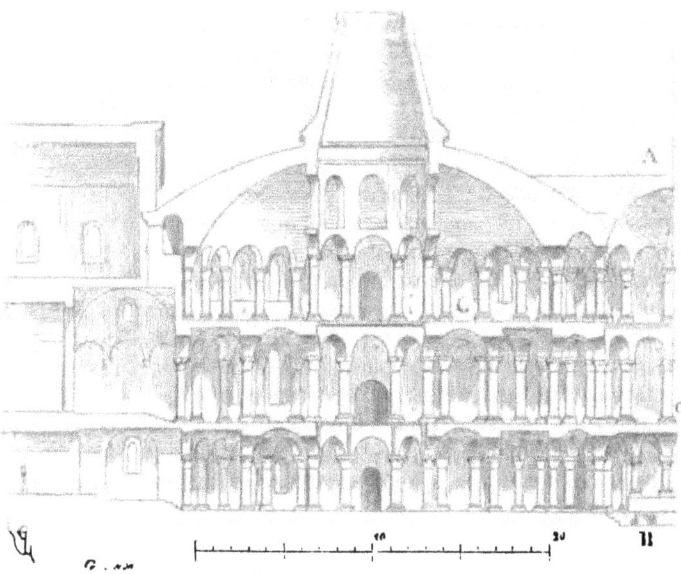

Une coupe de ce monument (fig. 3) en fera comprendre les dispositions curieuses. Le double bas côté inférieur était exactement répété au premier étage; mais au second étage le rang intérieur de colonnes subsistait seul, et une voûte en demi-berceau annulaire couvrait ce second étage. Une calotte percée d'un œil fermait le cylindre central.

[1] Aujourd'hui le sol de la cour de l'évêché, dans laquelle on voit la partie inférieure de la rotonde, est au niveau du dessus des voûtes de cet étage bas, c'est-à-dire au niveau du sol de l'ancienne galerie du premier étage.

Cette calotte était-elle de l'époque de la construction primitive, ou fut-elle ajoutée après l'incendie de 1137 ? Le cylindre central était-il couvert, comme le Saint-Sépulcre, par un cône tronqué ? Cette dernière hypothèse paraît probable, vu la légèreté des constructions centrales. Quant aux voûtes latérales en berceau annulaire, elles étaient certainement de l'époque primitive, car elles maintenaient seules le quillage central, qui, sans cette ceinture de pressions, n'eût pu rester debout [1]. Si l'ensemble de cet édifice est beau, les détails en sont exécutés de la manière la plus barbare. En A, est l'abside de l'église rebâtie par l'abbé Guillaume en même temps que la rotonde, et en B est le martyrium, le tombeau de saint Bénigne, auquel on arrivait par un escalier descendant du chœur de l'église placé au niveau C. Les colonnades de la rotonde, vues à travers les arcades de l'abside, devaient produire un effet peu ordinaire, et, malgré la grossièreté de l'exécution, cet ensemble est une des belles conceptions du moyen âge. Pour rendre intelligible cet effet du premier étage de la rotonde, vu à travers la colonnade formant l'abside, nous traçons, figure 4, le plan de ce premier étage. Comme dans l'étage inférieur, les deux absidioles C, C, étaient les noyaux conservés des constructions de l'église primitive, datant du VIe siècle, et dont l'abside principale se développait en DD [2]. L'abbé Guillaume avait donc démoli ce rond-point de l'axe, cette *tribune* de la basilique du VIe siècle, pour y substituer la rotonde, en raison de l'affluence des pèlerins. Le martyrium, le lieu où reposait le corps de saint Bénigne, n'avait pas pour cela changé de place ; il était au-dessous du point G, et alors au centre de l'abside nouvelle, tandis que dans l'église du VIe siècle il se trouvait disposé dans une *confession* en avant de l'autel. On remarquera, en E, deux autres absidioles avec autels placés sous les vocables de saint Jean l'évangéliste et de saint Matthieu [3]. Au fond de la rotonde, une chapelle dépendant du monastère du VIe siècle avait été conservée par l'abbé Guillaume ; elle était dédiée à Notre-Dame. Surélevée pour coïncider avec les niveaux des galeries de la rotonde, elle formait des salles annexes à chaque étage de ces galeries.

La destruction de ce monument, si intéressant comme plan et dispositions architectoniques, est fort regrettable. Nous devons encore nous trouver heureux d'en avoir conservé l'étage inférieur, et d'en pouvoir ainsi constater la date précise, le système de structure, et d'en tracer le plan. Son aspect extérieur, conservé par la gravure dans l'ouvrage de D. Planchet, ne manquait ni de grandeur, ni d'originalité. Il y avait là

[1] Cette coupe est établie sur les restes de la partie inférieure du monument et sur les gravures de D. Plancher. (*Dissertation sur l'histoire de Bourgogne*, t. I, 1739.)

[2] Dans la crypte conservée aujourd'hui, on reconnaît en effet que les maçonneries de ces absidioles dépendent d'une structure plus ancienne, bien que des colonnes aient été ajoutées là comme dans le reste de la rotonde, par l'abbé Guillaume, au XIe siècle.

[3] Ces absidioles sont une réminiscence de la disposition du Saint-Sépulcre de Jérusalem.

(fig. 5) des réminiscences de monuments antiques, et bien certainement du Saint-Sépulcre de Jérusalem. Les deux énormes cylindres contenant les escaliers montant aux galeries supérieures, allégés extérieurement

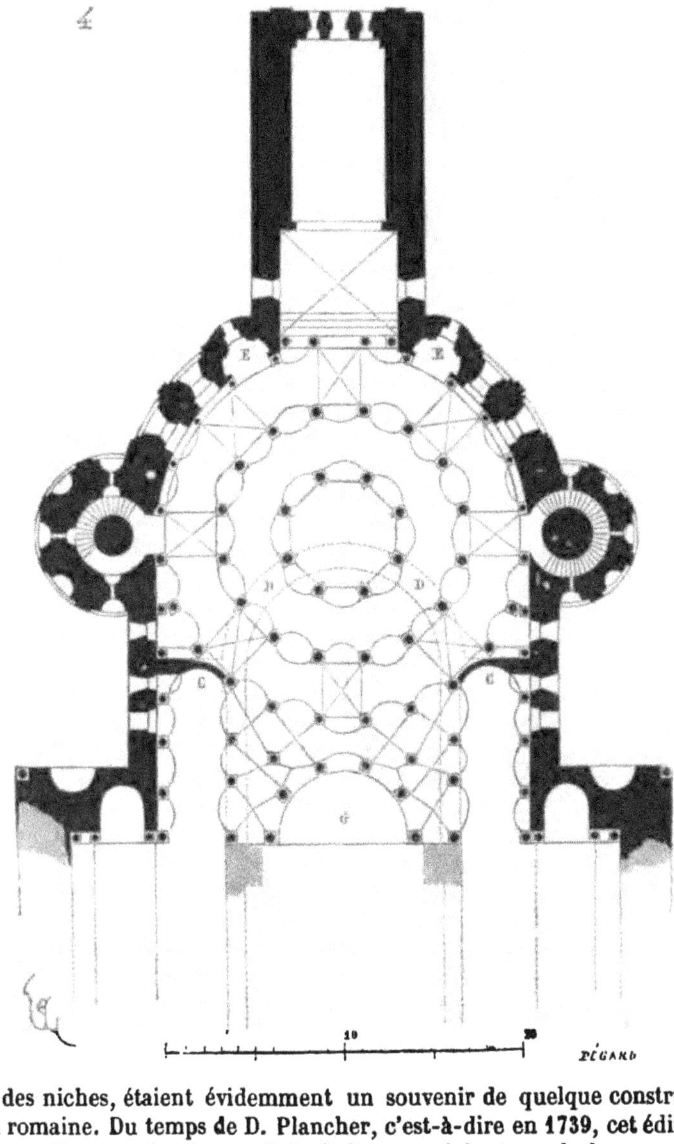

par des niches, étaient évidemment un souvenir de quelque construction romaine. Du temps de D. Plancher, c'est-à-dire en 1739, cet édifice des premières années du XIe siècle était encore intact ; seuls les couron-

nements des deux tours d'escaliers avaient été refaits au XIIe siècle, puis réparés à une époque plus récente. Dans notre figure, ces couronnements sont restaurés.

L'analogie entre cet édifice et le Saint-Sépulcre de Jérusalem ne saurait être douteuse. Le jour central, les collatéraux, jusqu'à ces deux absidioles du premier étage, placées de chaque côté de la chapelle extrême, accusent la volonté d'imiter le monument de la ville sainte, vers laquelle, pendant tout le cours du XIe siècle, se rendaient de nombreux pèlerins. Mais ce monument n'est pas le seul, en France, qui ait été élevé avec la préoccupation d'imiter le Saint-Sépulcre.

Il existe dans le département de l'Indre (arrondissement de la Châtre) une église qui a conservé le nom de son type original : c'est l'église de Neuvy-Saint-Sépulcre. Cet édifice fut fondé « en 1045, par Geoffroy, vicomte de Bourges, dans les possessions d'un seigneur de Déols, Eudes, lequel avait fait un pèlerinage en terre sainte. Les chroniques qui mentionnent cette fondation ont remarqué que l'église fut construite en *imitation* du Saint-Sépulcre de Jérusalem : *Fundata est ad formam S. Sepulchri Ierosolimitani* [1]. »

L'église de Neuvy-Saint-Sépulcre est de forme circulaire, avec collatéral et étage supérieur. Voici (fig. 6) le plan du rez-de-chaussée. La

6

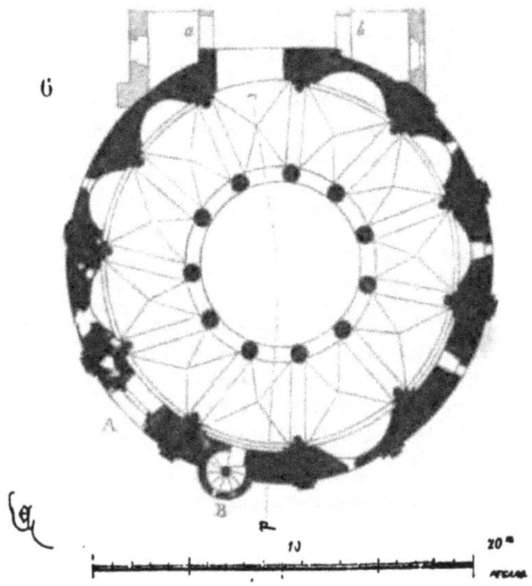

construction, très-grossière d'ailleurs, de cette rotonde, vient se souder gauchement avec une église plus ancienne, modifiée et presque entière-

[1] Voyez la notice sur l'église de Neuvy-Saint-Sépulcre dans les *Archives des monuments historiques*.

ment reconstruite vers 1170. Dans les murs *a*, *b*, des latéraux de la nef, on retrouve les traces des arcs de cette église primitive à l'extrémité de laquelle le vicomte Geoffroy fit élever la copie du Saint-Sépulcre. L'entrée de l'édifice est en A. On monte à la galerie du premier étage par l'escalier à vis B. Cette galerie laisse un vide au centre de la rotonde, et date d'une époque postérieure aux premières croisades (1120) environ. Il est difficile de savoir comment le fondateur de la rotonde de Neuvy entendait terminer son monument, et il faut reconnaître même que l'architecte qui, plus tard, éleva le premier étage, ne sut trop comment fermer ce vaisseau circulaire. Le collatéral du rez-de-chaussée est voûté, et le mur extérieur très-épais, non-seulement dans la hauteur de ce rez-de-chaussée, mais encore au premier étage. Au contraire, le mur cylindrique qui porte sur les colonnes du premier étage est mince. Cette structure rappelle celle de la rotonde de Saint-Bénigne. Tout porterait donc à croire que l'architecte de l'église de Neuvy-Saint-Sépulcre avait eu l'intention de maintenir ce cylindre central au moyen d'un demi-berceau annulaire reposant sur le gros mur circulaire extérieur. La coupe de cet édifice, faite sur la ligne *cd* (fig. 7), expliquera cette disposition. Le tracé ponctué indique le projet primitif, tel qu'il nous paraît avoir été conçu. En A, est la voûte en demi-berceau, dont l'épaisseur du mur extérieur aurait motivé la construction ; en B, le cône tronqué élevé en charpente ou même en maçonnerie sur le cylindre intérieur, conformément à la disposition adoptée pour la couverture du Saint-Sépulcre de Jérusalem. Dans ce cas, un jour central était réservé en C, à ciel ouvert. Quoi qu'il en soit, ce projet ne fut jamais achevé, soit par faute de ressources, soit par la difficulté d'élever un cône ou une voûte sur le mince tambour percé de fenêtres qui surmonte les colonnes de la galerie du premier étage.

L'église de Neuvy-Saint-Sépulcre était en grande vénération pendant les XIe, XIIe et XIIIe siècles, car, en 1257, « le cardinal Eudes de Châteauroux, évêque de Tusculum, envoya de Viterbe, au chapitre de Neuvy, un fragment du tombeau de Jésus-Christ et quelques gouttes de son sang. On plaça ces reliques au centre de la rotonde, dans une sorte de grotte, à l'imitation du tombeau du Sauveur à Jérusalem. Cette grotte existait encore en 1806, époque à laquelle un curé de Neuvy la détruisit parce qu'elle masquait l'autel au fond de la nef.

La coupe (fig. 7) donne une idée complète de ce curieux monument. Il est facile, en l'examinant, de reconnaître que la construction du XIe siècle s'arrête au niveau D. Tous les arcs de l'étage inférieur sont plein cintre, tandis que ceux de l'étage supérieur sont en tiers-point.

En E, à l'extérieur, est une arcature d'un travail assez délicat, et toute la construction, à partir du niveau D, est beaucoup mieux traitée. Des corbeaux ménagés en F étaient destinés peut-être à recevoir les cintres de charpente propres à maçonner la voûte en demi-berceau A, ou à poser les liens d'une couverture de charpente, en supposant que le projet des voûtes supérieures de la galerie ait été abandonné au XIIe siècle. Il y a quelques années, une toiture informe recouvrait cette rotonde et menaçait ruine. Voulant conserver ce précieux monument, la Commission des monuments historiques décida qu'une charpente en terrasse,

7

couverte de plomb, serait posée sur la galerie, et qu'une voûte de poterie, également recouverte de plomb, couronnerait le cylindre intérieur, ainsi que l'indique notre figure.

La grotte qui avait été placée au centre de la rotonde n'était pas le seul exemple de cette réminiscence du Saint-Sépulcre qui existât en

Occident. On voit encore aujourd'hui, dans la salle capitulaire du cloître dépendant de la cathédrale de Constance, un édicule qui autrefois était placé dans cette cathédrale même, et qui était destiné à rappeler le Saint-Sépulcre placé au centre de la rotonde de Jérusalem. Cet édicule, de forme circulaire, est décoré d'arcatures à jour avec colonnettes. A l'extérieur, au pourtour, sont posées, contre les pieds-droits, des statues demi-nature d'un bon travail, représentant l'Annonciation, la Naissance du Christ, l'Adoration des bergers et des mages ; au-dessus, les douze apôtres. A l'intérieur (car on peut pénétrer dans cette rotonde, qui a 2 mètres de diamètre), sont d'autres statues représentant un ange ; les trois saintes femmes venant visiter le tombeau du Christ, tenant des cassolettes dans leurs mains ; deux groupes de soldats endormis, et un homme habillé en docteur, ayant devant lui une table sur laquelle sont posés des vases ; il remue quelque chose dans l'un d'eux. Près de ce personnage est une femme qui le montre du doigt à deux autres femmes tenant des vases fermés. Ce curieux monument est de style italien, et date du XIIIe siècle.

Les rotondes que nous venons de décrire ne sont pas les seules qui, du XIe au XIIe siècle, aient été construites en France, à l'imitation de celle du Saint-Sépulcre. Il faut citer encore la rotonde de Lanleff (Côtes-du-Nord), dans laquelle on a voulu voir longtemps un *temple païen.* Ce monument, détruit en partie, consiste en un cercle de piliers intérieurs au nombre de douze. Ces piliers, à section parallélogrammatique, sont flanqués chacun de quatre colonnes engagées partant des archivoltes et des arcs-doubleaux. Un mur circulaire avec trois absides [1], comme au Saint-Sépulcre, entoure ces douze piliers, et reçoit les retombées des voûtes d'arête couvrant le collatéral sur douze colonnes engagées. D'autres colonnes intermédiaires, d'un diamètre plus faible, divisent le mur circulaire en travées percées chacune d'une très-petite fenêtre. La porte est ouverte au nord-ouest, tandis que l'abside centrale est orientée à l'est. Cet édifice, du travail le plus grossier, paraît remonter au XIe siècle.

A Rieux-Minervois, près de Carcassonne (Aude), est un monument circulaire avec cercle de colonnes intérieures et absidioles, dont la construction remonte à la fin du XIe siècle : c'est encore là évidemment une imitation du Saint-Sépulcre de Jérusalem. Les édifices circulaires, connus sous le nom de chapelles des templiers, telles que celles qui existent sur quelques points de la France, à Metz, à Laon notamment, sont des réminiscences du Saint-Sépulcre. Mais l'ordre des Templiers, spécialement affecté à la défense et à la conservation des lieux saints, élevait dans chaque commanderie une chapelle qui devait être la représentation de la rotonde de Jérusalem. Le Temple, à Paris, possédait sa chapelle circulaire (voy. TEMPLE).

[1] Une seule de ces absides subsiste encore.

SERRURERIE, s. f. Les Romains étaient experts dans l'art de la serrurerie, si l'on en juge par quelques fragments qui nous sont restés. Ils employaient le fer dans les bâtisses, non point comme nous le faisons aujourd'hui, mais comme agrafes, crampons, goujons, chevillettes, boulons à clavettes, queues-de-carpe, équerres, étriers, etc. Dans les Gaules, dès l'époque romaine, certaines provinces étaient célèbres par leurs produits en fer ouvré, notamment les provinces du Nord et de l'Est, le Berry, le Dauphiné. Comme toutes les grandes industries, celle de la fabrication des ouvrages de fer dut souffrir des invasions pendant les ve et vi^e siècles, bien que la plupart des nouveaux conquérants ne fussent point étrangers au façonnage des métaux ; mais ces nouveaux venus n'employaient guère ces matières que pour des ustensiles, des armes, des chariots. Quant à l'art de la construction, il était tombé si bas, qu'à peine songeait-on à y employer le fer autrement que pour ferrer grossièrement des huis et façonner des grilles. Les établissements monastiques reprirent en main cette industrie perdue ; ils se mirent à exploiter des mines abandonnées, à établir des fourneaux, des forges, et bientôt ils purent atteindre une perfection relative, ou tout au moins remettre en circulation une quantité considérable de fers façonnés au marteau. Peu à peu l'art de la serrurerie, pour lequel certains peuples de la Gaule avaient une aptitude particulière, reprit une grande importance, et dès le commencement du xiie siècle l'industrie des fers forgés était poussée assez loin. Les moyens de fabrication étaient faibles cependant : on ne possédait ni cylindres, ni laminoirs, ni filières ; on ignorait la puissance de ce moteur, la vapeur, qui permet d'ouvrer le fer en grandes pièces. Un martinet mû par un cours d'eau composait tout le matériel d'une usine. Le fer, obtenu en lopins forgés d'un poids médiocre, était donné aux forgerons, qui, à force de bras, convertissaient ces lopins en barres, en fer battu, en pièces plus ou moins menues. Alors la lime n'était point inventée, les cisailles n'existaient pas ou ne pouvaient avoir qu'une force minime. Cette pénurie de moyens était une condition pour que la fabrication au marteau atteignît une certaine perfection. Les forgerons du moyen âge avaient en outre acquis une grande habileté lorsqu'il s'agissait d'obtenir des soudures à chaud, que nous ne faisons que bien difficilement aujourd'hui. Il est vrai que les premiers procédés pour réduire le fer en barres étaient si nombreux, qu'ils donnaient au métal une qualité que ne sauraient atteindre nos moyens modernes. Nos fers passent de l'état de lopins de fonte à peine corroyée au martinet, à l'état de barres par le laminage au cylindre, sans opération intermédiaire, tandis qu'autrefois le fer n'arrivait que peu à peu, et par un corroyage répété, de l'état de lopin à celui de barreau ou de plaque. Ce fer, sans cesse battu, acquérait une ténacité et en même temps une souplesse qu'il ne saurait avoir par les moyens employés aujourd'hui ; plus serré par le battage, plus concret, plus ductile, moins criblé de parties de fonte, il ne se brûlait pas si facilement au feu, et se soudait plus aisément au rouge blanc, sans pour cela devenir cassant. Mais ces qualités du fer corroyé à bras d'homme reconnues, il n'en faut pas moins signaler l'adresse rare avec laquelle les forgerons du moyen âge savaient souder les pièces compliquées qui demandaient un grand nombre de passages au feu, sans les brûler. Ils employaient d'ailleurs le charbon de bois, soit pour obtenir la fonte, soit pour convertir les gueuses en lopins et en fer battu : le charbon de bois laisse au fer des qualités de souplesse et de ductilité que lui retire en partie la houille. Il en est de la fabrication du fer appliquée aux travaux d'art comme de beaucoup d'autres ; ce que l'on gagne du côté de l'industrie, de la rapidité, de la puissance et de l'économie des moyens, on le perd du côté de l'art. En perfectionnant les procédés mécaniques, l'homme néglige peu à peu cet outil supérieur à tout autre qu'on appelle la main. Cependant on éprouvait des difficultés insurmontables lorsqu'il s'agissait de façonner de grandes pièces de forge à l'aide des bras, et la grande serrurerie de bâtiment ne commence à naître qu'au moment où les puissances de la mécanique purent être sérieusement employées. Ainsi, ne mettait-on en œuvre dans les édifices, soit pour des chaînages, soit pour des armatures, que des pièces de forge dont le poids n'excédait pas 200 kilogrammes, dont la plus grande longueur ne dépassait pas 4 mètres, et encore les pièces de cette force sont-elles fort rares avant le XVIIIe siècle. Nous avons fait voir ailleurs comment les chaînages étaient combinés pendant les XIIe, XIIIe, XIVe et XVe siècles (voyez CHAINAGE) dans les grandes constructions. Ils consistaient en une suite de crampons agrafés les uns aux autres ou scellés dans la pierre. Pour les charpentes de fer, il n'en était pas question, bien entendu ; et même dans les charpentes de bois, le fer n'était pas employé (voyez CHARPENTE). A dater du XIIIe siècle, le fer, cependant, remplit un rôle très-important dans les constructions comme tirants, crampons, armatures de baies, mais toujours en petites parties. Les nœuds, les renflements des crampons, des *traits de Jupiter*, les œils et leurs goujons souvent répétés, formaient, dans les maçonneries, des poches de fer volumineuses qui, en s'oxydant, faisaient éclater les pierres et causaient de graves désordres. On tentait bien d'éviter le danger de l'oxydation par des scellements en plomb, mais ce moyen était insuffisant, et bon nombre de monuments doivent en partie leur état de ruine à ces masses de fer enfermées entre les assises et cramponnées dans leurs lits. La grande serrurerie restait, par l'insuffisance des moyens mécaniques, à l'état barbare, tandis que la serrurerie fine s'élevait au contraire à la hauteur d'un art très-parfait dans sa forme et dans ses moyens d'exécution. Dans un même édifice dont la grosse serrurerie accuse les procédés de fabrication les plus naïfs, vous trouvez, comme à Notre-Dame de Paris, des pentures de portes dont la merveilleuse exécution est un sujet d'étonnement pour les gens du métier. Pour ces forgerons des XIIe et XIIIe siècles, le fer semblait être une matière molle et facile à souder comme l'est la cire ou le plomb, et c'est à grand'peine si quelques très-rares ouvriers de nos jours parviennent à façonner des pièces de cette nature, qui alors étaient fort communes.

Dans les règlements d'Étienne Boileau, il n'est pas question du corps d'état des serruriers façonnant la grosse serrurerie de bâtiment, mais seulement des *greifiers*, faiseurs de fermetures de portes (pentures), des *grossiers* (taillandiers) et des serruriers, fabricants de serrures. Ces ouvriers pouvaient prendre autant d'apprentis qu'il leur plaisait, et avaient permission de travailler de nuit, les serruriers exceptés, à cause de la perfection qu'exigeait ce genre d'ouvrage.

Les pentures étaient un genre de serrurerie fort prisé pendant le moyen âge et qui exigeait un apprentissage spécial. Nous nous occuperons donc d'abord de cette partie de la serrurerie fine de bâtiment.

Pentures. — On désigne ainsi des bandes de fer clouées et boulonnées aux vantaux des portes, munies d'un œil entrant dans un gond, destinées à suspendre ces vantaux et à permettre de les faire pivoter facilement sur ces gonds.

Jousse [1], dans son traité de la *serrurerie*, si précieux aujourd'hui en ce qu'il nous retrace une partie des procédés employés par les ouvriers du moyen âge, s'exprime ainsi à propos des pentures : « Ce sont des barres « de fer plat, qu'il faut percer tout au long, pour les attacher contre la « porte avec des clous rivez, ou bien avec un crampon qui passe par-« dessus le collet de la bande, lequel crampon passe au travers de la « porte et est rivé par l'autre costé sur le bois. Le bout de la dite bande « se replie en rond, de la grosseur du mamelon du gond, qui est le bout « qui sort dehors la pierre ou bois, où il est posé ; lequel bout du gond « entre dedans le reply de la dite bande, qui sera soudé si on veut, et « arrondi en façon que le gond tourne aisément dedans. Autres y font « des bandes flamandes pour porter les dites portes. Ces bandes sont « faites de deux barres de fer soudées l'une contre l'autre et replyées en « rond comme la précédente pour faire passer et tourner le gond. Après « qu'elles sont soudées, on les ouvre et sépare l'une de l'autre, autant « que la porte a d'épaisseur, puis on les recourbe, le plus quarrément « que l'on peut pour les faire joindre et serrer des deux costez de la « porte, principalement du costé de dehors : ceste façon de bandes vaut « mieux que les communes parce qu'elles prennent les deux costez de « la porte. On y en met trois pour l'ordinaire ; on y met quelquefois « deux de ces bandes flamandes, ou d'autres droictes, avec un pivot au « bas qui prend sous la porte, qui vaut encore mieux, pourveu qu'il soit « bien fait et mis comme il faut..... » En effet, les pentures de portes pendant le moyen âge étaient exactement fabriquées ainsi que Jousse l'indique encore au commencement du XVIIe siècle. Ces pièces de fer ont, au point de vue de l'art du forgeron, une importance considérable. L'ouvrier qui peut forger une penture dans le genre de celles que nous trou-

[1] *De la fidelle ouverture de l'art de serrurerie*, par Mathurin Jousse, 1627.

vons si fréquemment attachées aux portes des édifices des XIIe et XIIIe siècles, atteint les dernières limites de son art et peut façonner les pièces les plus difficiles.

La figure 1 montre divers genres de pentures. En A, est la penture simple avec son œil en *b*, son collet en *c*, le crampon d'attache derrière

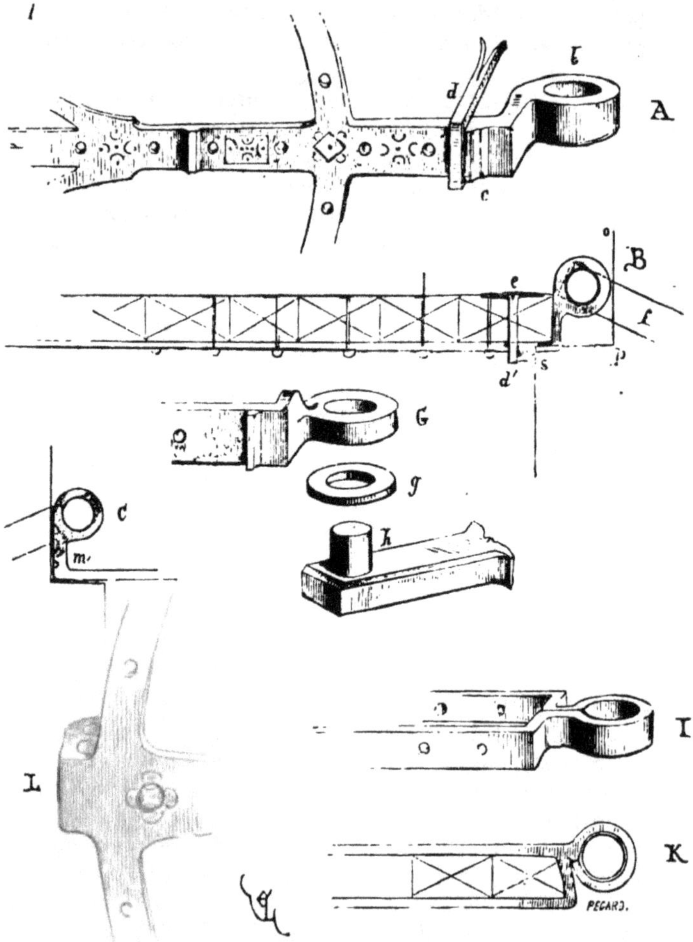

le renflement du collet en *d*. B est le géométral de la penture en coupe sur le vantail ; *d'* est le crampon avec sa double rivure en *e* ; en *f*, le scellement du gond. La ligne *ops* indique la feuillure du jambage. Souvent la rive du vantail est entaillée pour arriver à fond de feuillure, et l'œil de la penture est détourné, ainsi qu'on le voit en *m*, détail C. Alors l'œil a moins de champ que le plat de la penture, pour ne pas trop affamer le bois, conformément au tracé perspectif G. Une rondelle *g* est interposée entre le renfort carré *h* du gond et cet œil. Les pentures flamandes à doubles bandes sont façonnées suivant les tracés I et K. Les pentures les plus anciennes ont, soudé à leur collet, un arc de fer qui embrasse puissamment les frises du vantail près de la rive (voyez en L). Ce système, adopté dès le XIe siècle, présente une difficulté de soudure, car il faut refouler le fer de manière à en faire sortir les deux souches des branches, afin de souder celles-ci, puis laisser une queue suffisante pour rouler l'œil, le souder et courber l'extrémité (voyez en C). Ces opérations demandent du soin, pour ne pas brûler le fer et pour que les soudures des deux branches courbes soient largement faites, le fer ayant juste le degré de chaleur convenable. Mais ces difficultés ne sont rien, comparées à celles qui résultent de la soudure des branches nombreuses dont se composent souvent ces pentures et qui sortent de la tige principale. Il ne faudrait pas croire que les branches multipliées soudées à la bande des pentures sont de simples ornements. Ces branches, percées de trous, permettant de multiplier les clous, maintiennent fortement les frises de bois entre elles, forment sur les vantaux comme une sorte de réseau de fer, et empêchent les bandes de *donner du nez*, c'est-à-dire de fléchir sous le poids des frises. Les forgerons trouvèrent dans cette nécessité de structure un motif d'ornementation. Les plus anciennes pentures sont en effet composées de telle façon, qu'en suspendant les vantaux sur les gonds, elles retiennent, sur un espace assez large, les frises les plus rapprochées du collet ou de l'œil. Ainsi trouve-t-on encore assez fréquemment des pentures de la fin du XIe siècle qui affectent la forme d'un C (fig. 2), soudé au collet, de telle sorte que les deux branches A clouées sur les frises les maintiennent fortement de B en C. Bientôt une bande indépendante de la penture, et appelée fausse penture, rend toutes les frises du vantail solidaires. On voit des pentures de ce genre à l'une des portes de la cathédrale du Puy en Velay, à Ebreuil (Allier). Ces dernières sont fort belles, et nous en donnons (fig. 3) le dessin ; elles datent du commencement du XIIe siècle. Le collet de la penture en forme de C passe à travers le bois et est soudé, ainsi que l'indique le détail A. En B, est la section d'une branche sur *ab*.

La composition de l'ensemble des ferrures de la porte principale de l'église d'Ebreuil est assez remarquable. Chaque vantail n'est suspendu que par deux pentures ; sept fausses pentures garnissent les frises et les maintiennent entre elles. La fausse penture du milieu, plus riche que les six autres, forme une double palmette d'un beau caractère. Ces ferrures sont posées sur des peaux marouflées sur le bois et peintes en rouge vif. Deux anneaux attachés à des mufles de lion de bronze facilitent le tirage des vantaux.

L'art de souder le fer au marteau arrivait déjà, au commencement du XIIe siècle, à une grande perfection. Les exemples abondent, et nous n'avons que l'embarras du choix. Quand il s'agit seulement de souder à une

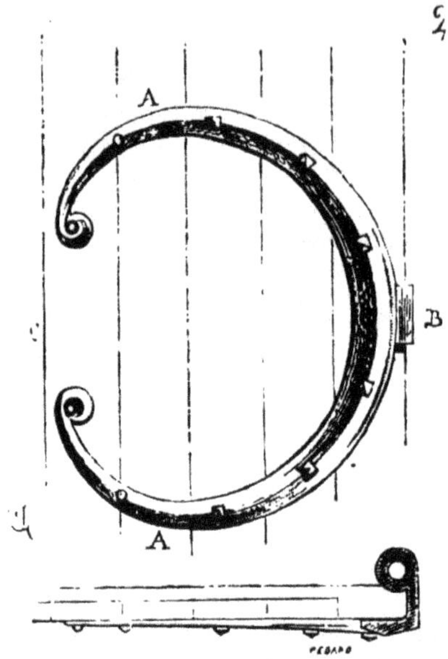

branche principale des rameaux secondaires, la besogne n'est pas très-

3

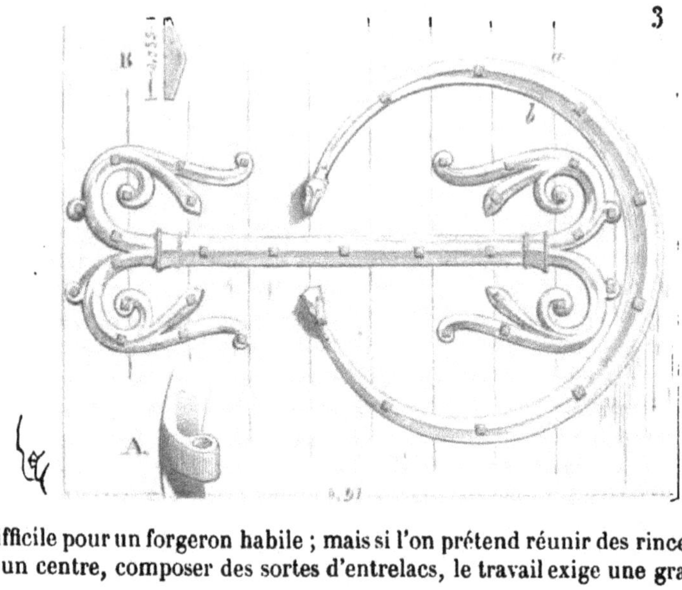

difficile pour un forgeron habile ; mais si l'on prétend réunir des rinceaux à un centre, composer des sortes d'entrelacs, le travail exige une grande pratique et une main aussi leste qu'habile. Ces fausses pentures, par exemple, provenant de la porte de l'église de Neuvy-Saint-Sépulcre (fig. 4), présentent un travail de forge d'une difficulté réelle. Pour obtenir les soudures A et B, surtout celles A, l'ouvrier, s'il n'est très-adroit,

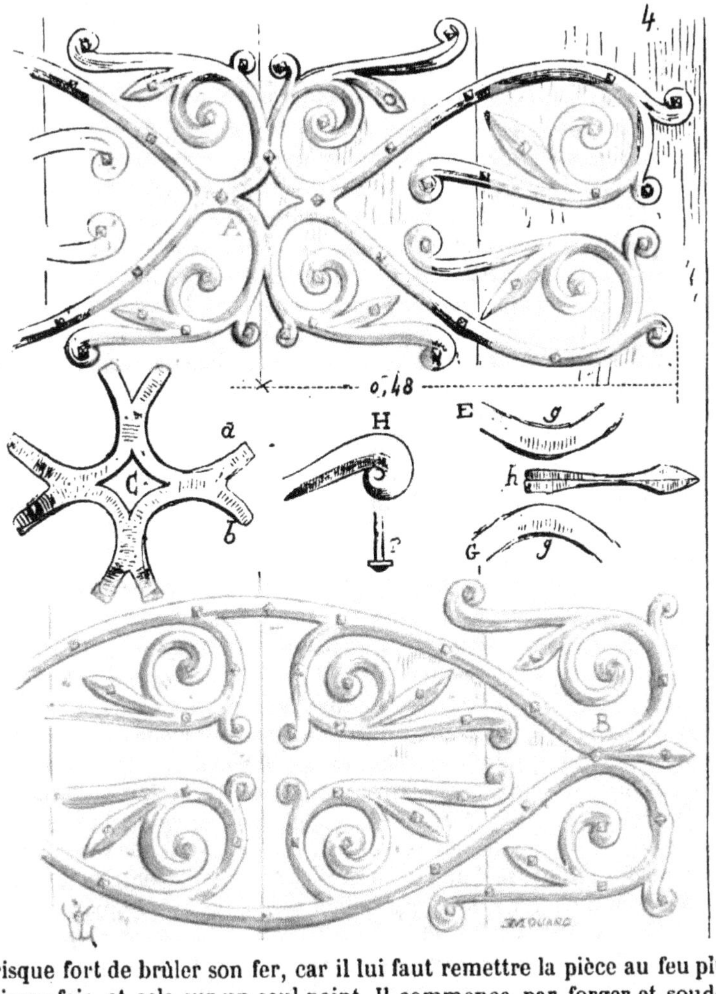

risque fort de brûler son fer, car il lui faut remettre la pièce au feu plusieurs fois, et cela sur un seul point. Il commence par forger et souder une pièce C à laquelle il soude les huit branches l'une après l'autre ; or, la branche *a* étant soudée, s'il veut souder celle *b*, il faut que son feu et son soufflet soient dirigés seulement sur le bout *b*, sans chauffer au rouge la pièce *a*. Pour les soudures B, les deux branches E, G, étant forgées, on les chauffait toutes deux en *g*, puis on les battait pour les souder ensemble sur une doublure *h* (voyez cette doublure ornée *h*, préparée avant la soudure). Nous verrons tout à l'heure avec quelle adresse les forgerons arrivèrent, à la fin du XIIe siècle, à façonner des pièces bien autrement compliquées. Les extrémités des branches sont enroulées, ainsi que le montre le tracé H, de manière à laisser un œil pour passer la tige du clou à tête carrée *p*.

Mais ces sortes de pentures étaient assez riches d'ornementation déjà, et exigeaient un grand nombre de soudures, car tous ces bouquets devaient être forgés à part et soudés aux tiges principales. On employait souvent un procédé plus simple, et qui cependant permettait une ornementation assez brillante. Ce procédé consistait à détacher certaines parties d'une bande de fer à chaud, et à leur donner un galbe particulier. Ainsi (fig. 5) soit une bande de fer plat A : on fendait à chaud, le long de ses rives, des languettes de fer *a* ; on courbait à chaud cette bande de fer sur son champ, ainsi que l'indique le tracé B, puis on galbait chacune des brindilles refendues en volutes *a'*. L'œil de chacune de ces volutes était destiné à laisser passer une tige de clou C dont la tête pressait les bords du fer (voyez en *b*). On soudait alors la branche courbe, en D, à la bande droite de la penture.

Cet exemple provient d'une porte de l'église de Blazincourt (Gironde), et date du XIIe siècle. Les bouts E des branches courbes se terminent en façon de têtes, ainsi que l'indique le profil F. Pour obtenir ce renfort, le fer a été refoulé, puis fendu et façonné au marteau, avant de courber la branche et ses volutes.

Voici en G une autre penture forgée d'après le même principe et provenant de l'église Saint-Saturnin de Moulis (Gironde)[1]. On voit en *g* comment le forgeron a refendu et préparé la bande droite de la penture pour obtenir les petites volutes *h*. Rien n'était plus simple que ce genre de travail, qui n'exigeait d'autres soudures que celles des deux branches courbes avec la tige droite. Ces volutes étaient naturellement les attaches des clous, et évitaient les trous dans les bandes ou branches, trous dont la multiplicité affame le fer et provoque souvent des brisures. Les portes de l'église Saint-Martin à Angers sont garnies encore de fausses pentures qui, comme travail de forge et de soudure, sont une œuvre assez remarquable. La figure 6 donne l'une de ces fausses pentures. Il n'est pas fort aisé de souder le cercle milieu avec les quatre branches de la croix. Ces bandes ont été battues à chaud l'une sur l'autre, puis découpées à l'étampe et au burin. En A, est la section faite sur *ab*, et en B le détail d'une des feuilles extrêmes C. Quand il s'agit de souder ainsi deux pièces de fer croisées ou rapportées l'une sur l'autre, on fait chauffer au rouge-cerise la pièce du dessous et au rouge blanc la pièce du dessus, puis on martèle à petits coups d'abord, et à coups plus forts à mesure

[1] Ces dessins nous ont été fournis, grandeur d'exécution, par M. Durand fils, architecte à Bordeaux.

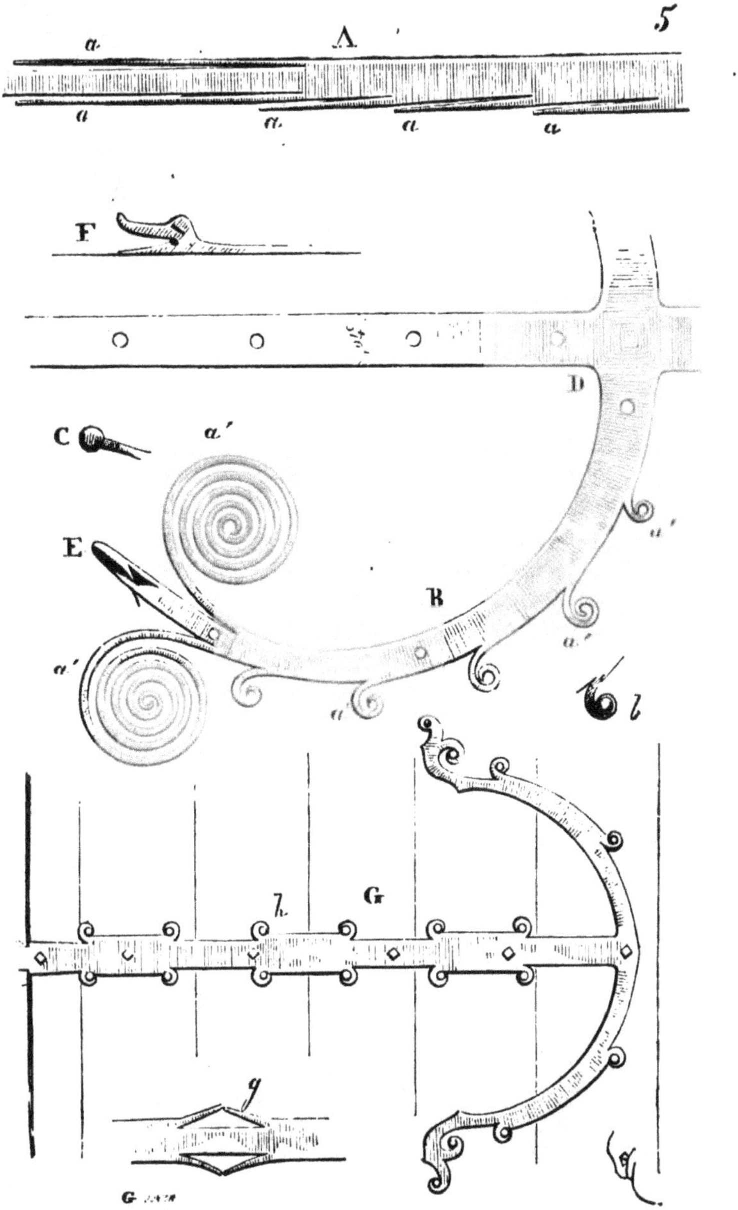

que le fer refroidit. Si les deux pièces étaient chauffées au rouge blanc, on risquerait, au premier coup de marteau, de ne plus rien trouver sur l'enclume. C'était par les différents degrés de chauffage que les forgerons pouvaient arriver à souder un grand nombre de pièces, comme nous le verrons tout à l'heure.

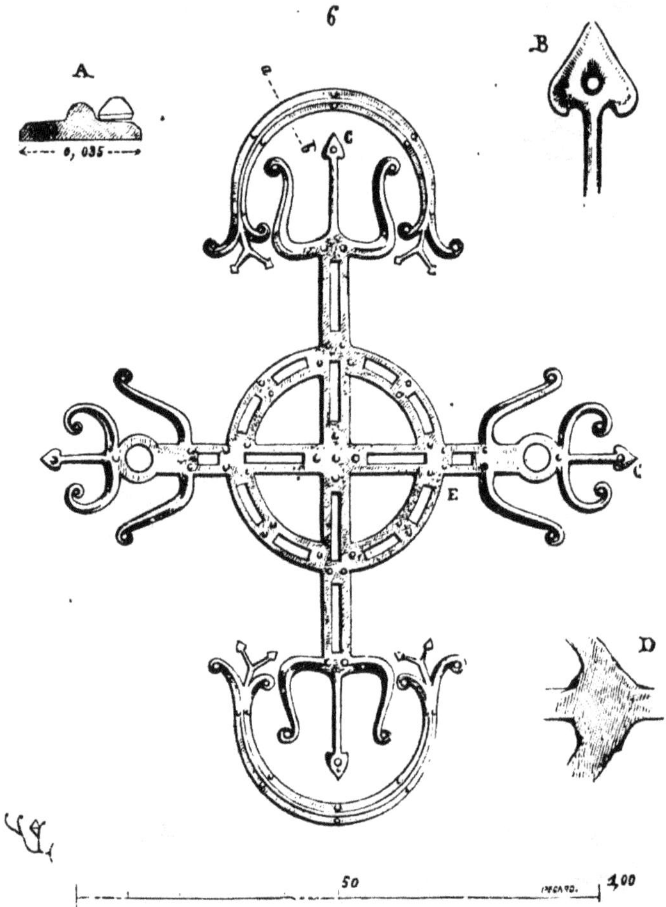

Les fausses pentures de Saint-Martin, à Angers, datent du XIIe siècle. et présentent, pour l'époque, cette particularité curieuse des évidements ménagés dans les bandes et découpés après la soudure des pièces. Le battage des deux fers superposés, du cercle et des deux branches de la croix, donnait après l'opération la forme D, — cette forme D étant la réunion E, — car la double épaisseur du fer, sous le marteau, s'était étendue en remplissant les angles. Ces angles étaient élégis au burin, sans le secours de la lime, qui n'était pas employée à cette époque. Il était plus rationnel de donner cependant plus d'épaisseur ou de largeur aux parties soudées, et de profiter ainsi du procédé pour contribuer à l'ornementation. C'est dans cet esprit que sont fabriquées les jolies pentures du XIIe siècle attachées à la porte méridionale de l'ancienne cathédrale de Schlestadt, et dont nous donnons le dessin figure 7. Le collet A est soudé aux deux branches C au moyen d'un renfort, ainsi qu'on le voit sur le profil en B. La tige elle-même possède un renfort D, sous lequel

7

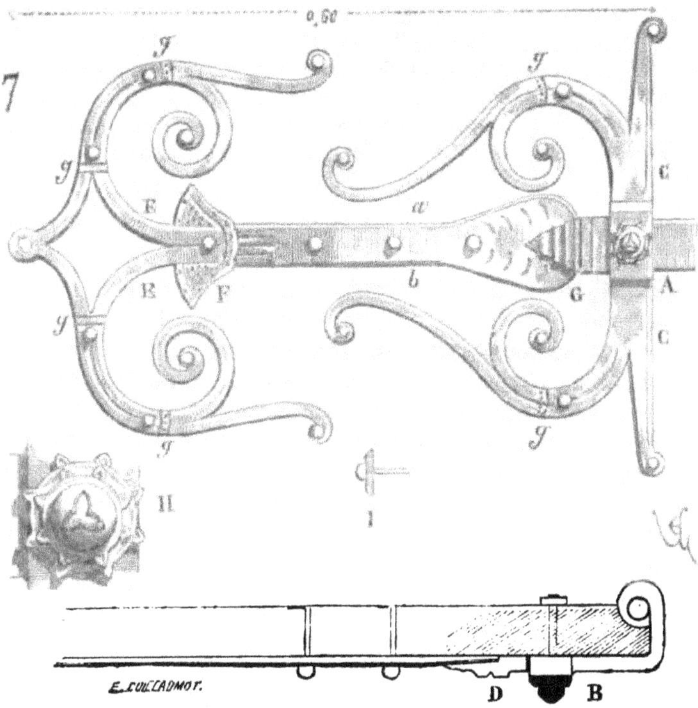

est soudée l'embase G de la bande principale, cette embase étant élargie pour faciliter l'opération de soudure. Le renfort D a été élégi au burin après le martelage. Les branches extrêmes E sont soudées sur l'extrémité F, également élargie, de la bande droite. Ainsi le fer refoulé latéralement par le martelage à chaud a été utilisé dans l'ornementation. En H, est tracée à une plus grande échelle la tête du boulon passant à travers le renfort du collet; cette tête de boulon possède deux rondelles étampées. En I, est tracée la section de la bande faite sur *ab*. On remarquera les coups de burin donnés sur les soudures et formant gravure. Ces coups de burin, frappés au moment où le fer se refroidi et n'est plus que rouge sombre, raffermissent encore les soudures et dissimulent les inégalités produites par le martelage sur une surface plane. On voit également des coups de burin en *g*, aux extrémités des soudures longitudinales des branches.

Les exemples que nous avons donnés ne montrent que des pentures forgées simples, c'est-à-dire composées d'une simple épaisseur de fer plus ou moins travaillé. Mais les serruriers, lorsqu'ils façonnaient des pentures d'une grande dimension, étaient obligés de donner à la bande principale une très-forte épaisseur près du collet, ce qui rendait les soudures des branches difficiles et les pentures très-lourdes; ou de renforcer ces bandes par des doublures, des nerfs, qui, sans augmenter beaucoup leur poids, ajoutaient singulièrement à leur force. Ces doublures, ces nerfs, n'étaient soudés au corps principal que de distance en distance, au moyen d'embrasses, de telle sorte que ces bandes superposées conservaient une grande élasticité et une roideur extraordinaire.

8

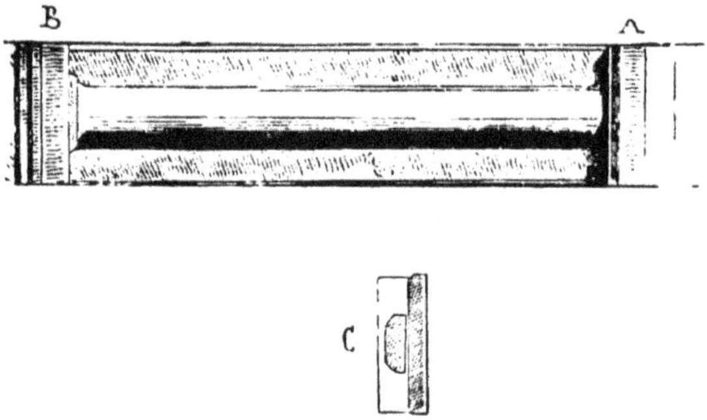

En effet, si sur une bande de fer d'un centimètre d'épaisseur (fig. 8), nous soudons une doublure seulement au moyen de deux embrasses A et B, en laissant d'ailleurs ces deux fers libres, ainsi que le montre la section C, nous obtenons une tige plus roide et moins sujette à être brisée que si la doublure était réunie à la bande dans toute sa longueur. Si même (fig. 9) nous formons la bande principale au moyen de plusieurs tiges juxtaposées et soudées seulement par des embrasses, nous obtiendrons également une résistance plus grande et nous aurons moins à craindre les brisures. En supposant donc la bande principale D formée de trois tiges E, F, G (voyez la section H) soudées par les embrasses I, K, cette bande aura autant de roide qu'une barre pleine, sera moins sujette à se briser et sera plus légère.

Les forgerons adoptent ces méthodes dès la fin du XIIe siècle, et nous en avons un exemple bien remarquable dans la fabrication des belles pentures des deux portes latérales de la façade occidentale de Notre-Dame de Paris, qui datent de cette époque. Ces pentures sont forgées, en grande partie, au moyen de faisceaux de tiges, tant pour les bandes que pour les branches, faisceaux quelquefois soudés dans toute leur longueur, quelquefois sur certains points, mais toujours solidement réunis au moyen d'embrasses riches, renforcées par des appendices qui ajoutent à la solidité de l'œuvre aussi bien qu'à son ornementation.

9

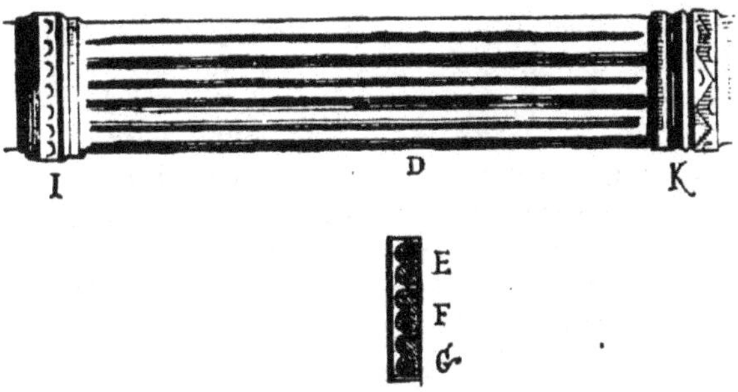

Inutile de répéter ici les opinions singulières qui ont été émises sur la fabrication de ces pentures, pendant le dernier siècle et de nos jours encore. Les uns ont prétendu qu'elles étaient fondues, d'autres qu'elles étaient en partie évidées à la lime, plusieurs qu'elles étaient composées de brindilles de fonte soudées par un procédé inconnu. Disons tout de suite que les serruriers forgerons ne se sont jamais mépris sur le mode de fabrication de ces ferrures; mais dans les questions de cette nature, on préfère souvent écrire des pages entières dans son cabinet à consulter le premier praticien venu.

Réaumur, cependant, avait indiqué le véritable mode employé pour forger les pentures de Notre-Dame de Paris... « Quoi qu'on en dise », écrit-il dans la note insérée dans l'*Encyclopédie*, « le corps des pentures « et les ornements sont de *fer forgé* et faits, comme on les ferait aujour- « d'hui, de divers morceaux soudés, tantôt les uns sur les autres, tantôt « les uns au bout des autres; ce qu'il y a de mieux n'est pas même la « façon dont ils l'ont été, les endroits où il y a eu des pièces rapportées « sont assez visibles à qui l'examine avec attention : on n'a pas pris assez « de soin de les réparer, quoique cela fût aisé à faire. »

En effet, les soudures se voient sur bien des points et n'ont pas été réparées au burin ou à la lime, elles n'en sont pas moins très-habilement faites; mais peut-être Réaumur a-t-il voulu parler de certaines pièces rapportées au XVe siècle pour réparer des dommages, et simplement clouées à côté des fragments anciens ?.... « Quoi qu'il en soit », ajoute-t-il, ces pentures sont certainement un ouvrage qui a demandé un

« temps très-considérable et qui a été difficile à exécuter. Il n'est pas « aisé de concevoir comment on a pu souder ensemble toutes les pièces « dont elles sont composées : il y a cependant apparence que toutes « celles d'une penture l'ont été avant qu'elle ait été appliquée sur la « porte, car on aurait brûlé le bois en chauffant les deux pièces qui de- « vaient être réunies. » (Il faut avouer que cette dernière observation ne manque pas de naïveté.) « ... On n'a pas mis non plus une pareille masse « à une forge ordinaire ; il paraît nécessaire que dans cette circonstance « la forge vînt chercher l'ouvrage.... On s'est apparemment servi de souf- « flets portatifs, comme on s'en sert encore aujourd'hui en divers cas ; « on a eu soin de rapporter (souder) des cordons, des liens, des fleu- « rons, etc., dans tous les endroits où de petites tiges et des branches « menues se réunissaient à une tige ou branche plus considérable.

« Les pièces rapportées (soudées par dessus) cachent les endroits où « les autres ont été soudées (bout à bout) : c'est ce qu'on peut observer « en plusieurs endroits où les cordons ou fleurons ont été emportés ; ces « cordons et fleurons avaient sans doute été rapportés et réparés après « avoir été soudés..... » Bien que cette appréciation de l'œuvre de ferronnerie qui nous occupe ici soit assez exacte, cependant Réaumur n'avait point évidemment consulté un forgeron. Ces pièces qu'il indique comme rapportées sont soudées, et n'ont pas été étampées après la soudure, mais avant ; leurs embrasses ont été retouchées parfois au burin, mais à chaud.

Du reste, examinons ces pentures en laissant de côté ces appréciations plus ou moins rapprochées de la vérité ; comme nous en avons fait fabriquer d'absolument pareilles [1], nous pouvons en parler avec une connaissance exacte des moyens employés ou à employer.

Naturellement, la première opération consiste à dessiner un carton de la penture qu'on prétend faire forger, grandeur d'exécution ; carton qui sert de patron pour forger et étamper d'abord toutes les brindilles et tiges développées ; après quoi on soude les brindilles ensemble, suivant le dessin, pour en former les bouquets ; puis on soude ces bouquets ou groupes de feuilles aux tiges, puis on soude les tiges à la bande principale, puis on donne aux tiges la courbe voulue. Autant pour masquer que pour consolider les soudures, on rapporte à chaud, et l'on soude par conséquent d'autres feuilles ou des embrasses, bagues, embases et ornements sur le plat de ces soudures premières.

Nous ne pourrions donner, dans cet ouvrage, l'ensemble des pentures de Notre-Dame de Paris ; d'ailleurs ces ensembles ont été publiés en entier dans la *Statistique monumentale de Paris* d'après de très-bons dessins de M. Bœswilwald, et en partie dans l'ouvrage de M. Gailhabaud. Ce n'est pas là ce qui importe pour nous, mais bien les détails de la fabrication. C'est donc sur ce point que nous insisterons.

[1] Par l'habile serrurier M. Boulanger.

Les bandes de ces pentures n'ont pas moins de 0^m,16 à 0^m,18 de largeur au collet, sur une épaisseur de 0^m,02 environ, et elles sont composées, comme nous l'avons dit ci-dessus, de plusieurs bandes réunies et soudées de distance en distance au moyen d'embrasses qui ajoutent une grande force à l'ouvrage et qui recouvrent les soudures des branches recourbées. Pour faciliter l'intelligence du travail de forge, nous procéderons du simple au composé.

Le carton tracé, dont nous donnons (fig. 10) un fragment, un bouquet, terminaison d'un enroulement, le forgeron a commencé par forger séparément chacune des brindilles : celle A, par exemple, ainsi que l'indique le détail *a*; celle B, ainsi que l'indique le détail *b*; celle C, ainsi que l'indique le détail *c*, etc. Il a eu soin de laisser à la queue de chacune de ces brindilles un talon de fer *t* qui a permis de chauffer au rouge blanc ces renforts et de les souder par le martelage. Il a donc obtenu à la base du bouquet, les brindilles étant soudées, une surface plate dont il a coupé les bords au burin, quand le fer était encore rouge. La queue de ce bouquet a été remise au feu, ainsi que l'extrémité D de la branche, puis le bouquet a été soudé à la branche. Pour masquer cette surface battue DG, une première brindille avec feuille E a été soudée, ainsi qu'on le voit en E'; puis par-dessus, l'embrasse H, portant les feuilles K, a été soudée à son tour. Cette embrasse, mise au feu, n'était qu'un talon de fer épais; c'est au moyen d'une étampe que le forgeron lui a donné sa forme régulière et l'a soudée. Puis au burin il a nettoyé les bords et les bavures sur la branche. Il faut dire que ces dernières pièces avaient dû être chauffées au rouge blanc, tandis que le plat DG, destiné à les recevoir, n'était chauffé qu'au rouge. Le dessous offrait ainsi une consistance assez grande pour ne pas être déformé par le martelage sur la queue de la foliole E, et par les coups violents donnés sur l'embrasse par le marteau sur l'étampe.

Mais peut-être quelques-uns de nos lecteurs ne savent pas ce que nous entendons par *étampe*. C'est une matrice de fer trempé, un coin auquel on a donné en creux la forme de l'objet à étamper. Ainsi, toutes les folioles, les boutons de ce bouquet, ont été obtenus au moyen d'étampes. Le forgeron a façonné au marteau la tigette L, par exemple, à l'extrémité de laquelle il a laissé une masse de fer un peu aplatie. Cette masse, mise au feu, a été apposée sur l'étampe ayant la forme *b*, en creux, puis elle a été fortement frappée d'un ou plusieurs coups de marteau, suivant la saillie des reliefs à obtenir ou l'étendue de l'ornement. Le fer ainsi s'est trouvé moulé, et les bords de l'ornement ont été enlevés facilement. L'habileté du forgeron consiste à faire chauffer le fer à étamper au degré convenable. Trop chaud, il s'échappe sous le coup du marteau, et celui-ci, rencontrant la matrice, peut la briser; pas assez chaud, on frapperait vainement sur le fer pour obtenir un bon moulage, et alors la brindille est à recommencer, car le fer, déjà aplati, remis au feu et soumis une seconde fois au coup du marteau, ne pourrait pas remplir les creux de la matrice et ne donnerait qu'une épreuve indécise.

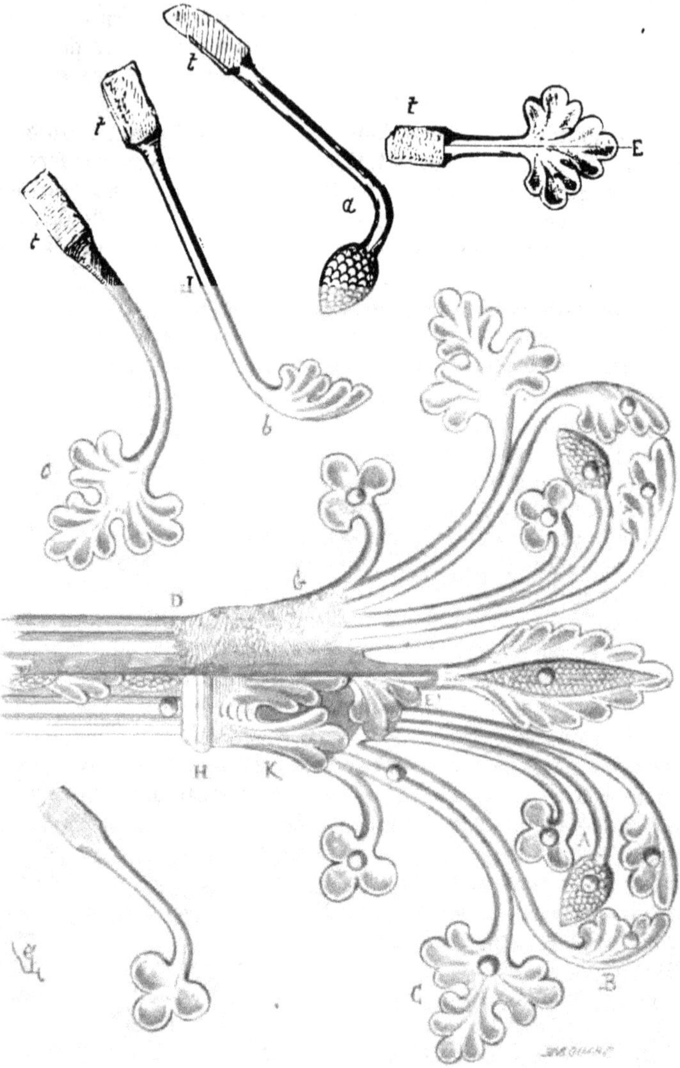

On concevra qu'il est plus aisé de façonner, de souder un bouquet de ce genre, que de réunir des branches qui déjà sont chargées de bouquets, de brindilles et de folioles contre-soudées sur ces branches. Le forgeron des pentures de Notre-Dame de Paris a commencé par façonner à part chacune des brindilles entrant dans la composition générale ; il a groupé ces brindilles en bouquets, il a soudé ces bouquets aux branches secondaires ; puis il a soudé ces branches secondaires ainsi chargées, sinon contournées suivant leur galbe définitif, aux branches principales, puis

11

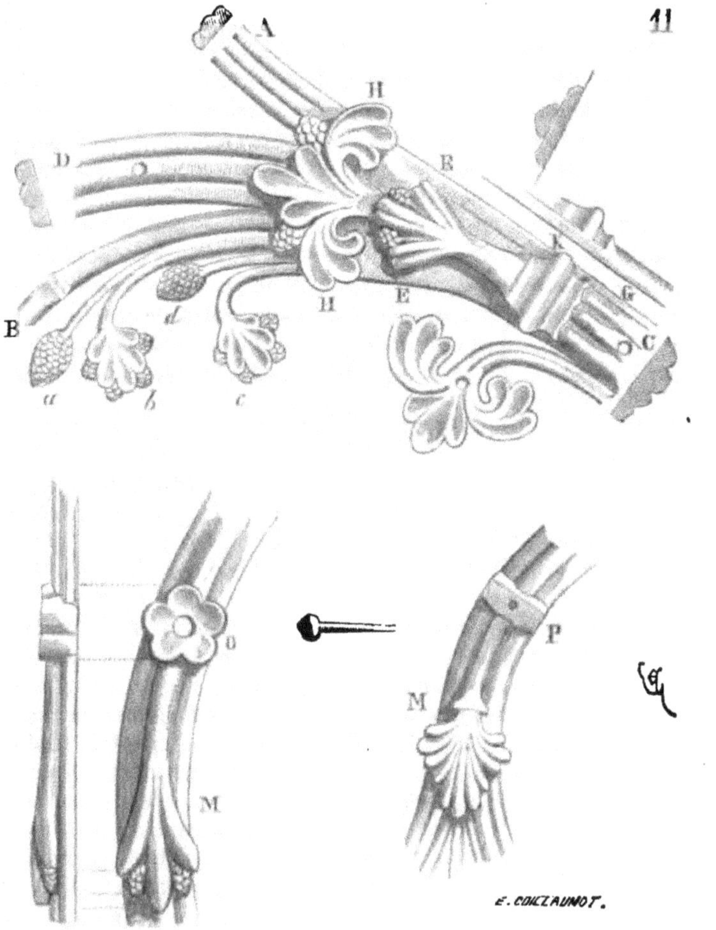

celles-ci à la bande principale, qui est le corps de la penture, comme le tronc est le corps de l'arbre. Ces dernières opérations sont de beaucoup les plus difficiles, tant à cause de la précision qu'elles exigent pour donner à ces branches la longueur convenable en les soudant, que par le poids de ces pièces qu'il faut manier rapidement, et par le degré de chaleur qu'il convient de donner à chaque partie à souder.

Voici (fig. 11) un autre fragment des pentures de la porte Sainte-

Anne [1], qui présente la réunion des deux branches secondaires, celles A et B, et des brindilles *a,b,c,d*, à une branche principale C. Comme la branche D est la continuation de la branche principale C, ces trois branches A, B, D, ont été d'abord soudées ensemble en E, avec un prolongement EG finissant en ciseau. Sur ce plat de la soudure E a été soudé d'abord le groupe de feuilles H, puis la grosse branche C terminée par l'embase K et sa foliole; mais cette foliole a été étampée, ainsi que l'embase K, sur le fer de dessous E chauffé au rouge; la branche C elle-même a été soudée sur le prolongement EG et étampée en nervures, à chaud, après le premier martelage. Sur le corps des branches, quand on superpose des folioles, ainsi que le montrent les détails M, le point de soudure de ces folioles donne un renfort que le forgeron dispose à l'étampe en rosette, comme on le voit en O, ou en façon d'embase, comme on le voit en P. La difficulté est aussi d'obtenir, dans ces réunions de branches, des courbes qui se suivent régulièrement sans jarreter. Pour cela, l'ouvrier a tracé son carton sur une pierre ou une plaque de plâtre, et il rapporte, après chaque soudure, sa penture sur ce patron, pour être bien certain qu'il conserve exactement les courbes, les longueurs, les distances de chacune des parties.

Si nous décrivons maintenant les procédés employés pour la façon de la bande ou du corps principal de la penture, nous aurons rendu compte, autant qu'il est nécessaire de le faire, de la fabrication des grandes pentures de Notre-Dame de Paris. Cette dernière pièce est la plus difficile à forger, surtout auprès du collet. La bande n'est pas faite d'une seule pièce de fer, mais d'un très-grand nombre de pièces soudées côte à côte et bout à bout.

Si nous prenons l'une de ces pentures, celle basse, au vantail de la porte Sainte-Anne que chacun peut examiner de très-près, nous verrons que cette penture se compose de cinq pièces principales (fig. 12) : 1° le collet A ; 2° le premier membre B ; 3° le second membre C ; 4° le troisième membre D ; 5° le bouquet E. Chacun de ces membres a été assemblé séparément avec ses branches principales, ses branches secondaires, ses brindilles. De plus, la bande ou le corps de la penture se compose, pour le collet, de quatre barres ; pour le premier membre, de trois barres ; pour le second membre, de même ; et pour le quatrième membre, de trois barres aussi, mais plus minces. Ces barres, parallèles et jointives, ne sont soudées entre elles qu'à leurs extrémités, en *a*, *b*, *c*, *d*, etc. Ces extrémités, destinées à être soudées, se terminaient en palettes renforcées de manière à supporter le feu et le martelage. Lorsqu'il a fallu réunir ces cinq parties en une seule, les extrémités *g*, *h*, préparées, ont été chauffées et soudées, puis la soudure renforcée par une embrassure soudée. Les extrémités *e*, *d*, de même, et ainsi de suite jusqu'au collet.

Analysons donc cette dernière opération, la plus difficile et la plus

[1] Cette porte est celle de droite, sur la façade occidentale de Notre-Dame de Paris.

pénible de toutes, à cause du poids considérable de la pièce, de l'étendue de la soudure et de son importance, puisque de la perfection de l'ouvrage résulte toute la force de la penture.

12

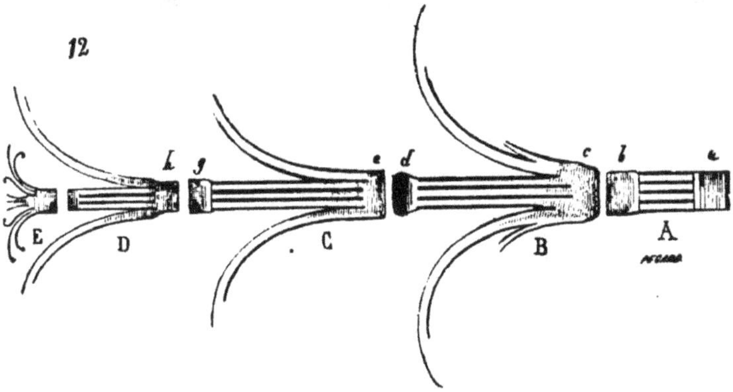

La figure 13 représente la soudure du collet A avec le premier membre B. Cette soudure faite (voyez le profil P), les brindilles C et D ont été soudées par-dessus ; puis l'embrassure E, qui portait déjà, avant l'application, les cinq folioles F et ses deux tigettes G. L'embrassure soudée sur la face et en retour, le profil H a été étampé à chaud et nettoyé au burin sur la face et sur les côtés. On voit en I la section des quatre barres composant le collet et réunies par la soudure en K ; en L, la section des trois barres composant la bande du premier membre, et en M la section des branches soudées préalablement à la souche de cette bande.

Il n'est pas nécessaire d'insister, pensons-nous, sur les difficultés que présente ce travail pour ne pas brûler le fer, et pour lui donner rigoureusement le degré de chaleur qu'exige une bonne soudure. Il est évident que cette triple opération de battage à chaud, que ces superpositions de brindilles et d'embrasses, donnent au fer une grande résistance et assurent la solidité de la soudure première (celle des deux morceaux de bandes), en la renforçant et en la soumettant plusieurs fois au feu et au martelage. L'ornementation est donc ici encore la conséquence du procédé de fabrication.

Le commencement du XIIIe siècle est l'apogée de l'art du forgeron. Les pentures de Notre-Dame, des grilles des abbayes de Saint-Denis, de Braisne, de Westminster ; des pentures des cathédrales de Noyon, de Sens, de Rouen, etc., qui datent de cette époque [1], nous montrent des exemples de forge qui ne furent pas dépassés, ni même atteints ; car

[1] Voyez GRILLE. Voyez aussi la *Serrurerie du moyen âge*, par M. Raymond Bordeaux. Oxford, Parker, 1858.

nous ne pouvons considérer comme ouvrages de forge les œuvres en fer battu et repoussé des XVe et XVIe siècles. C'est là un procédé de fabrication tout autre et qui sort du domaine de l'architecture. Dès la fin du XIIIe siècle, on cherche à éviter les difficultés de soudure, à remplacer les fers étampés à chaud par des moyens qui demandent

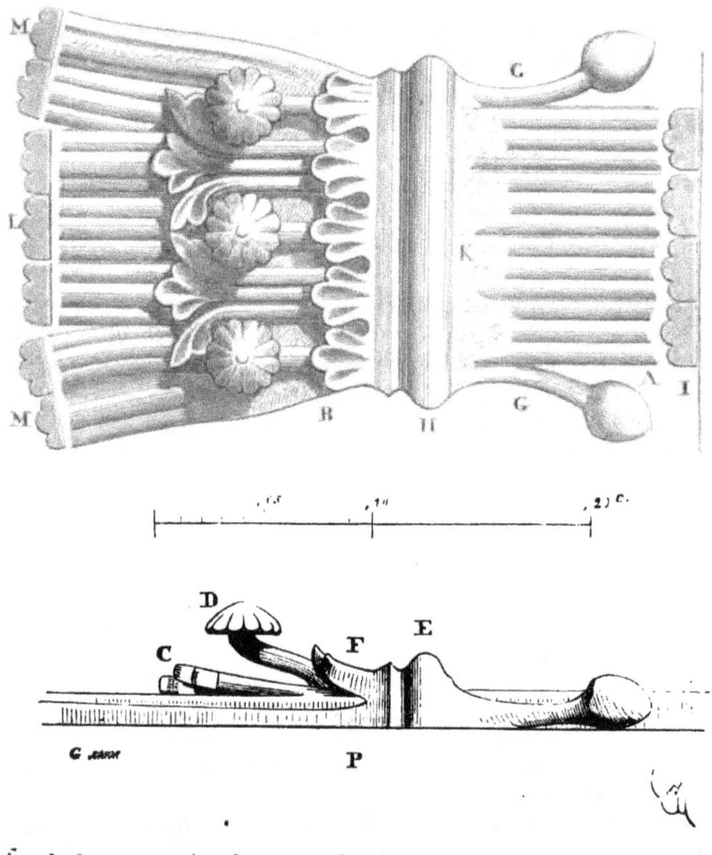

moins de force et moins de temps. Les forgerons reculent devant ce travail qui exigeait, avec des bras robustes, des soins, une grande expérience et une adresse de mains extraordinaire. On voit encore de jolies pentures dans des monuments du XIIIe siècle, qui, d'ailleurs, ne diffèrent pas, comme procédé de fabrication, de celles que nous venons de présenter.

Au commencement du XIVᵉ siècle, les pentures prennent des formes générales plus fines, plus découpées; les fers sont plats et ne demandent plus un travail pénible.

Voici (fig. 14) une penture de cette époque, provenant de la porte nord de l'ancienne cathédrale de Carcassonne. Le galbe en est délicat, cherché;

14

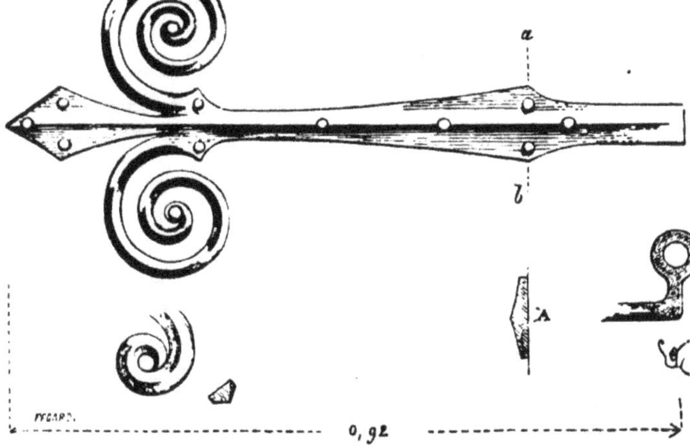

les soudures, peu nombreuses, sont bien faites et n'ont pas été renforcées et recouvertes par ces embrasses habituellement employées jusqu'au milieu du XIIIᵉ siècle. Cette penture date de 1320 environ.

Voici encore (fig. 15) une penture très-simple, mais bien combinée, qui provient d'une porte de l'église Saint-Jacques de Reims, et qui date du milieu du XIVᵉ siècle. Le vantail de la porte est à pivots P, et les pentures ne sont, à vrai dire, que des bandes doubles qui pincent les traverses de la porte avec les frises, ainsi que le fait voir la section A. Extérieurement, la face de cette fausse penture n'est décorée que par une arête saillante et des clous fort joliment forgés. En C, sont tracés la face et le profil d'un de ces clous principaux. En D, est donnée la section de la penture, dont les bords n'ont que 5 millimètres, et le milieu 8 millimètres.

On en venait, pour ces sortes d'ouvrages de serrurerie fine, du fer soudé au fer battu, découpé à l'étampe ou au burin, puis martelé à froid ou à une température peu élevée. L'usage qui se répandit, dès le XIVᵉ siècle, de fabriquer des *plates*, c'est-à-dire des pièces d'armures de fer battu et repoussé, mit ce genre de travail en vogue, et pénétra jusque dans la serrurerie fine de bâtiment.

Pour les pentures à cette époque, elles sont plus souvent prises dans une pièce de fer battu et découpé qu'obtenues au moyen des soudures, comme précédemment.

15

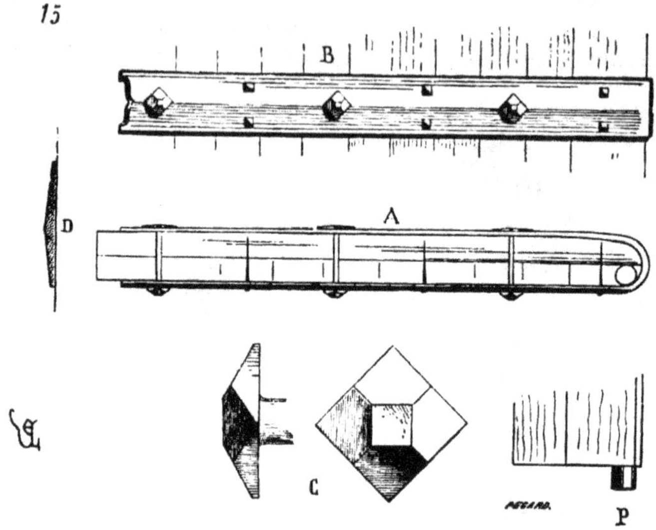

Nous présentons ici (fig. 16) un exemple de ces sortes d'ouvrages du XIVe siècle[1]. En A, est figurée la penture, ou plutôt le morceau de fer battu avant le découpage. Ce morceau de fer avait alors la forme donnée par la moitié *abcde*. Bien corroyé au marteau, également aplani, découpé au burin sur ses bords, on a tracé sur sa face externe les linéaments indiqués sur notre dessin. Alors la pièce *iklm* a été coupée et enlevée. Mettant au feu la partie A*d*, on l'a tordue de champ, ainsi que le fait voir le côté achevé B ; remettant au feu la palette D, on a écarté chacune des branches de façon à obtenir les ouvertures d'angles *g*. Les trois branches ont elles-mêmes été recoupées au burin et façonnées au marteau, comme le montrent les folioles *h*. Le travail a encore aminci le fer en l'étendant, et l'on a pu terminer la partie sans la remettre au feu. Les bouts des folioles sont légèrement recourbés en dedans, de manière à appuyer sur le bois et à éviter des aspérités qui écorcheraient les vêtements des personnes passant le long du vantail. Il a été procédé de même pour la branche E, et pour le bouquet F. Outre les clous, dont les trous sont marqués sur notre figure, une bride G maintenait le collet de la penture contre le montant du vantail. En H, est tracé le profil de la penture, et en I, le détail de la bride avec ses bouts fourchés propres à être rivés en dedans du montant.

[1] Provenant de l'abbaye de Poissy. Cette penture était encore, en 1847, entre les mains d'un habitant de Poissy, et faisait partie de sa collection.

A propos de cette bride, nous signalerons ici certaines pentures composées d'une simple bande, et qui ne sont pas clouées sur les vantaux, mais maintenues seulement au moyen de brides rivées. En L, est un

16

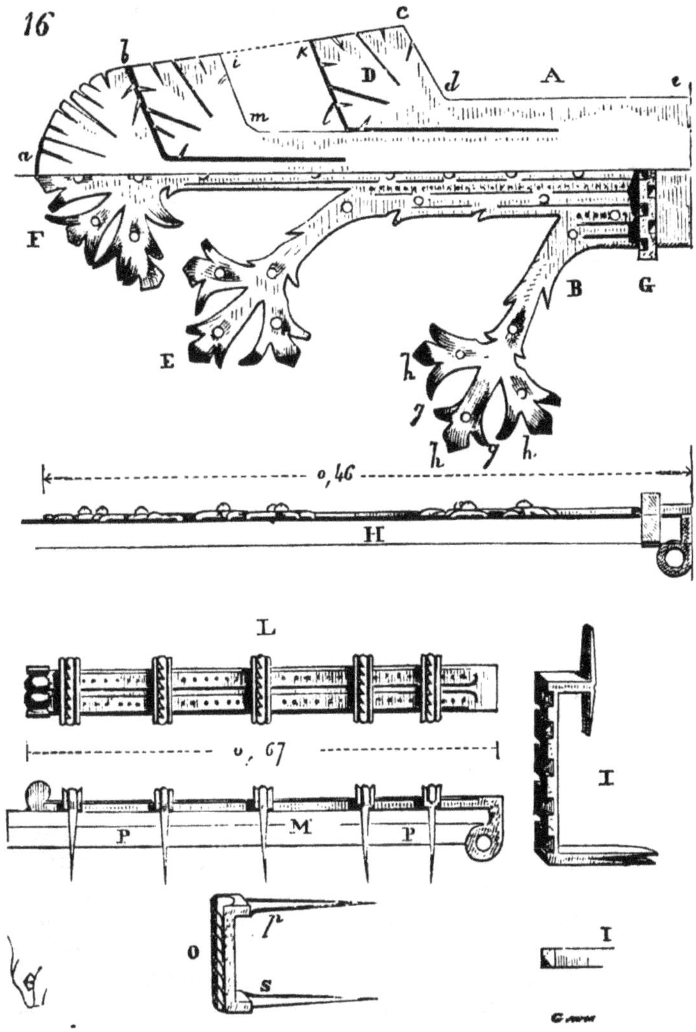

exemple de ces sortes de pentures employées parfois lorsque les portes ne se composent que de frises clouées sur des traverses. En M, le profil de la penture L montre les brides enfoncées, et dont les bouts pointus doivent être rabattus sur la traverse P, de manière à la bien serrer. Alors ces brides O ont exactement, de *p* en *s*, la largeur de la traverse.

Ces modifications dans les procédés de fabrication de ces pièces de serrurerie fine devaient conduire peu à peu à l'emploi du fer battu rapporté après coup sur le corps principal de la penture. Cependant l'Allemagne nous précéda dans cette voie de l'emploi du fer battu et repoussé

17

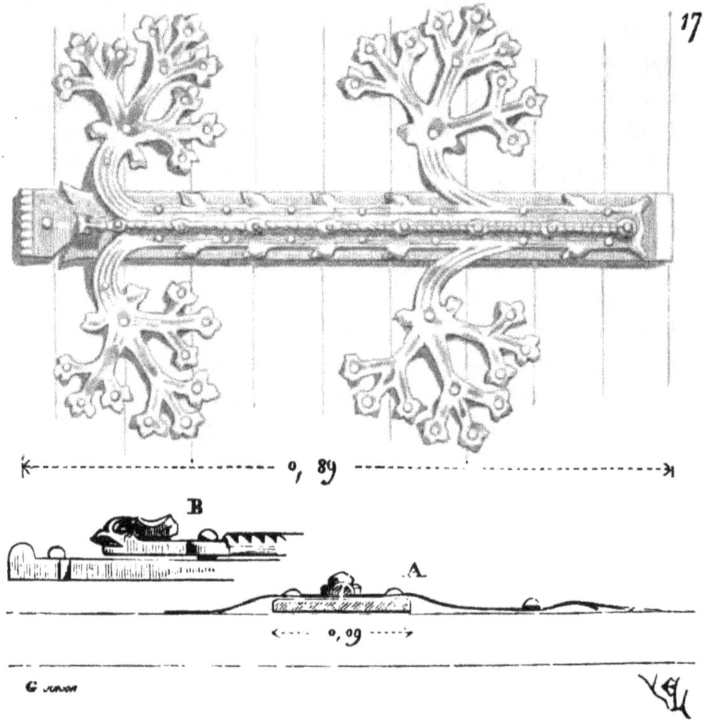

comme moyen décoratif de la serrurerie fine. Déjà, vers la fin du XIVe siècle, on voit dans des ouvrages de serrurerie allemande, notamment à Augsbourg, à Nuremberg, à Munich, des fers battus employés comme ornements, et que nous appellerions aujourd'hui de la tôle repoussée, tandis qu'en France ce mode ne paraît guère adopté avant le commencement du XVe siècle pour des ouvrages de quelque importance.

La figure 17 expliquera l'emploi de ce procédé mixte[1]. La bande de la penture est une simple barre de fer plat de 0[m],09 de largeur sur 0[m],009 d'épaisseur au plus.

[1] D'un fragment de pentures (commencement du XVe siècle) d'une maison à Gallardon.

Sur cette bande a été rapporté un ornement de fer battu découpé et repoussé ; puis sur l'ornement, une baguette de fer forgé étampé en façon de torsade, avec œils renflés pour recevoir les clous, et tête d'animal à l'extrémité. L'ornement de tôle est en outre percé de trous pour recevoir des clous, soit passant à travers la bande, soit enfoncés directement dans les frises du vantail. En A, est présentée la section (au double) de la bande, avec le mouvement de l'ornement, la baguette de recouvrement et les têtes de clous. En B, le profil de l'extrémité de la penture, avec la tête d'animal terminant la baguette. Ce mode permettait d'obtenir une ornementation très-riche à peu de frais, et sans avoir recours aux soudures. Cependant, parfois, ces fers battus, d'une épaisseur d'un

18

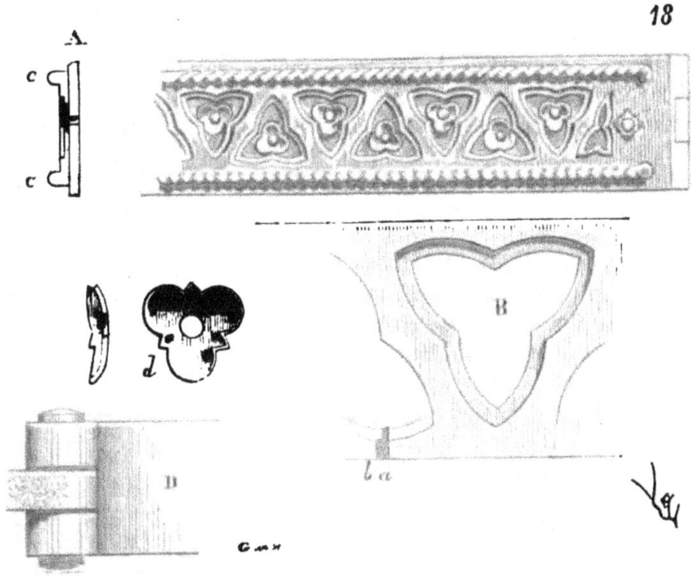

millimètre environ, sont soudés sur une âme, à chaud, et sans interposition d'une matière plus fusible que le fer. Il faut dire que ces sortes de ferrures n'étaient guère posées directement sur le bois, mais sur une toile, ou une peau, ou un feutre marouflé sur le vantail. D'ailleurs il en était de même pour la plupart des pentures, et l'on trouve encore les traces de ces marouflages. Les pentures de l'église d'Ébreuil, que nous avons données au commencement de cet article, sont, ainsi qu'il a été dit, posées sur une peau soigneusement appliquée sur le vantail et peinte en rouge.

Voici un exemple (fig. 18) qui fera comprendre en quoi consiste ce procédé d'application de plaques de fer battu, découpées et soudées sur une assiette de fer forgé. Soit A une bande de fer forgé. Deux lames de fer battu de 0m,002 d'épaisseur environ, *a*, *b*, et découpées suivant le tracé B (moitié d'exécution), composent une redenture à deux plans; ces lames, après avoir été rendues solidaires par des rivets, sont appliquées sur la bande de fer forgé, celle-ci étant rougie au feu. Au même moment, deux bandes de fer *c*, *c*, chauffées au rouge blanc, sont adaptées le long des rives des lames de fer découpé, puis frappées à l'étampe, qui, les soudant, leur donne une ornementation en torsade ou en demi-rond. Ces deux languettes, se soudant à la bande de fer, maintiennent les lames de fer découpées. Des trous sont alors percés au milieu des à-jour pour permettre de clouer la penture sur le vantail. Souvent des ornements de fer repoussé *d*, en façon de rondelles, contribuent à décorer la tête des clous.

En D, l'œil de la penture est figuré, celui-ci étant double et le scellement portant de même un œil. Un boulon passe à travers ces œils, et forme une sorte de paumelle qui remplace le système de gonds indiqué dans les précédents exemples.

On ne renonçait pas absolument, pendant le XVe siècle, aux fers soudés et étampés dans la fabrication des pentures, car il existe encore bon nombre de ces ouvrages qui, sans atteindre la perfection et l'importance de ceux des XIIe et XIIIe siècles, fournissent des objets de serrurerie fort recommandables.

Si cette penture (fig. 19), dessinée à Thann (Haut-Rhin), est dépourvue de ces embrasses et de ces nerfs rapportés sur les soudures des ouvrages du XIIIe siècle; si elle est en grande partie obtenue par les moyens de découpage à chaud indiqués figure 16, ses fleurons d'extrémités sont soudés cependant aux tigettes, puis étampés et burinés après l'étampage.

Sa composition, d'ailleurs, est gracieuse, et bien entendue pour maintenir ensemble et sur une grande surface les frises du vantail. Le burinage et le découpage, vers le milieu du XVe siècle, prenaient, dans les ouvrages de serrurerie, une importance d'autant plus grande, que le martelage à chaud était plus négligé. Ce qui tend à dire que les outils se perfectionnant, la main de l'ouvrier perdait de son habileté.

L'œuvre de Mathurin Jousse fait assez connaître, cependant, qu'au commencement du XVIIe siècle encore, les maîtres serruriers avaient conservé les traditions de l'art du forgeron; et les renseignements que donne cet auteur sur les diverses natures de fer, sur la manière de traiter ce métal au feu et sur l'enclume, sont le résumé d'observations très-justes et d'une connaissance exacte de la pratique.

Ce qui mérite de fixer l'attention en dehors de la forme plus ou moins bonne donnée aux ouvrages de serrurerie du moyen âge, c'est le soin avec lequel tout est prévu pour que ces pièces aient exactement les dispositions qui leur conviennent. Quand l'architecte monte les pieds-droits d'une porte, il prévoit la place des scellements des gonds, et si même la porte est d'une grande dimension, ces gonds sont posés entre des assises, en bâtissant; quand il donne le dessin des vantaux, c'est encore en prévoyant exactement la position de toutes les ferrures, qui ne sont jamais dissimulées. Quand les ferrures sont prêtes à poser, il n'y a plus d'entailles à faire dans le bois ou dans la pierre, et chaque objet prend la place qui lui a été assignée dès le commencement de l'exécution. Ainsi, par exemple, pour des portes intérieures qui doivent battre exactement

19

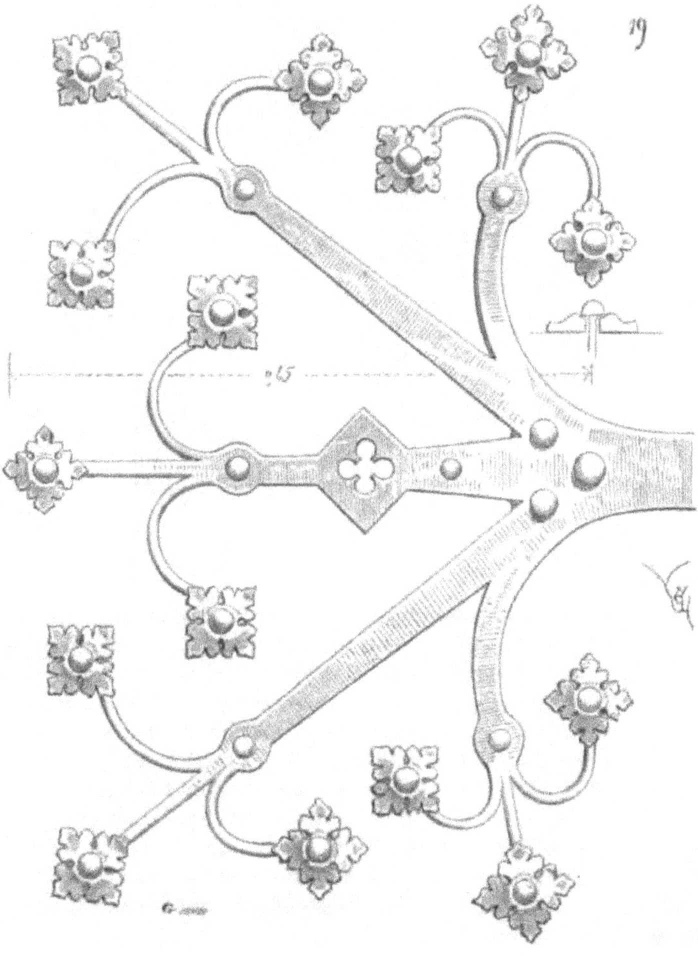

dans les feuillures, afin que la saillie de la penture ne vienne pas empêcher l'application immédiate du vantail contre le pied-droit, le collet de la penture est souvent détourné.

(Fig. 20.) Dans ce cas, la dernière frise de la porte A a été rapportée après coup et maintenue avec les autres frises par des prisonniers, et sur le collet de la penture par un dernier clou B, rivé en dehors, au lieu d'être, comme les autres, rivé en dedans. Cette disposition existe déjà dès le XIIe siècle. Aussi le vantail peut-il exactement battre dans sa feuillure, sans qu'il soit nécessaire d'entailler le tableau pour loger la saillie du collet de la penture.

20

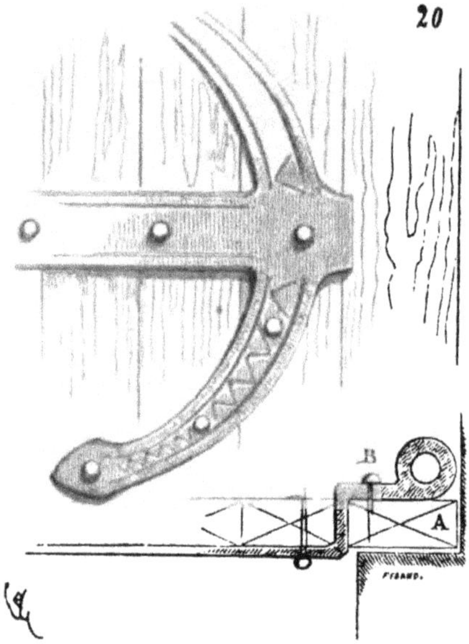

Il n'est pas de détail insignifiant, quand il s'agit de faire concorder les divers corps d'états à cette œuvre commune qu'on appelle l'architecture. Les belles époques de l'art sont celles où le maître de l'œuvre sait prévoir, dès l'origine de la structure, toutes les parties, sait leur assigner une place sans avoir à retoucher ce qui est fait. Si le dernier objet à placer dans un édifice en construction prend exactement, à l'heure dite, la position qu'il doit occuper, le constructeur est un maître. Il ne saurait se donner cette qualité, si son œuvre ne s'élève qu'à l'aide de tâtonnements, de changements perpétuels, de repentirs; s'il lui faut, pour poser ses derniers ouvrages, tels que la menuiserie et la serrurerie fine, recouper par ici ou recharger par là, tous ces tâtonnements sont bons sur le papier, non sur le monument.

En laissant apparente toute la serrurerie fine, les maîtres du moyen âge étaient bien forcés de lui donner sa vraie place comme sa véritable forme. De plus, il leur était aisé de reconnaître si l'ouvrage était bien fait. Quand nous entaillons aujourd'hui des équerres, des pentures, des attaches de paumelles, des bandes, dans la menuiserie, et que tout cela est recouvert de trois couches de peinture, il est assez malaisé de reconnaître si ces fers ont l'épaisseur voulue, si les vis sont bien posées, et si elles ne sont point enfoncées comme des clous à coups de marteau. L'architecte, en mentant sans cesse à la forme, à la destination vraie, est la première dupe de son propre mensonge. Il est arrivé à si bien dissimuler toute chose, qu'on le trompe aisément sur la quantité ou la qualité, ou qu'on se dispense de mettre en place ce qu'il cherche si bien lui-même à cacher aux yeux.

Mais retournons à nos forgerons. S'ils ont façonné les pentures avec un soin particulier, ils n'ont pas moins attaché d'importance à la parfaite exécution des gonds qui les suspendent. Ces gonds sont forgés avec le meilleur fer, bien ceintrés, et presque toujours légèrement coniques.

Nous avons dit que pour les grandes portes battant en feuillure, les gonds sont posés en même temps que les assises des pieds-droits, dans un lit, afin d'être bien assurés du scellement. Pour les portes de moindre

21

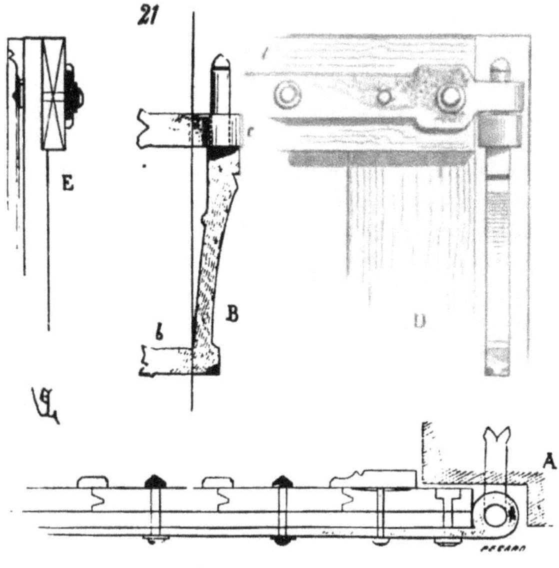

importance, qui doivent se développer entièrement dans des intérieurs, la feuillure étant près du parement (fig. 21), en A, le mamelon du gond doit être assez isolé pour permettre le développement total du vantail; de plus, il n'est guère possible de le sceller diagonalement dans l'angle A, parce qu'on risquerait de faire éclater la pierre du parement. Souvent alors ces gonds sont disposés ainsi que le montre notre figure. Le mamelon est muni d'une queue B avec scellement inférieur en *b*, qui forme ainsi comme une sorte de console, dont le dévers est arrêté par le piton *c* passant dans le mamelon, sous l'œil de la penture. En D, est tracée la face de la penture sur la traverse haute *t* de la porte. En E, est tracée la coupe de cette traverse et des frises avec leurs couvre-joints. Par ce moyen, le poids de la porte ne risquait pas de faire fléchir l'embase du gond, ou d'arracher son scellement. Quand il s'agit de développer un vantail de volet ou de porte sur un parement éloigné de la feuillure, comme dans l'exemple figure 22, en A, le mamelon du gond devant être placé en *a*, au milieu de la distance *bc*, il est clair que, non-seulement le collet de la penture doit être détourné en équerre,

22

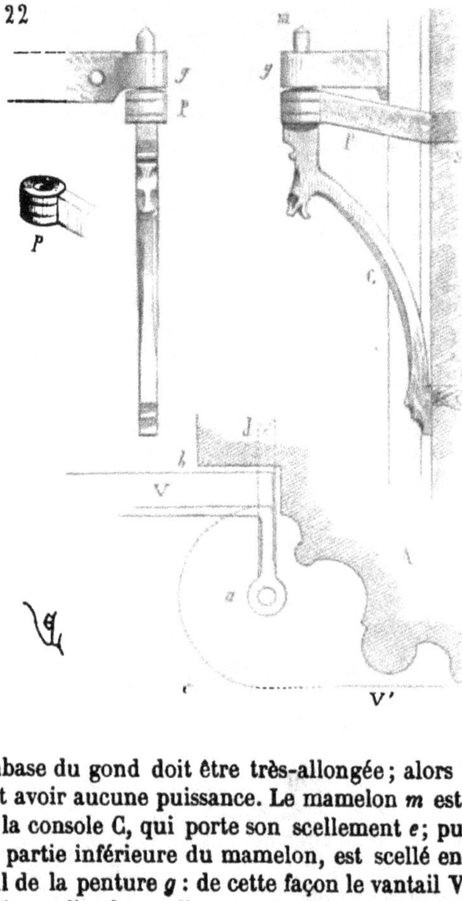

mais que l'embase du gond doit être très-allongée ; alors le scellement en *d* ne saurait avoir aucune puissance. Le mamelon *m* est donc forgé à l'extrémité de la console C, qui porte son scellement *e*; puis un piton *p* entre dans la partie inférieure du mamelon, est scellé en *s*, et sert de rondelle à l'œil de la penture *g* : de cette façon le vantail V se développe en V', sans fatiguer l'embase allongée du mamelon et sans risquer de la desceller.

Ces exemples suffiront pour faire voir comment, dans ces ouvrages de détail, l'architecte du moyen âge apporte le soin, le raisonnement, l'attention, la logique qui président aux ensembles. Si le besoin, si la vérité, exigent l'emploi de dispositions qui attirent le regard et qui prennent de l'importance, on ne cherche pas à dissimuler ces dispositions, mais à les décorer, en leur donnant l'apparence qui signale le mieux leur raison d'être. C'est ainsi que l'art s'introduit dans tout, qu'une architecture se forme, parce qu'elle affirme sans cesse les principes vrais et sincères qui la dirigent.

Nous nous occuperons des fermetures des huis et des autres pièces de serrurerie qui sont fixées sur les vantaux des portes, soit pour les maintenir fermées, soit pour les tirer à soi.

FRÈMURES (*loquets, poignées, serrures à bosse, targettes, verrous, vertevelles*). — Les plus anciennes serrures que nous connaissions ne datent guère

23

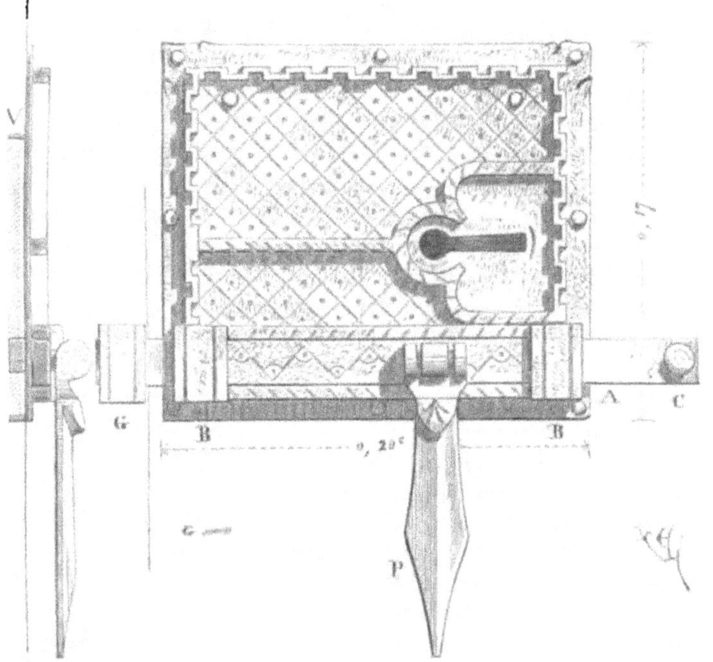

que du XIIe siècle : ce sont les serrures dites *à bosse*, c'est-à-dire dont la boîte, relevée au marteau, avec bords en biseau, est posée sur un *pallâtre*[1],

[1] Le *pallâtre* (*pallastre, palâtre*) est la plaque de fer battu ou de tôle sur laquelle sont *piquées*, c'est-à-dire montées et rivées les pièces du mécanisme de la serrure. *Pallâtre* est aujourd'hui féminin, mais Jousse le fait masculin. *Palliastrum*, qui peut être l'étymologie de *pallastre*, et qui signifie *manteau grossier*, est neutre ; nous conserverons le genre masculin à ce mot.

et dont le *pêle*[1] ou la *gâchette* est en dehors du pallâtre, de telle sorte que la bosse est à l'extérieur du vantail et le pêle à l'intérieur.

L'entrée alors est percée dans le pallâtre, au-dessus du pêle.

La figure 23 présente une de ces serrures[2]. Le pêle A glisse entre deux filets rivés sur l'entrée et est maintenu par deux embrasses B également rivées. La gâche G reçoit le bout de ce pêle, lorsqu'on ferme la porte. Une poignée mobile P sert à tirer la porte, lorsque le pêle est sorti de la gâche G. Le petit bouton C sert à tirer le pêle, ou à le pousser, lorsqu'on a tourné la clef pour lever le cramponnet. La boîte ou bosse est entaillée dans le vantail V. Des filets sont rivés sur le pallâtre pour

24

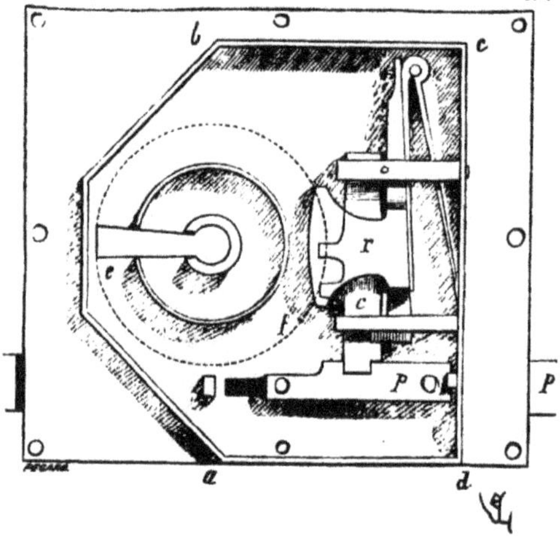

le renforcer et aussi pour guider la clef, si l'on veut ouvrir la porte dans l'obscurité. Bien entendu, tout ceci est posé à l'intérieur. Si la porte est épaisse, la boîte est noyée dans cette épaisseur et ne se voit point extérieurement. Si le vantail est mince, le fond de cette boîte est apparent à l'extérieur. Ces sortes de serrures n'ont généralement qu'une seule entrée. La figure 24 présente le mécanisme très-simple de ces serrures. La boîte est circonscrite par les lettres *abcd*. Le pêle intérieur *p* tient au pêle extérieur *p'* par deux forts rivets qui glissent dans une coulisse percée à travers le pallâtre, quand on veut ouvrir ou fermer la gâchette

[1] On dit aujourd'hui *pêne*, mais le mot *pesle* qu'emploie Jousse nous semble devoir être maintenu dans cet article sur l'ancienne serrurerie. *Pesle*, en effet, vient de *pessulus* (pièce de bois pour barrer une porte), et, conformément à la méthode de contraction de la langue française, devait s'écrire *pesle*, et non *pelle*, comme l'écrit Jousse; mais *pessulus* n'a pu faire *pêne*.

[2] De la porte de la sacristie de l'église de Montréal (Yonne), commencement du XIIIe siècle.

au moyen du bouton dont nous avons parlé tout à l'heure. Si l'on veut que le pêle ne puisse plus glisser, un tour de clef fait descendre le cramponnet *c*, ainsi que l'indique la figure, et arrête ce pêle. Si l'on veut que la gâchette *p'* puisse demeurer mobile comme un verrou, un tour de clef de *e* en *f* appuie sur le ressort *r*, et dégage le cramponnet, qui, étant

relevé, permet le jeu du pêle intérieur. Rien n'est plus simple que ce mécanisme, encore employé aujourd'hui. Ces serrures à gâchette sont les plus ordinaires, et ne changent guère de forme jusqu'au xv° siècle. Alors le pallâtre qui sert d'entrée, et sur lequel glisse la gâchette visible à l'extérieur, est parfois décoré d'ornements de fer battu et finement découpés. Entre ces ornements de fer battu et le pallâtre, est apposé un morceau de drap rouge maintenu par les rivets que retiennent les découpures.

Il existe encore beaucoup de serrures de ce genre, et nous en donnons (fig. 25) un exemple provenant d'une des grilles de la crypte de Saint-Sernin de Toulouse [1]. Ici la gâchette est enfermée dans une gaîne ou coque (voy. la coupe en *ab*). En A, est le bouton en forme de coquille, qui permet de faire mouvoir le verrou lorsque le tour de clef est donné. On aperçoit les petits rivets qui servent à fixer les feuilles de fer battu sur la plaque du fond *d*. Le morceau de drap interposé est donc visible entre les découpures. Les bords du pallâtre sont, comme dans les exemples précédents, renforcés par une baguette en façon de torsade. En B, est la poignée de tirage, et en C le profil du bouton A. Ce genre d'ornementation produit beaucoup d'effet à peu de frais, car rien n'est plus aisé à faire, pour un ouvrier habile, que ces feuilles de fer battu et modelé au marteau, à froid. Dans cet exemple, pas de soudures, tout est rivé, excepté le bouton A et l'embase de la poignée. Les petites feuilles de la poignée B elles-mêmes sont maintenues à la boucle par des *langues-de-carpe* latérales, qui ont été prises dans des grains d'orge, en courbant le fer de la boucle à chaud, avant de souder ses extrémités à l'embase. Mais, avant d'aller plus loin, il est nécessaire de dire que ces sortes de *frémures à gâchette* n'étaient pas les seules serrures fabriquées pendant le moyen âge. La serrure *à bosse*, avec pêle manœuvrant intérieurement au moyen de la clef, comme ce que nous appelons aujourd'hui serrures *à pêne dormant*, était déjà en usage vers le milieu du XIIIe siècle. Il y avait de ces serrures à un ou deux tours; elles étaient de celles qu'on appelle *treffières*, c'est-à-dire ne pouvant s'ouvrir que par un côté, ou quelquefois *bénardes*, c'est-à-dire ayant deux entrées. La serrure que nous donnons ici (fig. 26), et que nous avons trouvée encore attachée à la porte d'une maison d'Angers datant de la fin du XIIIe siècle, est à deux entrées. La porte battant en feuillure, sans bâti dormant, et cette feuillure étant large et profonde (0m,05, voyez en *a*), pour que la main ne soit point gênée par le tableau lorsqu'on tourne la clef, la boîte de la serrure est éloignée de la rive de la porte (voyez la section horizontale A), et le pêle glisse dans une gaîne ou coque extérieure B, avant de s'engager dans la gâche C. La serrure est posée à l'intérieur du vantail, et à l'extérieur est une entrée de fer battu. La coque D du pêle est, par conséquent, posée de même en dedans du vantail. La boîte ou bosse, biseautée sur trois côtés, est rivée au pallâtre E, lequel est maintenu sur le vantail par un grand nombre de clous passant par les trous percés dans ses débords découpés. Les rivets qui maintiennent les ressorts et leurs brides sont piqués dans le pallâtre, mais ceux des estoquiaux sont rivés égale-

[1] Cette grille et sa serrure ont été replacées au XVIe siècle, mais appartiennent à la fabrication du milieu du XVe siècle.

ment sur la bosse de la serrure, et se combinent avec sa décoration, consistant en des brindilles, des filets et des gravures. Une brindille en forme de V guide le panneton de la clef dans son entrée ; une autre brindille,

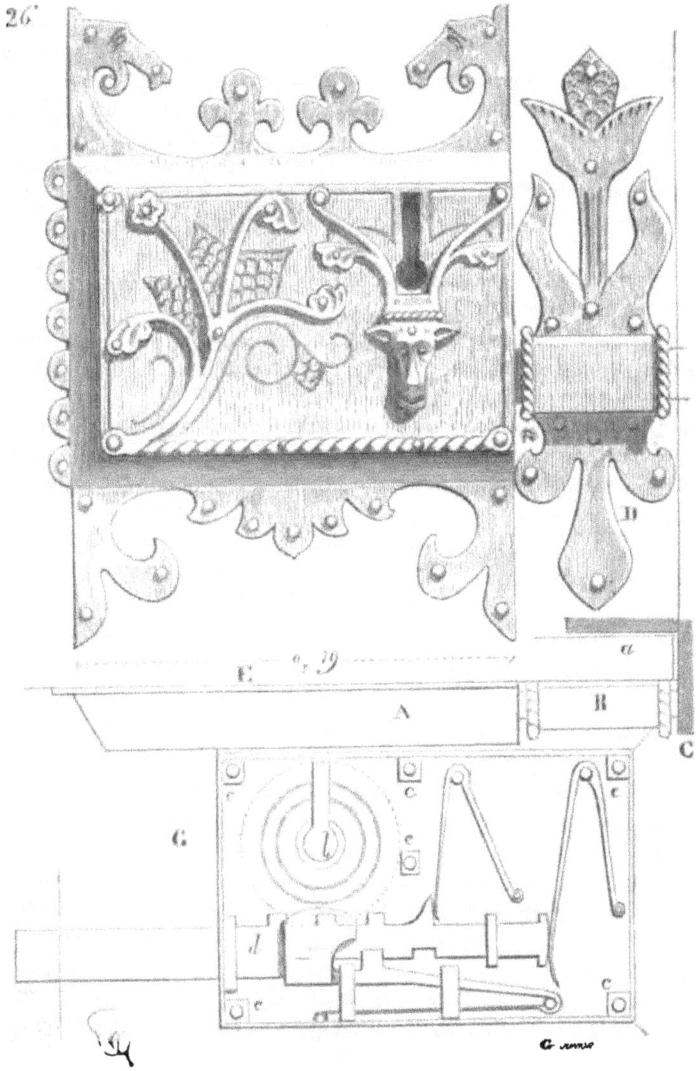

soudée à sa base sur un filet inférieur en torsade, donne de la force à la boîte et de la prise aux rivures des estoquiaux, car alors on n'employait point de vis dans les serrures.

En G, est présenté l'intérieur de la serrure ; en *b*, l'entrée du panneton avec ses rouets piqués sur le pallâtre ; en *c*, les estoquiaux qui servent à maintenir la bosse de la serrure sur le pallâtre ; en *d*, le pêle avec ses cramponnets et ses ressorts. Le pêle est supposé fermé à un tour.

Dès le xvᵉ siècle, on trouve déjà des serrures dites *à clenche* ou *loquet*. Ces serrures possèdent, outre le pêle dormant, un loquet monté sur le pallâtre, au-dessous du pêle, et s'ouvrant au moyen d'un bouton ou d'une bascule. Il existe encore une serrure de ce genre sur la porte de fer qui donne entrée dans le cabinet de Jacques Cœur, dépendant de l'hôtel de ce nom, à Bourges. Sur le pallâtre est monté un pêle dans le genre de celui décrit ci-dessus, mais à un seul tour, et au-dessous du pêle manœuvre un loquet à ressort, s'ouvrant du dedans par une bascule, mais ne pouvant s'ouvrir du dehors que par une clef ; si bien que du dehors, en tirant la porte à soi, elle est fermée sans qu'il soit besoin de donner un tour de clef pour pousser le pêle dans la gâche.

Il existait même des serrures qui ne se composaient que d'un loquet pouvant, au besoin, être rendu immobile, et qui tenaient lieu de nos serrures appelées *à tour et demi*.

Voici (fig. 27) une assez jolie serrure de ce genre, datant de la fin du xivᵉ siècle, et que nous avons dessinée sur une porte d'une maison de la ville de Lalinde (Dordogne). Le mécanisme que donne notre figure se

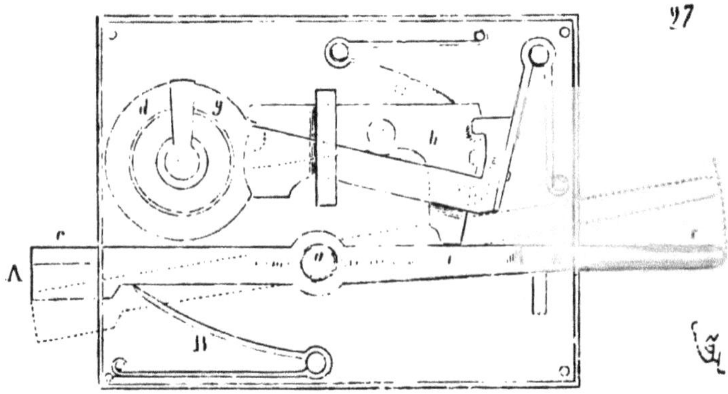

27

compose d'un loquet à fléau A monté sur un tourillon *a*. Un ressort B maintient ce loquet dans la position horizontale ; alors son extrémité *c* est engagée dans une gâchette retournée et montée sur le dormant ou dans la feuillure. Si l'on veut que la porte reste fermée comme elle le serait au moyen d'un pêle, en donnant un tour de clef de *g* en *d*, on fait descendre le râteau *h* de telle sorte qu'il appuie sur la queue du loquet en *i* ; dès lors ce loquet ne peut basculer. Si l'on veut que le loquet reste mobile, on donne un tour de clef de *d* en *g*. Le râteau *h* se relève en pivotant sur son axe, et le fléau est rendu mobile, comme l'est le pêle d'une serrure *demi-tour*. Il suffit de relever la queue du fléau pour que

son extrémité *c* échappe la gâchette. Poussant le vantail, la serrure se ferme seule. Voici (fig. 28) la boîte de cette serrure à clenche. On voit en A la queue du fléau qui, dépassant la boîte ou bosse de la serrure, permet de faire échapper le pêle *a* de la gâchette *b* que nous avons figurée au-dessous de sa place pour faire voir l'extrémité du fléau. La bosse de la serrure étant posée en dedans de la pièce, il y a en dehors une bascule B (B' en profil), qui permet de relever la queue du fléau lorsque le tour de clef ne l'a pas rendu immobile dans sa gâchette. En D, est tracée la platine sur laquelle est montée la bascule B. Comme dans les exemples précédents, les ornements qui garnissent la bosse reçoivent les rivures des pièces intérieures et leur donnent plus de force que si elles étaient faites simplement sur le fond de la boîte. Les bords de celle-ci sont encore garnis de filets saillants dentelés au burin qui lui donnent une grande résistance.

Ces ouvrages de serrurerie ne sortent pas de l'ordinaire, et nous les choisissons exprès parmi les exemples de fabrication commune. Nos musées renferment encore bon nombre de serrures du XVe siècle qui sont d'une richesse de composition et d'une perfection d'exécution bien supérieures à ces derniers exemples. Mais nous ne devons envisager l'art de la serrurerie qu'au point de vue de son application à l'architecture, et, par conséquent, ne pas chercher à reproduire des œuvres exceptionnelles réservées pour des meubles de luxe. Il s'agit de faire ressortir les procédés de fabrication employés par les serruriers pendant le moyen âge, et de faire saisir les formes qu'ils avaient su donner à la matière employée.

C'est peut-être dans les ouvrages de serrurerie qu'on trouve l'expression la plus nette de l'esprit logique des artistes et artisans du moyen âge. Le fer n'est point une matière qui se prête facilement aux à peu près. Dans l'art du serrurier, chaque partie doit avoir sa fonction, posséder le degré de force nécessaire, sans excès, car le travail de ce métal est cher et pénible, surtout si l'ouvrier ne possède aucun des engins puissants qui sont aujourd'hui à notre disposition, et qui trop souvent viennent suppléer aux défauts de conception du maître ou à la maladresse du forgeron. Quand le serrurier n'avait ni la lime, ni les machines à raboter, ni les cylindres, ni même la vis, et qu'il lui fallait assembler des pièces offrant une très-faible prise, son esprit était naturellement porté à s'ingénier, à chercher des procédés compatibles avec la matière et la façon de l'employer. Nous ne prétendons pas dire qu'il faille repousser les moyens mécaniques que fournit l'industrie moderne, mais il est fâcheux souvent que l'étendue et la puissance de ces ressources rendent l'esprit du constructeur paresseux, s'il s'agit de combiner des ouvrages de serrurerie en raison de la matière et des principes de structure que sa nature impose forcément.

Les habitudes introduites dans l'architecture, depuis le XVIIe siècle, par le faux goût classique, nous ont appris, avant toute chose, à mentir. Simuler la pierre ou le bois avec le plâtre, le fer forgé avec la fonte, la charpente de bois en employant la ferronnerie; dissimuler les nécessités de la structure; torturer toute matière pour lui donner une apparence qui ne lui convient point, c'est à peu près ce en quoi consiste l'art de l'architecte pour un certain nombre d'artistes et pour une grande partie du public; et il faut avouer que les développements de l'industrie appliquée aux travaux de bâtiment favorisent ces supercheries. Ayant moins de ressources matérielles à leur disposition, nos artisans du moyen âge étaient bien forcés de demander à leur intelligence ce que ne pouvait leur fournir une industrie dans l'enfance. Au total, l'art n'y perdait pas. L'œuvre de pacotille, vulgaire quant à la forme, vulgaire quant à la conception, n'existait pas et ne pouvait exister. Elle était simple ou riche pauvre ou luxueuse, mais elle était toujours le produit d'un effort de l'intelligence développée en raison de l'objet propre, et cet effort se reproduisait chaque jour, et chaque jour avec un perfectionnement ou une plus complète expérience. Il ne s'agissait pas de livrer à une machine un morceau de matière qu'elle rend brutalement sous une certaine forme, il fallait que l'intelligence et la main de l'artisan se missent à l'œuvre; et, ne fût-ce que pour obéir à ce sentiment naturel à l'homme qui le pousse à chercher sans cesse le mieux, cet artisan, même en se copiant, introduisait sans cesse dans son œuvre, soit une idée plus complète, soit un calcul plus judicieux, soit une exécution plus logique, plus simple et plus près de la perfection. Nous ne demandons pas qu'on brise les machines, mais nous voudrions qu'elles ne prissent pas la place de l'intelligence.

Plus la matière est revêche, plus, lorsque l'homme la travaille, doit-elle s'empreindre de la marque de sa volonté. Elle n'exprime la puissance de cette volonté que si l'artisan tient compte des propriétés mêmes de cette matière, que s'il la rend docile en manifestant clairement ces propriétés. Si l'homme, à force d'industrie, parvient à nous faire prendre un morceau de fer pour un morceau de bois, et, du détail à l'ensemble, une œuvre de ferronnerie ou de charpente pour une œuvre de maçonnerie, nous disons qu'il emploie mal son intelligence, et qu'il abuse de la matière au lieu de l'utiliser.

Dans tous les exemples de serrurerie présentés plus haut, on a pu observer que jamais les pentures, les attaches ou entrées des serrures, etc., ne sont entaillées dans la menuiserie. Le bois reste intact, la serrurerie se pose à la surface sans l'entamer. Il y avait dans cette méthode un avantage au point de vue de la fabrication, c'est qu'il fallait que ces ouvrages de serrurerie, destinés à rester apparents, fussent façonnés avec soin et fussent solides : au point de vue de l'art, l'avantage était au moins aussi important, car l'artisan s'ingéniait à trouver les combinaisons décoratives convenables en raison de la matière, de l'objet et de la place. La forme adoptée, étant *vue* toujours, devait être agréable et indiquer la fonction. Si, au contraire, on noie dans le bois la plus grande partie des objets de serrurerie fine, ce que nous appelons aujourd'hui la quincaillerie, il importe peu que ces objets revêtent une forme convenable ou agréable; il devient même assez difficile de reconnaître si ces objets sont bien fabriqués, ou grossiers ou vicieux, car l'architecte ne peut voir une à une toutes les paumelles, équerres, ou serrures d'un grand bâtiment, avant leur pose. Les attaches de ces objets étant noyées dans la menuiserie, puis recouvertes de peinture, les défauts sont masqués et ne se dévoilent que par les accidents qu'ils occasionnent. Ainsi, en arrivant à dissimuler une bonne partie des objets de serrurerie aux yeux, on a provoqué les malfaçons, les négligences, la fraude. A menteur, menteur et demi : c'est trop naturel. Pour satisfaire aux règles imposées par le classicisme majestueux qui nous dominait si fort, l'architecte dissimulait et dissimule encore des escaliers, des tuyaux de cheminée, des conduites d'eau et (descendant aux détails) des ferrures nécessaires. Jugeant, non sans raison, que ce qui doit être dissimulé ferait tout aussi bien de ne pas être, ou tout au moins de n'exister qu'à l'état incomplet, les metteurs en œuvre ne se font pas faute de falsifier ou d'omettre cette marchandise qu'une majestueuse pudeur voudrait soustraire aux regards. Aussi est-il souvent nécessaire, aujourd'hui, de rappeler les serruriers dans une bâtisse nouvellement terminée, pour réparer toute la quincaillerie si bien dissimulée sous la peinture et même la dorure [1]; car, après tout, il faut qu'une porte ou une croisée roule sur ses gonds, ses charnières ou ses paumelles; qu'un verrou et une serrure fonctionnent; que les vis aient de la prise, et les fers de la quincaillerie une épaisseur convenable pour résister à l'usage.

Lorsque toutes les parties de la serrurerie fine étaient apparentes; lorsque même, étant apparentes, elles contribuaient à la décoration, force était de leur donner une forme en harmonie avec leur destination, et de veiller à la bonne exécution d'ouvrages que l'œil le moins exercé pouvait vérifier sans cesse. Moins préoccupés du majestueux que nous ne le sommes, les maîtres du moyen âge cherchaient, pour les ouvrages de quincaillerie, les combinaisons les plus simples, sans jamais les dissimuler, et parfois ces ouvrages sont de véritables chefs-d'œuvre, en ne considérant que la forme d'art adaptée à l'usage.

En fait d'objet de serrurerie, rien n'est plus simple que l'ancien loquet à battant ou fléau; et cependant, pour qu'un de ces loquets fonctionne bien et longtemps, il faut qu'une platine garnisse le vantail, afin d'empêcher le frottement du fléau sur le bois; que la bascule ou pouçoir agisse sans effort sous la pression du doigt; que le fléau ait un poids convenable pour retomber dans son mentonnet, etc. Dans l'exemple que nous donnons ici (fig. 29)[2], le fléau pivotant sur le boulon A, muni

[1] Les vis sont certainement une invention excellente pour fixer la serrurerie fine sur de la menuiserie, et l'emploi des vis dans la quincaillerie ne date que de la fin du XVe siècle. Mais, grâce au soin qu'on prend aujourd'hui de cacher toutes les attaches des ferrures, les ouvriers enfoncent les vis à coups de marteau dans des trous faits au poinçon. Mieux vaudraient des clous. C'est ainsi qu'un perfectionnement devient une cause de malfaçon, quand on n'accuse pas franchement son emploi.

[2] D'une porte d'une maison à Saint-Antonin, XIVe siècle.

d'une double rondelle, l'une sur le bois, l'autre sous la tête du boulon, tombe dans son mentonnet B, en glissant sur le plan incliné de ce mentonnet si l'on pousse le vantail. Un support C, rivé à la platine, muni d'un double œil, reçoit le pouçoir D. A l'extérieur, un autre pouçoir E, figuré en E', passe à travers le vantail, et vient poser son *pied-de-biche*

29

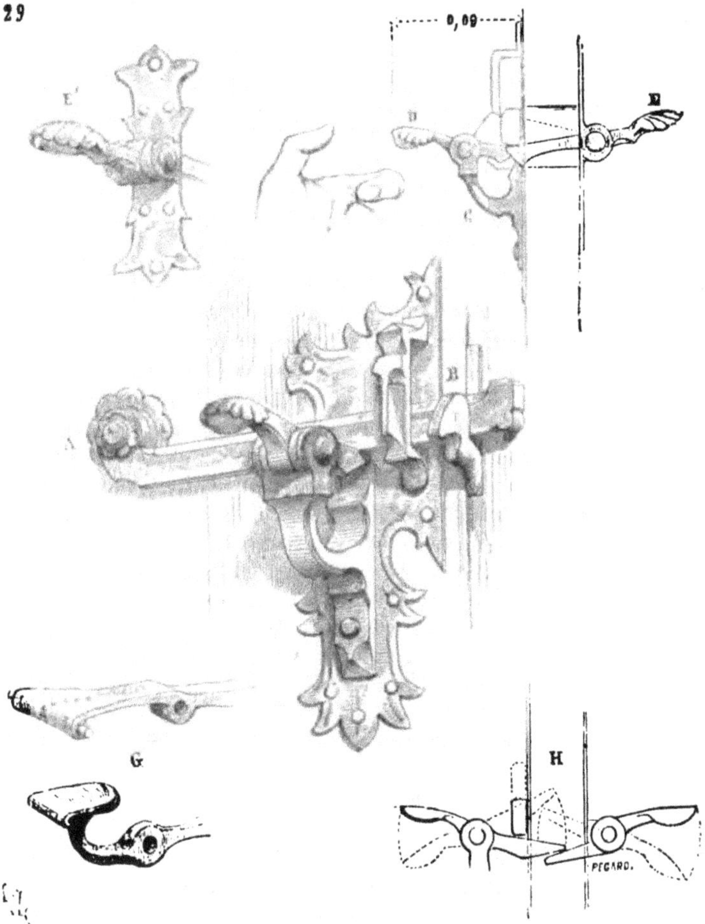

sous le fléau, à côté de celui de l'intérieur. Du dehors il suffit d'appuyer sur le pouçoir E et de pousser la porte, pour l'ouvrir; mais à l'intérieur, comme il faut tirer le vantail à soi, le support C permet de passer l'index entre lui et la platine, d'appuyer le pouce sur le pouçoir D, et de tirer la porte en même temps qu'on fait lever le fléau. La platine est découpée de façon à composer une ornementation qui s'accorde avec la place des clous. En G, nous donnons deux autres formes de pouçoirs, et en H deux pouçoirs qui, au lieu d'être posés l'un à côté de l'autre, agissent, celui du dehors sous le pied-de-biche de celui du dedans.

Quoique presque toute la quincaillerie ancienne ait été détruite, il nous en reste encore des exemples assez nombreux pour faire connaître avec quel soin relatif elle était traitée, même dans les bâtisses les plus ordinaires. Des serrures, des poignées, des loquets qu'on découvre encore attachés à de vieilles portes de maisons d'hôtels et d'églises du moyen âge, dévoilent une industrie pleine de ressources. La variété des formes de ces objets est assez grande pour qu'il nous soit impossible de présenter à nos lecteurs un spécimen de chacun d'eux; nous devons nous borner aux plus essentiels. Peut-être même pensera-t-on que nous nous étendons trop sur ces ouvrages de serrurerie fine; mais on est si disposé à croire à l'imperfection grossière des industries du moyen âge, qu'il nous a paru nécessaire d'en montrer les produits, non point destinés à des monuments luxueux, mais à des habitations ordinaires. L'industrie de la quincaillerie était très-développée déjà en France au XIVe siècle, mais aussi en Suisse, en Bavière, en Bohême, sur les bords du Rhin, tandis qu'à cette époque elle était encore restée barbare en Italie. Ce ne fut que vers le milieu du XVe siècle que les villes italiennes se mirent à leur tour à fabriquer des objets de fer d'une grande finesse d'exécution et d'une assez bonne composition. Il faut dire cependant que jamais, dans la Péninsule, cette belle industrie ne sut allier l'art à la nécessité, au besoin, comme surent le faire les artisans de France. Les formes de la serrurerie fine d'Italie, très-heureuses souvent, ont le défaut de ne s'accorder nullement avec l'objet. Pour notre part, dans tout ce qui touche à l'art de l'architecture, nous pensons qu'une exécution séduisante seule, si le raisonnement n'est pas intervenu, si la concordance entre la forme et le besoin tracé fait défaut, ne saurait constituer une œuvre complète. Nous avons pour nous les Grecs de l'antiquité; tous les objets qu'il nous ont laissés sont profondément pénétrés de ce double caractère : une expression très-vive et très-juste; une exécution en rapport avec l'objet et sa destination.

Cette serrure à bosse et à pêle dormant (fig. 30), dont le pallâtre est découpé de manière à bien s'attacher au vantail, dont la face externe est décorée de feuilles de fer battu, avec tigettes guidant la clef dans l'entrée, avec embase renforcée pour résister à une pesée, ainsi que le fait voir la section A, a certainement une forme parfaitement appropriée à l'objet et à la nature de la matière employée. Ces feuilles donnent de la prise aux rivures du mécanisme, et décorent la plaque de tôle en la mariant, pour ainsi dire, au bois qu'elle recouvre. L'entrée B, légèrement entaillée dans le vantail, ainsi que le montre la section C, n'est-elle point une jolie composition indiquant bien la matière employée, se prêtant exactement à la fonction qu'elle remplit? Les artisans du XVe siècle qui ont fabriqué ces objets usuels ne nous font-ils pas voir qu'ils ont rai-

30

sonné, qu'ils ont laissé sur ces morceaux de fer assemblés la trace de leur intelligence et de leur goût[1]?

[1] Cette serrure est un modèle qu'on retrouve très-fréquemment dans les bâtiments du XVe siècle, des bords du Rhin, de la Suisse et de la Bavière. L'entrée provient d'une

Cet anneau de tirage (fig. 31), dont le fond, sous les feuillages de fer battu, est garni de drap rouge, n'est-il pas une composition charmante, décorative[1] ?

Un morceau de drap rouge garnit également le fond sous le feuillage de l'embase de la serrure précédente (fig. 30).

Outre les divers genres de serrures dont nous venons de présenter des exemples, on employait encore, pour fermer les vantaux de grandes portes, de longs verrous, avec moraillon. Ces verrous, poussés en dedans,

31

ne pouvaient, bien entendu, s'ouvrir du dehors, comme les serrures à double entrée. Ils servaient à barrer les portes charretières, les grandes portes d'églises, les vantaux de portes d'enceintes, et ne laissaient rien apparaître au dehors. La barre horizontale, formant verrou, glisse dans deux pitons ou deux embrasses fortement attachées au vantail, et s'en-

porte de la cathédrale de Prague (partie bâtie par l'architecte français Mathieu d'Arras, XIVe siècle). Une entrée semblable se voit à un tabernacle de la cathédrale d'Augsbourg, une autre, à peu près pareille, à un vantail de l'église Saint-Pierre de Strasbourg.

[1] De l'église Saint-Pierre de Strasbourg. Même anneau à un vantail d'armoire de la cathédrale de Munich.

gage dans une gâche, si le vantail bat en feuillure, ou dans un troisième piton, si les vantaux sont doubles. Le verrou poussé, l'auberon du moraillon tombe dans une auberonnière percée dans la boîte de la serrure, au-dessus de l'entrée. Un pêle passe dans l'auberon au moyen d'un tour de clef, si l'on veut que le verrou reste fixe. Ces sortes de verrous avec serrure à bosse avaient nom *vertevelles*. La figure 32 présente une vertevelle. Le verrou A est forgé à pans et non cylindrique, ce qui facilite le glissement dans les embrasses ou pitons. L'auberon est sup-

32

posé entré dans l'auberonnière, et la serrure fermée. Si la porte est à un seul vantail, à la place du piton B est une gâche scellée dans la feuillure de pierre, ou fixée au dormant de bois. Après que l'embrasse B" a été coulée dans la barre, la tête C de celle-ci a été forgée et burinée. Cette tête sert à tirer le verrou, lorsque le moraillon est soulevé. Un arrêt E, forgé avec la barre, arrête le verrou, de façon que son extrémité D ne puisse échapper l'œil de l'embrasse F.

Ces vertevelles ne sont pas rares, et beaucoup de vieilles portes en possèdent encore. Celle-ci était placée à l'intérieur de la porte de l'église de Savigny en terre-pleine (Yonne)[1] ; mais le verrou tombait dans une gâche scellée au trumeau.

Outre ces verrous horizontaux formant barres, il fallait munir les vantaux, qu'ils fussent simples ou doubles, de verrous bas, verticaux, tom-

[1] L'église de Savigny en terre-pleine date des dernières années du XIIe siècle. La vertevelle figure 32 paraît appartenir au milieu du XIIIe siècle.

ouvrir, soit pour fermer. La torsion du fer carré de la tige *t* donne à celle-ci le roide nécessaire pour qu'elle ne ploie pas, si elle est longue, lorsqu'il s'agit de la pousser de bas en haut pour ouvrir le verrou. A coup

34

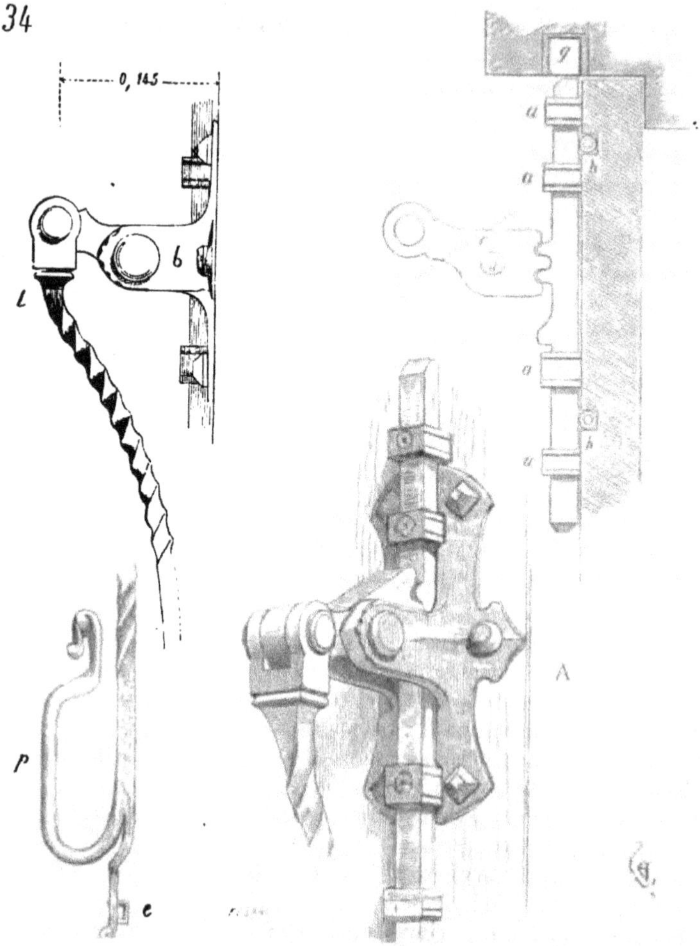

sûr, tout cela n'est pas de la mécanique bien avancée, mais c'est ingénieux, solide, apparent, facile à réparer, et pouvant être exécuté par le premier forgeron venu.

On ne saurait trop regretter la disparition journalière de tous ces objets de serrurerie du moyen âge dans nos anciens édifices civils, religieux ou militaires. On en trouvait encore beaucoup il y a vingt et trente ans ; ils sont aujourd'hui devenus très-rares. Usés, hors de service, attachés à des bois vermoulus, on les jette à la ferraille habituellement, lorsqu'on fait des réparations. Il eût été cependant intéressant et utile de recueillir ces objets dans un musée, qui serait très-riche maintenant et fort instructif pour nos artisans de ferronnerie. Mais nous n'en sommes pas arrivés à considérer les musées comme des collections d'une utilité réelle pour notre industrie, ce ne sont encore en France que des amas d'objets destinés à satisfaire la curiosité des amateurs ou des archéologues, ou encore des lieux d'étude pour les artistes, peintres et statuaires. L'art ne vit cependant chez un peuple que quand il a pénétré partout, quand on le trouve aussi bien sur la cheminée d'un grand seigneur que sur la table de cuisine de l'ouvrier, sur le marteau de la porte d'un palais que sur la targette de l'humble croisée du petit bourgeois, sur la poignée de l'épée du général que sur la plaque de ceinturon du soldat. Si vulgaires que soient les objets de serrurerie du moyen âge, l'art approprié à la matière y trouve sa place ; l'art était un besoin pour tous, non une affaire de luxe réservée pour quelques privilégiés. Ce qu'on ne trouvait point alors, c'est l'art de pacotille, l'apparence du luxe donnée à un objet de peu de valeur.

Nous avons montré un certain nombre d'exemples de fermetures de vantaux de portes. Les exemples de fermetures de croisées sont beaucoup plus rares; cette menuiserie, plus légère que celle des vantaux, plus exposée aux intempéries, a été détruite plus rapidement. Il nous faudra fouiller dans les vieilles ferrailles pour trouver quelques restes de fermetures de croisées. L'intérêt qui nous a toujours paru s'attacher à l'ancienne fabrication du fer, alors même qu'on vendait partout les plus belles ferronneries forgées, pour leur substituer des fontes d'un si triste goût, nous a poussé, il y a déjà longtemps, à recueillir bon nombre de dessins de ces vieilles ferrures si fort méprisées, ferrures qui ont disparu sous la main de la plupart des restaurateurs de châteaux depuis trente ans. C'est ainsi qu'au château de Chastellux, près de Carré-les-Tombes (Yonne), on voyait encore en 1839 des châssis de croisées du XIVe siècle armés de leurs grands verrous. Il est vrai que ces ferrures étaient hors de service, les châssis étant complétement pourris et doublés par des volets fixes, mais les pièces de leur mécanisme très-simple étaient toutes conservées. Ces verrous..., plutôt ces crémones (fig. 35) consistaient en une tige de fer méplat de $0^m,02$ (neuf lignes) sur $0^m,011$ (cinq lignes). A cette tige était adaptée une poignée *a* (voyez l'ensemble A). En *bb*, la tige formait des boucles dans lesquelles passaient les queues en volutes de deux loqueteaux. En haussant la tige, on faisait échapper les loqueteaux de leurs mentonnets ; en la baissant au moyen de la poignée *a*, on faisait rentrer ces loqueteaux dans leurs mentonnets : alors le pied de la tige, formant verrou, entrait dans une gâche inférieure *d*. Des embrasses *e* retenues par deux pattes, et des embrasses *f* retenues par une seule, maintenaient la tige et dirigeaient son mouvement. Des détails vont faire saisir le système adopté dans la façon de cette crémone. En B, est la section du montant du châssis, avec la boucle de la tige en E, la queue du loqueteau passant dedans en F, le boulon à clavette servant de pivot à ce loqueteau en C, et le mentonnet en D. En G, est tracée la face d'un des loqueteaux avec sa

35

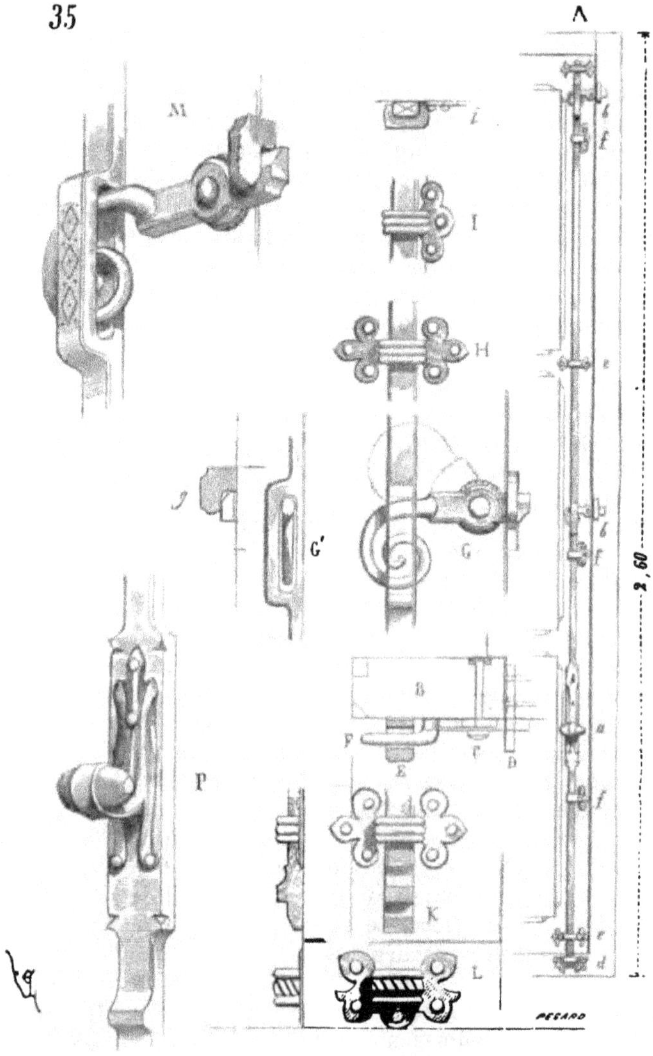

queue passant dans la boucle de la tige. Le tracé ponctué indique la position que prend le loqueteau, lorsqu'on fait glisser la tige de bas en haut par le moyen de la poignée P. En G', est tracée la coupe du loqueteau avec la boucle de la tige, et en *g* le mentonnet. En H, est figurée une embrasse à deux pattes ; en I, à une seule patte, la section de celle-ci étant en *i*. On observera que ces embrasses à une seule patte sont ainsi façonnées pour ne prendre que le plein bois du châssis. En K, est représentée l'extrémité inférieure de la crémone avec son embase L servant de gâche et clouée sur la traverse basse du dormant. Un tracé perspectif M explique la position du loqueteau et de sa queue engagée librement dans la boucle de la tige.

Cette crémone maintenait donc le châssis dans son dormant au moyen de trois fermetures, deux loqueteaux latéraux et un verrou bas. A l'aide des mentonnets et de la gâche inférieure, ce châssis pouvait même être *rappelé*, s'il venait à gauchir. Le forgeron avait donné à la poignée P une forme qui permettait de faire glisser la tige aussi bien de bas en haut, pour ouvrir, que de haut en bas, pour fermer. Les tiges étaient forgées assez grossièrement entre les parties destinées à couler dans les embrasses, mais la poignée, les loqueteaux, les embrasses, étaient façonnés au marteau et au burin avec le plus grand soin.

La figure 36 présente divers fragments de serrurerie appartenant au milieu du XVe siècle environ. En A, est un débris de crémone dépendant très-probablement d'une croisée [1] ; une poignée B, dépendant de la même crémone, faisait mouvoir les deux bielles *a* attachées à un axe O, et, par suite, les deux tiges CC′ en sens inverse. En appuyant sur la poignée de haut en bas, la tige C s'élevait et s'enfonçait dans une gâche supérieure ; la tige C′ s'abaissait et tombait dans une gâche inférieure, comme le font les tiges de nos crémones modernes. En D, est tracé le profil du mécanisme, avec le boulon et sa clavette ; en B′, la face de la poignée ; en E, une des embrasses très-finement composées et forgées.

Une autre embrasse avec platine, appartenant également au XVe siècle et ayant dû servir à diriger une tige de verrou ou de crémone, est figurée en G[2].

En H, nous présentons encore un excellent système de loqueteau à bascule employé fréquemment au XIVe et au XVe siècle pour fermer de petits châssis de croisée. Le mentonnet est entaillé et fortement cloué sur le côté du dormant, dans sa feuillure. La main a une grande force pour ouvrir ou fermer ce loqueteau à bascule, par le moyen de ce levier détourné, et saillant assez pour éviter le froissement des doigts contre le bois du châssis. De plus, ces loqueteaux rappellent très-énergiquement les châssis dans leur feuillure.

Le tracé perspectif K donne une très-jolie poignée de porte de la même époque et attachée sur un vantail intérieur de l'église Saint-Pierre, à Strasbourg. Ces sortes de poignées, assez communes en Alsace, se composent de deux tiges horizontales *hh*, qui passent à travers le vantail

[1] Débris recueillis chez un marchand de ferrailles à Rouen.

[2] Provenant également d'un dépôt de ferrailles.

et sont rivées de l'autre côté sur une platine. Un cylindre de fer battu *l*, orné de moulures et de divers ornements, est, d'autre part, rivé à ces deux tiges horizontales. Un rinceau à travers lequel passent les tiges tient

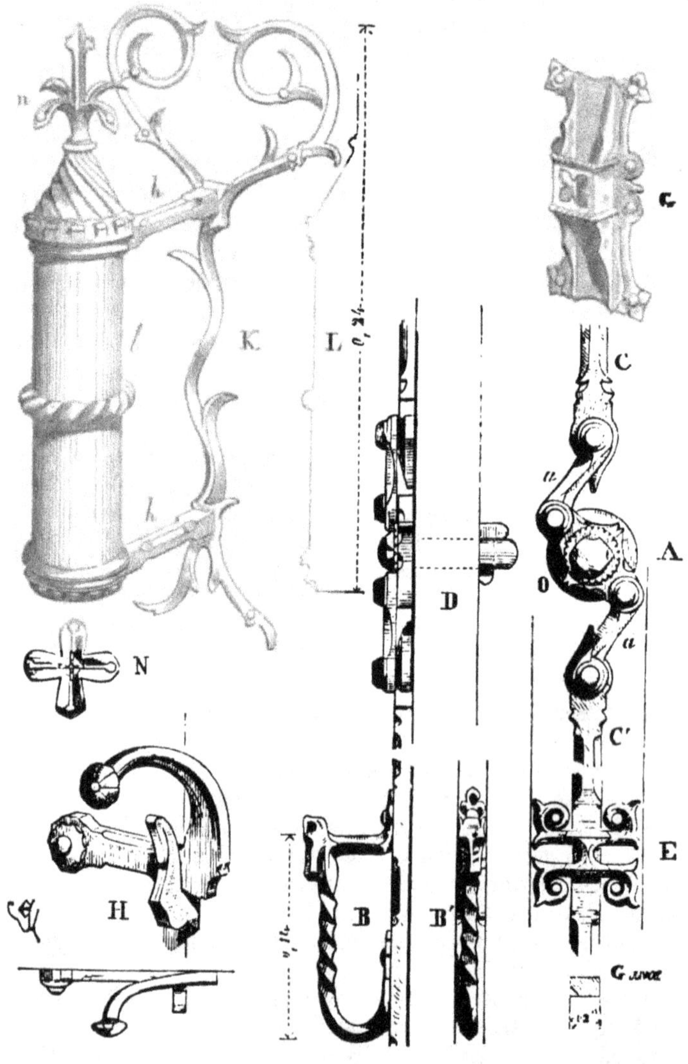

lieu intérieurement de platine et est cloué sur le vantail. En L, nous donnons le profil du cylindre, et en N le plan du bouquet supérieur *n*, lequel est composé de deux petites plaques de fer battu rivées en croix et formant bouton, et de quatre feuilles découpées dans un cornet également de fer battu. Sur chacune des folioles est rivée une fine tigette avec un bouton, à peu près comme la graine du tilleul est attachée à son support. Tous ces derniers ouvrages de serrurerie sont exécutés avec une grande perfection.

Il nous reste à parler, en fait de suspension et de fermeture d'huis, des targettes, des paumelles, charnières, équerres, etc. On donne le nom de *targettes* à de petits verrous adaptés à des châssis de croisée lorsqu'ils n'ont qu'une faible dimension; à des vantaux de volets ou d'armoires. Très-rarement, pendant le moyen âge, jusqu'au XVe siècle, les châssis de croisées avaient-ils des dimensions dépassant en hauteur trois ou quatre pieds sur deux ou trois pieds de largeur, puisque les fenêtres étaient divisées par des meneaux verticaux et des traverses de pierre (voyez FENÊTRE, MENUISERIE). Dès lors, pour fermer des châssis d'une dimension si médiocre, il n'était besoin que de targettes, et l'emploi des crémones ou grands verrous hauts et bas n'était guère commandé. Aussi les targettes sont-elles beaucoup plus communes, dans les édifices publics ou privés anciens, que les crémones ou fléaux. Quant aux fermetures auxquelles on donne le nom d'*espagnolettes*, leur emploi ne date, en France, que du XVIIIe siècle. Les espagnolettes remplacèrent, pour fermer les châssis de croisées d'une grande dimension et à deux vantaux, les verrous hauts et bas, les fléaux, les barres, les crémones combinées comme celles présentées ci-dessus. Il ne faut point oublier que pendant le moyen âge, on ne faisait pas de châssis de croisée à deux vantaux, puisque les fenêtres étaient garnies de meneaux de pierre, si elles dépassaient une dimension médiocre. Les crémones que nous avons données figures 35 et 36 étaient posées sur des châssis à un seul vantail, et les retenaient dans leur dormant, ou simplement dans la feuillure de pierre du meneau. De nos jours on a abandonné l'espagnolette pour revenir aux crémones, qui ne sont point cependant d'invention moderne, et qu'on n'a jamais cessé d'employer en Italie et dans certaines parties de l'Allemagne.

Les targettes, donc, étaient la fermeture ordinaire des châssis d'une petite dimension; on en plaçait une ou deux dans la hauteur du battement, et quelquefois ces targettes fermaient en même temps et la croisée et le volet intérieur, ainsi que nous le verrons tout à l'heure. On trouve une grande variété de targettes, et il semble que les serruriers se soient plu à donner à cet ustensile vulgaire les formes les plus originales et les plus gracieuses.

Voici (fig. 37) quelques exemples de ces targettes fixées à des châssis de croisée. La targette A [1] se compose d'une coque à section trapézoïde, dans laquelle glisse un pêle à section pareille, dont les angles aigus sont abattus. La coque est fendue sur sa face, de manière à laisser passer

[1] D'un vantail de croisée d'une maison à Flavigny (Côte-d'Or), XIVe siècle.

un piton tenant au pêle, auquel est rivée librement une poignée mobile. Deux filets-embrasses, avec talon *a*, renforcent la coque le long de ses rives, et permettent de la fixer au battement de la croisée au moyen des pointes *b* qui sont rabattues en dehors. Le pêle entre simplement dans

37

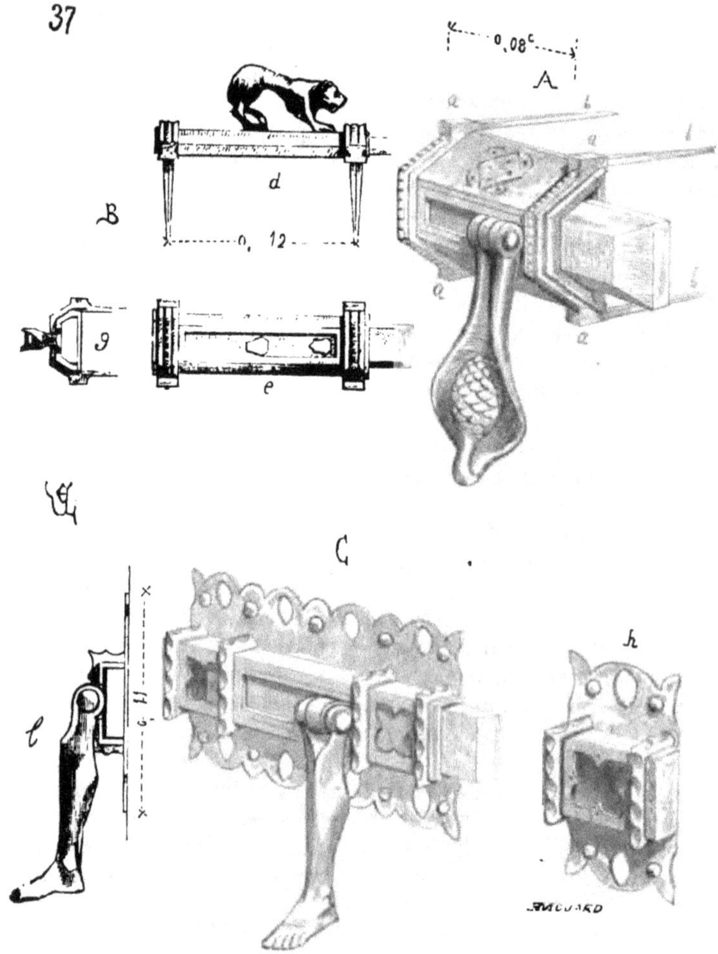

une platine à gâche fixée au meneau, car ici la croisée ne possède pas de dormant. Cette autre targette B est dans le même cas : son pêle tombe dans une platine à gâche; sa coque est maintenue, comme la précédente, à la traverse du châssis par deux embrasses à pointes. La poignée, au lieu d'être mobile, consiste en un animal finement forgé et buriné, qui, étant bien en main, facilite le tirage ou la poussée[1]. En *d*, la targette est présentée de profil; en *e*, de face (l'animal étant supposé enlevé). Le tracé *g* donne sa section. Le piton de la poignée mobile de la targette A et la poignée fixe de la targette B sont rivées aux pêles avant que les platines formant fond aient été elles-mêmes rivées aux coques : cela est tout simple.

La targette C appartenait à un châssis de croisée muni d'un dormant, puisque la gâche *h* existe[2], et était encore fixée à ce dormant. La poignée, en façon de jambe, est mobile (voyez la section *l*). La coque n'a pas la forme d'un trapèze, mais d'un parallélogramme; elle n'est plus fixée par des embrasses à pointes, mais par des clous passant à travers les débords de la platine de fond, à laquelle sont rivées les embrasses. Comme précédemment, cette platine de fond n'a été fixée que quand le pêle a été ajusté dans le devant de la coque et que le piton portant la goupille de la poignée a été rivé. Ces objets sont délicatement travaillés, en bon fer et solidement faits.

Mais les châssis de croisées, pendant le moyen âge, étaient le plus habituellement munis de volets intérieurs qui se fermaient par parties, de manière à donner plus ou moins de jour dans les appartements (voyez MENUISERIE, fig. 20). Ces volets étaient ferrés sur les dormants, mais plus habituellement sur les châssis ouvrants, de manière qu'il ne fût pas nécessaire de développer le vantail préalablement, pour ouvrir la fenêtre. Dans le premier cas, les targettes étaient disposées de telle manière qu'il fallait absolument ouvrir les volets pour ouvrir la fenêtre, afin de ne pas risquer, par inadvertance, de forcer les paumelles ou les pivots du châssis de croisée; mais aussi ces targettes fermaient-elles, au besoin, le châssis de croisée et les volets, soit un, soit deux, suivant le besoin.

La figure 38 nous montre une de ces targettes[3]. Cette fois, le pêle ne glisse pas dans une coque; mais, fendu dans sa longueur, des deux côtés de la poignée, il laisse passer dans chacune de ses coulisses deux clous-guides *a*, terminés par une pointe double rivée sur le bois de la traverse du châssis, en dehors. La gâche *b* est fixée au dormant, mais de façon que le pêle de la targette dépasse la largeur de cette gâche de la course *ef*. Ce pêle est muni de deux oreilles *h*, *h'* (voyez la section en *h''*) évidées par-dessous. Quand on veut fermer un volet *v*, on a poussé la targette au bout de sa course, comme le montre le tracé; on fait battre le vantail du volet, dont les angles sont munis de pannetons *p*; puis on ramène la

[1] Trouvée à Cahors, attachée à un vantail d'armoire moderne. Cette targette paraît appartenir au milieu du XIVe siècle.

[2] Dessinée en 1841 dans l'ancien palais des comtes de Nevers, à Nevers, aujourd'hui palais de justice, fin du XVe siècle.

[3] D'une fenêtre de l'ancien évêché d'Auxerre, aujourd'hui préfecture. Cette targette paraissait appartenir au XIVe siècle. Nous l'avons dessinée en 1843; elle tenait encore à un vieux châssis déposé dans le beau grenier lambrissé dépendant de l'ancienne grand'salle.

targette en arrière de la portion de course *fe* : alors l'oreille *h'* appuie sur le panneton *p*. Voulant fermer les deux portions de volets à la fois, l'oreille *h* appuiera de même sur le panneton de l'angle inférieur du volet supérieur. Il est clair que dans ce cas, pour ouvrir la fenêtre, il faut ou-

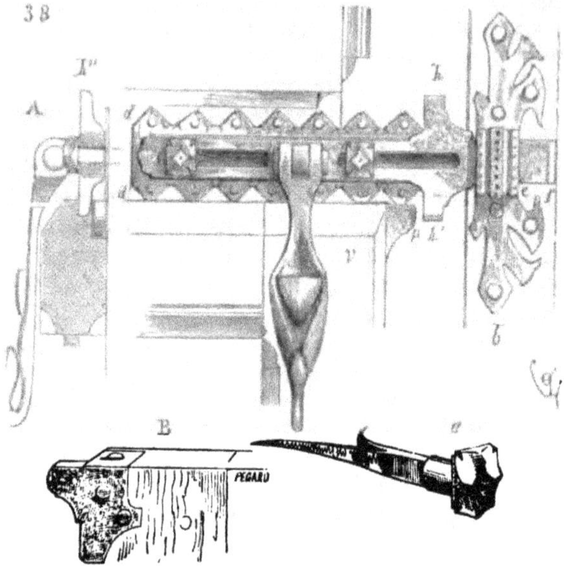

vrir les volets, puisque l'épaisseur de ceux-ci empêche le pêle de la targette de sortir de sa gâche. En A, est tracée la section de cette targette avec l'un des volets fermés, et en B, la façon dont le panneton est fixé par des clous à l'angle du volet.

Il n'est guère besoin de dire que, dans ces sortes de châssis de croisée, il y a une traverse entre chaque volet, et qu'il y a autant de targettes qu'il y a de traverses. Le pêle à coulisses glisse sur une platine dont les débords *d* sont munis de clous.

Quand les volets sont ferrés sur le châssis de croisée, et non sur le dormant, ils sont maintenus souvent par des targettes spéciales qui permettent d'ouvrir la croisée sans développer les volets.

Voici encore (fig. 39) un système de fermeture de croisées avec volets, qui était adopté au xve siècle, dans les provinces du Nord, où, à cette époque, l'industrie de la quincaillerie était fort développée. Ce système consiste en une tige verticale (voyez l'ensemble du battement de croisée en A) munie à ses extrémités de pignons qui font mouvoir deux targettes, l'une haute, l'autre basse, à crémaillère. Des mentonnets, au nombre de quatre, rivés à la tige, entrent dans des boucles attachées aux angles des deux volets fermant séparément les deux panneaux vitrés de la croisée. Une poignée permet de faire tourner la tige verticale sur son

39

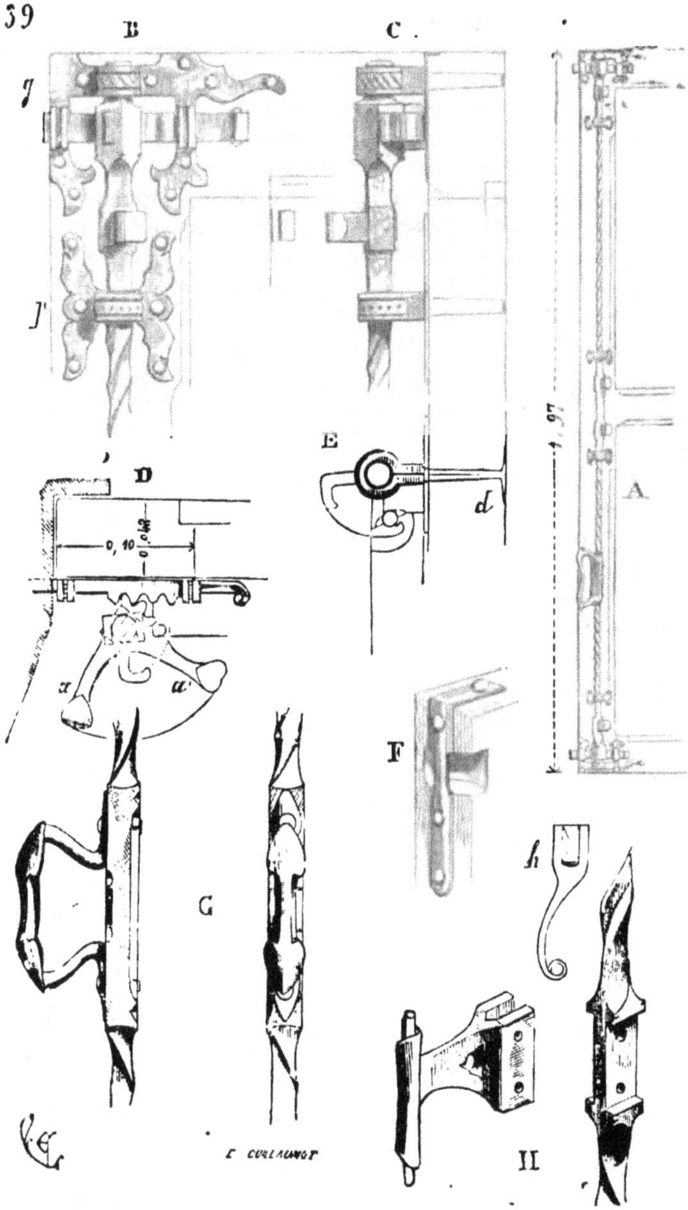

axe suivant un quart de cercle. En tournant, cette tige pousse les targettes dans leurs gâchettes scellées dans la feuillure de pierre, et engage les mentonnets dans les boucles des volets, si l'on veut les fermer, comme le faisaient les espagnolettes dont on se servait encore il y a peu d'années.

En B, est tracée de face l'extrémité supérieure de la tige verticale, avec son pignon, sa targette à crémaillère et l'un des mentonnets. En C, la tige est présentée de profil avec le battement de la croisée. En D, une section horizontale fait comprendre le mécanisme. En E, est présenté un des pitons maintenant la tige et dans lesquels elle pivote. On voit, en F, une des boucles des volets, et en G, la poignée de face et de profil. Sur la section D est indiqué en *aa'* le mouvement imprimé à la poignée pour faire pivoter la tige, pousser les targettes, et faire tomber les mentonnets dans les boucles.

La tige verticale est renforcée aux points où elle reçoit, en mortaises, les pignons, les mentonnets et la poignée, cette dernière rivée. Entre les pitons dans lesquels elle tourne, cette tige, forgée carrée, est tordue en spirale, ce qui lui donne du roide. En H, est figurée une autre poignée dont l'attache vient saisir la tige et est fixée par deux goupilles. Le fer, aplati en palette, est gondolé (voyez la section horizontale *h*), puis enroulé autour d'un bâtonnet également de fer.

Les pitons à deux pointes rabattues en dehors du battement (voyez en *d*) passent à travers une platine *p* clouée sur le bois, afin que le mouvement de la tige ne puisse agrandir peu à peu le trou pratiqué dans le montant. Aux extrémités, ces platines reçoivent encore, en rivure, les embrasses des targettes (voyez en *g*).

Ces ferrures, provenant de débris recueillis dans nos villes du Nord et en Belgique, devaient présenter bien d'autres variétés ; nous ne pouvons avoir la prétention de les donner toutes, il faudrait pour cela un traité spécial. Peut-être pensera-t-on que nous n'insistons que trop sur cette branche de l'industrie du bâtiment ? mais le peu d'attention qu'on a prêté généralement à notre ancienne ferronnerie, dont la forme est toujours si bien adaptée à la matière ; l'ignorance qui a fait jeter à la vieille ferraille tant d'objets propres à exciter l'intelligence de nos artisans ; les idées erronées qu'on entretient parmi les architectes sur ces industries où nous aurions tant à prendre ; les abus que la facilité des moyens d'exécution introduit dans la ferronnerie moderne, tout cela nous entraîne à multiplier les exemples.

Nous dirons donc encore quelques mots sur les paumelles, charnières, équerres simples ou à pivots, tous objets de quincaillerie de bâtiment qui sont traités avec soin par ces artisans du moyen âge, et qui ont une certaine importance.

Pendant le XIIIe siècle, les châssis des croisées étaient le plus souvent dépourvus de dormants et battaient dans les feuillures de pierre. On faisait ces châssis à pivots hauts et bas, entrant dans des crapaudines ou douilles scellées dans la pierre même[1]. Chaque pivot était soudé à une

[1] Les montants de ces châssis étaient, souvent même, munis de pivots de bois conservés à chaque extrémité.

équerre qui prenait le champ du châssis et se développait sur sa face intérieure.

La figure 40 représente, en A, une de ces équerres munie d'un mamelon ou pivot *a*. L'équerre est renforcée au coude, entaillée sur les

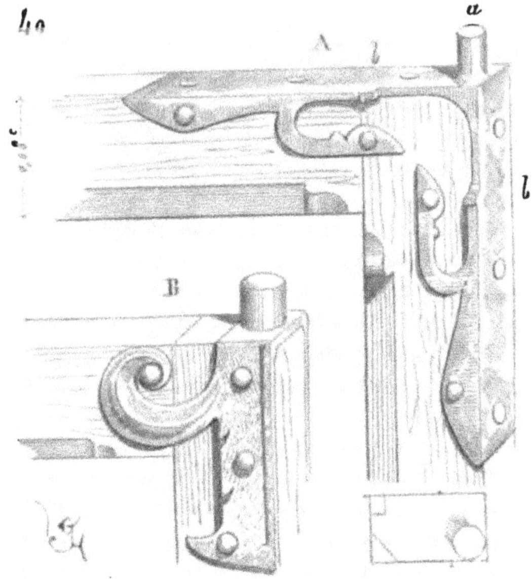

champs vertical et horizontal du châssis, et déborde en saillie sur la face, au moyen des petits talons *b*. En B, on voit une autre sorte de pivot dont les bandes embrassent les deux faces intérieure et extérieure du châssis, avec appendice formant équerre. La figure 41 présente une véritable paumelle dont la partie A est clouée sur le dormant, et la partie B sur le châssis ouvrant[1]. Les platines de la paumelle sont vues, ajourées, découpées et gravées. On reconnaissait alors les inconvénients des clous ordinaires, et le serrurier avait le soin de poser deux clous à tête quadrangulaire et à pointe plate, ainsi que le fait voir le détail *a*. Ces clous, rivés en dehors, ne faisaient pas fendre le bois (leur pointe étant plate, de champ, suivant le fil), et, au moyen de leur tête quadrangulaire, maintenaient fortement les platines auprès du gond *b* et de l'œil *c*.

Lorsque les châssis ouvrants avaient une assez grande hauteur (six à sept pieds), les paumelles étaient longues et munies de deux œils espacés, pour empêcher le gauchissement des bois. La figure 42 retrace une de ces paumelles ou charnières, qui paraît appartenir à la fin du XIVe siècle

[1] D'un châssis de croisée d'une maison à Flavigny (Côte-d'Or). Cette paumelle date du XIVe siècle, et le châssis bat sur un dormant.

ou au commencement du XVe [1]. La fiche est libre entre les œils, vue, et est ornée d'une queue de fer rond enroulée en spirale autour d'elle. Cette queue est libre aussi. Pour dégonder le châssis, il suffit d'enlever cette fiche par le haut.

41

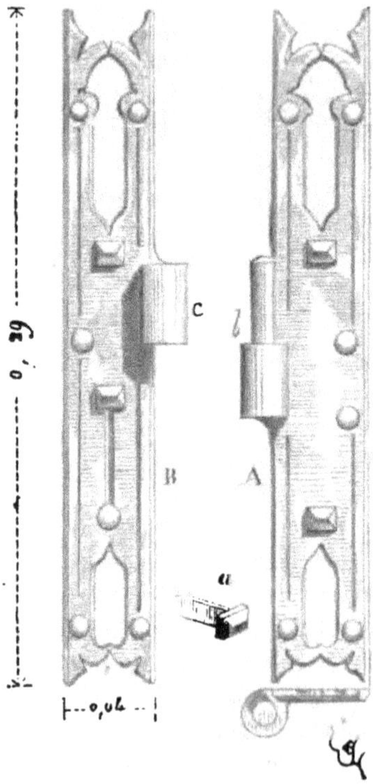

La figure 43 donne une paumelle A, une charnière B et une charnière équerre C attachées à la porte d'une chapelle de l'église de Semur en Auxois (voy. MENUISERIE, fig. 15). La porte bat dans une feuillure de pierre et la paumelle A tourne sur un gond *a* scellé. Les charnières réunissent des vantaux brisés. A la place des clous sont posées des brides munies chacune de trois pointes bifurquées et rivées en dehors, ainsi que l'indique le tracé perspectif D. Ces brides avaient l'avantage de maintenir parfaitement les platines, aussi bien et mieux que ne le font les vis, et d'empêcher les paumelles ou charnières de fatiguer leurs attaches par l'usage. Ces ferrures datent du milieu du XVe siècle.

En G, est tracée une belle charnière équerre de la fin du XVe siècle [2],

[1] D'un châssis de croisée d'une maison à Saint-Yrieix (Haute-Vienne). Le châssis battait sur un dormant.

[2] Cet ouvrage de quincaillerie tenait à un vantail, d'armoire très-probablement, ou

qui est maintenue au moyen de deux barrettes verticales, dont on voit en *g* le détail, clouées sur les platines afin de leur donner plus de résistance et de rendre tous les clous solidaires. De petites pointes fixaient en outre les découpures des platines sur le bois. Très-probablement les pointes des clous passant à travers les barrettes étaient rabattues ou rivées sur d'autres platines postérieures.

42

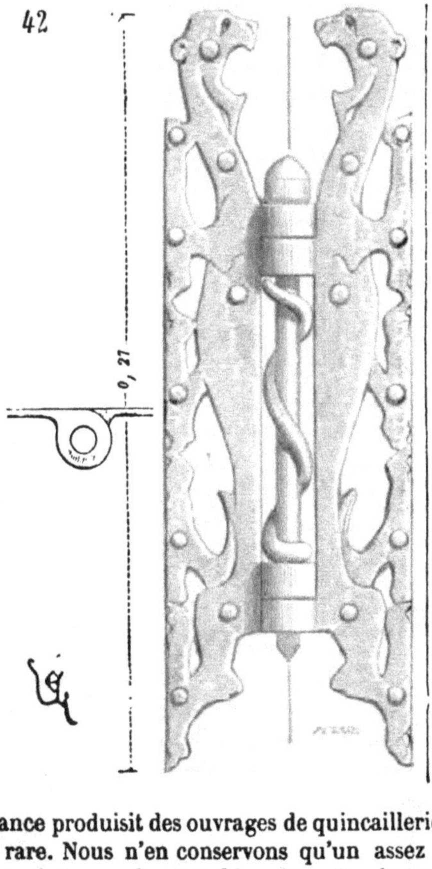

La renaissance produisit des ouvrages de quincaillerie d'une perfection d'exécution rare. Nous n'en conservons qu'un assez petit nombre en France, si ce n'est sur des meubles de cette époque. Au contraire, l'Allemagne, la Belgique, la Suisse, possèdent un nombre prodigieux de ferrures de la fin du XVe siècle et du commencement du XVIe, exécutées avec un art infini. Les grilles du tombeau de Maximilien, à Innsbrück, les clôtures des chapelles des cathédrales de Constance, de Munich, sont

à un vantail de porte intérieure d'appartement. Nous l'avons trouvé chez un marchand de ferraille à Paris.

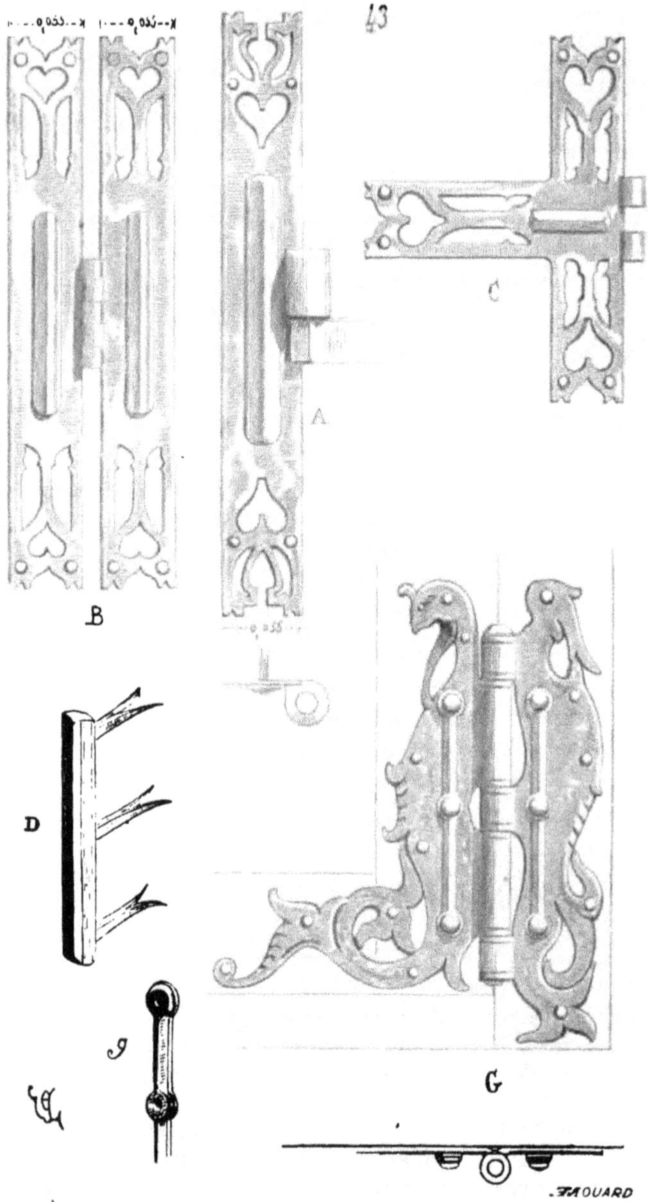

de véritables chefs-d'œuvre de ferronnerie comme fabrication et comme forme. On voit, par exemple, sur les montants de fer forgé de la grille de clôture du tombeau de Maximilien, des ornements de fer battu qui sont soudés au corps même du montant et non goupillés ou rivés. Nous avons eu quelquefois l'occasion de signaler, même en France, ce procédé de fabrication, entièrement perdu aujourd'hui, et fréquemment employé à la fin du xve siècle et au commencement du xvie. Ces soudures ne consistent pas en une simple brasure au cuivre ou au laiton. Aucun métal étranger au fer n'apparaît entre l'âme et le fer battu apposé. Bien que celui-ci n'ait qu'une épaisseur de 1 ou 2 millimètres au plus, il adhère parfaitement à cette âme sur toute sa surface.

Le fragment que nous donnons ici (fig. 44), provenant de la grille du tombeau de Maximilien, explique ce procédé. Les feuilles de tôle ou de

44

fer battu soudées ont été repoussées évidemment avant l'opération qui les a fait adhérer parfaitement à l'âme, puisque, après cette opération, il n'eût été possible que de les buriner, mais non de leur donner le modelé souple et doux du repoussage au marteau.

Serrurerie d'assemblages. — Nous n'avons présenté dans cet article que des ouvrages de serrurerie soudés, découpés ou étampés, rivés par petites parties, tels qu'il convient de le pratiquer pour les ferrures des huis.

On façonnait cependant de grandes pièces de forge assemblées, telles que grilles, clôtures, ferrures de puits, etc. Ces ouvrages exigeaient l'emploi de moyens particuliers pour assurer leur solidité. Il ne s'agissait plus seulement de soudures ou de quelques rivures, mais de combinaisons d'assemblages qui appartiennent exclusivement à la serrurerie. On comprendra facilement que des hommes qui, dans toutes les branches de l'architecture, savaient si bien adapter les formes à la matière employée et à la mise en œuvre, aient cherché, dans les grandes pièces de serrurerie, à n'admettre que des compositions d'art se prêtant aux exigences du travail du fer. Alors les assemblages, les nécessités de la structure, loin d'être dissimulés, apparaissent franchement, deviennent les motifs de la décoration. L'artisan cherche d'ailleurs à donner à son œuvre une raison d'être pour les yeux ; il entend qu'on en comprenne l'organisme, pour ainsi dire, qu'on apprécie les efforts qu'il a faits pour allier intimement l'art à la nécessité de structure, aux qualités propres à la matière employée. Que ces façons de procéder ne soient pas du goût de tout le monde, qu'elles ne frappent que les esprits aimant à trouver l'empreinte de la raison dans les œuvres humaines, qu'elles gênent les natures paresseuses, nous l'admettons ; mais nous sommes forcés de reconnaître aussi que l'art ne s'introduit réellement dans l'industrie que sous l'empire de principes vrais, clairs, se résumant en ceci : soumission de la forme à la nécessité, à l'emploi de la matière et aux qualités qui lui sont propres.

Nous avons si bien perdu l'habitude du respect de ces principes, que nous demeurons surpris devant des œuvres où la raison a commandé à la forme, et que nous prenons pour subtilité ou une complication superflue une expression sincère. Cependant cacher un assemblage, par exemple, cela est plus subtil et plus compliqué que si nous le laissons apparent ; c'est à coup sûr moins sincère ; peut-être beaucoup moins solide et d'une exécution plus difficile. Assembler en équerre deux morceaux de fer carré au moyen d'un tenon, d'une mortaise et d'une goupille, comme on le ferait pour de la charpente ou de la menuiserie, cela ne présente rien de compliqué extérieurement, puisqu'on ne voit rien du travail de l'ouvrier ; mais cette façon, convenable pour du bois qui se coupe facilement, qui a un fil, n'est pas justifiée si on l'applique à des barres de fer d'une épaisseur minime, fort difficiles à creuser ou à disposer avec tenons ; de plus, un pareil assemblage est toujours défectueux en ce que le tenon, très-menu, ne peut offrir assez de prise pour donner à l'assemblage une grande solidité. Si au contraire deux barres sont assemblées d'équerre, comme l'indique la figure 45, en A, la barre horizontale munie d'un talon B entrant dans une fourchette façonnée à l'extrémité de la barre verticale, l'assemblage est simple, large, solide, bien approprié à la matière. Que cet assemblage soit maintenu serré par un boulon à clavette détaillé en C, qu'une rondelle plus ou moins riche s'interpose entre la tête du boulon et la fourchette, la décoration de l'assemblage est toute trouvée et n'est en réalité que l'emploi raisonné des moyens les plus naturels nécessaires à la solidité de l'œuvre. Qu'il y ait lieu de poser des barres verticales intermédiaires, la traverse horizontale aura des œils renflés D, à travers lesquels passeront ces barres.

45

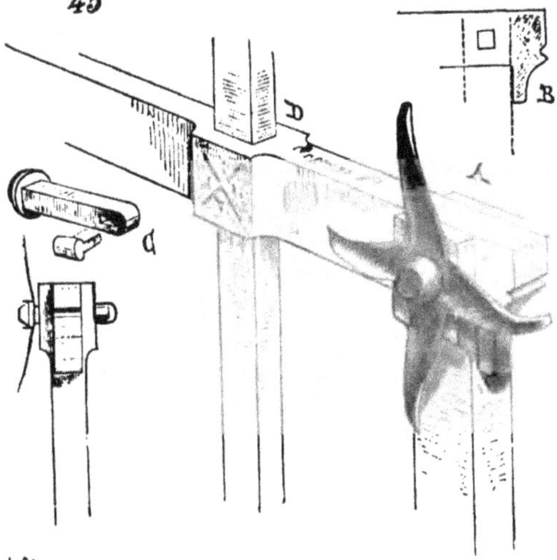

Si nous nous engageons dans la voie vraie, celle indiquée par la structure, la décoration de l'œuvre est pour ainsi dire tracée. En supposant que la grille doive être richement couronnée, le talon de la barre horizontale, la fourchette de la barre verticale, les extrémités des barres intermédiaires, fournissent des motifs d'ornementation qui, loin d'altérer le principe de la structure, ne font que l'appuyer (fig. 46). Cet exemple suffit pour faire saisir la méthode suivie par ces artisans serruriers du moyen âge. Ceux-ci ne font d'ailleurs, dans leur métier, qu'appliquer les méthodes admises dans les autres branches de l'architecture de cette époque; développer la forme dans le sens indiqué par le besoin, la raison, la qualité de la matière. Et, de fait, nous ne saurions trop le répéter, on ne possède un art de l'architecture qu'à ces conditions.

Quand on examine des œuvres de serrurerie du moyen âge, on observe que les fers sont, relativement à ceux que nous employons aujourd'hui, légers; que ces ouvrages ont un aspect élégant, délié. Et en effet, une des qualités que doit posséder la serrurerie, c'est la légèreté, puisque la matière est très-résistante sous un petit volume. Le fer forgé cependant, s'il a une force considérable en agissant comme tirant, comme lien, est flexible, *n'a pas de roide*, et ne peut, debout, porter un poids assez lourd, à moins de lui donner une épaisseur que ne comporte guère ce genre d'ouvrages et qui augmente la dépense. C'est donc par des combinaisons d'assemblages que le serrurier peut suppléer au défaut de roideur de ce métal. Le fer résiste à une charge en raison du développement de ses

46

surfaces, et (fig. 47) une barre de fer de $0^m,03$, carrée, A, ayant une longueur de 2 mètres, qui ne pourra, posée verticalement, porter un poids de 1000 kilogrammes sans ployer, conservera son roide si elle est forgée à poids égal, suivant les sections B. Posée horizontalement, il en sera de même; la barre de fer résistera d'autant mieux à une charge, que ses surfaces seront plus développées : c'est ce principe qui a fait admettre dans nos constructions modernes les fers dits à T ou à double T pour les planchers, les arbalétriers et pannes de combles. Nos serruriers du moyen âge ne possédant pas les puissants cylindres d'usines qui laminent le fer en barres côtelées, avec des ailes, suppléaient à cela par des combinaisons, souvent très-ingénieuses, afin de conserver à leurs ouvrages de ferronnerie la légèreté convenable.

Leurs grilles de clôture sont, par exemple, composées par panneaux qui viennent s'embrever dans des montants rendus rigides au moyen de renforts et d'arcs-boutants très-habilement agencés. Les barres verticales destinées à porter sont tordues et quelquefois même composées de deux ou trois brins. Si un fer à section carrée porte une charge, il ploiera nécessairement, non suivant la diagonale du carré, mais suivant une des faces. Faisant donc pivoter la diagonale du carré sur son centre, on donne à une barre, dans toute sa longueur et sur tous les points, la résistance que présente cette diagonale. C'est pourquoi on trouve si souvent dans la serrurerie du moyen âge des fers carrés, tordus, dont

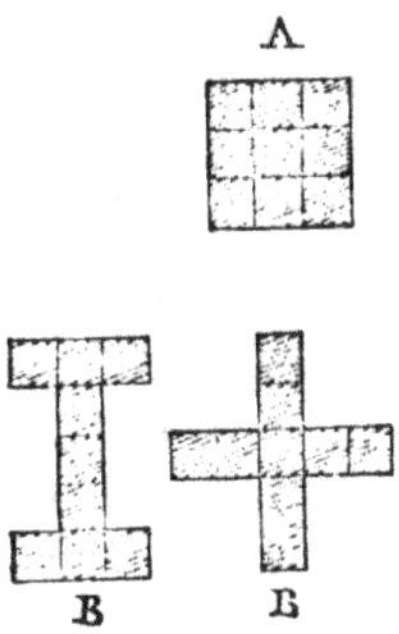

48

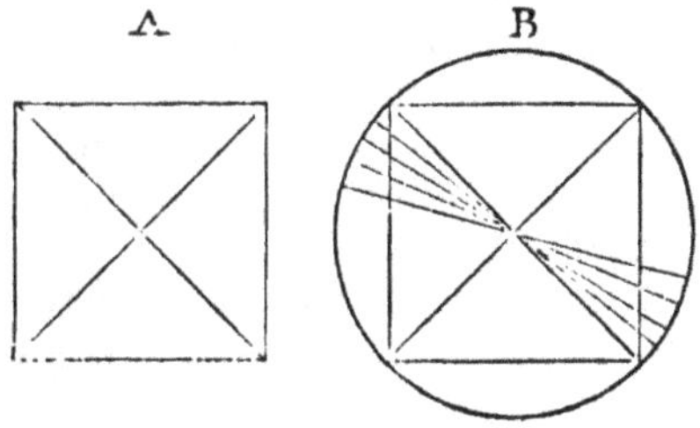

les angles de la section carrée forment des spirales. Ainsi (fig. 48), une barre à section carrée A, posée debout et soumise à une charge, ploiera suivant l'une de ses quatre faces; mais si, au moyen de la torsion, la diagonale parcourt tous les points du cercle inscrivant le carré (voyez en B), la barre résistera à la charge non plus suivant la résistance d'un côté du carré, mais suivant celle de la diagonale : or, celle-ci étant plus longue que l'une des faces, la résistance sera plus considérable. A longueurs égales, la barre tordue B sera plus lourde d'ailleurs et contiendra plus de matière que la barre simple A, puisque les angles du carré sont obligés de parcourir une spirale. A l'œil, cependant, la barre tordue sera plus légère que la barre simple, à cause des surfaces concaves que produisent nécessairement les faces du carré pivotant sur son axe.

Par les mêmes motifs, les serruriers du moyen âge composaient-ils souvent des supports verticaux de fer, au moyen de deux ou même de trois fers ronds tordus en façon de torsade; ainsi augmentaient-ils les moyens de résistance sans augmenter sensiblement le poids des fers. Ces sortes d'ouvrages demandant du soin, de l'adresse et un peu de réflexion, il s'est trouvé qu'un jour — les corps de métiers ayant perdu la force qui maintenait chez eux la main-d'œuvre à un niveau élevé — quelques architectes ont trouvé préférable — plutôt que de chercher sans cesse des formes raisonnées et nouvelles — d'admettre un certain goût prétendu classique, une sorte de formulaire applicable à toute œuvre et à toute matière (ce qui simplifiait singulièrement leur travail), ont déclaré que toutes ces recherches, résultat de l'expérience, de l'étude et d'une fabrication perfectionnée, n'étaient qu'un produit du caprice ou de l'ignorance. Il n'est pas besoin de dire que cette façon d'apprécier toute une face de l'art de l'architecture et les industries qui s'y rattachent, devait être fort prisée par la classe nombreuse des gens qui ne veulent pas se donner trop de peine. Aussi la serrurerie du moyen âge fut-elle fort mal vue pendant ces derniers siècles, et l'on trouva de bon goût de reproduire en fer (comme on peut le voir à la grille de la cour du Mai à Paris) des *ordres* avec leurs chapiteaux, leurs entablements, leurs stylobates, etc.; le tout fabriqué en dépit de la matière et des moyens qu'elle impose à ceux qui en connaissent les qualités et prétendent les utiliser.

Il y a, dans les assemblages de la serrurerie du moyen âge, un sujet inépuisable d'enseignement. Par des motifs faciles à saisir, on préfère aujourd'hui ne point appliquer le raisonnement aux choses qui touchent à l'art de l'architecture; ce sont du moins les principes que professent beaucoup d'artistes. Il est certain qu'à leurs yeux, ces artisans du moyen âge, en raisonnant ainsi ce qu'ils faisaient, en prenant toujours la structure comme motif de décoration, étaient dans la mauvaise voie. Économes de la matière, ils arrivaient au but par les moyens les plus vrais. Loin de cacher ces moyens, ils les montraient, s'en faisaient honneur. En effet, quand un moyen est simple, pratique, il n'y a pas lieu de le cacher; si ce n'est, au contraire, qu'un expédient étranger à la nature de la matière mise en œuvre, qui ne présente pas de garanties sérieuses de solidité, qui exige l'emploi de ressources hors de proportion avec le résultat, on ne saurait trop le dissimuler, et c'est ce qu'on fait habituellement dans notre serrurerie fine de bâtiment.

Nous disions tout à l'heure que les serruriers du moyen âge, lorsqu'ils avaient à fabriquer des grilles d'une certaine étendue, procédaient par une suite de panneaux s'embrevant dans des montants. Nous ne savons si ces artisans avaient observé et calculé les effets de la dilatation du fer; il n'en est pas moins certain que par l'emploi de cette méthode on évitait les inconvénients qui résultent de la mise en place de grandes parties de grilles solidaires. Alors celles-ci s'allongeant par la chaleur ou se retraitant par le froid, causent des mouvements incessants, dont le moindre danger est de briser les scellements, de faire gauchir les montants, d'empêcher les battements des parties ouvrantes de fonctionner, de fatiguer les assemblages. On croit parer à ces inconvénients au moyen de tenons et de goupilles ou de boulons *gais*, c'est-à-dire posés en laissant du jeu. Mais cela ne peut se faire qu'aux dépens de la solidité de l'ouvrage. Au contraire, le système de grilles posées par panneaux laissait aux fers la facilité de se dilater, tout en conservant à l'ensemble une solidité égale, quelle que fût la température.

Les montants principaux des grilles se composaient donc généralement d'une âme avec deux jouées formant feuillures, dans lesquelles s'embrevaient les panneaux. Il fallait, dès lors, que ces montants fussent bien maintenus dans leur plan vertical dans les deux sens, au moyen d'arcs-boutants ou de contre-fiches scellées. Ces accessoires nécessaires fournissaient, comme toujours, un motif de décoration.

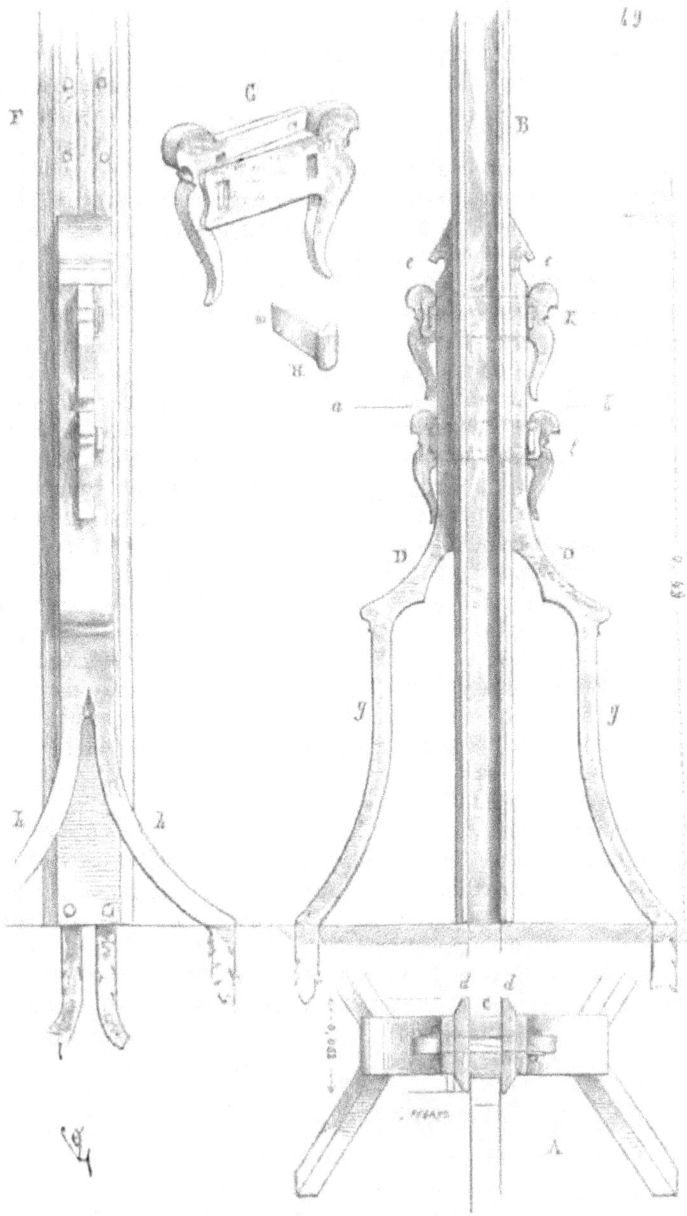

Voici (fig. 49) un de ces motifs de montants, avec feuillures propres à recevoir des panneaux de grille et avec arcs-boutants. En A, est tracée la section du montant sur *ab*. L'âme *c* se compose de deux fers d'un pouce sur six lignes, laissant entre eux un intervalle de quatre lignes. Deux jouées *d* sont rivées à ces âmes. Le profil B fait voir que les jouées possèdent deux renforts *e*, formant larmiers et munis de talons en contre-bas, servant de butée aux deux arcs-boutants D. A partir du niveau *g*, ces arcs-boutants se divisent chacun en deux branches (voyez la face F en *h*), de sorte que ces deux arcs-boutants ont quatre scellements propres à empêcher le dévers du montant, soit dans le plan de la grille, soit perpendiculairement à ce plan. En *k* et *l*, les arcs-boutants et les jouées sont percés de trous barlongs dans lesquels passent les doubles clefs chevauchées (détaillées en G), percées elles-mêmes à leurs extrémités antérieures et postérieures pour recevoir les clavettes H, au moyen desquelles tout le système est fortement serré. Ces clavettes enfoncées, leur extrémité *m* est recourbée au marteau [1].

Les armatures de puits présentent encore d'assez nombreux exemples de belle serrurerie d'assemblages. Si la margelle du puits était adossée à un mur, la poulie était suspendue à une potence scellée dans ce mur. On peut voir encore une de ces potences à poulie attachée au mur d'une maison du XVe siècle sise en face de la cathédrale de Moulins (fig. 50, en A). Les fers formant équerre et quart de cercle ont $0^m,034 + 0^m,041$ (15 lignes + 18 lignes). Ces fers sont chanfreinés au marteau sur leurs arêtes (voyez la section *b* faite sur *cd*), et ces chanfreins s'arrêtent au droit des assemblages. Les redents et l'ornement du sommet sont rivés sur les bandes principales. Pour rendre solidaires les trois redents du triangle, deux cercles *g* moisent leurs extrémités au moyen de rivets. Le redent supérieur *h* a son extrémité recourbée en boucle pour passer le rivet qui maintient les rosaces doubles de tôle *l*. A l'extrémité de la bande horizontale, est un renfort K, qui reçoit une tringlette verticale, sur l'extrémité coudée de laquelle est rivé un petit toit de tôle *m* (*n* en plan), destiné à couvrir la corde de la poulie au point où elle se trouve en contact avec le fer. Cette poulie tourne au moyen d'une tête de boulon qui passe dans sa bielle [2]. On observera que les redents et même l'ornement du sommet ne sont pas une simple décoration, mais ajoutent à la résistance du triangle de fer en étrésillonnant ses côtés, et en formant au-dessus de la bande horizontale comme une fermette. Aussi le serrurier a-t-il pu n'employer que des fers d'un faible échantillon relativement à la longueur de la potence et au poids qu'elle doit soutenir; or, cette potence fonctionne depuis plus de quatre cents ans.

[1] Ces détails sont recueillis sur diverses pièces de grilles de la fin du XIVe siècle. L'arc-boutant et ses clefs ont été dessinés par nous, parmi des débris de grilles à Malines. Quant aux montants à feuillures pour recevoir des panneaux de grille, on en retrouve assez fréquemment en France, en Belgique et en Allemagne.

[2] M. Millet, architecte de la cathédrale de Moulins, a bien voulu relever cette ferrure avec le plus grand soin pour nous la communiquer.

50

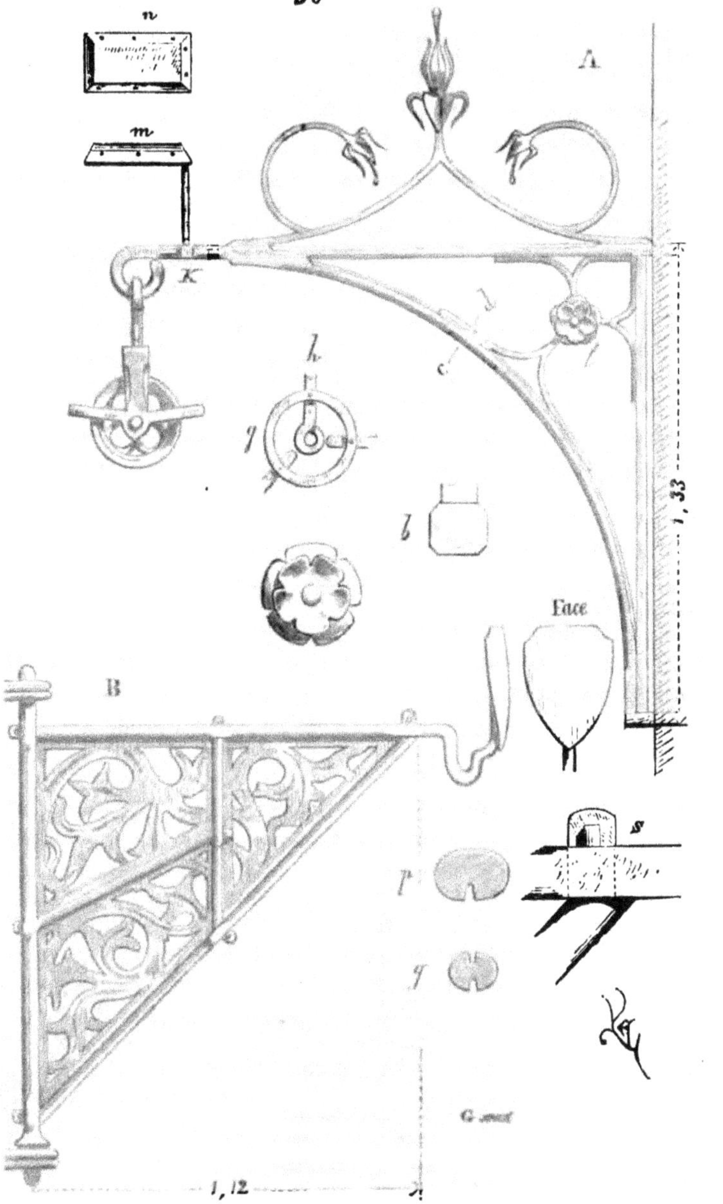

En B, est figurée une seconde potence, composée d'après un autre système, mais présentant au moins autant de rigidité que la première. Les fers des côtés du triangle donnent la section *p*, et ceux de l'intérieur la section *q*. Dans le grain d'orge ménagé le long de ces fers, entrent les ornements de fer battu qui roidissent tout le système. Les fers du triangle et de l'intérieur sont assemblés à tenons avec clavettes, ainsi que le montre le détail *s*. Cette potence pivote dans deux pitons scellés à la muraille[1].

Nous ne saurions trop insister sur ce point : dans les ouvrages de serrurerie du moyen âge, on ne cherche pas à dissimuler les assemblages. Les fers, au droit de ces assemblages, restent francs ou prennent plus de force, comme nous l'avons montré dans l'exemple figure 45. On se garde bien de diminuer leur résistance là où ils fatiguent.

Outre les grilles disposées par panneaux s'embrevant entre des montants, on faisait aussi des grilles par compartiments assemblés, et cela par des moyens simples et solides. Cette grille (fig. 51) fournit un exemple de ces sortes de combinaisons[2]. C'est un ouvrage du XVe siècle. Il se compose de montants A scellés dans le pavé. Entre ces montants, renforcés en B, sont serrées des traverses C, lesquelles portent un petit tenon à chaque extrémité. La partie supérieure des montants se termine par un fort goujon rivé sur la barre d'appui D. Des cercles inscrivant des quatre-lobes sont inscrits entre les montants, la traverse et la barre d'appui. Des demi-cercles remplissent la partie inférieure. En *a*, *b* et *c*, sont tracées les sections de la traverse C, des cercles et des quatre-lobes; en *d*, est figurée l'extrémité des lobes. Des goujons rivés *e* réunissent toutes ces pièces dont les sections hexagonales se prêtent à une juxtaposition parfaite. Cet ensemble présente beaucoup de solidité, est facile à assembler, et n'exige de soudures qu'à l'extrémité des lobes et pour fermer les cercles. Les montants n'ont que 0^{m},024 de largeur sur 0^{m},042 d'épaisseur.

Les armatures de puits posées au-dessus des margelles présentaient aussi des combinaisons d'assemblages de serrurerie intéressantes à étudier. Dans les cours des châteaux, des monastères, au milieu des carrefours, on voyait de ces belles ferronneries portant les poulies des puits.

Malheureusement, presque tous ces ouvrages ont été détruits, et si l'on en voit encore en place, c'est qu'ils ont été oubliés. A Sens, à Troyes, à Semur, à Beaune, dans la cour de l'Hôtel-Dieu à Dijon, quelques débris de ces armatures existent aujourd'hui et datent des XVe et XVIe siècles. D'anciennes gravures nous donnent aussi l'apparence de ces ferrures de puits, mais n'en reproduisent pas les assemblages. Nous

[1] Cette potence était scellée le long d'une muraille de tour à Carpentras, au-dessus d'un petit puits. Il en existe encore une à peu près semblable à Avignon; mais cette dernière était destinée à porter une torche (XVe siècle).

[2] Il existe une grille semblable à celle-ci à Gand (salle d'armes). On en voyait une autre à peu près pareille dans l'église de Saint-Denis, avant la restauration de 1816 (dessins de Percier).

sommes réduit donc à citer un assez petit nombre d'exemples. Le premier que nous donnons n'existe plus et ne nous est connu que par un dessin de Garneray[1]. Cet ouvrage de ferronnerie paraît dater de la fin

51

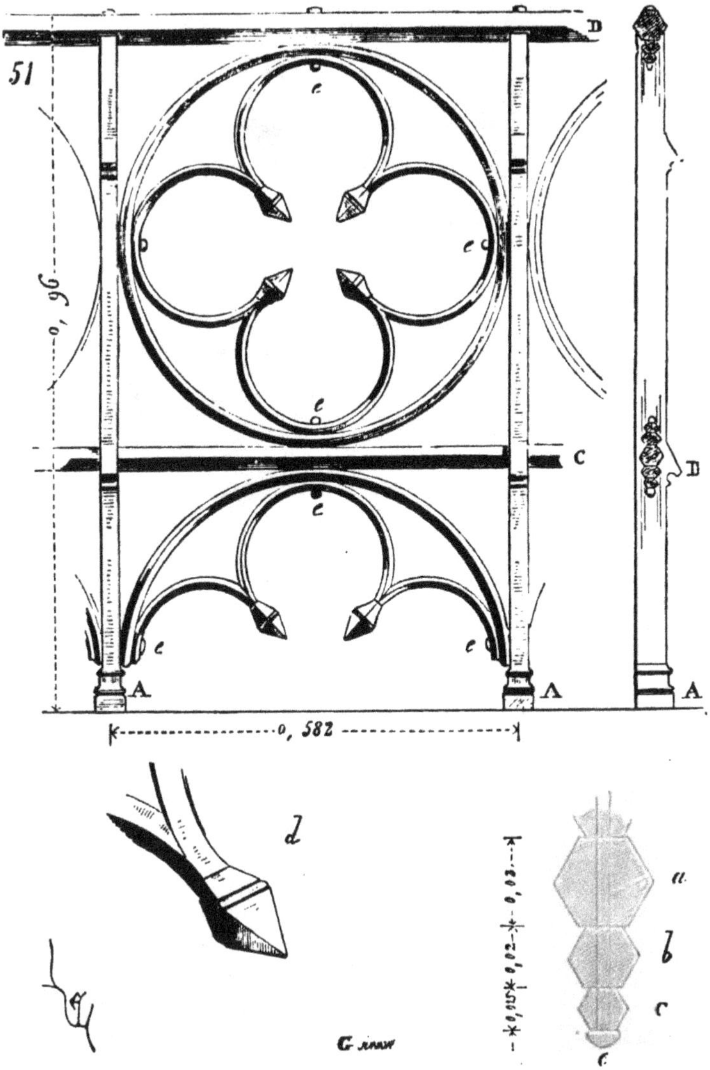

du XIVe siècle, et se trouvait placé dans les dépendances du château de Marcoussis. Le second se voit encore à Troyes, et le troisième dans

[1] Ce dessin est en notre possession et indique les assemblages, observés avec soin.

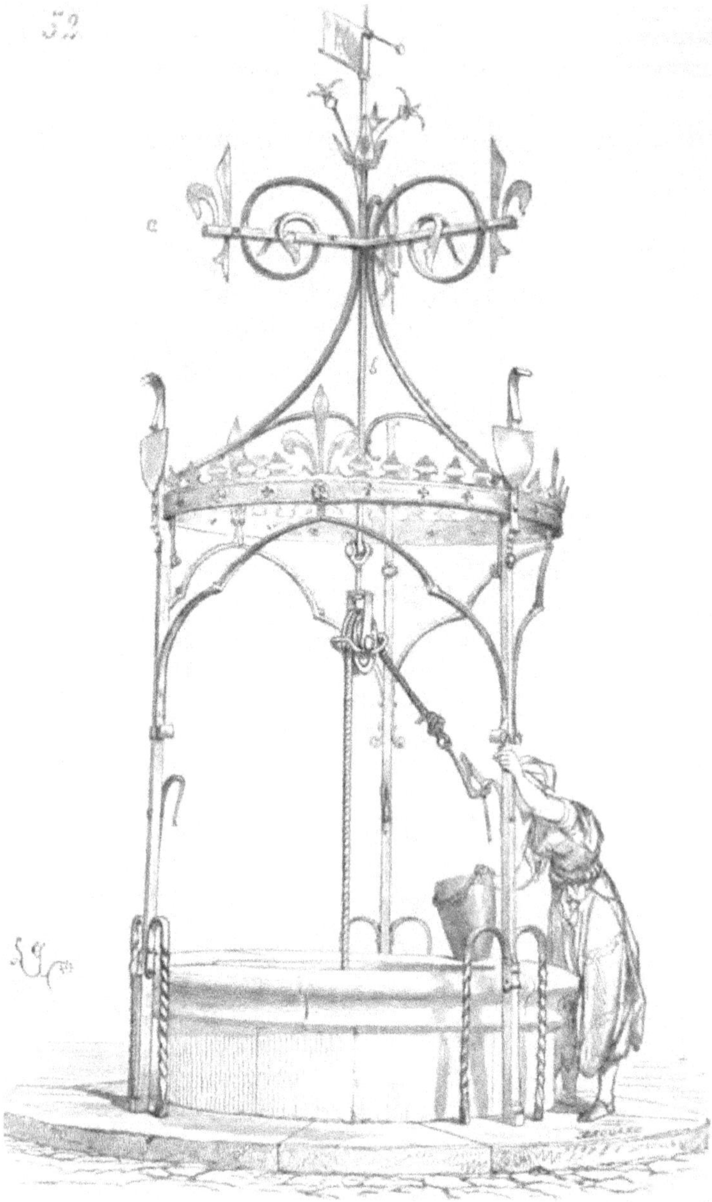

la cour de l'Hôtel-Dieu de Beaune; ces deux derniers appartiennent au XVe siècle.

La figure 52 reproduit l'armature du puits de Marcoussis. Cette armature se composait de trois tiges de fer carré, avec arcs-boutants à la base pour arrêter le hiement, c'est-à-dire le mouvement pivotant qu'eussent pu éprouver ces trois barres. Celles-ci sont d'ailleurs un peu inclinées vers le centre. Un cercle de fer battu les réunit à leur sommet, et reçoit, en outre, des liens en redents qui donnent du roide à tout l'ouvrage et maintiennent les trois pieds-droits dans leur plan. Du cercle partent, au-dessus des barres, trois volutes pincées au niveau *a* par des moises. Au milieu de ces trois volutes passe le poinçon *b*, auquel est suspendue la poulie. Le cercle, les moises des volutes et le poinçon étaient ornés de fers battus découpés et rivés.

L'armature du puits de Troyes n'est pas d'une forme aussi gracieuse que celle du puits de Marcoussis, mais sa composition et ses assemblages méritent d'être signalés. La margelle A (fig. 53) est ovale à l'intérieur, octogone irrégulière extérieurement. Trois montants sont scellés sur cette margelle même, de façon à présenter en plan un triangle à côtés inégaux, disposition qui permet à trois personnes de puiser de l'eau en même temps. Deux personnes peuvent se placer en *a* et *b*, et la troisième en *c*. Trois poulies sont suspendues à l'armature au moyen d'une sorte de guirlande B attachée au poinçon, puis à deux barres horizontales passant par les œils *d*, projetées en *d'* sur le plan A. Les trois tiges formant pavillon D suspendent le poinçon, comme dans l'exemple précédent, et sont maintenues au sommet des trois montants au moyen d'une sorte d'embrèvement et d'un fort boulon à clavette G. Les montants se composent de deux tiges rondes de 0^{m},02 de diamètre chacune, tordues en manière de torsade; une bague E les décore vers le milieu. A la base, au scellement, sur la margelle, ces montants sont accompagnés chacun de deux œils (voyez le détail F) recevant les boucles auxquelles on attachait le crochet de la corde, lorsqu'elle était veuve des seaux, car chaque personne qui venait puiser apportait ses vases.

L'armature du puits de l'Hôtel-Dieu de Beaune est parfaitement conservée. Elle se compose de trois montants, d'un cercle de fer battu qui les réunit, et d'un pavillon à trois branches droites, le tout décoré de tôles découpées. Cette armature est gravée dans l'ouvrage de MM. Verdier et Cattois [1], et il ne nous paraît pas nécessaire de la reproduire ici.

Dans la serrurerie, la simplicité des assemblages contribue beaucoup à la solidité. Si l'on tourmente trop le fer, soit à la forge, soit avec le burin, on le rend cassant, on lui enlève une partie de sa force. Il importe donc de combiner les assemblages de ferronnerie en laissant au fer son nerf. C'est au droit des assemblages que les armatures de ferronnerie doivent présenter la plus grande résistance; il n'y a donc pas à compliquer les façons sur ces points et à diminuer les forces. Nous avons déjà présenté dans cet article, et dans l'article GRILLE, un certain nombre

[1] *Architecture domestique*, t. I.

d'ouvrages assemblés qui constatent l'attention des serruriers du moyen âge à laisser aux fers la plus grande résistance possible aux points d'attache, de liaison; à éviter les affaiblissements causés par les trous de

53

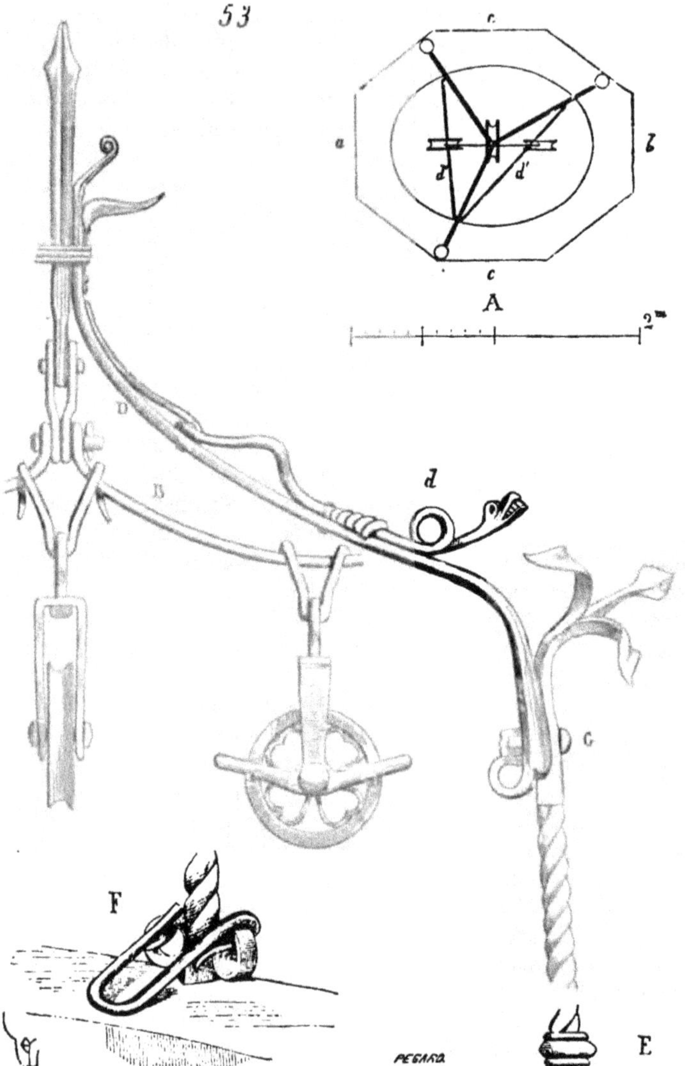

boulons, ou par les passages d'une barre dans une autre. En effet, les trous sont habituellement renflés, les fers croisés sont coudés et non affamés; les rivures mêmes sont faites dans les parties larges et là où le fer est pur. La lime et nos moyens mécaniques, avec lesquels on arrive à couper le fer comme on coupe du bois, ont fait introduire dans la ferronnerie un système d'assemblages qui se rapproche beaucoup trop de celui de la menuiserie. Cela produit peut-être des ouvrages d'une apparence plus nette, mais la solidité y perd, et notre serrurerie se disloque facilement ou se brise au droit des assemblages. La question est toujours une question de forge, et si les assemblages qu'on fait aujourd'hui dans la serrurerie sont trop souvent défectueux, c'est qu'on préfère recourir à la mécanique plutôt que de façonner le fer au marteau et à bras d'homme.

Il serait trop long de donner dans cet article tous les assemblages adoptés par les serruriers du moyen âge. Nous nous contentons d'en présenter quelques-uns. Voici (fig. 54) des assemblages à trous renflés. Les châssis de grille assemblés à tenons et goupilles ne présentent aucune solidité; il est facile d'ailleurs de faire sortir les tenons de leurs mortaises, en faisant sauter la goupille à l'aide d'un poinçon. L'exemple A présente l'angle d'une grille de fenêtre en saillie sur le nu du mur, ce qu'on nommait un *cabaust*[1]. La barre d'angle passe dans un trou renflé posé diagonalement en *a*, les traverses horizontales *b* étant forgées d'un seul morceau avec leurs retours. L'exemple B donne un fragment de rampe; tous les fers passent les uns dans les autres et ont dû être posés ainsi. Les barres d'extrémités *c*, et celles intermédiaires de deux en deux *c'*, ont été façonnées avec le trou renflé *d*, à travers lequel les tigettes *e* ont été passées et rivées. Les barres *f* ont été coulées dans la barre d'appui *g*; après quoi, les trous renflés *h* ont été façonnés entre chacune de ces barres *f*. Alors on a passé les extrémités des barres *c c'* par les trous *h*; ainsi les barres *f* ont été prendre leur place entre les brindilles *e*. On a passé les barres *c* et *f* par les trous renflés de la traverse basse *i*; on a rivé les extrémités des barres *c*, *c'*, sur les rondelles *k*, rapportées sur la barre d'appui; puis, pour terminer, on a posé les bagues, qui sont simplement enroulées et non soudées. Le retour *m*, avec son œil renflé *n*, forme poignée à chaque extrémité de la rampe, et fait l'office d'une équerre, en arrêtant le roulement des barres verticales. Impossible de désassembler une pareille grille, à moins d'arracher les scellements *o* et de couper les rivets. Le figuré C présente encore une grille saillante, un *cabaust*. En *p*, sont les scellements dans le mur. Le mentonnet *q*, formant corbeau, est lui-même scellé et sert de repos au talon *r*. Les assemblages à trous renflés de cette grille sont trop simples pour avoir besoin d'explications. En D, est une équerre de grille ouvrante, avec sa fourchette détaillée en *t*[2]. On voit encore à Troyes une belle grille sail-

[1] D'où est dérivé le mot *cabaret* (de *cabia*). Les boutiques où l'on vendait le vin en détail étaient fermées de grilles saillantes sur la voie publique, de *cabausts*, *cabarets*. Il y a peu d'années, toutes les boutiques de marchands de vin étaient encore munies de barreaux, en souvenir de cette tradition.

[2] L'exemple A provient d'une grille du château de Tarascon (XVe siècle). L'exemple B,

54

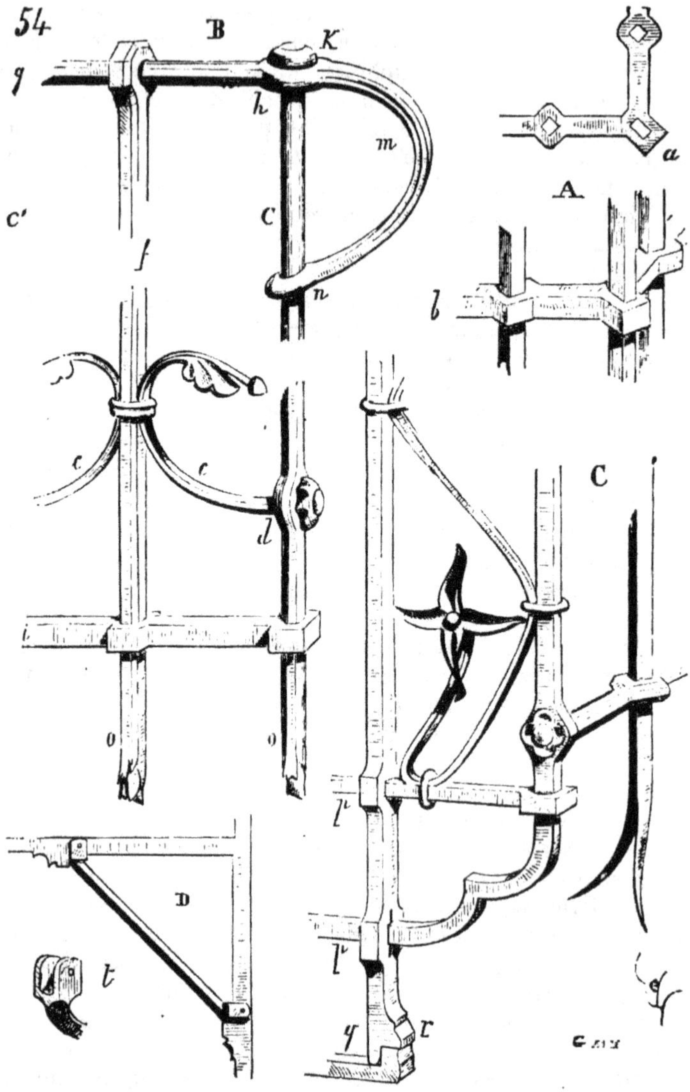

lante de fenêtre ou de boutique, datant de la fin du xve siècle; nous croyons nécessaire d'en donner quelques parties.

d'un garde-fou (démonté) dessiné par nous à Poitiers, dans un dépôt de ferrailles de l'ancien palais des comtes (xive siècle probablement). L'exemple C, d'une grille de boutique dessinée par nous à Chartres, en 1835 (xve siècle).

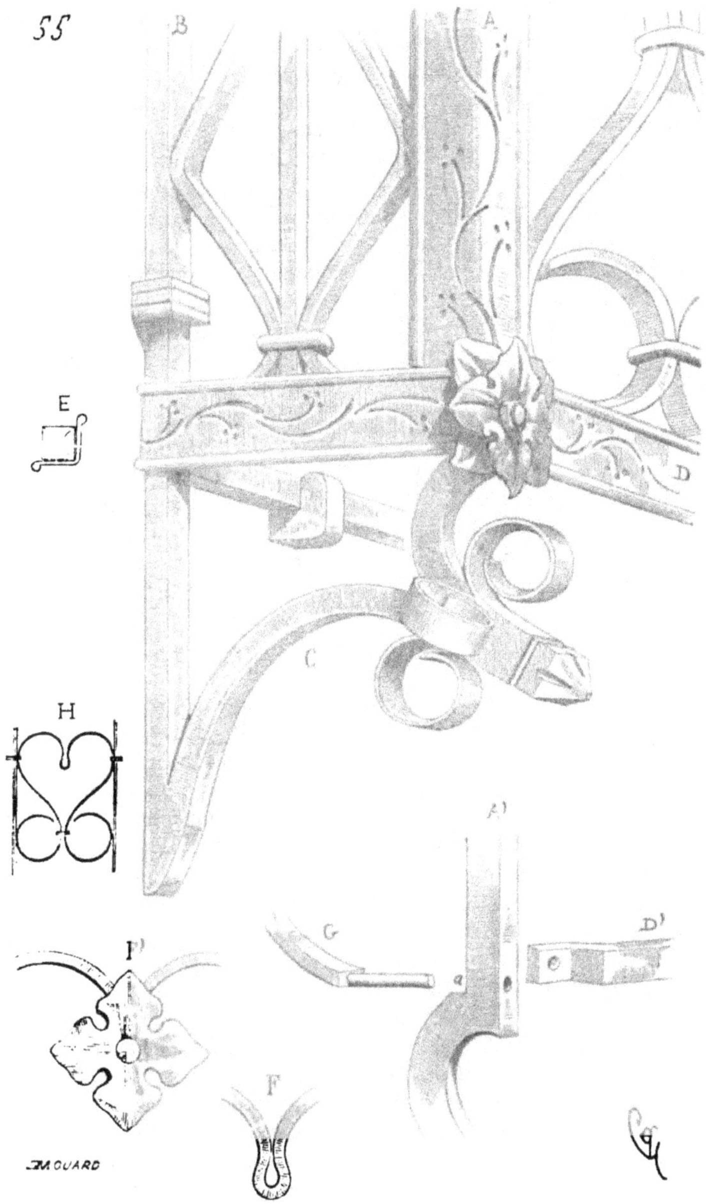

Ce cabaust a 2^{m},10 de largeur, et se compose de deux travées saillantes. Trois montants, deux d'angle et un d'axe, séparent ces travées, composées chacune de quatre divisions de brindilles enroulées, avec fleurons de fer battu. Deux montants en retraite, scellés au mur par des agrafes, maintiennent tout le système. La figure 55 montre les supports inférieurs de cette grille. Les montants d'angle A, et ceux B appuyés à la muraille, sont réunis par la console C. La traverse basse D passe derrière le montant A, ainsi qu'on le voit en D' et A', sur un repos *a*; et la brindille G porte un goujon qui, passant à travers les deux trous, est rivé en dehors sur une rondelle et deux rosettes de fer battu. Les brindilles sont réunies aux montants intermédiaires ou entre elles par des embrasses. Des tôles gravées garnissent les montants et traverses, tant pour couvrir les assemblages que pour donner à l'œil plus de corps à la grille. Les fers d'angle ont $0^m,022$ (voyez en E la section d'un de ces fers, avec sa couverture de tôle). Les rosettes F' sont maintenues aux brindilles au moyen d'un rivet passant par l'œil F. Chacune des brindilles est donc d'une seule pièce et sans soudure (voyez en H).

L'arrangement des consoles C est à remarquer. Cette façon de donner de la puissance au redent de la console, qui porte toute la charge de la devanture de fer, par le bouton extrême et les quatre volutes, ne manque ni d'adresse ni de grâce. C'est d'ailleurs le point de soudure des deux montants A et B antérieur et postérieur. La décoration n'est donc, ici encore, que la conséquence du procédé de fabrication. La serrurerie française, jusqu'à la fin du XVIe siècle, ne se départ pas de ce principe. Elle demeure ferronnerie et ne cherche pas à imiter des formes appartenant à d'autres branches de l'industrie du bâtiment; on n'en peut dire autant de la serrurerie italienne.

Celle-ci, dès le XVe siècle, s'écarte des formes qui lui appartiennent en propre, pour aller reproduire en miniature des ordres, des entablements, des pilastres, des membres d'architecture antique qui sont du ressort de la maçonnerie. C'est ainsi qu'on pensait faire un retour vers l'antiquité; tandis que chez les Grecs, aussi bien que chez les Romains, les objets de métal affectent les formes convenables à la matière.

A notre tour, quand nous prétendions faire un retour vers l'antiquité en nous appuyant sur les interprétations fausses dues aux artistes italiens pendant la renaissance, nous ne faisions que perpétuer ces erreurs, dont à peine aujourd'hui on cherche à revenir.

De l'autre côté du Rhin, on fabriqua de merveilleux ouvrages de serrurerie pendant les XVe et XVIe siècles. Les grilles du tombeau de Maximilien à Innsbrück, celles des cathédrales de Constance, de Munich, d'Augsbourg, qui datent du XVIe siècle, sont de véritables chefs-d'œuvre, et mériteraient de figurer dans une publication spéciale. Il faut reconnaître toutefois qu'il y a dans ces ouvrages de ferronnerie une certaine exagération de formes, des recherches dont on s'est abstenu en France pendant le moyen âge et même pendant la renaissance. La serrurerie fine des châteaux de Gaillon, d'Écouen, dont on conserve quelques fragments; la porte de fer forgé et repoussé de la galerie d'Apollon au

Louvre, sont des ouvrages de la plus grande valeur, et qui nous font assez voir que l'industrie moderne, sous ce rapport, malgré l'étendue de ses moyens, n'atteint qu'exceptionnellement à cette perfection.

SIÉGE, s. m. La Gaule, vaincue par Rome, demeura en paix pendant près de trois siècles. Les populations gauloises, enrôlées dans les légions romaines, allèrent faire la guerre en Espagne, en Afrique, en Illyrie, en Asie Mineure; mais leur pays, depuis le règne de Néron jusqu'aux derniers empereurs d'Occident, jouit de la plus complète tranquillité. Qui eût pensé alors à fortifier des villes qu'aucun ennemi connu ne devait attaquer? La Germanie elle-même, si longtemps menaçante et dont les hordes avaient pénétré jusqu'au centre de la Gaule à plusieurs reprises, était alliée de Rome et lui fournissait des soldats. La Bretagne n'avait subi le joug impérial que très-incomplétement, mais elle ne songeait pas à prendre l'offensive. L'Espagne était romaine autant que l'Italie. Calme, livrée au commerce, à l'agriculture et à l'industrie, fournissant à Rome ses meilleures légions, éloignée même des intrigues de palais qui, sous les empereurs, ensanglantaient encore l'Italie, la Gaule pouvait croire à la paix éternelle. Aussi la stupéfaction fut-elle grande quand on vit tout à coup apparaître au nord-est les têtes de colonnes des barbares. La défense n'était préparée nulle part. Depuis longtemps les villes avaient franchi leurs anciennes murailles ou les avaient détruites; les camps fortifiés établis par César, maintenus par les premiers empereurs, étaient abandonnés, effacés par la culture, les villes et les bourgades. Après ce premier flot de barbares, qui passa comme une trombe, sans trouver d'obstacles, et qui retourna d'où il était venu, chargé de butin, les villes gauloises, épouvantées, démolirent les monuments les plus éloignés du centre de la cité, et s'empressèrent d'élever avec leurs débris des murailles munies de tours. L'empire était alors en dissolution, ces travaux des municipes ne purent être faits avec ensemble et d'après une donnée générale. Chacun d'eux se renferma comme il put, et, quand arrivèrent les nouveaux débordements de barbares, ces défenses ne firent qu'irriter ces conquérants inconnus, sans pouvoir leur opposer des obstacles sérieux. D'ailleurs, pour défendre une ville, que sont des remparts, si derrière eux ne se trouvent pas des troupes expérimentées, de bons ingénieurs, des capitaines habiles et de sang-froid, des approvisionnements de toute nature, et si les défenseurs n'ont pris l'habitude de l'ordre et de la discipline? On ne peut donc dire que les villes gauloises, fortifiées à la hâte au ve siècle, aient été assiégées, puisqu'elles ne pouvaient se trouver dans les conditions les plus ordinaires d'une défense. Elles étaient investies, prises d'assaut après une résistance inutile, et mises à sac. Ces hordes de Huns, de Wisigoths, de Vandales, n'avaient et ne pouvaient avoir d'autre tactique, en fait d'attaque de places fortes, que l'audace, le mépris du danger, la furie qui fait franchir les obstacles sans tenir compte de la vie du soldat.

L'art si avancé de l'ingénieur romain, soit pour défendre, soit pour attaquer les places, était perdu en Occident, et ne devait reparaître qu'après de longues périodes de guerre et de désastres.

Les siéges entrepris par les Mérovingiens (autant que les textes nous permettent de les apprécier) ne consistent qu'en travaux peu importants de contrevallations, et qu'en assauts répétés. Si les villes résistent tant soit peu, le découragement, les maladies, ont bientôt réduit à néant les troupes d'assiégeants. Cependant les barbares eux-mêmes avaient emprunté aux Romains ou aux Orientaux quelques-uns de leurs moyens d'attaque. Grégoire de Tours[1] parle de béliers qu'Attila aurait employés pour battre les murs d'Orléans. Aétius, comme on sait, le força d'ailleurs à lever ce siége; mais dans ces temps intermédiaires entre le régime romain et l'établissement féodal en France, il n'est question ni de travaux réguliers d'investissement, ni de mines méthodiquement tracées, ni de ces engins que l'empire d'Orient avait pu emprunter aux Grecs, ni de tranchées de cheminement, ni de ces plates-formes (*aggeres*) que savaient si bien élever les troupes impériales en face des remparts d'une place forte. Lorsque les Normands firent irruption dans le nord et l'ouest de la Gaule, sous les Carlovingiens, ils ne trouvèrent devant eux que des villes palissadées à la hâte, des forts de bois, des défenses en ruine ou mal tracées. Ils assiégeaient ces places à peine fermées, s'en emparaient facilement, et emportaient leur butin sur leurs bateaux, dans des camps retranchés qu'ils établissaient sur les côtes, près de l'embouchure des fleuves ou dans des îles. Il n'est pas douteux que ces peuples scandinaves, traités de barbares par les choniqueurs occidentaux, étaient, au point de vue militaire, beaucoup plus avancés qu'on ne l'était dans les Gaules. Ils savaient se fortifier, se garder, approvisionner et munir leurs camps d'hiver : et en cela ils montraient bien leur origine âryane; les Aryas ayant laissé partout où ils ont passé les traces de ces travaux défensifs, de ces *oppida*, dont l'assiette est toujours bien choisie. Or, qui sait comment on peut se défendre, sait comment on peut attaquer; la défense d'une place n'étant autre chose que la prévision des moyens qu'emploiera l'attaque.

Il ne nous reste que bien peu de défenses qui datent de l'époque du premier établissement des Normands sur le sol des Gaules[2]; mais dans les contrées envahies et occupées par ces aventuriers, l'art de la fortification se développant plus rapidement et sur des données beaucoup plus intelligentes que partout ailleurs en France, on peut supposer que ces terribles Normands avaient apporté avec eux des éléments d'art militaire d'une certaine valeur relative. Tous les témoignages historiques nous les montrent s'acharnant à l'attaque des places fortes, tandis que les troupes gauloises sont bien vite rebutées par les difficultés d'un siége.

[1] Livre II, chap. VII.

[2] Ces défenses ne sont que des camps retranchés, des lignes propres à protéger un promontoire, une côte, contre les attaques venant de l'intérieur du pays.

Des hommes habitués aux constructions navales et à tous les travaux qu'exige une navigation sur des bâtiments d'un très-faible tonnage, acquièrent une adresse et une rapidité dans les manœuvres qui les rendent aptes aux labeurs des siéges. Encore aujourd'hui nos matelots sont les hommes les plus expéditifs et les plus adroits qu'on puisse trouver, s'il s'agit d'élever un épaulement, de le palissader et de le munir d'artillerie, parce qu'ils ont contracté et entretenu cette habitude de réunir instantanément leurs forces pour un objet spécial. Plus tard, lorsque Guillaume le Bâtard descend en Angleterre, on ne peut méconnaître la supériorité relative de ses troupes, soit pour construire, approvisionner et mettre à flot une flotte, soit pour opérer rapidement une descente ; soit, lorsque l'Angleterre est en partie soumise, pour élever des châteaux et des défenses propres à dominer la population des villes et des campagnes. De toutes les conquêtes faites depuis l'empire romain, aucune ne réussit mieux que celles des Normands. Du jour où ils ont mis le pied dans l'île saxonne, ils ne font que s'étendre, que se fortifier peu à peu, sans reculer d'un pas. Le même fait se présente en Calabre, en Sicile. Or, des résultats si généraux et si rares alors, ne sont pas l'effet du hasard, mais doivent dépendre d'une organisation militaire relativement forte, régulière, d'un art déjà développé, et surtout d'une habitude de la discipline qui était un fait exceptionnel alors parmi les armées occidentales. La discipline n'est jamais plus nécessaire dans les armées que quand il s'agit d'assiéger ou de défendre une place ; aussi, pendant les xe et xie siècles, les Normands ont pris un nombre prodigieux de forteresses ; ils ont su les défendre de manière à décourager bien souvent les troupes assiégeantes. On peut en conclure qu'indépendamment de leur bravoure, les armées normandes étaient fortes par la discipline, par l'habitude et la régularité du travail ; partant, qu'elles ont été les premières qui, au commencement du moyen âge, aient attaqué les places avec une certaine méthode.

Le système féodal primitif, incomplet encore, qui se prêtait merveilleusement à la défense morcelée, était impropre à pratiquer l'art de l'attaque des places. En effet, les troupes de gens de guerre que réunissaient les seigneurs féodaux ne devaient qu'un service limité sur l'année quarante jours en moyenne ; on ne pouvait entreprendre avec ces corps armés que des expéditions passagères, des coups de main, et cela explique comment la féodalité crut, dès le xie siècle, être invincible dans ses châteaux. Il fallait des armées pour attaquer et prendre ces places. Il n'y a pas d'armées où il n'y a pas de peuples ; alors le fait ni le mot n'existaient. Les rois de France eux-mêmes, autant qu'on peut donner ce nom aux chefs qui, sur le territoire des Gaules, étaient reconnus comme suzerains par de nombreux vassaux, depuis les Carlovingiens jusqu'à Philippe-Auguste, n'avaient point d'armées permanentes et ne pouvaient entreprendre des siéges longs. Toutes les questions de guerre ne se vidaient jamais d'une manière définitive, et l'expédition commencée sous les auspices les plus favorables était réduite bientôt à néant par l'abandon de ces grands vassaux, qui ne pouvaient retenir les hommes conduits par eux, sous leurs bannières, passé un certain délai.

Les croisades, entre autres résultats considérables, furent certainement le premier point d'appui de la monarchie française, pour réduire la féodalité sous sa domination. En Syrie, on prit l'habitude de la guerre longue; les rapports avec Byzance mirent les armées occidentales en possession des moyens d'attaque employés par les armées romaines. Aussi est-ce au retour de ces expéditions, fussent-elles même malheureuses, que nous voyons en Occident l'art des siéges pratiqué par les suzerains, prendre une consistance, s'attaquer à la féodalité pour la réduire peu à peu, château par château, et cela depuis Philippe-Auguste jusqu'à Louis XI.

C'est à dater des premières croisades que l'attaque des places fortes se fait d'après certaines règles, méthodiquement; mais en même temps l'art de la fortification se développe, et atteint en France une perfection extraordinaire.

Si l'on compare nos fortifications de la fin du XIIe siècle et du commencement du XIIIe avec celles qui furent élevées à la même époque en Italie, en Allemagne, en Angleterre, on ne peut méconnaître la supériorité des fortifications françaises. Cette supériorité de la défense n'était que la conséquence de la supériorité de l'attaque. C'est qu'en effet le gros des armées des croisés était composé principalement alors de Français, c'est-à-dire des contingents fournis par le Brabant, les Flandres, l'Ile-de-France, la Picardie, la Normandie, l'Anjou, le Poitou, le Berry, la Guyenne, l'Auvergne, la Bourgogne, le Lyonnais, la Provence, le Languedoc et la Champagne. Ce sont ces armées de croisés qui, au retour, sont employées à des guerres sérieuses, longues, à des siéges difficiles. Ce sont les troupes de Philippe-Auguste, celles de Simon de Montfort, plus tard celles de saint Louis.

En Syrie, ces armées emploient des ingénieurs lombards, génois et grecs, qui avaient conservé et même perfectionné les traditions des armées romaines[1]. Bientôt, par suite de cette faculté particulière aux peuples de nos pays, nous nous approprions les méthodes de ces auxiliaires, trop souvent hostiles; nous rentrons en France, et nous employons ces méthodes contre nos ennemis. Or, les ennemis, dans un pays féodal, sont ou peuvent être partout. Aujourd'hui ce seront des Albigeois, demain des grands vassaux ligués contre le pouvoir royal. De toutes parts les

[1] A Byzance, l'art de l'*ingénieur militaire* s'était conservé, ou plutôt n'avait jamais cessé d'être pratiqué. La Bibliothèque impériale de Paris, celles du Vatican, de Vienne, de Bologne, de Turin, d'Oxford, etc., possèdent des manuscrits grecs relatifs à l'art de l'*ingénieur militaire*, contenant des récits de siéges et de combats empruntés aux divers âges de la Grèce, depuis le siècle de Thucydide jusqu'aux premières années du Bas-Empire. Ces manuscrits ont été recueillis par M. C. Wescher, sous le titre de : *Poliorcétique des Grecs* (Imprimerie impér., Plon, édit.).

forteresses s'élèvent redoutables ; elles ne sont pas plutôt élevées, qu'elles sont attaquées, prises, reprises, augmentées, perfectionnées. Ainsi se constitue un art véritable, dont on s'est peu occupé, il est vrai, mais qui n'en a pas moins eu, sur le caractère et les mœurs de la nation, une influence considérable.

Nous disions tout à l'heure que sous les Mérovingiens, et même jusqu'aux derniers des Carlovingiens, l'art de la guerre, très-borné, n'allait pas jusqu'à savoir attaquer ou défendre une place, et que si des hordes de barbares envahirent si facilement le sol des Gaules pendant les ve et vi^e^ siècles, cela tenait à la longue paix dont on avait joui sous l'empire des Césars, et à l'incurie des municipes, qui n'avaient ni remparts autour de leurs villes, ni le souci de les munir et de les garder. Les Gaules s'étaient déshabituées de la guerre. Au xiie siècle, il n'en était plus ainsi ; depuis six cents ans on ne cessait de se battre sur le sol occidental de l'Europe. La féodalité s'était installée dans toute sa puissance, et avec elle la guerre à l'état permanent. Le vieil esprit gaulois, si bien dépeint par César, s'était ranimé au milieu des luttes perpétuelles des premiers temps du moyen âge, et la féodalité, tout oppressive qu'elle fut, trouvait dans ce tempérament du pays des éléments de puissance qu'elle exploitait contre elle-même.

Sur un territoire couvert de châteaux fortifiés occupés par des seigneurs turbulents, audacieux, la guerre était et devait être à l'état chronique. D'ailleurs celui qui possède une arme n'attend que l'occasion de s'en servir, et la provoque au besoin. De même celui qui possède une forteresse ne vit pas sans un secret désir de la voir attaquer, ne fût-ce que pour prouver sa puissance. Dans un état pareil, l'art des siéges ne pouvait manquer de se développer à l'égal de celui de la défense, et les seigneurs revenus de Syrie, où ils avaient acquis des connaissances nouvelles sur cet art, devaient saisir avec empressement toutes les occasions de s'en servir contre leurs rivaux. Mais, pour assiéger une place, il ne suffit pas d'avoir de bonnes troupes d'hommes d'armes, il faut des soldats, des mineurs, des pionniers, des terrassiers. C'est ainsi que peu à peu cette partie de la population qui semblait exclue du métier des armes, se trouvait engagée à en prendre sa part, d'abord comme ouvriers, comme corvéables, puis plus tard comme corps de troupes.

Nous ne parlerons que sommairement des siéges entrepris contre des places fortes avant le xiie siècle, parce que le peu de documents écrits qui nous restent sur ces opérations sont trop vagues, trop contradictoires même, pour qu'il soit possible d'en tirer quelque chose ressemblant à un art. Il n'est guère question dans ces documents que de moyens analogues à ceux employés par les Romains, mais avec peu de méthode. Au siége d'Angers contre les Normands, Charles le Chauve employa des engins qu'il avait fait établir par des ingénieurs appelés de Byzance [1];

[1] *Chronicon mon. S. Serg. Andegav.*

mais ces moyens n'ayant produit nul effet, il n'eut raison des assiégés qu'en faisant détourner la Mayenne. Les Francs employaient depuis longtemps des béliers pour battre et saper les murs des places fortes, et des chariots couverts de claies et de planches [1].

Les Wisigoths, les plus civilisés parmi les barbares, fortifiaient et attaquaient les places suivant la méthode romaine ou byzantine.

Les armées occidentales qui envahirent la Syrie à la fin du XIe siècle n'étaient, à proprement parler, composées que de chevaliers, de seigneurs, accompagnés des hommes d'armes sous leur bannière, et d'une foule indisciplinée, sans expérience de la guerre, à peine armée, de femmes, d'enfants, de moines, de marchands, tous gens plus embarrassants qu'utiles, qui avaient suivi Pierre l'Ermite. Les trois quarts de cette population d'émigrants plutôt que de soldats étaient morts de misère et de maladie avant la première entreprise sérieuse des Occidentaux, qui fut le siége de Nicée.

Ce fut le 15 mai 1096 que la place fut investie par une première division de l'armée des croisés. La ville de Nicée est en partie garantie par un lac étendu qui baigne ses murs. Alors, en 1096, Nicée était entourée d'épaisses murailles flanquées de tours rapprochées. Les croisés s'approchèrent de la ville vers le nord, disposèrent leurs camps en demi-cercle par quartiers, car ces premières armées de croisés obéissaient à des chefs indépendants les uns des autres, qui tenaient conseil pour toutes les opérations importantes. L'armée réunie comptait, au dire de Guillaume de Tyr, six cent mille fantassins des *deux sexes* et cent mille hommes d'armes. Les premières opérations du siége se bornèrent à empêcher les habitants de sortir des murs ou de recevoir des provisions ou des renforts : mais le lac qui cernait une partie de la ville était une voie ouverte sur les dehors; l'armée des croisés n'avait pas de bateaux pour empêcher l'introduction des secours par cette voie, et ne pouvait songer à garder toute l'étendue des côtes du lac, de sorte que le siége, grâce à la bonté des murailles, traînait en longueur. Une tentative fut faite par Soliman pour disperser l'armée assiégeante; mais les troupes asiatiques ayant été repoussées, les princes francs serrèrent les remparts de plus près, établirent des machines de jet, et livrèrent plusieurs assauts, toutefois sans succès. Ils firent dresser, entre autres engins, une galerie composée de fortes pièces de bois contre le rempart, pour permettre à vingt hommes de saper sa base. Cette galerie fut disloquée par les projectiles des assiégés et les mineurs écrasés. Fatigués de tant d'efforts inutiles, les princes résolurent d'envoyer un nombre considérable d'hommes au bord de la mer pour démonter des navires, les charger sur des chariots et les conduire à Nicée. Cette opération réussit à souhait, et le lac fut bientôt couvert de bâtiments de la flotte chrétienne pouvant contenir chacun de cinquante à cent hommes. Ainsi la ville fut-elle réellement

[1] Greg. Turon., *Hist. Franc.*, lib. VII.

investie et ne put-elle plus recevoir d'approvisionnements. Cependant les assiégeants redoublaient d'activité, augmentaient le nombre de leurs machines, faisaient approcher le long des remparts des béliers couverts de galeries, sapaient les murs. Les assiégés ne restaient pas oisifs, et remparaient en maçonnerie, pendant la nuit, les trous que les mineurs étaient parvenus à ouvrir à la base des murailles. Le découragement commençait à s'emparer de l'armée des croisés, lorsqu'un Lombard qui faisait partie de l'expédition proposa aux princes réunis en conseil, suivant l'usage, de renverser une des tours les plus fortes, si on lui fournissait les fonds nécessaires. En effet, l'argent et les matériaux lui sont donnés; il construit une machine puissante propre à être appliquée contre les murailles et à l'abri des projectiles. « Aidé de ses ouvriers, « dit Guillaume de Tyr [1], l'inventeur conduisit d'abord sa machine dans « les fossés, et, les ayant franchis, il l'appliqua contre les remparts « avec autant de facilité que d'adresse. Les assiégés, cependant, agissant « avec leur activité accoutumée, lançaient d'immenses blocs et des com- « bustibles de toutes sortes, qui ne pouvaient se fixer et glissaient sans « cesse sur le comble très-incliné de la galerie; ils commencèrent à « désespérer du succès, et admirèrent en même temps la force de l'engin « et l'habileté du constructeur..... Les hommes cachés sous cette galerie « mobile, à l'abri de toutes les attaques de leurs ennemis, travaillaient « sans relâche et avec la plus grande ardeur à démolir la maçonnerie, « afin de pouvoir renverser la tour. A mesure qu'ils enlevaient des pierres, « ils mettaient à la place des étançons de bois, de peur que l'ébranle- « ment occasionné à la base ne fît crouler la partie supérieure sur la ma- « chine et ne l'écrasât..... Après qu'on eut enlevé assez de maçonnerie « pour faire tomber la tour, les mineurs mirent le feu aux étançons en « apportant des matières combustibles entre eux. Alors ils se retirèrent « dans le camp en abandonnant la machine. Vers minuit, tous les sou- « tiens qu'on avait posés ayant été consumés, la tour s'écroula avec « fracas..... »

La brèche ainsi pratiquée, la ville tomba au pouvoir des croisés. Quelques faits sont à noter dans cette narration. C'est un Lombard, c'est-à-dire un de ces Italiens du Nord qui alors avaient su si bien profiter des arts et des connaissances de Byzance, qui entreprend la construction de la galerie de mine en charpente. L'art de l'ingénieur est ainsi livré à l'entreprise, ce que nous verrons longtemps. Cette galerie est combinée de telle sorte que les pentes de sa couverture sont assez inclinées pour chasser les projectiles. On emploie les étançons de bois comme les Romains le faisaient, pour maintenir en équilibre les parties supérieures des murs minés jusqu'au moment où le feu, en consumant les étais, laisse la construction s'affaisser sur elle-même.

Il est évident que cette armée des princes occidentaux, composée aux

[1] *Hist. des croisades*, liv. III.

trois quarts d'une foule sans consistance, sans discipline, remplie de femmes, d'enfants, n'était pas faite pour mener un siége avec fruit, avec ordre et méthode. On ne voit pas, dans le récit de Guillaume de Tyr, un plan arrêté : c'est une succession d'expédients. Mais ces armées, ou plutôt ces amas d'émigrants ne devaient pas tarder à s'instruire dans l'art d'attaquer les places, par une bien dure expérience. Le siége d'Antioche laisse voir déjà des progrès sensibles, progrès qui ne s'accomplissent qu'après des échecs.

L'armée, traversant la Bithynie et la Galatie pendant le mois de juillet 1097, vit périr la plus grande partie de ses bêtes de somme et de ses chevaux de guerre. Beaucoup de ces pèlerins sans armes, de ces femmes qui suivaient le gros des troupes, restèrent sur la route, et moururent de misère.

Les croisés ne se présentèrent devant Antioche qu'aux approches de l'hiver. Le conseil des princes décida toutefois que le siége serait mis devant la place sans délai. L'armée comptait encore plus de trois cent mille hommes en état de porter les armes, sans compter la masse flottante qu'elle traînait à sa suite, et au milieu de laquelle il y avait beaucoup de femmes et d'enfants. Cependant, si nombreuse qu'elle fût, cette armée ne put investir complétement la place. « Elle creusa, dit Kemal-« Eddin [1], un fossé entre elle et la ville; son dessein était de se mettre à « l'abri des attaques de la garnison, qui faisait de fréquentes sorties. » Guillaume de Tyr ne parle pas de cette ligne de contrevallation, mais il dit que les croisés, en arrivant, coupèrent tous les arbres des vergers voisins de la ville pour établir des barrières autour du camp et des pieux pour attacher leurs chevaux.

Antioche était encore à cette époque une ville populeuse et bien fortifiée. Bâtie sur la rive gauche de l'Oronte, ses remparts étaient percés de plusieurs portes : les unes, au nombre de cinq, donnaient sur la plaine à l'opposite du cours du fleuve; les autres, au nombre de trois, sur les rives de celui-ci. L'une de ces portes, celle qui était située en aval, à l'occident, s'ouvrait sur un pont de pierre traversant le fleuve; celle située en amont, nommée porte du Chien, avait devant elle une chaussée sur arcs de maçonnerie, traversant un marais. De la porte du milieu, dite porte du Duc, à la porte d'aval, dite porte du Pont, le fleuve baignait les remparts. L'investissement ne put donc s'étendre que sur les côtés oriental, sud et occidental, et une partie seulement du côté nord. Les habitants étaient maîtres du pont, et les croisés, au commencement du siége, n'avaient fait sur la rive droite aucun établissement. Tout le camp, par divisions, suivant les chefs principaux : Bohémond; Robert, comte de Normandie; Hugues le Grand; Raymond, comte de Toulouse; Godefroy, Baudouin, Renaud, Conon de Montaigu, etc., n'occupait que

[1] Auteur de l'*Hist. d'Alep.* (Voyez les *Extraits des historiens arabes relatifs aux guerres des croisades*, Reinaud, § L.)

la rive gauche. Pendant les premières opérations du siége, les soldats de l'armée des croisés traversaient souvent le fleuve à la nage pour aller fourrager sur la rive droite, plus fertile que la rive gauche ; les assiégés ne laissaient pas échapper ces occasions de sortir par la porte du Pont et d'enlever ces partis. Aussi les princes résolurent d'établir sur le fleuve un pont de bois. On prit tous les bateaux qu'on put trouver, soit sur le fleuve, soit sur le lac situé en amont de la ville; on les relia avec des poutres, et l'on établit sur cette charpenterie un tablier de claies d'osier. Ce pont de bateaux fut jeté à un mille en amont du pont de pierre qui touchait à la porte de la ville. Le quartier des assiégeants qui gardait le pont de bateaux, et qui serrait la place de la porte du Chien à la porte du Duc, était sans cesse exposé aux sorties des assiégés, qui se répandaient sur la chaussée du marais; ce quartier se trouvait ainsi dans une position fâcheuse, adossé au fleuve et ayant sur ses flancs deux issues par lesquelles les assiégés pouvaient l'attaquer. On essaya d'abord de détruire le pont de pierre, mais on ne put y parvenir. Puis on établit un beffroi en charpente, qu'on roula devant ce pont pour le commander ; mais les gens de la ville parvinrent à l'incendier. On dressa trois pierrières qui lançaient des pierres contre la porte du Pont. Mais dès que ces machines cessaient de manœuvrer, les habitants sortaient aussitôt et causaient des pertes à l'armée. Les princes prirent alors le parti de barricader ce pont de pierre avec des rochers et des arbres. Ce dernier moyen réussit en partie; et, de ce côté, les assiégés ne tentèrent plus des sorties aussi fréquentes. De fait, les croisés étaient autant assiégés qu'assiégeants, ayant chaque jour à se défendre contre les sorties des gens d'Antioche, qui attaquaient leurs ouvrages, détruisaient leurs machines et leurs palissades. Le temps s'écoulait, les fourrages et les vivres devenaient rares, et les maladies décimaient l'armée des croisés. Ceux-ci, qui, en arrivant devant Antioche, possédaient encore soixante et dix mille chevaux, n'en avaient plus que deux mille au plus, trois mois après le premier investissement. La saison des pluies rendait les chemins impraticables, on était dans l'eau tout le jour, et le sol détrempé n'offrait sur aucun point un refuge contre l'humidité. Cette situation critique fut aggravée encore par l'attaque d'un corps considérable de troupes sorties d'Alep, de Césarée, de Damas, d'Émèse, d'Hiérapolis, auquel s'étaient joints des Arabes nomades. Les croisés, par une manœuvre habile, se portent au-devant de cette armée, ne lui laissent pas le temps de se mettre en communication avec la ville, la battent, lui tuent deux mille hommes, brûlent son camp de Harenc, et lui enlevèrent mille chevaux, dont on avait grand besoin. Revenus le lendemain matin devant Antioche, deux cents têtes des Turcs tués pendant le combat sont jetées dans la ville. Mais ces travaux, les attaques du dehors et des assiégés, étaient un enseignement pour les chefs des croisés. Après l'affaire de Harenc, les princes se décident à établir un camp retranché sur la hauteur située vers l'est, en amont de la ville. Plus tard, après une vigoureuse sortie des assiégés, qui mit l'armée des croisés en péril, une bastille est élevée en face du pont de pierre pour intercepter toute communication des habitants avec la rive droite. Cet ouvrage fut fait de pierre, avec les tombes d'un cimetière turc, et un fossé profond le protégea. Cinq cents hommes y furent postés. Les gens d'Antioche ne pouvaient plus sortir que par la porte la plus occidentale, placée entre le pied d'un escarpement et le fleuve. Tancrède établit un second bastillon sur le coteau faisant face à cette porte, de manière à la commander complétement. A ce sujet, Guillaume de Tyr signale un fait curieux. Tancrède est élu par ses compagnons pour ordonner cet ouvrage, d'un établissement périlleux et difficile à cause de la proximité des remparts. Mais ce chef s'excuse en arguant de l'insuffisance de sa fortune particulière. Le comte de Toulouse lui donne alors cent marcs d'argent, et, afin que les ouvriers employés à la construction de ce fort pussent recevoir un salaire convenable, on leur alloue quarante marcs par mois sur le trésor public. Ainsi les ouvrages de siége étaient offerts au plus digne, par voie d'élection entre les chefs. Le directeur élu avait personnellement des frais à faire, probablement des acquisitions de matériaux, des transports, et cette masse de pèlerins qui encombrait l'armée, que Guillaume de Tyr appelle le *peuple*, n'était que des ouvriers auxquels on donnait un salaire. Cette armée qui traverse toute l'Asie Mineure, suivie d'une multitude, avait avec elle ainsi des charpentiers, des maçons, des forgerons, des corroyeurs, des tailleurs, des armuriers, des huchiers, etc., dont on payait les services. Il n'est donc pas surprenant que ceux parmi ces gens qui revenaient en Occident rapportassent, après un séjour assez long en Orient, des influences des arts asiatiques.

Antioche ne fut prise cependant que par la trahison d'un de ses habitants.

Il n'en fut pas de même à Jérusalem ; mais l'armée des croisés acquérait en expérience, en discipline, ce qu'elle perdait en nombre.

Ce fut le 7 juin 1099 que les Occidentaux dressèrent leur camp devant la ville sainte. Ils n'étaient pas assez nombreux pour l'investir entièrement, et se contentèrent de disposer leurs quartiers du côté du nord et du nord-ouest, depuis la porte de Saint-Étienne, qui, près du mont Moriah, fait face à l'est, jusqu'à la porte de Jaffa, qui est percée près de la tour de David ; car il n'y avait pas à attaquer la place du côté de la vallée du Cédron, très-profonde et dominée par l'ancien revêtement de la base du temple restauré sous Hérode le Grand. C'est aussi sur ce front nord-nord-ouest que Titus avait dirigé ses attaques. Peu après l'arrivée des croisés, le comte de Toulouse, qui commandait l'attaque en face de la tour de David, porta une partie de son camp vers le sud-ouest, au point où le mont Sion s'étend au nord des remparts et où était élevée l'église de Sion. L'armée des croisés occupait ainsi un peu plus de la moitié du périmètre de la ville; mais les assiégés étaient en communication avec la campagne, par la porte de Sion, qui fait face au midi, et par les poternes qui donnent sur la vallée du Cédron et qui existent encore à la base des murs de soutenement du temple.

Cinq jours après leur arrivée, les croisés tentèrent une première attaque et s'emparèrent des ouvrages extérieurs.

Aujourd'hui les environs de Jérusalem sont complétement dépourvus de bois de haute futaie : alors les croisés ne purent en trouver qu'en petite quantité; cependant l'armée s'employa à couper et à charrier tous les bois gros ou menus qu'on put découvrir, soit pour établir des tours et des machines, soit pour tresser des claies.

Les ouvriers qui n'avaient point de ressources personnelles reçurent une paye prélevée sur le trésor commun, car le comte de Toulouse seul possédait encore assez d'argent pour employer des hommes à ses frais.

La chaleur, le manque d'eau, firent périr la plupart des bêtes de somme; on dépouilla leurs carcasses pour employer les peaux à revêtir les engins et les tours mobiles. Les assiégés ne perdaient pas leur temps, et, s'étant de longue main pourvus de bois, de cordes, de fer, d'acier et d'outils, ils travaillaient sans relâche à fabriquer des pierrières, à installer des bretêches, à disposer des poutres sur les remparts.

Des vaisseaux génois mouillèrent, sur ces entrefaites, dans le port de Joppé, apportant des matériaux, des bois, du fer, des ouvriers habiles. Ce secours arriva fort à propos. Le seigneur Gaston de Béarn fut choisi pour diriger les travaux d'attaque du nord. « Au midi [1], l'armée du comte « de Toulouse et tous ceux qui servaient sous ses ordres ne montraient « pas moins d'empressement à suivre l'impulsion générale. Ils étaient « même d'autant plus animés au travail, que le comte avait plus de « richesses que les autres, et qu'il avait reçu dernièrement de nouveaux « renforts, tant en hommes qu'en approvisionnements de tous les objets « dont il pouvait avoir besoin. Les gens que la flotte avait amenés étaient « venus se réunir aux troupes qui formaient son camp, et lui avaient « apporté tous les matériaux ou les instruments nécessaires pour les « constructions qu'il faisait faire. Ils avaient, en effet, des cordes, des « marteaux et beaucoup d'autres outils de fer; de plus, les excellents « ouvriers qui étaient arrivés aussi avaient une grande habitude de tous « les travaux de constructions et de machines, et ils rendirent de grands « services aux croisés, en leur enseignant des procédés plus prompts. « Les Génois qui avaient débarqué à Joppé étaient commandés par un « noble, nommé Guillaume, surnommé l'Ivrogne, qui avait beaucoup « d'habileté pour tous les travaux d'art. »

Il est aisé de reconnaître, par le récit de Guillaume de Tyr et des auteurs arabes, qu'à cette époque, c'est-à-dire trois ans après son arrivée en Orient, l'armée des croisés avait fait de rapides progrès dans l'art des siéges. Les ordres sont précis, les conseils plus rapidement suivis d'exécution; chaque homme est employé; les secours arrivent régulièrement,

[1] Guillaume de Tyr, liv. VIII.

et, au lieu d'être gaspillés, comme cela se voit toujours dans les armées indisciplinées, sont employés avec ordre et promptitude.

On ne perd pas inutilement des hommes à tenter des assauts avant que tous les moyens d'attaque soient prêts. Il n'est plus question ici de ces traits de bravoure inconsidérée qui compromettent la vie des soldats sans apparence de résultat sérieux. Toute cette armée se recueille dans un travail assidu pendant six semaines, et les seules actions mentionnées sont des escarmouches entre des fourrageurs et des troupes sorties de la ville.

La veille du jour fixé pour l'attaque, le duc de Lorraine et les deux comtes de Normandie et de Flandre, qui avaient leurs quartiers au nord et au nord-ouest, font une reconnaissance, et constatent que, sur ce point le moins bien défendu par la nature, les assiégés, pendant les préparatifs des croisés, ont singulièrement renforcé leurs défenses. En vrais capitaines, ces chefs changent immédiatement leur plan d'attaque; pendant la nuit, ils font démonter les engins et les beffrois, qui étaient déjà dressés, et les font transporter et remonter en face du front qui, à l'est, s'étend entre la porte de Saint-Étienne et la tour du coin nord, devant la partie de la ville bâtie sur le mont Bezetha, au nord de l'enceinte du temple. Au lever du soleil, les assiégés furent ébahis de ne plus trouver un assaillant ni une machine vers la porte de Damas, et de voir les beffrois et les engins dressés à plus de cinq cents pas du point où ils les avaient vus la veille au soir. A l'opposite, sur le mont Sion, le comte de Toulouse avait fait dresser un beffroi contre les remparts, en face de la tour de David. Une troisième attaque était préparée contre le saillant occidental. Ainsi, la ville était attaquée sur trois points à la fois, distants les uns des autres de mille à douze cents pas. A peine le jour paraissait-il, que les trois divisions de l'armée des croisés s'ébranlèrent à la fois, firent approcher les beffrois contre les murailles et jouer les pierrières. La journée tout entière fut employée, du côté des assaillants, à combler les fossés, à pousser les beffrois, à couvrir les crénelages de projectiles, à faire agir les béliers contre les remparts; du côté des assiégés, à revêtir les murs de matelas, de poutres, pour empêcher l'effet des projectiles, à jeter des matières incendiaires sur les engins et les beffrois, à réparer les merlons, à faire décliquer leurs machines de jet. La nuit mit fin à l'action, et l'on se garda de part et d'autre avec d'autant plus de soin, que, sur quelques points, les beffrois touchaient presque aux parapets et que les sentinelles pouvaient se battre corps à corps.

Au point du jour, l'attaque recommença sur les trois points à la fois avec plus de furie et de méthode.

Les beffrois sont poussés, les ponts abattus et étayés avec des poutres arrachées aux assiégés. La colonne d'assaut de l'attaque du nord pénètre la première sur les remparts, et s'empresse d'aller ouvrir les portes au gros de l'armée. De son côté, l'attaque du comte de Toulouse réussit, et ses troupes se répandent dans le quartier bâti sur le mont Sion. La ville est gagnée : le siége avait duré trente-huit jours.

On voit que dans ces attaques de places dont nous venons de donner une description sommaire, les assiégeants ne tracent pas des lignes régulières de contrevallation et de circonvallation; ils se bornent, au siége d'Antioche, à planter des palissades et à fortifier quelques points. Au siége de Jérusalem, tous leurs efforts tendent à hâter l'achèvement des engins et des beffrois; ils ne font ni tranchées, ni galeries de mine. Le sol qui entoure la ville sainte ne se prête guère, il est vrai, à ces sortes de travaux. Cependant les Romains, commandés par Titus, avaient élevé vers le nord et l'ouest de longs *aggeres*, dont on reconnaît encore la place, et qui peut-être servirent aux croisés.

Au siége de Tyr, commencé le 15 février 1124, l'armée des chrétiens occidentaux fit creuser un fossé de circonvallation, pour être à l'abri des attaques du dehors et pour assurer l'investissement de la place. Elle attaqua les défenses avec force machines et à l'aide de tours de bois dont la hauteur dépassait celle des remparts. Cependant les assiégés possédaient des pierrières supérieures à celles des assaillants. « Ceux-ci[1], « reconnaissant qu'ils n'avaient parmi eux aucun homme qui fût en « état de bien diriger les machines et qui eût une pleine connaissance « de l'art de lancer des pierres, firent demander à Antioche un certain « Arménien, nommé Havedic, homme qui avait une grande réputation « d'habileté; son adresse à faire jouer les engins et à faire voler dans les « airs des blocs de pierre était telle, à ce qu'on dit, qu'il atteignait et « brisait, sans aucune difficulté, tous les obstacles qu'on lui désignait. « Il arriva en effet à l'armée, et aussitôt qu'il y fut, on lui assigna sur le « trésor public un honorable salaire qui pût lui donner les moyens de « vivre avec magnificence selon ses habitudes; puis, il s'appliqua avec « activité au travail pour lequel on l'avait mandé, et déploya tant de « talent, que les assiégés durent croire bientôt qu'une nouvelle guerre « commençait contre eux, tant ils eurent à souffrir de maux beaucoup « plus cruels. »

Non-seulement les Occidentaux profitèrent ainsi, pendant la première période de la guerre de Syrie, des connaissances conservées par les Grecs, mais apportèrent une plus grande étude dans l'art de fortifier les places. Ces villes, telles qu'Antioche, Césarée, Édesse, Tyr, possédaient des murailles antiques, augmentées à la fin du Bas-Empire, qui étaient fort bien entendues; leurs flanquements très-rapprochés, la hauteur des tours, le bel appareil des remparts, étaient un sujet d'admiration pour les Occidentaux. Ils ne tardèrent pas à imiter et à dépasser ces modèles[2]. Pendant cette dure guerre du commencement du XIIe siècle en Syrie, les croisés, imprudents en campagne, ne possédant pas encore une tactique qui pût leur permettre d'acquérir une supériorité bien marquée

[1] Guillaume de Tyr, liv. XIII.

[2] Voyez les plans, dessins et photographies recueillis par M. G. Rey, sur les fortifications des croisés en Syrie pendant le XIIe siècle.

sur les troupes des kalifes, souvent battus même, surent conduire avec succès un grand nombre de siéges longs, pénibles. C'est que la nécessité est un maître sévère; que devant ces places fortes, bien munies, il fallait procéder avec ordre, contracter des habitudes de travail et de discipline que ne pouvait remplacer la bravoure seule; qu'il fallait se bien garder; penser aux approvisionnements de toute nature; posséder cette qualité supérieure du soldat, la patience tenace; qu'il fallait du sang-froid et de la régularité dans les travaux. Aussi quand ces débris d'armées reviennent en Occident, quel changement dans les allures, dans la façon de conduire les opérations militaires! Les troupes de Philippe-Auguste ne sont plus ces hordes armées du XIe siècle, ce sont de véritables corps organisés, procédant régulièrement déjà et habiles dans l'art d'assiéger les places les plus fortes. Si Philippe-Auguste a attaqué et pris un si grand nombre de villes et de châteaux; si, le premier, il a pu être considéré comme un roi des Français, possédant une autorité non contestée, n'est-ce pas en grande partie à cette instruction militaire des armées des croisés en Syrie qu'il a dû cette prépondérance [1]? Les troupes du terrible comte Simon de Montfort n'étaient-elles pas composées en partie de chevaliers et de soldats qui avaient fait la guerre en Syrie.

Sur le siége de Toulouse, entrepris par le comte, il nous reste un document précieux écrit en vers provençaux par un poëte contemporain et témoin oculaire, semble-t-il [2].

Simon de Montfort, forcé de lever le siége de Beaucaire, après avoir perdu devant cette ville ses équipages, ses chevaux, ses *mulets arabes*, ses engins, se dirige vers Toulouse, plein de colère et de désirs de vengeance. Il convoque tous les hommes du Toulousain, du Carcassez, du Razès, du Lauraguais, en leur donnant l'ordre de venir le joindre. Arrivé devant la ville en ennemi plutôt que comme un seigneur rentrant chez lui, les gens de Toulouse le supplient de laisser hors des murs cet attirail guerrier, et de vouloir bien entrer en ville, lui et son monde, en tunique et sur des palefrois. « Barons, répond le comte, que cela vous « plaise ou déplaise, armé ou sans armes, debout ou couché, j'entrerai « dans la ville et saurai ce qui s'y fait. Pour cette fois, c'est vous qui « m'avez provoqué à tort : vous m'avez enlevé Beaucaire que je n'ai pu « reprendre, le Venaissin, la Provence et le Valentinois. Plus de vingt « messages m'ont annoncé que vous étiez par serment liés contre moi; « mais, par la vraie croix sur laquelle Jésus-Christ fut mis, je n'ôterai « point mon haubert ni mon heaume de Pavie jusqu'à ce que j'aie choisi « des otages parmi la fleur de la ville... »

Les gens de Toulouse jurent qu'ils n'ont jamais agi en ennemis. —

[1] Voyez la description d'un des siéges les plus longs et difficiles, entrepris par Philippe-Auguste, à l'article CHATEAU.

[2] *Hist. de la croisade contre les Albigeois*, Collection des documents inédits de l'histoire de France, publiés par les soins du Ministre de l'instruction publique (Paris, 1837).

« Barons, fait le comte, c'est trop à la fois pour moi de votre offense et « de vos raisons... »

En dépit des avis, des observations les plus prudentes, le comte prétend que la ville de Toulouse doit dédommager ses troupes des pertes éprouvées devant Beaucaire. « Nous retournerons en Provence quand « nous serons riches assez, mais nous détruirons Toulouse de telle sorte « que nous n'y laisserons pas la moindre chose qui soit belle ou bonne... « — Puisque ceux de Toulouse ne nous ont pas trahis, réplique don Gui, « vous ne devriez point les condamner, sinon par jugement... » L'évêque intervient, engage les gens de Toulouse à sortir pacifiquement au-devant du comte ; l'abbé de Saint-Sernin tient aux bourgeois et chevaliers de la ville le même langage. En effet, on se dispose à recevoir le *lion* du comte en dehors des murs. « Mais voilà que par toute la ville se répand « un bruit, un propos, des menaces : « Pourquoi, barons, ne vous en « retournez-vous pas tout doucement, à la dérobée (dans vos maisons) ? « Le comte veut qu'on lui livre des otages, il en a demandé, et s'il vous « trouve là dehors, il vous traitera comme canaille. » Ils s'en retournent, « en effet ; mais tandis qu'ils vont par la ville se concertant, les hommes « du comte, écuyers et damoiseaux, enfoncent les coffres et prennent ce « qui s'y trouve... » A cette vue, l'indignation s'empare des habitants. Tout à coup, pendant que les gens du comte s'introduisent dans les logis et brisent les serrures, une clameur s'élève du sein de la ville. « Aux « armes, barons ! voici le moment ! » Tous alors sortent dans les rues, se rassemblent en groupes ; chevaliers, bourgeois, serviteurs, femmes et vieillards, chacun s'empare de l'arme qui se présente sous la main ; devant chaque maison s'élève une barricade : meubles, pieux, tonneaux bancs, tables, sortent des caves, des portes ; sur les balcons s'accumulent des poutres, des cailloux. « Montfort ! » s'écrient les Français et Bourguignons. « Toulouse ! Beaucaire ! Avignon ! » répondent ceux de la ville. La mêlée est sanglante ; les troupes du comte Gui battent en retraite, et cherchent à se rallier sous une grêle de briques, de pavés, de pieux.... A grand'peine parviennent-elles à se frayer passage à travers les barricades qui s'élèvent à chaque instant. « Que le feu soit mis partout ! » crie le comte de Montfort, quand il désespère de se maintenir dans la ville insurgée. Saint-Remezy, Joux-Aigues, la place Saint-Estève, sont en flammes. Les Français se sont retranchés dans l'église, dans la tour Mascaron, dans le palais de l'évêque et dans le palais du comte de Comminges. Mais les Toulousains élèvent des barrières, creusent des fossés et attaquent ces postes. Entre la flamme et le peuple soulevé, les troupes du comte se forment en colonne afin de se faire jour ; repoussées, elles se rejettent vers la porte Sardane : de ce côté encore impossible de percer la foule des assaillants. Le comte se retire au château Narbonnais, à la nuit, ayant perdu beaucoup de monde, plein de rage et de soucis.

Toutefois, le lendemain, les habitants se laissent prendre au piége que leur tendent l'évêque et l'abbé de Saint-Sernin. Ils viennent à composition, livrent des otages, et le comte met la ville au pillage, la détruit presque entièrement.

Bientôt le jeune comte Raymond reparaît sur la scène, et rentre la nuit dans sa ville. Le peuple, plein de joie de recouvrer son seigneur légitime, massacre les postes français. Cependant il n'y a plus à Toulouse ni tour, ni galeries, ni murs, ni bretêches, ni portes, ni barrières, ni armes. Les Français se sont réfugiés au château Narbonnais, dont ils n'osent sortir, tant ceux de la ville se rendent redoutables. La comtesse de Montfort est enfermée dans le château, avec son fils, car le comte guerroie en Provence. Elle lui envoie un messager; s'il tarde à venir, il perdra à la fois Toulouse, sa femme et son fils.

Les hommes de Toulouse occupent la ville; ils élèvent des barrières, forment des lices, des traverses, des hourds avec archères, des passages obliques bien défilés. Tous, bourgeois, manants, valets, femmes, filles, enfants et serviteurs, travaillent à l'envi à fortifier la ville, creusant des fossés, élevant des palissades et des bretêches. Des flambeaux, la nuit, éclairaient les ouvriers. Les clochers des églises sont crénelés. Le comte désigne des capitouls pour gouverner la ville.

Gui de Montfort, le frère du comte Simon, arrive bientôt avec une nombreuse troupe. Il se présente au val de Montolieu, là où les murs anciens ont été rasés. « A terre, francs chevaliers! » crie-t-il aux siens. Aussitôt, abandonnant leurs chevaux, coupant leurs lances, les chevaliers attaquent les gens de Toulouse; ils pénètrent jusqu'au milieu de la ville. Mais assaillis de tous côtés, accablés sous les tuiles qu'on fait crouler sur leurs têtes, embarrassés dans les barricades, éperdus, séparés, les hommes d'armes de Gui, ayant laissé bon nombre des leurs par la ville, se retirent au jardin de Saint-Jacques, ayant abandonné leurs bagages.

Arrivent de tous côtés des renforts aux Toulousains. Le comte Raymond exhorte ses barons « aux fatigues, aux privations, aux travaux, aux guets, « aux tâches communes ».

Devant la garnison enfermée dans le château Narbonnais s'élèvent comme par enchantement, des remparts, des tours; se creusent des fossés avec palissades de pieux aigus. Sur ces entrefaites, le comte de Montfort arrive de Provence, plein de rage, et jurant de faire de Toulouse un désert.

La ville de Toulouse, bâtie sur la rive droite de la Garonne, était reliée par un pont au pays de Gascogne, de Comminges et de Foix.

Son périmètre n'avait pas l'étendue qu'il acquit depuis lors. Vers le nord, l'enceinte s'appuyait à un ouvrage bâti sur la Garonne, et qui s'appelait le Bazacle ou la tour du Bazacle; se dirigeait vers l'est en passant par la place du Capitole actuel, et retournait vers le sud en longeant l'abside de l'église cathédrale de Saint-Étienne; descendait au sud-ouest, suivant la rue Mountoulieu actuelle; puis, à la hauteur de l'ancienne porte Mountoulieu ou Montolieu, se dirigeait droit à l'ouest, pour atteindre le bras du fleuve en amont de l'église de la Dalbade.

De ce côté, au sud, en dehors de l'enceinte et à cent cinquante mètres environ de la Garonne, s'élevait le château Narbonnais, vaste forteresse qui commandait les portes Saint-Michel, Montgaillard et Montolieu [1]. Des prairies, des vergers, des jardins, s'étendaient de ce côté depuis la Garonne jusqu'aux coteaux que longe aujourd'hui le canal du Midi. Sur le fleuve, en amont, existait une tour du Coin, qui reliait la ville à une île. Vers l'est, les remparts formaient donc un arc de cercle, et se reliaient au nord à l'enceinte de l'abbaye de Saint-Sernin, qui descendait, en formant un rentrant, vers le fleuve, en aval, jusqu'au point où était établie la tour du Bazacle. Le pont, dont on voit quelques restes, un peu en aval du milieu de la cité, aboutissait à une tête palissadée par les habitants, à une tour, et à un hôpital, qui, au besoin, pouvait être défendu.

Dans sa colère, Simon de Montfort voulait, dès son arrivée, pénétrer dans la ville; mais son frère et les chevaliers renfermés dans le château Narbonnais [2] lui firent comprendre, non sans peine, que cette entreprise ne pouvait avoir que de fâcheuses suites. Dédaignant ces bourgeois révoltés, le comte ne prit d'abord aucune mesure; il se contenta de réunir son monde, fit munir le château Narbonnais, terrasser les courtines pour y placer des mangonneaux, des pierrières, et, sans investir la place par des ouvrages de contrevallation, prétendit la forcer par un vigoureux assaut, du côté de la porte Montolieu. Les gens de la ville l'attendirent, non pas derrière leurs portes fraîchement relevées, mais en dehors, dans la prairie bien palissadée, munie d'ouvrages de bois flanquants et de bons fossés. L'attaque des Français est soutenue par la garnison du château, qui envoie dans la ville et la prairie force traits et pierres. Cependant Gui, le frère du comte Simon, est blessé, bon nombre de barons sont tués, et, sur l'avis de Hugues de Lascy, l'ordre de la retraite est donné.

Le comte Simon, plein d'une sombre colère, est de nouveau rentré dans le château Narbonnais, et silencieux écoute les avis de ses barons

[1] Aujourd'hui Mountoulieu.

[2] Il n'est guère possible aujourd'hui de se rendre compte de la position du château Narbonnais, dont il ne reste pas le moindre vestige. Mais cet ouvrage, enfermé dans l'enceinte de la ville vers la fin du XIIIe siècle, laissait encore voir, il y a un siècle, ses enceintes extérieures. Des plans que possède la ville de Toulouse, et que M. Esquié, architecte du département de la Haute-Garonne, a bien voulu nous faire calquer, donnent cette enceinte, qui comprenait toute la surface du palais actuel de la Cour impériale, et était bornée, du côté de la Garonne, par la rue de l'Inquisition, au nord par la place de la Vigerie et la rue des Fleurs. Au sud, les murs du château formaient la défense de la ville, et donnaient, au XIVe siècle, sur une barbacane qui exista jusqu'à la fin du dernier siècle. Mais du temps de Simon de Montfort, il y avait au moins 100 mètres entre le château Narbonnais et l'enceinte de la ville.

et de ses conseillers clercs. L'un d'eux, dom Foucault, parle ainsi : « Pour « avoir raison de la ville de Toulouse et en exterminer les habitants, « il nous faut faire tels efforts qu'après nous, il en soit parlé de par le « monde. Élevons une nouvelle ville, avec des maisons et des défenses. « De cette nouvelle ville nous serons les habitants ; il y viendra une « nouvelle population. Ce sera une Toulouse nouvelle, une nouvelle « seigneurie, et jamais si noble résolution n'aura été prise, car entre « cette ville et l'ancienne ce sera une lutte incessante, acharnée, jusqu'à « ce qu'enfin l'une détruise l'autre. Et celle des deux qui restera sera « la maîtresse du pays. Mais jusque-là ce sera nous qui gagnerons à ce « parti, car de tous côtés il nous arrivera des hommes et des femmes, « des provisions de toutes sortes... Songeons qu'il nous faut assiéger « longuement cette ville pour la détruire. Jamais vous ne l'aurez de « force, car jamais ville ne fut mieux défendue. Dévastons les environs ; « qu'il n'y reste ni un épi, ni un brin de bois, ni un grain de sel, ainsi « réduirez-vous ces gens. — Seigneur, fit le comte, votre conseil est « bon. — Pas si bon, reprend l'évêque, car si ceux de la ville possèdent « la Garonne et sa rive opposée, il leur viendra de Gascogne de tels « secours que notre vie durant, ils ne manqueront de rien. — De par « Dieu, seigneur évêque, dit le comte, nous irons, moi et plusieurs « barons, de l'autre bord, mon fils et mon frère garderont celui-ci. » Ainsi fut prise la résolution d'investir complétement la place. L'évêque, le légat, le prieur et l'abbé s'en allèrent prêcher la croisade et recruter des troupes.

De tous côtés on travaille dans la ville à renforcer les défenses ; dans le camp des assiégeants, à élever la nouvelle ville : on l'entoure de fossés et d'ouvrages de terre palissadés, avec créneaux, portes et guettes. On la divise par quartiers, on trace des rues et l'on y fait aboutir des routes bien ferrées pour faciliter les arrivages. Le château Narbonnais en devient la citadelle. Cependant le comte de Montfort, à la tête de la moitié de ses forces, passe la Garonne en amont, à gué. Il s'établit sur la rive gauche. Sans lui laisser de repos, les assiégés se précipitent sur le pont, remplissent les barbacanes qui en forment la tête, et harcèlent les troupes du comte jour et nuit. A Toulouse, viennent encore s'enfermer de nouveaux seigneurs avec leurs compagnies bien armées, le comte de Foix, don Dalmace, des Aragonais, des Catalans. Encouragés par l'arrivée de ces renforts, les gens de Toulouse font une sortie, et contraignent le comte de Montfort à repasser le fleuve et à se concentrer derechef autour du château Narbonnais dans un grand camp retranché. Bientôt l'armée des Français est plus occupée à se défendre qu'à attaquer. Les assiégés font des tranchées en dehors de leurs remparts, des escarpes munies de palissades ; ils dressent des bretèches bien flanquées, afin que les archers et frondeurs puissent faire bonne retraite, s'ils sont repoussés. Ils élèvent derrière les palissades, des pierrières, des calabres, des trébuchets, qui battent sans cesse le château Narbonnais. Sur les murs, les charpentiers établissent des hourds doubles. Le champ de Montolieu est une lice où l'on combat tout le jour, si bien qu'on ne sait plus si ce sont des Français qui assiégent Toulouse, ou les Toulousains qui assiégent le grand camp retranché du comte Simon. Un matin d'hiver, dès l'aube, les Français veulent surprendre la ville ; ils se sont armés pendant la nuit, et se précipitent avec furie sur les défenses. Déjà ils ont franchi des fossés pleins d'eau, renversé des palissades. Le château Narbonnais envoie des projectiles contre la place pour appuyer les assaillants, qui cependant finissent par regagner leur camp sans avoir pu rien faire. Ainsi se passent encore deux mois, et la ville se garde et se défend mieux que jamais. De nouveaux croisés, amenés par l'évêque, viennent grossir l'armée du comte Simon. Les Toulousains reçoivent encore des renforts conduits par Arnaud de Vilamur; ils élèvent chaque jour des défenses plus étendues, gagnent de l'espace, et bâtissent de bons murs de maçonnerie derrière les fossés et palissades bien gardées.

Après une attaque infructueuse contre cette extension des défenses de la ville, le comte de Montfort se voit contraint de reculer son camp d'une demi-lieue, en abandonnant une centaine de baraques et les chaudières des cantines. Les gens de Toulouse attaquent alors le château Narbonnais. Ils sont arrêtés dans cette entreprise par une forte crue de la Garonne. Plusieurs de leurs défenses sont ainsi coupées de la ville par les eaux ; mais sans se décourager, on les approvisionne à l'aide de bateaux, de *va-et-vient*, de radeaux, de pont de cordes. Le comte Simon profite de cette circonstance pour battre si vivement un de ces ouvrages saillants, situé sur l'autre rive de la Garonne, avec ses trébuchets et ses pierrières, que les défenseurs, dépourvus de munitions et voyant tous les parapets rompus, sont contraints de l'abandonner.

Le comte Simon est entré dans la tour abandonnée, il y plante sa bannière; mais alors la lutte s'établit dans l'eau, à cheval, en bateaux, sur des claies. On se dispute chaque bicoque autour de la tête du pont. L'hôpital est pris par les Français et crénelé; ils espèrent ainsi pouvoir tenir les deux siéges, l'un sur la rive droite, l'autre sur la rive gauche, afin d'affamer la ville ; car, grâce aux nombreux renforts qu'il a reçus, le comte Simon a étendu sur la rive droite sa ligne de contrevallation jusqu'à la clôture de Saint-Sernin.

Mais l'argent lui manque, il ne sait plus quels expédients employer pour solder un si grand nombre d'hommes (cent mille, disent les chroniqueurs). Il lui faut brusquer le siége ou le lever honteusement ; c'est alors qu'il imagine de faire construire une *gate* en charpente, sorte de galerie roulante qu'on poussera jusqu'aux remparts dans le fond du fossé ; gate si bien garnie de fer, qu'elle ne craindra ni les pierres ni les poutres qu'on pourra lancer ou jeter sur elle. Quatre cents chevaliers s'y enfermeront, et feront si bien, qu'ils perceront les défenses et entreront dans la ville.

Le comte a établi son quartier général sur la rive gauche, mais sans cesse les sorties des gens de Toulouse le contraignent à passer le fleuve pour secourir le premier camp. Il s'aperçoit enfin que ses troupes sont trop mal protégées, qu'elles n'ont, sur une longue ligne d'investissement, qu'un seul point d'appui, le château Narbonnais.

Devenu maître de la tête du pont, après que celui-ci a été enlevé par la crue de la Garonne, il se décide à convertir l'hôpital qui l'avoisine en une forteresse, « avec lices et créneaux, mur de défense, palissades « extérieures, abatis d'arbres, profonds fossés tout autour remplis « d'eau ». Du côté du fleuve, le comte projette une levée de terre qui lui permettra de lancer des projectiles sur les barques qui viennent approvisionner la ville; du côté de la Gascogne, il jettera un pont sur le fossé avec escalier. Cependant voici les nautoniers et les bourgeois de Toulouse qui traversent la Garonne sur des barques et viennent combattre les ouvriers, les défenseurs de la tête du pont. Toute l'attaque et la défense se portent sur ce point. La partie du pont tenant encore à la ville est munie d'une tour, les Français s'en emparent; les Toulousains l'assaillent par eau, par terre. Au bout du pont, du côté de la ville, ils ont dressé une pierrière qui bat si bien cette tour restée en flèche, que les gens du comte sont obligés de l'abandonner et y mettent le feu. Une autre fois, voici cent soixante-trois Brabançons et Thiois qui, sortant de Toulouse, passent le fleuve et vont attaquer les postes des Français établis le long de l'eau. Les prenant à revers, ils les jettent dans la Garonne et s'en reviennent dans leurs bateaux.

Dans les *parlements* que tient le comte de Montfort avec les seigneurs croisés, il se plaint sans cesse de la pénurie d'argent où il se trouve; il les adjure de brusquer ce siége. — « Mais, lui répond un jour Amaury, « vous n'attaquerez jamais les défenseurs de la ville tant de fois en un « jour que vous ne les trouviez hors des lices, en pleine campagne, et « jamais vous ne les enclorez dans la cité. »

La gate est enfin terminée. On la pousse vers les remparts; elle est si fort endommagée par les projectiles des trébuchets des assiégés, que les gens qui la remplissent n'osent s'y maintenir. Alors, devant cet engin que gardent les assiégeants pour pouvoir le réparer et s'en servir avec plus de succès, les Toulousains élèvent dans les lices un rempart épais en maçonnerie. Les femmes, les enfants travaillent sans relâche à cette œuvre pendant que les Français font décliquer leurs machines et envoient force pierres et traits.

On a renforcé la gate, on l'a munie de nouveaux ferrements; les compagnies de chevaliers y sont rentrées. Devant elle les défenses se sont augmentées en face, en flanc; elles sont merveilleusement garnies d'hommes armés. Les fossés sont défendus par des palissades; en arrière, les murs sont protégés par des hourds nouvellement dressés. Des deux côtés on se prépare à une action décisive. Les gens de Toulouse commencent l'attaque : ils sortent de toutes parts contre la gate; en bateaux, contre les défenses de la rive gauche; à la plaine de Montolieu, contre les postes établis entre la ville et le château Narbonnais; du côté de Saint-Sernin, contre l'extrémité de la contrevallation.

Les Français perdent du terrain et abandonnent l'attaque des murs pour se mettre en bataille en plaine. Le comte de Montfort, qui reconnaît le péril et qui voit étendre démesurément sa ligne de bataille, craint d'être coupé; il donne l'ordre de concentrer soixante mille combattants, se met à leur tête, et fait une charge terrible qui ramène les assiégés jusqu'à leurs défenses. Mais là les projectiles lancés de la ville arrêtent la furie des Français; les archers et frondeurs toulousains, aguerris, se répandent en tirailleurs sur les flancs de la colonne d'attaque du comte Simon, démontent les cavaliers, et jettent la confusion dans cette agglomération. Le frère du comte est blessé grièvement, et, pendant que Simon de Montfort descend de cheval pour lui porter secours, il est lui-même frappé d'une pierre qui lui brise le crâne. Cette pierre, dit le chroniqueur, avait été lancée par une pierrière tendue par des femmes près de Saint-Sernin. Peu de jours après, une nouvelle attaque ayant encore été tentée sans succès, le siége est levé (1218).

Les restes du comte Simon de Montfort furent transportés à Carcassonne sitôt après la levée du siége et déposés dans l'église cathédrale de Saint-Nazaire. On a retrouvé dans cette église, rebâtie en grande partie au commencement du XIVe siècle, un bas-relief taillé dans le grès du pays, d'un travail très-grossier, qui provient peut-être du tombeau du comte, et qui représente la dernière phase du siége de Toulouse. Les armes et les vêtements des personnages appartiennent d'ailleurs aux premières années du XIIIe siècle. Devant un édifice muni de tours et de créneaux, on voit se développer deux rangs de palissades. Le palis intérieur est composé de pieux serrés les uns contre les autres, tandis que la défense extérieure est composée de bois entrelacés. Entre ces deux obstacles s'étendent les lices, et le combat a lieu dans cet espace. De part et d'autre, les chevaliers plantent leurs bannières, et la mêlée s'engage autour d'eux. Au-dessous de l'édifice fortifié, dont la courtine est décorée de colonnes, est sculptée une pierrière fort curieuse dont nous présentons (fig. 1) la copie. La verge de la pierrière est renforcée dans sa partie inférieure par deux contre-fiches, et les trois pièces de bois, à leur base, sont serrées entre de larges moises, qui probablement sont de métal pesant. Six anneaux, auxquels sont attachés six cordages, sont fixés à cette base. Les trois brins composant la verge sont encore maintenus par une embrasse possédant des tourillons qui roulent dans la tête de deux poteaux latéraux munis de croix de Saint-André et de contre-fiches. Six personnes, parmi lesquelles on peut voir deux femmes, tirent sur les cordages. Au-dessus des personnages est un plancher. Un servant posté sur ce plancher place une pierre ronde dans la poche de fronde de l'engin. Nous avons présenté, à l'article ENGIN (fig. 13 et 14), une machine analogue à celle-ci.

L'édifice crénelé que le bas-relief montre au-dessus de l'engin est peut-être l'église de Saint-Sernin. Dans la partie supérieure de ce bas-relief est sculptée une scène représentant un mort porté par des hommes d'armes. Un ange reçoit l'âme qui, sous la figure d'un enfant, sort du cadavre. On peut donc regarder ce bas-relief comme reproduisant l'événement qui termina le siége de Toulouse de 1218.

1

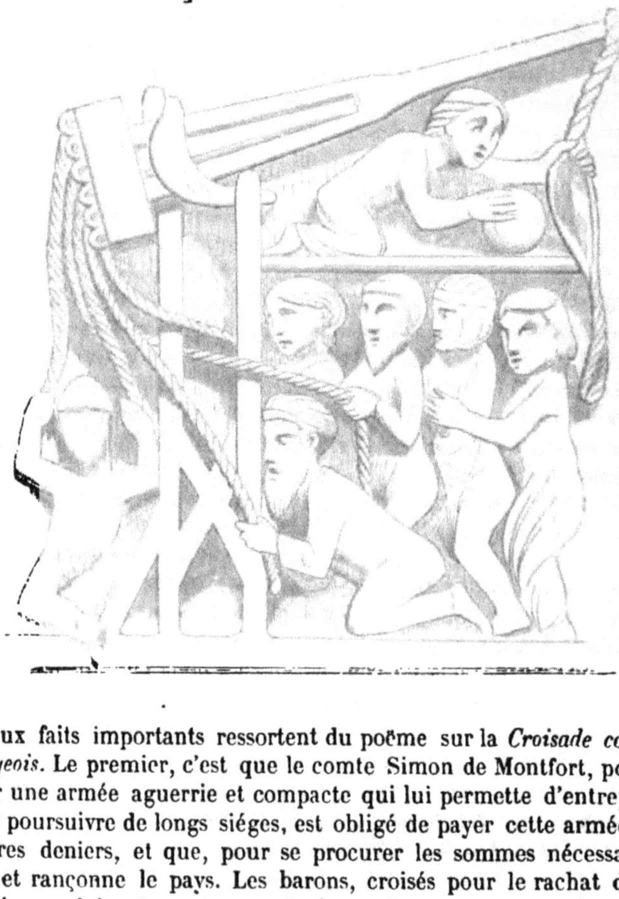

Deux faits importants ressortent du poëme sur la *Croisade contre les Albigeois*. Le premier, c'est que le comte Simon de Montfort, pour posséder une armée aguerrie et compacte qui lui permette d'entreprendre et de poursuivre de longs siéges, est obligé de payer cette armée de ses propres deniers, et que, pour se procurer les sommes nécessaires, il pille et rançonne le pays. Les barons, croisés pour le rachat de leurs péchés, ne doivent que quarante jours de campagne; après quoi ils s'en retournent chez eux, se préoccupant d'ailleurs assez peu du résultat de l'entreprise. Ce n'est pas sur ce personnel que peut compter Simon de Montfort pour réduire une ville comme Toulouse et faire des travaux de siége.

Tout chef militaire qui voulait avoir une armée propre à poursuivre et mener à fin une longue entreprise, telle qu'un siége, devait la payer, puisque le service de la milice féodale était limité. Il fallait donc à ce chef un trésor, et il ne pouvait se le procurer que par la guerre.

En second lieu, ce poëme indique clairement la constitution d'une des municipalités du Midi à la fin du XIIe siècle et au commencement du XIIIe. Tout se fait dans la ville par les *capitouls* : l'organisation de la défense, les approvisionnements, la solde et la nourriture des troupes concernent les magistrats municipaux. Le comte Raymond, les nobles qui viennent à son aide, n'ont qu'à se battre; les résolutions sont prises de concert avec les autorités municipales, et les avis du comte n'ont de valeur qu'autant qu'ils sont ratifiés par ce parlement.

Quand le fils du roi de France vint plus tard pour assiéger Toulouse de nouveau, à la tête de troupes fraîches, ce n'est qu'après une délibération commune dans laquelle le comte donne son avis, que le parti de la résistance est adopté. Alors les consuls répondent des approvisionnements, de la nourriture des troupes et de la mise en état des défenses.

« Ils ordonnent[1] que les meilleurs charpentiers aient à dresser dans « toute la ville, aux divers postes, les machines, les calabres et les pier- « rières, et que Bernard Paraire et maître Garnier s'en aillent tendre les « trébuchets, car c'est là leur office. Ils désignent dans tous les quartiers « des commissaires, chevaliers, bourgeois ou les plus riches marchands, « pour faire fortifier les portes et commander aux ouvriers. Et tous se « mettent à l'œuvre, le menu peuple, les damoiseaux, les demoiselles, « les dames et les femmes, les jeunes garçons, les jeunes filles et les « petits enfants, qui, chantant leurs ballades et leurs chansons, travaillent « aux clôtures, aux fossés, aux retranchements de terre, aux ponts, aux « barrières, aux murs, aux escaliers, aux montées, aux chemins de « ronde, aux poternes et aux salles, aux lices, aux meurtrières, aux « flanquements, aux réduits et échauguettes, aux guichets de commu- « nication, aux tranchées, voûtes et caponnières. Ils ont confié le com- « mandement de toutes les barbacanes, celles de la Grève comprises, « aux comtes et aux nobles chefs. La ville est ainsi mise en défense et « doublement fortifiée. »

Nous n'avons pas ici à faire l'histoire de ces malheureuses provinces du Languedoc pendant la première moitié du XIIIe siècle. Écrasées sous la cruelle coalition des armées du Nord, livrées à l'inquisition, aux rancunes du clergé catholique, ces municipalités, si florissantes au XIIe siècle, se relevaient pour retomber plus lourdement. En 1240, le jeune vicomte Raymond de Trincavel, dernier des vicomtes de Béziers, et remis en 1209 entre les mains du comte de Foix (il était alors âgé de deux ans), se présente tout à coup dans les diocèses de Narbonne et de Carcassonne avec des troupes de Catalogne et d'Aragon, s'empare des châteaux de Montréal, des villes de Montolieu, de Saissac, de Limoux, d'Azillan, de Laurens, et vient mettre le siége devant Carcassonne.

[1] Voyez les vers 9421 et suivants.

Il existe deux récits du siége de Carcassonne en 1240, écrits par des témoins oculaires : celui de Guillaume de Puy-Laurens, inquisiteur pour la foi dans le pays de Toulouse, et celui du sénéchal Guillaume des Ormes, tenant la ville pour le roi de France. Ce dernier récit est un rapport sous forme de journal, adressé à la reine Blanche, mère de Louis IX[1]. Cette pièce importante nous explique toutes les dispositions de l'attaque et de la défense[2]. A l'époque de ce siége, les défenses de la cité de Carcassonne n'avaient pas l'étendue ni la force qui leur furent données depuis par saint Louis et Philippe le Hardi. Les traces encore très-apparentes des murs wisigoths réparés au XIIe siècle, et les fouilles entreprises en ces derniers temps, permettent de tracer exactement l'enceinte des remparts de la cité en 1240.

Voici (fig. 2) le plan de ces défenses, avec les faubourgs y attenant, les barbacanes et le cours de l'Aude :

L'armée de Trincavel investit la place le 17 septembre 1240, et s'empara du faubourg de Graveillant, qui est aussitôt repris par les assiégés. Ce faubourg, dit le rapport, est *ante portam Tholosæ*. Or, la porte de Toulouse n'est autre que la porte dite *de l'Aude* aujourd'hui, laquelle est une construction romane percée dans un mur wisigoth, et le faubourg de Graveillant ne peut être, par conséquent, que le faubourg dit *de la Barbacane*. La suite du récit fait voir que cette première donnée est exacte.

Les assiégeants venaient de Limoux, c'est-à-dire du Midi ; ils n'avaient pas besoin de passer l'Aude devant Carcassonne pour investir la place. Un pont de pierre existait alors sur l'Aude[3] ; c'est celui indiqué en P sur notre plan.

Raymond de Trincavel n'ignorait pas que les assiégés attendaient des secours qui ne pouvaient se jeter dans la cité qu'en traversant l'Aude, puisqu'ils devaient venir du nord-ouest. Aussi le vicomte s'empara du pont, et poursuivant son attaque le long de la rive droite du fleuve en amont, essaya de couper les communications de l'assiégé avec la rive gauche. Ne pouvant tout d'abord se maintenir dans le faubourg de Graveillant, en G, il s'empare d'un moulin M fortifié sur la rivière, fait filer ses troupes de ce côté, les loge dans les parties basses du faubourg, et dispose son attaque de la manière suivante : Une partie des assaillants, commandés par Ollivier de Thermes, Bernard-Hugon de Serre-Longue et Giraut d'Aniort, campent entre le saillant nord-ouest de la ville et la rivière, creusent des fossés de contrevallation et s'entourent de palissades. L'autre division, commandée par Pierre de Fenouillet, Renaud du

[1] Nous avons donné la traduction de ce rapport dans l'article ARCHITECTURE MILITAIRE.

[2] Le rapport du sénéchal Guillaume des Ormes, et le récit de Guillaume de Puy-Laurens, ont été publiés et annotés par M. Douët d'Arcq, dans la *Biblioth. de l'École des chartres*, 2e série, t. II, p. 363.

[3] Ce pont est entier encore aujourd'hui : c'est le *vieux pont*, dont la construction date en partie du XIIe siècle. Il ne fut que réparé et muni d'une tête de pont sous saint Louis, ou sous Philippe le Hardi, à la fin du XIIIe siècle.

2

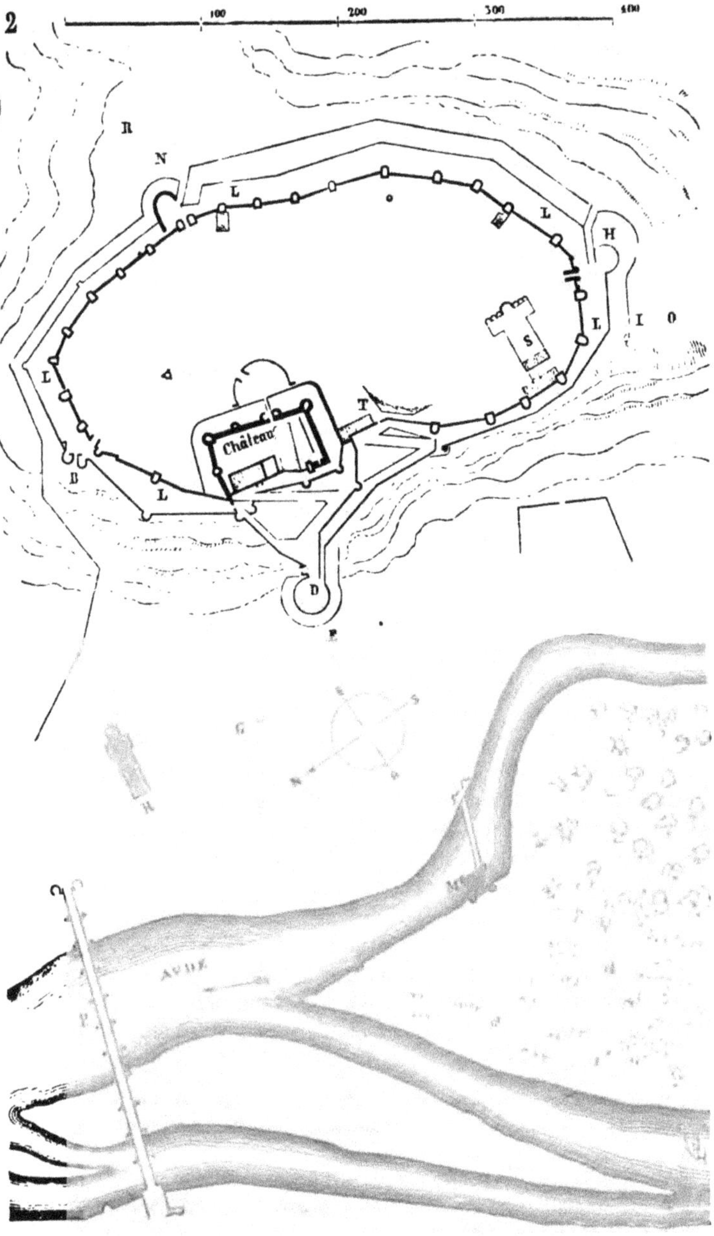

Puy et Guillaume Fort, se loge devant la barbacane qui existait en B et celle de la porte dite *Narbonnaise* en N. En 1240, outre ces deux barbacanes, il en existait une en D[1], qui permettait de descendre du château dans le faubourg[2], et une en H, faisant face au midi. La grande barbacane D servait aussi à protéger les approches de la porte de Toulouse T (aujourd'hui porte de l'Aude).

Il faut observer que les seuls points où le sol extérieur soit à peu près au niveau des lices (car Guillaume des Ormes signale l'existence des lices L, et par conséquent d'une enceinte extérieure), sont les points O et R. Quant au sol de la barbacane D du château, il était naturellement au niveau du faubourg. D'ailleurs tout le front occidental de la cité est bâti sur un escarpement très-élevé et très-abrupt. En reprenant tout d'abord le faubourg aux assiégeants, les défenseurs de la cité s'étaient empressés de transporter dans leur enceinte une quantité considérable de bois qui leur fut d'un grand secours[3]. Ils avaient dû bientôt renoncer à se maintenir dans ce faubourg. Le vicomte fit donc attaquer en même temps la barbacane du château pour ôter aux assiégés toute chance de reprendre l'offensive, la barbacane B (c'était d'ailleurs un saillant), la barbacane N de la porte Narbonnaise, et le saillant I, au niveau du plateau qui s'étendait à 100 mètres de ce côté vers le sud-ouest.

Les assiégeants campés entre la place et le fleuve étaient dans une assez mauvaise position, aussi se retranchent-ils avec soin, et couvrent-ils leurs fronts d'un si grand nombre d'arbalétriers, que personne ne pouvait sortir de la ville sans être blessé[4]. Bientôt ils dressèrent un mangonneau[5] devant la barbacane D. Les assiégés, de leur côté, dans l'enceinte de cette barbacane, élèvent une pierrière turque qui bat le mangonneau. Pour être autant défilé qu'il était possible, le mangonneau devait être établi en E. Peu après, les assiégeants commencent à miner sous la barbacane de la porte Narbonnaise en N, en faisant partir leurs galeries de mine des maisons du faubourg, qui, de ce côté, touchaient presque aux défenses. Les mines sont étançonnées et étayées avec du bois auquel on met le feu, ce qui fait tomber une partie des défenses de la barbacane. Mais les assiégés ont contre-miné pour arrêter les progrès des mineurs ennemis, et ont remparé la moitié de la barbacane restée debout. C'est par des travaux de mines que, sur les deux points principaux de l'attaque, les gens du vicomte tentent de s'emparer de la place; ces mines sont poussées avec une grande activité; elles ne sont pas plutôt éventées, que d'autres galeries sont commencées. Les assiégeants ne se bornent pas à ces deux attaques. Pendant qu'ils battent la barba-

[1] Reconstruite sur une plus grande échelle par Philippe le Hardi. Mais nous avons retrouvé les fondations de l'ouvrage antérieur, actuellement sous l'église neuve de Saint-Gimer.

[2] Toute la défense du château date du XIIe siècle.

[3] « *Et inde multam fustum habuimus, quæ fecit nobis magnum bonum.* »

[4] « *Habebant tot balistarios.....* »

[5] Voyez ENGIN.

cane D du château, qu'ils minent la barbacane N de la porte Narbonnaise, ils cherchent à entamer une portion des lices[1], et ils combinent une attaque sérieuse sur le point faible en I[2], entre l'évêché et l'église cathédrale de Saint-Nazaire, marquée en S sur notre plan. Comme nous l'avons dit, le plateau sur ce point s'étendait presque de niveau avec l'intérieur de la ville de I en O; et c'est pourquoi saint Louis et Philippe le Hardi firent en dehors de l'enceinte wisigothe un ouvrage considérable sur ce saillant. L'attaque des troupes de Trincavel est de ce côté (point faible) très-vivement poussée; les mines atteignent les fondations de l'enceinte des Wisigoths[3]; le feu est mis aux étançons, et dix brasses de courtines s'écroulent. Mais les assiégés se sont remparés en retraite avec de bonnes palissades et des bretêches; si bien que les gens du vicomte n'osent tenter l'assaut. Ce n'est pas tout, un travail de mine est fait aussi devant la porte de Rodez, en B; les assiégés contre-minent et repoussent les travailleurs ennemis. Cependant des brèches étaient faites sur divers points; le vicomte Raymond de Trincavel craignait de voir d'un moment à l'autre déboucher les troupes de secours envoyées du nord, il se décide à tenter un assaut général. Ses troupes sont repoussées avec des pertes notables, et quatre jours après, sur la nouvelle de la venue des gens du roi, il lève le siége, non sans avoir mis le feu aux églises du faubourg, et entre autres à celle des Minimes R.

Cette analyse des documents qui nous restent sur le siége de Carcassonne fait connaître qu'alors, au milieu du XIIIe siècle, le travail du mineur était le moyen de destruction le plus habituellement employé contre les places bien fortifiées. Les troupes de Trincavel paraissent procéder avec méthode : elles prennent les positions les plus favorables à l'attaque, elles occupent la garnison sur plusieurs points, et sur plusieurs points faibles; elles dirigent leurs travaux contre les barbacanes des portes, considérant celles-ci comme plus faciles à forcer qu'un front. Aussi quels soins, quels moyens puissants Louis IX, et plus tard son fils, emploient-ils pour rendre ces portes inexpugnables et pour commander les saillants et les points faibles !

Les assiégeants font ouvrir leurs boyaux de mine dans les maisons qu'ils occupent autour de la cité[4], afin de dérober leur travail aux assié-

[1] Non désignée dans le rapport de Guillaume des Ormes.

[2] « *Item minaverunt ad cornu civitatis, versus domum episcopi.* »

[3] « *Venerunt subtus quemdam murum sarracenum, ad murum de liceis.* »

La porte de l'enceinte des Wisigoths existe encore, mais ne donne aujourd'hui que sur les lices de saint Louis. Elle est de construction romane et restaurée au XIIIe siècle. C'est cette porte que Besse nomme la porte des Amandiers ou des Ameliez, à cause du petit bois d'amandiers qui se trouvait dans son voisinage.

[4] « *Et inceperunt minare de domibus suis, ita quod nihil sciebamus, antequam ad licias nostras venerunt.* » A cette époque, en 1240, la cité de Carcassonne était entourée de faubourgs considérables, faubourgs qui furent démolis après le siége, sur l'ordre de saint Louis.

gés. Ils attendent que plusieurs brèches soient faites sur divers points pour tenter un assaut général. Adossés à un fleuve, ayant une forteresse en face, ils se retranchent et s'emparent des points défendables sur la rive. Enfin, ne pouvant emporter la place après une attaque simultanée contre les défenses entamées par la mine, sachant qu'un corps d'armée arrive au secours de la garnison et va se présenter sur la rive gauche de l'Aude et tenter le passage [1], craignant de se trouver ainsi dans un campement dominé par la cité et exposé à une attaque sur les rives du fleuve, l'armée du vicomte lève le siége. Depuis le moment où elle se présente devant Carcassonne jusqu'au moment où elle se décide à retourner vers le sud, cette armée procède donc avec une connaissance pratique de l'art de la guerre assez remarquable, et qui fait un contraste avec ces expéditions folles de la noblesse française pendant le XVe siècle.

En effet, si l'on met en regard les documents militaires du XIIIe siècle et ceux du XVe, loin d'apercevoir un progrès, on signale plutôt une décadence. Sous Philippe-Auguste, sous saint Louis, sous Philippe le Hardi et Philippe le Bel, on voit des armées qui possèdent des traditions, des méthodes; on reconnaît un ordre, une tactique, soit en campagne, soit devant les places fortes. Il semble qu'après les malheureuses journées de Crécy et de Poitiers, le lien solide déjà qui constitue les armées des XIIe et XIIIe siècles soit rompu en France, que la bravoure seule tienne lieu de l'art militaire. Du Guesclin fait une exception au milieu de ce désarroi. Lui, possède de véritables troupes et sait s'en servir. Mais, après le grand connétable, la confusion ne fait que s'accroître jusqu'au moment où le peuple entre dans l'arène, où Charles VII et Louis XI constituent des armées royales indépendantes de la féodalité.

Ce ne sont ni les moyens d'attaque, ni les engins puissants qui font défaut dans les armées de la fin du XIVe siècle et du commencement du XVe : les mineurs du Nord, les engineurs, ouvriers, gens à gages, sont habiles et actifs; mais l'ordre dans le commandement, l'art de diriger des troupes, de les répartir suivant le besoin, manquent complétement, tandis que certaines expéditions des XIIe et XIIIe siècles indiquent de la part des chefs autant de talent que d'expérience, souvent même des combinaisons profondes. L'investissement du Vexin, l'attaque et la prise du château Gaillard par Philippe-Auguste, sont des opérations militaires conduites avec toutes les qualités qu'on demande à un grand capitaine. Là, pas une fausse manœuvre, rien n'est abandonné au hasard. Le but entrevu dès l'origine est atteint pas à pas, méthodiquement, avec la prudence qui convient à un chef militaire. Les princes, les barons, les chevaliers qui avaient fait la guerre en Orient, en face des armées des kalifes et même des armées grecques, avaient contracté des habitudes militaires qui se perdirent quand la féodalité demeura en Occident. D'ailleurs le

[1] Au mois d'octobre, date du siége, l'Aude est habituellement guéable dans les environs de Carcassonne.

système féodal établi en Orient, en terre conquise, au milieu des races avec lesquelles la fusion était impossible, possède un caractère de force et d'unité, d'ordre et de mesure qu'il ne pouvait conserver en Occident, où les traditions, les mœurs antiques, les restes de l'organisation administrative des Romains, la religion, tendaient à le dissoudre. Le royaume de Jérusalem, celui de Chypre, sont des types purs du système féodal occidental; ces suzerains ont des armées, ou du moins sont à la tête d'une organisation qui permet d'en former facilement.

La guerre faite en 1228 par les troupes lombardes à Jean d'Ibelin, sire de Baruth et roi de Chypre, les succès de ces troupes et leurs revers malgré leur nombre, sous les coups de l'armée féodale du roi, sont une des preuves éclatantes de la puissance de cette organisation développée en Orient par les barons occidentaux.

On est trop enclin à ne voir dans la féodalité que le fractionnement des pouvoirs parmi des seigneurs n'ayant entre eux que des liens souvent rompus; on juge la féodalité sur ses derniers moments, alors que, minée par le pouvoir royal, par l'affranchissement des communes, par ses propres fautes et la ruine des grands fiefs, elle n'était plus qu'un rouage nuisible au milieu d'un État qui tendait à se transformer et à devenir monarchique.

Si la féodalité, en Occident, ne put avoir et n'eut jamais des armées, il n'en était pas de même en Orient, là où elle s'était constituée d'une seule pièce et où elle pouvait se développer conformément à son principe. L'unité d'action ressort de cette constitution. La féodalité telle que nous la voyons établie dans les royaumes de Jérusalem et de Chypre, admettait une haute cour dans laquelle tous les liges des suzerains avaient le droit de siéger. Cette sorte de parlement décidait de toutes les questions, non-seulement les procès entre gentilshommes, mais les affaires relatives à la guerre, à la transmission de la couronne, à la tutelle des princes mineurs.

En campagne, rien ne se faisait que d'après le conseil des barons, et le mot qu'on prête à Philippe-Auguste avant la bataille de Bouvines est exactement dans les mœurs militaires du temps. Le général n'obtenait le commandement supérieur, quand il y avait lieu, que sur le suffrage de ses pairs, ainsi que nous l'avons vu pratiquer dans l'armée des croisés au siége d'Antioche, et ces barons des XIIe et XIIIe siècles, qu'on se plaît à présenter comme des brutaux, bons pour se jeter tête baissée dans une mêlée, étaient habituellement, au contraire, des hommes lettrés, orateurs, légistes, administrateurs et capitaines.

En 1218, les barons qui assiégeaient Damiette « charmaient les ennuis d'un long blocus en discutant les questions les plus abstraites du droit féodal ». Philippe de Navarre, capitaine, légiste, diplomate, poëte, qui remit sur le trône de Chypre Ibelin, à l'aide de son épée et de sa haute raison, cite avec une vive admiration « la science d'Amaury II, roi de Jérusalem; de Bohémond III, prince d'Antioche; de Raoul de Tibériade, du sire de Baruth, du sire de Sidon et de beaucoup d'autres[1] ». Le père de Richard Cœur-de-Lion lisait Végèce sous sa tente ; et si le code féodal en vigueur dans les possessions des Francs en Syrie, à Chypre, nous fait connaître combien ces barons des XIIe et XIIIe siècles étaient instruits et prévoyants, les forteresses qu'ils ont élevées dans ces contrées mettent en lumière leur intelligence militaire[2].

En France, si l'on étudie avec quelque soin des places fortes telles que Coucy, Château-Gaillard et tant d'autres bâties entre la fin du XIIe siècle et le commencement du XIIIe, on reconnaît bien vite un art très-complet, au point de vue de la défense. Or, est-il possible d'admettre que des hommes si intelligents pour préparer la défense ne le fussent pas autant lorsqu'il s'agissait d'attaquer. C'est au contraire la puissance et la sagacité de l'assaillant qui développent la prévoyance et l'énergie de la défense. Les barons du XIIIe siècle n'auraient pas cherché et trouvé ces ressources défensives s'ils n'y eussent été contraints par l'habileté de l'attaque. Il faut donc reconnaître qu'un siége, à cette époque, n'était pas une opération livrée au hasard et à la bravoure de gens de guerre indisciplinés, procédant sans ensemble et sans méthode. Les plans d'attaque n'existent plus, les descriptions sont laconiques ou faites habituellement par des gens qui n'étaient pas militaires ; mais les forteresses attaquées sont en partie debout, et leur bonne ordonnance, la prévoyance qui éclate sur tous les points, indiquent assez quelle était l'étendue des moyens offensifs.

Nous avons dit, au commencement de cet article, qu'il n'y a pas d'armée là où il n'y a pas de peuple. A l'origine du système féodal, il n'y a que des guerriers, tous à peu près égaux, et au-dessous, une plèbe qui n'a aucun intérêt à partager les dangers des nouveaux conquérants. Mais quand l'organisation féodale est arrivée à son apogée, les choses ne se passent plus ainsi, et les guerres d'Orient contribuèrent beaucoup à entraîner les populations dans les travaux militaires ; bien mieux, de roturiers elles firent des chevaliers, et des chevaliers des seigneurs, parfois des seigneurs couronnés. L'art de la guerre, par la féodalité, devenait ainsi une carrière ouverte au génie, n'apparût-il que dans les rangs inférieurs de la société. Au siége de Jérusalem, en 1099, il y avait un corps de *ribauds* commandé par un des leurs, et qui rendit d'éminents services. Ce corps était indépendant, c'est-à-dire qu'il n'appartenait pas à tel ou tel seigneur, mais se mettait à la disposition des barons pour concourir à une opération commune.

De nos jours un siége est une opération souvent longue, difficile et périlleuse, qui demande un chef habile, prudent, patient et tenace. Cependant les travaux préliminaires, tels que l'ouverture des tranchées,

[1] Voyez, à ce sujet, la *Notice sur la vie et les écrits de Philippe de Navarre*, par M. Beugnot, *Biblioth. de l'École des chartres*, 1re série, t. II, p. 1.

[2] Consulter, à l'égard de ces forteresses, les mémoires publiés par M. Emmanuel Rey.

l'établissement des places d'armes et des batteries, se font à une assez grande distance des ouvrages attaqués. Avant l'emploi des bouches à feu, il n'en était pas ainsi. La place investie était aussitôt attaquée, et un siége commençait dès qu'on forçait les lices ou les barrières, qu'on attachait les mineurs aux escarpes et qu'on établissait des *chats*, des galeries ou des tours de bois mobiles pour renverser ou dominer les défenses. L'attaque devait être immédiate, rapprochée et partant active, incessante, pour ne pas laisser aux assiégés le loisir de détruire des ouvrages qui ne pouvaient être faits habituellement qu'après des combats acharnés au pied des murs, entre les lices ou devant les palis. Si les remparts étaient trop élevés ou trop bien garnis de hourds pour qu'il fût possible de tenter des échelades; s'ils étaient assez épais pour résister à l'effet des projectiles lancés par les engins ou au bélier, il fallait en venir à miner. L'art de miner paraît s'être développé dans les guerres de Syrie, et avoir été particulièrement pratiqué par des hommes du Nord, flamands, brabançons, boulonnais. Il est certain que cet art était poussé très-loin dès le commencement du XIIIe siècle.

Il y avait diverses sortes de mines et divers modes de miner. La place assiégée était-elle bâtie sur un escarpement de rocher, ou en terre pleine, ou entourée de fossés remplis d'eau, le travail du mineur se modifiait suivant ces situations différentes. Il fallait aborder le rempart, la tour ou la courtine. Si la défense était élevée sur un escarpement de rocher, des galeries de bois, s'emboîtant et sortant les unes des autres par travées, comme les tubes d'une longue-vue, étaient peu à peu dirigées contre la paroi du roc. Arrivé là, le mineur s'attachait au rocher, et commençait à creuser en cheminant obliquement et en montant jusque sous les fondations; sous ces fondations et au point de leur assise sur le roc, il traçait des zigzags horizontaux, en ayant le soin d'étayer la galerie de mine derrière lui. Quand on jugeait qu'il y avait une assez grande étendue de rempart minée, les ouvriers se retiraient après avoir amoncelé des fagots dans la galerie et mettaient le feu à ces bois; les étais se calcinaient, et la muraille s'affaissait. Dans ce cas, l'assiégé ne pouvait ignorer que ses remparts fussent minés, puisqu'il voyait s'avancer peu à peu le chat jusqu'au roc sur lequel la défense s'appuyait. Il essayait de détruire par le feu ou par des projectiles pesants ce chat, cette galerie qui gagnait le pied du rempart; mais, s'il n'avait pu la détruire, si les ouvriers étaient à l'œuvre, il n'avait d'autre ressource que de contre-miner. Souvent les mineurs du dehors et ceux du dedans travaillaient à quelques pas les uns des autres sans se rencontrer.

Si les défenses étaient établies en terre pleine, avec fossé sec et contrescarpe, les assiégeants ouvraient leurs galeries de mine à une assez grande distance, dans des maisons de faubourg, derrière des murs ou des plis de terrain; ils allaient chercher le sol sous le fossé, le traversaient en tunnel, arrivaient sous les fondations des remparts, et commençaient leurs galeries et chambres étançonnées. Alors les assiégés pouvaient ignorer si on les minait, et sur quels points étaient dirigés les mineurs. Ils cherchaient à découvrir la présence de ceux-ci en plaçant sur les chemins de ronde de petits bassins pleins d'eau : quand on voyait la surface du liquide se rider, on en tirait la conséquence que les mineurs travaillaient sous ce point, et l'on contre-minait. Si la place était entourée d'eau, pour attacher le mineur aux remparts, on comblait peu à peu le fossé au moyen de boyaux de tranchées par lesquels on apportait des matériaux; on formait ainsi une chaussée sur laquelle le chat était successivement allongé jusqu'au moment où l'on atteignait l'escarpe. Alors s'attachait le mineur. Cette façon de procéder, comme la première, désignait à l'assiégé le point où l'on sapait ses murailles; s'il ne pouvait s'opposer à cette sape, il se remparait en arrière. Quelquefois l'assiégeant n'essayait pas de pratiquer une brèche en faisant tomber quelques toises de maçonnerie, mais il creusait une galerie de mine sous les fondations; puis, montant peu à peu, en s'étayant jusqu'au niveau du sol intérieur de la place, il ne laissait sur sa tête qu'une croûte bien blindée; puis, attendant la nuit, il faisait tomber le blindage et débouchait par cette issue dans la place. Ces sortes de mines étaient pratiquées, autant que faire se pouvait, à proximité d'une porte, afin que les quelques hommes déterminés qui s'élançaient les premiers du fontis de la mine pussent se jeter sur la garde de la porte, lever les herses, et ouvrir les vantaux à une colonne d'attaque toute prête et masquée, à l'extérieur. La figure 3 indique la façon dont sont creusées les galeries de mine sous les maçonneries des tours en A et des courtines en B pour faire brèche. Ces galeries sont tracées en zigzag, en laissant subsister les parements intérieurs et extérieurs. Les étais sont posés en manière de chevalements, comme on le voit en D. Ces étais brûlés, le poids de la maçonnerie supérieure venant à charger sur le parement extérieur déliaisonné, s'écrase, et l'ouvrage s'écroule en glissant par le pied, de façon à former un talus permettant à une colonne d'assaut de s'élancer sur les décombres. La coupe de la tour A montre en *a* la galerie de mine passant sous le fossé avec une inclinaison vers le dehors pour éviter que les mineurs ne soient noyés, dans le cas où — comme cela se pratiquait — les assiégés, ayant assez d'eau à leur disposition, auraient cherché à remplir les galeries. Les étais brûlés, la maçonnerie de la tour ne pouvait manquer de s'écrouler, ainsi que l'indique le trait *bc*, le pied de la bâtisse glissant en *c*. En C, est une galerie directe destinée à déboucher dans la place sans faire brèche. Dans un assez grand nombre de places fortes des XIIe et XIIIe siècles, on peut constater l'emploi de ces moyens, soit par la façon dont les remparts se sont écroulés, soit par les restes mêmes des galeries de mine incomplétement rebouchées [1]. Pour parer à ces dangers, les constructeurs militaires établissaient

[1] Notamment aux remparts de la cité de Carcassonne, aux remparts de la baille du château de Coucy, au château (vieux) de Chauvigny.

souvent le rez-de-chaussée des tours sur un plein massif[1], ou, s'ils faisaient les parements avec de la pierre de taille d'une médiocre dureté, ils avaient le soin de composer les massifs en cailloux, en moellons très-

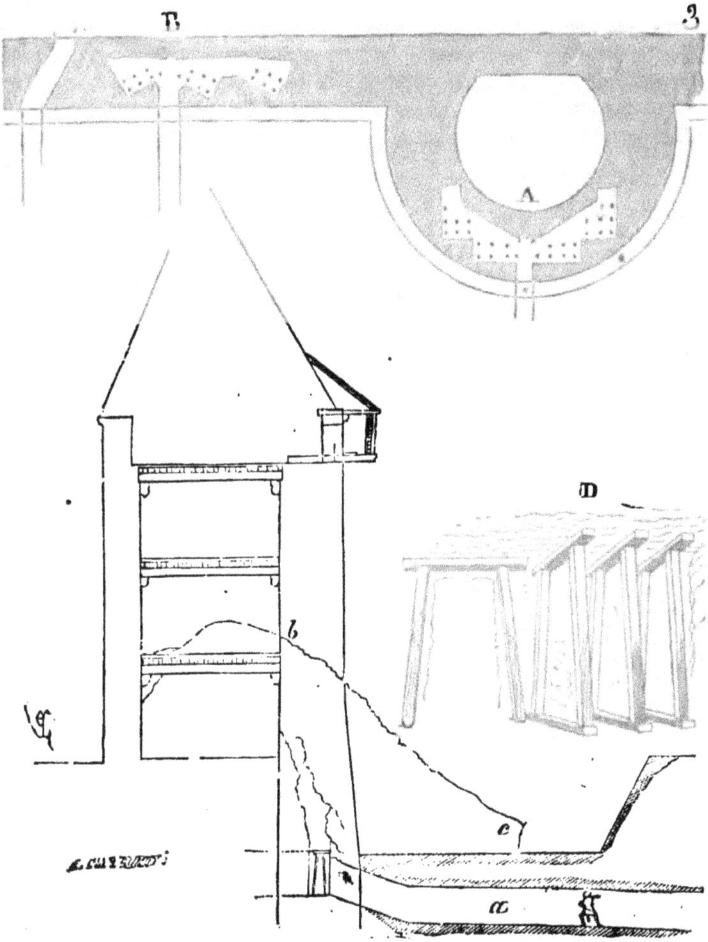

durs; ou bien encore, si l'ouvrage avait une grande étendue, comme une forte barbacane ou une très-grosse tour, ils pratiquaient tout au pourtour de la maçonnerie, sous le talus, une galerie de contre-mine dans laquelle venaient déboucher les mineurs ennemis et où ils étaient reçus comme on peut l'imaginer.

[1] Telles sont établies les tours de la cité de Carcassonne, reconstruites sur les anciennes tours des Wisigoths.

C'est ainsi qu'était conçue la chemise du donjon de Coucy.

Nous avons donné le plan d'ensemble de ce château dans l'article Chateau (fig. 16), et ce plan fait assez comprendre quelle était la destination de cette chemise : elle isolait complétement le donjon, tout en ménageant à sa garnison une sortie sur les dehors, sortie bien masquée, bien défendue.

Un plan de détail (fig. 4) explique la disposition de cette sortie.

Au-dessus du talus, la chemise a $4^m,92$ d'épaisseur (deux toises et demie), et au niveau du fossé A du donjon, $8^m,45$[1]. Tout l'espace *ab* est

4

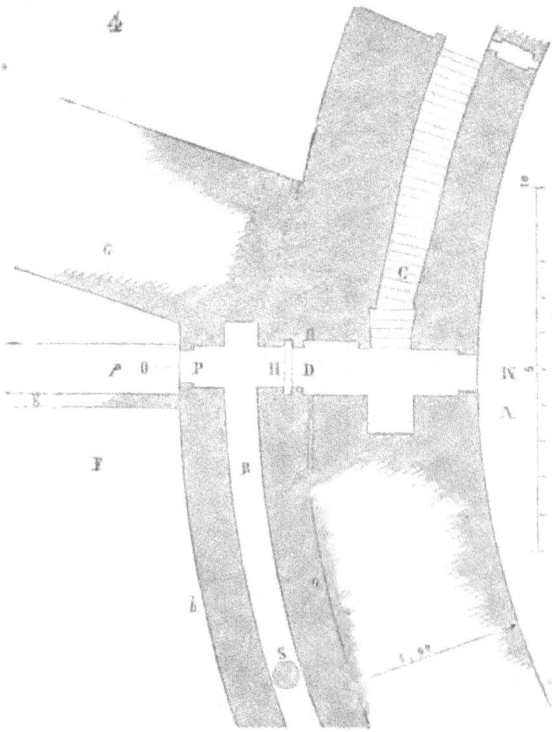

donc occupé par le talus. C'est sous ce talus qu'est pratiquée la galerie B de contre-mine. Les assiégés y arrivent, soit de l'intérieur du château par l'escalier C; encore faut-il ouvrir le vantail D barré et lever la herse H; soit par le fond du fossé A du donjon. La poterne P permettait d'aller de cette galerie B, en traversant le grand fossé F sur le ponceau de bois *p*, jusqu'à une autre poterne extérieure percée dans le mur

[1] Le fossé du donjon est dallé sur maçonnerie établie sur le roc calcaire.

de la baille et munie d'un pont-levis; ce ponceau était commandé par la grande courtine G du château [1] et crénelé en E contre le grand fossé. Ainsi l'assiégeant se fût-il emparé de ce fossé, qu'il ne pouvait empêcher la garnison du donjon de se mettre en communication avec les dehors; car la poterne extérieure est elle-même commandée par une des tours du château. Il ne faut pas omettre de dire que le grand fossé F est creusé dans le roc et qu'il a 25 mètres de largeur environ. Si l'assiégeant, maître de la baille, était parvenu à s'établir dans ce fossé sous des galeries blindées, à couvert des projectiles lancés du chemin de ronde de la

5

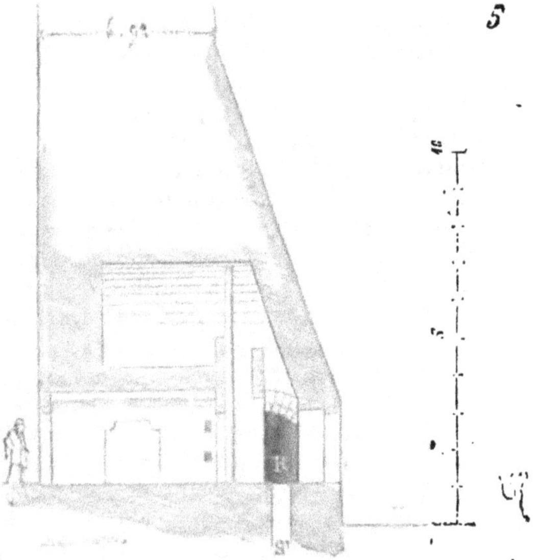

chemise, et qu'il voulût ruiner cette chemise, il ne pouvait guère le faire qu'au niveau même du fond du fossé. Alors, ayant creusé la maçonnerie à 1 mètre de profondeur, il rencontrait sur sa tête la galerie de contre-mine. La coupe (fig. 5), faite de O en M sur le plan précédent, montre en effet en I le fond rocheux du grand fossé, et en R la galerie de contre-mine de la chemise sous le talus. En S (voyez sur le plan), est une source abondante au niveau du sol de la galerie, creusée en forme de puits (voyez en S' sur la coupe). En supposant que les assiégeants eussent miné sous la galerie de contre-mine, il était aisé aux assiégés d'empêcher de mettre le feu aux étais de la mine.

Ces soins, ces précautions infinies, sont la preuve de la valeur et de

[1] Voyez, pour ces dispositions qui se rapportent à l'ensemble de la défense, l'article CHATEAU, fig. 16, 17 et 18.

l'habileté des mineurs à cette époque[1]. La galerie de contre-mine ne diminue en rien la force de la chemise, puisque cette galerie est ménagée sous le talus. Au milieu de l'arc de la chemise, la galerie est en communication directe avec le chemin de ronde supérieur par un escalier construit sur plan barlong[2].

Les assiégeants tenaient avant tout, quand ils avaient affaire à une place importante, à s'emparer des barbacanes, parce que les barbacanes prises, il devenait impossible aux assiégés de tenter des sorties, et qu'alors les travaux du siége pouvaient se poursuivre sans avoir à craindre leur destruction. Les pierrières, mangonneaux, trébuchets, n'ayant guère qu'une portée de 150 mètres, il fallait, pour établir des batteries de ces engins, s'assurer d'abord que les assiégés ne pourraient venir instantanément les briser ou les incendier. D'ailleurs les barbacanes, formant des saillants considérables, donnaient par conséquent des flanquements qu'il fallait tout d'abord enlever aux assiégés. Quand les barbacanes étaient prises, quand les lices étaient occupées ou enfilées par des ouvrages extérieurs, l'investissement était effectif et les opérations du siége étaient menées régulièrement. Les assiégés, à l'aide d'engins dressés sur des plates-formes ou sur des tours, ou derrière les courtines, ne pouvaient empêcher la poursuite des travaux des assiégeants, qui se garantissaient par des épaulements, des mantelets, et qui, derrière des clayonnages, postaient des archers et des arbalétriers occupés sans cesse à couvrir de projectiles les crénelages des chemins de ronde. Les premières opérations des assiégeants, devant une place bien garnie et bien défendue, consistaient donc à s'emparer d'abord des barbacanes. Ayant les barbacanes, on avait les lices; ayant les lices, la garnison ne pouvait plus sortir de la place, et alors commençaient les travaux de mine pour faire brèche, ou encore l'approche des beffrois destinés à jeter une colonne d'attaque sur les chemins de ronde[3].

En 1216, Louis, fils de Philippe-Auguste, avait été mettre le siége devant le château de Douvres, à la tête d'un nombreux corps d'armée. Devant le château de Douvres était une barbacane bien palissadée de troncs de chêne et entourée d'un fossé. Louis laissa une partie de ses troupes en bas, dans la ville, et alla s'établir sur la falaise devant la forteresse, afin de compléter l'investissement. « Lors fist Looys drecier ses « pierieres et ses mangouniaux pour jeter à la porte et au mur; si fist « faire .i. castel de cloies moult haut, et un cat por mener au mur; ses « mineours fist entrer el fossé, qui minerent la piere et la tierre dessous « le roilleis. Puis les fist assaillir as chevaliers de l'ost; si fu tantost « la barbacane prise...[4] » Pour prendre la barbacane du château de

[1] La construction du donjon de Coucy et de sa chemise date de 1225 environ.

[2] Voyez CHATEAU, fig. 16 et 17.

[3] Voyez ARCHITECTURE MILITAIRE, fig. 15 et 16; ENGIN, fig. 32.

[4] *Hist. des ducs de Normandie*, manuscrits de la Bibliothèque impériale, publiés par Franc. Michel (Société de l'histoire de France), 1840.

Douvres, on élève en face un bastillon de clayonnages rempli de terre, suivant l'usage. On obtient ainsi un commandement sur les ouvrages de la barbacane; on place une batterie d'engins sur ce bastillon, puis on fait avancer un chat dans le fossé, jusqu'au pied du talus portant la défense en bois, et l'on mine sous ces défenses. La barbacane prise, Louis fait miner une des deux tours de la porte, qui s'écroule. La colonne d'assaut s'élance; mais les assiégés la repoussent avec vigueur, puis barricadent la brèche et y accumulent des troncs de chênes, des chevrons, des madriers, si bien que la place ne tombe pas au pouvoir des Français. Nous voyons toujours les assiégeants établir devant les places ces bastillons, ces châteaux terrassés, revêtus de palis ou de clayonnages, pour dresser leurs batteries d'engins. C'est l'*agger* des Romains. Au siége de Toulouse, le château Narbonnais (terrassé en partie par Simon de Montfort) en tient lieu. Parfois même ces bastillons deviennent de véritables lignes avec leurs courtines et leurs flanquements, le tout terrassé. C'est de là que partent les tranchées qui aboutissent au fossé et permettent de faire avancer les *chats*. Ces chats, dont nous avons parlé ailleurs déjà [1], étaient montés hors de la portée des engins des assiégés, amenés sur des galets ou rouleaux jusqu'au bord du fossé, puis poussés sur des remblais jusqu'au pied des remparts. Ainsi les assiégeants avaient-ils une galerie bien couverte par de forts madriers garnis de lames de fer, de peaux fraîches ou de terre mouillée, qui permettait aux mineurs de s'attacher au pied des murs, et plus tard, quand les mines étaient prêtes, aux hommes d'armes de se précipiter dans la place. Ces chats, comme nous l'avons dit plus haut, se composaient parfois de deux et même de trois travées rentrant les unes dans les autres, comme l'indique la figure 6, en A. Ainsi, après avoir fait une tranchée en pente dans la contrescarpe du fossé (voyez l'ensemble B, de *a* en *b*), après avoir fait de la terre de cette tranchée un *agger* à droite et à gauche en C, on faisait approcher le chat A avec sa travée de doublure D, celle-ci posée sur des galets comme le corps principal; puis, par l'orifice antérieur, on apportait peu à peu des remblais dans le fossé, on faisait rouler la galerie intérieure au fur et à mesure de l'avancement du remblai, et ainsi jusqu'à ce que l'orifice antérieur de la galerie intérieure eût touché le pied du rempart ou le roc. Pendant ce temps, du terre-plein des bastillons extérieurs, les assiégeants faisaient pleuvoir sans trêve une grêle de grosses pierres sur le point attaqué; les hourds H étaient mis en pièces, et les archers et arbalétriers couvraient les crénelages de projectiles. La rapidité avec laquelle, à l'aide des mangonneaux, on détruisait les hourds, la facilité qu'on avait à les incendier, firent adopter les mâchicoulis de pierre avec crénelages également de maçonnerie. Ce système de défense paraît avoir été d'abord adopté en Orient, car on en voit sur des défenses chrétiennes de Syrie qui datent de la fin du XIIe siècle, c'est-

[1] Voyez ARCHITECTURE MILITAIRE (le *musculus* des Romains).

à-dire un siècle environ avant leur emploi en Occident. Mais il ne faut pas oublier que les Orientaux possédaient des engins supérieurs aux nôtres, et que l'efficacité de leur tir dut faire adopter promptement, par les Occidentaux établis en Syrie, les chemins de ronde avec gardes de pierre. En adoptant les mâchicoulis avec crénelages de pierre couverts, pour résister plus efficacement aux machines de jet, on renonçait aux

6

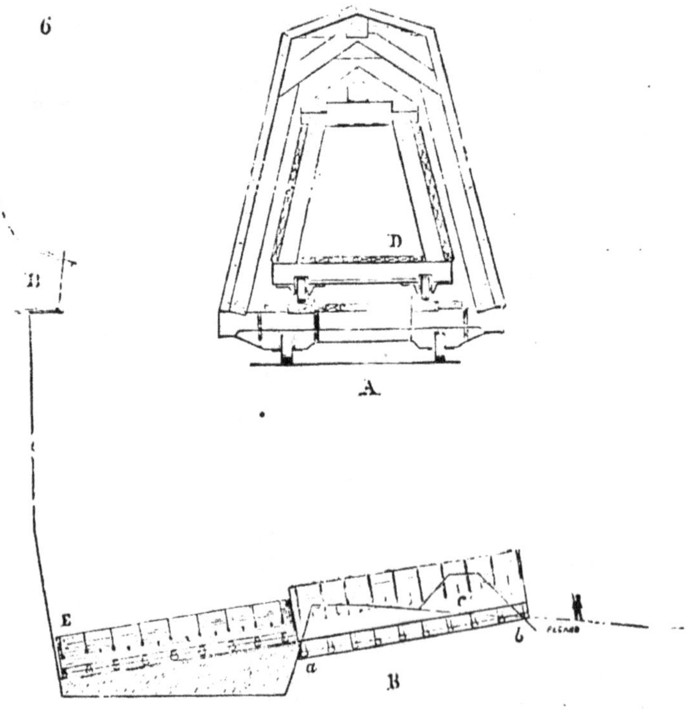

meurtrières percées à la base des remparts, et au contraire on tenait à donner à ces soubassements une très-forte épaisseur, une parfaite homogénéité et une grande dureté, pour présenter aux mineurs des obstacles plus sérieux. Les châtelets terrassés, ou bastillons, étaient parfois assez élevés pour permettre aux armées assiégeantes de commander les défenses des assiégés. Pour élever un bastillon, on profitait des dispositions du terrain. Aussi, dans l'établissement des places fortes, avait-on la précaution de planter, en face des approches accessibles ou dominantes, une ou plusieurs tours plus élevées que les autres. Ces tours étaient souvent voûtées à tous les étages, avec une plate-forme au sommet pour permettre de disposer des batteries d'engins qui commandaient les alentours; ce qui n'empêchait pas les constructeurs de forteresses d'élever des ouvrages avancés beaucoup plus étendus qu'on ne le suppose généralement, afin de retarder d'autant les approches des points attaquables. Quand on examine avec attention les alentours des châteaux et places fortes des XIIe, XIIIe et XIVe siècles, on retrouve encore des traces de terrassements à des distances de 100 et 150 mètres des remparts, et ces terrassements, qui n'avaient qu'un très-faible relief, étaient couronnés de palissades. Ces terrassements avec leurs fossés étaient assez forts cependant pour qu'après quelque assaut infructueux, on dût avoir recours à la mine pour s'en emparer.

Nous trouvons dans un roman du XIIIe siècle : *Messire Gauvain*, par le trouvère Raoul[1], une description assez curieuse d'un siége de château par les gens de la dame de Gautdestroit. Les assiégeants commencent à reconnaître la place ; ils trouvent un point faible où les murs sont bas, où le fossé est comblé et les maçonneries dégradées. Ils s'établissent en face de ce point, et font leur rapport au chef (la dame de Gautdestroit). Alors on fait arriver les troupes, on charrie les mangonneaux et les pierrières, et l'on investit la forteresse entièrement. Une pierrière est dressée en face de la courtine faible ; deux mangonneaux sont élevés devant un pont-levis pour le détruire, ainsi qu'un hourdage. Les assaillants bâtissent encore un castillet de dix toises de hauteur[2]. Dans le hourdage de bois qui le couronne s'est posté le chef avec ses archers, des lansquenets et des arbalétriers. Cinq jours sont employés à dresser ces ouvrages et à monter les engins. Après quoi on attaque les lices, puis les remparts. Pendant les assauts, les engins jettent force pierres sur les défenseurs du château[3]. Ceux-ci repoussent l'assaut en jetant pierres et carreaux, charbons brûlants et eau chaude. L'assaut n'ayant pas réussi au gré des

[1] Ce poëme a été publié par M. C. Hippeau, 1852, Aug. Aubry édit.

[2] Vers 2877 et suiv. :

« Un castelet ont contrefait,
« Qui bien ot .x. toisses de haut.
« Sus le castel, en l'escafaut,
« Ot mis la dames ses arciors :
« Lancéors et arbalestriers
« Y ot por cels dedens grever.
« . . . . »

[3] Vers 2900 et suiv. :

« Cil debors fisent caines tendre
« Et font eskieles por monter,
« Droit as mur les font aporter,
« Si sont en contremont drecies
« Et lor perieres adrecies
« Et lor mangounialx font jeter.
« Lors véissiez pieres fonder
« Et assaillir mult aigrement.
« Et cil dedens hardiement
« Se desfendent à lors crenials
« Et jetent pierres et quarrials
« Et carbons caux et eve caude,
« Qui cels do fors art et escaude.
« . . . . »

assiégeants, la nuit[1], plus de vingt mineurs descendent dans le fossé pour percer la muraille; ils parviennent à en faire tomber trois toises; mais aussitôt les gens du château apportent de gros troncs d'arbres, élèvent un hourdage en dedans du mur écroulé, etc.

Il est nécessaire peut-être de présenter avec plus de précision ces dernières opérations d'un siége régulier au XIIIe siècle. Réunissant donc les divers documents écrits qu'on possède, les figurés épars dans les manuscrits ou bas-reliefs, et surtout les restes, soit des forteresses attaquées, sur les points d'attaque, soit des ouvrages élevés par des assaillants, on peut prendre une idée assez exacte des travaux considérables que nécessitait la prise d'une place forte bien défendue.

Dans les fortifications du XIIIe siècle, les tours sont espacées entre elles de 50 mètres au plus, c'est-à-dire de la portée droite d'un carreau d'arbalète. Les fossés ont de 10 à 15 mètres de largeur, s'ils sont remplis d'eau, quelquefois plus, s'ils sont secs. La hauteur des courtines, du sol du crénelage au niveau de la crête de la contrescarpe, varie de 8 à 12 mètres. Les tours dominent toujours les courtines. Il arrive que les courtines atteignent une hauteur plus considérable, mais cela est rare[2].

Quand on attaquait une enceinte bâtie dans de bonnes conditions, bien flanquée, munie de hourds, garantie par des fossés, on choisissait un saillant, ainsi que cela se pratique encore aujourd'hui; mais le point de l'attaque, celui où l'on voulait faire brèche et livrer l'assaut, était rarement une tour. Les tours étaient fermées à la gorge; les mineurs qui parvenaient à y pénétrer s'y trouvaient entourés, et devaient percer l'autre partie du cylindre pour s'introduire dans la ville. On dirigeait donc l'attaque perpendiculairement à une courtine entre deux tours. Il fallait alors détruire les flanquements de cette courtine, c'est-à-dire les défenses des tours à droite et à gauche.

Les barbacanes et les lices prises, la garnison enfermée dans la défense principale, la place investie, on cheminait par des tranchées jusqu'à la contrescarpe du fossé. Comme les tours avaient des commandements considérables, il fallait défiler les tranchées par des épaulements et des

[1] Vers 2928 et suiv. :

« Au soir, quant li jors fu salis,
« Qu'il furent las et la nuis vint,
« Vinrent li mineur plus de .xx.,
« As fossés, por le mur percier,
« As bordons et as pius d'acier.
« Si sont del mur mult aprocié,
« Qu'il l'ont en pluisors lius blecié
« Et esfondré. Icele nuit
« Qui qu'il en poist, ne qui c'anuit,
« Trois toisses en ont abatu.
« . . . . »

[2] Il n'est question ici que des enceintes. Dans les châteaux, les courtines auxquelles étaient adossés des bâtiments étaient parfois beaucoup plus élevées; mais les défenses des châteaux présentent des dispositions plus variées que celles des enceintes de villes.

palissades ou des mantelets, d'autant plus élevés, qu'on approchait davantage de la contrescarpe. Ces tranchées ayant atteint le bord du fossé en face du point d'attaque, on apportait des fascines, des clayonnages, et l'on se faisait une première couverture à l'aide de ces matériaux contre les projectiles des assiégés; on plaçait là deux pierrières qui, bien que dominées, envoyaient des blocs de pierre sur les hourds ou pardessus les murailles, occupaient les assiégés, et pouvaient détruire leurs engins disposés derrière les chemins de ronde, soit sur le sol de la place, s'il était élevé au-dessus du sol extérieur, soit sur des plates-formes de charpente dressées derrière les courtines. Sur ce point affluaient alors des bois, des claies, des fascines, de la terre, et toujours, en se couvrant par un épaulement antérieur, on élevait un bastillon rectangulaire, terrassé entre les clayonnages jusqu'à la hauteur convenable pour battre les tours voisines et la courtine [1]. Le bastillon élevé avec des pentes pour y monter, on le garnissait, en face de la courtine attaquée, d'un haut mantelet de bois de charpente et de claies, revêtu de grosses toiles, de feutre, de peaux fraîches, pour arrêter les carreaux des assiégés et amortir les pierres ou les feux lancés par leurs engins. Sur la plate-forme du bastillon, deux pierrières étaient dressées. Or, en prenant la dimension d'une pierrière, d'après la donnée de Villard de Honnecourt [2], on trouve, pour le patin de cet engin, 12 mètres de longueur et 7 à 8 mètres de largeur. Pour placer deux engins de cette taille, il fallait que la plate-forme (en la supposant carrée) eût 24 mètres de côté. Ces deux pierrières battaient les deux tours flanquantes sans relâche, détruisaient leurs hourdages, et des arbalétriers postés, soit sur cette plate-forme, soit sur les épaulements des tranchées, tiraient sur tous les défenseurs qui se présentaient pour réparer les dommages ou tirer à découvert. Une ou plusieurs pierrières étaient, en outre, chargées de détruire la batterie d'engins que les assiégés ne manquaient pas d'établir en arrière de la courtine. Cependant, sous le bastillon, avait été réservé un passage, un couloir dans lequel était amené un chat, comme celui présenté figure 6. Si l'assiégeant, avec ses engins, était parvenu à détruire les hourds des défenseurs, à cribler les crénelages, à brûler même les ouvrages de bois en les couvrant de projectiles incendiaires, alors, pendant la nuit, on faisait sortir le chat de son couloir; il était roulé sur des terrassements et des fascines jusqu'au pied de la courtine, et les mineurs y étaient attachés. L'assiégé n'avait plus que la ressource, ou de contre-miner, ou de se remparer en arrière, soit de l'issue de la galerie de mine, soit de la brèche, si les mineurs faisaient tomber une partie de la muraille.

1 « L'amirans fist venir ses perrieres getans,
« Et cloies, et les pieres, et picos bien trenchans;
« Lors commence .I. assaus mervillous et pesans. »

(*Fierabras*, XIIIe siècle, vers 5178 et suiv.)

2 Voyez ENGIN, fig. 9 et 10.

7

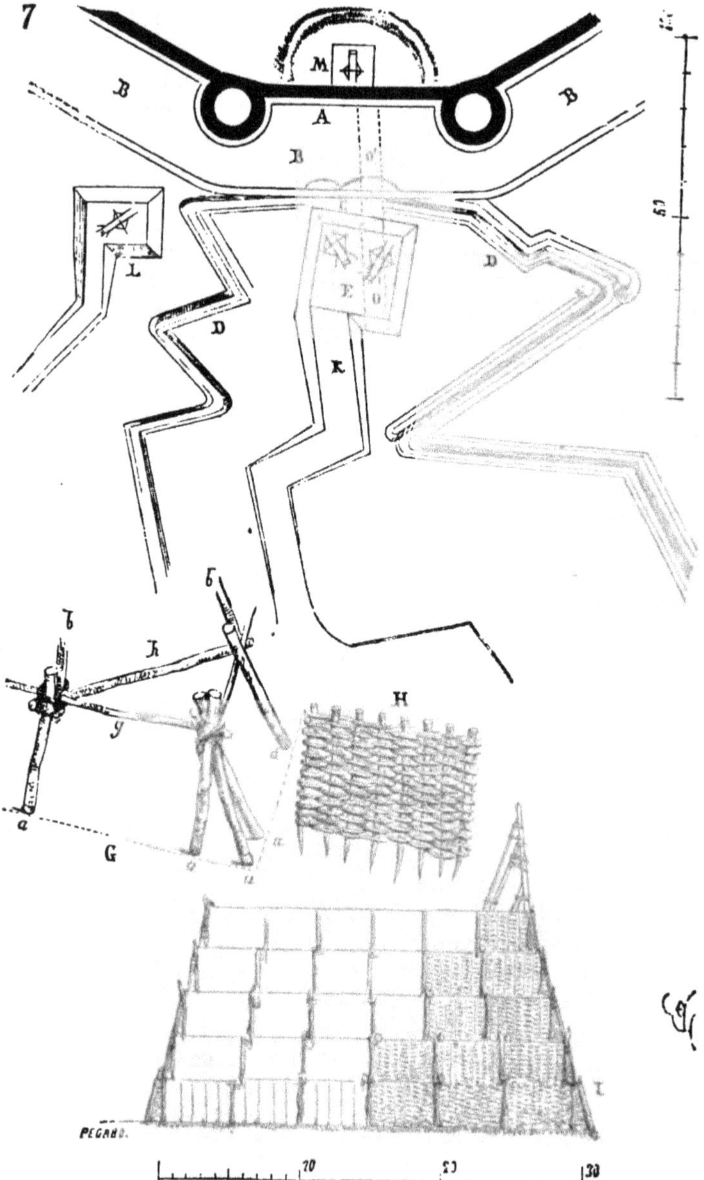

En supposant que nous ayons à suivre ces diverses opérations sur le terrain (fig. 7) : En A, est tracée la courtine attaquée, flanquée de ses deux tours espacées l'une de l'autre de 50 mètres. En B, est le fossé. Les assiégeants ont cheminé jusqu'en C par les tranchées D. Là ils ont commencé à dresser le bastillon E. Comme en pareil cas il faut se hâter, cet ouvrage est élevé par étages, en n'employant que des bois courts, faciles à manier[1]. En G, est figuré un angle du bastillon commencé. De gros pieux *a* de 3 à 4 mètres de longueur sont fichés en terre, reliés par des entretoises horizontales *g* et par les goussets *h*. Entre ces sortes de châssis sont attachés les panneaux de clayonnages H, également fichés en terre. Quand toute la partie antérieure I (en face de l'ennemi) est ainsi établie, on apporte de la terre, des branches, des fascines, dans l'espace clayonné, puis on monte un second rang de piquets et de clayonnages *b*; on continue à garnir de terre. A mesure que l'ouvrage s'avance sur le devant, on le complète en arrière, et on le monte à la hauteur voulue, ainsi que la rampe K, qui conduit à sa partie supérieure. Sur cette plate-forme sont posés de forts madriers, puis les pierrières en batterie, destinées à détruire les défenses des tours. Pour battre les engins des assiégés M, une petite plate-forme est supposée établie en L. Le chat est amené dans la galerie O, ménagée sous le bastillon. Bien abrité, il peut attendre le moment où on le coulera en O', dans le fossé, sur des remblais jetés par son orifice antérieur. Une vue cavalière (fig. 8) fera, pensons-nous, complétement saisir cet ensemble de travaux, qui ne pouvaient se faire qu'avec beaucoup de monde et assez lentement. Pendant des semaines, des hommes de corvée n'étaient occupés qu'à abattre et charrier du bois, à façonner des claies, à tresser des cordages, à fendre du merrain. Les chefs militaires donnaient habituellement ces travaux à l'entreprise, comme nous l'avons vu plus haut, et ces entrepreneurs ont des noms roturiers.

Mais une entreprise telle qu'un siége d'une place forte importante était longue, dispendieuse; la défense, depuis le milieu du XIIe siècle jusque vers le milieu du XIVe, conserve évidemment une supériorité sur l'attaque. Jusqu'à cette dernière époque, le système d'attaque des places ne se modifie pas d'une manière sensible. Le temps des grands siéges est passé en France, et les deux batailles de Crécy et de Poitiers se livrent en rase campagne. Mais, sous Charles V, Bertrand du Guesclin ne s'en tient plus guère aux traditions, et, comme tous les grands capitaines, adopte un système d'attaque nouveau alors et qui lui fait obtenir des résultats surprenants. Du Guesclin laisse de côté les moyens lents, qui découragent les troupes et exigent un attirail considérable, des terrassiers, des approvisionnements énormes de bois, des charrois difficiles dans des provinces où les routes étaient rares et mauvaises. Grâce à son coup d'œil prompt, à sa bravoure personnelle, à la confiance de ses troupes dévouées et aguerries, composées en grande partie de routiers habitués aux fatigues, il ne s'embarrasse pas d'investir méthodiquement

[1] Cette méthode était adoptée déjà par les Romains.

les places; il se présente sur un point qu'il sait choisir, dresse ses machines, attaque les abords avec furie, pousse les assiégés l'épée dans

les reins, et, sans leur donner le temps de se reconnaître, les fatigue et les déconcerte par des assauts successifs, pendant qu'il couvre les remparts d'une pluie de projectiles. Quelquefois il prend les villes par des coups d'audace.

A la tête des gens de Guingamp, il se présente devant le château de Pestien, place très-forte et bien munie. Il vient droit aux bailles, fait appeler le châtelain et le somme de se rendre. Le châtelain le raille, et lui répond qu'il ne saurait livrer une place aussi forte et où il peut tenir un an.

« Chastelain, dit Bertran, vous serez deslogiez ains qui passe .III. jours, « tout mal gré qu'en aiez [1]. »

Dès l'aube, le lendemain, tout est préparé dans le camp de du Guesclin pour attaquer. Les arbalétriers, couverts de leurs pavois, sont ordonnés devant les lices. Dans un bois proche de la place ont été concentrés mille hommes de corvée et cent chars attelés, pour préparer les engins nécessaires et les transporter au point indiqué. Près des fossés s'avancent les arbalétriers, qui commencent un tir nourri contre les crénelages. Des échelles apportées de Guingamp sont disposées derrière les lignes d'arbalétriers.

D'autre part, les gens du château ne restent pas oisifs. En vingt endroits ils ont fait, sur les chemins de ronde supérieurs, des dépôts de tonneaux et de barils remplis de terre et de cailloux, de pains de chaux vive [2].

Bertrand, présent partout, encourage son monde à tenir bon :

« Or avant ! bonne gent, soiez fier et esmaux;
« Assailliez fierement, ce sera nos hostaux ;
« Anuit y logerai, ains que couche solaux [3]. »

Il fait forcer les défenses de la baille devant lui. On apporte alors les échelles; les archers et arbalétriers assiégeants redoublent leur tir : nul ne peut se montrer entre les merlons sans être frappé [4]. Les bourgeois de Guingamp comblent les fossés de fascines. Sur les échelles se précipitent les soldats armés pour l'assaut, portant, attachés sur leur tête, pavois, écus nervés.

En même temps Bertrand fait brûler et jeter bas la porte du châtelet [5], force cette première entrée, et se présente sur la chaussée qui, de ce

[1] *Chronique de Bertran du Guesclin*, par Cuvelier, trouvère du XIVe siècle, vers 3097 et suiv. (*Collect. des docum. inéd. sur l'hist. de France*).

[2] « On se doit garnir de grant foison de dures pierres et caillous, et mectre sur les « murs et sur tours à grant quantité, et emplir plusieurs grans vaisseaulx de chaulx; et « quant les ennemis approchent, ceuls vaisseaulx doivent estre lanciez jus des murs et « respandue celle chaulx, laquelle entre es yeulx des assaillans, et les rent comme avu- « gles. » (Christine de Pisan, *Le livre des faicts et bonnes meurs de sage roy Charles*, chap. XXXVI.)

[3] *Chron. de Bertran du Guesclin*, vers 3133 et suiv.

[4] « Aux créneaux ne s'osoient amonstrer, ce créez,
« Pour le trait qui venoit, qui doit etre doublez. »

[5] « La porte par devant fust arse et dépécie. »

châtelet conduit à la porte du château, dont la herse est abaissée. Sur cette chaussée se trouvent les défenseurs. Bertrand fait avancer ensemble vingt arbalétriers pour couvrir ses assaillants. Ceux-ci s'avancent avec leurs échelles, les plantent contre les défenses de la porte; les hommes d'armes attaquent les restes des défenseurs du châtelet. Cinquante soldats ont déjà gagné les crénelages, et un écuyer de Normandie, s'adressant à du Guesclin :

« Sire, votre pennon, pour Dieu, je vous en prie ! »

Il le plante sur le parapet. La herse est levée, et les assaillants se précipitent sous la porte[1]. Mais le châtelain se jette en désespéré avec quelques hommes contre les gens de Bertrand, il en tue plusieurs; puis, avisant une charrette, il la fait rouler en travers du passage. Appelé par un soldat devant Bertrand, il rend la place. Ce n'est pas la seule occasion où du Guesclin emploie ces procédés expéditifs pour s'emparer d'une forteresse, ce qui ne l'empêchait pas d'ailleurs de réunir avec une prévoyance rare tout ce qui est nécessaire pour faire un siége en règle. Nous voyons même qu'en attaquant le château de Pestien[2] par eschelades et de vive force, il a eu le soin de réunir à son corps d'armée cent chariots et mille ouvriers, et qu'il emploie toute une nuit à couper du bois et à préparer des engins.

Au siége de Meulan, du Guesclin s'empare hardiment de la baille, des ouvrages avancés, sans travaux préparatoires, et il force la garnison à se retirer dans le donjon qui commandait le pont sur la Seine. Les soldats de Bertrand ne peuvent le prendre de vive force; ordre est donné de miner cette tour. Les mineurs ont avec eux des hommes de garde pour

[1] Il est nécessaire de faire une observation. Le trouvère Cuvelier appelle la herse une *barbaquenne :*

« La *barbaquenne* estoit tout aval abaissie. »
« . . . .
« La *barbaquenne* fu encontremont sachie (tirée). »
« . . . .
« Et que la *barbaquenne*, qui fu de fer pesant,
« Estoit levée amont, lors viennent acourant. »

On sait que le mot de *barbacane* est habituellement donné à un ouvrage avancé servant à couvrir une porte. Or, ici, il ne peut y avoir de doute sur la signification donnée par le poëte à ce mot : c'est une herse, et non un pont-levis. Quand l'eschelade a réussi, les soldats de Bertrand tirent la *barbaquenne en contremont,* ce qui signifie qu'ils la lèvent : or, ils n'auraient pas *levé* le pont-levis étant dans la ville, pour empêcher leurs compagnons d'entrer; et les défenseurs, le châtelain à leur tête, ne se seraient pas précipités au-devant des assaillants en voyant le pont-levis *levé amont,* puisque ce pont, levé, les en eût séparés. C'est donc bien d'une *herse* qu'il s'agit ici. Le mot de *barbaquenne* appliqué à une herse est-il plus ancien que le même mot appliqué à un ouvrage avancé? lui est-il postérieur? C'est ce que nous ne saurions décider. Le mot barbacane appliqué à un ouvrage extérieur est employé dès le XIIe siècle. (Voy. du Cange, *Gloss.*)

[2] Aujourd'hui Pestivien (Côtes-du-Nord), 25 kilomètres de Guingamp.

les défendre au besoin, si l'assiégé évente la mine; mais les mesures sont si bien prises et la terre enlevée avec de telles précautions, que la garnison n'a pas connaissance du travail souterrain. La mine est enfin vidée, étayée de bois graissé[1]; le feu y est mis, et la moitié de la tour « en chéy au lez devers le mont. »

Il est évident qu'aux yeux des gens de guerre de son temps, du Guesclin, qui faisait bon marché des routines et qui emportait en vingt-quatre heures des places qu'on supposait pouvoir tenir pendant plusieurs mois, était (qu'on nous passe le mot) un gâte-métier. C'est ce que disaient les vieux généraux de la coalition, des officiers de nos armées républicaines : « On ne se bat pas comme cela ! »

Ce n'était pas seulement les commandants ennemis qui voyaient dans du Guesclin un capitaine gâtant l'art de la guerre, ses frères d'armes manifestaient aussi parfois cette opinion. Mais du Guesclin, par sa franchise, sa finesse, sa loyauté, et surtout ses succès éclatants, enlevait à ces défiances ce qu'elles auraient pu produire de funeste. La noblesse n'était pas encore, à cette époque, dominée par la vanité jalouse qui plus tard fut si préjudiciable au royaume de France. Elle savait au besoin reconnaître la supériorité d'un chef doué d'un véritable mérite, et se soumettre à son autorité. D'ailleurs, l'habile capitaine, qui sait attendre son heure, reprend bien vite la place due à son génie. Tout chevalier et bon chevalier qu'il était, du Guesclin porta un coup aussi rude à la chevalerie, déjà fort abattue, qu'aux forteresses qui lui servaient de refuge.

Il suffit de voir comment fut conduite la petite armée qui gagna la bataille de Cocherel, pour reconnaître la supériorité militaire de du Guesclin. Bien que Charles V, à peine roi, non encore sacré, l'eût nommé, après la mort du roi Jean, *mareschal pour li*, ce n'était pas là un titre qui pût lui donner une autorité sérieuse sur les gentilshommes qui composaient sa petite armée, et parmi lesquels on comptait des grands seigneurs, tels que le comte d'Auxerre. Aussi, à peine entré en campagne pour s'opposer à la marche du captal de Buch, qui, ayant réuni ses troupes à Évreux, prétendait surprendre le jeune roi à Reims pendant son sacre, les chefs de l'armée de du Guesclin se posent en donneurs d'avis. C'est d'abord Godefroy d'Anequin qui donne le sien, puis le sire de Beaumont[2]. Du Guesclin, qui suivait l'arrière-garde, laisse dire; on se dirige sur le passage du captal, peu lui importe le reste. Celui-ci tenait beaucoup à dérober sa marche :

> « Et faisoient grant paix, sans noise et sans cri,
> « Pour l'amour de Bertran qui redoubtoient si. »

D'après Froissart, le captal s'informe, auprès d'un héraut d'armes qu'il rencontre sur sa route, de la marche des Français. Le héraut répond que ceux-ci ont grand désir de le rencontrer, qu'ils ont pris le

[1] *Chron. de Bertran du Guesclin*, vers 4012 et suiv.

[2] *Chron. de du Guesclin*, vers 4145 et suiv.

Pont-de-l'Arche et Vernon, et doivent être près de Pacy [1]. Le trouvère Cuvelier ne parle pas de ce fait; mieux informé de ce qui se passe dans l'armée française que des gestes de l'armée du captal, il présente la troupe de du Guesclin envoyant des coureurs en avant qui ne découvrent rien. Mais Bertrand [2], arrivé à Cocherel et ayant fait traverser l'Eure à ses gens, malgré le rapport négatif des coureurs, se montre cette fois comme commandant et dit aux éclaireurs : « Vous n'êtes bons qu'à piller sur les grands chemins; si j'eusse couru moi-même, j'aurais bien su trouver les Anglais. C'est ici leur chemin, ils y passeront, et nous les attendrons. » En effet, les Anglais se présentent bientôt sur les coteaux, vers Jouy.

L'armée de du Guesclin se trouvait postée alors dans des prairies qui ont environ 1500 mètres de largeur entre l'Eure et les coteaux assez escarpés qui bordent la rive gauche de cette rivière. Les Français avaient donc celle-ci à dos et étaient maîtres du pont qui conduit au village de Cocherel; sur les coteaux, des bois; sur les pentes, des haies. L'armée du captal se trouvait ainsi dans une position inabordable. Descendre en plaine, attaquer les gens de du Guesclin, ce n'était pas une manœuvre prudente, car, en examinant les localités, on reconnaît qu'entre les prés occupés par les Français et la colline, il y a une dépression et des coupures naturelles. Pendant deux jours et deux nuits, les armées s'observent. Du Guesclin s'oppose à toute attaque, le captal en fait de même de son côté. Cependant les batailles sont bien ordonnées de part et d'autre, et chacun demeure à son poste. La seconde nuit Bertrand réunit les seigneurs : « Dès l'aube, dit-il, faisons passer notre harnais et notre bagage de l'autre côté de l'Eure; nous, bien ordonnés suivant nos batailles, nous les accompagnons sur les flancs et les couvrons en queue, comme si nous battions en retraite. Nous voyant ainsi tourner le dos et prêts à passer une rivière, les Anglais ne pourront résister au désir de nous attaquer et descendront la montagne. Nous, alors, ayant laissé filer tous les bagages et les valets, nous ferons face en arrière, et nous nous jetterons sur les Navarrais et les Anglais fatigués par une longue course [3]. » Les choses se passèrent ainsi que du Guesclin l'avait prévu;

[1] *Chron. de Froissart*, liv. Ier, part. 2e, chap. CLXV.

[2] La narration du trouvère Cuvelier paraît plus explicite en ce qui regarde l'armée de du Guesclin que celle de Froissart. En effet, du Guesclin, en partant de Rouen pour aller à la rencontre du captal, sur la route d'Évreux, devait passer à Pont-de-l'Arche et à Vernon, mais ne dut pas pousser jusqu'à Pacy, puisqu'il arrête sa troupe à Cocherel et traverse l'Eure sur ce point.

[3]
« Et cil ont respondu (les barons) : Cilz consaulz si est bons
« Tout ainsi sera fait et trestous l'ottrions. »
« Dont on fait assavoir à chascun ses façons;
« Tout ainsi c'on aprent as enfans lor leçons,
« Ainsi fu à chascun faite division. »

Ce passage est curieux : il fallait un capitaine de la trempe de du Guesclin pour pouvoir ainsi imposer un ordre donné avec netteté à une armée levée en grande partie par des seigneurs plus disposés à suivre leur fantaisie que les commandements d'un chef.

mais il avait affaire à forte partie, et les gens du captal soutinrent vivement l'attaque. Alors une troupe de deux cents lances est détachée de l'armée des Français, elle tourne vers la montagne, cachée par des bosquets, puis, ayant percé des haies, elle se précipite sur les derrières du captal. Cette manœuvre décide de la journée [1].

Quand on compare cette bataille aux malheureuses affaires de Crécy, de Poitiers, d'Azincourt, on sent la main d'un vrai capitaine, prévoyant, sachant attendre, ménageant ses moyens, mais n'hésitant plus au moment de l'action.

C'était avec cette prévoyance avant l'action, et cette décision au moment suprême, que du Guesclin enleva un si grand nombre de places fortes en si peu de temps. Mais aussi ces succès, en apparence si faciles, firent qu'on modifia le système de défense. On donna beaucoup plus de relief aux ouvrages, et principalement aux courtines; on élargit les fossés, on couronna les tours et les murs de mâchicoulis continus de pierre qui rendaient les eschelades impossibles. On augmenta sensiblement les ouvrages extérieurs, en leur donnant plus d'étendue et de meilleurs flanquements. Puis l'artillerie à feu commençait à jouer un rôle dans les siéges, et sans diminuer la hauteur des commandements, en augmentant même leur relief, on traçait autour des places fortes des ouvrages de terre pour y placer des bouches à feu [2]. En 1378, les Anglais assiégeant Saint-Malo avaient *quatre cents canons*, dit Froissart [3]. Toutefois ces canons (en admettant que Froissart ait entendu désigner par ce mot des bouches à feu) n'étaient que d'un faible calibre, et ne donnaient qu'un tir parabolique, car ils ne purent que lancer des projectiles dans la ville, sans même tenter de faire brèche. Le commandant en chef de l'armée anglaise, le duc de Lancastre, voyant qu'il n'avançait point ses besognes avec cette quantité d'engins, et que les assauts ne pou-

[1] Froissart raconte un peu différemment l'issue de la bataille de Cocherel. Il parle bien du mouvement tournant, mais il prétend que, pendant la mêlée, le captal fut enlevé par une troupe de Gascons de l'armée française, qui s'étaient conjurés à cet effet. Cela est un peu romanesque, mais Froissart recueille volontiers les renseignements qui peuvent être favorables aux Anglais. Cette manière de conspiration, qui décide du gain de la journée, laisse d'ailleurs au captal de Buch son rôle de grand capitaine. Il est d'abord entraîné, au dire de Froissart, à attaquer les Français, par l'ardeur de ses officiers qui n'écoutent pas ses conseils de prudence, puis il est enlevé pendant l'action, ce qui lui ôte, pour ainsi dire, toute la responsabilité de la défaite de Cocherel.

[2] Dès 1340, des bouches à feu de position étaient montées autour des places fortes. « ..... S'en vinrent (les Français) devant le Quesnoy, et approchèrent la ville jusques aux « barrières, et firent semblant de l'assaillir; mais elle étoit bien pourvue de bonnes gens « d'armes et de grand'artillerie qu'ils y eussent perdu leur peine. Toutes voies, ils escar« mouchèrent un petit devant les barrières, mais on les fit retraire; car ceux du Quesnoy « descliquèrent canons et bombardes qui jetoient grands carreaux..... » (Froissart, livre I, part. 1re, chap. CXI.)

[3] Livre II, chap. XXIX.

vaient réussir, prit le parti de faire miner. « Les mineurs du duc de « Lancastre ouvrèrent soigneusement nuit et jour en leur mine pour « venir par dessouz terre dedans la ville et faire renverser un pan de « mur, afin que tout légèrement gens d'armes et archers pussent entrer « dedans. De cette affaire se doutoit grandement Morfonace (le com- « mandant français) et les chevaliers qui dedans étoient, et connois- « soient assez que par ce point ils pouvoient être perdus; et n'avoient « garde de nul assaut fors que de celui-là, car leur ville étoit bien « pourvue d'artillerie et de vivres pour eux tenir deux ans, si il leur « besognoit. Et avoient entre eux grand'cure et grand'entente comment « ils pourroient rompre cette mine, et étoit le plus grand soin qu'ils eus- « sent de la briser: tant y pensèrent et travaillèrent qu'ils en vinrent à leur « entente, et par grand'aventure, si comme plusieurs choses adviennent « souvente fois. Le comte Richard d'Arondel devoit une nuit faire le gait « atout une quantité de ses gens. Ce comte ne fut mie bien soigneux de « faire ce où il étoit commis; et tant que ceux de Saint-Malo le sçurent, « ne sais par leurs espies ou autrement. Quand ils sentirent que heure « fut et que sur la fiance du gait tout l'ost étoit endormi, ils partirent « secrètement de leur ville, et vinrent à la couverte à l'endroit où les « mineurs ouvroient, qui guères n'avoient plus à ouvrer pour accomplir « leur emprise. Morfonace et sa route, tous appareillés de faire ce « pourquoi ils étoient là venus, tout à leur aise et sans défense, rompi- « rent la mine, de quoi il y ot aucuns mineurs la dedans éteints qui « oncques ne s'en partirent, car la mine renversa sur eux [1]....... »

La mine, avec étais auxquels on mettait le feu, fut longtemps employée encore après l'emploi de la poudre à canon. L'idée de se servir de la poudre comme moyen de faire brèche ou de faire sauter des ouvrages, ne vint que beaucoup plus tard, vers le milieu du XVe siècle. Dans l'œuvre de Francesco di Giorgio Martini, architecte siennois, né vers 1435 et mort vers 1480, il est question de mines avec emploi de poudre à canon. Des tracés indiquent les moyens de placer les fourneaux, de disposer les galeries et les mèches [2]. Quant aux engins à contre-poids, trébuchets, mangonneaux, pierrières, on les employa simultanément avec l'artillerie à feu vers la fin du XIVe siècle et le commencement du XVe. Froissart parle souvent, dans les siéges de la fin du XIVe siècle, de machines de jet, dont les effets étaient beaucoup plus désastreux que ceux produits par des bouches à feu d'un faible calibre [3]. On ne cessait d'ailleurs de

[1] Froissart, liv. II, chap. XXXV.

[2] Voyez l'édition de ce curieux ouvrage, publiée pour la première fois à Turin, en 1841 : *Trattato di archit. civile e militare di Franc. di Giorgio Martini..... pubbl. per cura del cavaliere Cesare Saluzzo*, etc. 2 vol. de texte; atlas.

[3] Il faut remarquer que du Guesclin ne paraît pas s'être servi de bouches à feu, soit pour la défense, soit pour l'attaque des places. Il semblerait que ces engins imparfaits ne lui inspiraient aucune confiance.

perfectionner ces engins, comme si l'artillerie à feu ne pouvait être bonne qu'à remplacer les grandes arbalètes à tour.

Pour pouvoir prendre la ville de Bergerac, les Français, en 1377, envoient chercher à la Réole une grande machine de guerre qu'on appelait *truie*, « lequel engin étoit de telle ordonnance que il jetoit « pierres de faix; et se pouvoient bien cent hommes d'armes ordonner « dedans, et en approchant assaillir la ville[1] ». Cet engin était donc à la fois un beffroi, un chat et une pierrière. Monté sur châssis et galets, il projetait des pierres contre les remparts ennemis tout en approchant du pied des murs; il n'avait pas besoin d'être soutenu par des mangonneaux de position, et arrivé contre le rempart, les soldats qui le remplissaient se jetaient sur le parapet et sapaient en même temps la base de la muraille. « A lendemain la truie que amenée et achariée ils avoient, « fut levée au plus près qu'ils purent de Bergerac, qui grandement « ébahit ceux de la ville[2]... »

En 1369 déjà, les Anglais traînaient avec eux une artillerie qu'on employait dans les siéges, tout en se servant des grands engins. « Si « exploitèrent tant (les Anglais) qu'ils vinrent devant le chastel de la « Roche-sur-Yon qui étoit beau et fort et de bonne garde, et bien « pourveu de bonnes pourveances et d'artillerie. Si en étoit capitaine, de « par le duc d'Anjou, un chevalier qui s'appeloit messire Jean Blondeau, « et qui tenoit dessous lui au dit chasteau moult de bons compagnons « aux frais et dépens dudit duc. Si ordonnèrent les dessus nommés « seigneurs (anglais) et barons qui là étoient, leur siége par bonne « manière et grand'ordonnance; et l'environnèrent tout autour, car « bien étoient gens à ce faire; et firent amener et charrier de la ville de « Thouars et de la cité de Poitiers grands engins, et les firent dresser « devant la forteresse, et encore plusieurs canons et espringalles qu'ils « avoient de pourveance en leur ost et pourvus de longtems et *usagés* « *de mener*[3]. »

Le perfectionnement de ces engins, l'artillerie à feu qui permettait

[1] Froissart, liv. II, chap. v.

[2] Froissart, liv. II, chap. VII. — Christine de Pisan, dans le *Livre des faicts et bonnes meurs du sage roy Charles*, décrit cette sorte d'engin (chap. xxxv) : « Quant l'en ne « peut prendre le chastel par *vigne* (chat) ne par mouton (galerie avec bélier), l'en « doit considerer la mesure des murs, et doit-on faire chasteaulx et tours de fust, et « pareillement couvrir de cuir cru et mener au plus près des murs qu'on peut; et par « tel chastel de fust, on peut assaillir en deux manieres : c'est par pierres lancier à ceulx « qui sont au chastel; et aussi par pons leveys, qu'on fait qui vont jusques aux murs du « chastel assigié; l'ens fait uns petit édifices de fust, par quoy l'en meine ces chasteaulx « et tours de fust près des murs; ceulx qui sont au plus hault du chastel doivent gecter « pierres à ceulx qui sont sus les murs, et ceulx qui sont au moyen estage doivent avaler les pons leveys et envayr les murs; et ceulx qui sont en l'estage de desoubz, se ilz « peuvent approchier les murs, ils les doivent foyr et miner..... »

[3] Froissart, liv. I, chap. CCLXXX.

de battre les crêtes des défenses à une distance assez longue, avaient peu à peu amené les constructeurs de places fortes à étendre les ouvrages extérieurs et même à les établir en terre pour mieux résister aux projectiles. Déjà Christine de Pisan indique les fausses braies comme nécessaires à la bonne défense des places[1]. Au commencement de la guerre, sous Charles VI, dans les siéges, il n'est plus question de ces beffrois, de ces grosses machines dont l'emploi était si chanceux. Les places sont investies, les assiégeants élèvent des bastilles à l'entour, tracent des fossés de contrevallation ; commencent à établir des épaulements munis de canons, et même encore d'engins à contre-poids, d'arbalètes à tour ; essayent de faire brèche, et tentent l'assaut quand ils ont pu parvenir à ruiner un pan de mur ; ou font des boyaux de tranchée, comblent des fossés et emploient la mine. Le siége de Melun, décrit par J. Juvénal des Ursins[2], indique ces diverses opérations. Le roi d'Angleterre et le duc de Bourgogne viennent assiéger la ville de Melun et la font complétement investir[3]. Elle est défendue par le sire de Barbazan, de braves gentilshommes et une population dévouée. Les Anglais tracent leurs lignes de contrevallation et de circonvallation ; ils munissent de pieux et de fossés les bastilles qui sont élevées de distance en distance. « Si furent d'un costé « et d'autre les bombardes, canons et vuglaires assiz et ordonnez, qui « commencèrent fort à jetter contre les murs et dedans la ville : les « compagnons aussi de dedans d'autre costé tiroient pareillement de « grand courage coups de canon, et d'arbalestres, et plusieurs en « tuoient. »

Sur divers points les Anglais étaient parvenus à faire brèche ; des pans de murs s'étaient écroulés dans les fossés. Cependant le roi d'Angleterre refusait toujours d'ordonner l'assaut. Quand un seigneur allemand, de Bavière, arriva sur ces entrefaites et se mit du côté des Bourguignons. « Il s'émerveilloit fort de ce qu'on n'assailloit point la ville, et en parla au « duc de Bourgongne, lequel luy respondit que autres fois il en avoit « fait mention, mais que le roy d'Angleterre n'en estoit pas d'opinion. »

Le duc bavarois obtint cependant du roi que l'assaut serait donné. On fait amas d'échelles, de fascines pour combler les fossés. Barbazan laisse les assaillants descendre au fossé et s'amasser sur un point, puis il fait apparaître une grosse compagnie de braves gens qui, sur les remparts ruinés, couvre les assaillants de projectiles pendant qu'il les fait prendre en flanc par une troupe secrètement sortie d'une poterne percée au niveau du fond du fossé. Les Bourguignons et les Allemands firent retraite, non sans laisser beaucoup des leurs, car, pendant qu'ils cher-

[1] *Le Livre des faicts, etc.*, chap. XXXV.

[2] En 1420. — *Hist. de Charles VI.*

[3] *Item.* « Le roy Henry fist clorre son host, tout autour, de bons fossez, et n'y avoit « que quatre entrées, où il y avoit bonnes barrieres que on gardoit par nuit ; par quoy « on ne povoit sourprendre l'ost du roy Henry. » (1420.) (*Mémoires de Pierre de Fenin.*)

chaient à remonter le long de la contrescarpe, des arbalétriers en grand nombre, paraissant tout à coup sur la crête des murailles, leur envoyaient force viretons.

Les assiégeants firent donc miner, puisqu'ils ne pouvaient emporter la place de vive force. « De quoy se doubtoient bien ceux du dedans; pour « laquelle cause ils firent diligence d'esçouter és caves, s'ils oirroyent « rien, et s'ils n'entendroient point que on frappast sur pierres, ou quel- « que bruit ou son. » En effet, dans une des caves voisines des remparts, Louis Juvénal des Ursins entend le travail des mineurs; il s'arme d'une hache et se dirige vers l'endroit où il suppose que vont déboucher ces mineurs. « Louys, où vas-tu? lui demande Barbazan. — A l'encontre « des mineurs. — Frère, tu ne sçais pas encore bien ce que c'est que de « mines, et d'y combattre; baille-moy ta hache. Et luy fit la-dessus « coupper le manche assez court, car les mines se tournent souvent en « biaisant, et sont estroites, voila pourquoy de courts bastons y sont « plus nécessaires; luy-même y vint avec autres chevaliers, et escuyers, « lesquels apperceurent que les mines de leurs ennemis estoient prestes, « pour ce on fit hastivement faire manières de barrières, et autres « habillemens et instrumens pour résister à l'entrée; et pour ce que « ledit seigneur vid la volonté dudit Louys, il voulut qu'il fust le premier « à faire armes en ladite mine : ceux de dedans mesmes envoyèrent « quérir manouvriers pour contreminer, lesquels avoient torches et « lanternes, aussi avoient les autres. Quand ceux du dedans eurent « contreminé environ deux toises, il leur sembla qu'ils estoient près des « autres : si furent faites barrières bonnes et fortes, et les attachèrent : « pareillement les autres apperceurent qu'on contreminoit, et tant « qu'ils se trouvèrent et rencontrèrent l'un l'autre, lors les compagnons « manouvriers se retirèrent d'un côté et d'autre. »

Une succession de combats singuliers se livrent au débouché de la mine. Une barre est posée en travers, et les hommes d'armes se défient et combattent à l'arme blanche de chaque côté de la barre. Le roi d'Angleterre et les principaux seigneurs viennent assister à cette sorte de joute, donnent des éloges aux vainqueurs et en font plusieurs chevaliers. « Et (le roi d'Angleterre) loüoit la vaillance de ceux de dedans, lesquels « s'ils eussent eu vivres, jamais on ne les eust eu, ny ne se fussent « rendus. »

Ces joutes au fond d'une galerie de mine ne sont point de la guerre, et ce curieux épisode fait comprendre comment, pour la noblesse féodale, l'affaire n'était pas tant de délivrer le royaume de la domination étrangère que d'acquérir le renom de braves chevaliers et de prendre part à de belles « appertises d'armes ». Assiégeants et assiégés se connaissent, vivent ensemble après le combat. Quand fut rendue la ville de Melun, plusieurs des défenseurs se sauvèrent, « à aucuns on faisoit voye, les « autres avoient amis et accointances du costé des Bourguignons..... Or « combien qu'ils s'attendoient de s'en aller simplement un baston en

« leur poing » qui furent jetés dans des culs de basse-fosse à la bastille Saint-Antoine et au Châtelet. Ceux-là n'avaient point d'amis dans le camp des assiégeants, mais ils s'étaient bravement battus pour le *parti* du dauphin qui les abandonnait.

Pendant cette triste période, la guerre de siéges n'existe pas pour les Français. Tout se résout en joutes et en marchés honteux. Des seigneurs prennent parti, tantôt pour le duc de Bourgogne, tantôt pour le dauphin, suivant qu'ils pensent y trouver gloire ou profit. Ou encore à la tête de quelques hommes d'armes, ils tiennent la campagne, pillent le pays, se souciant assez peu des Bourguignons ou des Armagnacs. Au contraire, les Anglais et les Bourguignons avaient des armées bien munies, bien approvisionnées. Ils prenaient villes et châteaux, soit de vive force, soit à la suite de siéges poursuivis avec persistance. Ce n'était plus le temps du bon connétable du Guesclin, qui savait si bien maintenir la discipline parmi ses troupes et ne souffrait point de négligences. Qui d'ailleurs pouvait avoir confiance en ces seigneurs faméliques, arrogants, ne se soumettant plus à la dure existence des camps, préoccupés de leur bien-être et de se ménager des accointances dans tous les partis, ruinant les pays qu'ils eussent dû protéger, toujours prêts à trahir ou tout au moins à abandonner une entreprise ?

« Que diray-je doncques de nous ? » écrit maître Alain Chartier[1], « ne « quelle espérance pourray-je prendre en nos entreprinses et armées, se « discipline de chevalerie et droicturière justice d'armes n'y sont gar- « dées ? Autre chose ne se puet dire, fors que en ce cas nous allons « comme la nef sans gouvernail et comme le cheval sans frein..., car « chacun veult estre maistre du mestier, dont nous avons encores peu « de bon apprentis. Tous peuent à peine souffire à grever par guerre les « ennemis, mais chacun veult faire compaignie et chief à par soy. Et « tant y a de chevetains (capitaines) et de maistres, que à peine trouvent- « ils compaignons ne varletz..... Maintenant sçavoir ceindre l'espée et « vestir le haulbergeon, souffist à faire un nouveau capitaine. Or advient « que sont faictes entreprinses, ou siéges assis, où le ban du Prince est « crié, et le jour souvent nommé pour les champs tenir. Mais plusieurs « y viennent pour manière, plus que pour doubte de y faillir; et pour « paour d'avoir honte et reproche, plus que pour vouloir de bien faire. « Et si est en leur chois le tost ou le tard venir, le retour ou la demeure. « Et de telz en y a, qui tant ayment les ayses de leurs maisons plus que « l'honneur de noblesse dont ilz les tiennent, que lors qu'ilz sont con- « trains de partir, voulentiers les portassent avec eulx, comme les lymaz « qui toujours trainent la coquille où ils herbergent.... Ceste ignorance « faulte de cueur est cause des durtez et rapines dont le peuple se com- « plaint. Car en deffault de ceulx dont on se devroit aider, a fallu

[1] *Le Quadrilogue invectif*, édition d'André Duchesne, 1617. Alain Chartier fut secrétaire des rois Charles VI et Charles VII.

« prendre ceulx qu'on a peu finer et faire la guerre de gens acquis par « dons et par prieres, au lieu de ceulx que leur devoir et leaulté y « semonnoit. Si est faicte la guerre par gens sans terre et sans maisons, « ou la greigneur part que nécessité a contrains de vivre sur autruy ; et « nostre besoing nous a convaincus à le souffrir..... Et quand les vaillans « entrepreneurs, dont mercy Dieu encores en a en ce royaulme de bien « esprouvez, mettent peine de tirer sur champs les nobles pour aucun « bienfaire, ilz délaient si longuement à partir bien enuis, et s'avan- « cent si tost de retourner voulentiers, que à peine se puet riens bien « commencer; mais à plus grant peine entretenir ne parfaire. Encore « y a pis que cette négligence. Car avec la petite voulenté de plusieurs « se treuve souvent un si grand arrogance, que ceulx qui ne sçauroient « rien conduire par eulx, ne vouldroient armes porter soubz autruy, « et tiennent à deshonneur estre subgectz à celuy soubz qui leur « puet venir la renommée d'honneur que par eulx ilz ne vauldroyent « de acquérir... »

Ce triste tableau n'est point chargé, mais ce n'est qu'un côté de l'histoire de ces temps de misères. Derrière cette noblesse nonchalante, égoïste, et qui ne savait plus porter les armes que dans les tournois, le peuple des villes commençait à reprendre une prépondérance marquée. Il ne lui manquait qu'un chef, qu'un drapeau autour duquel il pût se grouper. Jeanne Darc fut un instant comme le souffle incarné de ces populations à bout de patience et prétendant reprendre en main leurs affaires si tristement conduites par la féodalité. Autour d'elle l'idée de patrie, de nationalité s'élève, et fournit bientôt un appui solide à la royauté. Le siége d'Orléans de 1428 marque le commencement de cette ère nouvelle, et ce fait militaire clôt, pour ainsi dire, la succession des entreprises guerrières de la féodalité.

Ce fut le 12 octobre que l'armée anglaise se présenta devant Orléans par la Sologne. Le sire de Gaucourt était gouverneur de la ville. Quelques chevaliers s'y enfermèrent à la première nouvelle du danger qui la menaçait : c'étaient le seigneur de Villars, capitaine de Montargis; Mathias, Aragonais; les seigneurs de Guitry et de Coarraze, Xaintrailles et Poton son frère; Pierre de la Chapelle, de la Beauce, etc. Le bâtard d'Orléans, Dunois, arriva le 25 octobre : avec lui, le seigneur de Sainte-Sévère, le seigneur de Breuil; messire Jacques de Chabannes, sénéchal du Bourbonnais; le seigneur de Caumont-sur-Loire ; un chevalier lombard, Théaulde de Valpergue; un capitaine gascon, Étienne de Vignole, dit la Hire. L'importance de la place eût dû appeler un bien plus grand nombre de chevaliers, mais beaucoup préféraient rester à la cour du dauphin, réfugié au château de Loches, et qui semblait attendre là ce que le sort déciderait de sa couronne.

Les habitants d'Orléans étaient déterminés à se défendre. Les procureurs de la ville proposèrent aux bourgeois une taxe extraordinaire; beaucoup donnèrent plus que leur taxe. Le chapitre de la cathédrale contribua pour 200 écus d'or[1]. Mais un fait plus remarquable indique les tendances des villes de France à cette époque funeste. Orléans, passant pour être la clef des provinces méridionales, beaucoup de municipalités y envoyèrent des secours en argent et en nature : Poitiers, la Rochelle, firent don de sommes considérables[2]; Albi, Montpellier, des communes de l'Auvergne, du Bourbonnais, Bourges, Tours, Angers, firent parvenir à Orléans du soufre, du salpêtre, de l'acier, des arbalètes[3], du plomb, des vivres, de l'huile, des cuirs, etc.

Depuis 1410, Orléans se préparait en prévision des éventualités de la guerre. A dater de cette époque (environ), les comptes de la ville sont divisés en dépenses communales et dépenses de forteresse. Les procureurs[4], choisis par les habitants, étaient chargés de la gestion de ces fonds, et il faut reconnaître que cette administration municipale procéda avec une intelligence rare des intérêts généraux du pays, bien qu'alors le système de centralisation ne fût point inventé. Certes, la ville d'Orléans, en se préparant à une défense énergique, entendait garantir ses biens propres, mais elle n'ignorait pas que sa soumission pure et simple au roi d'Angleterre eût été moins préjudiciable à ses intérêts matériels que les chances d'un long siége. Les villes tombées au pouvoir de la couronne d'Angleterre étaient peut-être moins malheureuses que celles qui tenaient pour la couronne de France, impuissante à les protéger et à réprimer les abus des gens de guerre de son parti. Ce n'était donc pas un sentiment de conservation d'intérêts locaux qui dirigeait la ville d'Orléans et toutes celles restées fidèles à la royauté française, lorsqu'elles prétendaient résister aux armes de Henri V, mais un mouvement national, le patriotisme le plus pur et le plus désintéressé. Depuis plus de dix ans la France était ruinée par la guerre civile et la conquête. Les campagnes dévastées, la famine partout, le pillage des gens de guerre, Armagnacs, Bourguignons, Anglais, organisé, semblaient avoir dû réduire ces contrées à la misère et au découragement; et cependant des villes, des bourgades mêmes, sans espérance de recevoir des secours du pouvoir royal, enseveli dans une forteresse, ou de leurs seigneurs, prisonniers des Anglais, ne comptant que sur leur patriotisme et leurs bras, prétendaient opposer une barrière à la domination étrangère, qui déjà était considérée par les trois quarts de la France comme un pouvoir légitime. Si en 1814 notre pays n'eût pas été énervé par le système d'absorption de la vie locale dans le pouvoir central, inventé par Louis XIV

[1] Symphorien Guyon, t. II, p. 188.

[2] *Comptes de la commune :* Poitiers, 900 livres tournois; la Rochelle, 500 livres tournois.

[3] *Comptes de la commune :* La ville de Montpellier envoie en 1427, à Orléans, quatre grandes arbalètes d'acier pesant chacune 100 livres, plus cinq balles de salpêtre et de soufre pesant 750 livres. On reçoit d'Auvergne et du Bourbonnais 198 *cloches* (carreaux) d'acier pour faire des arbalètes.

[4] Plus tard les procureurs ou procurateurs furent désignés sous le nom d'échevins.

et perfectionné depuis, croit-on que les étrangers auraient pu aussi aisément faire cantonner leurs troupes sur le territoire? Alors, que pouvait opposer une ville, du moment que les troupes impériales l'avaient évacuée? présenter les clefs aux ennemis. Sachons donc reconnaître ce qu'il y a de grand et de fort dans cet esprit du moyen âge, au milieu de tant d'abus, car il a fourni le ciment qui nous constitue en corps de nation. Quand nous voyons des procureurs d'une ville, pendant dix-huit ans, employer avec économie toutes les ressources dont ils disposent à munir leur cité; quand, au lieu de se décourager le jour où leur seigneur légitime est tombé au pouvoir de l'étranger, ils redoublent d'efforts pour défendre cette ville; quand, seuls, abandonnés de leurs chefs naturels et du suzerain, comprenant qu'ils sont la clef d'une moitié du royaume, ayant sur les bras, non-seulement des troupes étrangères, mais encore des milices de villes voisines, ils n'écoutent que la voix du patriotisme, et, sans hésitation aucune, montent sur leurs remparts bien munis par leurs soins; quand nous voyons cela, nous serions parfois tentés de dire: « Ramenez-nous à ce moyen âge qui savait faire de tels hommes et leur donner de pareils sentiments, et surtout, avant de le couvrir de dédains, faisons aussi bien, à l'occasion. »

Dès 1410, disons-nous, les procureurs de la ville d'Orléans font réparer les murs et la tour de la porte de Bourgogne[1]; déjà la ville possédait des canons. En 1412, des barrières, au nombre de quinze, sont établies en avant des portes de la ville. Ces barrières étaient de bois, disposées de manière à loger des portiers et des guetteurs.

En 1415, après la bataille d'Azincourt, la ville est mise en état de défense. Vers cette époque, la ville était divisée en huit quartiers. « Chaque quartier avait son chef ou *quartenier* qui commandait à dix « *dizainiers*. Ces derniers recevaient les rapports des chefs de rue. » Les chefs de rue étaient chargés de la police, et devaient, au premier appel, réunir leurs hommes à l'une des extrémités de la rue. En 1417, les murs d'enceinte de la ville furent également divisés en six parties, avec chacune un chef de garde, lequel avait sous ses ordres cinq dizainiers et cinquante habitants. Cette garde se renouvelait tous les jours par sixième. En cette même année on convertit une partie des meurtrières des tours en embrasures pour y placer des canons. « On pensa « dès ce moment à faire faire et à mettre en état les *pavas* (pavois, « grands boucliers) de la ville. Ils avaient trois pieds et demi de hauteur », étaient faits avec des douves barrées par dessous et recouverts de cuirs; « des courroies servaient à passer les bras pour s'en couvrir le dos en montant à l'assaut ».

Des boulevards (boloarts) furent disposés en avant des portes, outre les barrières. Ces boulevards étaient des ouvrages de terre avec pieux

[1] Voy. *Mém. sur les dépenses faites par les Orléanais en prévision du siége et pendant sa durée, extrait des comptes de la ville d'Orléans*, par Vergnaud-Romagnesi. Aubry, 1861.

aigus (fraises) d'une toise de long, posés presque horizontalement au-dessus du fossé sur l'escarpe. Ces pieux étaient reliés par des planches à bateaux. On entrait dans les boulevards latéralement, par des ponts-levis posés sur chevalets. En 1428, les boulevards furent exhaussés (leur relief était de onze pieds), garnis de banquettes avec parapet et embrasures de fascines ou de pierre.

Dès 1417, une inspection à domicile, faite par dix-huit commissaires (quatre procureurs de ville, quatre notaires, quatre bourgeois, quatre sergents et deux personnes non désignées), dut constater si chaque habitant était pourvu du *harnois* militaire exigé par les règlements de ville[1]. Vers la fin de cette année 1417, le prince des Vertus, frère du duc d'Orléans, prisonnier en Angleterre, vint inspecter les ouvrages de terrassement.

En 1418, de nouvelles bombardes et des canons sont essayés hors de la ville, et l'on fait venir des pierres dures pour les tourner en boulets[2].

En 1419, les chaînes sont régulièrement tendues chaque nuit dans les rues de la ville, au moyen de treuils placés dans les rez-de-chaussée des maisons. Des cloches de signaux sont posées sur les portes, et les guetteurs reçoivent des cornets. On fait l'essai d'une grande pierrière (couillard) placée sur le pont en face du châtelet. Les poternes basses (sous les ponts-levis) sont mises en état. Jehan Martin, *artillier*, fournit huit grandes arbalètes d'acier, à manœuvrer par quatre hommes chacune. Des escaliers de bois sont disposés pour monter de la ville sur les chemins de ronde des courtines.

En 1420, du côté de la Loire, les remparts n'avaient point de parapets; des mâchicoulis y furent posés avec parapets couverts.

En 1422, les habitants, sous peine d'amende, sont tenus de venir travailler aux fossés; les amendes produisent 500 livres.

En 1428, les fossés sont encore approfondis et élargis (ils avaient quarante pieds de largeur et vingt pieds de profondeur). D'autres parties anciennes des remparts qui n'avaient plus de parapet sont munies de mantelets de bois avec forts poteaux scellés dans la maçonnerie.

Au mois de septembre de la même année, le recensement ordonné par le commandant de la ville fit connaître que le nombre des hommes en état de porter les armes s'élevait à 5000. Les habitants sont invités à s'approvisionner de vivres. Les faubourgs sont rasés jusqu'à une distance de cent toises des remparts (200 mètres). Les habitants s'imposent volontairement, et ils mettent le feu au faubourg des Portereaux, situé sur la rive gauche de la Loire, en avant de la tête du pont. Ils renforcent le

[1] Ce *harnois* militaire se composait de : la *heuque* (jaquette), ceinte par une courroie de cuir, ou avec des attaches de cuir appelées *orties*; du *bacinet* (casque de fer poli sans visière ni gorgerin); d'arcs, d'arbalètes, d'épées, de guisarmes, de haches d'armes, de pics et de maillets de plomb. La ville fit faire à cette époque quatre-vingt-seize frondes à bâton, et, en 1418, mille fers de traits d'arbalètes fortes.

[2] Les tailleurs de pierre livrent 422 de ces boulets, qui pesaient de 4 à 64 livres.

boulevard des Tournelles. Le 21 septembre, un grand canon est fondu par Jehan Duisy; mis en batterie, ses boulets forcent les Anglais, qui commencent à se loger en aval sur la rive droite, à se retirer vers Saint-Laurent. Une fabrique de poudre est établie dans la rue des Hôtelleries. Jehan Courroyer est nommé chef des canonniers.

Pour l'intelligence de ce qui va suivre, il est nécessaire de présenter ici un plan de la ville d'Orléans avec son enceinte au xve siècle et ses abords (fig. 9). L'armée anglaise se présenta donc, comme nous l'avons dit, le 12 octobre 1428, devant la tête du pont d'Orléans, du côté de la Sologne. Les maisons du faubourg des Portereaux et le couvent des Augustins sis en A avaient été détruits par les habitants pour que les ennemis ne pussent s'y loger. Les Anglais dirigèrent leurs attaques contre le châtelet des Tournelles B [1] et le boulevard qui le couvrait. Après trois jours d'attaques, le fort n'étant plus tenable, les Orléanais l'abandonnèrent en l'incendiant et en coupant une arche du pont en C. Ils se fortifièrent dans le châtelet de la Belle-Croix construit sur le pont même à la hâte et en bois, et dans la bastille Saint-Antoine située en D [2]. Les Anglais réparent le fort des Tournelles [3], où leur commandant, le comte de Salisbury, fut tué d'un boulet de pierre lancé de la tour Notre-Dame, en E [4]. Ne se trouvant pas assez en force pour continuer le siége, le 8 novembre ils se retirèrent vers Jargeau et Beaugency, en se contentant de laisser une garnison dans le châtelet des Tournelles. Les Orléanais mirent à profit ce répit : on abattit tous les édifices et maisons des faubourgs sur la rive droite; églises, couvents, hôtels, tout fut brûlé et rasé de manière à ne laisser en dehors des remparts qu'un espace vide et déblayé. Cependant la garnison anglaise du fort des Tournelles avait reçu des bombardes, et envoyait dans la ville des projectiles qui pesaient jusqu'à 192 livres. Deux grosses pièces mises en batterie à la poterne du Chesneau, en F, et une coulevrine montée sur le boulevard de la Belle-Croix, causaient des dommages sérieux aux Anglais : les deux canons de la poterne du Chesneau lançaient des boulets de pierre de 120 livres.

[1] Voyez Pont.

[2] Voyez, pour tous les détails du siége : le *Journal du siége d'Orléans*, le *Procès de condamnation de Jeanne d'Arc, avec notes*, etc., publié par J. Quicherat (t. IV, p. 94), et l'*Histoire du siége d'Orléans*, par M. Jollois (Paris, 1833). Dès le commencement du siége, le peuple d'Orléans prend part à la défense. A l'attaque du boulevard des Tournelles, le *Journal du siége* cite les chevaliers français qui s'y distinguèrent : « Pareille-« ment, ajoute-t-il, y feirent grand secours les femmes d'Orléans; car elles ne cessoient « de porter très diligemment à ceulx qui deffendoient le boulevert plusieurs choses né-« cessaires, comme eaues, huilles et gresses bouillans, chaux, cendres et chaussetrapes. »

[3] « Ce meisme jour du dimenche que les Tournelles avoient esté perdues, rompirent « les François, estant dedans la cité, ung autre boulevert très fort. Et d'autre part rom-« pirent les Anglois deux arches du pont devant les Tournelles, aprez qu'ils les eurent « prinses, et y firent ung très gros boulevert de terre et de gros fagotz. »

[4] Distance, 520 mètres.

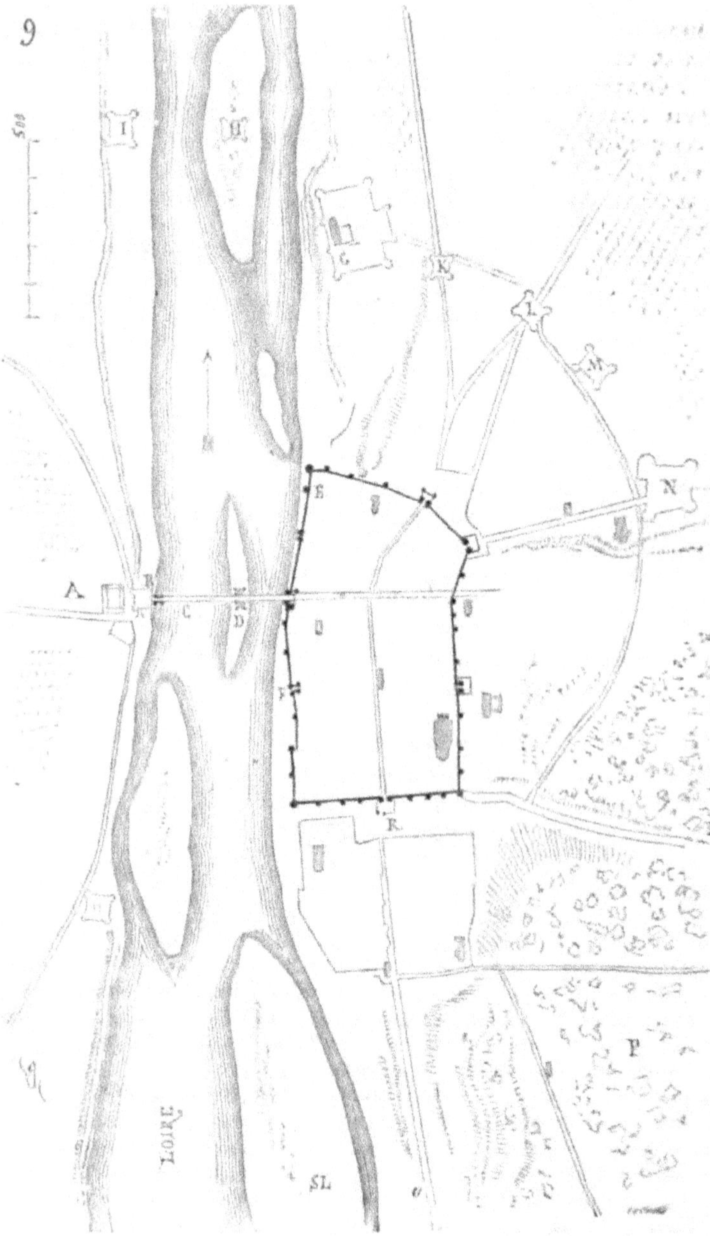
LOIRE

Le 30 décembre, les Anglais revinrent en force [1] du côté de Beaugency, s'emparèrent des restes de l'église de Saint-Laurent (voy. en G) après un combat très-vif, et s'y fortifièrent. Pendant toute la durée du siége, la grande bastille de Saint-Laurent fut le quartier général de l'armée des assiégeants. Le 6 janvier, ceux-ci avaient élevé la bastille Charlemagne en H, dans l'île de ce nom, et le boulevard de Saint-Privé, en I, de manière à commander le cours du fleuve en aval et à donner la main à la garnison du fort des Tournelles. Les Orléanais toutefois ne laissaient pas investir leur ville sans combats. Chaque jour était signalé par des sorties, des entreprises, soit pour combattre des partis anglais, soit pour disperser leurs travailleurs.

Pendant les mois de février, mars et avril, les Anglais étendirent leur investissement. Ils élevèrent successivement, sur la rive droite, les bastilles de la Croix-Boissié, en K; des Douze pierres, ou de Londres, L; du Pressoir des Ars, M; d'entre Saint-Ladre et Saint-Pouair, en N, sur la route de Paris. En amont de la Loire, sur la rive droite, à l'extrémité de l'île Saint-Loup, SL, et commandant la voie romaine d'Autun à Paris, *a*, ils firent un gros boulevard. Puis en O, sur la rive gauche, en amont du fort des Tournelles, le 20 avril, ils achevèrent une dernière bastille dite de Saint-Jean le Blanc. Ainsi, les Orléanais ne pouvaient qu'à grand'peine recevoir des secours par la campagne, entre la route d'Autun et celle de Paris, dans la direction P.

Grâce à cet investissement encore incomplet [2], le 29 avril, Jeanne Darc put entrer dans la ville avec un convoi de vivres et de munitions sorti de Blois. Ce convoi avait pris par la Sologne, et traversa la Loire en face du port de Chessy, situé en amont, à 2 kilomètres environ d'Orléans. De là il poursuivit sa marche par Boigny et Fleury, et entra dans Orléans par la porte de Saint-Aignan, R. Tout le monde sait comment, huit jours après l'arrivée de la Pucelle, les Anglais furent obligés de lever le siége; leurs troupes, démoralisées, n'osaient sortir de leurs bastilles. Il ne s'agissait plus en effet pour eux de combattre des gens de guerre, mais un peuple tout entier, plein de fureur et se précipitant tête baissée sur les obstacles. Après trois jours de combats, les Anglais sont obligés d'abandonner leurs bastilles de la rive gauche, ils perdent le boulevard et le fort des Tournelles, et d'assiégeants deviennent assiégés dans les ouvrages qu'ils avaient élevés sur la rive droite. Désormais le peuple entre dans la lice, et le rôle des armées féodales va s'amoindrissant chaque jour.

[1] Leur armée, pendant la durée du siége, était de 10 à 11 000 hommes. Les forces des Orléanais, vers la fin de janvier 1429, étaient à peu près égales.

[2] Il faut reconnaître que les Anglais, qui n'eûrent jamais plus de 11 000 hommes devant Orléans, ne pouvaient fermer complétement les abords. D'ailleurs, en présence d'assiégés qui chaque jour faisaient des sorties, ils étaient obligés de laisser beaucoup de monde dans les bastilles. Les quelques fossés de contrevallation qu'ils avaient tenté de creuser avaient été bouleversés par les Orléanais.

Nous avons vu qu'à Toulouse, au commencement du XIIIe siècle, c'est le peuple de la ville qui résiste aux troupes de Simon de Montfort, c'est la municipalité qui organise la défense. Jusqu'au siége d'Orléans, sur le sol de la France, il ne se présenta plus un fait semblable. On comprend facilement que ce réveil des populations urbaines dut exciter l'étonnement et même les colères de la féodalité. Pour les chevaliers français, Jeanne était au moins un embarras; c'est au peuple qu'elle s'adresse, c'est le peuple qu'elle excite à la défense du territoire. Pour les gentilshommes anglais, la Pucelle était une instigatrice de révoltes, une révolutionnaire. Ils sentirent toute la gravité de cette influence nouvelle qui soulevait des populations entières pour la défense du sol. Elle fut condamnée au nom de cette raison politique qui croit toujours qu'avec des supplices ou des proscriptions on peut étouffer des principes nouveaux [1]. Les Anglais ne furent pas les plus coupables dans cette honteuse procédure à laquelle présida l'évêque de Beauvais, mais bien la noblesse et le clergé de France, qui virent dans cette étrange fille comme l'âme du peuple se soulevant enfin en face des trafics odieux qui ruinaient le pays et perdaient le royaume.

La guerre civile à l'état permanent avait d'ailleurs mis les armes entre les mains de tous. Les paysans pillés, les manants sans ouvrage et sans pain, à leur tour endossèrent la brigantine, et coururent la campagne et les bourgades, mettant à leur tête quelque noble ruiné comme eux ou quelque capitaine de soudards. Ces compagnies désolèrent tout le nord et l'est de la France, sous le nom d'*écorcheurs*, pendant la plus grande partie du règne de Charles VII, et formèrent le premier noyau

[1] « Très haut et très puissant prince et nostre très redoubté et honoré seigneur, nous « nous recommandons très humblement à vostre noble haultece. Combien qui autreffois, « nostre très redoubté et honoré seigneur, nous ayons par devers vostre haultece escript « et supplié très humblement à ce que celle femme dicte *la Pucelle* estant, la mercy « Dieu, en vostre subjeccion, fust mise es mains de la justice de l'Église pour lui faire « son procès deuement sur les ydolatries et autres matières touchans nostre saincte foy, « et les escandes réparer à l'occasion d'elle survenus en ce royaume; ensemble les dom- « mages et inconvéniens innumérables qui en sont ensuis.....; car en vérité, au juge- « ment de tous les bons catholiques cognoissans en ce, si grant lésion en la sainte foy, si « énorme péril, inconvénient et dommaige pour toute la chose publique de ce royaume « ne sont avenus de mémoire d'omme, si comme seroit, se elle (la Pucelle) partoit par « telles voyes dampnées, sans convenable reparacion; mais seroit-ce en vérité grande- « ment au préjudice de vostre honneur et du très chrestien nom de la maison de France, « dont vous et vos très nobles progéniteurs avez esté et estes continuelement loyaux « protecteurs et très nobles membres principaulx...... » (*Procès de condamnation de Jeanne d'Arc*, publié par J. Quicherat, t. I. — *Lettre de l'université de Paris au duc de Bourgogne*, p. 8.) — L'université de Paris, en réclamant la mise en jugement et la condamnation de Jeanne Darc, agissait au nom des principes conservateurs. En effet, où allait-on si une pauvre villageoise pouvait impunément se faire suivre de tout un peuple au seul nom de l'indépendance nationale, et détruire ainsi toutes les combinaisons politiques des seigneurs français et anglais pour se partager le territoire? Mais, à côté de ce

des troupes à la solde du roi. Lorsqu'en 1444, le 1er juin, une trêve de deux ans fut conclue entre le roi français et Henri VI, il eût fallu ou licencier ces troupes, ce qui eût été une nouvelle plaie pour le royaume, ou les payer pour ne rien faire, ce que l'état des finances du roi ne permettait pas. Pour les occuper fructueusement, le siége de Metz, ville libre, fut résolu sous le prétexte le plus futile. Mais les Messins, qui possédaient une organisation toute républicaine, se défendirent si bien, qu'après six mois de blocus, car la ville ne put être attaquée de vive force, la paix fut conclue moyennant finances. C'est tout ce que demandait Charles VII[1].

Voici quelle était l'organisation à la fois civile et militaire de la ville de Metz :

Un président de la république messine ou maître échevin, nommé le 21 mars de chaque année par le primicier de la cathédrale, les abbés de Gorze, de Saint-Vincent, de Saint-Arnould, de Saint-Clément et de Saint-Symphorien. Le maître échevin avait en mains le pouvoir exécutif; mais, sorte de doge, son pouvoir était contrôlé par le conseil des Treize, qui étaient spécialement chargés des fonctions judiciaires. Il y avait aussi le trésorier de la cité, élu chaque année, le jour de la Chandeleur. Les affaires militaires étaient sous la direction de sept élus. Sept autres habitants avaient la surveillance des fortifications, des portes et des ponts. La perception des impôts, les questions de finances et l'édilité étaient sous la main de vingt et un magistrats, sept pour chaque objet. On comptait vingt *amans*, véritables notaires.

Mais cette république messine n'était nullement démocratique; elle

style amphigourique et des interrogations captieuses adressées à la Pucelle par ses juges, quelle grandeur et quelle noble simplicité dans ses réponses. « Interroguée s'elle dist « point que les pennonceaulx qui estoient ensemblance des siens estoient eureux : res- « pond, elle leur disoit bien à la fois : Entrez hardiment par my les Anglois et elle « mesme y entroit. »

Quand fut prise la ville d'Orléans, « si mandèrent (les Anglois) hastivement ces choses « au duc Jean de Betfort, régent, qui de ce fut moult dolent, et doubtant que aucuns de « ceulx de Paris se deussent pour ceste desconfiture réduire en l'obéissance du roy et « faire *esmouvoir le commun peuple* contre les Anglois....... » Le commun peuple ne tenait plus compte des usages de la guerre; plus de prisonniers, il fallait exterminer les étrangers. « ..... Si furent illec (à la prise de Jargeau), prins prisonniers Guillaume de « la Poule, comte de Suffort, Jean de la Poule son frère; et fut la déconfiture des An- « glois nombrée environ cinq cent combattans, dont le plus furent occis, car les gens du « commun occioient entre les mains des gentilshommes tous les prisonniers anglois qu'ils « avoient pris à rançon. Par quoy il convint mener à Orléans par nuict, et par la rivière « de Loire, le comte de Suffort, son frère et autres grands seigneurs anglois, pour « saulver leurs vies. » (*Chronique de la Pucelle. Témoignages des chroniqueurs et historiens du* XVe *siècle. — Procès de condamnation et de réhabilitation de Jeanne d'Arc*, publié par J. Quicherat, t. IV.)

[1] Voyez le *Siége de Metz en* 1444, par MM. de Saulcy et Huguenin aîné. Metz, 1835.

avait, comme celle de Venise, son patriciat, qui se composait de six associations de familles privilégiées, désignées sous le nom de *paraiges*[1], et peu à peu toutes les charges électives furent dévolues aux membres de ces six associations.

La ville entretenait un corps permanent de gens de guerre à cheval et à pied[2]. Au moment du siége, en 1444, les hommes d'armes soldés étaient au nombre de trois cent douze, les arbalétriers engagés beaucoup moins nombreux. Tout bourgeois ou manant ne faisant pas partie des paraiges était requis de prendre les armes pour la défense de la cité. Cette milice était organisée par corps de métiers, et chacun de ces corps avait une portion de l'enceinte avec une tour à défendre. Les hommes des paraiges devaient non-seulement marcher en personne à la défense de la cité, mais fournir un nombre d'hommes d'armes déterminé. Les habitants campagnards du territoire de la cité se trouvaient dans les conditions faites aux bourgeois et manants.

Pendant le siége, les maîtres bombardiers étaient au nombre de dix. A l'approche des troupes des rois de France et de Sicile, les magistrats firent brûler et raser les riches faubourgs de la cité, et munirent puissamment la place. Pour compléter l'investissement de la ville, les armées royales durent faire le siége des châteaux, villages et bicoques du territoire messin, ce qui leur prit beaucoup de temps et aguerrit la population. Ce siége n'est-il aussi qu'une suite de combats, d'escarmouches, d'embuscades entre les défenseurs et les assiégeants. Ces derniers placent quelques pièces en batterie, envoient des boulets dans la place, mais ne font point de travaux d'approche et se contentent de resserrer le blocus pour affamer la ville. Il est présumable que les rois qui n'entreprenaient cette guerre, l'un René d'Anjou, que pour ne pas rendre aux Messins les grosses sommes par eux prêtées, l'autre, Charles VII, que pour faire vivre ses compagnies d'écorcheurs sans bourse délier et pour se faire donner une bonne somme d'argent, n'étaient point désireux de livrer la ville de Metz au pillage : c'eût été tuer la *poule aux œufs d'or*. La résistance de la ville de Metz, les détails de son gouvernement pendant le siége, l'ordre qui y règne, la bravoure des habitants, la bonne contenance des milices, n'en sont pas moins un des signes de ce temps.

Ce sont des bourgeois qui, dans toutes ces attaques et défenses de villes au XVe siècle, sont chargés de l'artillerie. Bombardiers, coulevri-

[1] Nous trouvons une organisation semblable à Toulouse au XIIIe siècle (*Croisade contre les Albigeois*, vers 5733 et suiv.) :

> « Si vos cobratz Toloza per so que la tengatz
> « Totz paratges restaura e reman coloratz.
> « . . . .
> « Etotz pretz e paratges pot esser restauratz,
> « Que be la defendrian si vos sol i anatz. »

[2] Soldoyeurs montés, soldoyeurs à pied.

niers[1], ils fabriquent les pièces et les servent. Quelques-uns sont propriétaires de ces nouveaux engins et se mettent au service de leur ville avec leur pièce.

Dans les opérations du siége d'Orléans, les Anglais ne font pas d'approches : ils élèvent des bastilles, ils tentent de les réunir par un fossé de contrevallation; ils sortent de ces forts pour combiner leurs attaques, ils s'y réfugient s'ils sont poursuivis; mais nous ne les voyons pas creuser des boyaux de tranchées pour arriver à couvert au pied des remparts. Cependant, ainsi qu'on a pu le voir dans le cours de cet article, bien avant cette époque, les armées assiégeantes faisaient de véritables approches. Un peu plus tard, les troupes du duc de Bourgogne, quand elles assiégent une place, cheminent vers les fossés au moyen de tranchées. « Le seizième jour de juillet (1453), le duc de « Bourgongne se partit de Courtray : et ala devant Gavre : et l'assiégea : « et l'environna de toutes pars : et fit descendre bombardes, mortiers « et engins volans : et furent les aproches faicts, si près que faire se « peut : et à la vérité la place de Gavre ne fut guères empirée de « bombardes ne d'engins, fors de dessus des pans, et des tours, qui « furent abatus..... Et (le capitaine de la place) fit une saillie par le plus « obscur de la nuit, et frapa hardiment sur les premiers qu'il trouva « es tranchées et es aproches (qui furent en petit nombre et ne se « doubtoyent de rien), et finalement mit iceux en fuite et desroy : et « fit un grand effray sur l'artillerie[2]..... »

Après la bataille de Montlhéry (1465), quand le comte de Charolais se dirige sur Paris, le roi (Louis XI) « avoit assemblé à Paris grosse « armée, et grans gens d'armes..... et par une noire nuict envoya les « francs archers normans faire un tranchis sur la rivière : et estoit « iceluy tranchis garni d'artillerie, tellement qu'il batoit du long « de la riviere et du travers : et se pouvoit on tenir à grand peine à « Conflans : mais le duc de Calabre et le comte de Charolois visitèrent « (reconnurent) en leurs personnes ledict tranchis : et prestement firent « aporter grandes cuves à vendanger..... et de ce firent gros boulovars « garnis de bonne artillerie, et tellement battoyent du travers de la « riviere, que les normans, qui estoient es tranchis, n'osoyent lever la « teste[3]..... » Ainsi, vers le milieu du XVe siècle, faisait-on déjà des approches, des tranchées avec batteries, et l'artillerie était-elle devenue assez maniable pour qu'il fût possible de la monter promptement sur des épaulements, des boulevards de campagne, qui ressemblaient fort à nos redoutes. Les Anglais avaient une nombreuse artillerie au siége d'Orléans, et ils ne pensaient pas que les assiégés pussent y répondre[4]?

[1] Voyez le *Journal du siége d'Orléans, l'attaque de Jargeau*, etc.

[2] *Mém. d'Olivier de la Marche*, chap. XXVII.

[3] *Ibid.*, chap. XXXV.

[4] L'artillerie des Orléanais était en effet beaucoup moins nombreuse que celle des

Cela expliquerait pourquoi ils ne crurent pas devoir tout d'abord faire des approches et établir des batteries. Leurs bombardes ne pouvaient qu'envoyer des boulets de pierre dans la ville par-dessus les remparts, mais non faire brèche. Il semble au contraire que les artisans français qui firent les premières pièces de métal fondu se soient préoccupés d'obtenir un tir direct, et par conséquent de faire brèche.

Leurs canons, mis en batterie au boulevard de la Belle-Croix et sur les tours du bord de l'eau, à Orléans, endommagent très-fort le châtelet des Tournelles occupé par les Anglais, et, au siége de Jargeau, les canons français détruisent des ouvrages.

Pendant le règne de Louis XI, de gros boulevards circulaires sont élevés aux saillants de quelques places[1], pour obliger les assaillants à ne commencer leurs travaux d'attaque qu'à une assez grande distance des remparts. Vers cette époque, beaucoup de tours anciennes sont terrassées pour recevoir des pièces en batterie, et leur base est entourée de douves avec escarpe et parapet, afin de les garantir contre les boulets ennemis et d'obtenir un tir rasant. A la place des barbacanes élevées pendant les siècles précédents, on établit de gros boulevards en terre qui battent au loin les approches. Ces dispositions devaient apporter, dans l'art d'attaquer les forteresses, des changements considérables. C'est alors qu'on commence à former, devant les places assiégées, des camps reliés par des fossés et des parapets d'où partent des boyaux de tranchées qui permettent de cheminer à couvert jusqu'à la contrescarpe des fossés. Par contre, les défenseurs étendent les travaux extérieurs pour battre ces tranchées. Peu à peu ces travaux s'éloignent du pied des vieux remparts conservés comme commandement. Ce sont d'abord des boulevards circulaires ou carrés réunis par des fronts de terre avec fossés et palissades. Puis ces boulevards changent de forme; ils prennent la figure de grands bastions avec épaules. Entre eux, ce ne sont plus des lignes continues, mais des flèches également en terre qui protégent leurs intervalles. Ces flèches sont parfois doubles déjà à la fin du XVe siècle, et ressemblent à de véritables tenailles.

C'est en France où l'abandon des méthodes de la fortification du moyen âge est le plus rapide. L'esprit militaire du pays comprend que l'étendue de la défense est plus efficace que son accumulation, et pendant qu'en Italie, et en Allemagne surtout, on continue à édifier de gros boulevards circulaires, à croire à l'utilité des obstacles accumulés, on trace déjà, de ce côté-ci des Alpes et du Rhin, des fronts étendus avec de larges flanquements et des bastillons en flèche destinés à gêner les travaux d'approches. En 1500, l'Allemagne persiste encore à élever

assiégeants, mais il semble qu'elle fût mieux servie. D'ailleurs l'artillerie anglaise ne se composait guère que de bombardes à tir parabolique, tandis que les Orléanais possédaient quelques pièces envoyant de plein fouet des boulets de métal.

[1] Voyez ARCHITECTURE MILITAIRE, fig. 48 et 49.

des défenses successives et à maintenir des commandements élevés[1]; mais nos ingénieurs rasent les vieilles tours, remplissent de terre leur base conservée, et, en dehors, se contentent d'ouvrages terrassés bas, avec fossés et boulevards très-distancés. Ces ingénieurs de la fin du XVᵉ siècle comprenaient très-bien déjà qu'avec l'artillerie à feu, il faut éviter que l'assaillant puisse faire converger son tir sur un point. Au commencement du XVIᵉ siècle, cependant, après les guerres du Milanais, des ingénieurs italiens font de beaux travaux, bien entendus comme détail plutôt que comme ensemble. Les boulevards qu'ils élèvent à cette époque sont dignes d'admiration, quoique ces ouvrages aient toujours le défaut de l'accumulation des moyens défensifs et des courts flanquements.

Devant ces perfectionnements de l'art de la fortification, il s'agissait de s'établir solidement et de procéder à l'aide de moyens très-puissants. Mais tel est l'empire de la tradition, que le principe de certains systèmes d'attaque persiste en dépit des nouveaux engins adoptés. Si l'assiégeant ne fait plus de beffrois roulants, ni même de plates-formes atteignant ou dépassant le niveau des crénelages de la place attaquée, il continue longtemps encore à élever de gros boulevards en terre d'un relief considérable pour battre à distance les remparts et pour enfiler les courtines. L'artillerie ne possédait pas alors de projectiles creux, ou du moins ces sortes de projectiles n'étaient-ils employés que rarement et ne produisaient-ils que peu d'effets, à cause de la faible portée des bombardes au moyen desquelles on les lançait. Le tir à ricochet n'avait point été méthodiquement pratiqué; il fallait *voir* les points à battre, et nécessairement établir des batteries de siége ayant un commandement considérable. Dès 1500, on élevait autour des places des bastions ou boulevards avec épaules. Les bouches à feu couvertes par ces épaules ne pouvant être démontées par des batteries de ricochet, force était, s'il fallait éteindre leur feu, de dominer le niveau supérieur du boulevard pour envoyer des projectiles plongeants par-dessus les épaules. Aussi, dans les rentrants, établit-on, au commencement du XVIᵉ siècle, des casemates où les pièces se trouvaient à l'abri; puis, sur les boulevards ou derrière les rentrants des épaules, des cavaliers dont les pièces pouvaient répondre aux bouches à feu mises en batterie sur les gros boulevards des assiégeants. Ces méthodes furent suivies et perfectionnées pendant tout le cours du XVIᵉ siècle[2]. L'Alsace fut une des contrées où ces travaux furent étudiés et exécutés avec un soin remarquable, à dater de la fin du XVIᵉ siècle. Le traité du célèbre ingénieur Daniel Speckle, imprimé à Strasbourg en 1582, indique une suite d'ob-

[1] Comme à Nuremberg, par exemple (voyez Tour).

[2] Voyez le bel ouvrage de Buonaiuto Lorini, *le Fortificationi*, Venetia, 1609, et aussi Francesco Tensini, *la Fortificatione, guardia, difesa et expugnatione delle fortezze*, Venetia, 1645. — *La fortification démontrée*, par Errard de Bar-le-Duc. Paris, 1620.

servations pratiques d'une grande valeur. Speckle cherche déjà à soustraire les batteries établies derrière les épaules des bastions au tir de ricochet[1]; il donne des moyens ingénieux pour remparer les brèches et arrêter les colonnes d'assaut. D'ailleurs il ne revêt que les ouvrages inférieurs, et ses cavaliers, ses traverses sont de terre. Il évite l'emploi de la maçonnerie pour les commandements élevés, ce qui, à cette époque, est un progrès très-notable, puisqu'on établissait et que l'on conservait encore, en Allemagne et dans le nord de l'Italie, de grosses tours revêtues pour commander les ouvrages extérieurs. Il cherche à masquer les revêtements, et ses tracés ont une ampleur qui les distingue de la plupart de ceux qui furent suivis jusqu'à Vauban.

L'artillerie enfin changea les conditions de l'attaque, et par conséquent de la défense; et il est intéressant d'observer comment celle-ci mit un temps considérable à se rendre un compte exact des effets du canon. Pendant toute la première moitié du XVIe siècle, la défense, encore sous l'empire des traditions du moyen âge, n'adopte que des moyens évidemment insuffisants, des expédients; il semble qu'elle ne peut se résoudre à admettre les effets puissants de l'artillerie. Mais les guerres de la fin du XVIe siècle furent une expérience cruelle. C'est pendant ces luttes que l'art de la défense se transforme réellement et laisse de côté les vieux systèmes, en cherche de nouveaux; que des ingénieurs, à la fois militaires et constructeurs, forment un corps spécial en état de lutter contre l'artillerie à feu, qui se perfectionnait rapidement. Au commencement du XVIIe siècle, en effet, l'artillerie était à peu près arrivée au point où les guerres de la Révolution et de l'Empire l'ont trouvée. En face de cette arme ayant atteint si promptement un développement considérable, l'art de la fortification se transformait lentement. Il fallait des hommes de génie pour la mettre au niveau des engins de destruction qui modifiaient si profondément l'art de la guerre, pour trouver un système pratique et qui n'entraînât pas les États et les villes dans des dépenses impossibles. Vauban sut résoudre ce problème.

Aujourd'hui il est posé de nouveau par une artillerie dont la puissance est plus que doublée. Peut-être les guerres cesseront-elles le jour où l'on reconnaîtra qu'il ne saurait être fabriqué une pièce de canon à laquelle on ne puisse opposer une cuirasse impénétrable, ni élever un obstacle qui ne soit aussitôt culbuté par un projectile. Ces deux puissances de l'attaque et de la résistance étant neutralisées, les gouvernements, faut-il l'espérer, n'auront plus pour *ultima ratio* que le respect de l'équité et l'appel aux sentiments moraux et aux intérêts matériels des peuples.

SIGNES (DES ÉVANGÉLISTES), voyez ÉVANGÉLISTES; — (DU ZODIAQUE), voyez ZODIAQUE.

[1] Voyez, page 33, la figure qui indique qu'alors le tir de ricochet était déjà usité.

SOCLE, s. m. Assise inférieure d'un pilier, d'une colonne (sous la base), d'un mur. Le socle se dessine toujours par une saillie, un empattement plus ou moins prononcé. Un profil accuse cette saillie, qui, dans les constructions du moyen âge, n'est jamais laissée horizontale. Dans l'architecture romane, le profil qui couronne le socle est habituellement un biseau de 45 à 60 degrés (voyez en K, fig. 1). Plus tard, pendant la période dite gothique, le profil du socle est souvent une moulure tracée de manière à ne pas présenter d'angles saillants pouvant blesser les passants.

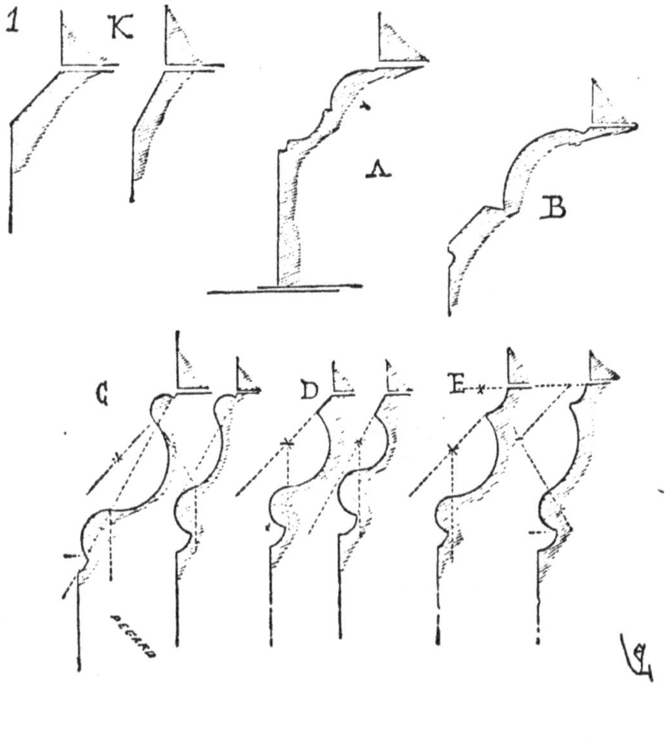

La figure 1 présente en A un profil de socle encore roman, adopté sous les piles et les bases des colonnes de certains monuments de la Bourgogne, de la Champagne et du Nivernais ; en B, le profil des socles de contre-forts du XIIe siècle (Languedoc et Auvergne) ; en C, des profils de socles du XIIIe siècle ; en D, du XIVe, et en E du XVe. Généralement, à l'extérieur, l'assise de socle accuse le niveau du sol intérieur. Il n'est pas besoin de dire que, pour les socles, les constructeurs du moyen âge ont choisi les matériaux les plus durs. (Voy. BASE.)

SOL, s. m. On indique par la locution *bon sol*, le terrain sur lequel on peut établir la fondation d'un édifice. (Voy. CONSTRUCTION, FONDATION.)

SOLIVE, s. f. Pièce de bois reposant sur les poutres maîtresses dans les planchers du moyen âge, supportant l'aire sur laquelle est posé le carrelage ou les planchéiages, et restant apparente au-dessous de cette aire (voy. PLAFOND). Étant apparentes, les solives, dans les planchers du moyen âge, sont souvent moulurées, ornées de sculptures, ou pour le moins soigneusement équarries. L'usage était de poser les solives tant plein que vide, c'est-à-dire qu'on laissait exactement entre chaque solive la largeur de l'une d'elles. Leur équarrissage, suivant les portées, varie entre 0^{m},22 (huit pouces) et 0^{m},164 (six pouces). Qu'elles soient embrevées dans les poutres maîtresses, posées simplement sur ces poutres ou sur des lambourdes, leur portée reste toujours franche, et les chanfreins, moulures et sculptures ne commencent qu'à une certaine distance de cette portée. Voici (fig. 1) plusieurs exemples de solives.

1

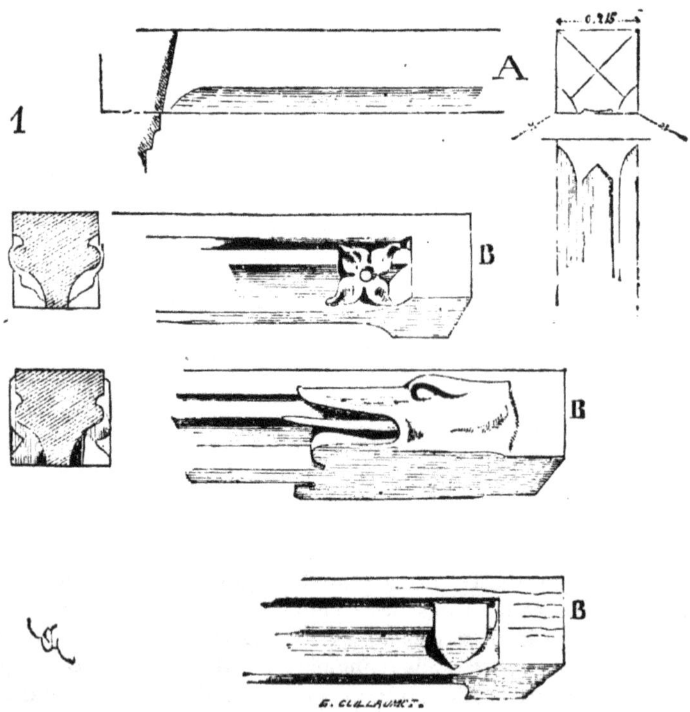

L'exemple A (XIIIe siècle) provient d'un plancher d'une maison à Angers. Les deux arêtes inférieures sont abattues par un cavet peu prononcé. Les exemples B proviennent de la tribune des orgues de l'église de Saulieu (Côte-d'Or). Ces dernières solives, finement profilées, datent du XIVe siècle. Des ornements sculptés seulement près de la portée donnent, pour l'œil, de la force à celle-ci. Au XVe siècle, les solives prennent (quand elles sont taillées dans du sapin principalement) peu d'épaisseur et beaucoup de champ, ainsi que le fait voir l'exemple figure 2, provenant d'une maison de Saint-Antonin (Tarn-et-Garonne).

2

Alors elles sont assemblées dans les poutres maîtresses par un repos et un tenon (voyez en A). Ces sortes de solives sont espacées les unes des autres de 0^{m},60 à 0^{m},90, et reçoivent des entretoises qui portent l'aire et le plafonnage. Dans quelques villes méridionales, telles que Narbonne, Béziers, Aigues-Mortes, Perpignan, etc., on n'employait que le sapin pour les planchers ; les poutres maîtresses sont assez voisines les unes des autres et les solives très-fines (0^{m},11, quatre pouces) et très-serrées. Par-dessus est posé un lambrissage de forts madriers de 0^{m},06, avec couvre-joints, qui porte l'aire. Les solives sont généralement peintes, ainsi que les entrevous.

SOMMIER, s. m. Pierre qui reçoit un arc ou une réunion d'arcs, qui leur sert de naissance, de point de départ.

Dans l'architecture du moyen âge, les arcs remplissant un rôle très-important, les sommiers, la manière de les tracer et de les appareiller, leur pose, ont préoccupé les constructeurs. Ceux-ci sont arrivés, vers le milieu du XIIIe siècle, à une science de combinaisons et à une perfection d'exécution dans la manière de construire les voûtes, qui n'ont point été égalées. Or, dans le tracé d'une voûte en arcs d'ogive, par exemple, toutes les difficultés viennent se résoudre dans les sommiers.

Les articles Construction et Voute font ressortir l'importance des sommiers dans l'appareil des arcs de voûtes; il n'est donc pas nécessaire de nous étendre sur la manière dont les tracés sont faits en raison de la position et de la courbure de ces arcs. Nous nous occuperons seulement de la partie décorative de ce membre de la structure des voûtes.

A dater de la fin de la période romane, les architectes du moyen âge se sont préoccupés souvent de décorer la naissance des arcs de voûtes au-dessus des chapiteaux. Il leur semblait évidemment que la transition

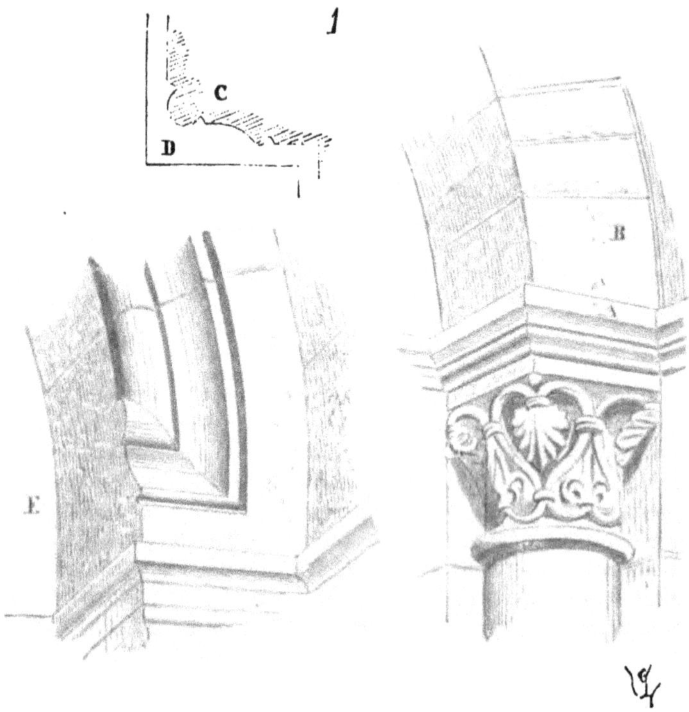

entre la richesse du chapiteau et la froideur des profils des arcs devait être ménagée. A cette époque, à la fin du XIIe siècle, les piles avaient encore une section assez simple et les arcs se meublaient déjà de moulures. Sur les chapiteaux, des tailloirs robustes servaient d'assiette à ces arcs; il y avait ainsi interruption brusque entre les supports et l'objet supporté. Or, le sentiment de ces maîtres leur indiquait qu'une liaison était nécessaire entre les piles à section simple et les arcs allégés par des moulures, ou, tout au moins, qu'il fallait faire comprendre aux yeux comment pouvaient naître ces faisceaux de profils sur une assiette horizontale; qu'il y avait quelque chose de choquant dans la pénétration des moulures des arcs dans des tailloirs à sections rectangulaires. Ainsi, quand (fig. 1) l'architecte posait sur le tailloir rectangulaire A d'un chapiteau un arc B, à section également rectangulaire, cela s'arran-

2

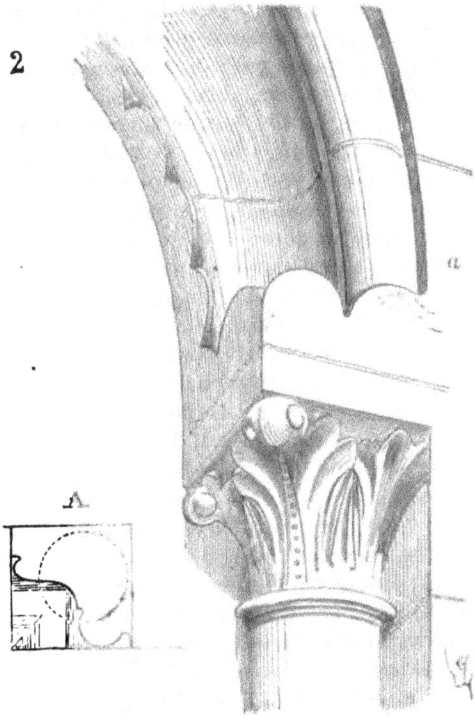

geait naturellement. Mais quand, pour obtenir un aspect plus riche, plus élégant, il voulut donner à cet arc B un profil C, par exemple, la corne D du tailloir paraissait trop saillante et ne plus rien porter. Or, si nous voyons que les Romains faisaient porter les sommiers des arcs des voûtes, non sur la saillie du chapiteau, mais à l'aplomb du nu de la colonne, — ce qui rendait le chapiteau inutile, — nous constatons que les architectes du moyen âge, plus logiques dans leur structure, prétendaient utiliser la saillie du chapiteau et porter les arcs en encorbellement.

Donc la corne D, restant isolée, choquait leur sens logique d'accord avec le sentiment; ils firent retourner le profil C dans la hauteur du sommier, ainsi qu'on le voit en E, ou bien (fig. 2) ils arrêtèrent le profil par un renfort, et firent pénétrer ses moulures dans une section rectangulaire[1].

Ces maîtres du moyen âge avaient de ces délicatesses qui n'ont plus prise sur nous, gens trop affairés, pour rechercher autre chose que le gros succès banal, facile et fructueux. Moulurer une archivolte, faire tomber cette moulure sur un tailloir ou une imposte, ne demande que la peine de donner un profil au tailleur de pierre; mais arrêter cette moulure à une certaine hauteur au-dessus du lit inférieur du sommier, et trouver une transition entre les courbures profilées et l'horizontalité du couronnement d'un pied-droit ou d'une colonne, c'est se donner un souci que les artistes travaillant pour les Romains de l'empire regardaient comme superflu. Nos architectes de la fin du XIIe siècle, chez lesquels une science naissante n'avait pas encore étouffé le sentiment vrai de l'art, ne pensaient pas qu'une moulure pût naître de rien, ou tomber brusquement sur un autre membre sans une attache, une racine, une base. Ils ne se décident à supprimer cette racine des moulures d'arcs que quand ceux-ci ne sont plus, pour ainsi dire, qu'une prolongation des faisceaux de colonnettes composant les piliers, et que les chapiteaux sont réduits à l'état de bagues ornées séparant les membres verticaux des membres courbes. Aussi l'importance décorative des sommiers diminue-t-elle quand la section des piliers se rapproche de celle des arcs, pour s'effacer entièrement, si ces piliers se composent d'un nombre de membres égal à celui de ces arcs.

Dans le chœur de l'église de Notre-Dame de la Coulture, au Mans, il existe une disposition indiquant bien nettement le rôle que les architectes du XIIe siècle assignaient au sommier. Les arcs de la voûte, comprenant un arc ogive et deux formerets, reposent sur trois colonnettes dont les tailloirs sont rectangulaires. Cependant l'arc ogive est mouluré avec arête saillante (voyez en A, figure 3, le profil de cet arc ogive); l'architecte a posé entre ce profil d'arc et le tailloir une statue entière avec son dais, qui sert de base au profil. Des fenêtres refaites et agrandies au XIVe siècle sous les formerets ont détruit la belle ordonnance de cette abside, mais les arcs ogives sont restés intacts avec leur grand sommier pris dans une seule assise. Toutefois dans cette disposition toute primitive, il reste des indécisions, des parties imparfaites; les arcs formerets tombent assez gauchement sur des colonnettes qui paraissent trop grosses pour les porter. Les tailloirs des chapiteaux ne portent pas bien ces formerets; ceux-ci naissent brusquement sur leur inutile saillie. Peu à peu ces tâtonnements disparaissent; il n'y a plus de ces membres saillants sans raison, et les nervures des arcs s'enracinent sur les chapiteaux avec

[1] De l'église de Montréal (Yonne), fin du XIIe siècle. En A, est tracée la section du sommier au niveau *a*, avec la position de la colonne et la pénétration des demi-cylindres au-dessus du tailloir.

une énergie surprenante. Un des plus beaux exemples de ces sommiers disposés avec adresse et raison se trouve dans la salle du rez-de-chaussée du donjon de Coucy.

3

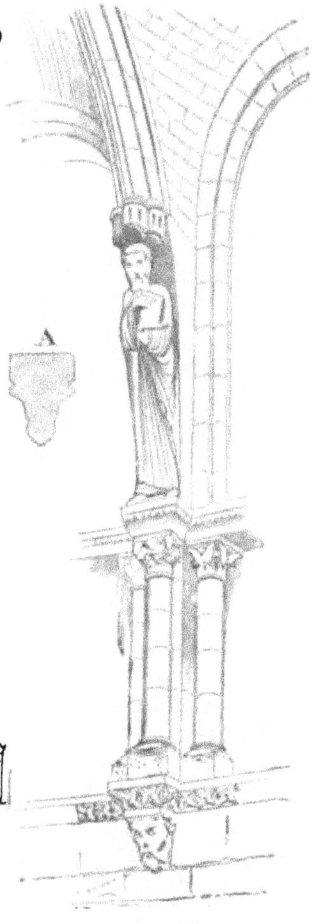

Le plan de cette salle[1] est un dodécagone avec douze renfoncements en forme de niches sur chaque face. Dans les douze angles rentrants sont douze colonnettes isolées, mais dont les bases et les chapiteaux tiennent à la bâtisse. Des douze chapiteaux partent les arcs ogives de la voûte et les colonnettes qui reçoivent les formerets à un niveau relevé[2]. Voici,

[1] Voyez Donjon, fig. 35.
[2] Voyez Donjon, fig. 39.

4

figure 4, en A, les sections horizontales de la colonnette, du tailloir du chapiteau, de l'arc ogive et des colonnettes portant les formerets. On voit que ces colonnettes et leur base débordent la saillie du tailloir du chapiteau. Il s'agissait en effet, à la hauteur d'homme, de prendre le moins de saillie possible pour ne pas gêner la circulation et pour dégager les pieds-droits des niches. Sur cette colonnette si grêle (puisqu'elle n'a que 0m,155), il fallait faire retomber cet arc qui nerve une énorme voûte et les colonnettes des formerets. Cela eût été facile à l'aide d'un cul-de-lampe; mais pour l'œil ce parti ne prenait pas assez d'importance, il ne reliait pas les membres supérieurs à la base.

L'architecte dispose donc les sommiers comme le montre en B le tracé perspectif. Pour enraciner l'arc ogive sur la corne antérieure du tailloir, une figure est accroupie, et des deux côtés de cet arc, sur les cornes latérales du tailloir, sortent deux culs-de-lampe feuillus recevant la base des colonnettes des formerets. Le lit inférieur du sommier est en *a*, le lit supérieur en *b*. Les lits sont horizontaux jusqu'à la hauteur de trois ou quatre assises pour l'arc ogive. Ces nœuds de sculptures et de moulures ont un aspect robuste qui rassure l'œil et produit le plus heureux effet; la sculpture est d'ailleurs traitée merveilleusement. Le géométral C fait voir comment l'assise des sommiers *d* conserve son lit supérieur horizontal pour l'arc ogive, et comment elle forme coupe latéralement pour recevoir les claveaux des berceaux *g*.

Le XIIIe siècle, en développant son système de voûtes et en soumettant de plus en plus la section des piles à la section des arcs, perd ces compositions fermes et hardies. Cependant, jusque vers 1250, les sommiers des voûtes sont parfois décorés pour établir la transition entre le chapiteau et les arcs. Nous en avons un exemple à la salle synodale de Sens, qui date de cette époque. Au-dessus des chapiteaux, entre les boudins et dans les cavets des arcs, grimpent des feuillages jusqu'au niveau du lit supérieur du sommier. Les sommiers de la voûte de la chapelle de la Vierge, dans la cathédrale d'Auxerre, posés sur les deux colonnes isolées de l'entrée, sont richement décorés de feuillages et de crochets entre les nervures et les colonnettes portant les formerets [1]. Dans le cloître de l'église de Semur en Auxois, on voit également des sommiers décorés de crochets entre les nerfs saillants des arcs [2]. Cette méthode consistant à donner de la richesse aux sommiers est particulière à la Bourgogne, où le goût de l'ornementation plantureuse se conserve tard. Ainsi, dans l'architecture du XIIIe siècle, l'emploi de l'arcature aveugle, pour occuper les soubassements ou certaines parties pleines de la construction, est fréquent [3]. Les moulures qui composent les petites archivoltes tombant sur les chapiteaux forment, à leur naissance, un faisceau maigre (bien

[1] Voyez CONSTRUCTION, fig. 84. La construction de cette chapelle remonte à la fin de la première moitié du XIIIe siècle.

[2] Même date.

[3] Voyez ARCATURE.

que ce faisceau déborde le diamètre de la colonnette) par l'opposition même de ces membres fins au-dessus d'un fût lisse. La lumière qui s'attache sur la colonnette est plus large et prend plus d'importance que n'en peuvent avoir tous les filets de lumière accrochés par les moulures.

5

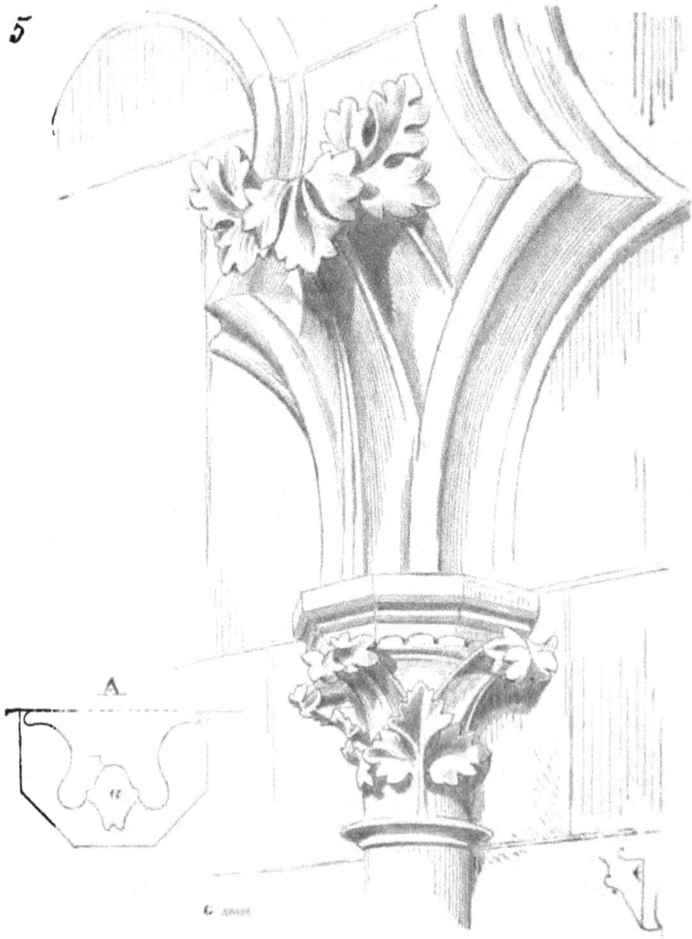

De là résulte un effet désagréable en ce que la chose portée ne semble pas peser sur la chose qui porte. Donc, pour remédier à ce défaut, une tête, ou un paquet de feuilles, ou un crochet jaillit de ce faisceau de moulures entre les archivoltes. Autour du collatéral du chœur de Saint-Étienne d'Auxerre, ce sont des têtes qui sortent du sommier des archivoltes de l'arcature. A la base du clocher — non terminé — de l'église de Saint-Père sous Vézelay [1], ce sont de beaux crochets, largement épanouis, qui donnent de la puissance aux sommiers de la grande arcature (fig. 5). Supposons ce crochet supprimé, la naissance des archivoltes trilobées sur les tailloirs des chapiteaux est maigre et porte gauchement (voyez la section horizontale A de cette naissance sur le tailloir). La tige du crochet vient remplir le vide *a*, et son large feuillage relie au chapiteau les trilobes moulurés.

Mais l'arcature à jour qui, dans l'église de Semur en Auxois [2], compose le triforium, fournit un des exemples les mieux entendus de ces sommiers décorés. Là ce sont des têtes qui se détachent au-dessus des

6

chapiteaux (fig. 6). Cette saillie sculptée est d'autant plus nécessaire, qu'à son défaut, l'axe de la colonnette se trouverait sous le vide assez profond qui résulte de la rencontre des deux cavets des profils d'archivoltes. Ce n'était pas seulement un sentiment très-juste de l'effet qui poussait les architectes à charger les sommiers d'ornements saillants,

[1] Partie construite de 1240 à 1250.

[2] Partie de 1240 à 1245.

c'était aussi un calcul judicieux. Les sommiers sont destinés naturellement à recevoir des charges verticales et obliques; par cela même les pierres employées pour les tailler sont soumises à des pressions qui peuvent les écraser. Il y a donc un avantage à laisser à ces morceaux d'appareil la plus forte masse possible, même en dehors des points où les pressions agissent. Mais, en architecture, des ensembles aux détails, ce que la raison indique n'est-il pas toujours d'accord avec le sentiment, avec le besoin des yeux? Nos maîtres du moyen âge le croyaient certainement, ou plutôt ils ne séparaient pas ces deux facultés : l'une qui conseille, et l'autre qui approuve si le conseil est bon. A voir leurs œuvres dans les menus détails comme dans les grands partis, on reconnaît bientôt qu'ils ne dédoublaient pas l'esprit de l'artiste en mettant d'un côté la réflexion, l'observation, le raisonnement, le calcul, de l'autre cette sorte d'inspiration vague, indescriptible, poétique, si l'on veut, que nous appelons le sentiment. Les deux facultés ne pouvaient, chez l'architecte du moins, qu'agir simultanément pour produire une œuvre. Aussi dans ces œuvres tout se tient, tout s'enchaîne comme au sein d'un organisme, et il n'est pas une partie dont on puisse dire : « Que fait-elle là ? »

Dans l'ordonnance inférieure du portail occidental de la cathédrale de Reims, on peut signaler plus d'un défaut. Ces trois ébrasements immenses des portes ne se relient pas parfaitement avec ce qui est placé au-dessus. On sent là une reprise, un changement dans la composition primitive, et un désir de produire un effet surprenant par l'accumulation surabondante des détails. Cependant, si l'on examine ce portail, — fort altéré d'ailleurs par de méchantes restaurations, — que d'idées, que de savoir, que de hardiesses heureusement abordées et plus heureusement exprimées en pierre ! Les sommiers qui forment la naissance de la partie antérieure des trois voussures sont, comme composition et comme exécution, une des plus belles parties de cette œuvre prodigieuse. L'architecte a su donner à ces naissances, relativement étroites, la puissance d'un support par l'arrangement des sculptures. Celles-ci se combinent avec la construction, en font apercevoir la résistance. Tout cela est raisonné, vrai, facile à comprendre, logique, et tout pénétré d'un sentiment d'art sûr de l'effet qu'il veut produire.

Il s'agissait, entre deux archivoltes immenses et qui se touchent presque, de trouver un point d'appui, un point résistant à l'œil, sans tomber dans la sécheresse d'un pilastre, d'une colonne, d'un support rigide et vertical. Il fallait d'ailleurs, conformément au principe excellent des constructeurs de cette époque, consistant à ne jamais couper la sculpture ou les membres complets d'architecture par des joints ou des lits, se conformer à l'appareil qui convenait à une colossale superposition de sommiers. Il fallait faire naître ce support ou cet ensemble de supports, de rien ; développer peu à peu la résistance, non-seulement en apparence, mais de fait; gagner par conséquent de la saillie; obtenir de la fermeté à mesure qu'on accumulait les sommiers, car, à la réunion des deux gâbles qui couronnent les archivoltes, il fallait rejeter les eaux par une gargouille énorme. Terminer brusquement cette superposition de sommiers en encorbellement par une gargouille et par la réunion des deux gâbles, c'était produire pour l'œil un effet de bascule désagréable, presque inquiétant. Que fait l'architecte? En retraite de la saillie de l'encorbellement et comme pour détruire l'effet de bascule, il pose une statue; non une statue debout et grêle relativement à sa base, mais une statue assise, largement drapée et dans une pose tranquille. Puis derrière le dos de la statue, au nu de la jonction des rampants des gâbles, un haut pinacle à jour, au milieu duquel se loge encore une statue debout.

La figure 7 ne peut donner qu'une idée incomplète de cette belle composition, qui, sur le monument, produit un effet saisissant. A la base est un *verseau*, figure moitié nue, finement rendue, au-dessus de laquelle s'épanouit un large bouquet de feuillage avec son tailloir. Une caryatide large, trapue, drapée, debout sur ce tailloir, porte sur ses épaules un abaque épais, à angles droits, qui sert d'assiette à la gargouille, composée de trois assises en encorbellement les unes sur les autres. C'est là qu'aboutissent les deux rampants des gâbles. Puis en retraite, sur un socle perforé, afin de laisser passer les eaux, s'assied un harpiste couronné; derrière lui se dresse le pinacle. Le verseau, une assise; le bouquet de feuillage, une assise; la caryatide, une assise; l'abaque, une assise; la gargouille, trois assises; le socle du harpiste, une assise, prise sous les rampants: en tout, huit assises de pierres énormes et entrant profondément derrière l'extrados des arcs, comme pour former tas de charge. La statuaire, admirablement mise à l'échelle de l'architecture, est belle, grande, simple. Rien n'est plus gracieux que cet épanouissement de plus en plus puissant, comme pour porter l'animal colossal qui le surmonte, terminé par ce joueur de harpe, et ce pinacle délicat protégeant une statue. Le contraste entre la partie inférieure où la pierre projette des ombres vigoureuses et larges, et le couronnement élégant, tout brillant de lumière, est des plus heureux [1].

Il y a loin de cette alliance complète entre l'architecture et la sculpture, de cette exacte application d'une échelle admise, à ces superfétations d'ornements, de profils, de frontons, de tympans chargés de sculptures disparates, sans rapports d'échelles, que nous voyons accumuler sur la plupart de nos façades monumentales. Mais pourquoi nous plaindrions-nous de ces abus? Ne ramèneront-ils pas, à cause même de leurs excès, le goût du public vers les conceptions bien conçues, bien ordonnées et savamment exécutées?

Il est fort difficile de réunir deux archivoltes sur un point d'appui, et

[1] La partie antérieure de la gargouille de pierre, brisée, a été remplacée au XVe siècle par une grosse tête de plomb assez grotesque. Les autres parties de ce sommier magistral (celui de gauche) ont peu souffert.

7

de les couronner par deux pignons ou gâbles, surtout si les archivoltes n'ont pas la même courbure et si les gâbles n'ont pas des ouvertures égales, car alors les lignes sont boiteuses. Les maîtres du moyen âge se sont toujours adroitement tirés de cette difficulté, soit dans des conceptions grandioses, comme celle que nous venons de signaler, soit lorsqu'il s'agissait d'archivoltes d'édicules, de petits portails, de tombeaux. La sculpture vient alors en aide à l'architecte pour nourrir les sommiers trop maigres, pour détruire le mauvais effet des courbes boiteuses, pour masquer des pénétrations compliquées de profils. Sœur de l'architecture, non point son tyran ou son esclave, elle prend sa place dans le concert.

On sait que le système de structure de la voûte dite en arc d'ogive permet d'obtenir des ouvertures d'arcs de dimensions différentes et portant sur un même point d'appui ; que ces arcs peuvent avoir leurs naissances à des niveaux différents[1]. Alors le sommier de ces arcs semble parfois faire gauchir la colonne et son chapiteau. Soit, par exemple (figure 8, en A), une colonne isolée portant deux arcs-doubleaux B d'ouvertures égales, et deux autres arcs-doubleaux C, D, d'ouvertures inégales, dont les naissances sont à des niveaux différents, ainsi que quatre arcs ogives : la colonne, parfaitement verticale, paraîtra s'incliner de *a* en *b*, ou bien il faudra donner au chapiteau une importance exagérée. Mais si (voyez en G), entre les arcs dans le sommier, nous avons sculpté des ornements qui distraient l'œil et prolongent, pour ainsi dire, l'ornementation du chapiteau, cette illusion produite par des lignes courbes se reliant inégalement avec des droites disparaîtra, surtout si en *d*, au-dessous de la naissance de l'arc le plus élevé, nous avons eu soin de conserver une saillie qui permettra de sculpter une tête, un paquet de feuillages, un objet quelconque, dont la protubérance sur le profil formera comme une butée à l'arc D dont la naissance est la plus basse. Mais nous revenons sur les dispositions de pondération des sommiers, à l'article VOUTE, et il n'est pas nécessaire ici de nous étendre plus longtemps sur cet objet, examiné seulement au point de vue de l'apparence décorative.

Les appareilleurs des XIVe et XVe siècles, très-habiles traceurs, établissent les sommiers des arcs et voûtes avec une profonde connaissance de la géométrie et des pénétrations des corps, mais ces sommiers sont dépourvus d'ornementation. Ils ne sont d'ailleurs que la prolongation recourbée des faisceaux de moulures, de colonnettes et de prismes qui composent les piliers.

Nous ne devons pas omettre ici les sommiers des manteaux de cheminée, lesquels prennent parfois une grande importance, à cause de la charge qu'ils ont à porter et de la poussée des claveaux qu'ils doivent maintenir dans leur plan[2]. Ces sommiers, fortement engagés dans les

[1] Voyez CONSTRUCTION, fig. 49 et 49 *bis*.

[2] Voyez à l'article CHEMINÉE, fig. 2, 3, 6 et 7, quelques-uns de ces sommiers les plus simples.

murs, se projettent en saillie prononcée sur les pieds-droits, forment coupe, quelquefois avec crossette, pour recevoir le premier claveau. Au commencement du XVe siècle, on a taillé de ces sommiers remarquables

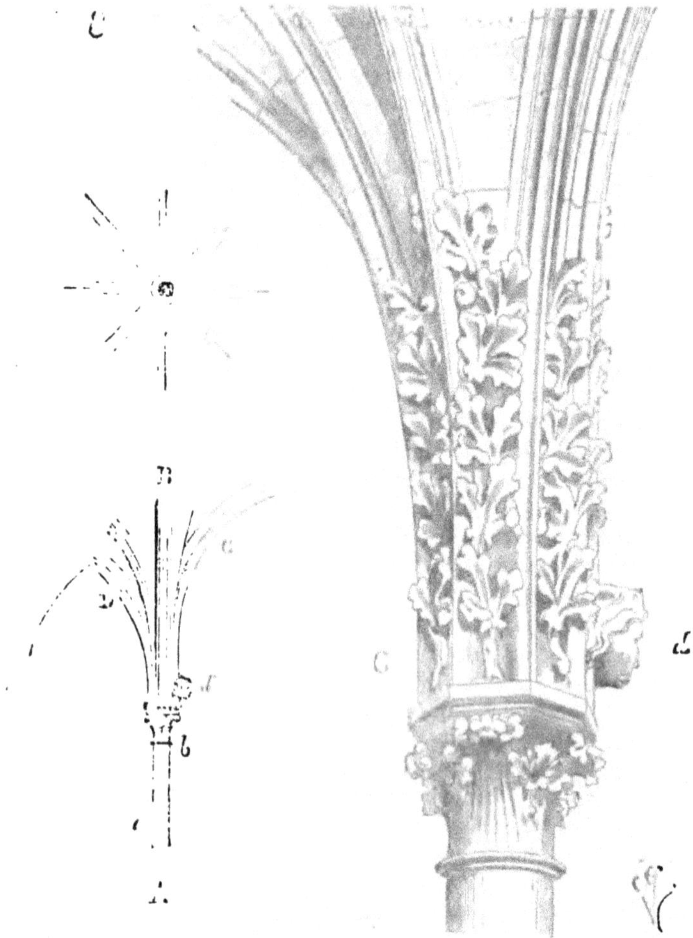

par la bonne entente de leur tracé. Entre autres, nous signalerons ceux des cheminées du château de Polignac, auprès du Puy en Velay. Ces sommiers sont composés de deux assises dont les queues sont engagées dans la muraille.

Voici (figure 9, en A) la section horizontale des pieds-droits de ces cheminées. Leurs profils se retournent également sur le manteau en pénétrant sa moulure. Le tracé perspectif B fait comprendre comment ces profils composent et le pied-droit et le manteau; comment ils se pénètrent pour établir une butée en C capable de résister à la poussée

9

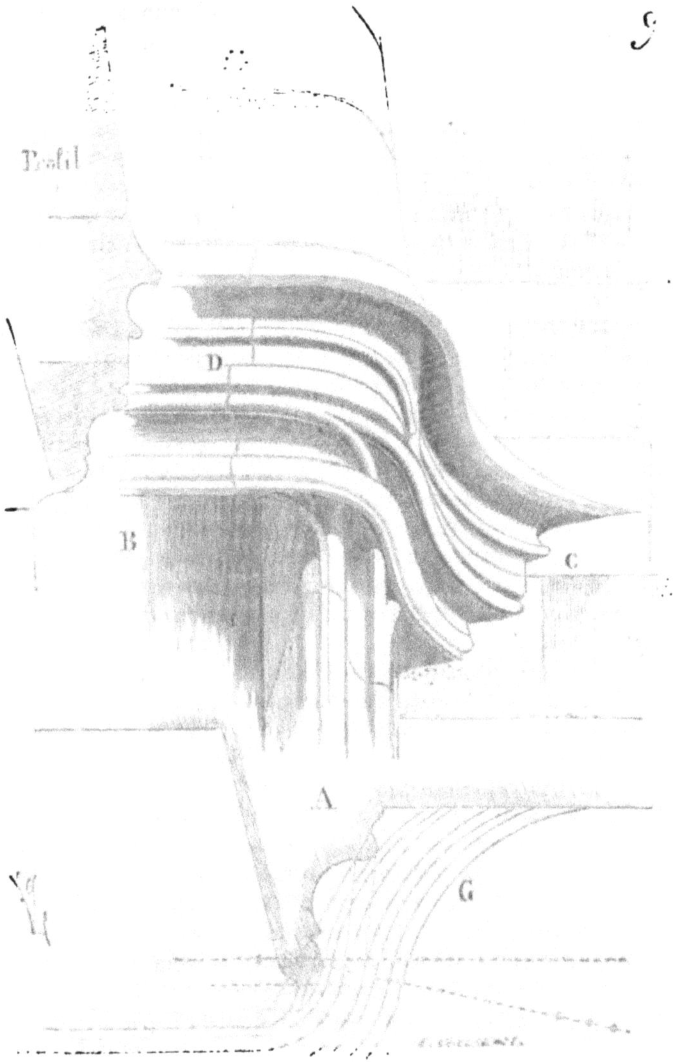

de la plate-bande appareillée; comment les deux assises en retraite l'une sur l'autre forment une crossette D destinée à empêcher le glissement des claveaux. La prolongation contournée du profil du manteau tracée en G sur la section horizontale n'est donc pas un simple ornement; cette prolongation sert de butée aux sommiers et maintient leur écartement.

Les cheminées des châteaux de la Ferté-Milon, de Pierrefonds, de l'hôtel de Jacques Cœur à Bourges, et de beaucoup d'habitations qui datent du XVe siècle, présentent d'heureuses combinaisons de sommiers à la fois très-solides et décoratifs.

On donne aussi, dans certaines provinces, le nom de sommiers à des poutres ou poitraux qui, posés sur des piliers, sont destinés à porter des pans de bois de façades de maisons (voy. BOUTIQUE, MAISON, PAN DE BOIS). Dans l'Ile-de-France, les grosses pierres, sortes de chapiteaux posés sur les piles d'angles ou sur la tête des jambes étrières recevant les bouts des poitraux et les poteaux corniers des pans de bois, étaient également appelés sommiers.

SOUBASSEMENT, s. m. Ordonnance inférieure d'un édifice ou d'une portion d'édifice. Le soubassement diffère du socle en ce qu'il se compose de plusieurs assises, qu'il prend une certaine importance en hauteur, en saillie, en richesse, tandis que le socle n'est qu'une simple assise formant un empattement peu prononcé. Un pilier, une colonne, peuvent reposer sur un socle, qui alors est isolé comme ce pilier ou cette colonne. Le caractère du soubassement, outre son importance, est d'être continu. Le bahut qui reçoit les piliers d'un cloître, par exemple, est un véritable soubassement. Un bâtiment dont le rez-de-chaussée est élevé de 2 ou 3 mètres au-dessus du sol extérieur, repose sur un soubassement. Ce soubassement peut alors être percé de baies donnant du jour dans une crypte ou cave.

La plupart des églises romanes possèdent des cryptes en partie prises aux dépens du sol, partie au-dessus du pavé extérieur; ces demi-sous-sols forment un soubassement sur lequel s'élève le monument. Les architectes du moyen âge ayant pour habitude, dès l'époque la plus ancienne, de soumettre la proportion de l'ordonnance extérieure à celle de l'ordonnance intérieure, il en résultait que si une abside, par exemple, devait s'élever sur une crypte à demi enterrée, l'ordonnance architectonique de cette abside ne commençait qu'au-dessus de cette crypte; dès lors il fallait que la partie de celle-ci, vue extérieurement, formât un soubassement distinct de l'ordonnance architectonique, qui ne commençait qu'au niveau du sol du chœur. Ce principe, adopté dans les plus beaux monuments de l'antiquité, fournissait des motifs dont les maîtres du moyen âge ont su tirer parti. C'est dans l'Est, le long des bords du Rhin, qu'on trouve encore aujourd'hui les dispositions les plus grandioses de soubassements d'absides. L'école rhénane, en s'inspirant jusqu'au XIIe siècle du style byzantin, en avait adopté, plus qu'aucune autre, les grands partis, la largeur et l'aspect monumental.

En fait de soubassements du commencement du XIIe siècle, nous n'en connaissons pas qui aient un plus beau caractère que celui de l'abside orientale de la cathédrale de Spire.

Nous en donnons, figure 1, le profil, et figure 2, la vue perspective[1]. On voit, dans ces deux figures, comment sont percées les fenêtres de la crypte qui règne sous cette abside; comment les colonnes engagées qui servent de contre-forts au mur circulaire s'empattent sur cette ceinture de profils successifs. Il y a là évidemment une réminiscence des meilleures constructions romano-byzantines.

1

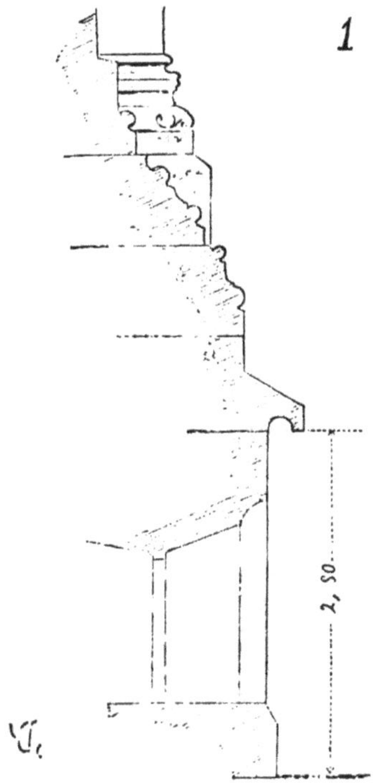

Plus tard quelques-unes de nos cathédrales du XIIIe siècle, bien qu'elles ne possèdent pas de cryptes, reposent toutes les saillies formées par les contre-forts des chapelles absidales sur un grand soubassement circulaire composé d'une succession d'assises en retraite les unes sur les autres. Telles sont plantées les absides des cathédrales de Reims, d'Amiens et de Beauvais, et le soubassement massif de cette dernière s'élevait de plus de 2 mètres au-dessus de l'ancien pavé extérieur. A Amiens, ce même soubassement circulaire n'a guère qu'un mètre au-dessus de l'ancien sol

[1] Ce soubassement est bâti de grès rouge.

du cloître. A Chartres, le chœur de la cathédrale du XIIIe siècle ayant été bâti sur une crypte romane, un beau soubassement revêt celle-ci ; c'est sur ses assises de couronnement en retraite que sont plantées les chapelles absidales.

Les soubassements des portails d'églises sont souvent ornés de bancs moulurés, d'arcatures, de tapisseries en plat relief, de sujets dans des médaillons, etc. Les architectes des XIIe et XIIIe siècles particulièrement se plaisaient à décorer avec grand soin ces parties de l'architecture placées près de l'œil. Pour s'en convaincre, il suffit d'examiner les soubassements des portails des cathédrales de Chartres, de Rouen, de Sens (XIIe siècle); ceux des cathédrales de Paris, d'Amiens, de Noyon de Reims, d'Auxerre (XIIIe siècle); de Rouen (de la Calende et des Libraires), de Lyon (XIVe siècle). Quelle que soit d'ailleurs la richesse des décorations adoptées, celles-ci sont toujours soumises à un beau parti général, franc, largement profilé, admirablement mis en proportion, disposé pour faire valoir les parties supérieures et les porter. La richesse

3

de ces soubassements n'est jamais obtenue au détriment de la force, et leurs profils ont une ampleur, souvent une énergie qu'on trouve rarement dans l'architecture antique romaine, mais qui se rapprochent singulièrement des tracés grecs. C'est à dater du commencement du XIIIe siècle que se distinguent les compositions des soubassements de portails. Au XIIe siècle, les exemples que nous citions tout à l'heure ont plutôt le caractère de grands socles ornés que de véritables soubassements formant une ordonnance spéciale; mais la belle arcature des ébrasements de la porte de la Vierge sur la face occidentale de la cathédrale de Paris [1], ou encore la tapisserie inférieure de la porte centrale de Notre-Dame de Noyon (fig. 3), celle des trois portails de la

[1] Voyez ARCATURE, fig. 22; PORTE, fig. 68.

cathédrale d'Amiens, si amplement composée, présentent des soubassements très-riches appartenant à la première moitié du XIIIe siècle.

Il est des exemples de soubassements du commencement du XIIIe siècle, ornés d'arcatures, qui sont encore d'un très-beau caractère. Outre celui provenant de la porte de la Vierge à Notre-Dame de Paris (façade occidentale), nous citerons le soubassement de l'ébrasement de la porte principale de la cathédrale de Sées[1]; le soubassement du portail nord de la cathédrale de Troyes, dont la composition et l'exécution sont du meilleur style[2].

Les portails de Notre-Dame de Reims et le portail nord de la cathédrale de Metz présentent des soubassements d'une composition peu ordinaire. Ces soubassements sont décorés de draperies en bas-relief. Ceux de Notre-Dame de Reims sont bien connus; il n'est pas nécessaire de les présenter ici, d'autant qu'ils ont été fort altérés par des restaurations successives. Mais le soubassement du portail nord de la cathédrale de Metz est bien conservé, un peu postérieur, il est vrai, à ceux de Reims, et mieux entendu (fig. 4).

Sur un parement composé d'un socle et de trois assises nues, une tenture semble attachée à une tringle, et au-dessus d'elle se développe une brillante litre à quadrillé perlé, avec animaux fantastiques dans les intervalles des galons. Ce soubassement se termine par un beau profil orné d'un rang de feuilles dans la gorge.

La variété des décorations adoptées pour les soubassements est infinie, jusqu'au moment où les lignes verticales des piliers supérieurs viennent les pénétrer et les relier aux ordonnances qu'ils supportent. De fait, alors ils disparaissent comme disparaissent d'ailleurs les membres horizontaux de l'architecture, les arasements, pour laisser dominer les lignes verticales. Il y avait là une recherche d'unité absolue que nous expliquons dans les articles ARCHITECTURE et TRACÉ.

Naturellement, quand le niveau des voûtes des caves, dans les édifices civils, était placé au-dessus du sol extérieur, les hôtels ou maisons possédaient un soubassement, c'est-à-dire une ordonnance inférieure qui portait l'ordonnance du rez-de-chaussée. Ces soubassements étaient souvent riches en profils, en soupiraux bien percés et bien appareillés, en semis de pièces d'armoiries, fleurs de lis, coquilles, roses, croisettes, chiffres ou devises[3].

Ces soubassements sont toujours bien profilés et d'une heureuse proportion. Ils ne présentent pas de moulures saillantes, qui sont facilement brisées et dont les angles risquent de blesser les allants et venants. Les ornements qui les décorent sont plats, et n'enlèvent pas à ces membres inférieurs l'apparence de force qu'ils doivent conserver.

STALLE, s. f. (*chaire*, *fourme*, *forme*). Nous n'avons à nous occuper ici que des stalles de chœur ou de salles capitulaires, c'est-à-dire de

[1] Voyez ARCATURE, fig. 19.

[2] Ce soubassement a été malheureusement fort maltraité à la fin du dernier siècle.

[3] Voyez l'ancien hôtel de ville d'Orléans (milieu du XVe siècle), dans l'ouvrage de MM. Verdier et Cattois, *Architecture civile et domestique*, tome II.

ces rangées de siéges qui, placés dans le chœur des églises ou dans les salles d'assemblées, sont destinés aux membres du clergé, aux religieux d'un monastère, à un chapitre, ou même à des laïques réunis en conseil.

Dans les plus anciennes églises occidentales, dans les cathédrales et les grandes abbayes, l'évêque, l'abbé, étaient assis au fond du chœur, derrière l'autel. Autour d'eux prenaient place, sur des bancs disposés en hémicycle, les membres du chapitre ou de la congrégation. La *cathedra*, le siége épiscopal, dominait les bancs de pierre, de marbre ou de bois qui garnissaient le fond de l'abside. Cette disposition, encore conservée dans quelques-unes des églises d'Italie les plus anciennes, a complétement disparu en France, où l'on ne trouve plus trace, dans nos édifices religieux, de la *cathedra* et des siéges qui l'accompagnaient. Depuis le XIIIe siècle, dans les cathédrales, les siéges du clergé ont été placés en avant du sanctuaire, des deux côtés de l'espace qu'on désigne aujourd'hui sous le nom de chœur, et qui occupe habituellement la partie de l'église comprise entre le transsept et les marches du sanctuaire montant à l'autel.

Le chœur, ainsi garni de stalles sur les côtés et le devant, a été enveloppé de clôtures plus ou moins riches et fermé sur le transsept par un jubé percé d'une ou de trois portes[1].

Dans les églises abbatiales, le chœur était, le plus souvent, à dater de la même époque, placé à l'extrémité de la nef et dans le transsept; toute la portion orientale étant réservée au sanctuaire établi sur les cryptes renfermant les corps-saints.

Il y a tout lieu de croire que les stalles de bois remontent, en France, à une époque reculée. La rigueur du climat ne permettait guère l'établissement de bancs ou de stalles de pierre ou de marbre, ainsi que cela était pratiqué dans les églises latines d'Italie et de Sicile. D'ailleurs l'habitude de travailler le bois dans les Gaules, et l'abondance de cette matière sur le sol français, ont dû faire admettre de très-bonne heure les stalles de bois. Cependant nous n'en possédons pas qui soient antérieures au XIIIe siècle; celles qui nous restent de cette époque accusent toutefois des formes arrêtées qui ne peuvent être que la conséquence d'une longue tradition. Depuis lors la disposition des stalles n'a pas changé. On n'a rien su trouver de mieux ou d'un usage plus commode.

Les stalles de bois se composent d'un dossier ou dorsal assez élevé et terminé à sa partie supérieure par une saillie en forme de dais; d'accoudoirs; d'une tablette servant de siége, tournant sur charnières ou pivots, et sous laquelle est fixée une console appelée *miséricorde* ou *patience*, qui permet à l'assistant aux offices de s'asseoir, tout en paraissant être debout. Devant chaque stalle est un prie-Dieu qui sert

[1] Voyez CHOEUR, JUBÉ.

de dossier au rang des stalles basses dépourvues de dais. En effet, dans les chœurs des cathédrales et des abbayes, les stalles ou formes sont habituellement sur deux rangs : stalles hautes pour les chanoines ou les religieux, stalles basses pour les membres inférieurs du clergé ou de la congrégation [1]. Le sol des stalles supérieures est élevé de deux ou trois marches au-dessus du pavé du chœur, tandis que les stalles basses portent sur le sol ou sur une seule marche. Les personnes assises dans les stalles hautes dépassent donc de beaucoup celles placées dans les stalles basses, et peuvent ainsi voir le sanctuaire. Des coupures ménagées entre les stalles basses, appelées *entrées*, permettent d'arriver facilement aux stalles supérieures. Les artistes du moyen âge ont déployé un grand luxe d'ornementation dans la composition des stalles. Habiles à façonner le bois, ils nous ont laissé quelques spécimens très-remarquables de ces œuvres de menuiserie, malgré les destructions systématiques qu'elles eurent à subir pendant les deux derniers siècles. Cependant les églises les plus riches furent celles, malheureusement, qui virent disparaître leur ancien mobilier. Ceux qui nous sont restés sont des débris sauvés par hasard, ou appartenaient à des églises pauvres. Le clergé d'outre-Rhin, plus conservateur que le nôtre, a laissé subsister un grand nombre de ces belles boiseries, mais qui ne sont pas antérieures à la fin du XIIIe siècle, sauf de très-rares exceptions [2].

Parmi les plus anciennes stalles françaises, il faut citer celles de la chapelle de Notre-Dame de la Roche (Seine-et-Oise), de beaux fragments dans la cathédrale de Poitiers et dans l'église de Saulieu. Ces boiseries datent du milieu du XIIIe siècle, et elles nous donnent une idée, celles de Notre-Dame de la Roche notamment, qui sont entières, de ce que devaient être les stalles de nos cathédrales de Chartres, de Bourges, de Paris, de Reims, des églises abbatiales de Saint-Denis, de Saint-Remi de Reims.

Examinons donc d'abord ces stalles de la chapelle de Notre-Dame de la Roche, fort bien gravées par M. Sauvageot [3]. Ces stalles sont à deux rangs, stalles hautes et stalles basses. Les stalles hautes ne possèdent qu'un dorsal, sans dais, mais avec jouées au-dessus de chaque accoudoir, comme pour séparer entièrement les religieux. D'axe en axe, les accoudoirs ont $0^m,64$. Cette mesure varie peu et ne dépasse pas $0^m,70$.

La figure 1 donne en A le plan d'une portion de ces deux rangs de stalles. Les stalles basses posent directement sur le sol du chœur; les

[1] Cependant il existe des stalles de chœur sur un seul rang, avec prie-Dieu, notamment dans les provinces de l'Est et en Allemagne.

[2] Entre autres, les stalles de bois des églises de Ratzburg, données par M. J. Gailhabaud (*l'Architecture du Ve au XVIIe siècle, et les arts qui en dépendent*, t. IV). Ces stalles paraissent dater du milieu du XIIe siècle. Elles sont fort grossières et à l'état de fragments.

[3] *Chapelle de Notre-Dame de la Roche*, par MM. Sauvageot frères. Paris, Morel, 1863.

stalles hautes, sur un parquet *p*, relevé de deux marches. Les stalles étant peu nombreuses, il n'y a d'entrées, pour les hautes formes, qu'aux extrémités en *e*. Là des jouées plus importantes et décorées terminent les rangs de siéges. La coupe C explique la disposition des siéges avec leurs tablettes à charnières et leurs *patiences*. On remarquera que les accoudoirs sont légèrement inclinés pour offrir une assiette moins

glissante aux bras des religieux, lorsqu'ils sont debout et appuyés seulement sur les patiences et sur ces accoudoirs. Les madriers *a* servent de prie-Dieu aux personnes qui occupent les stalles supérieures, lorsqu'elles s'agenouillent sur le parquet. Les assistants moins dignes, qui occupaient les stalles basses, s'agenouillaient sur les dalles du chœur. Ces boiseries sont bien profilées, et la décoration, très-simple, est d'un goût charmant. Pour plus de détails, on peut recourir à la monographie de la chapelle de Notre-Dame de la Roche[1], qui présente une étude complète de ces stalles.

Quoique très-mutilées, les stalles de l'église Saint-Andoche de Saulieu

[1] Par MM. Sauvageot frères.

nous laissent voir encore des fragments intéressants. Elles sont de cinquante ans environ postérieures à celles de Notre-Dame de la Roche; elles datent par conséquent de la fin du XIIIe siècle. On voit en A (fig. 2) l'une des jouées terminales des stalles hautes, et en B, des stalles basses. Un dais composé d'un simple plafond rampant couvrait le dorsal D des stalles hautes, lequel présente de larges panneaux au-dessus de chaque siége, encadrés entre des montants avec arcature et ornements sculptés dans les écoinçons. Quelques parties de ces sculptures sur bois sont très-bien traitées. En C, est tracée une variante de retroussis *c*. Les montants, jouées et bâtis sont pris dans du bois de chêne de trois pouces et demi (0m,095). En E (fig. 3), nous donnons l'une des séparations

3

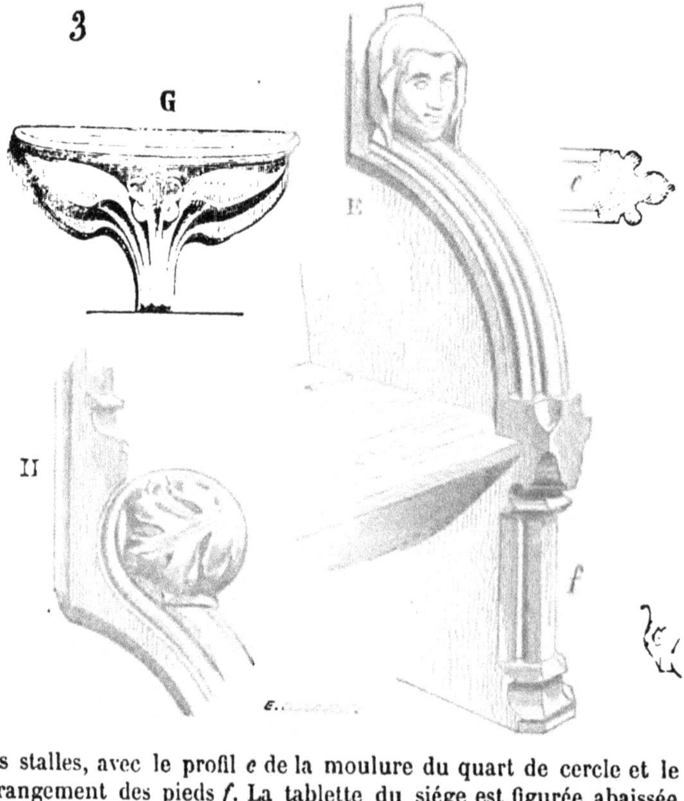

des stalles, avec le profil *e* de la moulure du quart de cercle et le joli arrangement des pieds *f*. La tablette du siége est figurée abaissée. En G, est donnée une des patiences, et en H, une variante des amortissements qui, du quart de cercle, conduisent aux supports des accoudoirs. Ces amortissements servent de pomme pour appuyer les mains lorsqu'on veut se relever; il en existe aussi bien aux stalles basses qu'aux stalles hautes.

C'est à dater de la fin du XIIIe siècle que les dais des stalles hautes

prennent de l'importance. Composé d'abord d'un madrier formant soffite incliné, comme dans l'exemple précédent, peu à peu ce plafond devient plus saillant, est porté sur des corbeaux, s'arrondit en voussure, puis se dispose, à la fin du XVe siècle, en autant de petites voûtes qu'il y a de siéges. Ces dais sont alors enrichis d'armoiries, de clefs, de nervures. Des arcatures suspendues se projettent au droit de la plus forte saillie des siéges. Les jouées se couvrent de sculptures ajourées. Nous n'avons plus, en France, d'exemples existants assez complets des stalles de l'époque de transition entre les XIIIe et XVe siècles, il nous faut recourir à celles qui existent encore sur le Rhin et en Allemagne. Les belles stalles de Saint-Géréon, à Cologne, datent du commencement du XIVe siècle [1], et présentent déjà des jouées très-richement décorées de figures ronde bosse. Les stalles d'Anellau [2], qui appartiennent également au XIVe siècle, sont très-complètes, et possèdent un dais saillant, ou soffite rampant, porté sur les jouées et sur des consoles placées de deux en deux siéges. Voici (fig. 4) une perspective de ces stalles, qui ne comprennent qu'un seul rang avec dossier et prie-Dieu. Cette boiserie, d'un travail grossier dans ses détails, est d'ailleurs bien composée, et présente un type assez pur des dernières stalles à dais en plafond avant les voussures ou les voûtains [3].

Les exemples de stalles des XVe et XVIe siècles sont assez fréquents encore en France. Nous citerons celles de l'église de Flavigny (Côte-d'Or), dont les dais sont en forme de voussure; de l'ancienne abbaye de Saint-Claude (Jura), aujourd'hui cathédrale, qui remontent au XVe siècle. Ces dernières sont datées et signées; elles ont été faites par Jehan de Viery, en 1455. Exécutées grossièrement, elles sont cependant assez bien composées. Mutilées à plusieurs reprises, des statuettes, certaines parties manquent aux jouées.

Voici (fig. 5) la face et le profil des formes hautes. Les grands panneaux du dorsal sont décorés de figures bas-reliefs représentant des prophètes, des sibylles. Des figurines ronde bosse surmontent les colonnettes à section octogone qui séparent ces panneaux. D'autres statuettes sont posées sur les fleurons espacés de la petite galerie ajourée supérieure. Les dais se composent d'une succession de petits voûtains en berceau perpendiculaires au dorsal.

La figure 6 montre l'une des jouées des formes hautes et basses, avec l'entrée entre elles deux [4]. Les bas-reliefs se détachent sur des fonds pleins ou ajourés; des statuettes décorent richement, trop richement même, ces jouées. En B, est tracé le profil des stalles basses. Malgré la

[1] Ces stalles, ou du moins ce qui en reste a été gravé en partie dans l'ouvrage de M. Gailhabaud (déjà cité).

[2] D'après des dessins communiqués par M. Bœswilwald.

[3] Nous citerons les stalles de la cathédrale de Dol parmi celles qui appartiennent au XIVe siècle.

[4] Sur notre figure, le couronnement A est dessiné à côté de sa place et se rapporte en A'.

5

profusion des détails, dans cette figure comme dans la précédente, le

principe de la structure de bois est toujours apparent. Mais dans leurs compositions les plus riches, jamais les artistes du moyen âge n'ont failli à ce principe, qu'il s'agisse de la maçonnerie, de la charpente, de la serrurerie ou de la menuiserie. On ne saurait trop étudier les assemblages de ces grands ouvrages de menuiserie du XVe siècle et du commencement du XVIe, alors que les traditions gothiques n'étaient pas encore perdues. Sous une apparence très-compliquée, la structure est toujours simple et conçue en raison de la qualité de la matière. Les stalles du chœur de la cathédrale d'Amiens, par exemple, qui sont chargées d'une quantité prodigieuse de détails, présentent une structure de bois très-bien combinée et très-simple. Ces stalles sont aujourd'hui au nombre de cent seize [1]; elles furent commencées en 1508 et achevées en 1522 par deux maîtres menuisiers, Alexandre Huet et Arnoult Boullin, sous la direction de Jean Turpin, et par le *tailleur d'ymages* Antoine Avernier. La dépense totale s'éleva à 11 230 livres 5 sols [2].

Le bois de chêne employé est d'une excellente qualité, et ne laisse voir sur aucun point la trace de piqûres de vers. Les formes hautes des extrémités sont couronnées de clochetons très-élevés, ajourés, couverts de détails délicats, de figurines, taillés avec une précision et une souplesse de ciseau remarquables. Tous les détails qui couvrent les montants, les traverses, les écharpes, les dais, les accoudoirs, les entrées et les jouées sont merveilleux de délicatesse, et fournissent des renseignements nombreux sur les vêtements et le mobilier de cette époque. Les dais, très-saillants, sont en forme de petites voûtes d'arête et revêtus de gâbles d'une excessive richesse. Les grands panneaux du dorsal des stalles hautes étaient autrefois couverts de fleurs de lis en relief qui ont été grattées à deux reprises, en 1792 et en 1831, si bien qu'on n'en distingue plus que quelques traces.

Nous donnons (fig. 7, en A) une portion du plan de ces stalles, et en B une coupe, qui font assez voir la largeur de cet ensemble de menuiserie [3]. La figure 8 est le tracé des stalles hautes de face. En C, est la section des montants séparatifs des panneaux, et en D, l'élévation d'un de ces montants avec l'amorce des deux écharpes formant accolade au-dessous des voûtains en arcs d'ogive. Indépendamment de l'exécution merveilleuse des détails, on trouve dans cet ouvrage de menuiserie une qualité rare, c'est une observation très-délicate de l'échelle. La grosseur des bois qui forment la membrure est judicieusement calculée, si bien que l'ensemble est clair et harmonieux et se dessine facilement au milieu de ce fouillis d'ornements. Ceux-ci ne dérangent pas les lignes principales, et se combinent sans efforts avec la structure, qui d'ailleurs est parfaitement solide et n'a fait aucun mouvement. Les branches d'arcs

[1] Trente-deux en haut et vingt-six en bas de chaque côté. Il en existait quatre de plus avant la destruction du jubé en 1755.

[2] Ces stalles coûteraient aujourd'hui plus de 500 000 francs.

[3] Les museaux des accoudoirs donnent, en projection horizontale, la figure D.

7

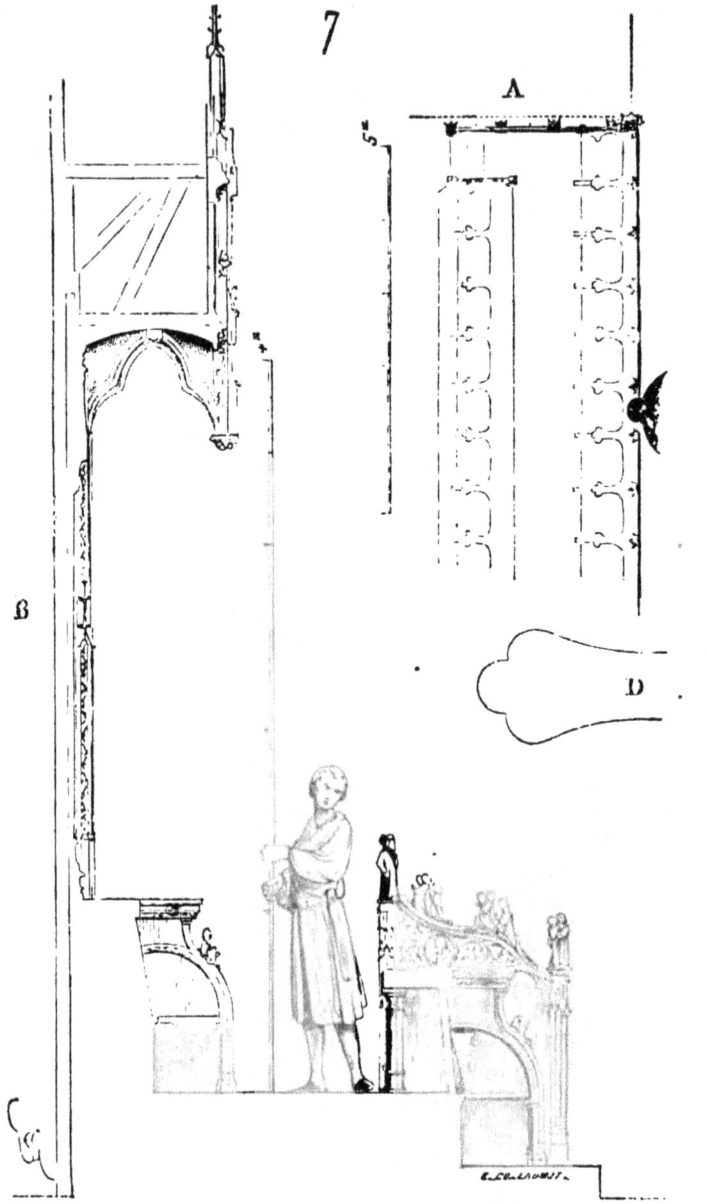

ogives des voûtains ne sont point des portions de cercle, mais donnent deux courbes raccordées, ainsi que le montre la coupe fig. 7, en B. Il

faut citer encore les stalles de la cathédrale d'Alby, qui datent de la même époque et qui sont complètes. Adossées à une clôture de chœur et à un jubé de pierre du commencement du XVIe siècle, c'est la clôture de pierre qui forme dais au-dessus des siéges hauts. La menuiserie ne comprend, à Alby, que les formes seules; les montants séparatifs des dorsals sont de pierre, avec parement d'étoffe peinte entre eux. D'ailleurs, comme menuiserie, ces stalles sont simples et ne sont guère ornementées qu'au droit des entrées.

La série la plus complète des stalles du commencement du XVIe siècle que nous possédions garnit entièrement le chœur de la cathédrale d'Auch. Ces stalles sont de beaucoup les mieux conservées. Taillées dans un bois de chêne d'une qualité tout exceptionnelle, et qui a pris par le frottement l'aspect de la cornaline, elles fournissent une série d'ornements de la renaissance du plus charmant caractère. De grandes figures bas-reliefs décorent les dorsals, et des arabesques délicatement coupées couvrent les accoudoirs, les entrées, les montants. Les dais sont merveilleux de délicatesse et de combinaisons. Les stalles de la cathédrale d'Auch ont été commencées vers 1520 et terminées vers 1546[1].

Des stalles du XVIe siècle présentent encore quelque intérêt, entre autres celles des églises de Saint-Bertrand de Comminges (Haute-Garonne), de Montréal (Yonne); les beaux fragments déposés dans l'église impériale de Saint-Denis, et qui proviennent de la chapelle du château de Gaillon. Les dorsals de ces stalles sont revêtus d'ouvrages de marqueterie, et les accoudoirs, les patiences, les montants, appartiennent à la plus jolie sculpture du commencement de la renaissance.

Quoiqu'on doive regretter la destruction des anciennes formes du chœur de Notre-Dame de Paris, qui dataient du commencement du XIVe siècle et qui étaient fort belles, au dire des auteurs qui les ont vues, les stalles refaites à la fin du règne de Louis XIV, qui garnissent aujourd'hui ce chœur, sont de très-belles boiseries sculptées avec un art infini sur du chêne bien choisi et passablement assemblé. Cependant, comme œuvre de menuiserie, il y a loin de là aux stalles d'Amiens, dont les assemblages sont tracés et exécutés avec une précision absolue, ne laissent voir ni un clou, ni une équerre, ni même une cheville. Si l'on démonte ces stalles du XVe siècle (et celles d'Amiens appartiennent à l'art de cette époque), on ne peut qu'admirer le soin, la simplicité des moyens, la précision de ces maîtres menuisiers, le choix judicieux des pièces mises en œuvre et l'excellent tracé des moulures, pour ne rien enlever de la force du bois. On n'en peut dire autant des stalles de la cathédrale de Paris, et la bonne apparence extérieure cache bien des vices de construction, des expédients et des négligences.

STATION, s. f. C'est ainsi qu'on désignait, pendant le moyen âge, les points d'un chemin où s'étaient arrêtés les pèlerins ou les cortéges qui

[1] Voyez la *Monographie de Sainte-Marie d'Auch*, par l'abbé Canéto, 1857, in-fol.

transféraient des reliques de corps-saints. Les translations de reliques donnaient lieu, de la part des populations, à des manifestations religieuses dont aujourd'hui nous ne pouvons nous faire une idée. Tous ceux qui avaient quelque grâce à demander au ciel, se transportaient sur le passage des reliques, et espéraient obtenir l'accomplissement de leurs vœux par l'intercession du saint dont ils pouvaient approcher les restes. L'empressement redoublait autour des châsses, si ceux qui les transportaient faisaient une halte; alors c'étaient des guérisons subites de malades ayant la foi, ou des punitions terribles des incrédules et profanateurs. On consacrait ordinairement le souvenir de ces haltes dans la campagne par un petit monument, une pierre, une croix, un reposoir (voyez REPOSOIR).

Quand Philippe le Hardi fit transporter les restes du roi son père à l'abbaye de Saint-Denis, il accompagna et voulut même porter la châsse qui contenait les ossements rapportés de Tunis à Paris. Le funèbre cortége fit le trajet à pied, et s'arrêta plusieurs fois sur le chemin. Et, dit Corrozet [1], « furent édifiées des stations et reposois, en façon de pyra- » mides, à chacune desquelles sont les effigies de trois roys et l'image » du crucifix à la poincte, ainsi qu'on les voit encores de présent. Aucuns » les appellent mont-joyes. » Il ne reste plus aujourd'hui qu'un fragment de ces stations sur le bord de la Seine, à Saint-Denis même.

STUC, s. m. Enduit composé de chaux, de sable très-fin, de poussière de calcaire dur ou de marbre, dont on revêtait les maçonneries et même parfois les appareils de pierre de taille, pour obtenir extérieurement ou intérieurement des parements polis, sans apparence de joints, et qu'on décorait de sculptures délicates et de peintures. Les stucs furent employés dès la plus haute antiquité. Les pyramides de Memphis étaient recouvertes d'un enduit stuqué dont on voit les restes. Les Égyptiens recouvraient leurs édifices d'une très-légère couche de stuc pour masquer les sutures de la pierre et pour recevoir la peinture. Les Grecs, quand ils employaient la pierre de taille vulgaire, passaient sur les parements un stuc léger, poli, qu'ils décoraient de peintures. On retrouve la trace de ces stucages dans les monuments doriens de Sicile, à Pestum, etc. Les Romains employèrent le stuc très-fréquemment, soit pour les monuments publics, soit pour les habitations. Il n'est pas nécessaire ici de citer les nombreux exemples de l'emploi du stuc en Italie pendant l'antiquité. Cette habitude passa dans les Gaules, et il n'est pas de construction gallo-romaine dans laquelle on ne trouve des restes d'enduits stuqués, c'est-à-dire polis et peints. Les procédés de construction eurent la même fortune que les arts ; ils périrent avec eux en Occident à la fin de l'empire romain, et les rares débris des monuments des premiers siècles ne nous laissent plus voir que des enduits grossiers faits de mauvais ma-

[1] *Les Antiquitez de Paris*, par G. Corrozet Parisien, 1586.

tériaux, mal dressés et recouverts de peintures sauvages. On n'avait pas cependant abandonné dans les Gaules l'habitude de recouvrir les parements de moellon, et même les grossiers appareils, d'un enduit de chaux et sable aussi mince que possible, pour dissimuler les défauts et les joints de la pierre et pour recevoir des colorations. Mais ces enduits n'ont plus le beau poli des stucs de l'antiquité grecque et de la bonne époque

romaine, ni leur solidité ; aussi se sont-ils rarement conservés, et leur absence nous fait croire trop facilement que les monuments carlovingiens, par exemple, laissaient voir à l'intérieur comme à l'extérieur leurs petits appareils grossièrement dressés. Loin de là, ces édifices, bien qu'ils fussent bruts, barbares, étaient recouverts d'enduits et de peintures à l'intérieur comme à l'extérieur, et ces enduits, parfois décorés de gravures, d'ornements d'un faible relief, sont de véritables stucs. Un des exemples de stucages authentiques appartenant à la période carlovingienne se voit encore dans la petite église de Germigny-des-Prés (Loiret), dont la construction remonte au commencement du IXe siècle [1]. Une

[1] Voyez sur cette église la notice de M. Mérimée, dans le tome VIII de la *Revue générale d'architecture* de M. C. Daly, p. 113.

mosaïque dans le caractère grec-byzantin décore la voûte de l'abside[1]. Autrefois des stucs gravés et peints garnissaient les parois de l'église. Ces enduits, enlevés dans les parties inférieures, ne se voient plus qu'à l'intérieur de la tour du clocher central, et notamment aux baies de ce clocher, lesquelles se composent d'une archivolte reposant sur deux colonnettes engagées. Or, ces archivoltes et les colonnettes sont entièrement obtenues à l'aide d'un stuc blanc, fin, très-dur, recoupé au ciseau pendant qu'il était encore frais. Voici (fig. 1) la moitié d'une de ces baies ; en A et en B, sa coupe.

Les arts, à l'état barbare, n'excluent point la profusion des ornements ; c'est plus souvent le contraire qui se voit. On ne saurait douter que l'architecture carlovingienne, d'une si grossière structure, élevée habituellement à l'aide de matériaux sans valeur, mal choisis et plus mal employés, ne fût revêtue d'une ornementation très-riche, mais obtenue par des moyens rapides et peu coûteux. Le stuc se prêtait à ce genre de décoration courante, et de toutes les traditions d'art des Romains, celle-là avait dû persister à cause des facilités que fournit l'emploi de semblables procédés. Élever des murs en moellon, et, quand la bâtisse est achevée tant bien que mal, en dissimuler les irrégularités, les tâtonnements, par un enduit sur lequel des graveurs, sculpteurs, viennent intailler des ornements pris sur des étoffes, des meubles et des ustensiles tirés de l'Orient, c'était là évidemment le procédé qu'employaient volontiers les naïfs architectes de la première période du moyen âge. Ce procédé ne demandait ni beaucoup de calculs, ni les prévisions savantes de nos maîtres des XIIe et XIIIe siècles. Quelques édifices carlovingiens laissent apercevoir des traces de stucages sur des voûtes et même sur des chapiteaux[2].

Plus tard les stucs ne furent plus que de très-délicates applications d'ornements, de treillis, de quadrillés fleuronnés, sur des surfaces unies, afin d'en réchauffer la nudité. (Voy. APPLICATION.)

STYLE, s. m. Il y a *le style ;* il y a *les styles.* Les styles sont les caractères qui font distinguer entre elles les écoles, les époques. Les styles d'architecture grecque, romaine, byzantine, romane, gothique, diffèrent entre eux de telle sorte, qu'il est aisé de classer les monuments produits de ces arts divers. Il eût été plus vrai de dire : la forme grecque, la forme romane, la forme gothique, et de ne pas appliquer à ces caractères particuliers de l'art le mot *style ;* mais l'usage s'étant prononcé, on admet : le style grec, le style romain, etc.

Ce n'est pas de cela qu'il s'agit ici ; nous avons fait ressortir dans

[1] C'est la seule mosaïque de ce genre que nous possédions en France.

[2] Les gros chapiteaux de l'ancien narthex de Saint-Remi de Reims, ceux de la crypte de Saint-Laurent de Grenoble, et même des chapiteaux de l'abside de l'église d'Issoire, sont de simples corbeilles de pierre couvertes de figures et d'ornements de stuc.

plusieurs articles du *Dictionnaire* les différences de style qui permettent de classer par époques et par écoles les œuvres de l'architecture du moyen âge.

Nous ne parlerons donc que du *style* qui appartient à l'art considéré comme conception de l'esprit. De même qu'il n'y a que *l'art*, il n'y a que *le style*. Qu'est-ce donc que le style ? C'est, dans une œuvre d'art, la manifestation d'un idéal établi sur un principe.

Style peut s'entendre aussi comme *mode;* c'est-à-dire appropriation d'une forme de l'art à l'objet. Il y a donc le *style absolu*, dans l'art, et le *style relatif*. Le premier domine toute conception, et le second se modifie suivant la destination de l'objet. Le style qui convient à une église ne saurait convenir à une habitation privée : c'est le style relatif; mais une maison peut laisser voir l'empreinte d'une expression d'art (tout comme un temple ou une caserne) indépendante de l'objet et appartenant à l'artiste ou plutôt au principe qu'il a pris pour générateur : c'est *le style*.

Dans les arts, et dans l'architecture en particulier, les définitions vagues ont causé bien des erreurs, ont laissé germer bien des préjugés, enraciner bien des idées fausses. On met un mot en avant, chacun y attache un sens différent. Des raisonnements qui ne peuvent jamais se croiser s'élèvent sur ces bases mal assises, n'avancent pas les questions d'un degré, embarrassent les indécis et nourrissent les esprits paresseux[1].

Toute œuvre sortie du cerveau humain, dans le domaine des lettres aussi bien que dans celui des arts, ne peut vivre que si elle possède ce qu'on appelle : le style.

Le style appartient à l'homme et est indépendant de l'objet. En poésie, par exemple, il y a la pensée ou l'impression, et la manière de l'exprimer, de la faire pénétrer dans l'âme de l'auditeur : c'est le style. Sur cent témoins oculaires d'un fait, un seul, en le racontant, produira sur son auditoire une impression profonde. Pourquoi ? Parce qu'il a mis *le style* dans sa narration. Ce style lui appartient, et cependant, pour

[1] On pourrait citer comme exemple un de ces mots aimés des amateurs d'art et sur lequel on n'a jamais pu s'entendre, par une bonne raison, c'est qu'il n'a pas un sens défini. Il n'est pas de critique d'art qui, en parlant de la peinture, ne trouve à placer le mot *clair-obscur*. Qu'est-ce qu'un clair-obscur? S'il s'agit de la répartition de la lumière et des ombres sur un tableau, pourquoi ne pas dire tout simplement *le modelé*, mot qui exprime énergiquement les transitions de la lumière aux ombres. S'il s'agit, comme quelques-uns semblent l'admettre, du ton local, c'est-à-dire de l'harmonie adoptée par le peintre, sinon comme couleur, au moins comme répartition de la lumière, pourquoi ne pas dire : harmonie de lumière, ou harmonie de couleurs, ce que tout le monde comprendrait? On préfère un mot vague, un non-sens, qui passe pour technique, mais qu'on se garde d'expliquer. Cela n'aurait pas de bien grands inconvénients, si ces non-sens ne jetaient pas souvent dans l'esprit des jeunes artistes un vague, une incertitude funestes. Nous avons connu des peintres qui cherchaient le clair-obscur, un indéfinissable, un inappréciable, un nous ne savons quoi; ils y perdaient et leur temps et leur jugement.

émouvoir, il faut qu'il soit *le style*, c'est-à-dire qu'il agisse sur tous. Dix peintres font le portrait d'une même personne, dans des conditions identiques. Tous ces portraits sont ressemblants. Un seul rappelle aux personnes qui connaissent l'original, non-seulement ses traits matériels, mais sa physionomie, ses façons d'être, son esprit, son caractère enjoué ou mélancolique. Ce peintre possède le style.

Nous revenons à notre première définition, savoir : *Le style est la manifestation d'un idéal établi sur un principe.* En effet, dans l'exemple que nous venons de donner, si la physionomie, le caractère, les allures appartiennent bien à l'original du portrait, l'opération qui consiste à se pénétrer de ces qualités et de ces attributs, de telle sorte que, sur un panneau, l'apparence de ces qualités et attributs soit exprimée; cette opération appartient à l'artiste et est la conséquence d'un principe auquel il se soumet. Nous appelons cette opération un idéal, parce qu'il a fallu que l'artiste fît de ces qualités et attributs un tout, un ensemble dans lequel certains traits ont été atténués, tandis que d'autres ont dû être mis en relief. On nous pardonnera de prendre ici un côté vulgaire de cette faculté pour en faire comprendre la valeur. Une *charge*, si elle est bonne, a toujours du style, parce que l'artiste qui l'exécute a pris les côtés les plus saillants d'une physionomie pour les exagérer au delà de toute vraisemblance. Tous les peuples vraiment artistes ont fait des charges, celles-ci ne sont que le déréglement d'une faculté qui appartient aux poëtes, aux artistes seuls. On sentira facilement combien la voie est étroite entre le réalisme absolu qui consisterait à photographier l'objet, l'idéalisme poussé jusqu'à la charge, et la platitude qui se met à la remorque d'un prétendu classicisme et s'abrite derrière son autorité. L'impression que produit un objet sur les artistes varie en raison des facultés de chacun d'eux; donc, l'expression diffère : mais ceux-là seuls posséderont le style qui feront pénétrer chez le spectateur l'impression qu'ils ont ressentie. Le poëte, le peintre, le sculpteur, éprouvent des sensations vives, promptes et claires; mais ces sensations, procédant de l'extérieur, ne sont qu'une empreinte; cette empreinte, avant de prendre une forme d'art, subit une sorte de gestation dans le cerveau de l'artiste, qui peu à peu se l'assimile, en fait une création du second ordre qu'il met au jour à l'aide du style. Si cette faculté d'assimilation fait défaut au poëte, au peintre, au sculpteur, leurs œuvres ne sont que le reflet d'une sensation émoussée, et ne produisent aucune impression.

Pour l'architecte, comme pour le musicien, le phénomène psychologique est différent. Ces artistes ne reçoivent pas directement d'une scène, d'un objet ou de la nature, une sensation propre à se transformer en œuvre d'art. C'est de leur cerveau que doit sortir cette œuvre, c'est leur faculté de raisonner qui la fait naître à l'état embryonnaire, qui la développe en la nourrissant d'une série d'observations empruntées à la nature, à la science et à des créations antérieures. Si l'architecte est un artiste, il s'assimile cette nourriture qu'il va chercher de tous côtés pour développer sa conception ; s'il ne l'est pas, son œuvre n'est qu'un amas d'emprunts dont il est aisé de reconnaître l'origine : elle manque de style.

Le style est, pour l'œuvre d'art, ce que le sang est pour le corps humain ; il le développe, le nourrit, lui donne la force, la santé, la durée ; et comme on dit : *le* sang humain, bien que chaque individu ait des qualités physiques et morales différentes, on doit dire : *le* style, quand il s'agit de cette puissance qui donne un corps et la vie aux œuvres d'art, bien que chacune de ces œuvres ait un caractère propre.

Nous n'avons pas ici à apprécier jusqu'à quel point la peinture, la sculpture et la poésie sont des arts d'imitation inspirés directement par des effets en dehors de nous et dont nous sommes les témoins. Il suffit de dire — ce que personne ne contestera, pensons-nous — que l'architecture n'est point un art d'imitation ; les effets extérieurs ne peuvent avoir sur son développement qu'une influence secondaire. L'art de l'architecture est une création humaine ; mais telle est notre infériorité, que, pour obtenir cette création, nous sommes obligés de procéder comme la nature dans ses œuvres, en employant les mêmes éléments, la même méthode logique ; en observant la même soumission à certaines lois, les mêmes transitions. Le jour où le premier homme a tracé sur le sable un cercle à l'aide d'une baguette pivotant sur un axe, il n'a pas *inventé* le cercle, il a trouvé une figure éternellement existante. Toutes ses découvertes en géométrie sont des observations, non des créations ; car les angles opposés au sommet n'ont pas attendu que l'homme eût constaté leur propriété pour être égaux entre eux.

L'architecture, cette création *humaine*, n'est donc, de fait, qu'une application de principes qui sont nés en dehors de nous et que nous nous approprions par l'observation. La force d'attraction terrestre existait, nous en avons déduit la statique. La géométrie tout entière existait dans l'ordre universel, nous en avons observé les lois et nous les appliquons. Il en est de même pour toutes les parties de cet art ; les proportions, la décoration même, doivent découler de ce grand ordre universel dont nous nous approprions les principes, autant que nos sens incomplets nous le permettent. Ce n'était donc pas sans raison que Vitruve disait que l'architecte devait posséder à peu près toutes les connaissances de son temps, et qu'il plaçait en tête de ces connaissances la philosophie. Or, chez les anciens, la philosophie comprenait toutes les sciences d'observation, dans l'ordre moral aussi bien que dans l'ordre physique.

Si donc nous pénétrons quelque peu dans la connaissance des grands principes de l'ordre universel, nous reconnaissons bien vite que toute création se développe suivant une marche logique, et que, pour être, elle se soumet à des lois antérieures à l'idée créatrice. Si bien qu'on pourrait dire : « A l'origine, les nombres et la géométrie existaient. » Les Égyptiens, et après eux les Grecs, l'avaient bien compris ainsi ; pour eux, les nombres et les figures géométriques étaient sacrés. Nous pensons que le style, qui ne manque jamais à leurs productions d'art, est dû à ce respect religieux pour ces principes auxquels la création universelle se soumet la première, elle qui est le style par excellence.

Mais dans des questions de cet ordre, il faut apporter la démonstration la plus sensible. D'ailleurs, nous ne nous occupons pas ici de philosophie ; il ne s'agit d'autre chose que de faire saisir les grands principes, les principes les plus simples à l'aide desquels le style pénètre les œuvres d'architecture.

On voudrait bien parfois se persuader que l'artiste possède en naissant la faculté de produire des œuvres de style, et qu'il lui suffit pour cela de se laisser aller à une sorte d'inspiration dont il n'est pas le maître. Cette idée, un peu trop générale, et caressée des esprits vagues, ne semble pas avoir été admise dans les temps qui ont su produire les œuvres les plus remarquables par le style. Alors on croyait au contraire que la production d'art la plus parfaite — les facultés de l'artiste admises, bien entendu — était la conséquence d'une profonde observation des principes sur lesquels l'art peut et doit tout d'abord s'appuyer.

Nous laissons aux poëtes et aux peintres à décider si ce qu'on appelle l'inspiration peut ou non se passer d'une profonde et longue observation ; mais pour l'architecture, elle est condamnée, par le côté scientifique, par les lois impérieuses qui la dominent, à chercher tout d'abord l'élément, le principe qui devra lui servir d'appui, et à en déduire avec une rigoureuse logique toutes les conséquences. Nous ne pouvons, en vérité, avoir la prétention de procéder en vertu d'une puissance plus forte que celle de la création, nous qui n'agissons qu'en observant les lois qu'elle a posées. Or, quand on reconnaît que la nature, tout inspirée qu'on la suppose, n'a pas réuni deux atomes sans se soumettre absolument à une règle logique, qu'elle a procédé avec un ordre mathématique du simple au composé et sans abandonner un instant le principe admis tout d'abord, on nous permettra bien de sourire si nous voyons un architecte attendre l'*inspiration*, sans faire intervenir sa raison, qui seule, cependant, peut lui permettre d'imiter de bien loin cette marche logique suivie dans la création de notre globe, sans aller plus loin.

Certes, c'est un pauvre petit grain de poussière que notre globe, mais enfin nous y vivons, nous pouvons le voir, l'observer ; et si infime que soit l'objet dans l'immensité, nous reconnaissons que pour le former, la nature n'a pas mal raisonné. On voudra bien nous pardonner cette digression, qui d'ailleurs n'est qu'apparente, car ce que nous allons dire se rattache intimement à notre art, et surtout à notre art pendant la période du moyen âge.

Le problème à résoudre était celui-ci : « Étant donnée une masse sphérique, ou à peu près, à l'état de liquéfaction brûlante, la solidifier à la surface par voie de refroidissement, c'est-à-dire de retrait, de condensation, peu à peu, de manière à former autour du sphéroïde en fusion une croûte homogène et suffisamment résistante. »

C'est bien ici le cas de dire qu'avant le problème posé, la géométrie existe, car le problème est résolu suivant ses lois. Notons d'abord que la nature n'a pas trouvé l'introuvable, l'absurde, la quadrature du cercle. Elle a entre les mains les moyens que nous lui avons dérobés par l'observation de ses propres lois. Pour elle comme pour nous, un cercle est un cercle, et s'il faut revêtir un sphéroïde d'une croûte, d'une sorte de pavage solide, elle a procédé comme nous procéderions, par juxtaposition de corps se prêtant à cette fonction. La question était de trouver ce corps, ce corps unique, d'un seul échantillon, possédant les propriétés absolues de résistance. La nature est à l'œuvre, ses déductions s'enchaînent suivant un ordre d'une inflexible logique. Elle trace un cercle (fig. 1); une seule figure ne pouvant se déformer, dont les côtés et les angles soient égaux entre eux, par conséquent dont la résistance est égale sur quelque côté qu'on la place, s'inscrit dans ce cercle : c'est le triangle équilatéral. Elle prend une sphère, et dans cette sphère, par induction, elle inscrit une pyramide dont les quatre faces sont des triangles équilatéraux, c'est-à-dire un solide ne pouvant se déformer et dont les propriétés sont les mêmes, quelle que soit celle de ses quatre faces sur laquelle vous le posiez. Voilà le solide trouvé : côtés égaux, angles égaux, surfaces et résistances égales. Avec cet échantillon, elle va former la croûte solide de la sphère incandescente. Et en effet ce solide peut se prêter à cette fonction.

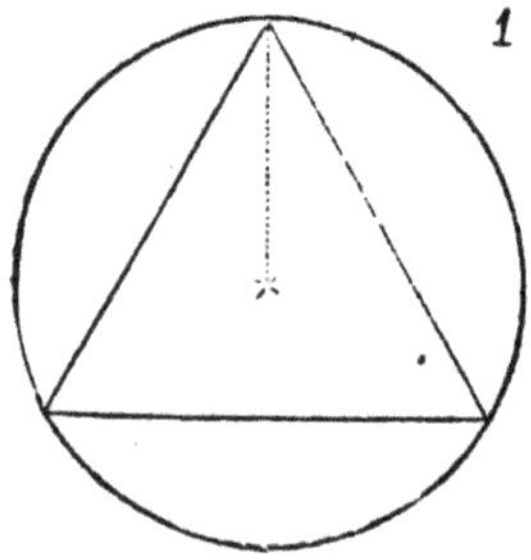
1

Deux triangles équilatéraux ayant une base commune (voyez en A, fig. 2) donnent un losange : côtés égaux, les angles *a* obtus (120°), les angles *b* aigus (60°). A l'aide de six de ces losanges développés en B, le rhomboèdre C', C, est obtenu ; c'est-à-dire un corps composé de deux pyramides *e* dont les quatre faces sont des triangles équilatéraux, et dont la partie moyenne *g* possède une base commune *f* carrée, sur laquelle s'élèvent deux pyramides opposées dont les faces sont des triangles équilatéraux. Voici donc qu'avec une seule figure, le triangle équilatéral, est obtenu un corps dont les propriétés sont d'une prodigieuse étendue. D'abord, qu'on veuille bien considérer ce corps C : ne présente-t-il pas à l'œil une réunion de six mailles semblables, pouvant se rattacher à trois réseaux se coupant, se pénétrant, et se prêtant ainsi à couvrir des surfaces courbes?

Quatre rhomboèdres se pénétrant constituent deux pyramides composées de triangles équilatéraux se pénétrant, c'est-à-dire un solide en forme d'étoile à huit pointes semblables, et dont chacune des pointes est elle-même une pyramide composée de triangles équilatéraux (voyez fig. 3). Ce solide, dont la partie milieu *a* est celle du rhomboèdre, inscrit la projection des six points des bases des deux pyramides se pénétrant dans un hexagone *b*; il inscrit ses huit pointes dans une sphère

2

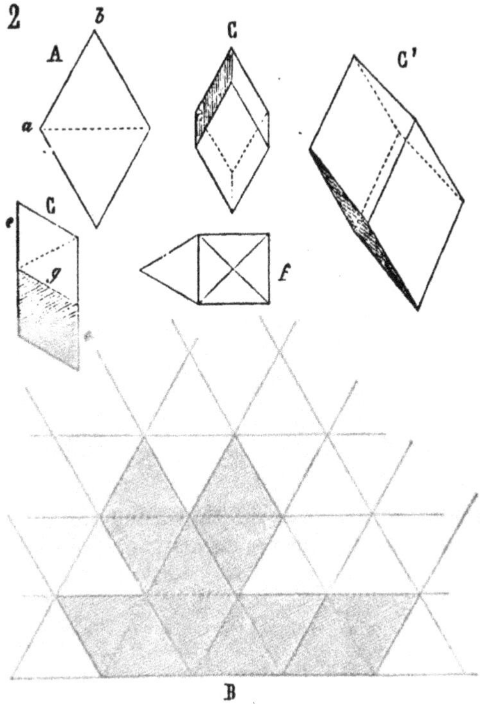

et dans un cube (voyez fig. 4). Nous n'avons pas besoin d'insister sur ces éléments. Ce corps composé à l'aide d'une seule figure, le triangle équilatéral, jouit donc de propriétés très-étendues. Si nous prenons la peine d'examiner la formation de la première couche terrestre cristallisée, le granit, nous voyons qu'elle est uniquement composée de rhomboèdres juxtaposés (voyez en *a*, fig. 5). Ou si nous considérons les éruptions basaltiques solidifiées par retrait, nous voyons qu'elles donnent des prismes à section hexagonale *b*, lesquels ne sont qu'un dérivé de la forme rhomboédrique.

Les faces réticulées du rhomboèdre se prêtaient à un revêtement d'un sphéroïde beaucoup mieux que les cubes ne l'eussent pu faire. Les plans de réunion de ces rhomboèdres ne sont pas normaux à la courbe terrestre comme l'auraient été les plans de réunion des cubes, lesquels eussent formé une juxtaposition de pyramides tronquées à base carrée. N'étant pas normaux à la courbe terrestre, ces plans rhomboédriques résistaient mieux à une pression du dedans au dehors; car (voyez fig. 5) il est clair que des corps disposés comme ceux indiqués en C ne sauraient maintenir un noyau X tendant à s'échapper, comme le peuvent faire des corps disposés ainsi que le fait voir le tracé D : or, cette dispo-

3

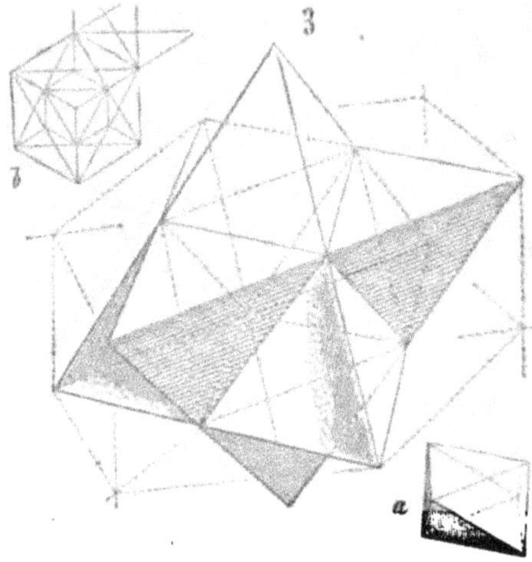

sition est précisément celle des rhomboèdres granitiques. Il est inutile de nous étendre davantage sur ces formations géologiques; il s'agissait

4

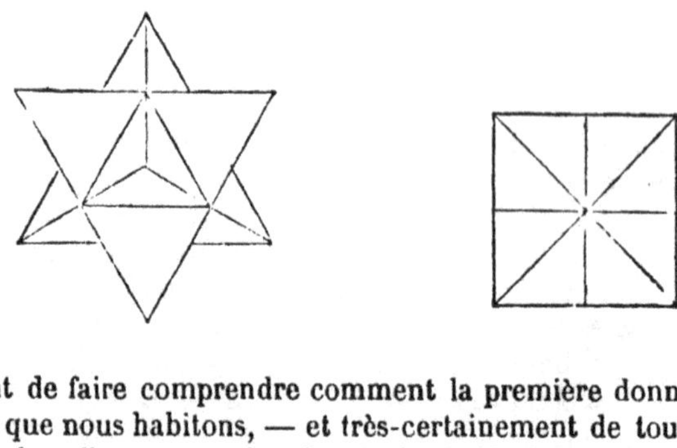

seulement de faire comprendre comment la première donnée créatrice du globe que nous habitons, — et très-certainement de tous les autres répandus dans l'espace, car le triangle équilatéral dans Saturne ne peut être différent de celui que nous désignons ainsi, — procède suivant l'application rigoureuse d'un principe, du seul possible à admettre. Si nous suivons toutes les phases de la création inorganique et organique terrestre, nous reconnaissons bientôt, dans toutes ses œuvres les plus variées et même les plus différentes en apparence, cet ordre logique qui part d'un principe, d'une loi établie à priori, et qui ne s'en écarte jamais. C'est à cette méthode que toutes ces œuvres doivent le style dont elles sont comme pénétrées. Depuis la montagne jusqu'au cristal le plus menu, depuis le lichen jusqu'au chêne de nos forêts, depuis le polype jusqu'à l'homme, tout, dans la création terrestre, possède le style, c'est-à-dire l'harmonie parfaite entre le résultat et les moyens employés pour l'obtenir.

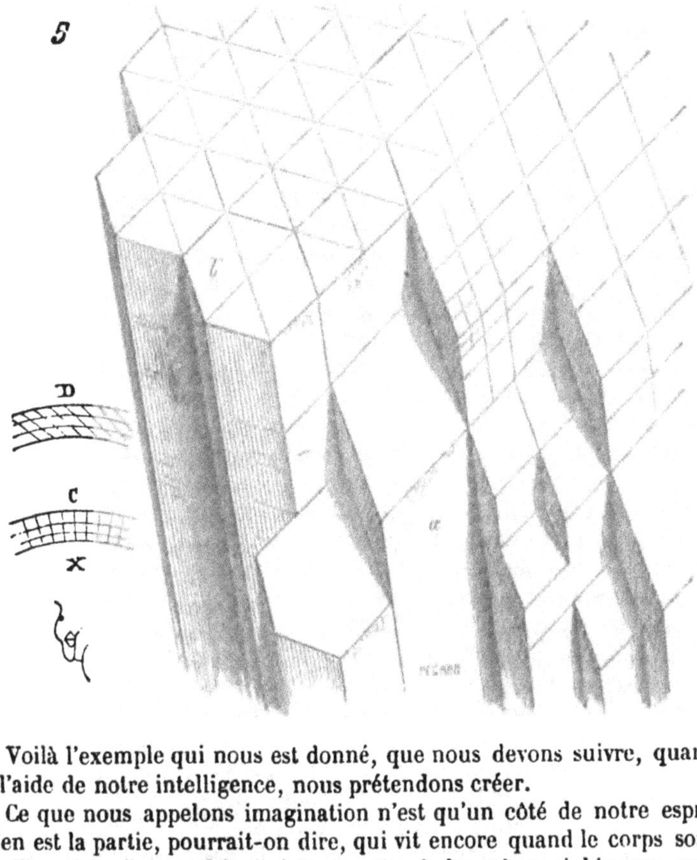

Voilà l'exemple qui nous est donné, que nous devons suivre, quand, à l'aide de notre intelligence, nous prétendons créer.

Ce que nous appelons imagination n'est qu'un côté de notre esprit. C'en est la partie, pourrait-on dire, qui vit encore quand le corps sommeille, et qui nous fait assister en rêve à des scènes si bizarres, nous déroulant des faits impossibles et sans liaison entre eux. Cette partie de nous-mêmes ne dort point, à son tour, quand nous sommes éveillés, mais elle est réglée par ce que nous appelons la raison. Nous ne sommes donc pas les maîtres de notre imagination, puisque sans cesse elle nous distrait, nous détourne de l'occupation présente, et puisqu'elle semble s'échapper et vaguer à son aise pendant le sommeil; mais nous sommes les maîtres de notre raison; la raison nous appartient, nous la nourrissons, nous l'élevons, et, après un exercice constant, nous parvenons à en faire un chef attentif qui règle la machine et donne à ses produits les conditions de vie et de durée.

Donc, tout en reconnaissant qu'une œuvre d'art peut être à l'état embryonnaire dans l'imagination, elle ne saurait se développer et arriver à l'état viable sans l'intervention de la raison. C'est la raison qui munit cet embryon de ses organes nécessaires, qui établit les rapports entre les parties, qui lui donne ce qu'en architecture on appelle les proportions. Le style est la marque apparente de cet accord, de cette unité entre les parties d'une œuvre; il dérive donc de l'intervention de la raison.

L'architecture des Égyptiens, celle des Grecs, possèdent le style, parce qu'elles sont déduites avec une inflexible logique du principe de stabilité sur lequel elles se sont fondées. On n'en peut dire autant de tous les monuments romains de l'empire. L'architecture du moyen âge, au moment où elle abandonne les traditions abâtardies de l'antiquité, c'est-à-dire du XIIe au XVe siècle, possède le style, parce que, plus qu'une autre peut-être, elle procède avec cet ordre logique que nous entrevoyons dans les œuvres de la nature. Aussi, de même qu'en voyant la feuille d'une plante, on en déduit la plante entière; l'os d'un animal, l'animal entier: en voyant un profil, on en déduit les membres d'architecture [1]; le membre d'architecture, le monument.

Si, à l'œuvre, la force créatrice naturelle n'a pu obtenir des formations d'ensemble qu'à l'aide de parties; si (sans parler des êtres organisés), pour faire la croûte primitive de notre globe, elle a procédé par juxtaposition de corps cristallisés suivant une forme unique; et si les masses obtenues ne sont que la conséquence rigoureuse de la partie, à plus forte raison, nous, qui ne faisons qu'exploiter la matière première pour l'employer à nos usages, devons-nous ne l'employer que suivant sa forme et ses qualités. Jusqu'à un certain point nous pouvons violenter les matières premières, les métaux, par exemple; nous pouvons les soumettre à des formes arbitraires. Mais la pierre, mais le bois, nous sommes bien forcés de les prendre tels que la nature nous les fournit, de les poser suivant certaines lois qui ont commandé la formation de ces substances, et, par suite, de concevoir une structure qui s'accorde avec leurs qualités. Le style ne s'obtient qu'à ces conditions, savoir : que la matière étant donnée, la forme d'art qu'elle revêt ne soit que la conséquence harmonieuse de ses propriétés adaptées à la destination; que l'emploi de la matière soit proportionnel à l'objet. En effet, les proportions sont relatives et non absolues ; non point relatives comme nombre, mais relatives en raison de la matière, de l'objet et de sa destination. Dans l'art de l'architecture, on ne saurait établir cette formule : 2 est à 4 comme

[1] On reconnaîtra, en parcourant l'article TRAIT, que ce que nous disons ici n'est point une exagération.

200 est à 400 ; car si vous pouvez, sur des piliers de 2 mètres de hauteur, poser un linteau de 4 mètres de long, vous ne sauriez poser sur deux piles de 200 mètres de hauteur une plate-bande de 400 mètres. Changeant d'échelle, l'architecte doit changer de mode, et le style consiste précisément à choisir le mode qui convient à l'échelle, en prenant ce mot dans la plus large acception. Les Grecs n'ont pas admis ce que nous appelons l'*échelle* [1], ils ont admis la relation des nombres [2]. Mais ils n'ont élevé que de petits monuments.

Si les maîtres du moyen âge ont admis un module unique qui se rapporte à la dimension de l'homme, ils ont modifié l'échelle de proportion en raison des dimensions de l'édifice. Ils ont, en raison de ces dimensions, admis divers genres de contexture, des organismes différents ; par suite, des apparences diverses qui ont le style, parce que toutes ne sont que la conséquence d'une application d'un principe vrai.

Un rapprochement fera connaître les différences profondes qui séparent l'architecture du moyen âge de celle de l'antiquité grecque au moment de son développement. La colonne grecque, point d'appui vertical, destinée seulement à porter la plate-bande horizontale, appartient à l'*ordre*, c'est-à-dire qu'elle se trouve toujours dans des rapports proportionnels à peu près identiques avec les membres qu'elle supporte ; si la plate-bande ou plutôt l'entablement augmente de volume, il est juste que la colonne qui supporte ce membre augmente de puissance dans la même proportion ; d'autant que la plate-bande ne saurait dépasser une certaine dimension. Mais l'arc étant admis, et par suite les voûtes, la colonne ne fait plus partie d'un ordre, elle n'est que la conséquence de ce nouvel organisme. L'adoption de la plate-bande ne permettant pas de dépasser une certaine largeur d'entre-colonnement, — car on ne pouvait poser des plates-bandes de 10 mètres de portée, — il était logique de conserver à la colonne une épaisseur qui fût dans un rapport de.... avec cet entre-colonnement, et par suite avec sa hauteur ; mais la portée de l'arc étant presque indéfinie, il eût été illogique de définir l'épaisseur de la colonne par rapport à sa hauteur ou à l'entre-colonnement. Aussi, dans l'architecture du moyen âge, ce qui donne les proportions relatives de la colonne, c'est le poids et l'action de ce qu'elle supporte ; et si ces rapports sont exacts, la colonne a du style.

Rien n'est plus satisfaisant, plus parfait que cet ordre dorique du Parthénon, et certes les artistes qui ont obtenu des rapports proportionnels si vrais ont tâtonné longtemps. Mais cet organisme a une limite très-bornée comme étendue et comme emploi. Franchissant cette limite, il faut trouver un autre organisme. L'autre, c'est l'adoption de l'arc et de la voûte ; par suite, de nouveaux rapports entre les pleins et les vides : donc, un système harmonique différent. Croire que le beau, que le style

[1] Voyez ÉCHELLE.

[2] Voyez, à ce sujet, les remarquables travaux de M. Aurès.

sont irrévocablement attachés à une forme, qu'ils l'ont pour ainsi dire épousée, et que toutes les autres formes ne peuvent plus être que dans des rapports illégitimes avec le beau, avec le style, ce sont là des idées d'écoles qu'il est peut-être bon de développer entre quatre murailles, mais qui s'effacent en présence de la nature. La nature ne se fixe ni ne s'arrête jamais, et la limite que certains esprits prétendent assigner au beau, au style, nous rappelle toujours — qu'on nous passe la comparaison — ce point des cadrans de baromètre au-dessus duquel *beau fixe* est inscrit, probablement parce que l'aiguille ne s'y arrête pas plus que sur les autres. Le ciel tempêtueux, le vent dans les bois, sur la mer, les nuées déchirées par l'orage, les brumes, ont leur beauté et leur style tout comme l'azur profond d'une chaude journée d'été. Au point où nous devons nous placer, ne considérant que la question d'art, le beau, le style, ne résident pas dans une seule forme, mais dans l'harmonie de la forme en vue d'un objet, d'un résultat. Si la forme indique nettement l'objet et fait comprendre à quelle fin cet objet est produit, cette forme est belle, et c'est pourquoi les créations de la nature sont toujours belles pour l'observateur. La juste application de la forme à l'objet et à son emploi ou sa fonction, l'harmonie qui préside toujours à cette application, nous saisissent d'admiration devant un chêne comme devant le plus petit insecte si bien pourvu. Nous trouverons du style dans le mécanisme des ailes de l'oiseau de proie, comme nous en trouverons dans les courbures du corps du poisson, parce qu'il ressort clairement de ce mécanisme et de ces courbes si bien tracées que l'un vole et l'autre nage. Il ne nous importe guère, après cela, qu'on vienne nous dire que l'oiseau a des ailes pour voler, ou qu'il vole parce qu'il a des ailes. Il vole, et ses ailes sont une machine parfaite lui permettant de voler. La machine est l'expression exacte de la fonction qu'elle remplit; nous autres artistes, nous n'avons pas besoin d'aller plus loin.

Si donc, par aventure, nous trouvons sur notre chemin des œuvres d'architecture qui remplissent ces conditions d'harmonie entre la forme, les moyens et l'objet, nous disons : « Ces œuvres ont du style », et nous sommes autorisés à parler ainsi. Que serait donc le style, s'il n'était pas comme une émanation sensible de ces qualités? Résiderait-il, par hasard, dans une certaine forme admise, quel que fût l'objet, ou les moyens, ou le but? Serait-il l'âme de cette forme, ne la quittant plus? Comment! un être organisé, un animal vivant dont vous changez les habitudes, le milieu, perd cette qualité harmonique du style! L'oiseau de proie que vous enfermez dans une cage n'est plus qu'un être gauche, triste et difforme, bien qu'il porte avec lui son instinct, ses appétits et ses qualités; et la colonne d'un monument, qui n'est par elle-même qu'une forme brute, vous penseriez qu'en la déplaçant, qu'en la posant n'importe où, en dehors des causes qui ont motivé ses proportions, sa raison d'être, elle conservera son style et le charme qui la faisait admirer là où elle était érigée? Mais ce charme, ce style, tenaient précisément à la place qu'elle occupait, à ce qui l'entourait, à l'ensemble dont elle était une partie harmonique !

Que l'on reconstruise le Parthénon sur la butte Montmartre, nous le voulons bien....., le Parthénon avec ses proportions, sa silhouette, sa grâce fière, moins l'Acropole, moins le ciel, l'horizon et la mer de l'Attique, moins la population athénienne.....; mais enfin ce sera toujours le Parthénon. Ce sera le lion placé dans un jardin d'acclimatation. Mais arracher au Parthénon son ordre dorique, et plaquer cette dépouille le long d'un mur percé de fenêtres, quel nom donner à cette fantaisie barbare ? que devient alors le style du monument grec ? Et, ce que nous disons pour le Parthénon, ne peut-on le dire également de tous ces emprunts faits à peu près au hasard ? Croit-on que le style d'un édifice s'émiette avec ses membres ? que chacun d'eux conserve une parcelle du style que l'ensemble possédait ? Non : en édifiant des monuments avec des bribes recueillies de tous côtés, en Grèce, en Italie, dans des arts éloignés de notre temps et de notre civilisation, nous n'accumulons que des membres de cadavres ; en arrachant ces membres au corps qui les possédait, nous leur ôtons la vie, et nous ne pouvons en recomposer une œuvre vivante.

Dans l'ordre créé qui nous entoure, et qui est mis, pour ainsi dire, à notre disposition, tout ce que l'homme touche, arrange, modifie, perd le style, à moins que lui-même ne puisse manifester un style en introduisant un ordre sorti de son cerveau au milieu du désordre qu'il a produit. Quand l'homme fait un jardin, de ceux qu'on appelle *anglais*, il enlève à la nature son allure, son sens toujours logique, pour mettre à sa place sa fantaisie ; le style disparaît. Mais si, en traçant un jardin, l'homme fait intervenir son génie propre, s'il se sert des produits naturels comme de matériaux, et qu'il invente un ordre qui n'existe pas dans la nature, des avenues rectilignes, par exemple, des quinconces, des cascades symétriques entremêlées de formes architectoniques, il a fait perdre à la nature le style, mais il a pu y substituer (en s'appuyant sur des principes qu'il a établis) celui que son génie sait parfois évoquer. A plus forte raison, si l'homme touche à l'œuvre de l'homme, s'il veut en prendre des parties, comme on prend des matériaux à la carrière ou des arbres dans la forêt, enlève-t-il à cette œuvre le style. Pour que le style reparaisse, il faut qu'un nouveau principe, comme un souffle, vienne animer ces matériaux.

Les maîtres du moyen âge l'ont bien entendu ainsi. Ils avaient à leur disposition l'art roman, descendance de l'architecture de l'empire, épurée par un apport grec-byzantin. Cet art ne manquait ni de grandeur, ni même d'originalité. Les Occidentaux avaient su en faire un produit presque indigène. Cependant, après le grand essor qu'il avait pris dès les premières croisades, cet art, arrivé bien vite à une certaine perfection relative, était à bout de souffle. Il tournait dans un cercle peu étendu, parce qu'il ne reposait pas sur un principe neuf, entier, absolu, et qu'il s'était borné à étudier la forme sans trop se préoccuper du fond. On construisait mieux, on arrivait même à construire d'après des méthodes nouvelles; mais le principe de structure ne se modifiait pas. L'ornementation était plus élégante, les profils délicatement tracés, mais cette ornementation ne reposait sur aucune observation neuve, ces profils n'indiquaient pas nettement leur destination. Les architectes romans épuraient leur goût, ils recherchaient le mieux, le délicat, ils raffinaient sur la forme, mais ils ne pouvaient trouver le style, qui est la marque de l'idée cramponnée à un principe générateur, en vue d'un résultat clairement défini. Ce principe générateur, c'est l'emploi de la matière en raison de ses qualités, et en laissant apparaître toujours le moyen, comme dans le corps humain on distingue la charpente du squelette, l'attache des muscles et le siége des organes....., la forme n'étant que la conséquence de cet emploi. Le résultat....., c'est que l'ensemble du monument, aussi bien que chacune de ses parties, répond exactement, et sans concession aucune, à la destination.

Aussi cet art de l'école française qui se constitua vers la fin du XIIe siècle, fut-il, au milieu de la civilisation ébauchée du moyen âge, de la confusion des idées anciennes avec les aspirations nouvelles, comme une fanfare de trompettes au milieu des bourdonnements d'une foule. Chacun se serra autour de ce noyau d'artistes et d'artisans qui avaient la puissance d'affirmer le génie longtemps comprimé d'une nation. Noblesse, clergé, bourgeoisie, prodiguèrent leurs trésors pour élever des églises, des palais, des châteaux, des hôtels, des établissements publics, des maisons, d'après le nouveau principe adopté, et s'empressèrent de jeter bas leurs constructions antérieures. Et il ne paraît pas qu'alors personne songeât à gêner ces artistes dans les développements de leurs principes. C'est qu'en effet on ne gêne que les artistes qui n'en possèdent pas.

Un principe est une foi, et quand un principe s'appuie sur la raison, on n'a même pas contre lui les armes dont on peut user contre la foi irraisonnée. Essayez donc de troubler la foi d'un géomètre en la géométrie !

Le phénomène qui produisit notre architecture du moyen âge, si fortement empreinte de style, est d'autant plus remarquable, que, suivant l'ordre des choses, le style s'imprime vigoureusement dans les arts primitifs, pour s'affaiblir successivement à mesure que ces arts perfectionnent l'exécution. Or, il semblerait que notre architecture laïque du XIIe siècle ne peut présenter les caractères d'un art primitif, puisque son point de départ est un art de décadence, l'art roman. Mais c'est là qu'il faut se garder de confondre la forme avec le principe. Si, du roman à ce qu'on appelle l'art gothique, il y a des transitions dans la forme, il n'y en a pas dans le principe de structure.

Inaugurant un principe de structure nouveau, le style en découlait suivant une loi qui ne souffre pas d'exceptions. L'art, en cela, procède comme la nature elle-même, le style chez elle étant le corollaire du principe[1]. Il est tout simple que chez les civilisations primitives, tout ce qui émane de l'homme ait le style : religion, coutumes, mœurs, arts, vêtements, s'imprègnent de cette saveur empruntée aux observations les plus naïves et les plus directes. La mythologie des Védas, celle des Égyptiens, découlant de l'observation des phénomènes naturels, sont pénétrées du style par excellence. Les arts, qui sont une expression de cette mythologie, possèdent le style. Mais, qu'un état de civilisation complexe, mélange de débris antérieurs et confus, puisse faire renaître dans ses expressions d'art le style éteint pendant des siècles, cela est un phénomène peu ordinaire, qui, pour se produire, exige un puissant effort, un grand mouvement des esprits. Il est évident pour nous que ce mouvement ne se fit que dans une classe de la société, qu'il ne fut signalé ni apprécié par les autres classes, et c'est ce qui explique pourquoi, encore aujourd'hui, il reste ignoré du plus grand nombre. L'art dû à l'école laïque fut alors une sorte d'initiation à des vérités qui étaient à peine soupçonnées, un retour vers un état primitif, pour ainsi dire, au milieu du croulement et du désordre de traditions confuses, une semence nouvelle jetée au sein d'une terre encombrée de produits de toutes sortes, mutilés, pourrissant les uns sur les autres. La jeune plante, à peine entrevue d'abord, mais cultivée avec persistance, s'éleva bientôt au-dessus de toutes les autres, eut son allure, son port, ses fleurs et ses fruits. Elle étouffa pour longtemps les tristes débris qui gisaient sous son ombre.

On trouvera peut-être étrange l'opinion que nous émettons ici sur la formation d'un art au sein d'une classe de la société, sans la participation des autres, d'un art cultivé par une sorte de franc-maçonnerie, se développant sans obstacles, d'ailleurs, et conservant la vigueur de ses principes au milieu des établissements monastiques, qui jusqu'alors avaient été les maîtres de l'enseignement; d'un clergé séculier qui tendait à l'omnipotence, d'une noblesse féodale ombrageuse, et d'une plèbe ignorante et grossière.

Mais c'est à l'antagonisme de ces divers éléments que les hommes de principes devaient de pouvoir les développer. La France féodale se trouvait, au XIIe siècle, dans une situation qui n'avait point sa pareille en Europe. Dans les autres contrées, la balance entre les pouvoirs et les éléments sociaux était moins égale; l'antagonisme ne naissait pas de forces contraires, à l'état de lutte permanente. Ici les traditions municipales s'étaient conservées, là c'était la féodalité pure, ailleurs la théocratie, ou bien une sorte de monarchie tempérée par des libertés civiles. Dans ces États divers, l'art était un langage bien mieux compris

[1] Nous faisons assez ressortir ailleurs la nouveauté du principe de structure établi par l'école laïque française du XIIe siècle pour qu'il ne soit pas nécessaire de nous étendre ici sur son essence. D'ailleurs ce principe se résume en un seul mot : *équilibre*. (Voyez ARCHITECTURE, CONSTRUCTION.)

qu'il ne pouvait l'être en France. Au milieu des institutions quasi républicaines des municipalités italiennes, l'art était une chose publique comme dans les villes de l'antique Grèce. On était artiste ou artisan, et l'on remplissait des fonctions publiques. L'art était compris de tous, honoré, envié, prôné ou persécuté. Sous un régime féodal absolu, l'artiste n'était autre chose qu'un corvéable, vilain, colon ou serf, exécutant machinalement les fantaisies ou les ordres du maître. Sous une théocratie rivée à l'hiératisme, il ne pouvait ni se développer, ni se modifier, mais, par cela même, il était compris aujourd'hui comme hier. Dans un pays jouissant d'institutions plus libérales, comme en Angleterre, par exemple, il existait entre les diverses classes de la société des rapports d'intérêts fréquents, qui faisaient qu'on se comprenait à peu près d'une classe à l'autre. Mais en France, d'un côté la noblesse féodale conservant ses préjugés de caste, s'appuyant sur le droit de conquête ; de l'autre une suzeraineté contestée, cherchant son centre de force tantôt dans cette noblesse, tantôt dans les communes, tantôt au sein du haut clergé. Puis une population nombreuse n'ayant pas oublié complétement ses libertés municipales, toujours prête à se soulever, hardie, industrielle et guerrière ; à ses côtés, un clergé séculier jaloux de la prépondérance des établissements monastiques, non moins jaloux de la noblesse féodale, cherchant un point d'appui au milieu des villes et rêvant une sorte d'oligarchie cléricale avec un souverain sans force, mais entouré d'un grand prestige, sorte de doge avec un sénat d'évêques. Qui donc, dans une société ainsi divisée, pouvait s'occuper d'art ? Les établissements monastiques ? Ce n'était pas leur moindre moyen d'action. Mais au sein des communes, le vieil esprit gaulois reprenait son empire. Sans cesse en insurrection, industrieuses et riches, malgré leurs luttes contre les pouvoirs féodaux, ces communes se groupaient en corps de métiers, formaient des conciliabules secrets, puisqu'on jetait bas leurs *salles aux bourgeois*, et qu'on leur interdisait les réunions sur la place publique. C'est dans ces foyers des libertés municipales que se formèrent les écoles laïques d'artistes, et le jour où elles furent assez fortes pour travailler sans recourir à l'enseignement monastique, les évêques, croyant trouver là le pivot de leurs projets contre la puissance des abbayes et de la féodalité laïque, s'adressèrent à ces écoles pour bâtir le *monument* de la cité, la cathédrale [1]. Qui donc alors aurait pu apprécier le travail intellectuel, le développement d'art qui s'était fait dans ces conciliabules de bourgeois, artistes et artisans ? Ils s'étaient instruits dans l'ombre ; quand ils édifièrent au grand jour, leurs monuments étaient des mystères pour tous, excepté pour eux : et de même que dans l'œuvre individuelle le style ne se montre que si l'artiste vit en dehors du monde, dans une expression générale d'art le style est comme le parfum d'un état primitif des esprits

[1] Voyez, à l'article CATHÉDRALE, l'historique de la construction de ces édifices pendant les XIIe et XIIIe siècles.

ou d'une concentration d'idées, de tendances appartenant à une classe de citoyens qui ont su se créer un monde à part[1].

L'école qui, prenant un parti absolu, établit tout d'abord les fondements de son art sur des lois d'équilibre jusqu'alors inappliquées à l'architecture, sur la géométrie, sur l'observation des phénomènes naturels; qui procède par voie de cristallisation, pour ainsi dire; qui ne s'écarte pas un instant de la logique; qui, voulant substituer des principes à des traditions, va étudier la flore des champs avec un soin minutieux, pour en tirer une ornementation qui lui appartienne; qui, de la flore et même de la faune, arrive, par l'application de son procédé logique, à former un organisme de pierre possédant ses lois tout comme l'organisme naturel; cette école n'avait pas à se préoccuper du style, puisque les méthodes étaient, alors comme toujours, celles qui, développées, sont l'essence même du style. En effet, le jour où l'artiste *cherche* le style, c'est que le style n'est plus dans l'art. Il est mieux de se prendre à un art qui, par lui-même, par sa constitution, est imprégné du style; et toutefois qu'une architecture est logique, vraie, soumise à un principe dont elle ne s'écarte pas un instant, qu'elle est la conséquence absolue, rigoureuse de ce principe, si médiocre que soit l'artiste, l'œuvre a toujours du style, et cette architecture demeure, dans les siècles futurs, un sujet d'admiration pour les uns, mais de comparaison importune pour les autres. Est-ce bien aussi à ce dernier sentiment qu'il faut rapporter la réprobation sous laquelle on prétendit longtemps accabler l'architecture du moyen âge? Son unité de style, son but logique, son dédain pour les traditions antiques, sa liberté d'allure, les mystères de sa contexture, étaient autant de reproches à l'adresse des artistes qui ne voulaient plus considérer l'architecture que comme une sorte de jeu de formes empruntées, sans les comprendre, à la Rome impériale ou à l'Italie de la renaissance. Plutôt que de rechercher les principes de l'architecture du moyen âge et d'en saisir les applications qui peuvent toujours être nouvelles, on trouvait plus simple d'affecter le dédain pour cet art. L'âpreté du style était de la barbarie, la science de ses combinaisons n'était que de la confusion. Mais la nature de ces reproches mêmes indique les qualités qui distinguent cet art; et l'on ne saurait demander à des artistes pour lesquels l'architecture n'est plus qu'une enveloppe sans rapports avec l'objet, sans signification, sans idées, sans cohésion logique, de comprendre et d'estimer les œuvres de maîtres qui ne posaient pas une pierre ou une pièce

[1] Il n'y a point d'exemple qu'un artiste ait mis dans ses œuvres ce qu'on appelle le style, et ait en même temps vécu de la vie du monde dans l'état social compliqué et diffus de nos sociétés modernes. Il y a dans le style quelque chose d'âpre qui est bientôt adouci et délayé au contact du monde, tel que les temps nous l'ont fait. Aussi la qualité qui manque aux œuvres d'art, souvent très-remarquables, de notre époque, c'est le style. C'est la *manière* qui le remplace; et l'on prend souvent, même parmi les artistes, la manière pour le style.

de bois, qui ne traçaient pas un profil, sans pouvoir donner la raison de ce qu'ils faisaient.

Trouver un système de structure libre, étendu, et applicable à tous les programmes, permettant d'employer tous les matériaux, se prêtant à toutes les combinaisons les plus vastes comme les plus simples; revêtir cette structure d'une forme qui n'est que l'expression même du système; décorer cette forme sans la contrarier jamais, mais au contraire en la faisant ressortir, en l'expliquant par des combinaisons de profils tracés d'après une méthode géométrique, qui n'est qu'un corollaire de celle appliquée aux conceptions d'ensemble; donner à l'architecture, c'est-à-dire à la structure revêtue d'une forme d'art, des proportions établies sur des principes de stabilité les plus simples et les plus compréhensibles pour l'œil; enrichir les masses par une ornementation méthodiquement empruntée à la nature, d'après une observation très-délicate de l'organisme végétal et animal; appliquer enfin à cette architecture complète la statuaire, mais en soumettant celle-ci à des données monumentales qui l'obligent à *tenir* au monument, à en faire partie : c'est là, en résumé, ce qu'a fait notre école laïque de la fin du XIIe siècle. Le style est inhérent à l'art de l'architecture, quand cet art procède suivant un ordre logique et harmonique, par conséquent, de l'ensemble aux détails, du principe à la forme; quand il ne remet rien au hasard ou à la fantaisie. Or, c'est la fantaisie, par exemple, qui seule guide l'artiste, s'il pose un *ordre* devant un mur qui n'en a pas besoin, ou qui donne, à des contre-forts faits pour buter, la figure d'une colonne faite pour porter; c'est la fantaisie qui perce dans un même édifice des baies cintrées et des baies terminées carrément en plates-bandes; qui intercale des corniches saillantes entre des étages, là où il n'y a point d'égout de combles; qui dresse des frontons sur des baies ouvertes en plein mur; qui fait couper un étage pour percer une porte d'une hauteur inutile, si l'on a égard aux personnes ou aux véhicules qui passent sous son arc, etc. Si ce n'est la fantaisie, c'est ce que l'on veut bien appeler vulgairement le *goût*, qui conduit à ces choses contraires à la raison; mais est-ce faire preuve de goût en architecture que de ne se point appuyer sur la raison, puisque cet art est destiné à satisfaire, avant tout, à des besoins matériels parfaitement définis, et qu'il ne peut mettre en œuvre que des matériaux dont les qualités résultent de lois qu'il nous faut bien subir ?

Croire qu'il peut y avoir du style en architecture dans des œuvres où tout demeure inexpliqué et inexplicable, où la forme n'est que le produit de la mémoire chargée d'une quantité de motifs choisis à droite et à gauche, c'est une illusion. Autant vaudrait dire qu'il peut y avoir du style dans une œuvre littéraire dont les chapitres et même les phrases ne seraient qu'un ramassis décousu emprunté à dix auteurs ayant écrit sur des matières différentes.

Mais sans recourir à ces tristes et dispendieux abus, si nous comparons à notre architecture des XIIe et XIIIe siècles, une autre architecture pénétrée du style, quand elle agit librement en raison de son génie, l'architecture romaine de l'empire, nous verrons que cette qualité est plus vivement imprimée dans les œuvres du moyen âge. L'harmonie est plus parfaite dans ces dernières, la liaison plus intime entre la structure et la forme, entre la forme et ce qui la décore.

Prenons un exemple. Voici, figure 6, en A, une retombée de voûtes d'arête romaines sur le chapiteau d'une colonne, sur un point rigide vertical. Quelles sont, dans ce membre d'architecture, l'utilité et la raison de l'entablement B ? C'est affaire de goût, répondra-t-on. Mais ma raison

et par suite mon goût sont choqués de trouver, entre le membre qui porte, C, le chapiteau de la colonne, couronnement et évasement suffisant, toute une ordonnance d'architrave, de frise et de corniche dont je ne saurais comprendre l'utilité ou l'agrément, puisque cette ordonnance est superflue. A quoi bon cette saillie *a* de corniche ? Est-ce que le sommier *b* de la voûte ne porterait pas aussi bien sur le chapiteau ? Si ces saillies sont destinées à porter les cintres en charpente qui servent à maçonner la voûte, c'est bien de l'importance donnée à un objet accessoire, et qui ne devrait avoir qu'un caractère provisoire. Des boutisses lancées dans la voûte en *d*, et que l'on couperait après la construction achevée, auraient rempli aussi bien cet office.

D'ailleurs, pourquoi tant d'efforts apparents, auxquels la décoration prête une si grande valeur, pour porter ces sommiers de voûte dont la pression n'est point verticale, mais oblique, et pénètre dans le massif de la bâtisse ? si bien que la voûte, par l'effet même de ses courbes, ne paraît point, aux yeux, porter sur ces membres saillants ? Si, au contraire, nous examinons une retombée de voûte d'après le système adopté à la fin du XIIe siècle (voyez en G), la chose portée ne repose-t-elle pas de la façon la plus claire sur le faisceau de colonnettes et sur le chapiteau commun ? Y a-t-il là un seul membre inutile, dont on ne puisse immédiatement saisir la fonction et la raison d'être ? Dans les deux cas, le problème à résoudre est identique. Lequel, de l'architecte romain ou du maître français, l'a résolu de la manière la plus satisfaisante ? Si le style résulte en grande partie de la concordance parfaite entre la forme et sa destination, dans ces deux exemples, où se trouve-t-il ?

Dans l'*arrangement* romain que nous donnons ici, le style fait défaut. Le Romain trouvait le style, comme il arrive toujours, quand il ne le cherchait pas : dans les grands travaux d'utilité publique ; dans un amphithéâtre, par exemple, où tout était sacrifié à l'exécution d'un programme bien écrit ; dans les salles de thermes les plus simples et abstraction faite des ornements d'emprunt ; dans ces portiques larges, élevés pour abriter la foule. Mais quand le Romain prétendait se faire artiste à la façon du Grec, quand il dérobait au Grec un ordre sans en comprendre la signification première, pour l'adapter sans raison sous une retombée de voûte, ou en guise de contre-forts le long d'un mur, son architecture manquait de la première qualité du style, qui est la clarté, la juste application de la forme à l'objet. Les ruines des monuments vraiment romains, c'est-à-dire édifiés suivant la donnée romaine, ont du style. Restaurez la plupart de ces ruines, remettez en place les ordres, les encadrements, les bandeaux, les ornements enlevés par les barbares ou par le temps, vous verrez le style propre à ces grandioses constructions s'effacer à mesure que vous y replacerez ces applications empruntées à un autre art, à un autre ordre d'idées, à un autre principe de structure.

Le style est la conséquence d'un principe suivi méthodiquement ; alors il n'est qu'une sorte d'émanation non cherchée de la forme. Tout style cherché s'appelle *manière*. La manière vieillit, le style jamais.

Quand une population d'artistes et d'artisans est fortement pénétrée de ces principes logiques par lesquels toute forme est la conséquence de la destination de l'objet, le style se montre dans les œuvres sorties de la main de l'homme, depuis le vase le plus vulgaire jusqu'au monument, depuis l'ustensile de ménage jusqu'au meuble le plus riche. Nous admirons cette unité dans la bonne antiquité grecque, nous la retrouvons aux beaux temps du moyen âge dans une autre voie, parce que les deux civilisations diffèrent. Nous ne pouvons nous emparer du style des Grecs, parce que nous ne sommes point des Athéniens. Nous ne saurions ressaisir le style de nos devanciers du moyen âge, parce que les temps ont marché; nous ne pourrions qu'affecter la manière des Grecs ou celle des artistes du moyen âge, en un mot faire des pastiches. Mais nous devons sinon faire ce qu'ils ont fait, du moins procéder comme ils ont procédé, c'est-à-dire nous pénétrer des principes vrais, naturels, dont ils étaient eux-mêmes pénétrés, et alors nos œuvres auront le style sans que nous le cherchions.

Ce qui distingue particulièrement l'architecture du moyen âge de celles qui, dans l'antiquité, sont dignes d'être considérées comme des arts types, c'est la liberté dans l'emploi de la forme. Les principes admis, quoique différents de ceux des Grecs et même des Romains, sont suivis peut-être avec plus de rigueur; mais la forme prend une liberté, une élasticité inconnues jusqu'alors; ou, pour être plus vrai, la forme se meut dans un champ beaucoup plus étendu, soit comme système de proportions, soit comme moyen de structure, soit comme emploi de détails empruntés à la géométrie, à la flore et à la faune. L'organisme de l'architecture s'est pour ainsi dire développé, il embrasse un plus grand nombre d'observations pratiques, il est plus savant, plus compliqué, partant plus délicat. Cet organisme entre donc dans la voie moderne, et l'on avouera qu'il est assez étrange qu'on le repousse comme vieilli, pour reprendre ceux qui sont encore plus éloignés de l'esprit moderne. Mais, dans l'application de l'architecture, aujourd'hui tout est contradiction, et, à prendre les choses par le vrai côté, ce qu'on cherche le plus souvent, c'est le courant facile qui nous porte doucement à côté des principes établis par la raison, sans s'y heurter jamais.

Pour beaucoup de personnes, le style, en architecture, ne consiste que dans une enveloppe décorative, et, même parmi les artistes, il en est plusieurs qui croient sincèrement faire une œuvre de style, parce qu'ils auront plaqué quelques profils ou ornements étrusques, ou grecs, ou gothiques, ou de la renaissance italienne, à une structure qui n'a aucune affinité avec les arts de ces temps, à un édifice élevé d'après une donnée toute moderne. Certes, la connaissance, l'étude et même l'emploi de partis décoratifs d'une époque antérieure à la nôtre, peuvent être recommandés, mais ce n'est point là dedans que le style se manifeste. Le style réside bien plus dans les lignes principales, et dans un ensemble harmonique de proportions, que dans le vêtement dont on couvre une œuvre architectonique. De même, dans l'œuvre du peintre, le style se manifeste dans le choix des lignes, dans l'ensemble de la composition, dans la vérité du geste, bien plus que dans la recherche archaïque de certaines draperies, dans l'exactitude des vêtements et des accessoires. Il est singulier que cette vérité, incontestée s'il s'agit de la peinture ou de la sculpture, soit à peine entrevue s'il s'agit de l'architecture. Cela nous prouve combien on ignore généralement les lois les plus élémentaires de cet art, et combien on en a faussé les principes les plus naturels.

Le moyen âge fut en progrès sur l'antiquité par certains côtés; c'est par ces côtés qu'il faut lui ressembler. Il mit l'idée par-dessus toute doctrine ou tradition; il poursuivit l'idée avec fanatisme, aveuglement souvent. Mais poursuivre une idée même folle, même impossible à réaliser, ce n'est point tourner le dos au progrès. Les alchimistes, qui cherchaient la pierre philosophale, ouvrirent la voie à la chimie. Les nobles et vilains qui se précipitaient en Orient à la suite de Pierre l'Ermite firent faire un pas immense à la civilisation, et aux arts notamment. La chevalerie elle-même, si fort raillée, jeta les semences de ce que nous avons conservé de meilleur dans notre société. Saint François d'Assise était un amant passionné de la nature, de la création, passait des heures en contemplation devant une fleur ou un oiseau; il se regardait comme une partie d'un tout, et ne séparait pas l'homme du reste de l'univers. L'antiquité ne nous montre rien de pareil : chez les Egyptiens et les Grecs, encore moins chez les Romains, n'y a-t-il d'alchimistes, de batailleurs se mettant en campagne à la suite d'une idée, de chevaliers ou de saint François d'Assise. L'étroit égoïsme de l'homme antique se peint dans les arts de l'Egypte, de la Grèce. C'est parfait, c'est complet, c'est exact, c'est clair, mais c'est fini. Ces arts n'ont pas de *par delà*, et s'ils nous émeuvent, c'est parce que notre imagination d'hommes modernes nous reporte aux choses et aux événements dont ces monuments ont été les témoins. Il faut être instruit pour jouir réellement de la vue d'un monument antique, pour ressentir une émotion devant ces œuvres qui ne promettent rien au delà de ce qu'elles montrent; le plus pauvre monument du moyen âge fait rêver, même un ignorant. Qu'on ne s'y trompe pas, nous ne prétendons nullement établir ici de comparaison en faveur de l'un ou de l'autre de ces arts; nous ne plaidons pas, nous cherchons à faire ressortir les qualités qui distinguent ces arts, et de quels éléments les uns et les autres ont tiré le style dont ils sont pénétrés. Le jour où chacun sera convaincu que le style n'est que le parfum naturel, non cherché, d'un principe, d'une idée suivie conformément à l'ordre logique des choses de ce monde; que le style se développe avec la plante qui croît suivant certaines lois, et que ce n'est point une sorte d'épice que l'on tire d'un sac pour la répandre sur des œuvres qui, par elles-mêmes, n'ont nulle saveur; ce jour-là nous pourrons être assurés que la postérité nous accordera le style.

De tout ce qui précède il ressort que nous n'établirons point les règles d'après lesquelles les artistes du moyen âge ont mis le style dans leurs ouvrages. Le style s'y trouve, parce que la forme donnée à l'architecture n'est que la conséquence rigoureuse des principes de structure, lesquels procèdent : 1° des matières à employer; 2° de la manière de les mettre en œuvre; 3° des programmes auxquels il faut satisfaire; 4° d'une déduction logique de l'ensemble aux détails, assez semblable à celle qu'on observe dans l'ordre des choses créées, où la partie est complète comme le tout, se compose comme lui. La plupart des articles du *Dictionnaire* font assez ressortir l'esprit logique, l'unité de principe qui dirigeaient les maîtres du moyen âge. Ce n'est pas leur faute si nous avons mis l'unité dans l'uniformité, et si nos architectes en sont encore à ne voir que confusion et désordre dans un organisme dont ils n'ont pas étudié les phénomènes et l'enchaînement méthodique. Nous disons organisme, car il est difficile de donner un autre nom à cette architecture du moyen âge, qui se développe et progresse comme la nature dans la formation des êtres; partant d'un principe très-simple qu'elle modifie, qu'elle perfectionne, qu'elle complique, mais sans jamais en détruire l'essence première. Il n'est pas jusqu'à la loi d'équilibre appliquée à cette architecture pour la première fois, qui ne procure comme une sorte de vie à ces monuments, en opposant, dans leur structure, des actions inverses, des pressions à des pressions, des contre-poids à des porte à faux; en décomposant des pesanteurs pour les rejeter loin du point où elles tendraient verticalement; en donnant à chaque profil une destination en rapport avec la place qu'il occupe, à chaque pierre une fonction telle qu'on ne saurait supprimer aucune d'elles sans compromettre l'ensemble. N'est-ce pas là la vie autant qu'il est permis à l'homme de la communiquer à l'œuvre de ses mains? Science, *ingéniosité* que tout cela, objectera-t-on; mais art, point. Soit; mais alors qu'est-ce donc que l'art de l'architecture? Ce n'est donc qu'une forme traditionnelle ou arbitraire, l'une ou l'autre? Si traditionnelle, pourquoi une tradition plutôt qu'une autre? Si arbitraire, il n'y a plus ni principes, ni lois; ce n'est plus un art, mais la plus chère de toutes les fantaisies et la moins justifiée.

Dans un édifice, de ce que chaque pierre remplit une fonction utile, nécessaire; de ce que chaque profil a une destination précise, et que son tracé indique cette destination; de ce que le mode de proportions admis dérive d'une harmonie géométrique; de ce que l'ornementation procède d'une application de la flore, suivant une observation aussi vraie qu'ingénieuse; de ce que rien n'est livré au hasard; de ce que les matériaux sont employés en raison de leurs qualités et indiquent ces qualités par la forme qui leur est donnée, s'ensuit-il que l'art soit absent et que la science seule se laisse voir? Admettons, si l'on veut, que tous ces faits matériels ne puissent constituer un art. Est-ce là tout? N'y a-t-il point dans ces constructions une idée? Et cette idée est-elle un mystère impénétrable pour nous qui en sommes les enfants? Les maîtres laïques ont les premiers tenté ce que nous faisons, sinon en architecture, si fort attardée par le gouvernement académique, du moins dans l'industrie, dans les constructions navales, dans nos grands travaux d'utilité publique; ils voulaient soumettre la matière, l'assouplir de telle façon que tout devînt possible. Sur des points d'appui grêles, ils voûtent de larges espaces. Dans ces grands vaisseaux, ils font pénétrer partout la lumière, et cette lumière c'est la décoration, c'est la peinture; plus de murs, mais des tapisseries translucides. Contraints par les mœurs de leurs temps à construire des habitations seigneuriales qui soient en même temps des forteresses, en soumettant la forme à ces deux nécessités distinctes, ils ont su trouver un art assez souple pour composer un tout homogène de ces éléments disparates. Leurs châteaux sont des forteresses et des habitations; le programme est écrit sur leur front.

Une des marques du style, c'est d'abord l'adoption de la forme convenable à chaque objet. Quand une œuvre d'architecture indique clairement l'usage auquel on la destine, elle est bien près de posséder le style; mais quand, de plus, cette œuvre forme, avec celles qui l'environnent, un tout harmonieux, à coup sûr le style s'y trouve. Or, il est évident, pour ceux qui ont regardé des monuments appartenant à une même période du moyen âge, qu'il existe entre ces diverses expressions un accord, une harmonie. L'église ne ressemble pas à l'hôtel de ville; celui-ci ne peut se confondre avec un hospice, ni un hospice avec un château, ni le château avec un palais, ni le palais avec la maison du bourgeois; et cependant, entre ces œuvres diverses dont la destination est écrite clairement, un lien subsiste. Ce sont bien les produits divers d'un état social maître de son expression d'art, et qui n'hésite jamais dans le choix de son langage. Dans cette harmonie, quelle variété cependant! L'artiste conserve sa personnalité. Tous parlent la même langue, mais quelle fécondité dans le tour! C'est que leurs lois ne sont pas établies sur des formes admises, mais sur des principes. Pour eux, une colonne n'est point un style qui, de par la tradition, doit avoir en hauteur un certain nombre de fois son diamètre, mais un cylindre dont la forme doit être calculée en raison de ce qu'il porte. Un chapiteau n'est pas un ornement qui termine le fût d'une colonne, mais une assise en encorbellement posée pour recevoir les divers membres que la colonne doit soutenir. Une porte n'est pas une baie dont la hauteur est proportionnelle à la largeur, mais une ouverture faite pour le nombre des personnes qui à la fois passent sous son linteau.... Mais pourquoi insister sur l'application de principes tant de fois développés dans le *Dictionnaire?* Ces principes ne sont autre chose que la sincérité dans l'emploi de la forme. Le style se développe d'autant plus dans les œuvres d'art, que celles-ci s'écartent moins de l'expression juste, vraie, claire. Trouver l'expression juste, être clair, ce sont des qualités françaises que nous possédions dans les arts plastiques comme dans le discours. Notre architecture de la renaissance, entre les mains de maîtres habiles, et en dépit des éléments bâtards où elle allait puiser (affaire de cour et de mode), conservait encore ces qualités qui nous sont naturelles. Les œuvres de Philibert de l'Orme en sont la preuve. Voilà un maître qui, dans son portique des Tuileries, prend un ordre antique accolé à des arcades en manière de contre-forts. Mais, d'abord, il ne fait point des colonnes engagées, il pose des pilastres ou des colonnes entières, et celles-ci, saillantes sur l'arcature du portique, portaient des balcons, les avancées d'une terrasse sur le jardin, sortes d'échauguettes. Il motivait donc ces colonnes, elles servaient à quelque chose, et n'étaient pas là une décoration banale. Cet ordre n'était point alors destiné à porter le malheureux étage superposé depuis, et dont le moindre défaut est de rendre incompréhensible la disposition du rez-de-chaussée. L'ordre admis, examinons avec quel art notre maître le construit, lui donne un style, le style, celui qui ressort d'une juste application de principes vrais. Philibert de l'Orme ne pouvait ou ne jugeait pas à propos de dresser des colonnes ioniques monolithes. C'était par une superposition de tambours qu'il les construisait. Il accuse franchement sa structure, il sépare les tambours taillés dans des assises hautes de pierre de Saint-Leu par des basses assises de marbre formant comme des bagues, des anneaux cerclant le fût. Sur ces tambours de marbre il sculpte des attributs délicats, à peine saillants, comme pour mieux faire ressortir le précieux de la matière. Sur les tambours de pierre, ce sont des cannelures, et sous le chapiteau, pour ménager une transition entre la froideur des fûts et la richesse du couronnement, il fait courir devant les cannelures des branches de laurier.

Qu'on applique les ordes antiques avec cette sagacité, en les subordonnant à un mode de structure imposé par la matière, nous l'admettons; cela d'ailleurs n'empêche point l'art, l'invention d'intervenir, et certes personne ne contestera l'élégance de ce fragment d'architecture, surtout si par la pensée on le dégage de toutes les superfétations barbares qui l'écrasent. Mais qu'on reprenne aujourd'hui ce charmant motif sans tenir compte des raisons qui l'ont fait adopter, alors le style disparaît. Il ne reste qu'un pastiche sans l'intelligence de l'original, une traduction vague et confuse d'un langage simple, logique et clair. Pour posséder le style, l'œuvre de l'architecte ne peut se passer d'idées pendant sa conception, et de l'intervention de la raison pendant son développement. Toutes les splendeurs de la sculpture, la richesse et la profusion des détails, ne sauraient suppléer au manque d'idées et à l'absence du raisonnement.

SYMBOLE, s. m. Image idéalisant les qualités d'un personnage, les phénomènes naturels, ou cachant une idée métaphysique [1]; c'est la forme poétique qui se grave dans l'esprit d'un peuple, mieux que ne peut le faire une définition sèche. Jésus se compare au pasteur, les peintres des premiers temps du christianisme le représentent entouré de brebis. Cette image symbolique en dit plus que tous les raisonnements tendant à démontrer que Dieu considère les hommes avec la sollicitude du berger veillant sur son troupeau.

Le symbolisme appartient aux races supérieures, il est le premier et le plus puissant véhicule de l'art et de la poésie. La mythologie du *Véda* est toute symbolique, comme celle des Grecs, et elle est plus claire, plus large, plus près de la nature. L'homme de race supérieure, le blanc, est

[1] Dans le culte catholique, par exemple, la nappe de l'autel, le tabernacle, le feu, l'encens, le calice, sont des symboles sous lesquels se cache une idée métaphysique.

plus qu'aucun autre, observateur et méthodique. L'observation des phénomènes naturels, un classement parmi ces phénomènes, le conduisent bientôt à donner une forme, une personnalité à ces phénomènes, et à assigner un rang ou une fonction à ces personnalités. De là tout un ordre de symbolismes qui constituent une religion, du moment que les idées métaphysiques coordonnent et dominent cet ensemble. Pour la foule, le symbolisme suffit, il est toute la religion; pour les esprits éclairés, le symbolisme n'est qu'une expression des forces de la nature. Pour nous, descendants de ces races de l'Indus, il nous est encore aujourd'hui bien difficile de concevoir une religion entièrement dépouillée de symbolisme; il n'est donc pas surprenant qu'à l'origine du christianisme, le symbolisme fût partout. Il fallait trouver une transition entre le panthéisme et le monothéisme; la transition fut si longue, qu'elle s'établit définitivement chez les Grecs et les Latins. C'est qu'en effet le Sémite seul est apte à concevoir le monothéisme; aussi n'a-t-il ni art, ni poésie, ni méthode, ni philosophie. Les phénomènes de la nature ne l'inspirent pas, il n'y voit que l'effet d'une loi immuable du Dieu unique, dont les fins n'excitent chez lui ni curiosité, ni besoin de savoir. Pour l'Arya, au contraire, tout dans la nature vit, agit, lutte, se renouvelle, et la mort n'est qu'un changement de forme de la matière; tout, pour lui, est un sujet de méditation. Il veut classer, il veut se souvenir, il veut faire comprendre le résultat de ses observations : pour cela il compose une mythologie, et celle-ci devient si puissante, qu'il peut à peine s'en défaire lorsqu'il se rallie au monothéisme du Sémite.

C'est ainsi que le christianisme, à son début dans le vieux monde panthéiste des Grecs et des Romains, est obligé de ménager ce sentiment inné chez les peuples de race âryenne. Il cache une idée métaphysique sous un symbole mythologique, pour faire pénétrer le christianisme dans l'esprit de la foule.

Les peintures des catacombes de Rome conservent encore des traces de ces compromis entre l'ancienne mythologie et le christianisme. Orphée attirant les animaux sauvages au son de sa lyre (fig. 1) symbolise le Christ, dont la parole va réunir les hommes sous une même loi de charité [1].

Plus loin c'est une figure symbolique nouvelle, le pasteur portant la brebis égarée sur ses épaules; mais c'est encore une manière de personnifier le Christ, c'est une personnification de Jésus empruntée à l'une de ses paraboles.

Le besoin d'analyse, de classement, de méthode, en un mot, porte la race âryenne à diviser la puissance supérieure et à admettre l'antagonisme au sein même de l'ordre divin. D'un autre côté, l'esprit logique de l'Arya, son sens pratique, le portent à concevoir l'unité, le moteur unique. Pour contenter ces deux sentiments nés avec lui, mais qui ne se développent que successivement, l'Arya symbolise toutes les divisions

[1] Voyez Bosio, *Roma sotterranea*, p. 239, et Perret, *les Catacombes de Rome*.

de la puissance supérieure, qui deviennent ainsi comme des attributs d'un ordre divin unique établi plus tard. Ceci explique les difficultés qu'avait à vaincre le christianisme pour imposer le dogme de l'unité de Dieu au sein de races panthéistes par la nature même de leur esprit. Les difficultés furent telles, qu'on les éluda, qu'on les tourna souvent pour faire admettre la nouvelle religion, soit au sein des civilisations grecque

1

et romaine, soit parmi les barbares, qui, étant de la même famille que les Grecs, les Italiens et les Gaulois, avaient les mêmes dispositions au panthéisme. De là une quantité prodigieuse de symboles à l'origine du christianisme et pendant le moyen âge. Longtemps encore, à dater de la reconnaissance officielle du culte chrétien dans l'empire romain, des traditions du paganisme même se mêlent aux dogmes nouveaux; et parmi ces traditions, les cérémonies sacrées dont le feu était l'objet chez tous les peuples âryens ne purent jamais être effacées. On ne rendit plus un hommage direct au feu [1], mais le feu devint symbolique et entra dans le culte chrétien.

[1] Il faut dire que chez les Aryas de l'Indus, le feu n'était considéré que comme un

L'avidité pour le symbole était telle chez les chrétiens, à défaut du panthéisme, que l'Ancien Testament ne fut plus qu'une succession de symboles du nouveau. L'antagonisme des puissances divines admis par les Aryas de l'Indus et par toutes les branches de cette grande famille humaine, fut soumis à l'orthodoxie, mais subsista néanmoins. L'esprit du mal, immortel, puissant, indépendant, possédant un empire, se retrouve chez les chrétiens et est personnifié. Cette soif de symboles donnait aux arts et à la poésie un vaste champ à parcourir. Aussi peut-on dire que nos édifices religieux du moyen âge sont une accumulation de symboles revêtus de la forme chrétienne, mais dont l'origine, bien souvent, appartient au panthéisme antique, soit à celui des Grecs et des Latins, que nous connaissons, soit au panthéisme local des peuples gaulois, sur lequel nous n'avons que des données peu étendues. Et au milieu des traditions empruntées au christianisme même, les sujets préférés par les imagiers sont ceux qui ont un caractère symbolique. Les prophéties de l'Ancien Testament, les paraboles des Évangiles, l'Apocalypse de saint Jean; parmi les légendes, celles qui touchent au symbolisme, fournissent à la statuaire et à la peinture le plus grand nombre de sujets. Ainsi, par exemple, sur les façades d'un assez grand nombre d'églises du Poitou et de la Saintonge, datant du XIIe siècle, à Notre-Dame de Poitiers, à Saint-Nicolas de Civray, à Saint-Hilaire de Melle, à la cathédrale d'Angoulême, à l'église de Surgères, figure une statue équestre de grande dimension. Le cavalier est armé; il porte la couronne et tient une épée nue à la main. Sous les pieds de devant du cheval est habituellement représentée une petite figure d'homme terrassé, semblant demander miséricorde. Plusieurs opinions ont été émises sur la qualité de ce cavalier. On voulut longtemps voir dans cette représentation, occupant une place honorable, Constantin, Pepin ou Charlemagne. D'autres opinions, plus plausibles, ont remplacé celle-ci : M. de Chergé voit dans ces statues les fondateurs laïques des églises. M. Didron prétend qu'elles représentent saint Martin comme chef des confesseurs dans les Gaules. Une critique judicieuse ne peut toutefois faire admettre ces opinions [1]. MM. Jourdain et Duval proposent de voir dans ces statues équestres, soit l'un des cavaliers mystiques de l'Apocalypse, soit, ce qui paraît mieux fondé, l'ange envoyé de Dieu pour terrasser Héliodore, profanateur du temple. En effet, le texte du livre des Machabées dit : « *Apparuit enim illis quidam equus terribilem habens sessorem, optimis*

hommage rendu aux puissances surnaturelles, un sacrifice en un mot. Mais la flamme consumant la liqueur du *sôma* était la véritable acceptation du sacrifice par le dieu, dont la présence sur l'autel était alors réelle. (Voyez *Essai sur le Véda*, par Émile Burnouf, 1863.)

[1] Voyez, à ce sujet, les *Notes d'un voyage archéologique dans le sud-ouest de la France*, par M. J. Marion, tome III, 2e série du recueil de l'École des chartes, p. 190 et suiv.

« *operimentis adornatus : isque cum impetu Heliodoro priores calces elisit ;* « *qui autem ei sedebat, videbatur arma habere aurea* [1]. »

Cette représentation d'un fait historique ou légendaire sur la façade d'une église est le symbole des châtiments réservés aux violateurs du sanctuaire. A cette époque, la plupart des églises avaient droit d'asile, et renfermaient des trésors qui pouvaient tenter la cupidité des seigneurs laïques. Il paraissait utile de rappeler à ceux-ci la mission du guerrier céleste envoyé contre Héliodore, spoliateur du temple de Jérusalem.

On peut parfaitement constater qu'à la fin du XIIe siècle, il y a une recrudescence dans le symbolisme. Cela s'explique : les ordres religieux étaient surtout préoccupés, dans les édifices qu'ils élevaient, de montrer aux fidèles les mérites attachés à la vie monastique. Ce sont les légendes de saint Benoît, de sainte Madeleine, de saint Antoine, puis la représentation des Vertus et des Vices, les avantages de la charité, les luttes contre les tentations du démon, qui fournissent les sujets principaux aux imagiers. Mais quand ces imagiers sont des laïques, quand s'élèvent les grandes cathédrales, asile sacré des cités, sous l'inspiration de l'épiscopat, l'idée métaphysique se fait jour et les sujets symboliques apparaissent en foule. D'une part, c'était un moyen de protester contre le régime féodal ; d'autre part, une vie nouvelle rendue à de vieilles traditions locales restées dans le cœur du peuple, mais écartées par l'esprit monastique et surtout par les cisterciens.

Alors apparaissent les représentations des derniers jours du monde, la justice divine étant symbolisée par les plateaux d'une balance sur l'un desquels appuie l'esprit des ténèbres ; les damnés sont pris dans tous les rangs de la société, depuis les rois et les papes jusqu'aux vilains. Le Christ, pendant le jugement, assis sur un trône, montrant ses plaies, n'est plus assisté des apôtres, mais près de lui intercède sa mère, symbole de miséricorde pour les mortels ; des anges tiennent les instruments de la passion, symboles de la rédemption et reproche palpable pour les hommes qui n'ont pas suivi la voie ouverte par la mort du Fils de Dieu. Autour de cette scène, la présence des législateurs, des patriarches, des prophètes, des martyrs, symbolise les mérites et les travaux qui élèvent l'homme jusqu'à la béatitude céleste.

Les apôtres accompagnent, non plus le Christ dans sa gloire, mais le Christ homme, et, au-dessous de cette assemblée, sont symbolisées les passions qui entraînent l'homme au mal, les vertus qui le rendent digne d'approcher la Divinité. Ces pages, qu'on trouve reproduites aux portails de Notre-Dame de Paris, de Chartres, d'Amiens, peuvent être considérées comme les plus belles conceptions du symbolisme chrétien appliqué à l'art plastique. Les Arts libéraux placés sous les pieds du Christ sont un symbole des travaux à l'aide desquels l'homme élève son intelligence et parvient à la dégager des liens terrestres. Et, en effet, dans l'imagerie de

[1] II *Machab.*, cap. III, 25.

nos cathédrales, on ne voit plus, comme dans les sculptures des églises monastiques, la première place donnée aux légendes des saints fondateurs des ordres religieux, aux personnages ayant vécu dans l'austérité et la contemplation cénobitique. C'est le travail, la vie militante, la lutte, qui partout sont glorifiés. Ce sont les personnages qui dans le diocèse ont voué leur vie à secourir, à instruire les hommes, qui prennent les premiers rangs. Cet hommage rendu à la vie active, laborieuse, est un fait qui mérite l'attention, en ce qu'il se développe avec une énergie remarquable au commencement du XIIIe siècle, sous l'influence des écoles laïques d'artistes du Nord. En effet, le symbolisme de nos grandes cathédrales françaises possède son caractère propre ; les monuments le démontrent de la manière la plus évidente, mais aussi un livre très curieux, achevé en 1284, le *Rationale divinorum officiorum* de Guillaume Durand, évêque de Mende. Ce prélat ne vécut que peu d'années à Paris, pour se livrer aux études du droit canonique et du droit civil; c'était vers 1255. Le reste de sa vie se passa en Italie et dans le midi de la France, où il occupa le siége de Mende. Or, Guillaume Durand, qui, dans son ouvrage, commence par écrire sur l'église et ses parties, parle des fondements, des murs, des piliers, voûtes, toits, fenêtres, de l'orientation, des tours, des portes, etc. A toutes ces parties du monument il attache un sens symbolique; mais lorsqu'il traite des sculptures et peintures, il s'étend peu, donne des interprétations vagues, et paraît avoir en vue les ouvrages des Grecs byzantins. C'est qu'alors, vers la fin du XIIIe siècle, en Italie et dans les provinces méridionales de la France, l'imagerie était encore toute byzantine, ou sous l'empire des traditions gallo-romaines [1], et les grandes conceptions sculpturales des écoles de l'Ile-de-France, de Picardie, de la Bourgogne et de la Champagne avaient à peine pénétré au delà de la Loire. On commençait à élever les cathédrales de Limoges, de Clermont, de Narbonne, à l'imitation (comme architecture) des églises d'Amiens et de Beauvais, mais où l'absence de la statuaire se fait remarquer, et où la sculpture d'ornement même est d'une sécheresse et d'une stérilité d'invention peu communes à cette époque. L'imagerie et la symbolique de nos monuments du Nord sont donc bien réellement locales; et prétendre faire dériver ces écoles des Italiens, Lombards ou autres, c'est commettre un singulier anachronisme.

Au point de vue de la pratique de l'art, nos écoles laïques du Nord n'ont pu s'inspirer des écoles lombardes, puisqu'elles sont en avance de près d'un siècle sur celles-ci, comme perfection d'exécution ; elles ne se sont même que bien peu appuyées sur notre art roman, ainsi que le fait ressortir, pensons-nous, notre article sur la STATUAIRE. Quant à la symbolique de ces écoles, elle leur appartient bien en propre. Le silence de Guillaume Durand, plus Italien que Français, prouve qu'à la fin du XIIIe siècle, cette symbolique était ignorée en Italie, et qu'on s'en tenait

[1] Voyez SCULPTURE, STATUAIRE.

encore à celle des Byzantins, sans beaucoup la connaître, puisque l'évêque de Mende prétend que les Grecs, par des raisons de convenance, ne peignaient les figures des saints ou des personnages divins que *de la tête au nombril*, c'est-à-dire en buste. On reconnaît facilement, en lisant le chapitre III du *Rationale*, que Guillaume Durand partageait l'hésitation de beaucoup de prélats italiens à cette époque, au sujet de l'opportunité ou de la convenance des images, sculptées surtout, dans les églises. Il s'étend longuement sur les passages de l'ancienne Loi et les arrêts des conciles, où les images sont interdites dans les lieux saints; il reconnaît d'ailleurs que la peinture émeut l'esprit plus que l'écriture. Aussi est-il disposé à l'admettre; mais la manière vague dont il en parle et le silence presque absolu qu'il garde sur la sculpture, font assez voir qu'il ne se faisait pas une idée nette des grands poëmes de pierre qui recouvrent nos monuments religieux du Nord.

Le succès des Bestiaires pendant les XIIe et XIIIe siècles s'explique par cet amour pour le symbolisme qui alors possédait tous les esprits. Ces animaux, réels ou fantastiques, auxquels ces traités attribuent des qualités si étranges, et qui ne sont que des symboles des vertus divines ou des mauvaises inspirations du démon, sont représentés en grand nombre sur nos monuments. Chez le peuple, beaucoup de ces animaux vivaient dans les imaginations dès avant le christianisme. Les légendes qui s'y rattachaient, ou les propriétés qu'on leur prêtait, dataient de loin, et avaient été christianisées déjà par les Pères. Symboles païens, souvent les Bestiaires étaient changés en symboles chrétiens. On pourrait citer un certain nombre de ces animaux qui, certainement, avaient leur signification symbolique païenne. Le panthéisme, qui observait la nature avec tant de perspicacité, et qui établissait son système religieux sur cette observation, ne pouvait manquer de faire, dans bien des cas, de l'animal un symbole; sans compter que, dans l'antiquité, le symbolisme attaché à l'animal allait jusqu'à le rendre sacré, comme le bœuf chez les Égyptiens, par exemple. Pendant la période la plus élevée du moyen âge, tous les hommes versés dans l'étude des mystères de la religion donnaient aux saintes Écritures quatre sens différents : selon eux, elles peuvent être interprétées dans le sens *historique*, *allégorique*, *tropologique* et *anagogique* [1]. D'après ce principe, par la méditation, tout homme peut, des faits matériels, arriver à l'enseignement moral, d'où il découle (en considérant les choses de ce monde mues par une volonté divine) que tout fait ne se produit que pour une fin morale, est le symbole visible d'un phénomène intellectuel, d'une intervention divine, d'une puissance morale. Du moment qu'après les Pères on admettait que des faits historiques, tels que ceux contenus dans l'Ancien Testament, ou que le *Cantique des cantiques*, par exemple, ne s'étaient produits qu'en prévision de la venue du Christ et de l'établissement de son Église; que les saintes Écritures

[1] Voyez Guillaume Durand, *Rationale divin. offic.*, *Proœmium*, p. 2.

annonçaient ou signifiaient sous un voile historique, et les événements de la vie de Jésus, sa mort, sa résurrection, la rédemption, et tous les événements de la première communion chrétienne, il y avait autant de motifs d'admettre que toute chose créée ne l'avait été que pour annoncer ou signifier ces grands événements. Il n'y avait pas plus d'effort, pour l'esprit des croyants, à trouver dans le *Cantique des cantiques* une peinture prophétique et symbolique de l'Église, que de voir dans le hibou [1] un symbole du Christ. Ne lit-on pas dans les saintes Écritures : « *Factus sum sicut nycticorax in domicilio* [2] » ? Chez les Athéniens, le hibou était le symbole de la prudence, c'était l'oiseau d'Athéné. Les Bestiaires chrétiens ne sont que des copies des fables contenues dans l'histoire naturelle d'Élien et de Pline, avec un sens symbolique converti à la religion nouvelle [3], mais dont l'origine se retrouve au sein de la plus haute antiquité. Il en est de même des démons, ou de l'empire que prend le démon dans la symbolique du moyen âge. M. A. Maury dit, avec ce savoir qu'on lui connaît [4] : « Les caractères donnés par les Pères de l'Église aux dé-« mons sont les mêmes, en effet, que ceux que l'on rencontre chez les « platoniciens ; ces écrivains puisent dans les livres des Grecs, ils em-« pruntent leurs paroles, ils s'arment de leur autorité, ils partagent « toutes leurs superstitions, et c'est en s'en référant à Platon qu'ils dé-« clarent l'univers livré au culte des démons, d'êtres méchants et per-« vers qui inondent l'atmosphère, entrent dans le corps humain, parlent « par les oracles, suggèrent les pensées mauvaises et les actions cou-« pables, habitent enfin dans les idoles que le vulgaire prend pour « l'image de la Divinité, et se nourrissent du sang des victimes et de « la fumée des sacrifices. Tandis qu'ils réservent aux diables, ajoute « M. Maury, confondus avec les démons, tous les caractères des démons « du néoplatonisme, les chrétiens appliquent aux anges ce que les philo-« sophes avaient rapporté au rôle bienfaisant des démons. Ils en font des « génies psychopompes, qui président à la distribution et à la formation « des âmes.... L'héritage de Platon passa donc aux chrétiens, qui de-« mandèrent à ses idées tout ce qui pouvait éclairer ou compléter leur « doctrine ; ils firent de sa démonologie une arme pour renverser le « polythéisme, dont elle avait déjà ébranlé les bases ; une fois les dieux

[1] Le *nycticorax* des Bestiaires latins ; le *nicorace* du Bestiaire de Guillaume, le trouvère normand.

[2] Psaume CI.

[3] Voyez les *Mélanges archéol.* des RR. PP. Martin et Cahier (t. II, p. 106) ; aussi le *Bestiaire divin de Guillaume, clerc de Normandie*, publié par M. C. Hippeau (Caen, 1852) ; l'ouvrage du célèbre Hugues de Saint-Victor, *Institutiones monasticæ, de bestiis et aliis rebus*. Hugues de Saint-Victor explique les raisons qui, selon lui, devaient faire adopter ces représentations dans les églises : « *Quod doctoribus innuit scriptura, hoc simplicibus pictura. Sicut enim sapiens delectatur subtilitate scripturæ, sic simplicium anima delectatur simplicitate picturæ.* » (Tome II, p. 394.)

[4] *Histoire des religions*, t. III, p. 429.

« réduits à n'être plus que de méchants génies, le nom de Jésus suffit « pour les conjurer tous et les renvoyer aux enfers. » Il faut ajouter aussi qu'en faisant des dieux ou des émanations divines admises par le polythéisme des démons ou des anges, c'est-à-dire des agents du mal et des protecteurs des hommes; en considérant la nature organique et même inorganique comme un symbolisme, soit des qualités divines, soit des passions humaines, le christianisme cédait à cette tendance des races blanches pour le polythéisme : c'était, dans la religion nouvelle, l'introduction de l'antique antagonisme des forces de la nature, admis par les Aryas, source de toute poésie et de tout art. Or, ce symbolisme de la lutte entre le bien et le mal est tracé avec une puissance remarquable dans nos édifices religieux du commencement du XIIIe siècle. Chaque sujet a son contraire; la représentation de la vertu entraîne la représentation du mal. Sous les personnages saints sont figurés les êtres malfaisants qu'ils ont dû dominer par la pureté de leur vie, de leur foi ou par leurs travaux. L'évêque pose toujours la hampe de sa crosse dans la gueule du dragon, qui se tord sous ses pieds. Sous la Vierge est représenté le serpent tentateur, et la chute d'Adam; sous le Christ, le lion et le dragon. A côté des sujets du Nouveau Testament sont placés les traits tirés de l'Ancien, considérés comme l'annonce symbolique de la venue du Christ et des événements de sa vie. Cette antithèse plastique qu'on rencontre dans la peinture, aussi bien que dans la sculpture, donne la vie et le mouvement à cet art du moyen âge si peu compris aujourd'hui.

Ce n'est pas seulement dans les monuments religieux que se développe le symbolisme. Il y avait, dès le XIIIe siècle, les *Bestiaires d'amour* comme il y avait les *Bestiaires divins*. Un de ces Bestiaires d'amour nous est resté. Écrit vers le milieu du XIIIe siècle par Richard de Fournival, chancelier de l'église Notre-Dame d'Amiens, il donne à notre zoologie légendaire un symbolisme profane. Ce Bestiaire d'amour se retrouve figuré dans un grand nombre de sculptures appartenant à des habitations, châteaux, maisons, hôtels des XIVe et XVe siècles [1]. Ces animaux, qui se voient sculptés sur nos édifices, soit sacrés, soit profanes, ne sont donc pas des produits du caprice ou de la fantaisie, comme on le répète si souvent; ils ont une signification, ils sont destinés à imprimer dans la mémoire, à l'aide d'un symbolisme admis par tout le monde alors, des vertus, des qualités bonnes à acquérir, des vices ou des égarements qu'il faut éviter. Le commun peuple, qui ne savait pas lire, trouvait ainsi, au moyen d'une explication orale, un enseignement continuellement placé devant ses yeux. C'est ce qu'explique très-bien Richard de Fournival lui-même au commencement de son *Bestiaire d'amour :* «... Quant on voit

[1] Voyez la *Notice sur la vie et les ouvrages de Richard de Fournival*, insérée dans le tome II de la première série du recueil de l'École des chartes, page 32, par M. P. Pâris; et le *Bestiaire d'amour par Richard de Fournival, suivi de la réponse de la Dame*, d'après le manuscrit de la Biblioth. impér. (Hippeau, 1860, A. Aubry, édit.).

« une estoire ou de Troie ou autre, on voit les fès des preudomes qi ça « en arriere furent, aussi com s'ils fussent present; et einsi est-il de « parole: car quant on oi .I. roumans lire, on entent les aventures aussi « com s'eles fussent empresent. Et puis ç'on fait present de ce qi est « trespassé, par ces .II. choses puet-on à memoire venir..... Car je « vous envoie cest escrit par painture et par parole, pour çou que qant « je ne serai presens, que cis escris par sa painture et par sa parole me « rendie à vostre memoire come present... »

Les fabliaux si souvent représentés dans nos sculptures et peintures des XIIIe, XIVe et XVe siècles, sont, la plupart du temps, un enseignement moral destiné à s'imprimer dans la mémoire par les yeux. Mais ces représentations ne peuvent être confondues avec les figures symboliques, qui sont d'un ordre plus élevé, et demandaient une certaine dose de métaphysique pour être comprises. Il n'est besoin de faire ressortir quelles ressources la symbolique du moyen âge offrait aux artistes, et combien, à tout prendre, elle était plus poétique que ne peuvent l'être ces représentations banales d'ornements et de figures sans signification pour la foule, dont nous recouvrons nos monuments depuis la renaissance. Aussi n'est-il pas surprenant que l'indifférence pour toutes ces sculptures, fussent-elles allégoriques, ait remplacé, chez le peuple, l'intérêt qui s'attachait à des symboles dont chacun déchiffrait le sens. C'est ainsi que l'art chez nous ne s'est plus adressé qu'au dilettantisme, et a cessé de pénétrer dans la vie de tous, du petit au grand; et que sous le règne d'un classicisme de convention, à côté des *amateurs*, il ne se trouve plus que des barbares.

Le moyen âge n'a point régulièrement adopté, comme les Byzantins dans leurs peintures, le symbolisme des couleurs. Quelques personnages sont représentés avec des vêtements coloriés habituellement de la même manière, mais on ne saurait trouver là la trace d'un système uniformément admis. Le rouge et le bleu, ou le pourpre et le bleu, sont généralement affectés aux vêtements du Christ et de la Vierge à dater du XIIIe siècle, mais à cette règle même on trouve de nombreuses exceptions. Dans la liturgie cependant on admettait, soit pour les voiles, les parements des autels, soit pour les vêtements sacerdotaux, certaines couleurs symboliques dont l'antiquité orientale fournit la signification. Les artistes imagiers ne semblent pas avoir été tenus d'observer ces règles dans les représentations qui leur étaient demandées. Il n'en est pas de même pour les ornements peints ou dorés qui enrichissent les vêtements des statues. Ces ornements ont presque toujours un sens symbolique. C'est ainsi que sur le manteau ou la robe de la Vierge, on voit figurés le lion de Juda, la fleur de lis; sur le vêtement du Christ, des croix; sur la robe de saint Jean l'évangéliste, des aiglettes. Les armoiries elles-mêmes peuvent être considérées comme des figures symboliques, et l'importance qu'elles avaient prise dès le XIIIe siècle indique combien le goût pour le symbolisme avait pénétré la société du moyen âge.

SYMÉTRIE, s. f. Mot grec (συμμετρία) francisé, et dont on a changé quelque peu la signification depuis le XVIe siècle. *Symétrie*, ou plutôt *symmétrie*, pour adopter l'orthographe des auteurs des XVe et XVIe siècles, qui était la bonne, signifiait : justes rapports entre les mesures ; harmonie, pondération, rapports modérés, calculés en vue d'un résultat satisfaisant pour l'esprit ou pour les yeux. Le mot *symétrie* ayant été appliqué à l'architecture, on ne s'explique pas pourquoi le mot *eurhythmie* (εὐρυθμία), qui veut dire « bon rhythme » ou « beau rhythme », ne l'a pas été aussi, car il vaut mieux que le mot latin *proportio*, ou plutôt *proportione*, qui est vague et n'a point une signification en rapport avec l'art de l'architecture. Nous n'avons point ici à discuter sur la valeur des mots. Ceux-ci cependant, à l'origine, exprimaient un ordre d'idées définies ; cet ordre a été modifié profondément, il est donc utile de se rendre un compte exact de l'idée qu'on attachait au mot primitif *symétrie*, pour reconnaître le sens dévié qu'on lui prête aujourd'hui. Si l'idée n'est plus en rapport avec le mot, il s'ensuit évidemment, ou que l'idée est fausse, ou que le mot est impropre. Symétrie veut dire aujourd'hui, dans le langage des architectes, non pas une pondération, un rapport harmonieux des parties d'un tout, mais une similitude des parties opposées, la reproduction exacte, à la gauche d'un axe, de ce qui est à droite. Il faut rendre cette justice aux Grecs, auteurs du mot *symétrie*, qu'ils ne lui ont jamais prêté un sens aussi plat. Voici la définition de Vitruve [1] : « Quant à la symétrie, c'est un accord convenable des membres, des « ouvrages entre eux, et des parties séparées, le rapport de chacune « des parties avec l'ensemble, ainsi que dans le corps humain, où il « existe une harmonie entre le bras (la coudée), le pied, la palme, le « doigt et les autres parties du corps. Il en est ainsi dans les ouvrages « parfaits, et en premier lieu dans les édifices sacrés (dont l'harmonie « est déduite) du diamètre des colonnes ou du triglyphe. De même, le « trou que les Grecs appellent *peitréton* fait connaître la dimension de la « baliste (à laquelle il appartient) [2] ; de même encore, l'intervalle entre « deux chevilles (des avirons) d'un navire, intervalle qui est appelé « *dipécaïké* (permet de connaître la dimension de ce navire). Ainsi en « est-il de tous les ouvrages dont le système symétrique est donné par « les membres. »

Il est clair que Vitruve donne ici au mot *symétrie* le sens grec [3], qui

[1] « ..... Item symmetria est ex ipsius operis membris conveniens consensus, ex partibusque separatis, ad universæ figuræ speciem, ratæ partis responsus : ut in hominis « corpore è cubito, pede, palmo, digito, cæterisque partibus symmetros est, sic est in « operum perfectionibus. Et primùm ædibus sacris, ut è columnarum crassitudinibus, « aut è triglypho, aut etiam embate balistæ foramine. Quod Græci πειτρητον vocitant, « navibus interscalmio, quod διπηχαϊκὴ dicitur, item cæterorum operum, è membris « invenitur symmetriarum ratiocinatio. » (Lib. I, cap. II.)

[2] Comme aujourd'hui le calibre d'une bouche à feu permet de connaître sa dimension.

[3] Ce sens est parfaitement éclairci par les derniers travaux de M. Aurès sur le grand

n'est pas celui que nous lui prêtons. Aussi Perrault, qui n'entend point que Vitruve ait omis de s'occuper de la symétrie telle qu'on la comprenait de son temps, traduit *symmetria* par *proportion*, et fait une note pour expliquer comme quoi les proportions et la symétrie sont des propriétés distinctes, et que Vitruve omet de s'occuper de la seconde. Ainsi, d'après Perrault, c'est Vitruve qui a tort d'employer ici le mot *symétrie*, et le traducteur français apprend à l'auteur latin, écrivant d'après les méthodes grecques, ce que c'est que la symétrie. Pour exprimer ce que nous entendons par symétrie (un décalque retourné, une contre-partie), il n'était pas besoin de faire un mot. C'est là une opération tellement banale et insignifiante, que les Grecs n'ont pas même eu l'idée de la définir. Pour eux, la symétrie est une tout autre affaire. C'est une harmonie de mesures, et non une similitude ou une répétition de parties. Mais Vitruve ne parle pas que de la symétrie, il définit aussi l'eurhythmie comme une qualité nécessaire à l'art de l'architecture : « L'eurhythmie, dit-il, est « l'apparence agréable, l'heureux aspect des divers membres dans l'en- « semble de la composition ; ce qui s'obtient en établissant des rapports « convenables entre la hauteur et la largeur, la largeur et la longueur, « afin que la masse réponde à une donnée de symétrie [1]. » *Eurhythmie* signifiant beau rhythme, rhythme convenable ; *symétrie*, rapports de mesure, et l'eurhythmie étant partie essentielle de la symétrie, il s'ensuivait que la symétrie, pour les Grecs, était une relation de mesures établies d'après un rhythme adopté. De même, en poésie et en musique, y a-t-il le rhythme et la mesure. La prose peut être rhythmée sans être métrique ; des vers peuvent être métriques sans être rhythmés ; mais la poésie comme la musique possèdent à la fois le rhythme et la mesure. Les Grecs, qui avaient fait une si complète étude de l'apparence du corps humain, le considéraient comme possédant par excellence ces deux qualités qui se fondent dans l'unité harmonique, l'eurhythmie et la symétrie. C'est pourquoi Vitruve donne comme type du système symétrique le corps humain, dont toutes les parties sont dans un rapport harmonique

temple de Pestum, le Parthénon, la colonne Trajane, et par sa *Théorie du module* Nîmes, 1862). Nous nous plaisons à reconnaître ici que M. Aurès a retrouvé le système *symétrique* de l'architecture grecque, et qu'il ne peut rester aucun doute sur cette découverte, dans l'esprit des personnes familières avec ces matières. Nous apprécions d'autant mieux sa théorie, d'ailleurs indiscutable, puisqu'elle s'appuie sur des éléments mathématiques, que nous avons cherché longtemps la clef de ce problème, et que nous avons, comme bien d'autres, accusé Vitruve de ne la point posséder. Or, M. Aurès nous prouve au contraire que le texte de Vitruve s'accorde de tous points avec les rapports de mesure (la *symétrie*) des monuments antiques. (Voyez *Théorie du module déduite du texte de Vitruve*, 1862.)

[1] « Eurhythmia est venusta species commodusque in compositionibus membrorum « aspectus. Hoc efficitur cùm membra operis convenientia sunt, altitudinis ad latitu- « dinem, latitudinis ad longitudinem et ad summam omnia respondeant suæ symetriæ. » (Lib. I.)

parfait, pour nous humains, et constituent un tout auquel on ne saurait rien changer.

Les Grecs accordaient la qualité de symétrie par excellence au corps de l'homme, non parce que ses deux moitiés longitudinales sont semblables, mais parce que les diverses parties qui les constituent sont dans des rapports de dimensions excellents, en raison de leurs fonctions et de leur position. D'ailleurs, n'est-il pas évident que cette similitude des deux moitiés longitudinales du corps humain n'est jamais une apparence, et ne peut constituer la qualité symétrique pour le Grec, puisque le moindre mouvement détruit cette similitude et qu'elle n'existe point de profil. C'est l'eurhythmie, c'est-à-dire une heureuse combinaison de *temps* différents, et un rapport judicieux de dimensions qui constituent *la symétrie*, et non le parallélisme de deux moitiés, parallélisme qui ne se produit jamais aux yeux, et qui, par conséquent, ne serait qu'une qualité de constitution qui ne peut toucher l'artiste.

Il est donc certain que les Grecs n'ont point considéré ce qu'aujourd'hui nous entendons par symétrie comme un élément essentiel de l'art en architecture, et que s'ils ont admis la similitude des parties ou le *pendant*, pour nous servir d'une expression vulgaire, ils n'ont pas élevé cette condition à la hauteur d'une loi fondamentale. La constitution même de l'homme le porte, par instinct, à doubler les conceptions, à chercher la pondération à l'aide du parallélisme, mais cette opération mécanique, où l'intelligence n'entre pour rien, n'a aucun rapport avec l'art.

Rhythmer un édifice, pour le Grec, c'était trouver une alternance de vides et de pleins qui fussent pour l'œil ce qu'est pour l'oreille, par exemple, une alternance de deux brèves et une longue; le soumettre à une loi symétrique, c'était faire qu'il y eût entre le diamètre d'une colonne, sa hauteur et l'entre-colonnement, les chapiteaux et les autres membres, des rapports de nombres qui fussent satisfaisants pour l'œil, non pas au moyen d'un tâtonnement, mais à l'aide d'une formule [1].

Si l'on mesure le Parthénon à l'aide du pied grec, et non avec un mètre, on reconnaît qu'il existe entre toutes les mesures des rapports de nombres qui ne sauraient être le produit du hasard; que l'idée d'harmonie domine l'idée de symétrie, suivant l'acception que nous donnons aujourd'hui à ce mot. En effet, les entre-colonnements ne sont pas

[1] A ce sujet, nous croyons devoir citer ici une note, en partie inédite, de M. Aurès, et que nous devons à son extrême obligeance..... « Il me paraît incontestable que les temples de Pestum, aussi bien que celui de Métaponte et même ceux d'Agrigente, ont été construits par des artistes qui employaient le pied *italique*, divisé en douze onces, à l'exclusion complète du pied grec et de sa division en seize dactyles. Et ce n'est là encore que le moindre des résultats auxquels je parviens, car le *choix des nombres* et l'emploi d'un module pris sur le diamètre moyen des colonnes sont, d'un bout à l'autre, singulièrement remarquables à Pestum.

» Voici, en particulier, un détail relatif aux chapiteaux du grand temple. Si on les considère comme divisés, dans le sens horizontal, en deux parties distinctes, l'une, supé-

égaux, les diamètres des colonnes diffèrent, les axes des colonnes du péristyle ne correspondent pas à ceux des colonnes antérieures. Ces diversités de mesures sont le résultat de combinaisons de nombres. Que la loi n'ait été faite qu'après de nombreux tâtonnements, nous l'admettons; mais il n'en est pas moins certain que les architectes grecs ont voulu traduire en loi les conséquences de leurs recherches. D'ailleurs, ainsi que le démontre la note précédente, bien avant la construction du Parthénon, les rapports de nombres, la *symétrie* existait dans l'architecture. Nous retrouvons ce principe symétrique, c'est-à-dire de rapports de nombres, dans l'architecture égyptienne; tandis que les Égyptiens, pas plus que les Grecs, ne paraissent s'être préoccupés beaucoup de la symétrie telle que nous l'admettons aujourd'hui. Les maisons de Pompéi n'ont aucune prétention à la symétrie comme nous l'entendons, bien que dans leurs diverses parties on retrouve ces rapports de nombres qui composaient la symétrie antique.

Qu'on tienne beaucoup à la symétrie inaugurée au XVIe et surtout au XVIIe siècle, en Italie et en France, c'est une infirmité intellectuelle que nous constatons; mais qu'on prétende faire dériver ce goût pour les *pendants* de la belle antiquité, voilà ce qui n'est pas soutenable. Cela peut être dans les données classiques de nos écoles, mais point dans les données antiques, et c'est, il faut le dire, faire bien peu d'honneur aux artistes grecs que de croire qu'ils auraient érigé en principe la théorie des *pendants*, qui n'est qu'une sorte d'instinct humain dont il faut tenir

rieure, comprenant le tailloir et l'échine, l'autre, inférieure, comprenant les annelets, le prolongement du fût et les refouillements de la gorge, on trouve les relations suivantes entre les dimensions des chapiteaux des trois ordres :

	Petit ordre supérieur.	Ordre moyen inférieur.	Grand ordre extérieur.
Partie inférieure.....	9°	11°	15°
Partie supérieure.....	16°	25°	36°
Hauteur totale...	25°	36°	51°

« Ainsi, la hauteur totale du *petit* chapiteau (25°) est égale à la hauteur de la partie supérieure du chapiteau *moyen*, comme la hauteur totale de ce dernier chapiteau (36°) est égale à la hauteur de la partie supérieure du grand chapiteau.

» Cette dernière hauteur de 36°, égale à 3 *pieds*, est d'ailleurs le *module* qui a servi à déterminer toutes les dimensions du temple; c'est la largeur d'un triglyphe. Or, remarquez ce nombre 3. Non-seulement il est *impair* et *premier*, mais c'est aussi le nombre sacré par excellence. Observons aussi les nombres 16 — 25 — 36, qui expriment les hauteurs des parties supérieures des trois chapiteaux : le premier est le carré de 4; le second est le carré de 5; le troisième est le carré de 6.

» *Nam quadrati numeri potentissimi ducuntur*, ainsi que Censorin nous l'enseigne dans son traité *De die natali*, au chapitre XIV (dans l'édition de Venise, 1581, cette citation se trouve au chapitre IV).

» Ai-je besoin d'ajouter que ces nombres carrés eux-mêmes conservent encore aucompte, mais sans lui donner la valeur d'une question touchant à l'art.

Les architectes du moyen âge ne se sont ni plus ni moins soumis à cet instinct vulgaire que les artistes grecs. Ils ne l'ont pas dédaigné, mais ils ont fait passer avant, les convenances, les besoins, et des principes harmoniques analogues à ceux des Grecs. Quand les maîtres du moyen âge ont élevé un monument dont la destination comporte deux parties semblables, des *pendants*, en un mot, ils n'ont pas affecté la dissemblance. Les plans de leurs églises, de leurs grandes salles, sont symétriques, suivant la signification moderne du mot [1]. Mais les plans de leurs châteaux, de leurs palais, présentent les irrégularités d'ensemble qu'on retrouve non moins profondes dans les *villæ* et dans les maisons des anciens. Jamais le plan du Palatin même, conçu sous l'empire, à une époque cependant où l'on trouvait une sorte de majesté dans les *pendants*, n'a été un plan symétrique au point de vue moderne.

A l'article PROPORTION, nous avons fait ressortir certaines formules géométriques à l'aide desquelles les maîtres du moyen âge obtenaient des rapports harmoniques dans leurs monuments. Il est bien évident qu'ils n'avaient pas que cette méthode ; ils se servaient également des nombres, et employaient un mode symétrique analogue à celui admis chez les Grecs, bien que les deux architectures diffèrent essentiellement dans leurs principes. Nous avons constaté d'ailleurs que les Grecs, à l'instar des Égyptiens, employaient aussi la méthode géométrique, car ces deux méthodes, dérivant des nombres et de la géométrie, se prêtent un concours naturel.

jourd'hui le nom de *puissances*, puisque les mathématiciens disent dans le langage usuel : *deuxième puissance, troisième puissance* d'un nombre, pour exprimer le carré ou le cube ?

» Mais portons notre attention surtout sur les nombres 9, 16 et 25, qui correspondent aux trois hauteurs du petit chapiteau. Ce sont les carrés des nombres 3, 4 et 5, lesquels servent à former le triangle symbolique (égyptien) qui a joué un si grand rôle dans l'antiquité. Ce triangle sert d'ailleurs à déterminer l'inclinaison de l'échine des chapiteaux de Pestum. Il sert encore à déterminer l'inclinaison de l'échine des chapiteaux du Parthénon (ordre intérieur) ; seulement, dans ce dernier exemple, le triangle est renversé : c'est le côté vertical qui est égal à 4, et le côté horizontal qui est égal à 3.

» Si la hauteur de la partie inférieure du chapiteau du grand ordre (à Pestum) avait pu être égale à 13° au lieu de 15°, la hauteur totale de ce chapiteau aurait été elle-même égale à 49°, c'est-à-dire au carré de 7. J'ai expliqué, dans un mémoire sur cet édifice, pourquoi le nombre 15 avait été préféré au nombre 13.

» Quoi qu'il en soit sur ce dernier point, il est de fait qu'à Pestum tous les nombres employés sont *impairs* ou *carrés*. C'est une loi générale. « *Imparem enim numerum observari moris est* », dit Végèce dans son traité *De re militari*, lib. III, cap. VIII. »

[1] Dans ces plans, il faut tenir compte des modifications ou adjonctions faites après coup, et qui ont détruit les similitudes. C'est ce que ne font pas toujours les personnes qui supposent que les architectes du moyen âge cherchaient l'irrégularité. Ainsi avons-nous entendu souvent des critiques mettre sur le compte d'une conception première des adjonctions ou modifications postérieures de quelques siècles.

Pour faire apprécier les méthodes symétrique et eurhythmique des maîtres du moyen âge, il est nécessaire de prendre un monument type et qui n'ait pas subi d'altérations sensibles. Nous ne saurions mieux faire que de recourir à l'église abbatiale de Saint-Yved de Braisne, un des monuments les mieux conçus du Soissonnais, bâti certainement sous la direction d'un artiste consommé dans son art [1]. Ce monument, commencé en 1180, n'était consacré qu'en 1216; il appartient donc à cette première et brillante série des écoles laïques. La légende qui donne l'histoire de sa construction est empreinte elle-même de cette tradition de nombres sacrés qu'on retrouve souvent dans les légendes antiques relatives aux travaux d'architecture. C'est Mathieu Herbelin qui parle [2] :
« Au tems que la notable dame Agnès, comtesse de Dreux et de Brayne,
« faisoit bastir et ediffier l'ouvrage dicelle Esglise, y avoit *douze* maistres
« maçons, lecquels avoient le reguard et congnoissance par dessus tous
« les autres ouvriers, tant entaillant les imaiges et ouvrages somptueux
« dicelle Esglise comme à conduire ledit œuvre. Et combien que en fai-
« sant et conduisant ledict ouvrage par chacun jour se trouvoient conti-
« nuellement et journellement *treize* maistres, neantmoins, au soir et en
« payant et sallariant lesdits ouvriers, ne se trouvoient que lesdits douze
« maistres. Parquoy lon peult croire et estymer que cestoit ung œuvre
« miraculeux, et que Nostre Seigneur Dieu amplioit ledict nombre de
« treize. Tout lequel ouvrage, ainsi comme on peult verre presentement,
« fust faict et accomply en *sept* ans et *sept* jours, ainsi que l'on trouve
« par les ancyennes croniques de la fondation de ladicte Esglise. »

Nous ne pourrions certifier que ce monument ait été construit en sept ans et sept jours; mais nous pouvons constater que le nombre sept est le générateur du plan, et que ce plan, de plus, est tracé d'après le système de structure adopté, c'est-à-dire que ce sont les voûtes qui commandent tout le tracé. C'était agir conformément à la méthode logique que de soumettre, en effet, tout le tracé du plan à la structure des voûtes, dès l'instant que ce mode était admis.

Ce qui constitue la voûte dite gothique, c'est l'arc ogive, l'arc diagonal, et non l'arc-doubleau [3]. C'est l'arc ogive qui établit la nouveauté du système qui naît et se développe (quoi qu'on ait dit, et jusqu'à preuve du contraire) au XIIe siècle, dans les provinces du nord de la France [4]. C'est

[1] La partie antérieure (la nef) de cette église a été démolie il y a peu d'années; mais les plans subsistent, ainsi qu'une travée de cette nef, qui en donne par conséquent la coupe.

[2] Manuscrit appartenant à M. Petit de Champlain, à Braisne. — Voyez la *Monographie de Saint-Yved de Braisne*, par M. S. Prioux.

[3] Voyez CONSTRUCTION, OGIVE, VOUTE.

[4] Cette opinion a été fort combattue, elle l'est encore par quelques-uns des écrivains attardés qui s'occupent de l'histoire de l'architecture; mais il faut dire qu'elle n'est pas combattue comme il faudrait qu'elle le fût, par des preuves tirées des connaissances pratiques de notre art. Une seule épure nous montrant une voûte d'arête en *arcs d'ogives*

l'arc ogive, dans un édifice voûté, conçu par un maître habile, qui devient le générateur du système de structure, et, par suite, de toute symétrie, comme chez le Grec c'est la colonne qui est le point de départ de toute la symétrie du monument. Les deux arts sont également soumis à une inflexible logique, partent de deux points différents, mais raisonnent de la même manière. Dans la structure grecque, le point d'appui vertical est le principe; dans *notre* architecture laïque du moyen âge, le principe, c'est la voûte : c'est elle qui *impose* les points d'appui, leur force, leur section. Le Grec, sachant bien qu'il n'aura que des pesanteurs agissant verticalement à supporter, part du sol; il dispose ses points d'appui suivant l'ordre nécessaire et symétrique [1]. Il n'a pas à se préoccuper de soffites, de plates-bandes ou de plafonds, qu'il est toujours certain de pouvoir combiner sur ces points d'appui, beaucoup plus forts et rapprochés qu'il ne serait rigoureusement nécessaire. Son ordonnance, ce sont les murs, les colonnes et leurs entablements. C'est là, proprement, ce qui constitue pour lui l'édifice. C'est là ce qu'il faut soumettre aux lois de la symétrie et de l'eurhythmie. Ce *quillage* posé, et posé suivant une méthode harmonique, le monument est fait, son ordonnance est trouvée.

Pour le maître du moyen âge, c'est la chose portée qui est l'objet principal, c'est cette voûte qu'il faut soutenir et contre-buter. C'est la voûte qui, par conséquent, commande la symétrie de toutes les parties. Ce n'est plus par la base que l'architecte conçoit son plan, mais par l'objet qui commande la position et la force de cette base. C'est la voûte qui donne dès lors le tracé de ce plan, et c'est la symétrie de ce tracé qui suscite ces arcs ogives ou diagonaux, dont la fonction, toute nouvelle alors, va prendre une importance capitale.

Peu d'édifices indiquent mieux que ne le fait l'église de Saint-Yved de Braisne le système symétrique employé par ces maîtres de la fin du XIIe siècle.

Deux diagonales *ab*, *cd*, se coupant à angle droit (diagonales d'un carré), sont tirées (fig. 1). Sur ces deux diagonales, du point de rencontre *o*, sont portés 3 toises 3 pieds 6 pouces. Donc, on mesure 7 toises 1 pied de *e* en *f* et de *g* en *h*. Sur les prolongements *gi*, *fy*, etc., 4 toises sont mesurées; donc, on mesure 15 toises 1 pied de *i* en *m* et de *l* en *y*. Réunissant les points *li*, *iy*, *ym*, *ml*, et les points *eg*, *gf*, *fh*, *he*, par des lignes, on obtient deux carrés dont les côtés prolongés donnent les points de rencontre *pq*, etc. De ces points *pq*, tirant des lignes diagonales paral-

construite conformément à la voûte française, mais tracée avec le *système d'appareil*, prise ailleurs qu'en France et antérieure à 1140, serait plus convaincante que toutes les phrases écrites contre notre opinion.

[1] Il est entendu que nous nous servons du mot *symétrie* suivant la signification antique, qui est aussi celle que lui aurait donnée le moyen âge; car s'il n'avait le mot, il avait le procédé.

1

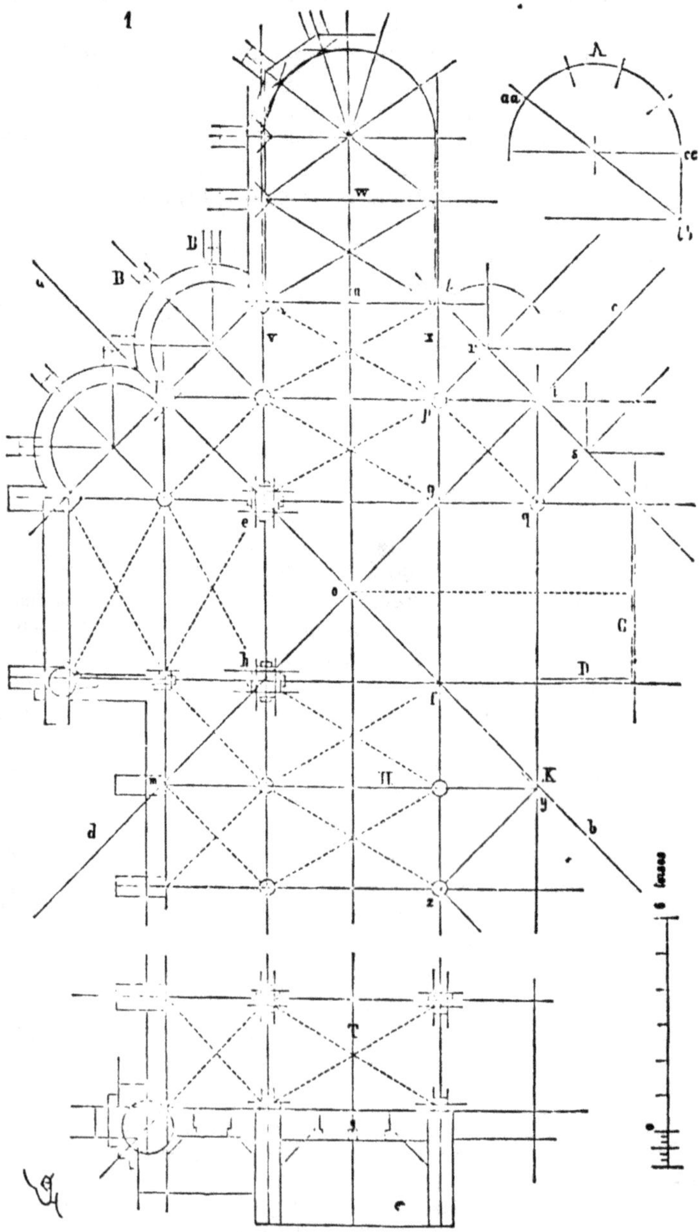

lèles à *cd*, et du point *i* une diagonale parallèle à *ab*, on obtient les points *r*, *s*. De chaque côté du point *i*, sur la ligne *rs*, portant 1 pied ½, et prenant *r*, *s* comme centres, on trace les chapelles semi-circulaires. La rencontre *t* de ce cercle avec la ligne *rs* prolongée donne la ligne *tu*, axe de l'arc-doubleau d'entrée de la chapelle absidale. Les parements des murs intérieurs de celle-ci sont plantés à 7 pouces en dedans de l'axe des arcs-doubleaux VX. L'écartement entre les deux axes d'arcs-doubleaux *u*W est de 17 pieds 7 pouces. Pour tracer le rond-point, on a pris l'écartement entre les murs de la chapelle comme diamètre d'un demi-cercle A. Ce demi-cercle a été divisé en cinq parties, et de la division *aa* tirant une ligne passant par le centre du demi-cercle, on a obtenu le point *bb*, qui donne l'intervalle *bb*, *cc*, entre l'axe de l'arc-doubleau W et la clef de la voûte de l'abside. Dès lors celle-ci a pu être tracée, ayant sept travées percées de fenêtres égales. Au niveau des fenêtres, les murs des chapelles ont 3 pieds d'épaisseur, les contre-forts B, 3 pieds de largeur sur autant de saillie. Les parements des murs du transsept en D et G ont été ramenés intérieurement des lignes d'opération de 7 pouces. Pour dégager les fenêtres de la dernière travée des collatéraux de la nef, en raison de l'épaisseur du mur du transsept, l'axe du dernier arc-doubleau H a été éloigné de 14 pouces (2 fois 7) du point K. Le reste de la nef est tracé par les diagonales *yz*; le point de rencontre *z* avec la ligne *gf* prolongée donnant les axes des colonnes, qui ont 2 pieds 4 pouces ½ de diamètre. L'ouverture de la nef, d'axe en axe des colonnes, a 30 pieds 7 pouces.

On observera que dans toutes ces mesures les chiffres 7, 4 et 3 dominent, tous trois réputés sacrés dans l'antiquité et dans le moyen âge. La mesure génératrice de tout le plan est 7 toises 1 pied et 4 toises. Les mesures de détail sont composées des nombres 3 et 7. L'écartement des axes des colonnes de la nef, d'axe en axe, dans le sens longitudinal, est de 16 pieds, carré de 4 [1].

Nous nous rendons compte ainsi des causes qui produisent d'heureuses proportions, et des combinaisons favorables de lignes dans l'architecture. Or, ainsi que nous l'avons dit ailleurs [2], on ne peut obtenir des combinaisons symétriques, c'est-à-dire présentant un accord convenable, avec des mesures semblables ou les diviseurs de ces mesures. Rien n'est plus désagréable aux yeux qu'un monument dont les parties présentent des divisions semblables de pleins et de vides, ou des espacements, soit horizontalement, soit verticalement, tels que ceux-ci, par exemple, 4, 2, 4, 2, ou même 6, 2, 3, 2, 6. Les Grecs, et après eux les maîtres du moyen âge, avaient donc parfaitement raison d'adopter ce qu'ils considéraient comme des nombres sacrés, 3, 4, 7, qui ne peuvent se diviser l'un par l'autre, et dont les carrés 9, 16, 49, ne peuvent non plus se diviser l'un

[1] Sur notre figure 1 nous avons tracé le plan de la façade, dont il ne reste que des substructions et des plans anciens. La nef se compose de six travées, compris la travée T.

[2] Voyez PROPORTION.

par l'autre. Il est assez étrange que les artistes de la renaissance et du XVIIe siècle, qui prétendaient revenir à l'antiquité, aient négligé des lois si importantes dans l'architecture des anciens, et que connaissaient les maîtres du moyen âge.

Mais prenons une des grosses piles du transsept de l'église de Saint-Yved (fig. 2, en A). Nous retrouverons dans ce détail l'observation de ces lois aussi bien que dans les ensembles. Sur ce tracé sont marquées les mesures en pieds, pouces et lignes. Un carré *abcd*, de 3 pieds de côté, est le générateur de cette pile. Ajoutant deux fois 7 pouces à ce carré,

2

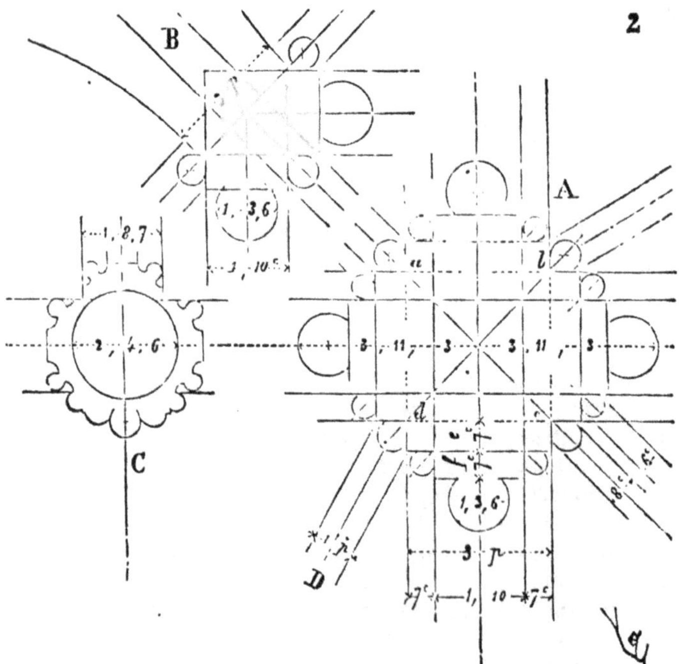

on obtient les saillies *e f*. Le diamètre des grosses colonnes est de 1 pied 3 pouces 6 lignes. Les colonnes d'angle portant les arcs ogives ont 8 pouces, 2 × 4, et les colonnettes de renfort 6 pouces, 2 × 3 ; l'épaisseur totale de la pile, 7 pieds 10 pouces 6 lignes. En B, est tracée la pile d'entrée des chapelles semi-circulaires, et en C l'une des colonnes avec la trace des arcs-doubleaux et colonnettes portant les nerfs des voûtes hautes. Les arcs ogives D ont 1 pied. Toutes ces dimensions sont composées à l'aide de l'unité et des chiffres 3, 4 et 7, ou 10, 6, 8, 14. Une travée intérieure (fig. 3) nous donne, en élévation, des rapports produits des mêmes chiffres. Dans le sanctuaire, la hauteur des colonnes, compris la base et le chapiteau, est de 16 pieds, carré de 4. Si nous déduisons la base, de 14 pieds 7 pouces, les gros chapiteaux A ont 3 pieds. Du tailloir du chapiteau à la base des colonnettes du triforium, on compte 12 pieds, 3 × 4. La hauteur du triforium est de 9 pieds, 3 × 3;

3

l'ouverture des fenêtres hautes de 6 pieds. Jusque dans les plus menus détails, on retrouve l'influence de ces chiffres 3, 4, 7; 6, 8, 14; 9, 16; 12, 3 × 4, et 21, 3 × 7 (les arcs-doubleaux ont 21 pouces de largeur). Si donc ces maîtres du moyen âge écoutaient leur fantaisie, comme on le répète chaque jour, malgré tant de preuves du contraire, il faut reconnaître que leur fantaisie ou leur caprice était versé dans la connaissance des rapports des nombres. de la symétrie, comme les anciens la comprenaient.

Quand on a inauguré le système métrique (ce dont nous n'avons garde de nous plaindre), on n'a pas supposé un instant qu'on rendait indéchiffrable tout le système harmonique de l'ancienne architecture. Or, pour relever et comprendre les monuments grecs, c'est avec le pied grec ou le pied italique qu'il les faut mesurer; pour saisir les procédés des maîtres du moyen âge, c'est avec le pied de roi qu'il les faut étudier. La division de la toise par 6, du pied par 12, était très-favorable aux compositions symétriques, le nombre 12 pouvant se diviser par moitiés, par quarts et par tiers, et le nombre 7 n'étant, pour l'œil, dans aucun rapport appréciable avec ceux-ci. En effet, si nous établissons des divisions sur une façade, par exemple, qui donnent les chiffres 3, 1, 4, 6, l'œil exercé pourra être choqué de ces divisions dont il décomposera les rapports. Mais si nous avons 3, 1, 4, 7, l'observateur ne pourra établir les rapports entre 3 et 7, entre 4 et 7, comme il le fait entre 3 et 6, 4 et 6. Ce chiffre 7, qui met le trouble dans les diviseurs de 12 ou les carrés de ces diviseurs, est donc un appoint nécessaire pour éviter la monotonie fatigante des parties qui peuvent se décomposer les unes par les autres. Aussi est-il intéressant de voir, dans les édifices conçus par des artistes habiles, comme ce chiffre de 7, 7 lignes, 7 pouces, 7 pieds, vient s'interposer entre les divisions ordinaires données par le pied et la toise, 1 toise, 3 pieds, 1 pied, 6, 3, 8, 4 pouces.

Certes, il faut autre chose que ces formules pour faire de l'art et élever un édifice soumis à de belles proportions, à une bonne symétrie. Mais on reconnaîtra, pour peu qu'on ait pratiqué l'architecture, qu'il n'est pas inutile d'avoir par-devers soi certaines lois fixes qui, dans maintes circonstances, vous épargnent des tâtonnements et des incertitudes sans fin. Quand il faut s'en rapporter à l'instinct, au goût si l'on veut, sans autre point d'appui, on est souvent fort embarrassé. Admettant que le sentiment soit assez sûr pour vous faire éviter des erreurs, il est toujours bon de pouvoir donner la raison de ce que le sentiment indique. Ces moyens, ces procédés de symétrie adoptés par les anciens et par les artistes du moyen âge ont un autre avantage, c'est qu'ils permettent de prendre un parti franc, de donner une figure immédiate à la conception; et c'est à ces procédés que les bons monuments élevés pendant le moyen âge doivent leur physionomie marquée, leur franchise de parti, qualités si rares dans l'architecture depuis le XVIe siècle, et surtout de nos jours, où le vague, l'incertitude, apparaissent sur nos édifices, et se dissimulent si mal sous un amas d'ornements et de détails sans rapports avec l'ensemble.

SYNAGOGUE, s. f. Lieu consacré aux cérémonies religieuses des juifs. Il existait de nombreuses synagogues en France pendant les premiers siècles du moyen âge. Philippe-Auguste, en 1183, les fit détruire ou convertir en églises[1]. A Paris, les juifs possédaient une synagogue célèbre dans la Cité; le roi, par lettres datées de la même année, permit à l'évêque de convertir cette synagogue en église, sous le vocable de Sainte-Magdeleine. Il ne nous reste en France aucun de ces édifices d'une époque quelque peu ancienne, ce qui est regrettable, car leurs dipositions devaient présenter des particularités intéressantes. Il est à présumer que ces monuments étaient fort simples à l'extérieur, afin d'attirer le moins possible l'attention des populations catholiques.

Il existe à Worms une salle du XIIe siècle, qu'on montre comme ayant servi de synagogue. Il serait difficile de vérifier si, en effet, cet édifice a été primitivement bâti pour cet usage. C'est un vaisseau composé de six voûtes d'arête romaines plein cintre, reposant sur deux colonnes médianes. Cette salle a, intérieurement, 9 mètres de large sur 13 mètres 50 centimètres de long. Les murs ont 1 mètre 10 centimètres d'épaisseur. Assez élevée sous voûtes, elle est éclairée par des fenêtres en tiers-point, avec œils circulaires au-dessus de l'archivolte. D'ailleurs nulle apparence de tribune ni de sanctuaire. La porte est percée près de l'angle, sur l'un des grands côtés, s'ouvrant ainsi au milieu d'une des six travées.

Les vignettes des manuscrits des XIVe et XVe siècles, qui représentent parfois des intérieurs de synagogues, leur donnent l'apparence d'une église catholique; mais les miniaturistes du moyen âge ne figuraient jamais un temple autrement, quel que fût le culte auquel il était affecté.

[1] « Philippus rex Francorum synagogas Judæorum per regnum suum destruere fecit, « et in plerisque ecclesias construi procuravit. » (Guillaume de Nangis, édit. de la *Soc. de l'hist. de France*, t. I, p. 75.)

FIN DU TOME HUITIÈME.

CPSIA information can be obtained
at www.ICGtesting.com
Printed in the USA
LVHW032045100223
739218LV00003B/71

9 783382 205096